贾平凹研究资料汇编

主　编　韩鲁华　王春林　张志昌
副主编　张文诺　张亚斌　杨　辉

《老生》研究

张　瑜　魏丹丹　编

陕西师范大学出版总社

图书代号：WX22N0558

图书在版编目（CIP）数据

《老生》研究/张瑜，魏丹丹编.—西安：陕西师范大学
出版总社有限公司，2022.5
（贾平凹研究资料汇编/韩鲁华，王春林，张志昌主编）
ISBN 978-7-5695-2729-2

Ⅰ.①老… Ⅱ.①张…②魏… Ⅲ.①贾平凹—小说研究
Ⅳ.①I207.42

中国版本图书馆CIP数据核字（2021）第271326号

《老生》研究
LAOSHENG YANJIU

张 瑜 魏丹丹 编

出版统筹	刘东风 郭永新	
责任编辑	马凤霞	
责任校对	张 佩	
封面设计	张潇伊	
出版发行	陕西师范大学出版总社	
	（西安市长安南路199号 邮编710062）	
网 址	http://www.snupg.com	
印 刷	陕西龙山海天艺术印务有限公司	
开 本	720 mm×1020 mm 1/16	
印 张	24.25	
插 页	1	
字 数	354千	
版 次	2022年5月第1版	
印 次	2022年5月第1次印刷	
书 号	ISBN 978-7-5695-2729-2	
定 价	88.00元	

读者购书、书店添货或发现印装质量问题，请与本公司营销部联系、调换。

电话：(029) 85307864 85303629 传真：(029) 85303879

总　序

　　自 1978 年《满月儿》引起当代文坛的关注，贾平凹的文学创作，已走过了四十余年的历程。四十余年来，贾平凹始终保持着旺盛的艺术创造生命力，特别是在《废都》之后，几乎每两三年出版一部长篇小说，业已是当代文学史上的一个奇观。也许是一种历史宿命，贾平凹的文学创作与对其的研究，呈一种互动的、正向的发展态势。自 1978 年 5 月 23 日《文艺报》刊发邹荻帆先生关于贾平凹文学创作的评论文章《生活之路——读贾平凹的短篇小说》之后，也特别是《废都》之后，有关贾平凹的研究与探讨，已然成为当代文学研究中作家研究方面富有典型性的一个显学案例。当我们对贾平凹文学创作与研究进行历史性梳理后发现，不论是贾平凹的文学创作，还是贾平凹研究，与中国改革开放这四十余年，产生了一种感应性的脉动或者律动，从中可以探寻到当代文学创作与研究的历史走向。

　　这并非一个虚妄的判断，因为既有贾平凹千余万字的文学作品呈现在读者面前，更有数千万字的研究文章、专著摆在了那里。

　　从当代文学研究来看，资料文献的整理与研究，越来越受到学界的关注与重视，并且进行着卓有成效的研究实践，取得了累累硕果。学术研究从某种意义上来说，是一种历史的沉淀，也是一种历史的总结与发现。在学术研究的发展过程中，沉淀了许多资料文献，到了一定历史阶段，自然也就需要进行历史的归纳总结，而立足当下，从中也会有一些新的发现。对某种文学现象的研究资料进行收集整理，以期为后来的研究提供某种方便，本就是一项重要且不容忽视的基础性研究工作。就对当代作家研究资料整理而言，毫无疑问，贾平凹应当是其中一个极为重要的对象。

于是，我们便组织编辑了这套"贾平凹研究资料汇编"丛书。

贾平凹的文学创作研究，已经形成了一个具有独特意义的文学研究现象。不仅研究成果丰硕，而且涉及面也非常广阔，体现出了作家个体研究的水准与高度，其间所涉及的问题，也是当代文学研究中所遭遇的境遇之命题。可以说，贾平凹的文学创作研究已经构成了一部作家个案研究史，而这部作家个案研究史，在某种程度上，亦显现着新时期文学研究历史的脉象。

从历史纵向来看，贾平凹文学研究确实有一个肇始、发展、丰富深化的历史进程。这个历史进程，大体可分为初期、中期和近期三个时段。这三个时段的划分，是以《废都》和《秦腔》研究为节点的。初期研究，就对文学体裁的关注而言，主要集中在散文与中短篇小说上，诗歌研究也有，但很少。这也是与贾平凹的文学创作情景相契合的。贾平凹前期的文学创作，致力于散文与中短篇小说，这也正是他们那一代作家在文学创作上由散文、短篇小说而中篇进而长篇的发展路数。20世纪90年代，更确切地说，自《废都》之后，贾平凹的长篇小说创作，成为研究者关注的一个极为重要的焦点。值得注意的是，贾平凹几乎每出版一部长篇小说，都有一批研究文章问世，而且直至今天，关于《废都》等长篇的研究成果仍然不断出现。这个时期，对于贾平凹文学创作整体性的研究著作与论文，也逐渐多了起来；贾平凹的文学创作，更成为硕士、博士论文的选题对象。进入21世纪，尤其是《秦腔》出版并获得茅盾文学奖之后，长篇小说研究、整体研究与比较研究、传播影响研究，成了贾平凹研究中几个重要的理论视域。当然，在这四十余年间，贾平凹的散文研究成果虽不如小说研究成果丰富，但始终延续着。另外，他的书法绘画作品，也受到了研究者的关注，出现了一批研究成果。这方面的研究虽然并不是很多，但书法绘画乃至收藏等方面的研究，尤其是文学与书画艺术的互动研究，拓宽了贾平凹研究的视野与维度，是贾平凹研究中不可或缺的有机构成部分。

关于贾平凹文学创作研究，可以从如下几个方面加以归纳总结。

贾平凹文学创作整体研究。这一研究，不仅着眼于贾平凹文学创作的整体特征，而且往往是将其创作置于整个中国当代文学背景之下加以论说的，从中可以看出贾平凹文学创作与当代文学历史建构的息息相关与内在关联性。不过，早期的研究文章主要以评论家的主观感受、心理映照为主，多侧重于贾平凹文学创作阶段的划分，厘清不同阶段的创作特色。近期的研究文章，则呈现出更加宏观和多元的研究视域，更为全面深入地从批评史的角度来讨论批评与创作的互动关系，不仅打通了贾平凹文学创作的时间关节，而且试图对贾平凹创作不断走向历史化和经典化的进程加以学理性的归纳探究。在这一背景下的研究中，需要重点提及的是陈晓明《穿过"废都"，带灯夜行——试论贾平凹的创作历程》一文。其梳理了贾平凹1980年至2013年的小说创作，勾勒出贾平凹三十多年来文学创作的风格、特色变化，肯定了贾平凹对当代中国"新汉语"写作的杰出贡献，对贾平凹的文学创作，给予了具有文学史意义的评价判断。此外，李遇春《"说话"与贾平凹的长篇小说文体美学——从〈废都〉到〈带灯〉》一文，以中国传统文学中的"说话"体小说为视角，从贾平凹小说创作对传统小说的继承、化用等方面，分析了贾平凹自《废都》至《带灯》以来的长篇小说文体美学特征，指出贾平凹对中国古代"说话"体小说的现代性转化及对中国传统"块茎结构"艺术的创造性转化，认为贾平凹在继承中国传统文学"史传"与"诗骚"传统基础上富有卓见地创造了以意象支撑结构的日常生活叙事方式。对于贾平凹以意象为其艺术建构核心的论说，笔者在《精神的映像——贾平凹文学创作论》，以及系列论文中有比较充分的论说，此处不再赘言。

　　贾平凹文学创作的艺术风格、审美特征研究。这方面的研究，已深入作家文学建构的潜心理层次。早期这方面研究，如丁帆《谈贾平凹作品的描写艺术》一文，指出贾平凹对作品人物的塑造是抒情性的，表现出对新生活的向往、对美的追求，其人物具有"姿""韵"兼备的美学特点，认为贾平凹的文学创作具有诗美特质及生活美感复现的特点。王愚、肖云儒《生活美的追求——贾平凹创作漫评》一文，对贾平凹早期文学创作的艺术风格进行细致、具体的探讨与挖掘，认为贾平凹创作的艺术特色在于着重表现社会变型期普通百姓的生活美和深居乡土的乡民的心灵美，具有诗的意境。刘建军《贾平凹小说散论》一文，开篇指出贾平凹小说的艺术特色在于汲取传统小说资源的同时具有强烈的表现欲和浓重的主观色彩，渲染着诗的意境和情绪，是散文化的小说，认为贾平凹文学创作的艺术实质在于真实和主观抒情性。笔者《审美方式：观照、表现与叙述——贾平凹长篇小说风格论之一》一文，以历时性的描述、分析、研究对贾平凹小说的美学风格作了比较准确、精当的界定，认为贾平凹的小说创作追求一种清新优美、空灵飘逸的美学风格，并从审美观照视角、审美表现方式、具体的叙述结构形式等方面详细阐释。

从整体上把握、宏观上研究的论文大多以文学史的发展为背景，出现了一批视角独特、观点新颖的评论文章。对贾平凹文学创作的内在美学风格的观照与作家审美个性、审美心理的把握作出精准的判断，则令始于90年代的贾平凹研究得以进一步深入，并使这种研究具有当代文学普遍意义上的阐发。

贾平凹文学创作的比较研究。这是指研究者将贾平凹的文学创作与东方文学中不同时代、不同作家的作品进行比较论说，或者是将贾平凹的文学创作与西方文学中不同时代、不同作家的作品进行比较探析。一般而言，贾平凹文学创作的比较研究大致可分为影响研究和平行研究两类。

影响研究又可分为三类：

一是中国传统文化思想对贾平凹文学创作的影响。如栾梅健《与天为徒——论贾平凹的文学观》一文，较为全面地论述了贾平凹文学观的形成原因，认为传统文化资源中的"天道"、自然观是形成贾平凹文学观的基础；而客观的地理环境和主观的个体生理条件、个人气质特色、家庭背景等因素均影响了贾平凹的小说创作。胡河清《贾平凹论》一文，从道家文化思想观念对贾平凹小说创作的影响切入，着重分析了传统文化中阴阳观、《周易》思想对贾平凹早期作品《古堡》《浮躁》《白朗》《废都》等的影响，认为在中国当代作家群中，贾平凹对阴阳观（男女性别）的观照最得中国传统文化色彩的熏染。张器友《贾平凹小说中的巫鬼文化现象》一文，从巫术、鬼神文化等对贾平凹小说创作的影响切入，认为巫术、鬼神等民间文化资源是贾平凹文学建构的重要组成部分，巫术、鬼神等文化现象参与、渗透于贾平凹笔下商州世界的独特人文环境、自然景观，并影响着乡民真实、真切的生活经历和情感变化。樊星《民族精魂之光——汪曾祺、贾平凹比较论》一文，从中国传统文化思想资源对汪曾祺、贾平凹小说创作的影响切入，指出汪曾祺小说世界中表露出的士大夫的幽远、高邈境界在贾平凹小说创作中得到了继承和发扬，认为虽然中国传统文化思想资源对汪曾祺、贾平凹二人的小说创作影响程度不同，但两位作家在复现民族魂、反观社会的多变性与复杂性上是相一致的，承续了中国文学的另一种文脉，对当代文学的历史建构具有特殊意义。

二是西方文化、文学传统资源对贾平凹文学创作的影响研究。有关西方文化、文学传统资源对贾平凹文学创作的影响研究的文章是双向的，也就是说，有的研究文章是从西方文化、文学传统资源对贾平凹文学创作的影响这一角度展开论述，而有的研究文章则是从贾平凹的文学创作这一角度来看西方社会对中国文化、文学的接受程度。21世纪以来，贾平凹的文学创作在欧美、日本等国家的影响力越来越大。《西方读者视角中的贾平凹》以及《欧洲人视野中的贾平凹》等文集中讨论了贾平凹的作品在欧美国家的传播。如韦建国、户思社《西方读者视角中的贾平凹》一文，认为贾平凹的主要作品在国外连获大奖、引起巨大反响的主要原因，是其作品展现了人类文明发展史必经的特定阶段，真实地描绘了社会转型时期人们的复杂心态。姜智芹《欧洲人视野中的贾平凹》一文，从三个方面探讨了贾平凹作品在英语、法语世界的传播：一是国外的译介与影响，二是国外的研究，三是传播与接受的原因。吴少华《贾平凹作品在日本的译介与研究》一文，重点介绍了贾平凹的小说在日本的翻译和研究情况。上述研究、评介文章是从贾平凹的文学创作这一角度，来看西方社会对中国文化、文学的接受程度。黄嗣《贾平凹与川端康成创作心态的相关比较》一文，从创作心态、气质、心理的角度，比较了贾平凹与川端康成在文学建构上的相似性。沈琳《试析加西亚·马尔克斯对贾平凹创作的影响》一文，认为贾平凹继承了马尔克斯作品中的孤独感，指出商州农村的建构与拉美农村存在相似性。笔者《特殊视域下特殊时代的人性叙写——〈古炉〉与〈铁皮鼓〉叙事艺术比较》一文，通过对贾平凹《古炉》与君特·格拉斯《铁皮鼓》的文本梳理，指出中国当代文学本土化、民间化叙事的确立与世界文学整体叙事中的当代性建构有着某种相似性、关联性，认为两位作家在文化差异的背景下虽然有着迥异的艺术个性，但都对人类的某些共同经历进行了有情书写。

三是中国文学思想对贾平凹文学创作的影响。具有代表性的研究如雷达的《心灵的挣扎——〈废都〉辨析》、陈晓明的《废墟上的狂欢节——评〈废都〉及其他》，他们都指出《金瓶梅》《红楼梦》《西厢记》等世情小说对《废都》创作的影响。而李陀《中国文学中的文化意识和审美意识——序贾平凹著〈商州三录〉》和李振声《商州：贾平凹的小说世界》，则共同指出贾平凹"商州系列"小说的艺术特质带有明显的明清笔记体小说的印痕。王刚《论贾平凹小说创作的审美视角与话语建构》一文，指出作家身上具有明显的现代作家（如张爱玲、沈从文、孙犁、川端康成等）审美意识的影响痕迹。

关于贾平凹文学创作的平行研究，多以同一国别、同一民族的作家为比较对象，从同一类型的文本出发，分析其艺术风格、创作个性等方面的异同。有关作家之间地域文化差异性研究，如赵学勇《"乡下人"的文化意识和审美追求——沈从文与贾平凹创作心理比较》一文，认为沈从文对湘西世界的建构是其审美理想的总体表征，含蓄朴素的文字风格、淡化人物的主观情绪及对意境的创造，是沈从文独特的审美追求；而构成贾平凹笔下商州的审美境界，是一个静达、高远、清朗的世界，其审美追求是对沈从文笔下营造出的古朴、旷达的湘西世界独特审美意蕴的发展与延续。李振声《贾平凹与李杭育：比较参证的话题》，从贾平凹小说创作对西部文化资源的承袭与李杭育小说创作对吴越文化资源的承袭进行比较论证，认为贾平凹、李杭育为繁荣、壮大地域文化书写作出了卓越的贡献。梁颖《自然地理分野与精神气候差异——路遥、陈忠实、贾平凹比较论之一》一文，对西部作家的杰出代表路遥、陈忠实和贾平凹的创作进行比较，指出三位作家所处的不同自然地理环境对其创作产生了不同程度的影响，认为路遥的小说建构带有陕北高原刚毅与悲凉的色彩，陈忠实的文学创作具有关中地区厚重与朴实的因子，贾平凹的文学创作则具有陕南地区灵秀与清奇的特色。李吟《莫言与贾平凹的原始故乡》，认为莫言的创作追求的是放纵的情感表露，由野向狂，追求狂气、雄风和邪劲，而贾平凹则是有所节制的吟唱，由野向雅，雅俗相得益彰。

有关贾平凹文学创作的研究，还体现出跟踪式研究的特点。而这一方面主要是对于贾平凹长篇创作的跟踪研究，相比较而言，关于《废都》《怀念狼》《秦腔》《古炉》《带灯》《老生》等的研究又比较集中。毋庸置疑，《废都》研究已经成为中国当代文学研究中一个标志性的案例。《废都》是当代文学，甚至当代社会，必然要重提的一个话题。无论谁，是致力于文本探析，或者工于当代文学史的建构，是对当代文学给予充分肯定，还是予以严厉批评，都难以绕过《废都》，也不能无视它的存在。倘若不是如此，恐怕中国当代文学的文本建构，就会留下一个明眼人一眼便看得出的空白，而进行历史叙述，也会留下一个令人惋惜的缺憾。所以，你赞成也好，批评也罢，甚或是给予枪炮似的批判，你都在阅读《废都》，都在审视《废都》。

整理包括作家作品研究在内的文学研究资料的价值意义，自不必多言。就现当代作家的研究资料汇编而言，已有几种丛书问世了。但是，就某位作家文学创作研究的资料整理来看，多为选编，全编性质的少之又少。而对于一位还健在的作家，对其研究资料进行整理、编辑和出版，似乎要更难一些。因为作家的创作还在进行着，亦有新的研究成果不断涌现，又何以给出定论的评价呢？但是，作家创作有终结的时候，而对作家作品的研究却没有终结的时候。当然，这一持续性的研究，是建立在作家文学创作所具有的文学史价值意义基础之上的。换一种角度来看问题，要对某位作家研究资料进行整理汇总，则要看其是否具有文学研究史料的价值意义。毫无疑问，贾平凹是一位具有文学史价值意义的作家，贾平凹研究亦是具有支撑当代文学研究史料价值的存在。

接下来要面对的问题是：全编还是汇编。从收集资料的角度来说，自然是尽可能全面地将收集到的资料，统统纳入，不论文章长短，见解看法深浅，以期给人一幅完整、全面的研究景象。如此下来，且不说那些见于报纸及网络上的浩瀚资料，更不说成百上千的学位论文和研究专著，仅就刊于学术期刊的文章而言，研究成果就已有五千余篇。单就字数来看，研究文字是贾平凹文学创作的数倍。鉴于此，似乎还是需要作出某种选择，而编辑一套研究资料汇编则更为切实可行。

故此，编者在对贾平凹文学创作研究及其与之相关联的学术研究成果，进行全面系统的收集、梳理基础上，又有所权衡取舍。原则上，各类媒体的新闻报道类文章不入选，有关贾平凹研究的博硕论文亦不入选，仅于研究总目中稍作体现，而研究专著，只作极个别的节选。遴选时，编者尽可能选择那些兼具学术严肃性和科学性的文章。无论学术上持肯定还是否定观点，只要是具有建设性意义的文章，都是对于学术研究、学术生态的一种积极建构，乃至对于作家的文学创作，也是具有积极意义的。学术研究的多元化与多样性，是学术研究应有的状态，只要是从学术层面研究探讨问题，言之有理有据的各种观点、思路方法，都应当受到尊重。即便某些文章在理论视域等方面有不成熟的地方，也没有求全责备，有一定的创新和开拓性即可。

最后，说明一下丛书的编选体例问题。大体上，按照论说对象进行分类编选，如创作整体研究、长篇小说研究、中短篇小说研究、散文研究、书画研究等。其中，由于长篇小说文章甚多，研究成果凡能独立成卷的，均独立成卷。各卷整体上按自述与对话、综合研究、思想研究、比较影响研究等几个大的板块进行编选，但是，具体到各卷，则在此基本思路下，根据具体情况进行增删调整。因此，丛书在总体统一的体例下，又保持了各卷的差异性特征。

对一位作家的研究作多卷本汇编，本就是一种尝试，由于编者学识有限，不足、不妥之处在所难免，敬请专家学人、广大读者批评指正！

韩鲁华

目　录

自述与对话

文本分析

宏观研究

比较研究

自述与对话

ZISHU YU DUIHUA

《老生》后记

贾平凹

年轻的时候，欢得像只野兔，为了觅食去跑，为了逃生去跑，不为觅食和逃生也去跑，不知疲倦。到了六十岁后身就沉了，爬山爬到一半，看见路边的石壁上写有"歇着"，一屁股坐下来就歇，歇着了当然要吃根纸烟。

女儿一直是反对我吃烟的，说：你怎么越老烟越勤了呢?!

我是吃过四十年的烟啊，加起来可能是烧了个麦草垛。以前的理由，上古人要保存火种，保存火种的是部落里最可信赖者，如果吃烟是保存火种的另一形式，那我就是有责任心的人么。现在我是老了，人老多回忆往事，而往事如行车的路边树，树是闪过去了，但树还在，它需在烟的弥漫中才依稀可见呀。

这一本《老生》，就是烟熏出来的，熏出了闪过去的其中的几棵树。

在我的户口本上，写着生于陕西丹凤县的棣花镇东街村，其实我是生在距东街村二十五里外的金盆村。金盆村大，1952年驻扎了解放军一个团，这是由陕南游击队刚刚整编的部队，团长是我的姨夫，团部就设在村中一户李姓地主的大院里。是姨把她的挺着大肚子的妹妹接去也住在团部，十几天后，天降大雨我就降生了。那时候，棣花镇正轰轰烈烈闹土改，我家分到了好多土地，我的伯父是积极分子，被镇政府招去做了干部。所以在我的幼年，听得最多的故事，一是关于陕南游击队的，二是关于土改的。到了十三岁，我刚从小学毕业到十五里外去上初中，"文化大革命"爆发了，只好辍学务农，棣花镇人分成两派，两派都在造反，两派又都相互攻击，我目睹了什么是革命和革命的文斗武斗。后来，当教师的父亲被定为历史反革命分子而我就是黑五类子弟，知道了世态炎凉，更经历了农民在无产阶级专政下如何整肃、改造、统一着思想和行为。再后来，我以偶然的机会到了西安，又在西安生活工作和写作，十几年里高高山上站过，也深深谷底行过。又后来是改革开放了，史无前例，天翻地覆，我就在其中扑腾着，扑腾着成了老汉。

这就是我曾经的历史，也是我六十年来的命运。我常常想，我怎么就是这样的历史和命运呢？当我从一个山头去到另一个山头，身后都是有着一条路的，但站在了太阳底下，回望命运，能看到的是我脚下的阴影，看不到的是我从哪儿来的又怎么是那样地来的。或许阴影是我的尾巴，它像扫帚一样我一走过就扫去痕迹，命运是一条无影的路吧，那么，不管是现实的路还是无影的路，那都是路。我疑惑的是，路是我走出来的？我是从路上走过来的？

三年前的春节，我回了一趟棣花镇，除夕夜里到祖坟上点灯。这是故乡重要的风俗，如果谁家的祖坟上没有点灯，那就是这家绝户了。我跪在坟头，四周都是黑暗，点上了蜡烛，黑暗更浓，整个世界仿佛只是那一粒烛焰，但爷爷奶奶的容貌，父亲和母亲的形象是那样地清晰！我们一直在诅咒着黑夜，以为它什么都看不见，原来昔人往事全完整无缺地在那里，我们只是没有兽的眼罢了。也就在那时，我突然还有了一个觉悟：常言生有时死有地，其实生死是一个地方。人应该是从地里冒出来的一股气，从什么地方冒出来活人，死后再从什么地方遁去而成坟。一般的情况都是从哪里出来就生着活着在哪里的附近，也有特别的，生于此地而死于彼地或生于彼地而死于此地，那便是从彼地冒出的气，飘荡到此地投生，或此地冒出的气飘荡于彼地投生。我家的祖坟在离村子不远的牛头坡上，牛头坡上到处都是坟，村子家家祖坟都在那里，这就是说，我的祖辈，我的故乡人，全是从牛头坡上不断冒出的气又不断地被吸收进去。牛头坡是一个什么样的穴位呀，冒出的是一种什么样的气，清的，浊的，祥瑞的，恶煞的，竟一茬一茬的活人闹出了那么多声响和色彩的世事?!

从棣花镇返回了西安，我很长时间里沉默寡言，常常把自己关在书房里，整晌整晌什么都不做，只是吃烟。在灰腾腾的烟雾里，记忆我所知道的百多十年，时代风云激荡，社会几经转型，战争，动乱，灾荒，革命，运动，改革，在为了活得温饱，活得安生，活出人样，我的爷爷做了什么，我的父亲做了什么，故乡人都做了什么，我和我的儿孙又做了什么，哪些是荣光体面，哪些是龌龊罪过？太多的变数呵，沧海桑田，沉浮无定，有许许多多的事一闭眼就想起，有许许多多的事总不愿去想，有许许多多的事常在讲，有许许多多的事总不愿去讲。能想的能讲的已差不多都写在了我以往的书里，而不愿想不愿讲的，到我年龄花甲了，却怎能不想不讲啊?!

这也就是我写《老生》的初衷。

写起了《老生》，我只说一切都会得心应手，没料到却异常滞涩，曾三次中断，难以为继。苦恼的仍是历史如何归于文学，叙述又如何在文字间布满空隙，让它有弹性和散发气味。这期间，我又反复读《山海经》，《山海经》是我近几年喜欢读的一本书，它写尽着地理，一座山一座山地写，一条水一条水地写，写各方山水里的飞禽走兽树木花草，却写出了整个中国。《山海经》里那些山水还在，上古时间有那么多的怪兽怪鸟怪鱼怪树，现在仍有着那么多的飞禽走兽鱼虫花木让我们惊奇。《山海经》里有诸多的神话，那是神的年代，或许那都是真实发生过的事，而现在我们的故事，在后代来看又该称之为人话吗？阅读着《山海经》，我又数次去了秦岭，西安的好处是离秦岭很近，从城里开车一个小时就可以进山，但山深如海，进去却往往看着那梁上的一所茅屋，赶过去却需要大半天。秦岭历来是隐者的去处，现在仍有千人修行在其中，我去拜访了一位，他已经在山洞里住过了五年，对我的到来他既不拒绝也不热情，无视着，犹如我是草丛里走过的小兽，或是风吹过来的一缕云朵。他坐在洞口一动不动，眼看着远方，远方是无数错落无序的群峰。我说：师傅是看落日吗？他说：不，我在看河。我说：河在沟底呀，你在峰头上看？他说：河就在峰头上流过。他的话让我大为吃惊，我回城后就画了一幅画。我每每写一部长篇小说，为了给自己鼓劲，就要在书房挂上为所写的小说作的书画条幅，这次我画的是"过山河图"，水流不再在群山众沟里千回百转，而是无数的山头上有了一条汹涌的河。还是在秦岭里，我曾经去看望一个老人，这老人是我一个熟人的亲戚，熟人给我多次介绍说这老人是他们那条峪里六七个村寨中最有威望的，几十年来无论哪个村寨有红白事，他都被请去做执事，即便如今年事已高，腿脚不便，但谁家和邻居闹了矛盾，谁个兄弟们分家，仍还是用滑竿抬了他去主持。我见到了老人问他怎么就如此的德高望重呢？他说：我只是说些公道话么。再问他怎样才能把话说公道，他说：没有私心偏见，你即便错了也错不到哪儿去。我认了这位老人是我的老师，写小说何尝不也就是在说公道话吗？于是，第四遍写《老生》，竟再没有中断，三个月后顺利地完成了草稿。

《老生》是四个故事组成的，故事全都是往事，其中加进了《山海经》的许多篇章，《山海经》是写了所经历过的山与水，《老生》的往事也都是我所见所闻所经历的。《山海经》是一个山一条水地写，《老生》是一个村一个时代地写。《山海经》只写山水，《老生》只写人事。

如果从某个角度上讲，文学就是记忆的，那么生活就是关系的。要在现实生活中活得自如，必须得处理好关系，而记忆是有着分辨，有着你我的对立。当文学在叙述记忆时，表达的是生活，表达生活当然就要写关系。《老生》中，人和社会的关系，人和物的关系，人和人的关系，是那样地紧张而错综复杂，它是有着清白和温暖，有着混乱和凄苦，更有着残酷，血腥，丑恶，荒唐。这一切似乎远了或渐渐远去，人的秉性是过上了好光景就容易忘却以前的穷日子，发了财便不再提当年的偷鸡摸狗，但百多十年来，我们就是这样过来的，我们就是如此的出身和履历，我们已经在苦味的土壤上长成了苦菜。《老生》就得老老实实地去呈现过去的国情、世情、民情。我不看重那些戏说，虽然戏说都以戏说者对现实的理解去借尸还魂。曾经的饥荒年代，食堂里有过用榆树皮和苞谷皮去做肉的，那做出来的样子是像肉，但那是肉吗？现在一些寺院门口的素食馆，不老实地卖素饭素菜，偏要以豆腐萝卜造出个鸡的形状，猪肉的味道，佛门讲究不杀生，但手不杀生了心里却杀生，岂不是更违法？要写出真实得需要真诚，如今却多戏谑调侃和伪饰，能做到真诚已经很难了。能真正地面对真实，我们就会真诚，我们真诚了，我们就在真实之中。写作因人而异，各有各的路数，生一堆火，越添柴火焰越大，而水越深流越平静，火焰是热闹的、炙热的，是人是兽都看得见，以细辨波纹看水的流深，那只有船家渔家知道。看过一个材料，说齐白石初到北京，他的画遭人讥笑，过了多少年后，世人才惊呼他的旷世才华而效仿者多多，但效仿者要么一尽写意，要么工笔摹物，齐白石这才说了"似与不似之间"的话。似或不似可以做到，谁都可以做到，之间的度在哪里，却只有齐白石掌握。八大山人也说过立于金木水火土之内而超于金木水火土之外，形上形下，圆中一点。那么，圆在哪儿，那一点又在圆中的哪里，这就是艺术的高低大小区别所在了。看山是山看水是水，看山不是山看水不是水，看山还是山看水还是水，年龄会告诉这其中的道路，经历会告诉这其中的道理，年龄和经历是生命的包浆啊。

　　至于此书之所以起名《老生》，或是指一个人的一生活得太长了，或是仅仅借用了戏曲中的一个角色，或是赞美，或是诅咒。老而不死则为贼，这是说时光讨厌着某个人长久地占据在这个世上，另一方面，老生常谈，这又说的是人越老了就不要去妄言诳语吧。书中的每一个故事里，人物总有一个名字里有"老"字，总有一个名字里有"生"字，它就在提醒着，人过的日子，必是一日遇佛一日遇魔，风刮很累，花开花也疼，我们既然是这些年代的人，我们也就是这些年代的品种，说那些岁月是如何的风风雨雨，道路泥泞，更说的是在风风雨雨的泥泞路上，人是走着，走过来了。

故乡的棣花镇在秦岭的南坡，那里的天是蓝的，经常在空中静静地悬着一团白云，像是气球，也像是棉花垛，而凡是有沟，沟里就都有水，水是捧起来就可以喝的。但故乡给我印象最深最难以思议的还是路，路那么地多，很瘦很白，在乱山之中如绳如索，有时你觉得那是谁在撒下了网，有时又觉得有人在扯着绳头，正牵拽了群山走过。路的启示，《老生》中就有了那个匡三司令。

匡三司令是高寿的，他的晚年荣华富贵，但比匡三司令活得更长更久的是那个唱师。我在秦岭里见过数百棵古木，其中有笸篮粗的桂树和四人才能合抱的银杏，我也见过山民在翻修房子时堆在院中的尘土上竟然也长着许多树苗。生命有时极其伟大，有时也极其卑贱。唱师像幽灵一样飘荡在秦岭，百多十年里，世事"解衣磅礴"，他独自"燕处超然"，最后也是死了。没有人不死去的，没有时代不死去的，"眼看着起高楼，眼看着楼坍了"，唱师原来唱的是阴歌，歌声也把他带了归阴。

《老生》是2013年的冬天完成的，过去了大半年了，我还是把它锁在抽屉里，没有拿去出版，也没有让任何人读过。烟还是在吃，吃得烟雾腾腾，我不知道这本书写得怎么样，哪些是该写的哪些是不该写的哪些还没有写到，能记忆的东西都是刻骨铭心的，不敢轻易去触动的，而一旦写出来，是一番释然，同时又是一番痛楚。丹麦的那个小女孩在夜里擦火柴，光焰里有面包、衣服、炉火和炉火上的烤鸡，我的《老生》在烟雾里说着曾经的革命而从此告别革命。土地上泼上了粪，风一过粪的臭气就没了，粪却变成了营养，为庄稼提供了成长的功能。世上的母亲没一个在咒骂生育的艰苦和疼痛，全都在为生育了孩子而幸福着。

所以，2014年的公历3月21，也是古历的二月二十一，是我的又一个生日，我以《老生》作我的寿礼，也写下了这篇后记。

（选自《老生》，人民文学出版社2014年版）

中国历史的文学记忆

——贾平凹长篇新作《老生》读者见面会暨名家论坛

贾平凹　李敬泽　陈晓明　李　莎

主持人（贺超）　非常荣幸能够主持今天下午的"中国历史的文学记忆——贾平凹先生长篇新作《老生》读者见面会暨名家论坛"。我们邀请了四位嘉宾一起围绕《老生》一书对"中国历史的文学记忆"这样一个话题来进行探讨。下面有请李莎女士、陈晓明先生、李敬泽先生和贾平凹先生上台。

首先，我们先请几位嘉宾谈谈对这本书的看法。李敬泽先生您先来？

李敬泽　书是这两天在路上看的，因为出差，所以看得断断续续。不过我觉得挺好，这个书也适合断断续续地看。贾平凹的文字表达力好是出名的，但我觉得这本书的文字是尤其好。有时我觉得这本书作为一个长篇，随便从哪一段翻起来都可以单独地去读，不像有的长篇从中间或者从半截去看会看不下去，因为他这本书是按照《山海经》一章一章往下说，有时跳着读完全可以读下去。有时候夸这个小说家的文章好，小说家不太爱听。确实，小说的力量不仅仅在文章上，但我想除了其他种种力量之外，如果也有文章的力量当然是最好的。我个人觉得，就这几年贾平凹的长篇来讲，最好的文章就是，文字每个片段都可以单独拿出来读，非常松弛，非常从容。如果大家还没有看这个小说的话，至少可以看看后记，看的时候真的是感觉到贾平凹的文章已经写得出神入化。我反正一边看一边羡慕嫉妒恨，因为都是写文章的人，看到贾平凹写文章好像也不大费劲，不大费劲还把文章写得这么有神采和有风致，我觉得剩下的那就只有恨了。我就先说这么多。

主持人（贺超）　我理解为恨有多深爱就有多深。从书的体裁来看，贾平凹先生是深谙碎片化阅读的，每一篇确实都和李敬泽先生说的一样，随手翻开都可以从此处开始看。陈先生，你是本土评论家，接下来请您来说吧？

陈晓明 恭敬不如从命。贾平凹先生是我非常尊敬的一位作家，我觉得用"无限的创造力"来说你一点儿都不过分。这不是当面夸你，当面夸你是很难的事情，需要脸面和脸皮。但这么说真的不过分，因为真的想不到《废都》之后贾平凹先生还有一系列的作品，《白夜》《高老庄》《怀念狼》，然后有《秦腔》。《秦腔》获得了茅盾文学奖，《秦腔》之后大家想，可能贾平凹先生的创作是不是也就差不多了，那本厚重的《秦腔》唱得那么苍凉，那么空旷，那么遥远，后面竟然还有《古炉》。在《古炉》出版的时候，我说这是贾平凹最好的作品了，大家可以去网上去查查。《古炉》确实是一部让人惊叹之作。《古炉》里面的东西值得我们反反复复去阅读。我认为《古炉》是一部和鲁迅先生对话的作品，它敢于去解决鲁迅先生没有解决的某种问题，我觉得这一点是非常可贵的。

但是《古炉》之后又出了一部作品《带灯》，我当时被《带灯》完全惊住了。虽然那段（时间）我挺忙乱的，但我还是为《带灯》写了一篇比较长的文章。对《带灯》我确实非常欣赏，我觉得它提出了很多新的问题。

在《带灯》之后，我想贾平凹先生应该不会再有大的手笔了吧？结果没想到这次他又出了《老生》。刚才敬泽兄提到一个概念，叫"文章"。我突然有种被针扎一样的感觉，我觉得这是一个非常独特的概念。我们一直说中国文学的中国经验、中国文学的中国笔法在什么地方。敬泽兄说一部大作品写到最后，就像写一篇文章，这个感觉太妙了，太好了。

中国文学和西方文学有一个对话过程，现代小说与其他文明之间存有内在经验的互相交流与吸收，但是中国文学有自己的独特性。我一直认为独特性不是一个二元对立的东西，不是一个巨大的东西，而是在内心，在我们的时空当中，它能保留最小值，我觉得那是最真实的。所以刚才敬泽兄说到"文章"的概念，我觉得这是理解贾平凹作品的一个角度，尤其是《老生》。这部小说真的就像敬泽兄刚才说的那样，随便哪一段翻开都非常有意思，哪一段都是一篇好文章。

我曾说贾平凹先生每次都有他的创造，是指他不断推出厚重的新作品，而且每次他都可以超越自己。每一部作品都不一样，每一部作品都是跨越。贾平凹先生在这部书里讲的历史是千万不能忘记的历史，我们要年年讲、月月讲。这部小说是在提醒我们千万不能忘记阶级斗争给我们造成多么大的灾难，这样的历史我们不能够遗忘。我觉得这是《老生》一个内涵性的主题。戏曲行当中的老生，那个唱腔非常地苍凉。各种各样的角色里，老生是最见功力的，虽然我不懂戏曲，但我觉得作为大作家，贾平凹先生的写作到这个时候就是一种老生的写作。我觉得这是非常重要的一个写作方法，和现代作家做对比的话，现代作家是一个青春写作，鲁迅是其中唯一一个中年作家，其他都是青春写作，老生那种叙述的声调、叙述的语感、叙述的方法很少见。这本书里面出现的唱师，活了多少岁我们不知道，年岁多大我们不知道。其中有一个老人说他爹把他举在肩膀上的时候，唱师就已经白发苍苍了。贾平凹先生这部作品里面有很多魔幻的地方，他的《太白山记》《怀念狼》也是用魔幻的笔法，但他的魔幻笔法越写越随意，你完全不觉得它是魔幻，你觉得它就是现实中存在的，就像维特根斯坦所说的"神秘的不是世界是怎样的，而是世界就是这样"。所以，可以看到这部作品在叙述的实践上做了非常大的实验。但是，你又看不出它是一部实验小说，他依靠《山海经》，用四个判断来切入，来叙说，他试图把最古老的历史、神话一样的历史、开天辟地的历史和我们近代、现代中国面临的巨大的转折、巨大的裂变、巨大的惨痛的历史对接起来，把人和虎狼豺豹一起生活的那个历史和我们要转折的、要新生的、再生的，很可能也是要终结的现在的历史首尾连接起来，这个太大胆了。这就是我为什么看到半夜会惊一身冷汗。所以敬泽兄说这是文章，这就是在写文章。我先说到这里。

主持人（贺超）　确实，贾平凹先生书中写的有一些狗听人唱歌，自己也会唱歌，这个情节就很有意味。两位刚才是从男性的视角出发对这本书谈了看法，下面我们有请翻译家李莎女士谈谈对这部书的看法。

李　莎　大家好！感谢人民文学出版社邀请我来，书我也是断断续续地看完的。看了以后有几个感觉，还请贾平凹老师多多指正。

第一，我发现这四个故事从来没有提过一个具体时间，比如说哪年、哪月、哪日发生的事，就是仅给你一个时间的感觉，比如你看了觉得到改革开放了那就到改革开放了，但是没有给你具体时间。我请教贾平凹老师，因为我本人认为历史是循环性的，我不觉得历史是进步性的、远景性的，就是今天发生的事情以后永远也不会再发生了。我看这本书没有日期的固定的概念，对我来说，这些故事是具有融合性的。所以贾平凹老师您一会儿可以回答一下我的问题，我的看法是否正确？这里面没有具体的时间，而是有一个相关的、互相干扰的时间。这是第一个感觉。第二，我看过《山海经》。专家一般认为《山海经》是一部口口相传的对地理历史、对古典时间的宏观理解的奇书。贾平凹老师选择以《山海经》为切入点，他其实是在跟我们说，历史是主观的，不是客观的。比如，咱们俩同一个时间经历一个事情，我们两个人的看法都是不一致的，每一个人讲历史都是主观的。我觉得《山海经》就是这样一部主观的历史，当然也有人认为《山海经》不是口口相传而成的，他们说每一个东西都带有细节性的（描述），肯定是有考察的，确实有一定的道理。而且《山海经》又是地域性的，就是我们看到贾平凹老师有很多隐喻、比喻，有很多魔幻的事物。所以这部小说跟《山海经》的故事有很密切的关系。第三，作为外国人，我们接触汉语有非常大的困难，所以我们习惯看书的开头，如果这本书抓不住我们眼球，我们就不往下看了。因为我是翻译，所以我选要翻译的书的时候首先就看这本书的开头是否能抓住我，我就以此判断这本书我是否要翻译。我翻译的第一本书是莫言老师的《檀香刑》，因为《檀香刑》一读开头就放不下来，就必须要把它看下去。我一开始就看《老生》的开头，也有类似于看《檀香刑》的感觉，这对我这个外国人来说，往往是判断一本书是否是好书的标志。第四，《老生》这个名字。因为我拿一本书肯定要看题目。老生是什么？我认为《老生》一个是长生不老的老生，一个可能是服药炼丹的老生。一个故事有一个老人，这就意味着《老生》的故事是我们的故事，所有人的故事，不光是中国人的，也是外国人的、世界的故事。所以我再次感谢贾平凹老师为我们提供这么有意思、这么好的书。第一次我匆匆忙忙地看了这本书，下次肯定还会拿来看。谢谢大家！

李敬泽　我接着说，其实我压根儿就不喜欢这个题目"中国历史的文学记忆"。

陈晓明　这是骂我。

李敬泽　这是你起的？对不起。

主持人（贺超）　大家应该充分理解一下什么叫"杀熟"。

李敬泽　我已经得罪了人，再得罪一次，我不仅不喜欢这个题目，贾平凹后记也不可信，文章很好，但是我觉得我们对于作家所做的自己作品的阐释也就姑妄听之吧。当然，有时候小说家对作品的自我阐释非常有价值，但是我想刁钻的、狡猾的读者和批评家是不会轻易地跟着作家的自我阐释走的。

就我个人来讲，作为一个读者，这本书写的是贾平凹他们老家的百年历史也好，记忆也好，我真是不关心。我为什么与他们老家的百年历史和记忆有关系？这个事只跟贾平凹有关系，和我一点关系都没有。更不用说把这个直接说成是中国的百年历史记忆。某种程度上讲，这个标题我特别喜欢的两个字是"文学"，这里面有历史、有记忆。但是我想只有当历史不再是历史的时候，只有当记忆不再完全是个人记忆，而变成了经验、直觉和梦幻的时候，才有文学。如果只有历史、只有记忆，没有文学，要文学干什么。贾平凹好好写一个历史，不需要写这个小说，或者说好好地回忆他的记忆，也不需要他的小说。小说在哪里？何以见得是文学？我觉得刚才李莎所谈的有意思之处，就在《山海经》，这个《山海经》不是一个简单的结构性因素。这是我的理解，我觉得贾平凹自从成为一个作家以来，一直到现在都很苦。他怎么苦呢？就是他的写作生涯，他的大半辈子，一直在和曹雪芹做斗争，他的写作既向《红楼梦》致敬，又与《红楼梦》做斗争。我们在《废都》中就能够看到他和《红楼梦》竞争的雄心。这本《老生》我觉得也是竞争的一部分。

《山海经》里不仅仅有山经、海经、大荒经，大荒经还分大荒东经、大荒西经、大荒北经，所以最有文化的地方是北大荒，那是从《山海经》来的。这个"荒"字，某种程度上我觉得是中国小说的精髓所在，或者是中国传统小说的精髓所在。我们看《红楼梦》里，"满纸荒唐言，一把辛酸泪"，"荒"永远是《红楼梦》里一个不知道在哪儿的远方，既是空间上的远方，也是时间上的远方，你永远不知道它是现在、过去，还是未来。这就是刚才李莎谈的问题。这个是什么意思？《红楼梦》里讲"荒唐言"的"荒唐"不是咱们后来讲的"荒唐事"？"荒唐"是什么意思呢？我们读《庄子·天下篇》"以谬悠之说，荒唐之言，无端崖之辞，时恣纵而不傥，不以觭见之也"，这是庄子讲的。我们看《庄子》的注解，什么叫荒唐之言，成玄英的注是"荒唐，广大也"，郭庆藩的注是"广大无域畔者也"。也就是说，在我们古人那里，从《庄子》到《山海经》到《红楼梦》，有那么一个东西，你叫它荒野、荒唐也好，它是相对于我们这个沉重、热闹的人的世界的一个既是时间又是空间的，巨大的具有无限性的维度。这是中国小说的精髓，或者是古典小说的精髓。对于"鲜花着锦，烈火烹油"，对于我们人世间这些乱七八糟的事，我们既是如此热烈、如此投入地去写着，去过着，但同时又意识到这一切都是无比荒唐的。

所以从这个意义上，才有了《红楼梦》那个神乎其神的巨大架构，也是《老生》之所以要使用这样结构的原因。贾平凹在这里讲《山海经》是一部地理之书，我觉得他也就那么一说，《山海经》绝不仅仅是地理之书。鲁迅说《山海经》那是"巫觋、方士之书"。从历史角度推断，《山海经》肯定不会是古时一个人或是一群人四处考察地理回头写的，它实际上是我们中国人的巫术、巫师之书，是和幻觉有关系的，是一种既综合了时间感，也综合了空间感，贯通天地的一种体现。巫是什么东西，巫是什么人，中国的巫是干什么的？就是通天地之消息，贯通天地的。所以这个"老生"就是一个巫，我觉得可以在这样一个架构里去考察这本书的结构，或者这本书的根本立意。同样，我们应该在这个架构里去理解贾平凹对历史、记忆、艺术、文学的看法。我想，尽管贾平凹在后记中充分地表达了，他是一个实实在在的坐在这里的人，要对他的家乡、对他的历史、对他的记忆负一份责任，但是我觉得他作为一个作家，写这部书的时候差不多也是一个巫觋。作为一个巫的时候，他可以看到历史之重、记忆之重，但同时他也一定要在这个架构里、在整个艺术过程中让它变成轻。这个"轻"和"重"不是一个价值判断，不是轻的就好、重的就不好，而是说有重才会碰到地上，有轻才能碰到天上。所以从这个意义上说，我认同晓明老师讲的记忆、历史，我们看这部小说时确实不得不直面历史。看这部小说看到最后，我觉得我们看到的绝不仅仅是记忆和历史，我的感觉可能和李莎有点相近，就是看到最后应该看到：历史也不仅仅是历史、不再是历史；记忆也不再是这个现实，个人执着于此的这个记忆。我想这个可能就是这本书的魅力所在。

我刚才说了半天，从庄子说到《山海经》，已经是玄之又玄。但其实，我觉得我对历史的态度，和我姥姥对乡村生活的态度是差不多的。我小时候总听我姥姥讲这个村、那个村，说的也是百年历史，但你听了就跟听邻居家的事一样，你也感觉不到什么历史时间，历史已经完全变成人世间飘荡的一个传说。所以，无论是庄子也好，《山海经》的作者也好，曹雪芹也好，贾平凹也好，还是我姥姥也好，我觉得他们都体现了中国人对待这个历史记忆的一些根本的、精髓的态度。这也是我特别喜欢这部小说的原因。

主持人（贺超） 因为我在农村生活到八岁，所以我看这个书很有感受，这里面写的很多事和我身边人的真实生活状态很接近。真的是这样的，所以你到陕西了，包括李莎女士可以去陕西生活，你会发现贾平凹老师的作品不是虚构的，就是一种生活状态。我的家乡在陕西的偏远山村，那个地方的生活状态几乎和这本书里写的一模一样，一样在上演。按照李敬泽先生的说法，作家其实创造了一个荒，写完之后他自己心里荒了，这个荒就交给读者和评论家了，每个人看见的都是不一样的。三个嘉宾谈的角度都不一样，等作者谈的时候是不是能和他们吻合？或者作者自己心里有没有一个"老生"的状态？下面我们就请贾平凹先生来给我们聊聊《老生》这本书的本意是什么。

这么多年采访了好多作家，不说普通话的就这一位。贾平凹先生，刚才李敬泽先生说他认为《老生》是你最好看的一部小说，您对这个"最好看"怎么看？

贾平凹　原谅我不能说普通话，我的陕西口音太浓。

刚才李莎谈到这个问题，紧接着李敬泽也谈到这个问题，确实作家写东西，有时候写作意图是朦朦胧胧的，也说不清，有时也不一定要非常清楚。写《老生》我心里想了一些东西，确实刚才李敬泽也谈到这个问题，实际上说到最后，想的就是刚才说的大荒的问题，也就是荒唐事。人世就是这样一回事，人的命运、人生、整个时间就是这么一回事，这是它背后的一个东西。作家对这个事实经过几十年的思考，就像乡下老太太讲古，"古"就是一代一代传过来的事情，但是要把它写出来，却不能虚写，还是要实写，就必须要写一些具体的、真实的社会生活现象。在时间跨度上，像《老生》的时间跨度基本上是一百多年，实际上也说不上一百多年，这个老头儿唱师，如果不死，谁知道他有多大呢。作为一个作家，具体笔墨落在纸上写的时候，就要写得实，这样就必然提出一个历史和文学的关系问题。如果把文学变成历史，那就没有文学了，那就没有意思了。但是文学写到历史的时候，怎么把历史化归到文学里面呢？怎么归过来？说到最后就是刚才李敬泽说的，具体来看每一段有几个具体的事件，而百多年来，我所知道、我所听到、我所参与的，就是这四个阶段，也就是中国这一百多年来的四个社会转型期发生的事情。实际上事情都是二三十年就要有一个大的转折，那就是这辈人和那一辈人肯定是不一样的，而四辈人基本上就是一百二三十年。所以说在这一辈写四个阶段的事的时候，就像刚才李莎说的没有什么时间段，如果读者读到就会知道这是哪个（阶段的）事件。也是故意不让它太具体，从文学角度来说，太具体是不好的，从政治角度也不好。

再有就是刚才说的《红楼梦》，《红楼梦》是一个大话题的东西，当然不能和《红楼梦》相比，但是要向《红楼梦》学习。把历史化归到文学里面，有好多的办法，记忆就是其中一项，也是特别重要的一项。文学可以是对社会的记录，也可以说是一种记忆。对具体的一个作家来讲，他写的东西基本是他的记忆。

个人的记忆是个人的记忆，大了以后就是一个族类、一个民族、一个国家，或者是一个历史的一些记忆。荣格说过一句话，我特别欣赏的一句话，他说"文学的根本目的是表现集体无意识"，当时我看到这句话觉得很震撼。怎么抓住这个社会的集体无意识？必须要了解、要关注这个社会，才能抓住这些东西的关键。有了这个意识以后，你再寻找原始具象的东西写出来，你的作品就成功了。意思就是这个意思，我理解的不知道对不对，反正就是这样。

所以关于这类故事，写的过程，必然要写到某一个阶段的人和事，在写这个过程中也要面貌，也要搭一个大纲来看这个历史。从人物发展的角度来看，一百年的建设史只是一眨眼的工夫，这样一看好多事情就看透了，这样就可以超越。为什么我选"唱师"作为叙事人？唱师是社会最基层的一个人，以他的视角来看这一百多年来的过程。这个人超越了族类，也超越了不同的制度，超越了人和事，这样就有意识地、超越地来讲这些东西，当你站得很高的时候，就不会再去争是与否、对与错的观念，你看到的完全是人生的那种大的荒唐，就是刚才讲的大荒的这些东西，就能够看清这些东西。我当时写的时候的由衷之情就是这样的。

但是在后记里面写到的那些东西，因为它的材料的确都是真的，陕南游击队的团长就是我姨夫，而且我大姨一直关照我长大，我的伯父就是参加"土改"的。这些故事实际上是我小时候经常听的，他们给我讲的闹革命的事情、打游击的事情、"土改"的事情。这些故事你毕竟要把它写成小说，而变成小说的时候，你就得让人家相信你，你就要把这段写得特别真实。那怎么来写？今天早上有一个我认识的人给我发了一条短信，他经常写了诗就用手机给我发过来，早上他写的一首诗我觉得写得特别好，他写中国的水墨，他这段时间正在学画画，在宣纸上画水墨画，他讲道："我的祖辈容纳下了那么多的水墨的……那么多丰富的写意，带着能渲染的宣纸回到故乡来，代代相传的水墨故事，流动的是群贤，但是却是流动在全国民间的故事中。"我当时看了以后觉得很受感动，想想中国这个社会应该是水墨的，小说应该也是水墨的，它是既写实又写意的，它能渲染开一个东西，从历史中能感觉到这个东西。我就说这些，来回答刚才那个问题。

主持人（贺超） 刚才几位文学评论家都提到小说和《山海经》的紧密关系。但是我在阅读时特别费劲，如果要读《山海经》就要往前挪，而把《山海经》看完，把小说就又忘了。为什么要把这两个东西强行地搁在一起？如果我来选一段可不可以？其实它每一篇的章节是这样的，先是一段《山海经》，然后是一段问答，好像是在一种递进的内容下再把小说独立的故事引发出来。但是那一段和小说本身没有太大关系，《山海经》背后跟着的那段问答和这个《山海经》好像是有点关系。这样你的阅读体验是有点割裂的，看这部小说有点儿费劲。我看得正高兴的时候，《山海经》出来了，然后我读下一段，好多生僻字，你得去查这个字什么意思，然后再往下读，读完以后他说前面有一座山，山上有黄金，里面有一路，然后前面又有一座山，山上有什么苍松，苍松下面再有一座山。大概是这样一个状态，就觉得挺费劲的，您为什么要这么安排？

贾平凹 其实我在很早之前就在看《山海经》，看了好多遍。如果按照现在人的阅读习惯，是读不进去《山海经》的。《山海经》的句式非常简单，就是几千年前的中国有一个什么山，山上有什么树，这个树长的什么样，再过几百米又一个山，山上长的什么树，山上有什么动物，就简单地重复这个东西。但是你读进去以后就特别有意思，读进去以后你详细分析每一个字的时候，就发现中国人的思维、中国人文化的源头都在《山海经》里面，中国人对外部世界形成的观念就是从《山海经》里面来的。

你把那个书一看，特别感兴趣的就是中国人的思维、中国人的观念，对外部世界的观念，构成了这样一个社会。李敬泽刚刚说的观念我觉得挺好的，《山海经》是不可能有一个人背一个行囊拿一个尺子去量哪里有几百里，哪里有一个山，怎么能达到那里，如果纯粹写那个东西，好像也有问题。所以刚才说中国人的观念、中国人的思维是怎么产生的，根源是从哪儿怎么生发出来的？他对树怎么看，对山上产什么东西的看法，完全都是中国人对世界万物的一种看法，而关键是它们是从哪儿开始的。

再有就是它的写法，它是一个山一个山来写，然后构成了它所说的那个世界。后来从这方面借鉴，一个村一个村来写这个时间的历史，就是受它的启发。

陈晓明 我觉得《山海经》和它凑在一块儿读非常有意思，《山海经》本身就是蛮有意思的一个文本。每段前面都有一段问答，我说一句你跟一句，跟着念，每一段都是以这个来开始，我觉得非常有意思，是仪式性的，是一个有意的重复。它是一个历史，是一个戏仿的历史，这个历史是口口相传的。当然刚才李敬泽说否定一种硬性的历史存在，是以文学的方式。我觉得这本书就是将自己伪装成历史，这个是非常确实的，你要一句跟一句地念，这个不能走型的，腔调都要对，还要一本正经地来问答，这是有意的。

像刚才贾平凹先生说的水墨既是写意又是写实一样，它恰恰是虚实结合。刚才李敬泽说的大荒，"满纸荒唐言，一把辛酸泪"，这个辛酸泪是历史的泪。所以这本书看上去非常清晰，四段故事，写了几个人，其实那几个人都很有成就。老黑是黑头土脸的，他一出生母亲就死了。白土又是另外一种心性，代表了一种传统的良知和人性的善良，后来地主婆玉镯对他还是那么忠心耿耿，以至跟他同床睡。贾平凹的小说，细节都非常精良，这就是为什么他的小说翻开任何一段都可读，比如说白土说他睡在玉镯床上，抱着她睡都不敢造次，因为她原来是主人，永远的主人，这就是阶级斗争的另外一面，结果马生晚上就潜进来了。这些当然都很大的，但看到这里面的深意、人性的复杂，就很微妙了。还有琐琐碎碎的乡里邻间的家长里短，但是他都写得那么生动有趣。而一种历史的巨大的惨烈和巨大的虚无荒唐，又和琐琐碎碎的乡间的大荒唐、小荒唐结合得非常好，虚与实、写意和写实扣得非常紧密，每一个你看上去是写实的它却又是写意的，你看是写意的它又是写实的。所以到了这部作品，已经能够说是看山是山看水是水，所以《山海经》大家一定要去看，看看怎么看山是山看水是水。

李　莎　关于《山海经》，我觉得非常有意思的就是你刚才说的，我真入迷了，你可以把《山海经》看作是一种禅、一种冥想的东西，这里有一座山，那边有一座山，那座山里面你进去看以后有一个动物，再出来。我认为看书不是一个从 A 到 C 的东西，而是一个循环的过程，实际上书读完你就没故事了，所以你可以在这个时间停留一下，享受这种禅。

陈晓明　我插一句：中国民间有一个非常朴实的生活方式，一个和尚对一个小和尚说，从前有座山，山里有座庙等。

李　莎　对，然后后面又有一座山，又有一座庙，实际没事，你就在那儿欣赏这个过程。我觉得这比较有意思。

人物的名字我不太记得了，就是一个地主在买东西，好像是买煤，他看到四凤，觉得她非常漂亮，于是强行娶她做姨太太，晚上不让她盖被子，地主他一夜不睡，一直抽烟。我觉得太好玩了，我感觉有的时候欣赏一个东西，不一定要去摸她、不一定要动她，就把她当成是一种审美的道具、一种剧情的感受。

所以我非常喜欢那一段，觉得特别有意思。

李敬泽　说明你很腐朽了。

主持人（贺超）　这个地主看到这个姑娘长得很漂亮，想看她，但是这个姑娘不让他看，后来他就强行把这个姑娘弄到家里去，弄到家里以后就做了一个事，洗完澡后干干净净地放在床上摆着，地主坐在桌子旁抽烟，抽了一夜，第二天说把她弄出去吧。而且当时是轿子抬过去的，他说你不是不让我看吗，我就看你一晚上，我不要你。这个女孩后来成了老黑一辈子的最爱，但她是非常贞烈的女孩子，最后疯了。

其实刚才李莎一说，我就突然想起李宗盛在五十岁写的很火的一首歌《山丘》，人一辈子不就是翻山越岭的过程吗？按照这个思路你去看这个小说，好像是一种天然的美，翻山越岭，一山又一山然后你碰到不一样的人生和不一样的机会。

大家现在可以向嘉宾提问了。

问题一　今天非常高兴能参加这个发布会，贾老师，我的问题是这样的：当下，年轻读者对于乡村生活已经有了隔阂，另外用传统的写法描写乡村生活已经不能为读者所接受了，你是如何看待这些问题的，又是如何解决这些问题的？

贾平凹　关于怎么写中国，尤其年龄大一点的作家都是写乡土的，我本人也只会写这方面的一些东西，毕竟一个作家熟悉的东西、擅长的东西是有限的。再一个，我觉得一个作家写东西，不一定是给全部人写的，他是给一部分读者写的，不可能达到大家都满意，或者是看到都喜欢，只是写给一部分人，发行量也是有限的，只有一部分人喜欢看。

具体到乡土文学，我也看过现在一些很年轻的作家写的一些作品，我觉得人家都是专业的，人家的文章结构确实不错，我曾经也学过。但是写过一段就带过了，后来我又把这个带过来，好像它不是一时就能够学会的东西，感觉还是不一样。后来，我只能是把自己的作品写得更好阅读一点。原来的小说里面的方言也不是刻意的，小说里面写的那些生活，乡间人怎么说话，无意识地就把它带了出来，后来我就有意识地削减了一些，因为我想尽量写一些让西北以外的人能够看懂的东西，而且让更年轻的人能够看懂的东西。当然，这种小说对那些对这段历史不感兴趣的年轻人来说，估计读起来会有点沉闷。但是，我只能是尽最大的努力不停地变化它，尽量把小说写得很有趣味性，最起码让大家有兴趣读下去。比如说我老想，上帝造人，人也需要吃饭，吃饭必然是很辛苦的，你要种粮食，把粮食磨成面粉，把它做成饭，你不停地要拿牙来咬，到肚子里、肠子里，消化了排泄，上帝让人维持下去就必须要吃饭，要吃饭就来一些口味、来一些食欲，你就很乐意去干这个事。就像生育一样，生育是一个很辛苦、很无聊的工作，但是它给你增加乐趣这些东西，你就很乐意去干这些事情。实际上小说里面，不管你想表达多大的内容，你的作品最起码要有趣味。在中国，沈从文、张爱玲等这些作家的文章为什么好看，因为他们小说里面有很多"瞎话"在里面，"瞎话"就增加文章的趣味性。至于更新的一些东西我也做不到，我现在看到新锐的小说一句就是一段，这种结构特别多，这种结构我确实欣赏不了，这恐怕和自己的社会阅历还是不一样的。

问题二 非常感谢贾平凹先生这次来到北大，非常欢迎，也感谢各位嘉宾。我有一个问题：我拿到贾平凹先生这本书，发现封底有一首小诗，就很奇怪贾平凹先生为什么会写"我有使命"一句，我不知道贾平凹先生的这个使命是什么。刚刚陈老师也说到贾平凹先生一本又一本的力作持续推出来，不知道以后还会不会有其他的大作？另外，是什么样的动力在驱使着您一本又一本地持续推出新作？谢谢！

贾平凹 这几句话是从来没有透露过的，是西安一个朋友去我那儿拍了照片偷偷透露出去的。告诉你一个秘密，写一个长篇的时候，写作过程其实是非常辛苦的，因为长篇小说一写就是好几年时间，除了开会、活动以外，基本上我都在房子里琢磨这个事情。这样时间长了就没劲儿了，就像在运动场上你跑步的时候别人得给你喊加油。你要经常鼓劲儿，但又没有人给你鼓劲儿，所以我每次写长篇就不停地写书法作品，不停地给自己鼓劲儿。这四句话就是我给自己写的，这四句话就是这样产生的。为什么写的是"我有使命不敢怠"？这个使命倒不是谁交给我要完成的任务，也没有谁给我下达任务。我觉得其实在写的时候，人会遇到一些能够产生灵魂的东西，尤其是在你写得很顺手的时候，感觉不是你自己写的，感觉是别人给你写的。就是那种感觉。我总是觉得这样写也不错。

我在写这本书的时候，就觉得自己在完成一个很伟大的事情，必须要很庄重地投入里面，要不然就没意义，就没有劲儿写下去了。"我有使命不敢怠"这是一个大和尚说的话。"站高山兮深谷行"，也就是"高高山头站，深深谷底行"，人的一生基本上是一日兼佛、一日兼魔的，一阵好了一阵不好了，好事坏事一块儿的。"风起云涌百年过"，基本上我面对的是要编一个故事，一百多年的故事，"原来如此等老生"，这是给自己写古今事，所以我要好好写。其实我写了很多，来人的时候这个没有取下来，被他拍照带走了。我现在房子里还挂着，大大小小的"老生"，不仅是这个，前面还有《古炉》的等等，写的五言、七律，或是顺口溜，完全是给我自己提劲儿用的。后来有人提出来要买这个字，这些我是不卖的，要保留下来。当然要看我的手稿，手稿前面大话说一堆，那是给自己鼓劲儿的。

问题三 我一直在想一个问题，您这种大概用四段讲了一百年中国乡村历史的写法已经很多了，为什么这本书还能够吸引我？原因就像李敬泽老师说的"文章"，我理解的"文章"就像中国古代的小品文一样，每一个细节、每一个文字都值得玩味。我在这本小说里面又看到了很多属于中国传统白话小说的元素，比如说外史式的人物出场，比如说整个小说都是白描的，很少是现代渲染的、心思特别强烈的，这其实对一个散文家是非常难的，但是人类写作基本上都是用文学的白描来突显这样一种情景，我想听听贾老师您对传统技法和文章的看法。

第二个问题是主持人刚才提到过的，《山海经》到底跟这个小说有什么关系？我在读的时候很努力地去理解这段《山海经》是什么意思，但是我确实没有看到引的《山海经》和下面的情节之间的关系。虽然刚才贾平凹老师回答了，但我还是想问：每一段是不是有一个对应的关系，还是说只是一个水墨画的写意的对比？

贾平凹 首先，穿插《山海经》的基本上是前面这四节，为什么要用这个呢？就是刚才谈的几个方面，从大的方面来考虑的。

对于《山海经》的理解，因为我看过很多《山海经》的版本，它的解释版本基本上是从字义上解释的，没有人从中国人的思维、中国人的观念形成这个角度来解释这本书。这些东西也跟我后面的故事多少有点联系，因为有些东西我不想写得太巧，写得太巧它反而就矫情了，往往就局限在一个故事里面去了。像当年写《带灯》，怎么把《带灯》的故事扩散开、化开来，写一个相声的工作，中国目前最基层的东西，如果写得太巧，就纯粹变成一个故事书，就越来越小了，就把读者的目光全部集中在那一件事上了。为什么用这个东西，我觉得它也起了它应有的作用，作家不是傻子，为什么用这个东西，你就可以思考很多东西，可以引起你好多想法。

至于说文章，刚才提到文章的白描手法，我一直强调一个东西，一个作家有一个品种问题，种是一个什么种，是一个萝卜种，还是一个水稻种，这个特别重要，再就是他后天的社会影响和生存的环境，这两方面就把这个人决定了。比如说我是一个玉米种了，不可能长出麦穗来，各人的情况不一样。品种是我一直在强调的，还有他后天的生存状态，这决定了一个人的爱好、趣味。其实都市也是这样，都市实际上是互相干预的过程，实际上也有好的作品、很伟大的作品，但你读了以后它和你品种不一样。作品读了以后都会有一个感觉，但是有些作品一读马上就感动了，那么你的兴趣就是这一类的。所以在早期，我在语言方面做了大量的工作，就是中西对比，我把中国的戏剧和西方话剧做过详细对比，我专门看过中国的诗和西方的诗，就绘画方面做了国画和油画的一些对比等等，这方面做了大量具体的分析，不光是哲学方面的分析，而且还比较它们在具体操作过程中有什么区别，包括有一些寓言把它表现出来看，它的接受感。既然是中国人写中国人的东西，一定要了解中国的东西，但是这个作品的境界和你追求的东西应该是学习方面的，严格讲西方好多东西在文学成就上要比中国要大、要好。所以我一直强调在作品的境界上、格局上一定要学西方的，在它的表现形式上一定要学中国的。我在几个会上也谈过，在四十岁的时候就谈过这个问题。我就谈，我以前没坐过飞机的时候就觉得一切东西，比如雨什么的都是天上来的，就像月有阴晴圆缺，就是这样的观念。后来坐上飞机以后发现云层之上一片阳光，云层其实很低，上面太空都是一片阳光，每一个云朵下面就是一个民族、一个国家，比如说这个云朵下雨，那个云朵下冰雹，这个云朵有雾了，下面的人群就是这个国家、那个国家的文学。所以我站在这个有雨的云朵下面，我写东西不一定要跑到那个下冰雹的云朵下面，但是我必须要把有雨的这个云朵写透，我的想法一定要穿过这个云到有阳光的地方去，在阳光的层面全世界是通的。各国的表现形式是各国的，所以我当时做了那么多比较，就是要看中国文化的特点、中国诗歌的特点到底是什么。你把那个比较了以后，尤其是把中国戏剧和西方话剧进行比较，我看过几本专门研究戏剧的，读了以后特别受启发，读了以后这方面的意识就比较强了，在语言推进上做这个工作，就比较多了。

问题四 贾平凹先生您好，我想问您两个问题，一个是您最近经常关注和思考的中国问题是什么。还有我是一名当代文学专业的研究生，我想请问您对中国当代文学，最近关注和经常思考的是什么。如果可能，想请您对您的思考进行一下阐释。谢谢！

李敬泽 你这个也是广大也。

主持人（贺超） 问题荒。

贾平凹 你这个问题确实太大了，因为作为一个中国人，中国往哪儿发展，确实你不想也逼着你想，就想到底目前这个情况向哪儿发展，我确实也思考过这个问题。咱们怎么思考，咱们看了这么多材料，作为处在最基层的人，他看不懂这些东西，但还是忧患这个东西。

中国文学实际上是这样，我考虑最多的当然是我个人下一步写什么东西，这个东西对中国文学的发展有什么意义，如果没意义就用不着写了。年轻的时候好冲动，见什么都想写，一有冲动就写。现在有时候冲动一来，一思考觉得没意思就放下了，也不能浪费自己的精力。而且也看到目前文坛上有这么多的作家，人家都关注什么东西，尤其是年轻的作家，因为你不思考也不行，所以我也好好研究过，关注过一批年轻作家，思考为什么人家的作品受年轻人欢迎。我现在坐在那儿，严格讲像我这个年龄的作家作品还是多的，我走到哪儿都经常碰到的现象，就是有人提上几大包书让我来签名，我走到哪个城市都会碰到这种人，年龄大了跟着我一路过来的，而年轻的还没有看到谁抱着几十本书来让我签名的，所以我觉得一代人有一代人的情况，一代人的情况和另一代人还是不一样的。而正因为每一个时代是这样，我觉得作为我这个年龄段的作家生活在我知道的那个年代，把我所要表达的东西、知道的东西、积极的东西，争取更多地写出来，完成我的思路，这也算是一个使命吧。

别人的事就是别人来管的。你说为什么对评论家特别重视呢，倒不是求着评论家来说我这个文章好，当然说好我是非常高兴的，但绝对不是让你们评论我怎么样我就怎么样，我是对人的尊重，我看上了、喜欢，觉得这个人有才华就愿意接受他、崇拜他。但是我更愿意在文章里面看目前世界上的文学的动态，因为咱们毕竟不懂得外文。看当前中国文坛的表述上的方法是什么，不仅要从理论上，而且要从信息上进行支持。我知道大量的作家在写作的时候占据了大量的时间，其实阅读量不是很大，全是来写东西的，所以每一个作家了解的情况都有局限性，每一个作家对于同类作家的作品也不是很了解，对于上一辈人、下一辈人看的比较多。所以有时候能从评论家这儿得到好多东西。这是我看重评论家的一个重要原因。

主持人（贺超） 谢谢贾平凹老师。因为时间关系，咱们不能再提问了，大家可以在书里寻找答案。我们今天的活动就到这儿，谢谢！

（原载凤凰网读书，2014 年 10 月 29 日）

文本分析

WENBEN FENXI

"水"与《老生》的叙事学

南　帆

　　《老生》的后记之中，贾平凹给出了这个书名的三种解释：或是指一个人的一生太长了，或是仅仅借用了戏曲之中的一个角色名称，或是"老生常谈"。我感兴趣的是第三种解释：老生常谈。

　　这部小说讲述了前后相随的四个故事，分别来自20世纪40年代至今的几个不同的历史段落。无论是当年的革命、游击战、土地改革、人民公社还是如今的市场经济，这些历史事件曾经赢得了文学与历史学的再三书写。从栩栩如生的人物、逼真的现场气氛到鞭辟入里的分析、高瞻远瞩的历史结论，不计其数的著作簇拥在这些历史事件周围。《老生》还能说出哪些与众不同的内容？

　　贾平凹可能欣然认领"老生"之称，然而，"常谈"是所有的作家无不竭力绕开的陷阱。事实上，贾平凹始终兢兢业业地考虑如何"谈"——如何叙事："苦恼的仍是历史如何归于文学，叙述又如何在文字间布满空隙，让它有弹性和散发气味。"[1] 可以察觉，《老生》的叙事学来自一个精心的谋划。如何叙事远远超出了语言修辞的技术范畴，叙事意味了如何进入这一段历史——当然，贾平凹宁可谦逊地称之为"记忆"："记忆我所知道的百多十年，时代风云激荡，社会几经转型，战争，动乱，灾荒，革命，运动，改革，为了活得温饱，活得安生，活出人样，我的爷爷做了什么，我的父亲做了什么，故乡人都做了什么，我和我的儿孙又做了什么，哪些是荣光体面，哪些是龌龊罪过？……能想的能讲的已差不多都写在了我以往的书里，而不愿想不愿讲的，到我年龄花甲了，却怎能不想不讲啊?!"[2] 贾平凹不无犹豫的口吻间接地表明，他的记忆多半与往昔的文学与历史学存在某种距离，与通常的舆论存在某种距离。如何处理这些距离隐含的微妙分歧乃至尖锐挑战，这是《老生》叙事学的首要问题。

---

① 贾平凹：《老生》，人民文学出版社2014年版，第291页。
② 贾平凹：《老生》，人民文学出版社2014年版，第291页。

《老生》的四个故事之中，众多人物次第登场，老黑、匪三、马生、白土、玉镯、老皮、墓生、戏生，如此等等。贾平凹仍然保持了传统的简洁风格：寥寥数笔传神的白描，一个个人物活色生香，呼之欲出。然而，由于"人物性格的塑造"时常被认定为文学的必然使命，以至人们可能忽略了《老生》之中人物性格的特殊意味。

许多批评家主张，人物性格塑造的至高成就即是典型性格。所谓的典型性格如同一个神奇的种子，个别人物的身上可能收藏了某种社会共同体的全部信息。人们可以从一个马车夫身上发现无数个马车夫的共同愿望，或者在一个资本家那里看到所有资本家的性格密码。当人们将某些社会共同体的角逐视为历史演变的内在因素时，阶级充当了历史的主角。这时，文学提供的典型性格无疑是阶级性质的表征，各种性格的戏剧性冲突寓言式地再现了历史舞台上的阶级搏斗。于是，各种人物具体的言行举止终于与宏大的历史景观相互衔接，阶级的文化背景成为各种人物性格元素的解释依据。对文学批评来说，这是文学与历史的相互解读机制。

可是，对于《老生》之中的人物，这种解读机制似乎不那么奏效。不同的阶级背景并未造就迥然相异的性格，相反，人们惊讶地发现了对立双方的相似特征。《老生》之中的大多数人性格坚硬、果决、凶悍，几乎没有人的内心仍然保存温柔、羞涩、尊严、怜悯、矜持等种种细腻的情愫。无论是危机四伏的斗争气氛还是贫瘠的穷山恶水，恶劣的生存条件不再给柔软的内心、绵长的情意或者浪漫情调保留任何空间。第二个故事之中白土和玉镯的相爱似乎是一个例外，然而，这一段笨拙的乡村爱情始终穿行于欺凌、羞辱和饥寒交迫的贫贱之中。相爱的双方磕磕绊绊地跨越了阶级的沟壑走到了一起，白土和玉镯听不到任何祝福。他们只能远走陌生的异乡，或者栖身于荒无人烟的深山。如果说，白土和玉镯的忍让和躲避是晚年彼此厮守的前提，那么，《老生》之中的多数人物只能身不由己地卷入战乱的动荡和颠簸。那个年代的生命极为廉价。普通百姓常常毫无理由地死于非命，炮火、枪弹、砍刀乃至锄头可以在任何时候突如其来地落到头上。革命者与反动势力的激烈对抗之中，血腥程度令人惊骇。第一个故事之中，老黑是革命游击队的骨干分子，他被反动势力处死的场面极其残忍。他妻子四凤的尸体被剖开了肚子，扒出腹中的胎儿，"用刀像剁猪草一样剁成碎块"。随后，老黑的四肢被钉在门板上：

……老黑没有喊叫，瞪着眼睛看砸钉的人，左手的长钉砸了两下砸进去了，右手的长钉砸了四下还没砸好，老黑说：你能干个屄！长钉全砸钉好了，老黑的眼珠子就突出来，那伙保安又把一块磨扇垫在老黑的屁股下，抡起铁锤砸卵子。只砸了一下，老黑的眼珠子嘣地跳出眼眶，却有个肉线儿连着挂在脸上，人就昏过去了。……保安用冷水把老黑泼醒，继续砸，老黑裤裆烂了，血肉一摊，最后砸到上半身和下半身分开了才停止。[1]

如果可以用"阶级本性"形容反动势力的凶残，贾平凹的记忆可能完整地纳入沿袭多时的历史解释体系。令人尴尬的是，贾平凹的记忆出现了多余的部分。他痛苦地发现，一些革命者的所作所为居然性质相近，双方之间仿佛存在相近的性格基因，例如老黑。老黑天生擅长射击，"枪好像就是从身上长出来的一样，使用自如"，天上的鹰和地上的狗都躲不开他的子弹。手执利器，易起杀心。老黑手中的枪杆子不仅用于对付保安队，也曾经射杀无辜的村民。一个村民好奇地趴在墙头围观，老黑抬了抬手一枪毙命。重要的是，他并未因为误杀而自责，相反，他到死者的坟上"尿了一泡，还在坟头钉了根桃木橛"——传言桃木橛辟邪。老黑对另一个游击队员的言传身教是"这年月你不狠你就死"。不论是击毙他的对手还是他的"恩人"，老黑从未出现哪些心理的不适。李得胜是老黑的革命领路人，他辅导老黑的第一堂课就伴随着杀戮。李得胜与老黑谈心的时候，一个跛子老汉好意煮糍粑犒劳他们。李得胜以为出门采花椒的老汉企图向保安队报信，伸手一枪打翻了他。老黑发现这是一个误会之后，却将错就错地补上一枪。成大事者不拘小节，他们没有觉得有多少不安，而是坦然地将错杀视为破釜沉舟的造反仪式。

当然，正如革命领袖所言，革命不是请客吃饭，不是绘画绣花，不可能从容不迫，文质彬彬；革命的暴风骤雨之中，良心、怜悯、人权或者生命神圣这些观念无异于迂腐的书生之见。占据统治地位的反动势力虎视眈眈的时候，任何妇人之仁只能为自己带来毁灭性的打击。用仇恨回敬仇恨天经地义，游击队对于那些财主以及他们的家眷从不心慈手软。然而，令人不安的是，革命赢得了政权之后，理性、公正、平等以及宽容大度并未随之出现。第二个故事之中，马

---

[1] 贾平凹：《老生》，人民文学出版社2014年版，第60页。

生等几个农会干部不仅带领村民分光了几个地主、富农的田地和财产，并且伴随各种趾高气扬的嘲弄、凌辱、强奸乃至殴打。他们沉浸在报复的快意之中，没有人因为那些地主富农的暴毙而感到丝毫歉疚。蛮横似乎已经成为一种持续传承的文化性格。这种蛮横很快就扩展到普通的村民，例如将村里的偷情者虐待致死。一个干部发明的惩罚手段是逼迫被改造的人相互抽打耳光，或者将沉重的秤锤吊在男性生殖器上；另一些更有智慧含量的伎俩是欺骗村民吃下某种药片，告知他们所有的人都会情不自禁地说出心中的秘密，以至全村老少忐忑不安；或者在老楸树上挂一口检举箱，怂恿村民在彼此猜忌之中相互检举。总之，人们可以在革命的名义之下发现许多残酷的折磨与人身攻击，包括精神与肉体。当然，这些历史账目重重叠叠地掩埋在大半个世纪的沧桑世事背后，无人问津。非议革命的手段即是非议革命，这种可怕的逻辑显然是多数人三缄其口的主要原因。然而，贾平凹的记忆总是一次又一次地遭受某种触动："有许许多多的事一闭眼就想起，有许许多多的事总不愿去想，有许许多多的事常在讲，有许许多多的事总不愿去讲。"①欲说还休，欲休还说，这些记忆折磨着贾平凹的良知，迫使他不得不在花甲之年开始正视这个难题。

这个难题之所以浮出水面，很大程度上由于革命愿景的再思索。革命的意义不仅是摧毁统治阶级，夺取政权——如果革命试图赋予世界一个崭新的面貌，那么，必须造就一代新型的社会成员。新型的社会成员拥有远为高尚的道德情操和内心修养，这是避免革命之后的政权和社会重返旧辙的重要条件。很大程度上，第一代革命者聚焦的是浴血奋战，摧毁腐朽的国家机器；对第二代革命者说来，社会成员的精神质量已经是一个迫在眉睫的问题。当然，相对于武装起义、社会制度变迁乃至大规模的经济建设，这个问题时常被视为不合时宜因而遭受遮蔽。作为一个启蒙知识分子，鲁迅曾经激烈地批判庸众的蒙昧麻木，"立人"无疑是他持续注视的主题。然而，这种视野迅速被阶级的视野覆盖。舆论普遍认为，敌对的阶级拥有截然相反的精神谱系，经济基础、阶级地位的肯定或者否定与精神质量的评价相互重叠。反动势力只能拥有腐朽没落的情怀，正如无产阶级必然大公无私。只有徘徊于两个阵营之间的小资产阶级才热衷于脱离社会关系而单独考察精神质量，并且使用各种伪善的人道主义概

---

① 贾平凹：《老生》，人民文学出版社2014年版，第291页。

念，诸如良心、同情、人性等。必须承认，这种舆论严重地低估了精神形成的复杂源头。迄今为止，精神质量的主题远未完成，而且，相对于新型的政治制度和政权体系，低劣的精神质量正在成为一个愈来愈显眼的缺陷。

革命许诺的社会制度废除压迫和剥削，然而，不断暴露的内幕显明，许多人正在革命词句的掩护下放肆地恃强凌弱、挟私报复、背信弃义、争名夺利，新的社会等级制度逐渐重新形成。《老生》的后面几个故事显示，阿谀奉承和心狠手辣是许多人成为主角的原因。第二个故事之中的马生如此，第三个故事之中的冯蟹、刘学仁也是如此。公社书记老皮精力过人，素有"工作狂"之称，然而，他青睐的乡村干部多半是这种角色。第四个故事之中，戏生最终之所以出人头地，发财致富，仍然是因为精通了吹嘘造势、逢迎拍马、弄虚作假等一套手段，仅仅奔波在山沟里卖力气只能无声无息地打发后半辈子的日子。相当长的时间里，这些故事潜伏在阶级斗争的标准学说背后，若隐若现。当然，这些故事不可能改写阶级的论述，不可能动摇阶级存在对于阶级意识的塑造，但是，阶级意识之外的各种思想来源无疑干扰了政治教科书绘制的阶级肖像。时过境迁，当革命许诺的社会制度与某些人的精神质量产生了愈来愈大的距离之后，革命愿景必将遭受重大的损害。种种怀疑不绝如缕，同时又莫衷一是。贾平凹的记忆又一次活跃起来，怀疑是不是打开记忆的钥匙？

意外的是，贾平凹并未进一步将这些故事与人物送入社会学分析或者道德批判的场域。《老生》的叙事学出人意料地拐到另一个方向。《老生》的许多段落是由那个葬礼上唱阴歌的唱师担任叙事人。如何叙事？如何进入历史？这个叙事人意味了贾平凹的何种独特的文学想象？贾平凹曾经在一次汉学家文学翻译国际研讨会上的演讲之中谈到了两个问题：第一，在他的心目中，何谓中国故事；第二，如何在政治的故事里看到中国真正的文学。① 论述第二个问题的时候，贾平凹的观点显然是他的一贯追求："我们不但需要让世界上更多的人了解和关注中国的政治、经济、历史、体制，更应让世界上更多的人了解和关注中国普通民众的日常生活，真实的中国社会基层的人是怎样个生存状态和精神状态，普通人在平凡的生活中干什么，想什么，向往什么。只有这样的作品才能深入地细致地看清中国的文化和社会。在这样的作品里鉴别优秀的，它的故事足以

---

① 贾平凹：《穿过云朵直至阳光处》，载《美文》2014年第10期。

体现真正的中国，体现出中国文学的高度几何和意义大小。"① 不论历史正在或者曾经上演哪些宏伟的剧目，贾平凹更乐意体察这些剧目如何分解为普通民众的日常言行。如果种种显赫的高谈阔论仅供报纸的要闻版面消费，那么，文学没有必要为之殚精竭虑。注视普通民众与日常生活，这或许是文学与政治学、哲学乃至历史学的深刻差异。唱师担任叙事人不仅表明了一种民间视角，同时还表明了普通民众对于历史的解释和评价。对普通民众来说，各种深奥的政治大概仅仅是一些没有内涵的刻板标签，他们的解读不得不注入自己熟悉的朴素内容，例如哪一个大贵人降临，山上的石洞会往外流水，例如田地、农具或者家具的归宿，或者谁是他们眼里的好人或者坏人，如此等等。唱师只愿意用阴歌主动为他心中的"好人"送一程——他的人物评价显然异于阶级鉴定：这里既有被反动势力残害的游击队员，也有墓生、戏生这种善心未泯的小人物。贾平凹并未在《老生》之中展示启蒙知识分子犀利率直的批判，故事的叙述纳入了唱师的口吻，潜藏于民间的价值观念和生死无常的感叹无形地构成了故事内部的另一种评判。贾平凹在《老生》的后记里表示了一个朴素的心愿：让小说讲一些"公道话"。唱师历经不同的社会制度，见多识广，世事洞明。他不愿意纠缠于具体事件的得失评判，好人与坏人以及生与死是他心目中更为基本的标准——这无疑隐含了唱师所依据的"公道"。

尽管如此，《老生》的叙事人并非仅仅唱师。小说的大部分段落更像是全知全能的叙事，俯瞰的视野和精致的细部描述开阖自如。更为引人注目的是，众多《山海经》的片段织入文本，如同每一个故事边缘的纹理奇异镶边。至少在目前，我无法破译《山海经》的片段隐藏了何种确凿而具体的寓意，我所能察觉的是另一种远为广阔的时间和空间尺度，另一种远为不同的文本风格。现代故事嵌入远古的山水传说，现在进行时的急迫性突然缓和下来，某种"人生代代无穷已"的苍茫之感如同挥之不去的背景音乐；若干古代神话和亦真亦幻的传言、杂说作为异质的声音形成了文本的复调和多种风格的张力。相对地说，《老生》是贾平凹长篇小说之中较为复杂的文本。

《老生》的复杂，并不是显现为曲折的故事情节，也不是深邃的哲学思想。唱师、阴歌、《山海经》、传说等毋宁说造就了一种韵味，一种模糊不定的氛围，

---

① 贾平凹：《穿过云朵直至阳光处》，载《美文》2014年第10期。

一种氤氲蕴藉，一种空阔寂寥的"虚"——这与小说之中翔实的细节描写产生了某种紧张。我相信这一切是贾平凹的执意追求，也是他想象的中国故事。贾平凹拒绝文学的各种时髦的"主义"，他宁可把中国文学比拟为两种流派——"把它们分为阳与阴，也就是火与水。火是奔放的、热烈的，它燃烧起来，火焰炙发，色彩夺目；而水是内敛的、柔软的，它流动起来，细波密纹，从容不迫，越流得深沉越显得平静。火给我们激情；水给我们幽思。火容易引人走近，为之兴奋；但一旦亲近水了，水更有诱惑力，魅力久远。火与水的两种形态的文学，构成了整个中国文学史，它们分别都产生过伟大作品"。[①] 在他看来，"中华民族是阴柔的民族，它的文化使中国人思维象形化，讲究虚白空间化，使中国人的性格趋于含蓄、内敛、忍耐"[②]，这是他推崇第二种风格的原因。

　　火与水——不论这种文学史描述可能赢得多大范围的认同，如此区分至少适合贾平凹本人。贾平凹的性格气质、知识修养、文学趣味以及愈来愈独特的语言风格无不表明，他已经为个人文学史找到称心如意的美学归宿。

（原载《当代作家评论》，2015 年第 1 期）

---

① 贾平凹：《解读中国故事》，载《文艺报》2015年7月3日。
② 贾平凹：《解读中国故事》，载《文艺报》2015年7月3日。

《老生》叙事艺术三题

韩鲁华

自《废都》之后，贾平凹将创作的主要精力，放在了长篇小说上。尤其是进入 21 世纪以来，犹如井喷泉涌般连续创作出版了《怀念狼》《病相报告》《秦腔》《高兴》《古炉》《带灯》《老生》等长篇佳作。当回过头来审视贾平凹的创作历程时，我们可以清晰地看到，贾平凹这几十年走的就是这样一条建构民族化、中国式的文学叙事的艺术之路，他用自己的创作实践，在不断地向中国文学艺术传统致敬（当然亦有对于西方优秀文学艺术的审慎比较吸纳），一步一步将自己推向了当代文学艺术创造的制高点，也自然而然地走向了与世界文学进行平等对话的艺术自觉的境地。

那么，在以中国的叙事艺术方式叙述中国的故事上，《老生》又有着怎样的独创思考呢？

题一：《山海经》与主体故事

阅读贾平凹的文学创作是一种挑战，尤其是他新世纪的创作。挑战既可能源自作品所显现出的文学观念与思想认知，也可能是艺术叙事超越了已有的、人们习惯了的理论条规与创作实践所形成的规范疆界。比如《废都》，它既挑战了二十世纪八九十年代精英知识分子的思想观念与精神情怀，也刺痛了普通人的道德观念与审美习惯，同时又以混沌的、"日复一日无聊乏味的生活"的日常生活叙事[①]，极大地挑战了当时盛行的戏剧化的社会结构叙事模态。《秦腔》，试图为中国的农耕文明与乡村文化的消解乃至消失，立一块充满挽歌情怀的碑

---

① 韩鲁华：《世纪末情结与东方艺术精神——〈废都〉题意解读》，见《〈废都〉大评》，香港天地图书有限公司1998年版。

子，其结果是在终结传统乡土叙事美学的同时，努力开启新的乡土叙事美学。①

这部《老生》，于叙事上又一次挑战已有的文学叙事理论与阅读习惯。而且，贾平凹对自己所探寻到的这条中国叙事路子，是越走越自信，也愈加肆意放诞，随心所欲。

《老生》后记中言："《老生》是四个故事组成的，故事全都是往事，其中加进了《山海经》的许多篇章，《山海经》是写了所经历过的山与水，《老生》的往事也都是我所见所闻所经历的。《山海经》是一个山一条水地写，《老生》是一个村一个时代地写。《山海经》只写山水，《老生》只写人事。"② 很显然，贾平凹是以《山海经》的叙述结构方式，通过四个不同时代的既相对独立而又相互关联的故事，来叙写中国近百年的历史。但从叙事结构上来看，这是一种板块式的互文性叙事结构。

这种板块式的叙事结构模态，在贾平凹创作的长篇小说中，出现过三次。第一次是他创作于20世纪80年代中期的第一部长篇小说《商州》。贾平凹创作的第一部长篇小说，于叙事结构上，所做的便是这种板块式互文性叙事结构的尝试——商州历史文化与现实故事的各自独立而又相互关联的互文性叙事。第二次就是于2013年初出版的《带灯》，这亦是板块式叙事结构——带灯给元天亮的信与带灯现实生活的互文性叙事。这些都收到了独到而奇异的审美功效。再一次就是这部《老生》——由《山海经》片段与四个主体故事构成一种互文性的叙事结构。

以某部古代经典著作为蓝本，来设置自己作品的基本叙事构架，建构起一种互文性的叙事结构，并非不可。恰恰相反，按照法国批评家朱丽娅·克里斯蒂娃的观点来说，"任何作品的本文都像许多行文的镶嵌品那样构成的，任何本文都是其他本文的吸收和转化"③。也就是说，任何一部作品，都或明或暗、或多或少有着其他文本的影子。就暗含经典作品叙事结构的创作来说，乔伊斯的《尤利西斯》就是一个经典性的文本。《尤利西斯》就是按照荷马史诗《奥德赛》

---

① 陈晓明：《本土、文化与阉割美学——评从〈废都〉到〈秦腔〉的贾平凹》，见《〈秦腔〉大评》，作家出版社2006年版，第67—90页。

② 贾平凹：《老生》，人民文学出版社2014年版，第292—293页。

③ 朱丽娅·克里斯蒂娃：《符号学·意义分析研究》，见《现代西方美学史》，上海文艺出版社1993年版，第947页。

的叙事结构，来建构自己的叙事结构的。不过，它是以一种反讽来呼应《奥德赛》的文学叙事结构及其意义的。于此，《尤利西斯》与《奥德赛》就建立起一种互文性叙事结构关系。

显然，《老生》与《山海经》所建构起的互文性叙事结构，是与《尤利西斯》与《奥德赛》所建构起的暗含的反讽式的互文叙事结构有所不同的。《老生》对于《山海经》几乎是一种移植式的镶嵌。前文已言，这造成了对于主体故事阅读连续性的阻隔。这二者之间所形成的暗含互文关系建构中，所留出的阅读空白，亦即召唤结构的意蕴内涵，表面来看是如此清楚，甚至是如此并行，但是，二者的内在关联性，却又是如此混沌茫然。因为只有将《山海经》解读透析之后，方能明了二者之间的内涵关联性。贾平凹为何如此呢？作为已有几十年丰富创作经验的作家，他不会不清楚这一点。解释只能是，他是有意为之，是以牺牲阅读的顺畅性来实现他在互文性叙事结构上的审美追求。

《山海经》是一种空间叙述，在对山与水的空间位移的叙述中，融合了动植物与神话故事等。这种空间叙述中，其实也暗含着时间。即山与水的位置推移的过程、先后顺序的排列，本身就暗含着一种时间叙事的思维。与此同时，《山海经》还在这种自然山水的叙述之中，蕴含天人应和的创世、经世神话的叙述。只不过这些神话似珠宝一般镶嵌在山水之间。这样，它又是一种融自然地理、人文地理与人世创构于一体的叙述思维。就此而言，《老生》在叙述思维模式上，有意识应和或者借鉴《山海经》的叙述思维与模态，于深层叙事结构上，以求得二者的同构性。其正是在这种山水空间的连贯性的叙述中，造成一种混沌的、苍茫的、浑然一体的叙事思维。就空间叙事结构来说，《老生》选择以陕南山地或者秦岭山地为基本地域空间的四个具体叙事空间，以对应四个主体故事。这是否也可称为一种总体蕴含式的叙事方式呢？

更为重要的是，这种混沌茫然的空间叙事之中，所蕴含的时间的流逝与人世的沧桑变迁。恰恰在这不变的空间——山水，与流变的时间——人世之间，蕴含了更为蕴藉悲悯的历史内涵。《山海经》所叙述的不变的山水空间，与《老生》所叙述的人世变迁的时间之间，建立起一种互文的"空间—时间"的叙事关系。在当下性与历史性、永恒性与流变性、清晰性与混沌性融为一体的叙事中，将《老生》所隐喻的应和天地、感念人世的哲思与史思，浑然整体地呈现出来。就此而论，应当说《老生》中的《山海经》片段与四个主体故事是融合为一的叙事建构。

题二：一个叙述者与四个故事

若就《老生》的叙事结构来看，绝对不是单一的，而是一种复合式的叙事结构。一个是从今天世人之角度，叙述唱师之死的过程，以及老师给学生讲解《山海经》，这是叙事结构的最外层。这一叙述极为简略，是叙事结构的一个总体外壳，也是一种具有主导整体叙事结构的隐喻性的叙述。一个是一息尚存的唱师，处于身定神游状态中，以倒流河的方式，对于商州近百年历史的叙述。这一层次的叙述，构成文本叙事结构的主体故事。当然，这四个故事的具体叙事结构，其间又有着各自的具体的叙事视角以及故事结构。这两种叙事的融合，便又生出另外一个层次的叙事：历史与现实相呼应的叙事。这实际上是一种对话式的潜在叙事，而且二者之间具有互相阐释的作用。当然，如果就文本最具文体意义的叙事结构来说，自然是应和《山海经》叙事思维的叙述结构。其实直接引用《山海经》的文字，本身就是一种叙事方式。

在民间有一种说古经的叙事艺术形态一直存活着。古经，这是借用我们家乡民间的一种说法：把老人叙说古老的故事称为说古经。所谓的说古经，实际就是一位长者给孩子或者成年人，在农闲或者劳作的空暇讲故事。故事的内容，涉及天南海北、古往今来、天上地下、人世自然、神灵鬼怪。这种讲述，基本都是以从前在什么地发生了一件什么事来开头，而这里的从前作为一个时间概念，是没有确指的，是个极为模糊的所指。既可指昨天，也可指很久很久的以前，开天辟地的洪荒时代。有意思的是，讲述者往往是将久远的历史故事与今天的现实境遇融为一体，模糊了历史与现实的界限，给人的感觉是历史就像刚刚发生的现实，现实却又像久远的历史。而且，讲述者往往将自己的人生经验感受与生命情感体验、体悟，融进了所讲述的故事之中。

《老生》的叙事，如同古经叙事一般。就《老生》来看，虽然有着以《山海经》来隐喻故事叙事的意味，但是，我更愿意将其视为一种民间老太太，手摇着纺车在给孙子有一搭没一搭地讲从童年到老年经见过的或者听来的人老几辈子故事——古经。

这个古经的叙述者就是一位不知年龄几何、历经百余年沧桑的民间艺人——在死人丧葬仪式上唱阴歌的唱师。与死亡相系的唱师，在听到老师给学生领读与解释《山海经》后，引发了他对所经见听闻故事的叙述。表面看这是一种由错位的理解引发的唱师叙事，实质上是一种暗合的民间历史叙事。唱师作为叙事者，既是所叙述故事的见证者，也是一个参与者，更是一位超越现实的审视者。从其叙述的第一个故事——陕南游击队的革命历程，到第四个故事——21 世纪初的现实生活，唱师既入乎其内，而又超乎其外。他就如同幽灵一般，来去自如，似隐似现，时隐时现，神秘莫测。他似乎具有明确的神情仪态，而又是如此的行踪不定。他既是现实中人，又是超越现实的神灵。就叙事者与四个故事而言，不变的是叙事者唱师，变换的则是故事中的人与事。这实际上构成了一种时间关系：永恒的叙事与变换的人世，或者可称之为恒久的历史性与短暂的现实性。另一方面，叙事者唱师不断地游走，又形成了地域空间的转换，进而自然而然地完成了四个故事的叙事转换。但故事中的人与事，都将成为一种历史的过客，而历史的叙事却依然持久。这种叙事者的恒定性，不也恰恰暗合了《山海经》之山水的恒久吗？这是以一种历史时间的纵深感，来应和山水空间的恒久的苍茫感的叙事，亦是一种历史时间的变换与地域空间转换相暗合的叙事。

具体来说，作为一种空间叙事，构成四个故事的空间是四个地方。一个地方一个故事地叙述。这四个地方，于空间上各自独立，而又相互关联，就如《山海经》中之山脉一样从一座山开始，向东、向西、向南、向北地生发出一座又一座的山。但第一个故事，应当说还是带有总领意味的。就地域来看，第一个故事是以正阳镇为中心展开叙述的，第二个故事是写一个名叫岭宁县的县城已经败落为一个村子——老城村的故事，第三个是发生在三台县过风楼镇的故事，第四个是双凤县回龙湾镇当归村的故事。这四个地方的人与事，是各自独立互不相干的。这样就自然而然地构成了四个空间结构的故事叙事。这种以空间位移的方式进行的建构叙事，具有打破惯用的、传统的时间线性叙事模态的意味。仅此而言，它就具有叙事艺术创新革古的价值意义。

但是，如果联系起来看，这四个故事从时间上则又连贯成一种时间的链条，时间的先后顺序是清晰明了的。唱师是一个时间段经历一个地方所发生的事情，把近百年的历史，切割成四个时间段，镶嵌在四个地方。或者说，唱师以自己所见证的四个地方的事情，建构起商州近百年的历史风云。第一个故事是20 世纪 20 年代到 40 年代，着重叙写的是陕南游击队的革命历史；第二个故事发生在五六十年代，叙述的是从合作化到人民公社的这段历史；第三个故事写的是六七十年代，亦即中国当代最具有历史悲剧意义的"文化大革命"；第四个故事是80年代到21世纪初，叙写的是改革开放及中国社会历史转型的重大历史变革。由此，一部中国的近代、现代、当代的历史就被汤汤水水、圆圆囵囵地呈现出来了。

就唱师的叙事精神情态来说，则是一种人间与阴间相交会的叙事状态。正如唱师自己所言："作为唱师，我不唱的时候在阳间，唱的时候在阴间，阳间阴间里往来着，这是我干的也是我能干的事情。"①正因为如此，唱师方能天上地下、人世阴间、过去现今、忽隐忽现地叙述开来。这样的叙事，既有着似乎明晰的故事情韵，而又是如此地隐含混沌苍然茫然。故事中的人和事的叙述，似乎是在既悬浮于苍穹而又隐藏于人世的神灵所昭示下完成的，显得那么地实在，那么地空灵，实中有虚，虚中蕴实。于此，我们也可以将其理解为这是一种人与神相融会的叙事方式。唱师真正断气死了，故事也就叙说完了。于是，便又回到了当下性的现实：学生发现唱师死了，中断了老师对于《山海经》的讲述，而将唱师葬于他所住的窑洞里。

从另外一种角度来看，我们亦可将唱师的叙述行为与内容，归结为人的基本生命状态：生老病死。不论就个人而言，还是就人类整体来说；不论是叱咤风云，还是平平庸庸；不论是社会动荡不安，还是和平安详，许多东西都可以进行选择，唯有生与死是不能选择和无法避免的。正是这不断的生生死死，死死生生，构成了人的历史长河的最为基本的内容与结构形态。这亦可理解为人的生生死死犹如山川江河，亘古不变，而社会时代、英雄平民、家事国事，则在不断地变换交替着。就此来看，《老生》的叙事，是将社会时代变迁、人世与人事的推演，还原到人生存的最为本体的生命状态。而恰恰在这还原的过程中，超越了现实，走向了永恒境界。

题三：历史的民间还原呈现

从贾平凹的创作历史来看，对现实的关注，构成了他这四十年来创作用力的重点。这也是评论界对其作品关注的焦点所在。但是，贾平凹对于历史生活

---

① 贾平凹：《老生》，人民文学出版社2014年版，第142页。

也有涉及。比如 20 世纪 80 年代末 90 年代初创作的，被有的论者称为土匪系列的《晚雨》《五魁》《美穴地》《白朗》等作品，叙写的就是商州现代历史中特殊的人生与生活。又如《病相报告》，则是一种将现当代历史贯通的叙事。再如，引得人们更加倾心关注的《古炉》，是对于当代"文革"历史记忆进行深入思考的叙事。如果就叙事的态度、立场，以及叙事的情怀而言，笔者以为这些作品，本就是一种商州民间历史的叙事。就此而言，我们不能不说，这些作品的创作，为贾平凹这部《老生》贯通商州近百年历史的民间叙事，做了一定的艺术上的铺垫积累。

《老生》叙写的是陕南从 20 世纪初到今天的历史生活，构成这近百年历史生活的主体，则是寓社会时代之风云变幻于日常生活。于此，作家有着明确的叙事思想意念，那就是：以超越革命的历史态度、民间立场、人文情怀来叙写革命，以期于革命的消解叙事中告别革命，返归人类生活最为本真的存在状态；以贯通古今的说古经的民间叙事结构，来呈现发生过的历史生活和正在发生着的现实生活之间的内在关系，把近百年的历史现实生活，融入亘古的人类历史生活，使之显得如此苍茫与空荒；以对日常生活化的还原呈现的叙事方式，来展现近百年的社会风云变幻，将社会历史生活从宏大叙事引向生活化的细节叙事，使社会历史生活叙述还原为生活本身的呈现。

探讨贾平凹近年来的文学叙事，有两个关键词不得不考虑，一个是还原，一个是呈现。在创作《秦腔》的时候，贾平凹实际上采用的就是一种还原呈现的叙事方式。在这部《老生》里，首先是将官方正史，或者知识分子所建构的历史，还原成民间史。如果就作品所叙述的历史生活来看，很显然涉及革命、社会政治等内容。但是，作家既不是从官方角度，也不是从知识分子角度，来审视和建构历史，而是从民间的视角、民间的立场，来叙述和建构中国近百年的历史。坦诚地讲，历史的民间叙事，并非今天才有，其在二十世纪八九十年代莫言、陈忠实等许多作家的创作中就已经出现了。可以说，民间历史叙事已经成为当代文学叙事的极为重要的叙事形态。《老生》与之不同的是，贾平凹以民间古经的叙事方式来建构历史的民间叙事。这是一种最古老、最民间化的叙事方式。因此，不论是革命史还是社会史，都在这种叙事中，还原至最原始、最民间化的历史状态。

其实，还原与呈现，都是借用现象学的词语。就像当代美国学者詹姆士·艾迪所说:"现象学并不纯是研究客体的科学,也不纯是研究主体的科学,而是研究'经验'的科学。现象学不会只注重经验中的客体或经验中的主体,而是集中探讨物体与意识的交界点。因此,现象学研究的是意识的意向性活动,意识向客体的投射,意识通过意向性活动而构成的世界。"还原、呈现作为现象学的重要概念,自然有其特定的含义。由此想到现象学的开创者胡塞尔所说的回归事物本身和意向性。于此,强调的是回归事物本身。如何回归?就叙事来说就是还原的呈现。贾平凹在《秦腔》的首发式上说:"我只是呈现,呈现出这一段历史。在我的意识里,这一历史通过平庸的琐碎的日子才能真实地呈现,而呈现得越沉稳、越详尽,理念的东西就越坚定突出。"①贾平凹在《秦腔》中是一种还原式的呈现,所呈现的是平庸的琐碎的日子。其实,他的《古炉》《带灯》和《老生》依然是这种还原式的呈现。虽然呈现的生活不同,但不论是历史还是现实,不论是革命还是建设,都是以日常化的生活细节叙述,直逼生活本体价值意义的追问。就《老生》而言,则"表达的是生活,表达生活当然就要写关系。《老生》中,人和社会的关系,人和物的关系,人和人的关系,是那样地紧张而错综复杂,它是有着清白和温暖,有着混乱和凄苦,更有着残酷,血腥,丑恶,荒唐"。之所以如此,在贾平凹看来,"百多十年来,我们就是这样过来的,我们就是如此的出身和履历,我们已经在苦味的土壤上长成了苦菜。《老生》就得老老实实地去呈现过去的国情、世情、民情"②。也就是说,《老生》所叙写的生活,是熔铸着人与人、人与社会、人与自然的错综复杂关系的生活,是呈现着国情、世情、民情的历史生活。

当然,更为重要的是,贾平凹于《老生》的叙事创造中,对于中华民族文化思想、文学艺术思维方式及其源头的追寻与吸收,以此建构起蕴含中国文化思维血脉的新的民族叙事形态。这更是应当引起人们重视的。

（原载《小说评论》,2015 年第 2 期）

---

① 贾平凹在《秦腔》首发式上的发言,来源:西安建筑科技大学笃实新闻网,2005年4月12日。

② 贾平凹:《老生》,人民文学出版社2014年版,第293页。

神话，人话，抑或其他

——关于《老生》的阅读札记

王　尧

　　贾平凹无疑是小说界"常谈"的"老生"了，但他常谈常新。《带灯》的余温尚存，我在毫无准备的情况下，读到贾平凹刊发在《当代》上的《老生》。这部小说的"形式"与"内容"都给我震撼。《老生》是贾平凹近几年来"整理"自己创作道路，继《废都》《秦腔》之后的"里程碑式"作品。

　　"整理"一词，见于《带灯》之后记，往往被论者疏忽。他说写《带灯》的过程，"也是我整理我自己的过程"。这里的"整理"不只是如何写作《带灯》，也是对他自己创作道路的整理。贾平凹的"整理"仍然是从"问题"出发。在后记中，贾平凹谈及许多重要问题，包括对社会基层问题的忧思。贾平凹深广的忧思不仅因《带灯》写作而起，《废都》也是一本忧思之书。之后，从《怀念狼》到《高老庄》《高兴》再到《秦腔》，贾平凹的作品在相当程度上几乎都是忧思之书。在新作《老生》的第四个故事中，我们仍然能够感受到那种忧思的情怀。《带灯》后记中谈道："可以说社会基层有太多的问题，就如书中的带灯所说，它像陈年的蜘蛛网，动哪儿都落灰尘。这些问题不是各级组织不知道，都知道，都在努力解决，可有些能解决了有些无法解决，有些无法解决了就学猫刨土掩屎，或者见怪不怪，熟视无睹，自己把自己眼睛闭上了什么都没有发生吧，结果一边解决着一边又大量积压，体制的问题，道德的问题，法制的问题，信仰的问题，政治生态问题和环境生态问题，一颗麻疹出来了去搔，逗得一片麻疹出来，搔破了全成了麻子。"①这是文学的表达方式。如果再对照《古炉》《秦腔》，我们会发现，贾平凹这些年来始终在关注着"中国问题"，并且表现了不一样的"中

---

① 贾平凹：《带灯》，人民文学出版社2013年版，第357—358页。

国经验"。尽管贾平凹因《废都》遭遇挫折，甚至因此改变过自己的写作方式，但他从不失赤子之心。《老生》又将如何表现"中国问题"？

我突出这一点，是因为在贾平凹的创作道路上，《废都》的遭遇实在是一个无法回避的问题。如果《废都》当年受到宽容对待，贾平凹的创作会是怎样的景象？贾平凹在世界文学秩序中的位置又会怎样？我越来越意识到，《废都》的遭遇不仅挫伤了贾平凹，其实也挫伤了中国当代文学。我们无法想象《废都》的遭遇给贾平凹多大的心理压力和阴影，这样的压力和阴影又在多长时间改变了贾平凹创作的路向。毋庸讳言，至少在《高老庄》之前，贾平凹很长一段时间里是生活在压力和阴影之中的。在读完《老生》之后，我荒唐的想法是，如果这部小说成于90年代初期，或许会是《废都》一样的遭遇，贾平凹呈现的历史可能是许多人无法接受的。

但时过境迁，贾平凹已经是"老生"了，他已经有一种脚跟扎在现实之中、肩膀扛起历史的内心力量。也许因为我曾经研究散文的缘故，多年来我和许多人一样，喜欢在读贾平凹长篇小说之前，先读他的后记并从后记中摸索进入小说的路径。在他以往的后记中，或许还有些犹疑和低回，或者是模糊和闪躲，但《老生》的后记是那样的直白、肯定、震撼，以尖锐敲击之。《老生》后记云："在灰腾腾的烟雾里，记忆我所知道的百多十年，时代风云激荡，社会几经转型，战争，动乱，灾荒，革命，运动，改革，在为了活得温饱，活得安生，活出人样，我的爷爷做了什么，我的父亲做了什么，故乡人都做了什么，我和我的儿孙又做了什么，哪些是荣光体面，哪些是龌龊罪过？太多的变数呵，沧海桑田，沉浮无定，有许许多多的事一闭眼就想起，有许许多多的事总不愿去想，有许许多多的事常在讲，有许许多多的事总不愿去讲。能想的能讲的已差不多都写在了我以往的书里，而不愿想不愿讲的，到我年龄花甲了，却怎能不想不讲啊?!"① 我很惊讶贾平凹既讲"荣光体面"，又不讳言"龌龊罪过"，愿意面对后者的作家学者实在太少。对这段话，或许可以加上几个注释：首先，《老生》试图写百余年中国，意味着《老生》是在重写《古炉》中的"文革"、《秦腔》和《带灯》中的"乡村"，还有他以前有所涉及不是重点的"革命"与"暴力"等等。这无疑是一次大的"整理"，他由当下再返回历史，而且试图讲述"中国问题"的

---

① 贾平凹：《老生》，人民文学出版社2014年版，第291页。

来龙去脉。其次，这句话的启示是，《老生》写了贾平凹以前不愿想不想讲、而现在却必须想和讲的事。在重新"想"与"讲"中，贾平凹有重新认识和表现"现代中国"的宏大抱负。

当贾平凹如是说时，我们要关注的焦点自然是他在《老生》中究竟想了什么和讲了什么。在讨论这个问题之前，我想先注意一下《老生》中贾平凹创作路向上的变化，这是我个人更为看重的贾平凹的另一种"整理"。《带灯》的写作最初透露了贾平凹"整理"之后的变化："思索着书中的带灯应该生长个什么模样呢，她是怎样的品格和面目而区别于以前的《秦腔》、《高兴》、《古炉》，甚或更早的《废都》、《浮躁》、《高老庄》？"①这一思索的结果，是分出"明清""两汉"两种叙事传统与他创作的关系。如我们所熟悉的，《废都》接续的是明清小说的叙事传统，而贾平凹早期的一些散文和文论则比较多地与"两汉"文章相关。在写作《带灯》时，贾平凹面临了选择："几十年以来，我喜欢着明清以至三十年代的文学语言，它清新，灵动，疏淡，幽默，有韵致。我模仿着，借鉴着，后来似乎也有些像模像样了。而到了这般年纪，心性变了，却兴趣了中国西汉时期那种史的文章的风格，它没有那么多的灵动和蕴藉，委婉和华丽，但它沉而不糜，厚而简约，用意直白，下笔肯定，以真准震撼，以尖锐敲击。何况我是陕西南部人，生我养我的地方属秦头楚尾，我的品种里有柔的成分，有秀的基因，而我长期以来爱好着明清的文字，不免有些轻的佻的油的滑的一种玩的迹象出来，这令我真的警觉。我得有意地学学西汉品格了，使自己向海风山骨靠近。"②其实，这些年来，贾平凹的创作一直在"两汉"与"明清"之间走动，有些作品是介于两者之间的。这也正常，即便是明清散文，也有奇崛的文字。所以，考察《带灯》之后，贾平凹学两汉品格、近海风山骨，应该不只是观察其语言风格的变化。这不是重点所在。

"这是一个人到了既喜欢《离骚》，又必须读《山海经》的年纪了，我想要日月平顺，每晚如带灯一样关心着中央电视台的新闻联播和天气预报，咀嚼着天气就是天意的道理，看人间的万千变化。"贾平凹《带灯》后记中的这句话，已经为《老生》的写作路向埋下伏笔。而到了《老生》，贾平凹则明白地说："写起了《老生》，我只说一切都会得心应手，没料到却异常滞涩，曾三次中断，难以

① 贾平凹：《带灯》，人民文学出版社2013年版，第359页。
② 贾平凹：《带灯》，人民文学出版社2013年版，第361页。

为继。苦恼的仍是历史如何归于文学,叙述又如何在文字间布满空隙,让它有弹性和散发气味。这期间,我又反复读《山海经》,《山海经》是我近几年喜欢读的一本书,它写尽着地理,一座山一座山地写,一条水一条水地写,写各方山水里的飞禽走兽树木花草,却写出了整个中国。"——我愿意在这样的关联中来讨论贾平凹和《老生》的创作。

如何解读《山海经》之于《老生》的意义,是解读《老生》的关键之一。

在结构上,《老生》无疑受到《山海经》影响:"《老生》是四个故事组成的,故事全都是往事,其中加进了《山海经》的许多篇章,《山海经》是写了所经历过的山与水,《老生》的往事也都是我所见所闻所经历的。《山海经》是一个山一条水地写,《老生》是一个村一个时代地写。《山海经》只写山水,《老生》只写人事。"①众所周知,《山海经》记载了许多神话,如果说欧洲小说起源于神话,那么如研究者指出的那样,中国小说在它与神话之间缺少一个文学的中介,神话文体是一个无法讨论的问题。因此,分析《山海经》之于《老生》的意义,并不是说《山海经》中的神话给这部小说的形式和内容以什么样的影响,《老生》并不是重新演绎《山海经》的神话。《老生》在叙事结构上的一个特点是,在方法论上受到《山海经》结构上的启示。研究《山海经》的学者认为,《山海经》对追溯事物起源的神话(创世神话、部族起源神话、文化起源神话等)记录较少,而对英雄神话、部族战争神话记录较多,在一定程度上反映了中国历史文化的基本特点和文化精神的价值取向。我以为,这样的特点和取向也在很大程度上影响了贾平凹《老生》写人与事的重点和方法。小说并无贯穿始终的故事情节,人物和战争(斗争)是故事的主角,四个故事之间的相互关联除了"唱师"的讲述外,便是人物的隐与现,这和一般的写百年历史的"长河小说"不同。

但是,在我看来,这不是《山海经》影响《老生》的关键部分。鲁迅关于《山海经》为"古之巫书"的观点为我们所熟知,这是我们讨论《老生》与《山海经》关系的一个重要视点。《山海经》的"巫"或者荒诞不经,涉及的是神话思维和神秘主义问题。关于这一点,贾平凹在《老生》出版后的几次访谈中都特别提及。很多研究者都谈到贾平凹创作的神秘主义色彩问题,其小说和文章中呈

---

① 贾平凹:《老生》,人民文学出版社2014年版,第292—293页。

现或隐藏的梦境、宿命、巫术、传奇等神秘色彩，显示了他复杂、斑驳的文化构成与生命体验。在中国当代作家中，贾平凹可能是少见的融合了"大传统"与"小传统"的作家，文本的意义构成，在很大程度上来自"小传统"的影响。熟悉贾平凹的朋友或许可以发现，他的生活方式尤其是观察时事万象的方式也存在着神秘主义的影响。他的想象、叙事、话语方式都因此显得特别。我有时觉得写作中的贾平凹就是《老生》中的那个"唱师"。

阅读《山海经》以及为写作《老生》而做的各种准备，让贾平凹对神话思维有了新认识，由此激活了他观察和书写历史的热情并转换了写作中的世界观和方法论。在贾平凹看来，神话的思维其实仍然延续在当下日常生活里的一部分人中间。《老生》后记中有一段值得我们注意的文字："《山海经》里那些山水还在，上古时间有那么多的怪兽怪鸟怪鱼怪树，现在仍有着那么多的飞禽走兽鱼虫花木让我们惊奇。《山海经》里有诸多的神话，那是神的年代，或许那都是真实发生过的事，而现在我们的故事，在后代来看又该称之为人话吗？阅读着《山海经》，我又数次去了秦岭，西安的好处是离秦岭很近，从城里开车一个小时就可以进山，但山深如海，进去却往往看着那梁上的一所茅屋，赶过却需要大半天。秦岭历来是隐者的去处，现在仍有千人修行在其中，我去拜访了一位，他已经在山洞里住过了五年，对我的到来他既不拒绝也不热情，无视着，犹如我是草丛里走过的小兽，或者是风吹过来的一缕云朵。他坐在洞口一动不动，眼看着远方，远方是无数错落无序的群峰，我说：师傅是看落日吗？他说：不，我在看河。我说：河在沟底呀，你在峰头上看？他说：河就在峰头上流过。他的话让我大为吃惊，我回城后就画了一幅画。"这幅"过山河图"，水流不再在群山众沟里千回万转，而是无数的山头上有了一条汹涌的河。我想，影响了贾平凹观察和把握世界方式的不只是这幅画，还有他的小说。《老生》开篇第一句话"秦岭里有一条倒流着的河"，无疑是这位看河在峰头流过的修行者给贾平凹的神来之笔。这位修行者想必是"唱师"的原型之一。

贾平凹所举的这个例子，当然不只是神话思维问题，还与儒释道、宗教和民间信仰有关。在《山海经》和日常生活的启示下，贾平凹以《老生》尝试用另一种思维、方法来讲述百余年的历史。这其实是个难题，因为即便是文学也很难讲历史神话。但贾平凹巧妙地破解了这个难题，他将抽象的神话思维落实到了老生"唱师"身上。唱师延续了神话的思维方式并且保留了某种可以称为文化密码的质素。从叙事的角度看，唱师既是故事的讲述者，也是部分故事的亲历者或者至少是在场的旁观者。如此，《山海经》与《老生》之间就有了血肉联系。进一步说，如果没有《山海经》的引用及师生之间的问答，唱师即无立身之本，即缺少了唱师的灵魂；换言之，尽管唱师未读《山海经》，但两者之间互为表里。这是贾平凹的用心之处。

《老生》用了不少的篇幅来描写这位"唱师"。不妨说，唱师是《老生》塑造的最成功的形象之一。这位历史的讲述者，来无影去无踪，老而不死。"关于唱师的传说，玄乎得可以不信，但是，唱师就是神职，一辈子在阳界阴界往来，和死人活人打交道。"不必说阴间，"单就说尘世，他能讲秦岭里的驿站栈道，响马土匪，也懂得各处婚嫁丧葬衣食住行以及方言土语，各种飞禽走兽树木花草的形状、习性、声音和颜色，甚至能详细说出秦岭里最大人物匡三的家族史"。就此而言，这唱师是巫，是神，但活在尘世间，他这种"穿越"阴阳界的能力使他的讲述别开生面。这里的关键是唱师对尘世的洞悉。

我们都注意到，唱师出场时，已经说不出话。《老生》中的四个故事其实不是讲述的，而是这位唱师在弥留之际的无声的思维活动。《老生》的一些叙述文字不无滞涩，但在四个故事陆续展开之际，关于唱师的一段文字却是那样有弹性，散发着一种神秘的气息，从而再现了唱师"讲述"故事的思维特征：

> 唱师静静地在炕上躺着，身子动不了，耳朵还灵，脑子也清白，就听着老师给孩子讲授。这时候，风就从窑门外往里进，风进来是看不见的，看得见的是一缕缕云丝，窑洞里有了一种异香，招来一只蝴蝶。唱师唱了一辈子阴歌，他能把前朝后代的故事编进唱词里，可他没读过《山海经》，连听说过都没有，而老师念的说的却尽是山上海上和山上海上的事，海他是没经过，秦岭里只说海吃海喝这个词，把太大的碗也叫作海碗，可山呀，秦岭里的山哪一处他没去过呢，哪一条沟壑哪一座崖岩不认识他呢？唱师就想说话，又说不出来，连动一下舌头的气力也没有了，只是出气一阵急促一阵缓慢，再就是他感觉他的头发还在长，胳膊上腿上的汗毛也在长，像草一样地长，他听得见炕席下蚂蚁在爬，蝴蝶的粉翅扇动了五十下才在空中走过一步，要出窑去。孩子也看见了那只蝴蝶，起身要去逮，老师用钢笔在孩子的

头上敲了一下，说：专心！蝴蝶是飞出了窑门，栖在草丛里，却变成了一朵花。

在这个意义上，不妨说《老生》也是一部当代之"巫书"。但是，贾平凹只是假托唱师之口，而写历史之实，这是贾平凹的匠心所在。在"人话"的"历史"遭到质疑之后，"神话"的"历史"能否呈现我们未曾认识的真相？这是一种颠覆性的叙述转换。以巫师的眼光观察、叙述，是为了揭示"人话"的历史中被遮蔽的部分、被忽视的部分、被扭曲的部分。《老生》并非一般意义上的民间写史，也许更准确地说是将历史民间化。贾平凹试图以另一种话语体系来讲述历史的抱负在《老生》中基本实现了。

因此，当我们褪去那些神秘的色彩，忽略那些乱花迷人眼的枝节（这些枝节也是重要的，如果没有这些枝节就不是唱师的"讲述"，而且小说太需要闲笔了，需要空隙了），《老生》呈现了不一样的百余年中国历史。贾平凹在《老生》后记中，说到他曾经询问一位老人为何如此德高望重："他说：我只是说些公道话么。再问他怎样才能把话说公道，他说：没有私心偏见，你即便错了也错不到哪儿去。我认了这位老人是我的老师，写小说何尝不也就在说公道话吗？"这又回到了史传传统。

唱师死了。这个人唱了百多十年的阴歌，他终于唱死了。但历史因他死而不忘。

《老生》的四个故事，呈现了百余年中国历史的不同阶段，而核心的部分应该是，"我的《老生》在烟雾里说着曾经的革命而从此告别革命"。贾平凹显然完成了他对历史的新认知，这是我们理解小说故事的关键："当文学在叙述记忆时，表达的是生活，表达生活当然就要写关系。《老生》中，人和社会的关系，人和物的关系，人和人的关系，是那样地紧张而错综复杂，它是有着清白和温暖，有着混乱和凄苦，更有着残酷，血腥，丑恶，荒唐。这一切似乎远了或渐渐远去，人的秉性是过上了好光景就容易忘却以前的穷日子，发了财便不再提当年的偷鸡摸狗，但百多十年来，我们就是这样过来的，我们就是如此的出身和履历，我们已经在苦味的土壤上长成了苦菜。《老生》就得老老实实地去呈现过去的国情、世情、民情。"[1]重点仍然是历史，是革命，是人性，但历史、革命、人性

---

[1]　贾平凹：《老生》，人民文学出版社2014年版，第293页。

中的重点除了清白和温暖外，多的是混乱和痛苦、残酷、血腥、丑恶和荒唐。

我们当然不能说这是历史的全部，或者说革命、人性的全部，但无疑是历史、革命、人性中的重要部分。我们熟悉了革命的崇高与壮烈，但革命的草根性、暴力性以及在革命名义下发生的许多人事，并不全是理想主义的展开。《老生》"原生态"地呈现了底层的战争、动乱、灾荒、革命、运动和改革，其中包括环环相扣的暴力，以及由于偶然的原因成长出来的革命人物。在这样的叙事中，贾平凹不仅重写了历史，又在重写历史中反省了"我们"的出身和履历，在来龙去脉中拆穿了很多虚幻的影像，从而对百余年的国民性问题作出了新的诠释。我在小说中读到我爷爷、我奶奶、我父母、我的兄弟姐妹，读到我的村庄，读到我们的革命导师和先驱。我觉得，这是《老生》最深刻之处。

在这样的历史叙事中，贾平凹同时也塑造了自己。这部小说当然不是什么"成长小说"，但确实让我读到了贾平凹的精神自叙。他在我们共同的出身背景和履历中，完成了一次深刻的自我批判和升华。"我们既然是这些年代的人，我们也就是这些年代的品种"。一个优秀的小说家，都会在杰出的作品中死去一次，"没有人不死去的，没有时代不死去的"，但优秀的小说家总会死而复生。贾平凹是那个唱师，是讲《山海经》的那位老师，是听《山海经》的那个放羊人的孩子。读《老生》，我看见"在风风雨雨的泥泞路上"，贾平凹"人是走着，走过来了"。

（原载《当代作家评论》，2015 年第 1 期）

探寻历史真相的追问与反思

——评贾平凹长篇小说《老生》

王春林

一

无论如何，你都不能不承认，贾平凹的艺术创造力十分惊人。这不，长篇小说《带灯》2013 年初由人民文学出版社推出后不到两年的时间，他新的一部长篇小说《老生》（载《当代》2014 年第 5 期）就又和读者见面了。按照贾平凹自己在后记中的说法，早在《带灯》出版之前，《老生》的写作其实就已经着手进行了。"三年前的春节，我回了一趟棣花镇，除夕夜里到祖坟上点灯"。恐怕连他自己也未曾料到的是，居然就是这一次的点灯祭祖行为，触动了他新一部长篇小说最初的写作动因："从棣花镇返回西安，我很长时间里沉默寡言，常常把自己关在书房里，整晌整晌什么都不做，只是吃烟。在灰腾腾的烟雾里，记忆我所知道的百多十年，时代风云激荡，社会几经转型，战争，动乱，灾荒，革命，运动，改革，在为了活得温饱，活得安生，活出人样，我的爷爷做了什么，我的父亲做了什么，故乡人都做了什么，我和我的儿孙又做了什么，哪些是荣光体面，哪些是龌龊罪过？太多的变数呵，沧海桑田，沉浮无定，有许许多多的事一闭眼就想起，有许许多多的事总不愿去想，有许许多多的事常在讲，有许许多多的事总不愿去讲。能想的能讲的已差不多都写在了我以往的书里，而不愿想不愿讲的，到我年龄花甲了，却怎能不想不讲啊?!""这也就是我写《老生》的初衷。"原来，贾平凹这些年来的小说写作采取的多是一种交叉进行的方式。所谓交叉进行，就是指在一部长篇小说尚未正式出版的时候，作家的艺术思维就已经迫不及待地延伸到了下一部长篇小说的酝酿构思之中。别的且不说，单就写作速度和创作数量而言，贾平凹的表现诚然非同一般。进入21世纪以来，其他作品不算，光是长篇小说这一种文体，就先后有《怀念狼》《病相报告》《秦腔》《高兴》《古炉》《带灯》与《老生》七部问世。十四年时间，七部长篇小说，平均两年一部。如此写作速度，绝对称得上惊人。连带而来的，自然就是关于作品思想艺术水准的疑问。速度如此快，数量这么多，会是水货吗？贾平凹会不会粗制滥造呢？类似的疑问，其实一直伴随着我对贾平凹的跟踪阅读过程。以至，每一次开始阅读贾平凹的时候，内心里都会提心吊胆地为他捏把汗：这一次，他的作品会让我们满意吗？好在贾平凹让我们失望的时候并不很多。虽然不能说他的每一部长篇小说都能够抵达公众所期望的思想艺术高度，但最起码在我的理解中，作家21世纪以来相继推出的七部长篇小说中，《秦腔》《古炉》《带灯》以及新近的这一部《老生》，可以说都达到了相当的思想艺术高度。毫不夸张地说，这四部作品皆属于能够代表21世纪中国文学高度的标志性作品。

贾平凹进入21世纪以来的长篇小说写作，基本上是沿着现实与历史这两大脉络的探寻与追问渐次展开的。逼视当下社会现实苦难的《秦腔》与《高兴》，具有某种意义上的互文性关系。《秦腔》意在真切凸显现代化冲击下乡村世界日益凋敝的社会景观，正因为乡村世界凋敝，因为现代化的冲击，才会有刘高兴他们这样的农民进城，也才会有《高兴》的生成。从这个层面来看，《秦腔》与《高兴》的确具有某种内在的因果逻辑关系，二者可以说是相辅相成的一体两面。回到历史的《古炉》，其谛视反思对象，乃是并不太遥远的"文革"。正如同"奥斯维辛"之后必须写诗一样，惨烈无比的中国"文革"，也必须通过文学的方式作出必要的澄清与沉思。《古炉》的价值，一方面表现为乡村"文革"场景的全景式呈示及其人性深层原因的追问，另一方面则表现为一个常态中国乡村世界的艺术发现与形象书写。以"维稳"这一社会问题为关切重心的《带灯》，再一次从历史深处回到矛盾重重的乡村现实世界。尽管小说的切入点是"维稳"这样一个社会问题，但《带灯》却并非一般意义上的社会问题小说。在真切呈示围绕"维稳"这一社会问题所生成的种种矛盾纠葛的同时，《带灯》的价值更在于尖锐地揭示了当下时代国人一种普遍的被囚禁的生存状态。到了这部《老生》，贾平凹的写作钟摆再一次荡回了历史部分。但与只是以"文革"为表现对象的《古炉》有所不同，《老生》的关注视野显然要阔大许多。在《老生》中，贾平凹第一次把百多年来中国现代的社会历史演进纳入了自己的写作视域之中。

这里，一个不能忽略的问题就是，在进入 21 世纪以来的长篇小说写作中，贾平凹已经差不多形成了自己所特有的处理叙事时间的一种模式。那就是，无论是面对现实，抑或是反顾历史，贾平凹都习惯于把叙事时间做高度的浓缩化处理："《古炉》是按照自然时间的顺序展开叙事的，整部小说一共六大部分，分别是'冬部''春部''夏部''秋部''冬部''春部'。需要说明的是，第一个'冬部'，是 1965 年的冬天，到了第二个'春部'，则已经是 1967 年的春天了。这就是说，小说的故事时间前后持续大约也不过只有一年半的时间。简单回顾一下贾平凹的长篇小说，就不难发现，尽管说也会出现时间处理上的大跨度叙事，比如《病相报告》，但相比较而言，作家的艺术表现更加精彩夺目的，似乎却是类似于《古炉》这样的小跨度叙事。与《古炉》相类似的是《秦腔》，《秦腔》的叙事时间，前后大约也只有一年左右。《秦腔》与《古炉》毫无疑问是贾平凹截至目前最优秀的两个小说文本，在这两部长篇小说中，作家都把叙事时间控制得非常紧凑。这样必然导致的一种叙事结果，就是文本的高密度。所谓'密实'，所谓'密不透风'，说明的都是这种状况。贾平凹自己，则不无形象地把这种叙事状态称为'密实的流年式的叙写'。我总有一种强烈的感觉，对于叙事时间做这种处理的贾平凹，非常类似于那些能够很好地完成高难度动作的体操运动员。在一个相对狭小的故事空间内，贾平凹却能够如同那些体操运动员一样自如地腾挪跳跃，把复杂丰富的人生信息高度浓缩控制在了短暂的时间维度内。说实在话，在当下中国文坛，能够如同贾平凹一样具备如此一种艺术能力的作家，还真是并不多见。"① 很大程度上，如此一种极度浓缩的"高密度"叙事，其实可以被看作是贾平凹长篇小说的某种叙事特质。但是，到了《老生》，面对长达百多十年的一部中国现代历史，继续采用这种作家自己颇有心得的叙事方式，显然已经不再现实。到底采用一种什么样的叙事方式，才能够更有效地进入自己的表现对象，自然构成了贾平凹所无法回避的艺术挑战。幸亏，也就是在这个时候，贾平凹遭遇了中国的古老典籍《山海经》。对于《山海经》的持续阅读和悉心揣摩，给《老生》的写作带来了极大的启发。贾平凹在后记中坦承："《山海经》是我近几年喜欢读的一本书，它写尽着地理，一座山一座山地写，一

---

① 王春林：《从"块状叙事"到"条状叙事"——贾平凹长篇小说〈古炉〉叙事艺术论》，载《百家评论》2013年第5期。

条水一条水地写，写各方山水里的飞禽走兽树木花草，却写出了整个中国。《山海经》里那些山水还在，上古时间有那么多的怪兽怪鸟怪鱼怪树，现在仍有着那么多的飞禽走兽鱼虫花木让我们惊奇。《山海经》里有诸多的神话，那是神的年代，或许那都是真实发生过的事，而现在我们的故事，在后代来看又该称之为人话吗？"一个"神话"，一个"人话"，道出的却是贾平凹阅读《山海经》的所悟所得。具而言之，《山海经》之对于贾平凹，首先就影响到了《老生》的艺术结构设定："《老生》是四个故事组成的，故事全都是往事，其中加进了《山海经》的许多篇章，《山海经》是写了所经历过的山与水，《老生》的往事也都是我所见所闻所经历的。《山海经》是一个山一条水地写，《老生》是一个村一个时代地写。《山海经》只写山水，《老生》只写人事。"由贾平凹自己的言论，再结合《老生》的文本实际，即不难看出，《山海经》所启发于贾平凹的，首先就是一种小说的"方法论"。作为一部古老的地理之书，《山海经》以极其素朴的方式记录了人类初民对于大自然的认知和理解。比如《南山经》："……又东三百八十里，曰猨翼之山，其中多怪兽，水多怪鱼，多白玉，多蝮虫，多怪蛇，多怪木，不可以上。又东三百七十里，曰杻阳之山，其阳多赤金，其阴多白金。有兽焉，其状如马而白首，其文如虎而赤尾，其音如谣，其名曰鹿蜀，佩之宜子孙。怪水出焉，而东流注于宪翼之水。其中多玄龟，其状如龟而鸟首虺尾，其名曰旋龟，其音如判木，佩之不聋，可以为底……"作者就这样，一座山一座山地渐次写来。首先沿着方位写出山名，然后将这座山的矿产、动植物等一一罗列而出，言辞简洁至极，直指事物本身，绝无任何旁逸斜出的附着与雕饰。这种写作方式对贾平凹的启发，显然就是，当自己面对着一部堪称纷繁芜杂的几乎不知道该从什么地方切入表达的中国现代历史的时候，也完全可以同《山海经》一样，以切片分割的方式加以表现。这也就是贾平凹自己所谓"一个村一个时代地写"。正因为采取了如此一种小说的"方法论"，所以《老生》也就成了一部没有主人公的长篇小说。所谓没有主人公的长篇小说，就是指小说中缺少一位贯穿文本始终的主人公形象。通常意义上，大凡一部长篇小说，都会有贯穿文本始终的主人公形象存在。具体到贾平凹自己，《秦腔》中的主人公可以说是夏天义、夏天智兄弟，《高兴》中的主人公是刘高兴，《古炉》中的主人公是霸槽、蚕婆与狗尿苔，《带灯》中的主人公，则显然是带灯，但到了这部《老生》之中，你却无论如何都难以指出哪一位人物能够被看作是小说的主人公。四个时代，四段人生故事，每一个时代活动着的都是不同的人群。虽然说作品中也的确有如同唱师和匡三司令这样贯穿始终的人物存在，但毫无疑问，无论是唱师，还是匡三司令，都更多地属于艺术形式层面上的功能性人物，都不能被看作是小说的主人公。这样看来，《老生》自然就是一部没有主人公的作品。如此一种文本的生成，显然是受《山海经》的影响的结果。正如同《山海经》虽然写了五千三百多处山，二百五十余处水，你却很难指认其中的哪座山或者哪条水处于作品的中心地位一样，贾平凹的《老生》写了中国现代历史上的四个不同时代，每一个时代都写了一群人，但我们却无法指认其中的哪一位是居于小说核心地带的主人公。假若说"山"与"水"可以被看作《山海经》的中心物象的话，那么，《老生》的主人公就可以被理解断定为中国现代历史。就我个人有限的阅读视野，一部长篇小说，既没有贯穿性的故事情节，也没有贯穿性的主人公形象，在中国当代文学中，几乎可以说是绝无仅有的。尽管我们一般并不把贾平凹看作是注重小说形式实验创新的先锋作家，但由以上具有突出原创性色彩的艺术处理来看，贾平凹小说写作一种鲜明先锋性特质的具备，不管怎么说都是难以被否认的。

需要特别注意的一点是，虽然说《山海经》中有山有水，计有《山经》五卷，《海经》八卷，但到了贾平凹的《老生》中，所穿插引用的《山海经》原文却只是《山经》中的《南山经》《西山经》以及《北山经》的一部分。关键问题在于，贾平凹为什么要舍《海经》而取《山经》？答案显然与贾平凹对于中国的理解有关。正因为中国多山，所以很多年之前就有学者何博传写出过影响较大的著作《山坳上的中国》。同样的道理，一些学者之所以会把中华文明称为黄色文明，而把发端于古希腊的西方文明称为蓝色文明，也与中国的多山密切相关。我不知道贾平凹酝酿构思时是否受到过这些学者的影响，但贾平凹之所以在他的《老生》中只取《山经》而舍《海经》，大约也是因为在他的理解中更多地把中国与高山联系在了一起。另外不容忽略的一点是，尽管四个时代故事的发生地都不相同，第一个故事的发生地主要是正阳镇，第二个故事的发生地是老城村，第三个故事的发生地主要是过风楼公社（以棋盘村为核心），第四个故事的发生地则变成了当归村，但以上四个故事发生地，从大的地理区划来说，不仅都归属于更加庞大的秦岭山区，而且都依傍着一条名叫倒流的河。正因为贾平凹在潜意识中早已把中国与高山联系在了一起，所以才会把秦岭山区设定为总体意义上全部小说故事的发生地。

二

既然是一部旨在透视表现百多十年中国现代社会历史演进过程的长篇历史小说，作家持有什么样的一种历史观，就是至关重要的事情。尽管从小说的根本艺术要求来说，作家的历史观理应沉潜在故事情节的纵深处，而不应该以理性话语的方式直接道出，但在《老生》的后记中，我们却还是多少能够捕捉到贾平凹历史观的一点蛛丝马迹。"烟还是在吃，吃得烟雾腾腾，我不知道这本书写得怎么样，哪些是该写的哪些是不该写的哪些是还没有写到，能记忆的东西都是刻骨铭心的，不敢轻易去触动的，而一旦写出来，是一番释然，同时又是一番痛楚。丹麦的那个小女孩在夜里擦火柴，光焰里有面包，衣服，炉火和炉火上的烤鸡，我的《老生》在烟雾里说着曾经的革命而从此告别革命。"能够与贾平凹的历史观联系在一起的，显然是这段话里的"《老生》在烟雾里说着曾经的革命而从此告别革命"。一部百多十年的中国现代历史，最不容忽缺的关键词之一，恐怕就是"革命"。究其根本，抓住了"革命"，也就意味着抓住了中国现代历史的命门。然而，对意欲一究中国现代历史真相的贾平凹来说，仅仅抓住革命这一中国现代历史的命门也还是不够的，面对着长达百多十年之久的一部中国现代历史，已然决定采用"切片分割"方式的贾平凹，尚需进一步解决究竟应该选取哪些关节点作为自己表现对象的问题。从作家最终的选择结果来看，贾平凹在这一方面其实还是很费了一番踌躇的。因为写过《古炉》，所以就避开了"文革"，因为写过《秦腔》，自然会对当下时代乡村世界的凋敝也有所闪躲规避。然而，避免题材的自我重复，固然是非常重要的一个原因，但更根本的原因恐怕在于，到底选取哪些关节点做深度挖掘，才能够达到对于中国现代历史进行深度剖析的写作意图。到最后，贾平凹所择定的四个历史关节点分别是革命发生的 20 世纪 30 年代，"土改"运动的 20 世纪 40 年代后期，大饥荒的 20 世纪 50 年代后期以及可以被称为"后革命"的所谓市场经济时代。事实上，也正是通过对这四个不同时代解剖麻雀式的艺术表现，贾平凹点面结合地达到了其对于中国现代革命进行深度追问与反思的写作目标。

《老生》的第一个历史关节点选在了可以被看作是革命起源的 20 世纪 30 年代，主要讲述当年秦岭游击队的故事。某种意义上，秦岭游击队的诞生过程，就可以被看作是革命在秦岭地区的最初发生。那么，秦岭游击队又是怎么诞生的呢？我们只要细致梳理一下秦岭游击队的几个代表人物诸如老黑、雷布、匡三司令等人走上所谓革命道路的经过，自然也就能够对此有一目了然的认识。首先是老黑。老黑参加革命前的身份是国民党正阳镇党部书记王世贞手下保安队的一个排长。按照民间的说法，这老黑的命相当硬，他的母亲鹊便是因为生他而难产身亡："老黑身骨子大，是先出来了腿，老黑的爹便帮着往出拽，血流了半个炕面，老黑是被拽出来了，他爹说：这娃这黑的?! 鹊却翻了一下白眼就死了。"十五岁时，老黑和爹与熊遭遇，逃命途中他爹不慎失足，从崖上掉了下去不幸被撞死。老黑也就成了孤儿。亏得有了王世贞的好心收留，他才成了王世贞的手下："爹再一死，老黑成了孤儿，王世贞帮着把人埋了，给老黑说：你小人可怜，跟我去吃粮吧。吃粮就是背枪，背枪当了兵的人又叫粮子，老黑就成了正阳镇保安队的粮子。"老黑命硬心更硬。一次，王世贞晚上与番禺坪的保长喝酒，村人趴在墙上看稀罕，没想到却被老黑当作猫一枪给打死了。尽管王世贞对此深感内疚，但老黑的表现却与王世贞形成了鲜明对照："王世贞问老黑：你有过噩梦没? 老黑说：没。王世贞说：你还是去坟上烧些纸吧，烧些纸了好。老黑是去了，没有烧纸，尿了一泡，还在坟头钉了一根桃木橛。"仅此一端，王世贞之心存仁慈与老黑内心的狠毒决绝，就已经昭然若揭了。更能够证明老黑狠毒决绝内心的，是他冒死为王世贞姨太太索取蟒蛇皮这一细节。明明知道独木危险，但老黑却还是涉险取回了蟒蛇皮。面对着老黑的这种行为，王世贞和姨太太的评价可谓截然不同："老黑勇敢，王世贞回到镇公所要擢升老黑当排长，姨太太不同意，说老黑这人可怕，自己的命都不惜了，还会顾及别人? 王世贞说：他是为了我才这么不惜命的。"于是，老黑就当了排长，背上了盒子枪。但此后的一系列事实，却充分地说明姨太太眼光的准确到位。一个是他的参加革命。老黑的参加革命，既非苦大仇深，也不是出自所谓的阶级觉悟，而只是因为听了表哥李得胜一番巧舌如簧的鼓动的结果。"老黑却好奇省城里的事，李得胜就说国家现在军阀割据，四分五裂，一切都混乱着。老黑说：这我知道，谁有枪了谁就是王。李得胜又讲省城里的年轻人都上街游行，反黑暗，要进步，军警和学生经常发生流血冲突，好多人就去投奔延安。"虽然不能说李得胜的言辞鼓动毫无作用，但真正促使老黑参加革命的，却是其强烈的出人头地的欲望。在李得胜向他亮明了自己的共产党员身份之后，李得胜把枪扔给了老黑:"只说了一句:你不会去举报吧?!老黑双手拿枪,突然把李得胜的枪回给了李得胜,就坐下来,说:你不杀我,我举报你干啥?这下咱俩扯平了,都是背枪的!管它给谁背枪,还不都是出来混的?!李得胜说:要混就混个名堂,你想不想自己拉杆子?老黑从来没有想到过自己要拉杆子,眼睛睁得铜铃大,说:拉杆子?!李得胜说:要干了咱一起干!"这里,至关重要的一个因素,就是李得胜的那句"要混就混个名堂"。正是这句话,极大程度地迎合了老黑内心中的自我期许,促使他义无反顾地走上了革命这条路。尤其不容忽略的一点是,就在李得胜和老黑密谋参加革命的时候,屋外传来了热情招待他们的那位跛子老汉匆忙急促的脚步声。李得胜误以为跛子老汉要去告发他们,"一枪就把他打得滚了下来"。没想到老汉的原意却只不过是要去摘花椒叶而已。到了如此地步,老黑干脆来了个一不做二不休,在无辜老汉的头上补了一枪,说:"该咱们拉杆子呀,他让咱断后路哩!"老黑的这一枪,更是打出了他内心世界的阴冷残忍。假若说跛子老汉无辜,那么,王世贞则绝对称得上是老黑的恩人。但即使是王世贞这样的恩人,革命后的老黑也毫不手软:"老黑这才明白王世贞果然早怀疑了他,换给他的那把枪里根本就没装子弹,而且还在梁上架了石灰,要让石灰碜了他的眼好捉他。于是,老黑就一抖身子朝王世贞开了一枪。王世贞已经站起来了,又倒在椅子上,说:来人,来——。再从椅子上掉到地上,说出一个:人!没气了。"拿自己曾经的恩人王世贞祭刀之后,老黑就逐渐地变成了秦岭游击队意志坚定的核心成员之一。

雷布参加革命的动机也谈不上高尚。他的参加革命,与自家的蟒蛇皮被王世贞剥夺有直接关系。因为自己的父亲被蟒蛇惊吓成了植物人,雷布遂带头捕杀了那条大蟒蛇。大蟒蛇被捕杀后,蟒蛇皮自然就归属了雷布。雷布把蟒蛇皮看得特别重要,用他母亲的话来说,就是:"那蟒蛇皮不给人的,我儿把它钉在那里让他爹魂附体哩。"没想到的是,这蟒蛇皮却被老黑给盯上了。为了讨好王世贞的姨太太,老黑不仅主动提出应该用蟒蛇皮给姨太太蒙一把二胡,而且还不顾自家性命,踩着独木从山涧对面取回了被雷布视作珍贵之物的蟒蛇皮。但谁知,明明是老黑的鬼点子,不明就里的雷布却把这笔账稀里糊涂地记到了王世贞的头上。雷布之所以愿意参加秦岭游击队,其根本动机正在于此。这样看来,雷布复仇心理特别明显的革命,其实带有突出的误打误撞性质。

至于匡三司令,他的革命动机更猥琐不堪了。又或者,从根本上说,匡三司令的参加革命干脆就谈不上什么动机。匡三的"不贤不孝",通过对父亲尸体处理的细节得到了格外有力的表现。而德发店的一个讨饭细节,最能见出匡三的无赖性格:"豆干端上来还没放到桌上,从店外跑进了匡三,仰了头说:梁上老鼠打架哩!众人抬头往屋梁上看,匡三便一把将豆干盘抢了去。掌柜赶紧撵,匡三跑不及,却在豆干上呸呸唾了两口。"既然自己偷吃不成,那别人也甭想染指。这样一位乞儿参加革命,就是为了能够填饱肚子解决吃饭问题。那次,偷了别人家的红薯干被主人追着撵的匡三,路遇刚刚参加革命的老黑:"这时候老黑就走过来,叭地朝空放了一枪,众人哗地散了,匡三还趴在那里。老黑说:吃饱了没?匡三说:吃不饱。老黑说:要吃饱,跟我走!老黑提了枪往驿街外走,匡三爬起来真的就跟着也往驿街外走。"这里的一个关键问题是,年轻的匡三,本来可以凭借出卖自身的力气谋求生路,但他却宁愿四处偷窃乞讨,也不愿意靠自己的勤恳劳动过活。某种意义上,根本就不知革命为何物的匡三的投身革命,乃是逃避诚实劳动的必然结果。唯其如此,匡三参加革命后的表现也才会令人特别失望。"游击队干的是革命,但匡三不晓得,只知道革命了就可以吃饱饭,有事没事便往队里的伙房里钻,打问早晨的馍还剩下没有,晌午又做啥饭呀。"一方面是只专注于吃喝,另一方面则是战斗过程中的畏缩不前:"受伤的给老黑反映匡三去了不动手,老黑就问匡三:你咋回事?匡三说:我没枪呀。老黑说:那刀呢,你没拿刀?匡三说:我连鸡都没杀过。老黑扇了个耳光,骂:你只会吃!"

匡三在战斗中的消极懈怠且不必说,更不容忽视的,却是秦岭游击队成立之后的一系列革命行为,不是打劫富户,就是冤冤仇杀。"清风驿北四十里外的皇甫街,是个小盆地,产米产藕,富裕的人家多。游击队在清风驿出出进进了多次,烧了好多店铺,也死了十几个人,皇甫街的富户都恐慌,就在街后的乌梢崖上开石窟。"既然富户的利益被严重侵害,那么,富户们就必然会寻求庇护。当时是民国期间,能够为富户提供庇护者,自然就是民国政府,是保安队。一方要破坏社会秩序,谋求自身利益,另一方却要维护社会秩序,再加上其中还有诸多私人恩怨的缠绕,游击队与保安队之间你死我活的争斗拼杀自然也就势在必行了。秦岭游击队遭遇的一大劫难,就是皇甫街一战蒙受重大伤亡。游击队的伤亡惨重,固然与李得胜的疏忽大意有关,但根本原因却是有富户逃脱后告密。皇甫街的这位财东之所以要不惜命地逃走去告密,正是因为游击队对他的利益有过强烈的侵犯。同样的道理，王世贞的姨太太之所以会对游击队对老黑恨之入骨，也是因为老黑枪杀了其实有大恩于他的王世贞。正因为心中惦记着王世贞，所以，得知老黑被抓的消息之后，她才会要求剜了老黑的心来祭奠王世贞。人死了还不解恨，还一定要剜心祭奠，自然是血腥至极的行为。王世贞的姨太太与保安队折磨游击队的手段固然血腥残忍，但游击队回敬他们的方式也一样充满血腥意味。雷布他们在抓到王世贞的姨太太之后，雷布"拿刀在她脸上写字，鼻梁以上写了个老字，鼻梁以下写了个黑字，脸就皮开肉绽，血水长流，然后拉了另外三人扬长而去。那三人不解，说：不杀她了?! 雷布说：让她去活吧！"这可真的是"以眼还眼，以牙还牙"了。在此种"以眼还眼，以牙还牙"的艺术描写背后，所充分透露出的，正是作家贾平凹一种针对争斗双方不提前预设任何价值立场的"齐物"态度。此外，说到贾平凹对于革命的洞见，这一部分终结处的一个细节，也同样特别耐人寻味。共产党的二十五军开进秦岭后，雷布与匡三的秦岭游击队再度获得生机。为了更彻底地控制这支根基扎在秦岭的游击队，二十五军首长派一位姓邓的担任了游击队的政委。"雷布和姓邓的意见不合，时常争吵。"到后来，在一次阻击战斗中，雷布不幸中弹身亡。但雷布的死却十分蹊跷："听当地人讲，雷布牺牲在东山垭左边沟里的一棵白皮松下，他往前冲的时候中了弹，子弹从身后打的，当时倒下去就死了。匡三大哭了一场，只得再去了二十五军。在二十五军找到了姓邓的，询问雷布的死为什么是子弹从身后打中的，这子弹是谁打的? 姓邓的说，谁打的我怎么说得清，战场上子弹长眼睛吗?"雷布之死的诡异可疑，所牵引出的，自然是我们对于革命的深长思考。

由以上分析可见，同样是关于革命起源故事的叙述，贾平凹的《老生》与"十七年"间影响极大的那批"革命历史小说"形成了极其鲜明的对照。革命历史小说"是'在意识形态的规限内，讲述既定的历史题材，以达成既定的意识形态目的'，它主要讲述'革命'的起源的故事，讲述革命在经历了曲折的过程之后，如何最终走向胜利"① 更进一步说，"关于'革命历史'题材写作的文学史上的和现实政治上的意义，当时的批评家曾指出：对于这些斗争，'在反动统治时期的国民党统治区域，几乎是不可能被反映到文学作品中间来的。现在我们

---

① 洪子诚：《中国当代文学史》，北京大学出版社1999年版，第106页。

却需要补足文学史上的这段空白，使我们人民能够历史地去认识革命过程和当前现实的联系，从那些可歌可泣的斗争感召中获得对社会主义建设的更大信心和热情'。以对历史'本质'的规范化叙述，为新的社会的真理性作出证明，以具象的方式，推动对历史的既定叙述的合法化，也为处于社会转折期的民众，提供生活准则和思想依据——是这些小说的主要目的"①。只要读一读《红旗谱》《青春之歌》等一些具有代表性的"革命历史小说"，就不难感受到以上这些特质的显豁存在。概括言之，这些小说中的革命者可以说都是苦大仇深、人格品德高尚、具有突出的反抗性格特征。尽管说他们走上革命道路未必都是理性自觉的结果，但在参加革命之后，思想觉悟就会迅速获得提高，能够以一种鲜明的阶级意识积极介入具有突出正义性的革命斗争之中。但所有的这一切，到了贾平凹的《老生》中，却都发生了极其耐人寻味的变化。诸如老黑、匡三、雷布之类秦岭游击队的核心成员，其人性深处不仅潜藏着恶的基因，而且生性无赖，他们参加革命的动机，或者为了满足更高的私欲，或者为了达到借刀杀人公报私仇的目的。更进一步，从秦岭游击队的革命过程来看，他们虽然打着革命的幌子，但究其实质，却也无非是打劫富户或者冤冤相报而已，其间充满着极度背离人性的血腥和暴力。如果说当年的那些"革命历史小说"的确是在以文学的方式"为新的社会的真理性作出证明，以具象的方式，推动对历史的既定叙述的合法化"的话，那么，贾平凹的《老生》也就完全可以被看作是对于这些"革命历史小说"的解构与颠覆之作。

三

《老牛》的第二个历史关节点，落脚到了进行大规模土地革命的 20 世纪 40年代后期，以老城村为核心描摹展示当年那场极具震撼力的"土改"运动。在具体展开对这一部分的分析之前，我们首先需要讨论一下《老生》的题材归属问题。从时间的层面上说，作品所讲述的乃是既往百多十年来的人生故事，理当被视作历史小说。但从空间的层面上说，作品的故事发生地秦岭山区皆属于乡村，因此也可以被看作乡村小说。曾经自诩"我是农民"的贾平凹，虽然也写过一些城市题材的作品，但从根本上说，他最得心应手的题材领域还应该是中

---

① 洪子诚：《中国当代文学史》，北京大学出版社1999年版，第107页。

国的乡村世界。当年的赵树理一度被视为描写表现乡村生活的"铁笔圣手"，某种意义上，当下时代的贾平凹，也完全当得起如此一种称呼。乡村世界的生活主体乃是农民，在中国这样一个农耕文明的国度里，对广大农民来说，至关重要的一个问题，恐怕就是土地的归属问题。古往今来历朝历代，土地问题，都能够从根本上触动民心。很多时候，正是土地问题决定着未来社会的基本发展走向。贾平凹之所以要择定"土改"运动作为《老生》中的一个历史关节点，根本原因恐怕也正在于此。这一部分的故事发生地老城村的命运变迁，说来令人十分感叹。它本来是岭宁县县城的所在地，但因为县长的头被秦岭游击队割走，省政府便把县城移迁到了方镇。"而不到几年，这里的店铺撤离，居民外流，城墙也坍垮了一半，败落成一个村子，这村子也就叫老城村。"县城的渐次坍塌而变身为老城村的描写充满着象征意味。它象征着一种土地秩序的被彻底瓦解。所谓"土改"，建立在土地资源不平衡的前提之上。主政者期望能够通过这种方式重新分配土地资源，使土地资源的拥有能够更加均衡，真正地实现"耕者有其田"。但愿望的美好却并不能保证行为的合理合法。这里，有两个问题不容轻易忽略。其一，我们首先要追问的是：究竟是什么原因导致了"土改"之前土地资源的不平衡？以老城村为例，后来被打成地主的王财东与张高桂拥有的土地最多，马生最少："老城村最富的是王财东，最穷的是马生，这是秃子头上的虱，明摆着的事。"王财东与张高桂的富有，显然是他们多年来勤恳俭朴长期苦心经营积累的结果。这方面，最典型不过的是张高桂："张高桂有五十亩地，都是每年一二亩每年三四亩的慢慢买进的，就再没有能力盖新房，还住在那三间旧屋。"日常生活中的张高桂，不仅是老城村的泼留希金，而且他的老父亲当年就是为了修地为了扩大土地面积被炮给炸死的。如此一个"地主"，其对于土地的感情自然一往情深："后来知道了地要分呀，他一日五次六次往地里去，尤其一到了河滩的十八亩地，就坐在那里哭。"马生之所以没地，与他的游手好闲好吃懒做有直接关系。关于这一点，作品中的一个细节，可谓特别有说服力："白河牵着驴过来说：帮叔赶驴把麦捆驮回去，给你擀长面吃！马生脚大拇指一跷一跷，盯着树上的一颗红软蛋柿，说：叔哎，你摇摇树，让蛋柿掉到我嘴里。"一个只是躺着等蛋柿掉到嘴里的人，你怎么可以期望他勤恳劳动置地呢？

其二，退一步说，即使要重新分配土地资源，也存在着一个采用什么样的方式进行分配的问题。一种较为理想的方式，就是"和平土改"，即只是剥夺土地资源拥有者过多的土地加以重新分配而并不触犯他们的人格尊严。但在20世纪40年代后期的中国，现实的"土改"所采用的却是一种严重触犯"地主"人性尊严的暴力"土改"方式。这一方面，张高桂与王财东两位万般无奈的横死结局，就是典型不过的明证。因为自己的土地乃是辛辛苦苦累积而来，张高桂实在无法接受"土改"的现实。就在村里的农会到他家搬运东西的时候，气不过的张高桂终于一命呜呼了。关键的纠葛，正出现在下葬墓地的选择上。张高桂死后，他的老婆坚持要把他埋在那十八亩河滩地里。但她的这种主张，却没有得到村农会的批准认可。原因在于，农会早已决定把这块河滩地分给那些贫农了。一方要葬，另一方却坚决不让葬，二者因此势不两立。明明是属于自己的土地，但在一夜之间易主，张高桂的此种悲惨遭遇，就真正称得上是死无葬身之地了。但与张高桂相比较，人性尊严更严重被冒犯的，却是王财东。日常生活中的王财东，不仅勤勤恳恳，而且特别与人为善。长工白土的爹死了，因为家穷没能力办丧事，出手帮助白土渡过难关的，正是王财东："王财东见白土人憨，还来帮着设灵堂，请唱师，张罗人抬棺入坟后摆了十二桌待客的饭菜。"然则，王财东即使再大做善事，"土改"时也无法逃脱被折磨的厄运。土地与财产被无端剥夺之外，更惨烈的，是其人性的被折损被戕害。明明是因为马生自己用镜子偷窥邢轱辘的家庭私生活而致使邢轱辘家着了火，但他却不仅偏偏要嫁祸于"地主"王财东，而且还变本加厉地多次组织村里人批斗王财东。王财东腿伤严重，根本下不了地，只有用笸筐抬着才能够到现场接受批斗。王财东妻子玉镯眼睁睁看着丈夫受折磨，心有不忍，向马生求情。马生却乘便欺辱了玉镯："玉镯捂怀，马生又使劲拉扯她的裤带，她的裤带是用麻丝编的，马生说：地主的媳妇系这好的裤带！猛地一拽，裤带还是没扯下来，却把裤腰撕开了，就势压在地上，说：你要让我进去，明日他就免了会。"更有甚者，王财东明明就躺在里屋的炕上，马生却还是要欺辱玉镯。这种当面的肆意凌辱，对王财东自然形成了极强烈的刺激："王财东爬到炕沿要下来，又下不来，一下子跌到炕下的尿桶里，头朝下，在尿里溺死了。"对王财东与张高桂这样的"地主"来说，土地财富的被剥夺还不算，到最后还得搭上自己的身家性命。

"一解放，这世上啥没转化呢？马生是小鸡成了大鹏，王财东是老虎成了病猫。"朝代的更迭，会对普通人的命运产生无法抗拒的影响。王财东、张高桂也罢，马生、拴劳也罢，虽然从社会政治的角度看绝对属于对立的双方，但他们的人生轨迹均未能逾出时代的框限去。实际上，也正是在社会转型过程中，这些人物的人性世界得到了足称丰富的艺术表现。这一方面，最具代表性的，乃是能够顺应时代潮流的乡村二流子马生。马生的无赖品性，在金圆券作废的时候曾经得到过一次表现的机会。早一天，王财东掏给马生一张金圆券，让他去吃顿辣汤肥肠。没想到，等马生第二天兴冲冲地拿着金圆券去镇上赶集，要用这金圆券去买布的时候，却意外地获知了金圆券已经作废的消息。一时气急败坏的马生"回到村，直接去找王财东，说：你知道这金圆券作废了，你给我?!王财东说：这我今中午才晓得呀！马生把金圆券撕了个粉碎，掷到王财东的脸上，说：还给你，我不落你人情！"仅此一个细节，王财东的乐善好施与马生的冷漠绝情、恩将仇报，就形成了极其鲜明的对照。乡村二流子马生之所以能够成为老城村的农会副主任，乃缘于一个偶然的机会："白石要村民推选代表，村里人召集不起来，白石就问爹看谁能当代表，白河说了几个人，可这几个人都是忙着要犁地呀，不肯去。马生说：我没地犁，我去。"真正意义上的农民都忙于农活不愿意去，这就给成天混日子的马生提供了登上历史舞台的机会。"乡政府的会传达了各村寨要成立农会，全面实行土地改革，来开会的人必然就是各村寨的农会领导。"尽管由于白石的干预，马生没有能够成为老城村农会的主任，但却成了副主任。原因正如乡长所说："那就让洪拴劳当主任，你说马生是混混，搞土改还得有些混气的人，让他当副主任。"乡长的话就充分表明，乡村混混马生到最后能够成为农会的副主任，很大程度上乃是乡政府需求的结果。一句话，当时的执政者希望利用马生这样的流氓无产者来推动"土改"的积极进行。老城村后来发生的一系列事实，也果然证明了这一点。

一方面，由于洪拴劳相对实诚，还算是一位有操守的农民；另一方面，更由于马生从一开始就有意玩弄权术排斥洪拴劳以便大权独揽，这马生虽然名义上是副主任，实际上却往往越俎代庖，在很多时候都行使着主任的权力。"土改"过程中，马生一直在肆无忌惮地凭借手中的权力满足着自己的私欲。强行占有王财东的妻子玉镯自不必说，马生的残忍，更集中地体现在对白菜的恶毒陷害上。白菜是姚家的媳妇，人虽然不漂亮，但却长着两个好奶。好色的马生，因此而惦记上了白菜。发迹之前被白菜冷落，马生只能独自承受。关键在于，马生成了权倾一时的农会副主任之后，白菜的态度居然还是不冷不热，没把他当回事。怀恨在心的马生，便要寻机报复。在发现了白菜与铁佛寺的和尚有染后，马生就挑动白菜的丈夫前去闯寺捉奸。最后的结果是，那位和尚被白菜的丈夫与其他几位男人折磨致死。但马生对于白菜的报复却并未到此为止："耙地时，马生在，白菜的男人在，白菜也在。马生耙到埋和尚的地方，埋的坑浅，铁齿就把和尚的天灵盖耙开了。马生喊白菜：你来看这是啥？白菜一看，瘫得坐在地上，自后人就傻了，不再说话，除了吃饭，嘴都张着，往外流哈喇子。"只是因为没能得到白菜，就不惜使出如此恶毒的手段，一直到把白菜整傻方才罢休。马生的阴冷毒辣，在对白菜的整治过程中表现得可谓淋漓尽致。同样能够强有力地说明马生无良品行的，还有"土改"中他与洪拴劳之间的权力争斗。洪拴劳没有参加乡政府召集的会议但却成了村农会的主任，身为副主任的马生对此一直耿耿于怀愤愤不平。既然如此，二人在"土改"进行过程中彼此之间的拳打脚踢也就无法避免了。但正所谓君子往往斗不过小人，因为洪拴劳恪守着做人的某种底线，而马生却根本就谈不上什么操守，所以，他们之间的争斗最终以马生的胜利告终。洪拴劳有一个养女叫翠翠，翠翠与拴劳媳妇母女之间的关系向来不够和睦，常常发生冲突："翠翠抓回来后被拴劳媳妇打了一顿，把头发都给剃了，样子不男不女。有人对拴劳说：孩子大了，不能那样待啊！拴劳说：唉。一脸苦愁。拴劳的媳妇这是村里人都知道的，但媳妇做事这么过分而拴劳还不管，村里人就不明白这是啥原因。"到后来东窗事发洪拴劳被捕，人们方才理解了他的难言苦衷："邢轱辘就背了白河往农会院子去，还没到，就见在巷口拴劳果然被绑着往村外去，马生从他口兜里掏印章。拴劳一拉走，马生散布的情况是翠翠在乡政府告状，说拴劳四年前强奸过她。而在乡政府一审问，拴劳把啥都承认了，就没有再回村，从乡政府送到县城坐了牢。"原来，洪拴劳有把柄一直握在媳妇的手中。洪拴劳一入狱，老城村的印把子自然就落到了马生的手里，马生终于名正言顺地成了老城村农会的一把手。然而，与权力的更易相比较、更让人倍加感慨的，却是拴劳的媳妇改嫁给了马生，最终成了马生的媳妇："拴劳的媳妇我怎能不熟悉呢，但我怎么也想不到马生是娶了拴劳的媳妇。"媳妇的更易，事实上有着突出的象征意味。这一事件的发生，充分说明老城村已然变成了乡村混混马生的天下。

四

一方面，是如同王财东、张高桂这些勤恳朴实的劳动者，不仅被剥夺了土地的拥有权，而且人性尊严也受到了极大的侵犯；另一方面，则是乡村混混、流氓无产者马生的如鱼得水轻易上位。能够把"土改"全面地呈示在广大读者面前，正可以被看作是贾平凹《老生》重要的思想艺术价值所在。但毋庸置疑的是，贾平凹对于历史的一种不妥协的批判意识，也突出地表现在他关于20世纪50年代后期公社化阶段大饥荒的艺术书写之中。而这，自然也就构成了小说的第三个历史关节点。这个阶段的故事，主要发生在过风楼公社的棋盘村。说到公社化，就不能不进一步思考个人与集体之间的关系问题。反顾20世纪40年代后期的"土改"运动，其要旨在于把隶属于土地资源大量拥有者的土地尽可能平均分配给各农户。尽管说"土改"的暴力与血腥性质不可否定，但从客观效果上说，通过当时的"土改"，的确使很多格外珍视土地的农民成了土地的主人。然而，农民得到土地不久，就开始了土地集体化的所谓农业合作化运动。出现于20世纪50年代后期的公社化运动，乃是农业合作化运动的进一步顺延。究其实质，合作化也罢，公社化也罢，都意味着社会政治制度的一大根本变革，即由已经传沿很多很多年的私有制变身为貌似更为进步的公有制。到了公社化阶段，土地、财产皆归属于集体所有，任何私有的观念和行为，都会令人不齿为人所憎恶唾弃。贾平凹的《老生》，在这一历史关节点上，重点凸显出的便是个人与集体之间激烈异常的矛盾冲突。棋盘村的村长冯蟹，之所以能够成为过风楼公社的先进，就与他在任上所采取的一系列整一行为密切相关。"后来，棋盘村就有了规定，五十岁以上的男人可以剃光头，五十岁以下的男人都理成他那样的发型。""他们紧接着实施着两项措施，这也是刘学仁受了冯蟹理发的启示而创新的，一是以县上奖励的资金给村民配一套衣服，也就是从县水泥厂买来了现成的帆布劳动服，这些衣服统一挂在保管室，每次下地干活时发给大家，下地回来就收起。二是在地头配午饭。村里把几十亩地生产的土豆没有分，集中存放，中午了把土豆蒸一大筐送到地头，一人三颗，吃了就不回去，接着干下午的活。"让本来就散漫惯了的农民统一发型、服装，并且一起在地头吃午饭，这样一种极富象征性的艺术描写背后，所充分凸显的，正是集体化时代对于个人意志的强制性统一。这一方面，相当典型的例证，就是棋盘村漂亮媳妇马立春的凄苦遭遇。棋盘村要割"资本主义尾巴"，冯蟹无意中戳中了马立春。马立春于是就在劫难逃了。为了给病得要死的婆婆看病，马立春曾经把布缠在腰间去卖过，这就成了她遭受劫难的缘起。在批斗会上，由她的缠布出卖，村民们又陆续揭发了她曾经有过的在集市上卖鸡蛋、用棉花换苞谷等一些"投机倒把"的行为。好面子的马立春顿觉羞愤交加，遂跑回家喝下了六六六药水。虽然由于抢救及时，马立春活了下来，但她"却从此傻了，什么活也干不了，终日坐在村道里瓜笑，只要谁说一句：冯蟹来啦！她抬起身就往家里跑，把门关了，还要再往门扇后顶上杠子"。

马立春的遭遇已经足够凄惨，但较之于马立春的遭遇更加凄惨，同时也更能够充分地凸显那个集体化时代反人性本质的，却是先后被过风楼公社书记老皮给递送到劳动改造场所黑龙口砖瓦窑接受严厉惩罚的张收成与苗天义。张收成的问题在于过于贪恋女色。说实在话，张收成因为男女作风错误而受到一些必要的惩罚，也属情理中事，问题在于，当时所采取的惩罚手段确实太过于残酷："张收成赤身裸体，那根东西上吊着一个秤锤，开始在土场子上转圈，秤锤似乎很重，他转圈的时候双腿就叉着。"然而，吊秤锤还算小事，更严重的却是在张收成忍不住奸驴之后，被吊起来惨遭竹片子毒打，"血把眼睛都糊了"。这次惨遭毒打之后，张收成终于对自己采取了极端的自残手段："张收成还关在交代室，伙房送去了一碗红薯面饸饹，他嘴肿得吃不进去，就打碎了碗，用瓷片割他那东西。"遭遇同样惨烈的，是苗天义："苗天义是老鹰嘴村的能人，上过中学，写得一手好字。""七年前村里复查成分，他家由中农上升成小土地出租，小土地出租比地主富农的成分要低，其实也影响不了他当村会计，但他就一直写上诉。"未曾料想到的是，祸就从这上诉起。那次，在公社下院前发现恶毒咒骂共产党和社会主义的万言书之后，"最后查来查去，苗天义就成了最大嫌疑犯，因为他有文化，能写，知道的事情多，而且长期上诉得不到回复有写反革命万言书的动机。但苗天义被抓后如何审问都不承认，吊在屋梁上灌辣子水，装在麻袋里用棍打，一条肋骨都打断了还是喊冤枉。证据不确定，便不能逮捕，就送去窑场了"。但到了窑场后，苗天义仍然不服罪，于是就继续接受折磨："那组长就想出了一个办法，再不拷打，而把苗天义绑在一个柱子上，双腿跪地，又脱了鞋在脚底抹上盐水，让羊不停地舔脚心。果然苗天义就笑，笑得止不住，笑晕了过去。"通过对于张收成与苗天义不幸遭际的真切书写，贾平凹的批判矛头直指当时那种戕害正常人性的不合理体制。

这一部分，令人哀叹不已，不能不洒一掬同情之泪的，是小"反革命分子"慕生的悲剧人生。慕生的爹是个铁匠，因为给东岭沟的几户人家打过刀而这几户人家居然用这刀砍死了农会主任而获罪，他们两口子便被打成了"反革命"枪决了。蔡生之所以叫蔡生，乃是因为"他爹他娘被枪决时，他娘已经一头窝在沙坑里了却生出了他"。这样一种身世，就使得根本就不知革命或者反革命为何物的蔡生，如同头上铸了"红字"成了一个小"反革命"。蔡生之所以能够留在老皮身边，为老皮鞍前马后地提供服务，缘于他天赋异禀的爬树绝技。训练的爬树插旗的猴子死了，老皮忽然想起了蔡生的存在，没想到的是，"蔡生爬树竟然比猴子还快，这就是蔡生最初被留下来的原因"。自此之后，蔡生就常常扮演着两面人的角色。一方面，他尽心尽责地承担着老皮通讯员的功能；另一方面，却也力所能及地利用位置的便利给乡亲们传递消息，帮他们解决一些生活的困难。但就是这样一位生活中毫无尊严可言的蔡生，他的死更让读者唏嘘不已。因为平时总是吃不饱，那天好不容易逮着机会吃了过多的饼干，然后，蔡生就去收旗："到了山上，肚子就胀得像要撑破似的，忍着疼痛爬上了婆楼树，刚把红旗收好，眼前突然都是星星，他说：流星雨啦？伸手去接，身子从树上掉了下去。蔡生是头朝下脚朝上掉了下去，偏不偏头就迎着树下的一块石头，那石头其实不大，却立栽着，一下子插进了他的脑顶。"可怜的蔡生，就此一命呜呼。但蔡生的悲剧，却更在于老皮和刘学仁们对他的无端怀疑："刘学仁骂了一句：狗日的！他明白问题全出在蔡生的身上，木橛子是蔡生钉的，肯定是他搞破坏，逃跑了，所以今天的红旗就没有挂。"一直到找到蔡生的尸体后，他们方才"认定蔡生并没有畏罪自杀，是从树上失脚掉下来摔死的"。蔡生乃是那个集体化时代很不起眼的一介草民，作为小"反革命"，他的无端被冤，在那个荒谬的时代，实乃司空见惯的寻常景观。但也唯其是一介草民，唯其司空见惯，并因为贾平凹笔调的客观沉静，所以，蔡生的人生悲剧，读来方才特别催人泪下。

五

《老生》的最后一个历史关节点，选在了当下这样一个物质化时代。在这个"后革命"的物质化时代，政治对于人性的禁锢，已经不再居于核心的位置。取而代之的，反倒是所谓市场经济条件下，物欲的横流与泛滥。这一次，贾平凹把故事的发生地挪移到了秦岭中一个以盛产药材当归而著名的当归村。或许是作家一种颇有深意的设定，这当归村的男人不仅普遍地患着一种大关节病，而且还都是永远也长不大的侏儒："当归村里的男人一代一代都是一米四五的个头，镇街上的人叫他们是半截子。"这一部分的故事，是集中围绕着一个名叫戏生的男人来进行的："戏生也是当归村人，但他是名人，他家三代都有名，别人欺负不了他。"戏生的爷爷摆摆是烈士，当年曾经是秦岭游击队中的一员。他的父亲乌龟，是皮影戏三义班里一个手艺精湛的签手。因为是签手的缘故，乌龟遂与开花结下了一段孽缘，生下了私生女荞荞。也正是这位荞荞，不仅在乌龟去世后主动登门认亲，而且最后还和同父异母的哥哥戏生结了婚。这一部分的主体故事，就发生在戏生与荞荞结婚之后。戏生之所以能够在当下这个经济时代一领风骚，和他有缘结识乡镇干部老余大有关系。因为在挖当归的过程中意外地挖到了一棵人形的特大秦参，并且颇有几分慷慨地把这棵秦参珍品送给了老余，于是就获得了老余的信任："老余说：啊你豪气，我不亏下苦人！就以扶贫款的名义给了戏生五万元，只是让戏生在一张收据上签名按印。"这一细节的出现，显然暗示着经济与政治的一种结盟。这就充分说明，戏生后来在经济领域的大展身手，实际上与老余的强力政治支撑有巨大关系。

事实上，戏生在当下时代出演的几场经济大戏，无论是把当归村变成回龙湾镇的农副产品生产基地，还是到鸡冠山矿区看守矿石，无论是寻找老虎，还是人工种植当归，其幕后的强劲推手都是老余。其实，以上种种经济行为，不管是从社会发展的角度来说，还是从个人福祉的角度来说，都无可厚非。关键问题在于，在这些经济行为的运行过程中，人性中过于贪婪的一面严重发酵并最终冲决了社会伦理道德规范的堤坝。导致戏生他们最早在农副产品种植方面弄虚作假的，是老余和戏生的一次外出参观取经，"取了经验后，回来就去市里购买各种农药，增长素，色素，膨大剂，激素饲料。此后，各种蔬菜生长得十分快，形状和颜色都好，一斤豆子做出的豆腐比以前多出三两，豆芽又大又胖，分量胜过平常的三倍，尤其是那些饲料，喂了猪，猪肥得肚皮挨地，喂了鸡，鸡长出了四个翅膀。戏生就专门经管化肥、农药和饲料，他家成了采购、批发、经销点"。把这么多对人体有害的东西添加到各种蔬菜食品之中，当归村人想不富裕都由不得他们了。伴随着当归村的富裕，村长戏生自然就成了名人。然后就是在鸡冠山矿区看守矿石期间戏生的监守自盗行为。由于一个人长期在外，远离荞荞，身边没有女人，性饥渴的产生就是自然而然的事情。妻子远水解不了近渴，替代者就只能是妓女了。正是在解决这个问题的过程中，戏生与司机达成了交易的默契:"戏生也心安了,就和司机达成默契,先每次多装半吨,司机就带个女的来,后又觉得吃亏,让司机还要再给他分钱,多出的半吨矿石卖了钱虽不二一分作五,就给他三分之一。"看守矿石的差事泡汤后,戏生再度返回当归村。这个时候,老余给他出的新点子,就是寻找老虎:"老余对戏生说:你给咱找老虎!戏生说:找老虎?这就是你说的马吃的夜草?!老余说:找着老虎了,当归村就划在保护区内,那就不是有吃有喝的事,而是怎么吃怎么喝了!"但问题在于,秦岭里确实已经没有了老虎,正所谓巧妇难为无米之炊,本来就没有老虎,你就是打死戏生夫妇他们也不可能发现老虎的踪迹。怎么办呢?老余的妙计还是欺诈:"老余说:寻找老虎又不是要把老虎捉住才证明有老虎,谁要不认可,又拿什么证据来说森林里没有老虎?戏生说:这照片是咋弄的?老余说:这你不要问,我就是说了,你也听不懂。戏生说:那就是我拍的?老余说:是你拍的!我现在就要给你,莠莠你也记住,这照片是在什么地点,什么时候,又是如何拍的。三个人就叽叽咕咕到天亮。"老余煞费苦心的设计果然很是奏效,其最直接的效应之一,就是给爆得大名的戏生带来了新的财源:"不出来,来人就敲门,不喊戏生了,喊老虎:老虎老虎,不采访了,咱就合个影吧,给五元钱合个影么!戏生就开门出来合了个影。有了一次掏钱合影,再来人,还要采访就掏采访费,要合影就掏合影费,费用由莠莠收。"同样的欺诈行为,也表现在随后人工养殖当归的过程中。只不过,这次的撒谎欺诈,主要表现在了对于当归药效的过分夸大上:"过了五年,戏生的当归生产营销越做越大,县城入口处钢架子搭成了一个彩门,上边写着当归之都,而广场的当归广告牌重新制作,配上了戏生的坐像,他是坐着,坐着看不出身高。当归的药用范围又增加多项,写着可以治这样的病,可以治那样的病。有人就用笔在边上加了:可以当劳模。不久,又有人却加了一条:那咋不治大骨节病?!"虽然说最后的叙事话语反讽意味极其强烈,但戏生的由当归种植再度风光,却是无可置疑的事实:"这是戏生一生最风光的日子,他坐着小车从这个村到那个寨,凡到一地,就有人欢迎,吃香的喝辣的,口口声声被叫作老总。"

　　总括以上种种经济行为,一个共同的特点就是,那时的人为了获得最大的经济利益,已经到了对于伦理道德底线不管不顾的疯狂地步,以至就连要直接入口的食品和药品,也都笼罩在了假冒伪劣的阴影之下。一个民族、一个国家,连食品与药品的安全都无法保障,其沉沦的程度自然也就可想而知了。假若说革命时代，一个非常严重的问题乃是人性正常欲望的被强行压制的话，那么，到了所罗门的瓶子被打开的"后革命"的所谓市场经济时代，中国社会的钟摆显然就已经荡向了另外一个肆无忌惮极度纵欲的极端。如此一种人性恶的极度泛滥，又怎么能够不招致天谴呢?! 于是，也就有了贾平凹关于那场瘟疫的描写。毫无疑问，《老生》中的瘟疫描写与戏生的寻找老虎，都有着客观的事实依据，前者是"非典"，后者是"周老虎"事件，完全可以说是贾平凹对于新闻的一种化用。我们都知道，前一个阶段，余华《第七天》对于新闻事件的化用，曾经引起激烈的争议，其中负面评价居多。窃以为，问题不在于新闻能否入文学，而在于作家到底是在以一种什么样的方式化用新闻。相比较而言，贾平凹《老生》中的化用，就是成功的。尤其是关于瘟疫的那场描写，其突出的象征意义无论如何都不容轻易忽略。作家借助于瘟疫对当归村的毁灭性的袭扰（戏生即死于这场突如其来的瘟疫之中），所传达出的其实是大自然对于极度贪欲的人的一种严正警示。"当归村成了瘟疫中秦岭里死亡人数最多的村寨……荞荞是当归村瘟疫中最健康、知道事情最多又最能说的人，她反复地讲述着当归村的故事，讲累了，也讲烦了，就跑到我的住处躲清静。有一天，我问她：你再也不回当归村了吗？她说：还回去住什么呢？成了空村，烂村，我要忘了它！"不能不承认，贾平凹的这种艺术处置方式的确相当高妙，如此一种艺术手段，多多少少能够让我们联想到《红楼梦》中最后的"白茫茫一片大地真干净"那样一种艺术情境。

就这样，贾平凹这部篇幅仅有二十多万字的《老生》，从20世纪30年代写起，中经20世纪40年代后期与20世纪50年代后期这两个开展过程，一直到所谓的市场经济时代，一部风云流宕波诡云谲的百多十年中国现代历史就此得以形象立体地呈示在广大读者的面前。结合后记中的那句"我的《老生》在烟雾里说着曾经的革命而从此告别革命"，同时更主要的是从四个历史关节点的生动细腻的艺术描写出发，我们就不难断定贾平凹所持有的是怎样的一种历史观。通过对这段历史的文学书写，贾平凹所出示的，正是他对于这段历史一种坚定不移的深刻批判反思立场。但《老生》的一大写作难度在于，究竟采取一种什么样的方式才能够把作家所特别择定的四个既有相当时间间隔同时也活动着不同人群的时代有机地缝合为一个艺术整体。除了所有的故事都发生在大的秦岭地区之外，匡三司令与无名唱师这两位贯穿文本始终的人物的结构性功能，就无论如何都不容忽视。

六

　　首先是匡三司令。匡三司令这一人物的由来，与故乡"路"的启示密切相关。在后记中，贾平凹写道："但故乡给我印象最深最难以思议的还是路，路那么地多，很瘦很白，在乱山之中如绳如索，有时你觉得那是谁在撒下了网，有时又觉得有人在扯着绳头，正牵拽了群山走过。路的启示，《老生》中就有了那个匡三司令。"把匡三司令与故乡那"正牵拽了群山走过"的路联系在一起，所充分凸显出的正是这一人物身上特别重要的结构性功能。小说的第一个历史关节点，是写当年秦岭游击队的故事。但问题在于，曾经活跃于秦岭游击队中的老黑、李得胜、雷布他们都早早地战死了，其中硕果仅存者，便是当时只是游击队普通一员的匡三。匡三不仅活着，而且还很长寿，于是，他就成了一个历史的亲历与见证者。也正因此，虽然并非小说的主人公，但在文本的四个部分中，所不时晃动着的一个贯穿性人物，也正是匡三司令。第一个部分自不必说，第二个部分中，匡三并没有直接出场，他的存在，是通过徐副县长而表现出来的："他告诉我，这被单是匡三送他的，匡三从县兵役局调往军分区的前一个月，匡三邀他去家喝酒，因为喝得多了，晚上他们睡在一个房间，匡三就盖着这条被单。"既然当年有过出生入死的革命经历，那么，革命胜利后的提升，就是顺理成章的事情。到了第三个部分，匡三同样没有直接出场，但到了这个时候，匡三又有了进一步的提升，已经变成了匡三司令："匡三司令便说：那个唱师现在干什么？他是了解历史的，把他找出来让他组织编写啊！这我就脱离了县文工团，一时身价倍增，成了编写组的组长。"到了最后的第四个部分，匡三司令再度粉墨登场，只不过这时候的他已经是耄耋之年，是坐在轮椅上的离休老干部。一起拜见匡三司令的，是戏生、老余以及那位在中间牵线的省政协副主席。会见时，最意味深长的一个细节，就是戏生的突然被打。因为自己的爷爷摆摆当年也曾经是秦岭游击队的队员，因为自己来自秦岭这一革命老区，当然也因为自己唱得一手好民歌，好不容易见到匡三司令之后，戏生便按捺不住地要为匡三司令表演一番。表演过程中的一个重要环节是边唱边用剪刀剪纸花花，没想到，问题就出在这个环节上："他唱了第一段，再唱第二段第三段，就从口袋里掏了红纸，一边往匡三司令近前去，一边又掏出了剪刀。但就在这时候，匡三司令身边的警卫一下子冲过来照着戏生胸口踢了一脚，夸嚓一声，戏生被踢得撞到对面的墙上，又弹回来摔在了地上。"这一细节，显然是误会的结果。但也正是借助这一脚，贾平凹写出了身居高位的匡三司令与普通民众之间遥远的距离和巨大的隔膜。与这一细节紧密相关的，是小说开头部分关于匡三司令家族一段极具反讽色彩的介绍："匡三是从县兵役局长到军分区参谋长到省军区政委再到大军区司令，真正的西北王。匡三的大堂弟是先当的市长又到邻省当的副省长。大堂弟的秘书也在山阴县当了县长。匡三的二堂弟当的是省司法厅长，媳妇是省妇联主任。匡三的外甥是市公安局长，其妻侄是三台县武装部长。匡三的老表是省民政厅长，其秘书是岭宁县交通局长，其妻哥是省政府副秘书长。匡三的三个秘书一个是市政协主席，一个是省农业厅长，一个是林业厅长。匡三大女儿当过市妇联主席，又当过市人大副主任。大儿子先当过山阴县工会主席，又到市里当副市长，现在是省政协副主席。小儿子是市外贸局长，后是省电力公司董事长，其妻是对外文化促进会会长。小女儿是省教育厅副厅长，女婿是某某部队的师长。匡三的大外孙在北京是一家大公司的经理，二外孙是南方某市市长。这个家族共出过十二位厅局级以上的干部，尤其秦岭里十个县，先后有八位在县的五套班子里任过职，而一百四十三个乡镇里有七十六个乡镇的领导也都与匡家有关系。"请原谅我啰啰唆唆地抄写了这一段介绍匡三家族的文字，因为不如此就不能够显出究竟怎样才算得上是"一人得道，鸡犬升天"。只因为出了一个匡三，一个家族的命运就此被改变，就可以有这样的一种飞黄腾达。把这段文字与最后一部分中戏生的无端被打细节联系在一起，贾平凹于不动声色中写出的，还真就是中国社会的一种真相。

但较之于匡三司令更为重要的一个人物，却是唱师，尽管唱师也同样不是小说的主人公。在民间，唱师的主要职责就是在人死了之后为了超度亡灵而唱阴歌："关于唱师的传说，玄乎得可以不信，但是，唱师是神职，一辈子在阳界阴界往来，和死人活人打交道，不要说他讲的要善待你见到的有酒窝的人，因为此人托生时宁愿跳进冰湖里火海里受尽煎熬，而不喝迷魂汤，坚持要来世上寻找过去的缘分，不要说他讲的人死了其实是过了一道桥去了另一个家园，因为人是黄土和水做的，这另一个家园就在黄土和水的深处，家人会通过上坟、祭祀连同梦境仍可以保持联系。单就说尘世，他能讲秦岭里的驿站栈道，响马土匪，也懂得各处婚嫁丧葬衣食住行以及方言土语，各种飞禽走兽树木花草的形状、习性、声音和颜色，甚至能详细说出秦岭里最大人物匡三的家族史。"这就真正称得上是民间社会中上知天文下知地理的一切皆知的传奇式人物了。作为《老生》中另外一位贯穿文本始终的结构性人物形象，唱师事实上承担着极其重要的叙述者角色。说到这一点，一个不容忽视的细节就是，在小说的第三部分，匡三司令曾经亲自指定唱师承担历史编写的重任。之所以如此，是因为在历史的编写上出现了众说纷纭的乱象："那一年的秦岭地委，那时还叫作地委，如今改为市委了，要编写秦岭革命斗争史，组织了秦岭游击队的后人撰写回忆录。但李得胜的侄子，老黑的堂弟，以及三海和雷布的亲戚族人都是只写他们各自前辈的英雄事迹而不提和少提别人，或者张冠李戴，将别人干的事变成了他们前辈干的事，甚至篇幅极少地提及了匡三司令。匡三司令阅读了初稿非常生气，将编写组的负责人叫来大发雷霆，竟然当场摔了桌子上的烟灰缸，要求徐副县长带人重新写。"不巧的是，徐副县长那一年恰好脑出血，所以，匡三司令就想到了唱师。我们注意到，关于唱师，贾平凹在后记中曾经有过专门的谈论："匡三司令是高寿的，他的晚年荣华富贵，但比匡三司令活得更长更久的是那个唱师。我在秦岭里见过数百棵古木，其中有筲箕篮粗的桂树和四人才能合抱的银杏，我也见过山民在翻修房子时堆在院中的尘土上竟然也长着许多树苗。生命有时极其伟大，有时也极其卑贱。唱师像幽灵一样飘荡在秦岭，百多十年里，世事'解衣磅礴'，他独自'燕处超然'，最后也是死了。没有人不死去的，没有时代不死去的，'眼看着起高楼，眼看着楼坍了'，唱师原来唱的是阴歌，歌声也把他带了归阴。"贾平凹之强调唱师比匡三司令"活得更长更久"，并不单单是寿命长短的问题，而是意味着究竟谁才真正拥有对于历史的阐释权。也正因此，尽管匡三司令曾经特意安排唱师担任秦岭革命斗争史编写组的组长，但到最后唱师还是因故去职了。导致唱师去职的直接原因，是他一定要坚持为凄惨死去的小"反革命"墓生唱阴歌。"我回到了县上，才两天，我就不是秦岭游击队革命史采编组长了，甚至也不能再回县文工团去工作。这一切都是老皮向上边反映的我的结果。其实，这对我并没有什么，我本来就不是一个做国家工作人员的料。"或许正因为贾平凹特别设定了唱师这样一位小说叙述者的缘故，我们注意到，曾经有人由此出发而把这部《老生》看作是所谓"民间写史"的长篇小说。倘若只是从文本的表层来说，这样的说法自然有相当的道理。关键在于，我们无论如何都不能够忽视唱师背后作家贾平凹的存在。假若没有贾平凹的艺术创造，那么，唱师形象的出现就是不可能的。而这也就意味着，所谓的"民间写史"，从根本上说，乃是一种知识分子的独立思想品格强力支撑的结果。在这个意义上，与其说《老生》是在"民间写史"，反倒不如说它是一部更多地体现着现代知识分子独立史观的长篇小说更有道理一些。

一种颠覆性的历史观的充分凸显之外，贾平凹笔端的唱师形象，其另一种功能就是，表达一种普遍意义上的悲悯情怀。唱师的主要功能，就是以唱阴歌的方式来抚慰亡灵。唱师的寿命很是长久，在其长久的生命历程中，无论隶属于何种社会阶层，无论持有什么样的政治立场，只要是亡灵，他都会一视同仁地给他们唱阴歌。"我们互问了一些情况，雷布请求我为三海李得胜老黑唱一回阴歌，说他们死得那样惨，尸体不全，没有入土，现在仍是孤魂野鬼，难道就不能让他们再托生吗？我说凭你这份义气，我就应该唱。""后来，老城村的白土到乡政府找到我，请我能去给王财东唱一场阴歌，我已经答应了，徐副县长不让我去……""在上院里有个简短的仪式后，锣鼓响起，大家一块从山上往山下走，我又一次从鼓手（手）里拿过了鼓自己敲，一边敲一边下台阶，突然想唱，想给我唱，更想给墓生唱，就开口唱了起来。""我愣了一下，我唱了一百多年的阴歌了，但从来没有过为一个村子唱阴歌，何况唱阴歌都是亡人入殓到下葬时唱的，当归村那么多人已经死了很久了。"李得胜老黑他们是秦岭游击队成员，王财东是被革命的地主，墓生是小"反革命"，而当归村的戏生他们，又曾经是经济时代的领风骚者，但唱师却都给他们真诚地唱着阴歌。究其根本，借助于唱师的唱阴歌，贾平凹意欲传达出的，无疑是一种难能可贵的悲悯情怀。

不容忽略的是，贾平凹《老生》的命名，也与无名唱师这一形象存在一定关系。这一点，作家自己也曾经在后记中有过明确的说明："至于此书之所以起名《老生》，或是指一个人的一生活得太长了，或是仅仅借用了戏曲中的一个角色，或是赞美，或是诅咒。老而不死则为贼，这是说时光讨厌着某个人长久地占据在这个世上，另一方面，老生常谈，这又说的是人越老了就不要去妄言诳语吧。书中的每一个故事里，人物中总有一个名字里有'老'字，总有一个名字里有'生'字，它就在提醒着，人过的日子，必是一日遇佛一日遇魔，风刮很累，花开花也疼，我们既然是这些年代的人，我们也就是这些年代的品种，说那些岁月是如何的风风雨雨，道路泥泞，更说的是在风风雨雨的泥泞路上，人是走着，走过来了。"联系小说文本，贾平凹所谓"一个人的一生活得太长了"中的

"一个人"，当指那位比匡三司令活得"更长更久"的无名唱师无疑。但需要注意的是，在这篇后记中，关于小说命名的由来，贾平凹给出了莫衷一是的说法。究竟是其中的哪一种，作家到最后也没有作出明确的说明。但贾平凹的说法是贾平凹的说法，至于我自己，反倒是更愿意在"老生常谈"的意义上来理解这两个字。只不过我这里的意思却并非通常意义上"老生常谈"的释义所能涵盖。我想，贾平凹的"老生常谈"，其实意在强调，自己所欲探究表现的这百多十年中国现代历史，并不是一个新话题，而是早已经被很多作家书写过的一个可谓是"老生常谈"的题材领域，而贾平凹自己，却偏偏就是要"明知山有虎，偏向虎山行"，偏偏就是要"为赋新词"翻出新意，要在这个看似老旧的题材领域写出自己一种对于历史的独到认识与感悟。也正是在这个意义上，这个"老生"，就既可以具象化为小说中那位滔滔不绝地叙说着百多十年历史的无名唱师，更可以被理解为贾平凹自己。已经有数十年小说写作经历并已取得累累硕果的贾平凹，一直在以不竭的艺术创造力从事着自己情有独钟的小说创作。这样的一位作家，不是"老生"又还能是什么?! 贾平凹曾经在后记中特别强调："看山是山看水是水，看山不是山看水不是水，看山还是山看水还是水，年龄会告诉这其中的道理，经历会告诉这其中的道理，年龄和经历是生命的包浆啊。"正是作家这里所强调的"年龄和经历"，使贾平凹成了一位写小说的"老生"。唯其是"老生"，才可能勘破那些曾经遮蔽历史的重重迷雾，洞见历史的本质，方才可能返璞归真地抵达一种"看山还是山看水还是水"的人生与艺术境界。

七

谈论完了匡三司令与无名唱师，我们的关注点，就需要再一次回到《山海经》。一个必须进一步思考的问题就是，贾平凹到底为什么一定要在《老生》这一长篇小说文本中，在主体故事的叙事间隙，穿插《山海经》的若干文本以及那一对师生之间关于《山海经》很多问题的问答呢? 难道说，《山海经》的存在对于《老生》只是具有"方法论"的启示吗? 答案自然是否定的。除了"方法论"的启示之外，《山海经》这一部分的存在价值，更重要的，恐怕还是"世界观"层面上的作用。大凡优秀的小说作品，在精细准确地描摹呈现一个形而下的生活世界的同时，也须得传达出若干与普遍人生密切相关的形而上的哲学意蕴。假若说贾平凹所特别择定的那四个历史关节点的故事属于形而下的生活世界的话，那么，《山海经》以及师生围绕《山海经》发生的问答（自然也包括唱师那些阴歌唱词中的一些内容），所传达出的，就显然是一种形而上的人生哲学思考。比如，在第一个师生问答中，就涉及了中国人思维方式的初始成形问题："问：怎么有了九尾四耳、其目在背的狌狌就'佩之不畏'；佩了鹿蜀就'宜子孙'，类自为牝牡，吃了就'不妒'？答：或许是佩了狌狌后'不畏'，发现狌狌是九尾四耳，其目在背，遂之总结出耳朵能听到四面声音而眼能看到八方的就不会迷惑不产生畏惧。或许是佩了鹿蜀后生育力强、子孙旺盛，发现鹿蜀是生活在'阳多赤金，阴多白玉'的山上，遂之总结出有阴有阳了，阴阳相济了，能生育繁殖人口兴旺的。或许是食了类的肉'不妒'，发现类是自为牝牡，遂之总结了妒由性生，而雄雌和谐人则安宁。我们的上古人就是在生存的过程中观察着自然，认识着自然，适应着自然，逐步形成了中国人的思维，延续下来，也就是我们至今的处世观念。"原来，之所以说《山海经》是中华文化的源头之一，乃因为我们今天的处世观念都与这部古老的典籍有关。既如此，那些活跃于《老生》中的人们，也就自不例外了。再比如："问：哦，那我能……会神吗？答：神是要敬畏的，敬畏了它就在你的头顶，在你的身上，聚精会神。你知道'精气神'这个词吗，没有精，气就冒了，没有了精和气，神也就散去了。"如果把这段问答与紧接着的"岭宁城就是冒了一股子气，神散去，才成了那么个烂村子"，与王财东、张高桂、玉镯们的遭际联系在一起，那其中形而上的意蕴，同样也就昭然若揭了。很大程度上，无论是作为《老生》的"世界观"还是"方法论"，贾平凹对于《山海经》的适度穿插，甚至于整部《老生》的书写，都能够让我们联想到当年的那位"良史"太史公司马迁来。

在结束这篇篇幅冗长的文字之前，还必须提及的一点，就是《老生》别具一种艺术智慧的开头与结尾。关于小说开头的重要性，曾经有论者写道："开头之重要于此可见一斑也。尤其在《红楼梦》这样优秀的作品中，开头不仅是全篇的有机组成部分，而且能起到确定基调并营造笼罩性氛围的作用。至少，如以色列作家奥兹用戏谑的方式所说：'几乎每一个故事的开头都是一根骨头，用这根骨头逗引女人的狗，而那条狗又使你接近那个女人。'""假如《红楼梦》没有第一回，假如曹雪芹没有如此这般告诉我们进入故事的路径，假如所有优秀文学作品都不是由作者选择了自己最为属意的开始方式，或许，我们也就无须寻找任何解释作品的规定性起点。"① 所幸的是,《老生》的开头,也因其别具意味而特别耐人咀嚼,也为全篇奠定了恰切的基调。"秦岭里有一条倒流着的河。每年腊月二十三,小年一过,山里人的风俗要回岁,就是顺着这条河走。于是,走呀走,路在岸边的石头窝里和荆棘丛里,由东往西着走,以至有人便走得迷糊,恍惚里越走越年轻,甚或身体也小起来,一直要走进娘的阴道,到子宫里去了?"所谓天下河水向东流,由于中国所特有的地形走势,绝大部分河流都会由西向东流。假若说由西向东流是正流,那么,由东向西流,自然就是贾平凹所谓的倒流了。秦岭里那条倒流河的由来,显然在此。但需要注意的是,子在川上曰:"逝者如斯夫,不舍昼夜。"这就意味着,自打孔子以来的中国文化传统中,往往会把时间比作流淌不已的河水。作为一种旨在对百多十年以来的中国现代历史进行真切追问与反思的长篇小说,之所以采用这种开头方式,正是为了恰如其分地传达出一种时间追溯的意味。"这一夜,棒槌峰端的石洞里出了水,水很大,一直流到了倒流河。"所谓棒槌峰,所谓石洞,所谓流水,皆属于与人类生殖繁衍密切相关的自然意象。到了小说的结尾处,不仅与开头遥相呼应再度提及倒流河,而且还把倒流河与这些人类的生殖繁衍意象紧密联系在一起,当然也就显得格外意味深长了。难道说,我们真的能够沿着这条倒流河返归到《山海经》的时代吗?

(原载《当代作家评论》,2015 年第 1 期)

---

① 张辉:《假如〈红楼梦〉没有第一回》,载《读书》2014年第9期。

贾平凹的通感

——以《老生》为个案

陈众议

通感原本只是一种修辞格，又称"移觉"或"移情"，指的是文学描写中如何用形象语言使感觉转移，即视觉、听觉、嗅觉、味觉、触觉等不同感官相互交错，彼此转换，从而将本来表示甲感的词语挪移至乙感，导致意象位移，并获得更为鲜活、新奇的表征，譬如嵇康《琴赋》中的琴声："状若崇山，又像流波，浩兮汤汤，郁兮峨峨"；或者，将特殊的感觉知觉等心理经验、抽象智性和了悟转化为具象，是谓曲感（曲喻），譬如杜甫的"感时花溅泪，恨别鸟惊心"。如此等等，反之亦然。同样，《老生》中这样的通感比比皆是，信手拈来，有"目光像舌头在舔"①"肚子里说话"②。诸如此类，不一而足。

诚然，我这里所说的通感是更大的挪移，是广喻，主指叙事方法，譬如古今会通、阴阳胶合。兹为贾平凹所特有。平凹者，通感也。老实说，在读他的《老生》之前，我一直有感于《废都》的机巧。我们固然可以不认同或不那么认同其大胆露骨的直描，但不能不服膺于它的挪移——那些充满文化隐喻、令人会心而笑而戚而思……的隐略或空白。戏谑乎？留白乎？兼而有之。这种由此及彼的挪移自然也不是古人所谓的变通或今人所谓的矛盾修辞，而是贾平凹叙事的"声东击西""曲而不屈"。这在《老生》中达到了出神入化的境界：

（1）阴阳胶合：小说阴阳交汇、灵肉并举，大有"敬鬼神而近之"之气概；

（2）古今会通：《老生》借不老唱师与《山海经》沟通，从而获得史诗效果。

---

① 贾平凹：《老生》，人民文学出版社2014年版，第19页。

② 贾平凹：《老生》，人民文学出版社2014年版，第47页。

一、阴阳胶合

《老生》是近年来让我不忍心、不舍得一口气读完的极少数小说之一，可资不断回味、咀嚼。个中因由不需要上升到任何理论或主义：怀旧是也，怀乡是也！我固然生长在遥远的江南水乡，但对《老生》的许多细节都能感同身受。这既是乡情的魅力，也是艺术的魅力。随便举几个例子：

"那个妇女用丝线绞拔四凤额头上的茸毛，四凤嫌疼，不让绞拔，那妇女说：老规矩，结婚都得开脸哩……夜里你才知道疼的！"① 这让我想起了邻家姐姐出阁的情景，但那后面的话是需要岁月调教的，绝对令人唏嘘！

"我绕着两副棺材唱起了《十八扯》。《十八扯》就是东拉被子西扯毡，天上的日月星辰，地下的牛鬼蛇神，天上地下之间的帝王将相，才子佳人，猪狗牛羊，柴米油盐，只要记性好，能顺嘴编排，没有什么不可唱的。"② 这里指涉的"阴婚"令我想起了包括《山海经》在内的许多奇谈怪论：怪力乱神，如《搜神纪》《封神榜》等等；同时，它也使我想起了而今不得不送别亲友时争先恐后地朝骨灰坑贡献的钱币和器物、用焚烧炉点燃冥币和遗物的情景。

"马生心里酸酸的，夜里做了一个梦，梦到他正说话，嘴里像是含了颗石榴籽，取出来一看是牙，再取出一颗，还是牙，嘴里的牙全掉了。第二天，碰着白河，马生让白河解解梦，白河说：牙掉了死爹娘哩。马生说：你不知道我爹娘已经是二十年的鬼啦?! 白河说：鬼也可以死么！"③ 这使我想起了鲁尔福的小说，当然还有《聊斋志异》，甚至也使我想起了儿时听到的许多鬼故事，多少有些令人毛骨悚然！

"人人看什么东西都在看这能不能吃，人的眼睛就成了绿的……人们还没有要吃猫，因为猫也是饿得到处找老鼠，一旦发现猫叼了老鼠，就打着猫让把老鼠放下，老鼠的肉很嫩。"④ 于是，我想起了三年困难时期，想起了合作化，也想起了哭丧行业（阴歌）的衰微。但迷信并未销声匿迹，即使是阳歌、红歌唱得地动山摇震天响。

---

① 贾平凹：《老生》，人民文学出版社2014年版，第39页。
② 贾平凹：《老生》，人民文学出版社2014年版，第49页。
③ 贾平凹：《老生》，人民文学出版社2014年版，第77页。
④ 贾平凹：《老生》，人民文学出版社2014年版，第165页。

如此等等，不胜枚举。而眼下满目香火的功利主义和内心惶恐的封建迷信随着时间推移转化为各色莫名其妙。《老生》直言不讳地叙说道："他说：水代表什么？我说：按老说法，水代表财。他说：火呢？我说：火代表旺。他说：身上爬满虱子代表啥？走路踩着了屎代表啥？爹娘死了几十年，梦见爹又出门去抓药了，又代表啥？还有和人打架，尿憋得寻不着厕所，风把树刮倒了，还有牙掉了是啥，猫逮了老鼠是啥，和人结婚是啥……"①凡此种种，无不让人联想目下算命测字、觋神拜鬼之怪现象，当然还有忽远忽近的弗洛伊德和荣格们。

然而，贾平凹作品之宏大、内容之丰富、意象之繁杂、想象之奇崛不可尽言。这里只说一点，权当借一只眼睛看《老生》。

话说明朝末年西方传教士进入中国。他们的某些言论几可谓是对《老生》的最佳注解，只不过超前了点。首先，人类第一幅世界地图是由西属佛兰德（即现在比利时一带）的学者热拉尔·德·克雷默于1569年绘制的（他的拉丁名字是墨卡托，其意思就是"商人"）。对此，我国的一些学者颇有异议，更不必说心悦诚服，因为他们认定最早的世界地图是公元14世纪我国明朝洪武初年（1368）的《大明混一图》（它虽然包含了非洲，却并没有标出美洲），甚至还有拿《山海经》说事的。这就像在说哥伦布之前我们已经发现了美洲或者高述等人玩儿的便是足球的祖宗一样，我们姑妄说之，别人姑妄听之罢了，盖因历史事件的意义往往不在于发生的早晚，而在其产生的效果。然而，无论如何，对我们而言，重要的是《山海经》本身，以及它对《老生》的意义。其次，无独有偶，西方的第一部中国历史也是在这个时期由西班牙传教士门多萨编撰的，是谓《中华大帝国史》。此人曾经这样描写我们的国家："帝国幅员辽阔，人口众多，而且到处是成群结队的孩子，好像妇女们天天都在分娩。"说到这里，他还刻意补充说"孩子们一个个甚是可爱"，言下之意是长大以后我们都成了丑八怪。尤其是我们中国男人，不是小眼巴眨，便是嘴上没毛。至于气候及物产，他认为这必定是上帝为挪亚选定的福地。找遍世界都没有比这里更适合人类居住的地方啦。五谷、果蔬、蚕丝、裘皮、各种矿产、各色鲜花、各类香料等等，那是应有尽有，而且非常便宜，像是白给的。两磅鸡肉仅需两分钱，两磅猪肉则只要一分钱，一头梅花大鹿也只卖两元钱。他说我们非常勤劳，凡有居民的

---

① 贾平凹：《老生》，人民文学出版社2014年版，第171页。

地方就不留下一块荒地，也最不能容忍慵懒和偷盗。他还说我们不好斗、不尚武，也不喜欢旅行和迁移；说我们天生好吃，讲究穿着，没有统一的信仰，"信鬼胜于信神"。[①] 顺便说一句，我们耳熟能详的利玛窦，其东行轨迹与哥伦布如出一辙：他生长在意大利，却是受了西葡教会的支持和派遣来到东方的，经印度果阿至中国。而哥伦布最初的目标也是中国，用他的话说，只要顺风，无须两周即可抵达中国，结果却误打误撞，在数周愈月的颠簸和粮尽水绝之际误将美洲当作印度了。

回到《老生》。信鬼胜于信神，这一点非常重要。故友柏杨在《中国人史纲》等著述中将中国历史界定为先是神话时代（包括山川、海河、地理区域），然后是半信史时代、信史时代，最后似乎又（回）到了迷信时代。他老人家对我们的丑陋口诛笔伐，竟毫不留情。

贾平凹与之不同。往近处说，他没有戾气，唯有悲悯，这既体现在他与笔下人物的亲近感（或谓熟悉化表达），也表现于其对一般读者的陌生化效果；往远处说，他有一以贯之的禅意。所谓色即是空，空即是色，色色空空，空空色色。在他的笔下，没有非好即坏、非白即黑的排中律。换言之，他眼中并无一个真正该死的人，但又人人逃不过一个死字。用海德格尔的话说，这叫向死而在。这就是人，譬如蝼蚁，个个可怜可悯。就连老生自己也是如此。他活了这么久，唱了这么多年的阴歌，却一夜之间"失了业"，以致最后瘟疫肆虐，不得不阴歌、阳歌、红歌、新歌、乱弹一起唱。于是，反讽达到了高潮："出了南门往北走，路上碰见人咬狗。拾起狗来砸砖头，反被砖头咬了手……"[②]《老生》借民谣对老生常谈植入颠覆性反讽。

二、古今会通

众所周知，《山海经》乃先秦古籍，是一部奇书。该书作者不详，但现代学者普遍认为其成也非一时、纂（传）也非一人。但是，道统使然，《山海经》长期未曾得到应有的关注和重视[③]；即或偶尔有人提起，也大抵视其为具有文献价值的中国古代历史、地理、文化、交通、民俗知识（当然是碎片化的），兼及神话传

---

① 门多萨：《中华大帝国史》，波利菲莫1990年版，第11—233页。
② 贾平凹：《老生》，人民文学出版社2014年版，第283页。
③ 如司马迁直言其内容"余不敢言也"，鲁迅认为其为"巫觋、方士之书"，等等。

说如"夸父逐日""女娲补天""精卫填海""大禹治水"等。然而，随着现代神话学、文化人类学的兴起，《山海经》日益受到学界青睐，几成显学。在新近出版的《〈山海经〉神话研究》中，我的同事李川概述了《山海经》学术史，认为：20世纪以前，它基本处在被偶提、被注疏阶段，及至20世纪，经由沈雁冰（《中国神话研究ABC》）、吴晗（《〈山海经〉及其故事系统》）为先导，以郭沫若、钟敬文、吴其昌、顾颉刚等为滥觞，开启了真正意义上的评骘与探赜。而后，以袁珂为代表，《山海经》研究逐渐同国际接轨，并受到外国后学的关爱。从德国学者芬斯特布施到法国学者马蒂厄再到目下雨后春笋般涌现的著述，或可证明《山海经》正在成为显学。①

我之所以要绕这个弯儿，只因为有两个话题需要说明或引申：一是贾平凹（或"假平凹"，真通感）的艺术直觉令人感奋，仿佛神来之笔；二是他有意无意、举重若轻地化解或消解了《山海经》研究的一个潜在企图。具体说来，前者谓贾平凹作品无意识中隐含了中国神话学、人类学的走向，一如当初《废都》隐含了方兴未艾又举步维艰的、以潘绥铭为代表的中国性学；后者则以艺术的名义和手段，"曲而不屈"地实现了神话学者们的秘而不宣的诉求之一：弥合中华民族汉文化中史诗的阙如。其实，史诗无处不在，关键是你要感知，你要看见。贾平凹看见了，而且是那么真切、那么鲜活地感知并艺术地进行了呈现。

我在很多场合证实了国人以及海外华裔对史诗的热衷。譬如，拿不足三万三千字的《山海经》无限敷衍、夸大其词者有之，谓屈原、楚辞乃中国精神史诗者亦有之。其实大可不必。史诗的阙如归根结底是由汉民族早熟所致，何况《格萨尔王》《江格尔》《玛纳斯》等中华民族的其他史诗早已卷帙浩繁，迄今仍鲜活存在。

说到史诗，我们或可扩而言之：正因为先秦时期的"礼崩乐坏"，孔子才编《礼》《乐》，纂《易》《诗》，而文字的早熟乃是中华民族早熟的重要楔子。同样，文字的早熟使中华民族早早地放弃了神话思维。原始宗教的衰微，使孔子得以"敬鬼神而远之"。这时，早期游吟诗人时代宣告终结，以神话为代表的"密索思"在中华民族迅速让位于"逻各斯"，并为中央集权及其意识形态和历史书写所取代。

---

① 李川：《〈山海经〉神话研究》，当代中国出版社2015年版，第6—20页。

为避免过度阐释，我不妨视老生为游吟诗人。这是自然而然的事。在古代，游吟诗人是人类最早的文化传播者、文学创造者。东西南北，概莫能外。荷马代表了一个漫长时代的文学。奇怪的是，这种文学（或谓史诗）并不因那个时代的终结而终结。它不断复活并将继续盛行。古罗马人重建庙宇、再塑诸神不足为奇。奇怪的是在罗马帝国坍塌之际，遭阿拉伯伍麦叶和阿拔斯帝国占领或影响的西方诸王国重新回到了口传时代。游吟诗人批量产生，他们穿村走寨，担纲起传承记忆、传递消息、传播文学的功能。西方目前普遍使用"troubadour"（游吟或行吟诗人）便是从刚刚摆脱游牧文化且尚未挣脱马背的阿拉伯人那里借来的。但正因为阿拉伯人的"原始"和"后发"，他们居然能歌善舞，居然有大把的珠宝、大好的女人（穆罕默德允许他们每人娶四个太太，这是"文明人"无论如何都消受不起的），还有大批的游吟诗人。在著名学者梅嫩德斯·皮达尔看来，游吟诗人乃中世纪欧洲民间文学的主体，因而也是中世纪很长一个时期的文学主体。[①]西班牙谣曲和普罗旺斯民歌均起始于斯。

　　且说"神话－原型"批评视文学为人类学的组成部分。由是，文学不再是新批评家眼里的孤独的文本，而是整个人类文化创造的有机组成部分，它同古老的神话传说、宗教信仰乃至巫术等有着密不可分的血缘关系。正因为如此，原型批评者把文学叙述视为"一种重复出现的象征交际活动"，或者说是"一种仪式"。[②]"文学－仪式"的观念源自人类学家弗雷泽的《金枝》（1890），指不同环境条件下神话母题的转换生成。用荣格的话说则是"集体无意识"中原型的不断显现，一种"集体意象"或"集体表象"（布留尔：《原始思维》）。总之，在"神话－原型"者看来，神话乃是一切文学作品的铸范典模，是一切伟大作品的基本故事。

　　如此，无论是乔伊斯的《尤利西斯》指向荷马史诗的心理闪回，还是卡夫卡对奥维德、福克纳对基督教仪式（具体地说是复活节）的模仿或关联，最终表现的都是现代人的悲剧。乔伊斯用英雄奥德修斯反衬懦夫布鲁姆，使布鲁姆更加懦弱可悲。奥维德的《变形记》是赞美上帝和罗马帝国的，其人物的变形也

---

① Menéndaz Pidal: *Poesia juglaresca y juglares: aspectos de la historia literaria y cultural de Esnpaña*, Espasa-Calpe1975年版，第87—100页。

② 弗莱：《批评的解剖》，见《弗莱研究》，中国社会科学出版社1996年版，第164—172页。

常常是神性的象征，而卡夫卡的甲虫却是20世纪小人物的无可奈何的异化（变形）。至于福克纳的《喧哗与骚动》四部分的四个日期与基督受难的四个主要日期的对应，所蕴含的美国南方社会现实生活的悲剧意义就更加明显了。同样，加西亚·马尔克斯的《百年孤独》的原型模式和天启式终局结构对于马孔多也是十分适合的和富有表现力的。用神话这种终极形式表现拉丁美洲的原始落后难道不正是加西亚·马尔克斯的高明之举？它提高了悲剧内容的审美价值。而墨尔加德斯这个魔法师的出现固然加强了小说的魔幻色彩（他二百年前写下了马孔多的故事），却消减了读者同叙事者——游吟诗人的亲近感。换言之，他们都不如贾平凹借老生的通感来得古朴自然。

不消说，长达几千年的农业文明在近三百年的工业革命中迅速成为过去，而这个过程在我国仅用了短短三十年。这已由贾平凹在《秦腔》《高兴》和《带灯》中表现得淋漓尽致，恕我不赘。我要说的是，这分明是一个时代的终结，另一个时代的开始。《老生》则是贾平凹为我们贡献的一部业已终结的时代——中国农耕社会的挽歌式史诗。那个两栖的，脚踏阴阳、纵横古今的唱师，担纲了现代游吟诗人的职责。他让我们依稀想起了荷马，激荡着远古的回响，也使我们不禁想起了马拉喀什的迦玛·艾尔法纳广场①以及它的说唱艺人，想起了儿时故乡的说书人和哭丧妇。尤其是那些哭丧妇，她们可以一口气哭出死者的一生及其所有"丰功伟绩"和时代社会，乃至细节毕露。呜呼哀哉！这个行当几为中国所特有。但我们面前硕果仅存的"这一个"唱师，却是与叙述者——贾平凹合而为一的"老生"。然而，一如《伊里亚特》与《奥德赛》需要荷马（或荷马们），史诗不能没有全知全能的叙事者。有诗为证：

> 我有使命不敢怠，
>
> 站高山兮深谷行。
>
> 风起云涌百年过，
>
> 原来如此等老生。②

---

① 马拉喀什，又译马拉柯什，位于摩洛哥西南部、阿特拉斯山脚下，有"珍珠城"之美誉。马拉喀什原是柏柏尔语名词，意为"上帝的故乡"。马拉喀什有摩洛哥最大的柏柏尔货物市场和皮革制造基地。全非洲最热闹的广场——迦玛·艾尔法纳也坐落于此。那里到处都是耍把式、变戏法、行吟说书、算命问卜、弄蛇跳舞、诊病卖药、摆摊易货的人，充溢着节日气氛。

② 贾平凹：《老生》，人民文学出版社2014年版，封底。

作为结语，我想说：从神话学的角度看，《红楼梦》是可以被当作史诗来读的，《老生》又何尝不是？但问题是，随着网络文学的蓬勃发展，"二次元审美"成为风尚，人们庶几一夜之间回到了视听时代、图像时代、口传时代。我的问题是：贾平凹这样的通感艺术，能否使这个声控（口传或游吟）社会，这个消费主义和娱乐至死的时代，铸就人类重新振奋的新的、伟大的史诗呢？还是任由其在低头弯腰的"微控"中复归猿猴？

（原载《东吴学术》，2016 年第 3 期）

在阅读贾平凹时，触摸一个世纪

——贾平凹长篇小说《老生》读札

张学昕

一

2005 年以来，我曾先后参与了贾平凹长篇小说《秦腔》《古炉》《带灯》几部重要作品的研讨。可以说，在这些年的文学阅读中，我一直追踪和伴随着贾平凹持续不衰、日益强健、令人敬畏的写作。不夸张地讲，贾平凹的创作已经成为当代文学创作的"主干话题"之一，对他创作的思考和研究日益深入地展开。而且，这些年来，阅读、思考和讨论贾平凹创作的过程，确实也成为不断提升我自己理解文学的能力和审美境界的过程。

回溯近四十年贾平凹的写作，我想，在这里姑且可以将他的写作轨迹划分成三个阶段，以《废都》为界，《废都》之前可以称为"前《废都》时期"，《废都》到《秦腔》之前，可以称为"后《废都》时期"，而自《秦腔》《古炉》到《带灯》《老生》，完全可以视为贾平凹创作新的"爆发期"和转型期。如果执意要为这个阶段"命名"的话，我觉得不妨称作贾平凹写作的"后《秦腔》时期"。而这几个阶段之间的变化和腾挪，不仅构成贾平凹自身写作的发展史，也构成中国当代小说创作的"风向标"和转捩点。在一个时代，或者不同时期，一位重要作家的创作，常常与这个时代的审美方式、想象方式之间存在密切的关系，甚至影响一个时代的审美方向，同时，它也一定呼应着一个时代的生活、精神和心理状态。这部《老生》是他的第十五部长篇小说，我们能够在这部作品的文字里，明显感受到其间沉淀着古老中国近百年社会生活、时代所发生的重大变化，更能体味到贾平凹写作中丝丝缕缕渗透出的一个个时代的波澜万状。无疑，从《带灯》开始，到这部《老生》，我觉得贾平凹的写作，或者说叙述，已经达到了非常高、非常自由的文本境界，我觉得这是他创作的一个最为重要的时期。虽然，我非常喜欢扎实、朴素而富于变化、灵动的《带灯》，但更喜欢这部简洁、干净、平易而厚重的《老生》。贾平凹这一次好像是真正地松了一口气，很是释然，很是洒脱，无论是表现历史还是切入当代现实，他叙述和结构文本的心态，更加从容，更加纯熟、老道，更加朴素，更加旷达和空灵，也更加忠厚。他将苦涩、忧愤和沉重淡化，弥散在机敏、幽默和寓言里。在这个充分自足的文本里，他创造了一个新的语境，一种历尽沧桑的"老生"的叙事情境。在几个时代游走的唱阴歌的老生，以沉郁而悠远的语气和从容、宽厚的气度，呈现世间的苍生。"不问鬼神问苍生"，苍生，以及"问苍生"，这是一个何其旷远的视界，其中，需要怎样的胸怀、情怀才能包容藏污纳垢的世间万物？看得出，贾平凹就是要用心来讲一个有关生命、命运和死亡的故事。可以说，贾平凹的创作，真的跃出了既往"野狐禅式"的绵密而空灵的叙事，呈现性情内敛之后创作主体的文体自觉，他开始与历史和现实中的灵魂对话。不夸张地说，贾平凹的写作，的确是达到了那种炉火纯青、自由而悠远的叙事境界。这个时候，我甚至还会有些疑虑：他源源不断的创作力，他想象力的神奇、写实的功力，是否已成为中国当代文学的一个神话？

我之所以说这部《老生》的确是到达了非常自由而悠远的文本境界，是因为它是一部表现寻找天地之心、还原生命本色、解析人间世情的"原生态"的文本，貌似"野史"笔法，实则是取自民间、大于民间的平实、谦卑故事。这是贾平凹对历史和存在世相的一次重新梳理和细腻品鉴，也表现出他面对喧嚣现实，讲述历史的气度、伦理和醇厚的平常心。他"常常将自己看得很低，并不自吹是一个英雄。他的小说写那些失败者时，都有种本真的力量"[①]。我感觉，写这部小说，贾平凹更加怀有为天地立心的叙事心态，而且，叙述中洋溢着从容自由的写作精神。在这部小说的写作中，贾平凹很率性也非常郑重地表示："我有使命不敢怠，站高山兮深谷行。风起云涌百年过，原来如此等老生。"那么，在这里，我想知道，贾平凹的"使命"究竟是什么呢？他在这部小说中赋予了自己怎样的情怀和担当呢？其实，贾平凹是从对自己以及家族、家乡的思索中进入《老生》写作的："我所知道的百多十年，时代风云激荡，社会几经转型，战争，

---

① 孙郁：《贾平凹的道行》，载《当代作家评论》2006年第3期。

动乱，灾荒，革命，运动，改革，在为了活得温饱，活得安生，活出人样，我的爷爷做了什么，我的父亲做了什么，故乡人都做了什么，我和我的儿孙又做了什么，哪些是荣光体面，哪些是龌龊罪过？太多的变数呵，沧海桑田，沉浮无定，有许许多多的事一闭眼就想起，有许许多多的事总不愿去想，有许许多多的事常在讲，有许许多多的事总不愿去讲。能想的能讲的已差不多都写在了我以往的书里，而不愿想不愿讲的，到我年龄花甲了，却怎能不想不讲啊?!"① 贾平凹在这里想要表达的，显然已经不是一个家族、一个村落、一个乡土的故事或者传说，他完全进入了异常尖锐的生命与灵魂问题的探索。只不过在整合记忆和历史的过程中，他叩问的是，在20世纪的风风雨雨中，人最终的归宿，人的来路、去向、惘然以及种种无奈的选择。

　　这一次，贾平凹把自己的写作姿态放得更低，"站高山兮深谷行"，可以说，他的叙事心态是平淡无羁的，有纵览历史的气魄和胸怀，但却以一种十分谦卑和虔诚的立场、姿态，在历史的荒凉处，细致、深入地揣摩时代、社会和个体生命的"绞合"与玄机。老黑、雷布、李得胜、匡三、马生、王财东、白土、玉镯、老皮、墓生、刘学仁、戏生、老余，这些沉寂、坠落在历史深处的小人物，在贾平凹的文字里，幻化成岁月的见证和化石。作家穿行在这些生灵亡魂游走的峡谷和缝隙之中，看曾有的生死歌哭、曾经的轰轰烈烈，在那种强大的历史的陀螺的旋转中如何无声无息地消逝掉，他以此来描述历史和人性的冲动、历史和人性的茫然。这显然是作家面对历史尘埃的一次大的吞吐和裸露。贾平凹以小说叙事的方式对近百年中国历史和人性、人文生态作了一次"白描"，尽可能地无限地接近一种没有任何意识形态规约的真实。这样的叙述很像是文学版的《万历十五年》。"为天地立心，为生民请命，为往圣继绝学，为万世开太平"，这四句话在贾平凹的叙述里有了切实的意义。芸芸众生，天地万物，世间的世道和仁义之心在哪里？牟宗三有一句诗："上苍有眼痛生民，留取丹心争剥复。"历史和现实都不应该被遮蔽，一个好作家就是要不兑水地、听凭良心召唤地去记录生活，保存记忆，虔诚地在历史这个深不可测的"黑洞"里阐释其中的玄机，而不是浅薄地见证苦难，控诉暴力，在历史和民族的伤口上撒盐。无疑，作家内心柔软的质地在这里尽显无遗。

---

①　贾平凹：《老生》，人民文学出版社2014年版，第291页。

显然，贾平凹本无意通过文本来"解构"所谓中国的现代史、当代史，他的写作初衷，更像是在做一次试问苍生的"寻根"之旅。只不过这次文学行旅，贾平凹比往日更少包袱和滞重，在中国历史的百年长廊中，几个小小的村落和并不庞大的人群，在悠远的、看似力所能及的闲聊中，在人间有血有肉、纷纷扰扰、酣畅淋漓的万象中，在他对生命的穷形尽相的叙述中，毫发毕现、真真切切地浮现出来。看似简单的叙事结构，呈现出四个不同年代惊心动魄的人和事，对彼此藕断丝连的往事漫不经心的钩沉，使潜隐在故事和事物表层之下的历史、人性的暗流，依然构成立体而非平面的错综复杂的时代和家国的变迁。

　　贾平凹耐心、细致地在这个文本中讲述这些人、这些故事的时候，他始终相信一个古人的法则：仰观象于玄表，俯察式于群形。这是对一个民族近百年的历史，包括政治、文化、民间和精神史的轻松呈现，它凸显出"经验"在小说文本叙事中冷峻、幽默、调侃、悲壮及其悲喜剧因素充满智慧的杂糅，可以说，这为当代文学提供了新的文本元素和叙事经验。这一点，在贾平凹的小说中，主要体现为，他倾心地将个性化的审美经验，完全融合在对中国现当代历史、民间市井的平等对视之中。在叙事美学形态上，呈现出一种旷世的苍凉感和飘忽而不轻薄的混沌之境。革命、苦难和暴力，在这部小说中，通过一个一生吟诵阴歌的唱师，辨别、厘清每一个时代和历史中的"怪兽"，以及这个"怪兽"所制造的阴影、残酷和事物存在的多种的可能性和暧昧性，从而实现一种对历史时空的"穿越"。贾平凹没有"虚无"化历史，渲染蕴藏在民间的"野狐禅式"的戏谑，而是揉碎了既往历史和民间架构中理念、理性框定，避免在叙述中植入或置入经验之外的概念。这样，所有关于历史和现实的叙事就充满了张力，历史和人性，规律、逻辑与无序，悖论和诡谲，简洁与浩瀚，必然和偶然，在贾平凹的小说里，是一种举重若轻而灵动的"纠缠"。小说虽然只是选择一个镇、几个村落近百年的四个"断面"或者说是"横切面"，但贾平凹在非常达观的叙事中，竭力钩沉往事、记忆和历史现场的可能性因素和变数。作家也没有赋予历史和世相任何超越性的、插科打诨的、自以为是的评点和引申，而是采用一个非常旷达的、人本主义的视角，具有人类意识的大眼光。这副眼光投向了漫长的苦难历史，聚焦在苦难现实对整个民族的沉重压力。实际上，在这里贾平凹竭力想找到或想找回的依然是"世道人心"的走向。他的文字细致、精细，像流水般流淌出来，一个世纪前的中国形象、民族形象，在一个个古老村落的形态和变迁中，被淋漓尽致地呈现出来。贾平凹刻意想写出"众生相"，写出"世心"的变化，写人的存在生态的变化。确切地说，小说的主意在描绘世情，刻画俗世的生死悲欢。小说特别写出了乡土最基本的、亘古不变东西，无论历史怎样动荡，人心深处，都有一种最基本的、不变的伦常，它可能是整个人类的某种积淀，或者是人类文明的可能性支撑点。但是，"革命""暴力"，以及政治的外力改变了这一切，社会政治、无事生非的阴谋，改变了人的日常生活，重绘了人类生存的基本图像，更准确地说，是剧烈地改变了天地的灵魂——世心。于是，一代人，一个民族，在不同的时段里，宿命般的改变着命运，改变了一切。人心的正气、惯性、常态，都突然坍塌了。能够维持世道的人心变形扭曲了，脱轨了。民间生活中具有美感的流风余韵，古代乡村的诗意，在沉重、沉郁的基调中渐渐退隐。这样，我们在《老生》中，看到了人物的内心，触摸到这个世界最重要的一部分，它犹如这个民族上空一团挥之不去的滞雾，无数个小人物的遭遇和灵魂，每一个重要的细节，都布满了冲动和强烈的抗拒，叙述中纠结着复杂的历史感，暴力对峙粗蛮，激进撞击衰朽，脆弱挤压黑暗。当历史和生活的必然性表现得异常复杂时，一切要么分崩离析，要么筋疲力尽，要么重现生机。逝者已矣，生者何堪？我在猜想贾平凹叙事"原初的激情"，是否建立在历史尘埃中的生死，以及苍生在时间旷野上的呼号？究竟是哪个时代的不幸？或许，这一个时代的不幸，恰恰可能成为一个大历史的真正动力。

二

如何在历史叙事中求新求变，突破以往的叙事套路，是现当代汉语写作中的一个难题，这几乎也是摆在所有写作者面前不易翻越的一座高山。我们还是不得不回到文学叙述最根本的问题：历史是什么？文学究竟应该怎样书写历史？文学的逻辑究竟要不要对所谓的历史负责？这就是思考历史和"再现"历史的两难。在今天现代性的进程中，如何辩证地呈现"历史暴力"，文学如何与复杂多变的中国近现代史进行美学的互动，诠释历史生成过程中的创伤与记忆，是一个最敏锐的问题。只有发掘出历史的自然编码和旧有秩序，才会在无形中解构"戏说"历史的谎言。历史，的确像是一个茫然难料的"怪兽"，这一点，恰恰如王德威所言："在一个向往启蒙革命的世纪里，暴力的怪兽早以更细腻的方式，深入我们生活的肌理间，而我们却可能居之不疑。环顾此时此地，我们于是要问：我们是在改写——还是重复——那充满恶性恶状的历史？"①贾平凹在面对历史这个"怪兽"时，已经不仅仅是站在现实的时空中，而是凭借自身蕴藉的自然之力，还原历史的细节和细部的真实形态。一个作家，就是要在写作中恰当地处理自己作为个人与时代、历史和现实的关系，呈现现代生活的丰盈与匮乏。贾平凹最近的几部长篇小说，《秦腔》《古炉》《带灯》和这部《老生》，表现出与现实的某种"平衡"，渐渐地祛除了与现实的某种紧张关系，在对历史和现实的叙述中，洋溢着一种极其自信而自由的写作精神。这时，我们说不清究竟是历史照亮了现实，还是现实反射出历史的厚重和积垢。当然，这里仍然有一个最基本的叙事立场、叙事视角的问题，其决定着小说叙述的方向，以及眼光、气度和精神气质。小说叙述的这四个看上去"很民间"的故事，在美学形态上呈现着游移于任何意识形态规约的散淡和内在的幽默。有时，叙述会让人忍俊不禁，但细细思考，会令人毛骨悚然。看上去，小说中出场的许多人物，个性十足却又都难成主角，更无法构成个人的生活或命运史，但他们在一个整体性的历史结构中，20世纪中国大历史的特殊性、复杂性甚至荒谬性，还有历史尘埃尚未落定的无序、浑浊、悬浮感，杂草丛生，则处处现出茫然的征兆。原来这藏污纳垢的民间，底层生灵、小人物的鲜活的历史和命运，粗鄙的生存，竟然是如此实实在在。杰出的作家，不会拘泥于一时一处的纠缠，不会轻易否定一切存在的合理性，包括人的原始欲望和冲动、本能，人的苟活、苦难和多舛的命运。他们在战争、暴力、死亡、饥馑、贫穷、政治运动、阶级斗争等自然和人为的变故中，所遭受的无端的生命的毁损、消殒，都必须得到应有的重视，并且，应该竭力在其中发掘出善的力量。老黑、匡三和雷布，白土、蔓生和戏生，在他们身上都隐隐地透射着无限哀凉、悲苦的气息。老黑这一拨人，误打误撞、自觉或不自觉地闯入"革命"；蔓生和戏生，在极端贫穷、落后的乡下，他们身材低矮，人格渺小，无助地生活在一个个灰色的日子里，他们的灵魂内外都充满了彻骨的寒冷。乡土世界中万事万物杂糅的苦涩、衰败、荒寒的基调，横陈在沉郁的字里行间。像大大小小的山川草木一样，小人物构成了存在世界的枝枝蔓蔓，他们的存在和生命形态，也构成了乡俗世界和历史隧道中无法遮蔽的核心因素。无论是历史进程中最具磁力、最活跃、最敏感的穴位，还

---

① 王德威：《历史与怪兽：历史·暴力·叙事》，麦田出版社2004年版，第10页。

是时代风云际会时最渺小、最无助、最惶惑、最脆弱的神经，在这部《老生》里，都被细腻地呈现在结实的细部。可以看出，从传统写实主义一脉走过来的贾平凹，这一次比以往更加沉潜写实，进一步地"缩减"与现实的距离。他的"写实"没有经过理性、观念的整理和过滤，祛除了"大历史"的框架和观念，正所谓"站高山兮深谷行"的叙事姿态。

无疑，贾平凹是我们这个时代最成熟的长篇小说家之一。如果说，文学叙述主要是表现人类的心理状态和精神图像，那么，人们的内在的灵魂形态似乎更应该成为长篇小说探究的最深层的目标。因此，老黑、雷布、李得胜们在小说中出现的时候，我们几乎都来不及仔细端详、揣摩他们的性格和个性的历史，他们的生命倏忽间就在历史的动荡中戛然而止。在这里，他们俨然已经不是一个圆润、饱满的形象，而像历史天际间划过的流星，一个轻易就破碎、消失掉的符号，是一个个历史的幽灵和精魂。

在这里，贾平凹叙述的历史像是一条河，像一条依然保有旺盛活力的自然的河流。人的生息、人的影像是这样的真真切切。沈从文在谈到人与历史的关系时，说过这样一些话："我们平时不是读历史吗？一本历史书除了告诉我们些另一时代最笨的人相砍相杀以外有些什么？但真的历史却是一条河。从那日夜长流千古不变的水里，石头和砂子，腐了的草木，破烂船板，使我触到平时我们所疏忽了若干年代若干人类的哀乐！我看到小小渔船，载了它的黑色鸬鹚向下流缓缓划去，看到石滩上拉船人的姿势，我皆异常感动且异常爱他们。我先前一时不还提到过这些人可怜的生，无所为的生吗？不，三三，我错了。这些人不需要我们来可怜，我们应当来尊重来爱。他们那么庄严忠实的生，却在自然上各担负自己那分命运……他们在他们那分习惯生活里、命运里，也依然是哭、笑、吃、喝。"[1]沈从文是贾平凹最敬畏和喜爱的作家，贾平凹认为沈从文是一位"天才式"的重要作家，这样的作家应该是感天应地、自然天成的觉悟，他的写作是贯通了天地的，举重若轻、从容自在、浑然天成，好的文字是天地间早就有了的，妙手偶得，不可强使。所以，贾平凹内心还始终潜隐、恪守"与天为徒"的信条，坚执"为天地立心，为生民立命"的情怀，信笔游走于远山旷野、乡村尘土，发掘、拂拭历史的尘埃。在这方面，他与沈从文一样，面对着乡

① 沈从文：《湘行书简·历史是一条河》，见《沈从文全集》第11卷，北岳文艺出版社2002年版，第188—189页。

土世界，时常表现出难得的宽容和旷达："世界就是阴阳共生魔道一起么，摩擦冲突对抗，生生死死，沉沉浮浮，这就产生了张力，万事万物也就靠这种张力发展的。"①这种写法，似乎在以另一种方式，进入士大夫的文化境界。对贾平凹来说，这究竟是又完成了一桩宿命呢，还是上苍的一场游戏？这一次，已经与写作《废都》的心态和情境截然不同，面对茫然的天地和人事，他的使命感始终伴随着写作，他不再"安妥自己破碎的灵魂"，而是将自己融入天地万物，与其一道让生命的冲动释放出飘移的荧光。

历史是动荡的，人心也是动荡的。这种动荡在日常生活的"游丝"里不断地潜滋暗长。贾平凹就是从历史和生活的细枝末节中发现、发掘一个时代的真实状态。贾平凹的悲悯情怀、人间大爱，他内心最柔软的古道侠肠，在历史的变动不羁中，在混杂、错乱、暧昧甚至龌龊、畸形的社会转型期，始终有一股强大的精神力量，照耀着笔下的文字。这样，历史没有在叙述中枯萎，现实没有在结构中消解。这些年来，小说写作中的历史观念问题，始终缠绕着中国作家的历史感和审美取向。文学写作与历史的书写之间，存有巨大差异而又有惊人相似之处。"诗比历史更真实"，我想，这句话最重要的核心意义在于，诗是创作主体的身心，是整合了对外部存在世界的理性认知和生命体悟之后的产物，蕴藉在其中的精神结构，是一种更个人性、更单纯的、有担当的情感承载物。而历史，更多是集体性的"众声喧哗"，往往是权力意志力的附庸。如何在"还原历史"的时候，还原历史本身的真实形态，以及历史运动进程中人心的真实状态，已经不仅是艺术手段的问题，而且是以什么样的姿态去辨认、洞悉历史的表情和脉动的问题。第三个故事中，有关陕北地方革命历史的编撰过程，匡三的个人史就被"现实"的需要所过滤和"净化"，历史进程中原本"平面化""原生态""常与变"的粗粝，被虚拟、糅合成适应性极强的"立体化"、理想化而饱满的历史"细文本"。

战斗打响后，匡三正爬在一家院后的杏树上摘杏，满树的杏还没有软，颜色金黄，他摘一颗吃了，摘一颗又吃了。树下还站着两个不会爬树的游击队员，喊着：你只顾吃不够！给我们扔几颗。匡三偏不扔。杏容易酸牙，匡三就先用左边的牙咬着吃，

①　贾平凹：《老生》，人民文学出版社2014年版，第181页。

牙酸了，再用右边的牙咬着吃，等到满嘴的牙都酸倒了，他说：
叫爷！树下的说：匡孙子！匡三把一颗杏故意砸在树下的石头
上，杏核杏肉全砸碎了，说：叫爷！树下的刚叫了声爷，对面山
头上叭的响了一枪。匡三骂了一声：能干了个屎，枪都走火了！
他骂的是山头上站哨的，就抓住树股使劲地摇，杏瓣里吧啦往下
掉，树下的三个游击队员便在草丛里捡。这时候枪声就乱了，匡
三看见村口财东家的院子里冲出了老黑一伙人，趴在涝池边的树
后或碌碡下往山上射击。匡三说：敌人来啦！但他嘴里还噙着一
颗杏，说话含糊不清，树下的三个游击队员还没听清楚，他溜下
树，拿了枪就往村巷跑。

　　匡三早年在棋盘村参加围剿保安团时，噙在嘴里的一枚杏核，无意吐掉在
砭道石台的石缝中，日后斜长出一棵杏树，竟然成为一棵"英雄树"，由此衍生、
引发出一系列关于英雄的想象和历史的"重构"。"还原历史"的强烈愿望，迫使
作家放弃自己的"身份"和焦虑感，而冷静地祛除历史在叙述中的象征化、意识
形态化和浪漫化倾向，在平实化中呈现历史的隐秘。我感觉，在今天这个"最
没有个性的时代"，贾平凹像许多有抱负的作家一样，找到了一个新的视角，以
及写作的途径。他没有通过"一切历史都是当代史"这个维度，也不再对现实
刻意地用力、用劲地"雕刻"，而是进行自然的呈现。也就是说，杰出的作家都
会发现历史之"新"和现实之"旧"。这才是一个真正有担当、负责任的作家的
气度。正因为如此，贾平凹的写作价值，已经不是简单的文学史价值，还具有
思想史和历史学的意义。本雅明在《作为生产者的作家》中有这样的思考：姑
且先不要问作者对这个时代的生产关系是什么看法——是革命的还是"反动"
的，是倾向于哪些主义和真理的，这是没有意义的。要问的是作品是怎样处在
一个时代的生产关系中，而在它内部的技巧、创新的意义上，它把生产关系重
新生产、表现出来。所以，如果沿着这样的思路去思考《老生》的意义，我们最
起码远离了庸俗社会学的惯性，进入一个新的审美维度。

三

　　《老生》也是挑战当代阅读的一次写作。这部小说很难用什么既有的文学
理论概念来阐释、解读。这如同《山海经》，难道它一定需要以某种先验的理

念介入，才可阐释吗？这些年来，对于当代作家的写作，我们似乎始终在一种阅读的惯性之中，我们总是以我们的理论、理念和审美习惯期待作家的创新和变异。但是当作家真的以"陌生化"的姿态在文本中建立了新的叙述形态的时候，我们又会感到不适和难以接受。《老生》中引领我们阅读《山海经》的体式，构成了"正文"和"副本"两个文本，表面上似乎制造了有些游离的效果，形成了互文的结构和照应：副本是对正文的指点迷津，正文是副本的生动延展。对于前者，也就是《山海经》的叙述，以及"问答"，舒缓、减轻和延宕了后者的焦虑，明显地，正本所叙述的"人经"比"山水经"要沉重得多。一面是从容、清淡、静雅、内敛，一面是紧迫、浓密、粗鄙、放纵。我们不难理解贾平凹的用意：《山海经》的植入或置入，意指已经很明显，它表明任何一个民族的秘史，都无法超越天道和自然造化的牵制，"天人合一"，自然与人的神秘联系，万物的相生相克，山水的奇异走形，飞禽走兽、花鸟鱼虫，与生命、人性的奇妙关联、纠缠，演绎着天、地、人的环环相生，写出了人类在文明建构过程中的艰难、复杂与微妙。在每一个章节，也就是在四个不同的演绎历史推进的时空里，《山海经》引发出"正文"的"生死经"。生死歌哭、人间万象，呈现着万世的苍凉。我将这样的写法，理解为是贾平凹对历史或现实经验的平淡处理，对写作中的结构、叙事方式的重新调整。贾平凹试图不断地挣脱叙事的枷锁，进入一个自由的状态。大象无形，大道至简，文体的溢涨，文本间性，使得文本的形式感本身也构成了文本精神内蕴的助力器。《山海经》表现着自然的固有之序，天地万物、山山水水的物理形态和自然生命的品质，而《老生》写人的社会性与自然性的纠结，自身的扭曲和无序，人与自然的龃龉。这样理解，我们也就不会感到这种结构和写法的生硬和突兀。就连小说中人物的名字也充满了隐喻义：墓生，可以理解为"生死"；戏生之"戏"，更可以视为生命、人生的戏剧性和荒诞性。作品中大量的细节，也蕴含着许多引人深思、充满灵异色彩的寓意。叙述的虚实相生，朴拙中蕴藉空灵和怪诞，衍生出别一种"有意味的形式"。小说写作真正的突破早已经不是形式上的突破，而是来自哲学的突破。如贾平凹这样的杰出小说家深谙此道，他也就绝不会因为形式的刻意讨巧而自我瓦解叙述的意义，一定是他找到了一种关于人生、关于世界新的把握方式，这也一定是自由地接近这一个世纪乡土中国的悲怆隐喻。

其实，这部《老生》的写作，依然体现出一个出色的作家，究竟应该如何处理所谓"经验"的问题。寻找独特的想象、呈现世界的方法，这是一个好作家毕生孜孜以求的作文之道，同时，这也让一个好作家与平庸作家区别开来。对于小说及其叙述，贾平凹有自己独特的理念，他曾经以略带些神秘色彩的口吻，表达了他对文章——叙述的理解："如果文章是千古的事——文章并不是谁要怎么写就可以怎么写的——它是一段故事，属天地早就有了的，只是有没有宿命可得到。"① 在这里，我想贾平凹强调的是行文的自然规则——天道，"道法自然"的内在气理、气韵和气势，也就是写作中的"妙手偶得，浑然天成"都是出于行云流水、水到渠成般的机遇或者神遇。如何修得这样的"真功"，觅得一手美文、奇文？一定皆是经验灵感、隐忍静虑，于生活的变化莫测中被"敷衍"成篇，水到渠成，应和成一个自然、逻辑、形象的艺术文本。在这里，贾平凹强化了他对于生活和世界的独特看法。陈思和在谈到贾平凹创作时，提出贾平凹创作"法自然"的现实主义倾向，他认为："贾平凹把写大自然的规律用到了人事的描写上。《秦腔》平平静静、琐琐碎碎地把一个村庄的历史写出来，当你看到最后，这个村庄就发生了天翻地覆的变化。历史也是这样，表面上很琐碎，其实通过生活的细微变化在发展。《古炉》中'文革'被贾平凹写到封闭的农村小事里，变成了自然生活。贾平凹把现实主义艺术提升到一个非常高的境界。'五四'以来表达典型生活和生活本质是作家描述生活、设计人物的基本方法，贾平凹用特有的艺术手段平平淡淡地颠覆了、还原了社会生活的民间化和日常化。""中国的小说都靠故事驱动，只有《红楼梦》不是。它写了一个家庭里无数琐碎的事情，在琐碎中把现实生活全部粉碎掉，捏造一个属于作家自己的艺术世界。这个世界就是大观园，就是《红楼梦》，就是贾平凹的商州，里面有神话、传说，有自己时间的纬度。这个体系就跟日常生活一样真实，一样琐碎，一样生动，一样充满生命力。"② 《老生》的叙事，在《山海经》的引领和"遮蔽"下，一个幽灵般的人物——唱师，在一种"前预设"的简化的修辞语境里，串联起四个历史时段的故事，人与事沿着时间秩序弥漫、延宕开来。后面的故事，活在前面故事人物的后辈、后代里，只有匡三像一个隐蔽的幽灵，偶尔拉动、牵扯出事件的波澜，成为"元历史"与人们"重构历史"发生错位和冲突的渊薮。陕北早期的"苏维埃革命"，解放初期的"土地改革"运动，二十世纪六七十年代的

① 贾平凹：《贾平凹散文选》，人民文学出版社2009年版，第172页。
② 陈思和：《从〈红楼梦〉到"法自然"的现实主义》，载《文艺报》2014年12月19日。

"文革"以及之后的"改革开放",将近一百年的大历史,被浓缩在四个自然村落的琐碎人事中,现当代史的流光碎影与《山海经》"史前史"发生彻底的断裂。究竟是"真相"还是历史的"戏谑"化?历史、人、事,在破碎的叙述中让我们感受和触摸到岁月的苍老、恍惚和无定,已经在十年前就结束的一个世纪的忧伤和痛楚,像那条"倒流河"一样,横亘在我们的心头。

这时,我还想到另一位当代同样杰出的作家——余华。从他的长篇小说《兄弟》开始,他的叙述方式和形态,可以说很大程度上部分地脱离了《活着》和《许三观卖血记》的叙事美学风格,到了《第七天》,我们分明感到余华对"经验"的恐惧。所以,余华在《第七天》里,混淆了虚构和现实、经验和新闻的关系,将生活中原有的事情,那些荒诞至极、难以想象、几乎超越了作家想象力的"经验"裸露在文本中。起伏跌宕、撼人心魄的"事件"和情节,突破了文学和新闻的边界。历史和现实之间的张力,令文体及其文学想象,与想象力之间构成了巨大的审美落差。在《老生》中,贾平凹在讲第四个故事的时候,由于小说所叙述的时代已经直逼当下的生活,我们在文字中明显地感觉到贾平凹的"紧张和逼仄",正在"进行时"的生活,在作家的记忆和经验的发酵和"反刍"中,尚未超越与这个时代难以摆脱的隔膜,写出这个时代及其人的精神疼痛、困惑和尴尬,所倚仗的常常是惊心动魄的"事件",而很难深入事物的肌理。因此,他也就难以格外从容地撕裂开事物的伪装,而直接切入时代的荒谬。这样,故事本身的浓度、密度和现实感虽然特别地强烈,但事物背后可以延展的隐喻空间却受到了相当大的限制。其中,小说中叙述的假老虎照片事件,就是前些年震惊世人的"华南虎"照片事件的文学版,小说中"瘟疫"的爆发,也可以推断就是发生在 2003 年的搅动了整个神州大地的"非典"。实际上,这些,在小说里往往构成了经验,也可能是想象和虚拟,但却是一种存在的可能性。今天,作家对事实、想象和经验的处理,将会经受未来阅读更加严峻的考验,所以,作家当下所面临的叙述困境,也许正是需要超越惯性叙事的先锋性文本创新。我们是否应该收敛我们日益膨胀的、狂野的阅读期待,还给作家一个自由叙述的空间。我们今天的阅读,不代表对文本最后的和权威的美学判断,也许只是这部小说刚刚踏上行旅时,不分轻重地品头论足,还显得仓促而草率。我们绝不能以我们的阅读惯性和一己的文学理念,苛刻地要求和期待作家正处于不断变化、发展中的写作。贾平凹的小说,一直葆有"先秦文学"的流风余韵、明清小说的叙事传统，自 20 世纪 80 年代起，他的叙事就呈现出扎实、淳朴、和自然接近的风貌。此后多年，他的小说结构方式不断调整、变化，时时有新元素弥散在叙述之中。许多给人新鲜感的小说形式，结构凝重中透出内在的灵动，叙事节奏富于变化，古朴中隐逸着荒诞，委婉中有传奇和梦幻。特别是，小说中透露出一种强大的气韵和气理，散发出中国文化中最难以承传的气质。贾平凹在自己的文化积累中养成了这种气质和气度。仿佛笔记小说、乡野调查式的"经验"，呈现出现代中国社会的"众生相"，扎实的叙事、质朴的结构，将他的"商州"建构成一个独特的文学世界。

中国现代、当代文学发展过程中，尤其 20 世纪 50 年代，长篇小说的"史诗化"情结一直纠缠着当代作家，直到 20 世纪 90 年代初，这种写作理念和姿态才渐渐消隐。应该说，贾平凹是较早摆脱"宏大叙事"影响的作家，他的审美判断、写作伦理、价值取向，都非常谦卑地倾向于民间的叙事立场，20 世纪 80 年代以来强大的意识形态导引，并没有影响他创作的形态。也许，正因为是贴近民间的，所以艺术形态及小说价值就充满开放性，也更具有现代意识和人类意识。《浮躁》《废都》，直到《秦腔》《古炉》，再到《带灯》和这部《老生》，贾平凹以一种属于自己的艺术探索、实践方式，走出了一条完全不同于"主流话语"的叙事道路。多年来，我们的写作观念中有一种强大、顽固而偏颇的东西，始终左右着我们的长篇小说创作，那就是在小说形态上必须为一个新的东西，或者为貌似新的艺术元素而尽情欢呼，我们的艺术追求始终游弋在对"新"的简单崇敬中。其实，我们的写作，尤其长篇小说写作，在一个大的，甚至巨大的长度里，在对一群人一个民族或一个国家的历史、现实状态作出判断和描述的时候，不仅是要解决真实的问题，而且要强调文学叙事阐释世界和生活时，文本对精神、灵魂影响的力量。评论家张新颖在谈及贾平凹近期的写作状态时认为，贾平凹在经历并超越了写作的"中年危机"之后，在六十岁前后的时候，开始调整到一个非常好的状态。我们能够在贾平凹的文本里看到，这种好状态对写作而言是"养生"的状态。作家的写作生命力、创作力是不断向上的，朝向一个更加雄浑的"苍茫劲力"。这其中尽是更置于对苍生的大悲悯之后发出的声音。

所以，贾平凹、余华们的写作，都是留给时间和未来的写作，我们应该有充足的耐心，让时间来决定这些作家在今天叙述的价值和意义。我们知道，在阅读贾平凹的时候，我们绝不仅只是在触摸一个时代，而是触摸到一个世纪的温度和存在方式。

我感觉，当代小说创作，似乎正进入一个艰难的"瓶颈期"。面对当代生活的复杂和诡异变化，作家的美学观念亟待作出新的调整。如何处理事实、经验和历史记忆之间的微妙关系，并且找到超越一般性叙事的想象力的源头，是摆在每一个中国作家面前的难题。用贾平凹的话说，就是无论在哪里，也买不到文学上的大力丸。写作，的确需要深入到生命肌理和具有道义担当的"海风山骨"之中。

（原载《东吴学术》，2015 年第 3 期）

贾平凹《老生》：山水不老　人情弥新

李　星

　　十多天才读完贾平凹的新作《老生》，直觉告诉我，因为这部小说的主要社会历史内容这些年来在他的作品和他人作品中多有呈现，此作可能产生不了如《古炉》《带灯》那样"震撼"和某种程度的"轰动"效果，甚至会招来如"新意不多"的评议。但我仍以为这是一部对长篇小说艺术有贡献有创造，凝聚着已过六十岁的贾平凹的思想、智慧，于混沌、琐细中饱含社会历史和人生命运感悟的深厚之作。

　　我以为，它对长篇小说艺术的创新具有独特的意义和价值。这部作品主要是以中国最早形成的人文地理著作《山海经》引起串联了现当代发生在这片山、这块地的故事，赋予这些故事以更加深远、广阔的文化历史背景，既有结构上大筋脉的作用，又有隐喻的意义。读了它，我的脑海中总要回响起秦腔《白蛇传》戏词中白素贞所唱的"西湖山水还依旧，憔悴难掩满面羞"。社会是进步的，但是祖先的土地山河却总充满着苦难与不幸，被贪婪自私的人以一个个伟大的名义毁坏着，人命如蚁，山河如蚀，作为中华儿女，能不反省又反省、羞愧又羞愧?!

　　用一个唱阴歌的唱师的回忆和叙述，让不同历史时代，甚至不在一地一山发生的不同人物命运故事，成为一个结构、一个整体，断中有续，碎中有序，意味深长隽永，诗意盎然。如《山海经》这部古老的著作一般的鸟瞰高度，如它一样的时空视野，没有人敢这样写，也没有人能这样写，写出大悲悯大关怀，让人顿生"念天地之悠悠，独怆然而涕下"的莫名其状的感慨、乡愁。这是《老生》的非凡之处，也是贾平凹的非凡之处。

　　我在谈《古炉》的文章中曾经说过，把当代的故事与这片古老土地上的文化—文明连接起来，使事件的意义得以突显、深化，造成大江大河般的历史—文化内涵，使《古炉》中一个村子的"文革"事件与深厚的传统相通，从而使它与许多就当代现实论现实的小说拉开了距离。《老生》对当代事件的观察与思考亦如此，更能给人以贯穿古今的大江大河之感。

不知年龄的唱师讲的故事，也内化成了写作者的心灵记忆，涵纳了三代人的民族生存故事。人的记忆总是有选择性的，作家的记忆更是具有选择性，他选择的只能是那些让他动心、动情并刻骨铭心的体验，或许它并不是完整的历史，却会完整、丰富、具体地呈现历史之大潮流在凡夫俗子生命、情感、心灵中的感受；它们不是对历史客观、全面的评价，却铭刻着进步的代价，揭示着大历史的疏漏和遗憾。贾平凹小说中的记忆正是这样的，有高歌猛进中的破坏和残忍、光明之下的黑暗、理想化追求中的痛苦和凡人的不幸。奈保尔说，用文学之眼或者借助于文学，可以看到许多人所看不到的东西。在《老生》中，人们看到的正是许多人看不到，或者看到了却因为许多原因不愿说、不便说的真实的苦难和不幸、黑暗和血污，以及由"革命""进步"所造成的伤害和痛苦。小说反省革命中能否少些杀戮和仇恨，建设中能否不以"斗争"的名义行撕裂、人整人之实，不给马生、老皮、刘学仁之流以行其私的正当空间；改革、发展能否改变权力本质的"政绩"文化，少些"形象工程"，让老余这样的人不能以一个个"规划"之名行折腾之实，毁山、毁水，最终造成自毁。贾平凹对人，对一家一户、一村一社的生存关怀和不幸的命运遭际的悲悯同情，《带灯》中就给我留下了深刻印象，《老生》中的老城村、棋盘村、当归村的故事，延续的正是他近些年来一以贯之的人文情怀。在"老生常谈"里面所包含的却是贾平凹不变的目标和文学坚守。《老生》又一次告诉我们，真正的文学永远与现实中的痛苦和不幸联系在一起，作家应与他的时代和人民同生死、共命运。

在《老生》后记中，作者站在自己人生命运六十年的节点上，回顾走过的路，说道："回望命运，能看到的是我脚下的阴影……命运是一条无影的路吧，那么，不管是现实的路还是无影的路，那都是路，我疑惑的是，路是我走出来的？我是从路上走过来的？"在外界看来，贾平凹是成功的，是当代文学无法忽视的重要作家，似乎不能理解其这份怀疑、迷惘、孤独。从《老生》中，我们看到了人与自己的"影子"、命运与自己的"影像"，且这影像是任何人也改变不了、摆脱不了的既定历史的影响，如同人逃不出自己的影子，任何人也逃不出自己的时代和历史。"历史决定论"是列宁的正确观点。人们所能并企图改变的只可能是未来，哪怕是当下的后一秒钟。《老生》所涉及的七八十年间的秦岭山地的历史，就是影响和决定着百姓命运的七八十年的社会历史，政权更替、阶段斗争、"文革"劫难和大多数人不再为吃发愁的改革开放。上升与下降、死亡与新生、光荣与耻辱、梦想与希望、痛苦与快乐、繁荣与萧条……贾平凹把这些都放在自己的操作台上回忆与思考、坚定与怀疑、坚守与迷惘。

以中国人的观念，人进入六十岁就进入老年了。"六十而耳顺"，他对世界的思考常常是"删繁就简"，单纯而明了。《老生》可谓贾平凹进入"老年"后的第一部作品，他耕耘的仍然是他已经耕耘了许多遍的山水土地，却有了以往人所不见的发现，更惊心动魄的故事，更深邃幽暗的人心，更惨烈的人生命运，更加丑陋、荒诞的历史和现实。曾经的"看山是山"，经由"看山不是山"，又回到了"看山是山"，一部《山海经》终于使他获得了对祖国山水情感的灵感，找到了以小说的形式整合心中六十年山水苦难的锁钥。小说对《山海经》的理解，充满着老年人的耐心和智慧，发现了古人于繁复琐碎中的单纯和世界观念，发现了山水、社会与人和谐相处的哲理，感悟了从"天人合一"退化到"天人对立"的人性之恶、历史之罪。遗憾的是，爱看故事的读者，也许会跳过它所引、所解之"经"，但责任却不在作者，哪有仅供人娱乐的严肃文学？那些让人痛苦、绝望的故事和命运也不是让人们消遣的，而是让人们思索反省的。其实，从这些所见所闻的故事中，仍然能感到作者讲故事的智慧和技巧，感到讲述者内心的深情和温热。"庾信文章老更成"，作为比平凹拙长几岁的更老的人，我却像喝青茶一样，品着其中的涩与苦，及苦涩中的悲悯与关怀，也理解着在讲述这些故事时作者"回望来路，感慨万千"，痛苦而孤独的心境。

（原载《文艺报》，2014 年 10 月 17 日）

精神守望与文体探索

——评贾平凹长篇小说《老生》

杨剑龙　荀利波

从《商州》《浮躁》，到《秦腔》《古炉》《带灯》，从初入城市后在城市与乡村间的徘徊、疑惑与苦恼，到对乡村的毅然重返重新发现，贾平凹始终割舍不下对那片乡土的无限怀恋，从而生发出面对现代化进程中农村与城市、传统与现代、落后与文明的迷茫。他的作品中一直在叩问一个问题："乡土中国走向现代经历了怎样的创痛？"[①]《老生》是贾平凹继《秦腔》《古炉》《带灯》后的又一长篇力作，如果说《秦腔》《古炉》《带灯》是对中国走向现代历程中的一个片段的描述，《老生》则是将这几个片段缝合在了一起，并将这些片段连缀成了中国近百年活态化的历史，在艺术上也呈现出新的探索。

一、乡土家园的精神守望

贾平凹的作品大多能还原一段充溢着泥土气息的故事，让我们寻找到乡村的记忆。在《老生》后记中贾平凹说：

> 我常常想，我怎么就是这样的历史和命运呢？当我从一个山头去到另一个山头，身后都是有着一条路的，但站在了太阳底下，回望命运，能看到的是我脚下的阴影，看不到的是我从哪儿来的又怎么是那样地来的……我是从路上走过来的？[②]

《老生》是在寻找从故乡出走的那条路，拼接已经成为零碎记忆的生活。相比之前许多作品中的时间跨度，《老生》成了他对家园的一次最完整的拼图，

---

① 陈晓明：《他能穿过"废都"，如佛一样——贾平凹创作历程论略》，见《贾平凹研究》，陕西师范大学出版总社2014年版，第47页。
② 贾平凹：《老生》，人民文学出版社2014年版，第290页。

他试图用文学还原故乡的记忆，重绘自己的精神家园。

秦岭被誉为华夏文明之龙脉，绵延起伏1600余里，是渭河与嘉陵江、汉水的分水岭，也是陕南与关中平原的界山，养育和滋润华夏文明，哺育了千千万万的华夏子民，也亲眼见证了发生在那里的一幕幕悲欢离合的故事，有的凄美，有的丑陋，有的优雅，有的恶俗，有的让人欢快，有的令人心碎。贾平凹"爱这片土地，但又对这片土地的现状和未来充满迷茫；他试图写出故乡的灵魂，但心里明显感到故乡的灵魂已经破碎"①，所以在《老生》中我们找不到如陈忠实《白鹿原》这样完整的一个空间画面，唱师和秦岭成为拼接完整家园图景的经线和纬线，把深藏在记忆中和飘荡在秦岭大地的故事连缀成了一个立体画面。

贾平凹是一个有着深厚文化底蕴的作家，小说中的《山海经》是中国最早的一部人文地理著作，作家以"《山海经》引起串联了现当代发生在这片山、这块地的故事，赋予这些故事以更加深远、广阔的文化历史背景，既有结构上大筋脉的作用，又有隐喻的意义"②。小说以"秦岭里有一条倒流着的河"开始，在《山海经》的铺陈下，沿着正阳镇说开，清风驿、老城村、过风楼镇、当归村等上演了一幕幕"声响和色彩的世事"。从倒流河到上元、子午等，作家不仅在画文学地图，更是把读者带入对传统文化的追溯中，以自然的有序反衬人及其生活的无序，以重绘有序的精神家园。

作者一直忧虑的是往事会如行车的树一样，车过去了树就闪过去了，而要再看见它就只有"在烟的弥漫中才依稀可见呀"。小说在结尾处也写道：

> 我知道我老了，该回老家了。可是，哪儿是我的老家呢？……从秦宁县一路走到三台县，从三台县又走到山阴县，到了子午镇，风住了，我的这个窑洞还在，就住在了窑洞里。③

哪儿是家？哪里会是其最后的栖身之处？从某种意义上来说，《老生》既是取材于故乡，又是在零碎的记忆中重绘家园的一种理想，是想在文学的世界里为那个时代、那片土地、那群人、那些事"立一块碑子"，是对远离自己的那片乡土

---

① 谢有顺：《贾平凹小说的叙事伦理》，见《贾平凹研究》，陕西师范大学出版总社2014年版，第202页。

② 李星：《贾平凹〈老生〉：山水不老　人情弥新》，载《文艺报》2014年10月17日。

③ 贾平凹：《老生》，人民文学出版社2014年版，第284页。

家园的精神守望。

二、闲聊式说话体的新探索

作家的创作之路就是一条创作艺术的探索之路，贾平凹也一直在不断的探索和丰富之中。贾平凹以《一双袜子》跨入文坛，以《满月儿》摘取全国短篇小说奖，到《秦腔》荣膺茅盾文学奖，秦岭大地千百年累积的传统文明所显示的"地缘文化"优势使他的创作能出奇制胜、技高一筹，但他并不把文化作为文学的全部，而是以实录笔法书写"山野风情"，流露扎根于西北土地上生命个体的自然"性情"，把那些被现代经验视为"落后""陋习""异俗"的东西从文明的边缘打捞出来，以此审视"现代之外"的人们的生存状况。整体上，贾平凹前期小说多少带有一些散文化与诗化，多使用戏剧化的场景、随处可见的对话等写实小说的叙事手法。自《废都》始，贾平凹已远远不满于一贯的套路，转而取法于其钟情的中国古典小说叙事传统。

在他看来，小说就应该还原自然的生活，要像本来的生活一样自由自在地说话，从而在小说充满家长里短、鸡零狗碎式的话语碎片中，让作者与读者间形成一种平视的视角。此后，贾平凹不断探索"闲聊式说话体小说"[①]的艺术表达方式，形成了以《秦腔》为标志之作的新文体，体现为以"生活流""细节流"编织小说中生活细节的叙事结构，淡化情节于细节和生活流之中。《古炉》进一步打开生活中不被人们发现的细微褶皱，"将《秦腔》的生活细节流说话形态发挥到了极致"[②]；《带灯》在小说中穿插了26封以第一人称抒情方式写的书信，构成了一种"反情节流的生活流与细节流叙写"[③]。

《老生》作品完成的时间几乎和《带灯》同步，因此，在文体艺术上既有作者刻意回避而形成的差异，也有难以回避的相似。《带灯》讲述的故事只是透过镇政府工作的带灯牵引出当下的中国社会生活的一小段，在时间跨度上远远无法与《老生》相比，由此也带来《老生》的故事易被漫长的时间流淹没的危险。

---

① 李遇春：《"说话"与贾平凹的长篇小说文体美学——从〈废都〉到〈带灯〉》，见《贾平凹研究》，陕西师范大学出版总社2014年版，第125页。

② 李遇春：《"说话"与贾平凹的长篇小说文体美学——从〈废都〉到〈带灯〉》，见《贾平凹研究》，陕西师范大学出版总社2014年版，第127页。

③ 李遇春：《"说话"与贾平凹的长篇小说文体美学——从〈废都〉到〈带灯〉》，见《贾平凹研究》，陕西师范大学出版总社2014年版，第130页。

但出于记忆的选择性，贾平凹在创作中巧妙地利用唱阴歌的唱师讲述故事的方式，避免按时间流程按部就班的叙事，使唱师选择性地讲述了四个记忆片段，成了小说中的发生在四个时间节点上的四个故事，将漫长的历史发展过程转移为四个地方发生的四段故事，把普通人的生活从漫长的时间长河中拖曳出来，形成了反时间流的生活流叙述。虽然我们也在作品中读到如游击队在皇甫街惨遭县保安团围攻、老黑被捕惨遭虐杀、马生借他人的愤怒杀死和尚、闫立本在窑场残酷整治改造对象、双全为了抢夺平顺收破烂辛苦所得痛下杀手、戏生在见匪三司令时因掏剪刀被警卫员踢飞等丰富情节，但这些情节因为时间在"记忆"中的被切割而没有形成时间的情节流，只是内化为生活的一个细节，充实于生活细节流之中，从而使历史潜影于丰富的生活细节中，使生活不被时间化的历史所绑架。

在《老生》的创作艺术上，还值得注意的是人物群像的建构。有学者受法国思想家德勒兹"块茎状思维""块茎状文本"等概念影响，把贾平凹《秦腔》《古炉》《带灯》中人物群像的建构方式总结为"块茎文本结构"，认为"小说中的群像结构正是一种块茎文本结构，它强调人物的差异性和多元性，反对人物塑造中的中心主义思维和二元对立思维……它在理论上是严格的反中心的多元结构"[1]。我们习惯了在文本中寻找中心人物，往往忽视了人物的多元化，这事实上不符合生活的正常规律。如果说《秦腔》是贾平凹长篇小说"人物群像块茎结构方式"成熟的标志[2]，《老生》则把这种人物建构方式又推向了另一个高度。《老生》的文本结构本就异于《带灯》等小说，而这种块茎式人物群像结构方式正好暗合了讲述"记忆"中故事的需求，推动小说避免时间化的情节流在中心人物身上的展开，而是在多点空间上展开生活细节的叙写，并达成时间线索上的耦合，使整部小说文本结构形成了独特的艺术融合。

三、生活是历史的活态化

相比于《秦腔》《古炉》《带灯》而言，贾平凹在《老生》中的叙事时间长度

---

[1] 李遇春：《"说话"与贾平凹的长篇小说文体美学——从〈废都〉到〈带灯〉》，见《贾平凹研究》，陕西师范大学出版社2014年版，第132—133页。

[2] 李遇春：《"说话"与贾平凹的长篇小说文体美学——从〈废都〉到〈带灯〉》，见《贾平凹研究》，陕西师范大学出版社2014年版，第134页。

超过其任何一部作品，但在篇幅上却又远不如前几部作品。小说虽然讲述的是跨越三代人的民族生存往事，但这些故事都已经在时间的累积中内化成了写作者的心灵记忆。"作家的记忆更是具有选择性，他选择的只能是那些让他动心、动情并刻骨铭心的体验，或许它并不是完整的历史，却会完整、丰富、具体地呈现历史之大潮流在凡夫俗子生命、情感、心灵中的感受；它们不是对历史客观、全面的评价，却铭刻着进步的代价，揭示着大历史的疏漏和遗憾"。[1] 贾平凹是个地地道道的村夫，他能看见乡村里最细微处的一个眼神、一丝气、一颗石子、一条虫，抑或是一堆待人拾掇的粪便，因此他也最能深切地感受中国乡村在历史发展中所发生的往事和印刻的深切记忆。贾平凹在作品中，"一直都在叙写着中国式的社会历史、人生状态、生命情感体验、文化精神的中国经验及其经验建构……这些当下性的文学所叙述的中国现实生活，在今天来看，就成了活态化的历史"[2]。贾平凹在后记里写到创作时的情景：

> 在灰腾腾的烟雾里，记忆我所知道的百多十年，时代风云激荡，社会几经转型，战争，动乱，灾荒，革命，运动，改革，在为了活得温饱，活得安生，活出人样，我的爷爷做了什么，我的父亲做了什么，故乡人都做了什么，我和我的儿孙又做了什么，哪些是荣光体面，哪些是龌龊罪过？[3]

老黑参加暴动是因李得胜枪杀误以为"通风报信"的跛子老汉，匡三则为"要吃饱"而跟着老黑参加了暴动。之后老黑被抓惨死，在行刑前，有一段对话：

> 王世贞的姨太太就叫道：老黑，你个没良心的贼，你谁杀不了你杀你的恩人？！老黑说：我今天就把命还给他。姓林的说：是得把命还他，不但你还，你儿也得还。[4]

李得胜等人为给老黑复仇，在王世贞姨太太漂亮的脸上划上了"老黑"二字，让"革命"彻底陷入个人复仇的狭隘的利己本能之中，造成对宏大革命历史

---

① 李星：《贾平凹〈老生〉：山水不老　人情弥新》，载《文艺报》2014年10月17日。
② 韩鲁华：《论〈带灯〉及贾平凹中国式文学叙事》，见《贾平凹研究》，陕西师范大学出版总社2014年版，第262页。
③ 贾平凹：《老生》，人民文学出版社2014年版，第291页。
④ 贾平凹：《老生》，人民文学出版社2014年版，第59页。

的游离，但又恰恰为民间重述历史寻找话语空间。

第三个故事对墓生来历的交代不仅婉转地控诉着一个荒唐时代，而且把时间在隐晦中作出精确定位：因别人在和农会主任打架时打死农会主任的刀是他爹打的，所以他爹娘与因打死农会主任而定为"反革命"暴乱的几户人一起被枪决，他是在他娘被枪决倒地时出生的，现在十七岁。这表明已进入"文革"时期。时间就这样被续接了起来，历史也在生活中被细节化了。

如果说前面的故事是把历史放在生活细节流的叙述中主动续接，那么唱师讲述的第四个故事则借戏生为自己爷爷摆摆争取烈士身份之路，将历史由革命时代延续到了改革开放的当下。作者坚持以生活来记录历史，所以，出现了让孕妇吃了流产的假帽盔，吃后会拉肚子的豆芽菜，人吃了头晕的黄瓜、西红柿、韭菜，长四个翅膀、三条腿的鸡，拌避孕药和安眠药催肥的猪，福尔马林泡过的核桃仁，农药超标 30 倍的蔬菜，还有那只被 PS 过的老虎，等等。当这一系列离我们并不遥远的生活细节出现在文学的世界里时，那还仅仅是文学吗？继之而来的一场给当归村带来灭顶之灾的瘟疫，把我们从文学的幻想中真切地推回到了现实世界之中。作者再一次向我们宣告，"具有历史发展方向和愿景的乡土中国正走向终结，并且携带着它的更久远的文化传统……乡村的废墟正在蔓延"[①]。

生活是历史的活态化，写下生活，就是在还原一段"人史"。

四、生命的伟大与卑贱

贾平凹的创作从来不回避死亡，就其近几年创作的《秦腔》《古炉》《带灯》而言，有武斗、家族械斗的惨烈场景，也有因天灾而死的无奈感伤。其中，《秦腔》中以夏天智和夏天义的死做结尾，死去的人难以进入墓地，似乎成了无处落脚的孤魂。小说家必须有一颗同情心，因为同情心"赋予小说家一双看取世界的'湿润'眼睛，克服了文化、历史、阶级和性别的所有差异，以自己灵魂的一部分设想他人的存在，从烦琐平淡生活中创造美善之光，从扭曲、污损的生命里看见人类原初的尊严与荣美"[②]。

---

① 陈晓明：《他能穿过"废都"，如佛一样——贾平凹创作历程论略》，见《贾平凹研究》，陕西师范大学出版总社2014年版，第25页。
② 吴子林：《重建诚的文学》，载《小说评论》2014年第5期。

《老生》中唱师讲的四个故事都以一个、几个或一群人的死亡结尾。

第一个故事中老黑偶逢四凤后毅然枪杀两个保安后被擒，老黑惨死前目睹已死去的四凤肚子被剖开后胎儿被挑出像剁猪草一样被剁成碎块。

老黑的死有了象征性，但这场由暴动演变的仇杀式的死亡还远远没有结束：雷布为给老黑报仇在王世贞姨太太的脸上划下"老黑"两个字后扬长而去，匡三要报复告密的财东夜闯财东家杀死了财东、财东老婆和财东儿媳，雷布在战斗中莫名其妙地死于从背后而来的子弹。但更为有意思的是，三海、雷布之所以参加这场暴动，更大程度上都是为了杀死王世贞报仇。所以，这场杀戮因"革命"还是仇恨？这就把我们带入了反思的视野之中。

继之而来的故事里，张高桂因几辈人在乱石滩上垦出的土地被农会划为地主，他因土地被分给农户气急而死，庙里和尚因与村妇私通被活活折磨死，玉镯的丈夫王财东在被批斗受伤后跌在自家尿桶里淹死了。为躲避农会干部马生对玉镯的性骚扰，白土带着已精神失常的玉镯远走他乡几经波折。玉镯恢复正常后两人甜蜜地在首阳山半山腰的窑洞里相守死去，这成了这个故事的结尾，为他们送出死讯的是一条伴随他们多年的黑狗。虽然苦涩、心酸，但白土、玉镯苦中作乐，至少一种温婉质朴的真情被白土和玉镯在"自我隔离"中坚守了下来。

相比起来，墓生的死是意外。墓生生下来后就被人们当牛马一般役使，他在摸黑上树去取红旗时摔在尖石上死掉了。"红旗"在当时是一种政治符号，但当这个红旗的护卫者墓生死后被埋葬时：

> 没有谁提说给墓生把脑顶上的石头拔出来，也没有谁提说给墓生擦擦脸上的血，换上一身新衣服，或者烧些纸和香。只是在原地挖出了坑，要把墓生放进去时，冯蟹看见了不远处那一截空心断木，说：给他个棺材。他们把墓生塞进了空心断木里，刚好塞下，用泥巴将两头糊了，放到了土坑里。[1]

在饿殍遍地人的生命尚且无法保全时，也要力保"英雄树"，却视人命如蝼蚁。当埋葬墓生的人们走下山时，镇街上和村寨里的牛都在长声短声地叫，人虽无哀言，牲畜们却悲鸣，充满对时代的反思和对生命的拷问。

---

[1] 贾平凹：《老生》，人民文学出版社2014年版，第201页。

第四个故事在一场瘟疫的横扫中惨淡收尾，当代社会文明却酿成了一个村子的灭顶之灾。戏生在筹集了三吨板蓝根后觉得当归村人少、空气好才从县城悄悄返回，但出乎他意料的是，瘟疫已经先他一步降临到当归村。在与瘟疫的战斗中，人一个个倒下，鸡、狗也未能幸免。活着的人被从村子里隔离，当归村成了空村、烂村。当人类认为自己已经掌控世界、掌控自然，可以毫无顾忌地向自然攫取的时候，却遭到了自然无情的报复。"现代性是人类幸福的一个革命性进步，同时现代性也是一场漫长的屠杀和破坏人类赖以生存土壤的噩梦。"①这就是人类在走向现代性的过程中付出的代价。

贾平凹是尊重生命的，他对生命的理解，已经远远不是现实意义上单纯的生与死。在他看来：

> 生命有时极其伟大，有时也极其卑贱……没有人不死去的，
> 没有时代不死去的。②

死亡是生命的必然归宿，正视死是对死的一种超然，也是对生命的尊重。《老生》中写保安团和当地村民在埋葬受重伤已死和没死的游击队员时，只是胡乱地扔进坑中，但唱师下坑把他们的身体整理妥帖。唱师作为作家的化身，在向世人讲述那一幕幕充满血腥和残忍的死亡，又不断地为这些逝去的魂灵招魂。作者是睿智的，死亡成为艺术升华的最高层次，每个故事都将死亡式的结局以生活般的平淡融进历史之中，也让读者在面对一个个鲜活生命的死亡时反思"革命中能否少些杀戮和仇恨，建设中能否不以'斗争'的名义行撕裂、人整人之实，不给马生、老皮、刘学仁之流以行其私的正当空间；改革、发展能否改变权力本质的'政绩'文化，少些'形象工程'，让老余这样的人不能以一个个'规划'之名行折腾之实，毁山、毁水，最终造成自毁"③。这才是我们该真正深思的问题。

结语

纵观贾平凹创作历程，他的创作风格早已十分成熟、稳健，但他还在不断

① 程德培：《镜灯天地水火——贾平凹〈带灯〉及其他》，见《贾平凹研究》，陕西师范大学出版总社2014年版，第304页。
② 贾平凹：《老生》，人民文学出版社2014年版，第294—295页。
③ 李星：《贾平凹〈老生〉：山水不老 人情弥新》，载《文艺报》2014年10月17日。

地探索，力图不断突破自我。在中国城市化进程中，城市不断在扩大，村庄在变为城市，随之而来的是越来越多的乡村成为记忆，直至被我们共同遗忘，而村庄里的人与事也会渐渐消隐。贾平凹的《老生》是其在花甲之年的人生回眸、历史反思，小说是其乡土家园的精神守望，是其闲聊说话体的新探索，呈现出生活是历史的活态化，写出了生命的伟大与卑贱。小说蕴含着对历史和当下人的生存境遇的深刻反思。

（原载《小说评论》，2015 年第 2 期）

民间记忆与《老生》的美学价值

王光东　　郭名华

一、民间记忆与《老生》的历史叙述

贾平凹在《老生》后记中写道："人过的日子，必是一日遇佛一日遇魔，风刮很累，花开花也疼，我们既然是这些年代的人，我们也就是这些年代的品种，说那些岁月是如何的风风雨雨，道路泥泞，更说的是在风风雨雨的泥泞路上，人是走着，走过来了"。这已说得够明白了：这部小说与民间记忆有着深刻的内在关联。

民间记忆指的是流传于民间的有关人类历史、生活、文化等方面的记忆。它往往带有亲历者的生存感受和体验，有时成为一种潜意识或者通过遗传进入人们日常生活的行为习惯，一般是以口耳相传的方式流传，其中有相当一部分融入民风、民俗等民间文化当中，还有一些进入民歌、民谣和民间故事以及神话传说等民间文艺形式之中。我们所说的民间记忆，是相对于正统历史和知识分子的历史记忆而言的一种散落于民间、流传于民间的未经整理与篡改的人类生存和活动的印记。这种记忆完全来源于民间生活中对于现实和历史的感受，也可以说，它是同民间生存感受和体验有着紧密联系的历史记忆。

民间记忆在贾平凹的长篇小说《老生》对历史的艺术构建之中起到重要作用。《老生》既没有像《红旗谱》《林海雪原》等"十七年"历史小说那样按照主流意识形态的历史观念来构建现当代历史，也没有像《白鹿原》《人面桃花》等新历史主义小说那样采用某种叙事策略来解构历史，而是选择了民间的视角，把民间记忆融入历史叙述当中，从而拓展了"民间写史"（陈思和语）的新领地。贾平凹的《老生》时间跨度长达百年，涵盖了中国现当代历史，所选择的历史内容与民间的生存息息相关，是老百姓感受到、体验到的历史记忆。民间记忆进入小说，某种程度上会改变、丰富我们对于中国现当代历史的认识。

《老生》是从民间的人文地理、从有关唱师传奇事迹的民间传说、从民间流传的关于匡三家族的庞大势力的传说等内容开始进入小说的历史叙述的。历史被演变成故事来讲述，这本身就是一种民间的趣味，民间记忆成为小说叙述的核心。小说中的四个故事包含了以往小说较少涉及的历史内容。第一个故事写的是秦岭游击队的传奇故事。这个故事没有把李得胜、老黑和雷布以及三海、匡三等描绘成高大伟岸的形象，而更多地依据民间老百姓的记忆，来写这些乡亲是因为要解决吃饱饭的问题（当然，除此之外还有很多其他的偶然原因），而聚集到一起来"闹红"（参加革命）的。从第一个故事当中我们可以看出，以往革命史叙述中的那些阶级斗争等意识形态没有在小说中出现。农民投身于革命，并没有那么多的历史责任意识，而更多的是立足于基本的生存，为了能够吃饱饭而不顾性命地投身于革命队伍。这就写出了民间对于中国现代史的另一种理解。这些后来成为革命史当中大写特写的人物，原本就是生活在自己周围的乡里乡亲，同其他老百姓没有多少区别。这种民间记忆中的历史，也许正是现代史的另一种真实。

小说中的第二个故事是关于土地改革的。在以往作品的叙述中，土地改革使广大的劳动人民得到了土地，实现了千百年来耕者有其田的理想。以往历史叙述被遮蔽的可能恰恰是民间记忆中的另一番内容。我们以这个故事中的主要人物马生为例来分析。马生原本是一个不学无术、懒惰成性的村里的社会闲人。然而，在"土改"中，这个流氓无赖却占有了最多的好处。他利用自己窃取的村副主任的职位，把手伸向了权力、粮食、钱财和村子里的女人（小说中的他对村子里的女人都是垂涎不已，包括王财东老婆玉镯、邢轱辘媳妇、同和尚相好的妇女白菜、拴劳的媳妇等）。分地主田地的时候，他得到了最好的土地，分地主家产的时候，他得到数量不少的粮食和地主的大件家具。他在村里批斗地主王财东的时候，落井下石，趁机威逼利诱，奸淫了王财东的老婆玉镯。这个淫棍因欲强迫妇女白菜不成，遂挑唆她的丈夫到庙里把与她通奸的和尚打死。同和尚有感情的白菜因此发疯，作为庙产的土地也被瓜分。后来，他又到乡政府把农会主任拴劳以强奸养女为名告倒。后来，马生占有了拴劳的老婆作为自己的妻子。他让自己的亲戚强占了白土和玉镯的田地，而白土和玉镯夫妇两人被迫到远离家乡的首阳山那荒山野岭上耕种。马生是一个不折不扣的寄生虫，一个混世魔王，却在土地改革时期胆大妄为，占有了诸多的好处。在革命历史小说叙述当中，土地改革的领导者和参与者往往都是正面形象，而马生的所作所为却打上了民间记忆的烙印。由于民间记忆的参与，马生的历史真实面貌得以呈现。民间视角的引入，使得原来被主流意识形态视角和知识分子视角遮蔽的一部分历史暗角得以敞亮。

第三个故事写的是人民公社化等一系列社会运动时期的故事。关于这段历史，民间记忆又如何呢？小说中，棋盘村的两个组织者：公社干部刘学仁和村干部冯蟹，他们被誉为黄金搭档，把棋盘村整得整齐划一：集体劳动，统一行动，抓紧时间，上厕所都要打报告，整日里弄得紧张兮兮。还有，村里的人都不敢随便乱说话，说话必须按照统一指令来说。小说中刘学仁说："管人是要让人怕你，但要长期管住人，那得把他的心魂控制住。"①后来紧接着的是大饥荒的日子。这是整整一代人的惨痛民间记忆。在这个故事中，读者还看到了老皮书记这个人，精力充沛，有开不完的会，也许半夜也会叫人起来，以传达上面的会议精神。然而，老皮道貌岸然，他趁机奸污和镇小学教师张收成通奸的军人家属任桂花。还有，窑场负责人闫立本，实际上是专政的工具，反革命嫌疑犯苗天义等受到批斗或者更为严厉的惩罚，等等。这一段民间记忆，让我们看到了历史深处更多的恶，贾平凹在后记中说："人和社会的关系，人和物的关系，人和人的关系，是那样的紧张而错综复杂，它是有着清白和温暖，有着混乱和凄苦，更有着残酷，血腥，丑恶，荒唐。"自然，民间记忆中对历史内容是有着是非褒贬的。比如，对刘学仁等的荒唐做法，是暗含着讽刺的；赠送给老皮的匾额在山墙上挂不住，掉落下来摔断了，也是代表着民意的。民间记忆进入历史叙述，让民间的声音得以呈现。

《老生》对于历史的叙述是建立在民间记忆的基础上的，这种民间记忆建构的历史，开掘出了丰富的有血有肉的历史细节。民间记忆中的历史迥然有异于正统历史和革命历史小说叙述的内容，某种程度上改变了对于中国现当代历史的叙述，它以一种"反史诗"的姿态，依凭民间记忆书写历史的方式，拒绝了通常的历史知识，通达民间记忆中历史的另一种真实。

二、民间记忆与《老生》的思想意蕴

《老生》中的唱师是民间文化的一个传承者。他生活于民间，是民间记忆

---

① 贾平凹：《老生》，人民文学出版社2014年版，第169—170页。

的体现者，也呈现着儒释道等传统文化的内容。唱师在小说中是一个给死去的亡人入殓、丧葬时唱阴歌的人。小说写他活了大概一百岁，贯穿了整个中国现当代的历史，他对人世间有着通透的了解，对于秦岭山区的各种掌故和民情风俗都极其了解。小说通过"唱师"这个形象表达了对人世间的种种不幸的关怀与悲悯。

唱师对于现当代历史和人间的善恶是非有着民间的价值判断。因此，他总能够尽可能地帮助普通的人，比如，送一个烧饼给饥饿中的匡三。他给好人或者不幸的人唱阴歌的时候就格外地用心投入，甚至，可怜的墓生死去，他还自发地为他唱阴歌，安抚他的亡灵。而唱师在给因为辛苦积攒起来的土地被瓜分而被气死的地主张高桂唱阴歌的时候，他衷心地劝谕或者是祈祷亡灵不要往东南西北走，因为四方都充满了凶险，而应当走中央，那里有神仙护佑他升入天堂。很显然，因为同情，才会衷心希望他入天堂。他给戏生的死去的父母唱阴歌的时候，唱的是对于人世的理解，人世间的一切为名为利的争斗、为了生存而丧失了尊严、为了过多的物质追求而作茧自缚等等这些都是没有意义的，死亡降临的时候，一切都不可留恋，不能带走，一切都成空。这首歌谣实际上是劝诫人活在世界上最好还是少贪寡欲。

唱师在民间最多的活动就是给十里八村唱阴歌。他唱歌，一方面是安抚亡灵，让亡灵不会迷路，不会变成恶鬼在人间徘徊，而是飞升去天堂，另一方面，更重要的是对于人生的讽喻，表达民间的道义观念。他唱的歌，包括《开五方》《安五方》《奉承歌》《悔恨歌》《孝劝》《佛劝》《道劝》《二十四孝》《游十殿》《还阳歌》《十二时》《叹四季》《摆侃子》《扯鬏衿》等等，唱词更多的是对于人生走正途的劝谕。听了这些歌，失去亲人的生者情感得到一种安慰，精神得到净化，人性得到升华。

小说中最为感天动地的歌唱是在戏生的女人莽莽的请求下，唱师为瘟疫中大面积死去村民的当归村的全体亡灵演唱阴歌的最后绝唱。唱师把他会唱的所有的三百多首歌全部深情地演唱了，反反复复地唱，甚至阳歌和乱弹等都唱了，连续三天三夜！他最后的绝唱足以感天动地。莽莽请他唱，这是他对于人世间的最后一次倾诉、表达、劝诫和警世……唱的是唱师这个职业贯穿始终的对于生的珍惜，对于死的超然。

小说在最后的高潮部分，让唱师唱三天三夜阴歌不绝，这是对于人世间的种种不幸和悲哀的大悲悯。唱师唱的是眼前的大瘟疫当中死亡的村民，但同时，他最后的绝唱，何尝不是那些近百年中国历史当中，在那些革命与被革命当中死去的人们呢？何尝不是在唱那些在土地改革当中死去的人们呢？何尝不是在唱那些在20世纪下半叶历次运动当中死去的人们呢？何尝不是在唱那些在物质主义横流、浊水之中被淹没而亡的人们呢？这许多许多因为各种各样原因死去的人们，想来都在唱师的歌声之中，他们不再冤冤相报、不会变成厉鬼来危害人世间了吧。在亲历中国全部现当代历史的唱师的角度看来，这些"残酷，血腥，荒唐"等内容，是历史长河中的一部分，已经不可改变，剩下的唯有反思唯有祈愿天下太平。一切历史烟云都会过去，所有人世间的纷争、痛苦、悲伤与不幸，在死亡面前，都成了过去。唱师在内心主持"公道"，为人们而唱，一直唱到他自己不能唱为止。

民间的文化记忆有许多保存在神话、传说中。贾平凹在小说中互文性地插入了《山海经》的选段和讲义。"小说中，《山海经》在表象上是描绘古中国的山川地理，一座山一座山地写，各地山上鸟兽物产貌异神似，真实意图在描绘记录整个中国，其旨在人。"

小说有四个故事，每个故事分为两个部分，每个部分之前插入了《山海经》内容，还有小说临近结尾处也有《山海经》的内容。这样，《老生》一共安排有九个段落的《山海经》。《山海经》是上古的一部奇书，"涵盖了中国上古时期的地理、天文、历史神话、气象、动物、植物、矿藏、医药、宗教的诸多内容"。贾平凹选录了《山海经》，一方面通过小说中教师的讲解，把从《山海经》受到的启发而引发的对于人间历史的理解，作为对于中国现当代历史和人类社会迁衍以及人性的理解的互文，二者相互映照；另一方面，《山海经》写的是高古的自然状貌。这个世界中，天地之间，万物都有其各自的位置，山上的矿物丰富，植被都各呈其貌，所有的生物都有生存之源，都能够按照自己的方式而活。这是一个合乎自然秩序的世界，合乎宇宙的规定性，因此，这个世界是自洽的，天地之间有着浑然一体的宇宙苍茫之感。贾平凹把《山海经》引入《老生》是极富有深意的：这百年来中国社会的动荡，前面大半段是因为革命、各种运动，百姓处于各种恐慌之中；近三十年来，人们有如牛马一般被激发而膨胀起来的物质欲望所驱动，生活在紧张、重负、逼仄、压抑的精神状态之中。而这些历史与现实的种种是非，与在人类文明大举向自然进攻之前的《山海经》的山、水、植物、动物、矿产等组成的天地浑然、宇宙苍茫的世界一对比，就会感觉到在这样的大视野中，人类多么渺小，而人性堕落或丑恶导致的人类生存的悲痛与不幸，也似乎给融入天地之间而化为无了。也许这也可算是一种人类学观照人类生活历史与现实的视野。在贾平凹眼里，"从秦汉上寻到先秦，再上寻到上古、高古，就感觉那个时期，好像天地之间，气象苍茫，一派高古浑厚之气，有着这个民族雄奇强健的气息"[①]。《山海经》上古、高古的民间记忆和现当代的民间记忆之间形成了一种对照甚至颉颃的关系。这种时空观念带来的是对于中国现当代史别样的理解，开掘出小说更为深层的思想意蕴。

三、民间记忆与《老生》的审美形态

其一，民间记忆影响着小说叙事视角的选择。《老生》没有选择知识分子的视角，它选择了游荡于民间的、在丧葬仪式上唱阴歌的唱师作为小说叙事者。这同《红旗谱》和《人面桃花》等从作家、从知识分子的视角出发写历史是截然不同的。唱师依赖乡间而生活，对民间的一切都感同身受。这个视角可以自然地引出碎片般的丰富的民间历史记忆的细节。此外，民间记忆是正史记叙和革命历史小说叙述之外的另一种形态。历史的书写，不能只允许单一的叙述，有多种不同的写史，才能够把历史不同的侧面反映出来。《老生》的民间写史，让民间记忆进入文学创作之中。

其二，《老生》艺术上的变形处理吸取了民间故事、传说的审美元素，非常突出地反映在第四个故事的叙述中，故事的叙述充满着民间的趣味、民间的认识和判断。华南虎事件和瘟疫事件，也是在现实生活中发生过的事。小说中，"目击到活老虎"事件，写出了人世间的荒唐，人们为了钱财，唯利是图，胆敢冒天下之大不韪，铤而走险，且小说在戏生和老余等人身上发掘出事件发生的内在逻辑。毕竟是世风所致，并非他一个人的错，这个时代也难辞其咎。这样，民间记忆进入小说叙事，极大地改变了人们历史和现实的感受、判断和评价。

小说中的瘟疫来得似乎有点突然。但是从民间的观念看来，恐怕也是万事万物恶化的必然结果，因为一切恶，到最后都会受到上天的惩罚。民间记忆中的瘟疫，首先是恐惧，其次是冷酷无情。带领大家致富的戏生要回村，村里人也不相

① 王锋：《贾平凹谈新作〈老生〉：我尝试了一次"民间写史"》，载《华商报》2014年9月12日。

认，拒之于村外，死活不让进。后来，村子里的瘟疫传播开来，戏生担负起重任，不顾生命危险，为了保护还活着的村民，奋不顾身地组织人抬尸体给掩埋掉。这一过程，是相当悲壮的。村里人盼望的救护车老是不来，村子犹如一座恐怖的垂死之城。这时，民间英雄戏生诞生了。他这个村里的致富带头人，也曾有着自己的小自私，想发财，也想过自己的好日子，有着自己的虚荣，却在危难之中，挺身而出！

小说把民间记忆中的 2003 年"非典"和 2008 年的"5·12 大地震"联系起来。只是贾平凹这种民间叙述将其进行了变形处理。这样叙述，让民间记忆得以释放和敞开。民间记忆的被激活，让《老生》的故事内容具有新鲜的质感，有着粗朴的民间特点。余华的长篇小说《第七天》有着新闻串烧小说之誉，是网民和知识分子的批判角度的结合，离新闻内容距离不远，似乎是带感情的一种有着人性化深度的新闻调查。而《老生》虽然也写到了广为人知的"周老虎"事件、"非典"、"5·12 大地震"等，但是开掘了民间记忆，采取民间叙述的变形手段。我们看到新闻事件、历史事件在小说中是怎样经由民间记忆转换，通过一种叙述变形的方式，进入艺术自由创造的文学空间。贾平凹借鉴民间故事叙述方式用小说来民间写史。莫言的《生死疲劳》采取的是狂欢和反讽的方式，写意地叙述中国当代历史五十年。而贾平凹的《老生》表面看上去有更多的写实部分，却又是根据民间记忆的情感印记变形，有着民间的拙朴和诚实。粗看是写实，实际上却因为民间记忆受到民间情感的改变而进行了变形性处理。这就写出了民间记忆中的带着情感体验和价值判断的中国近百年的历史，中国人的苦难史、血泪史和血腥暴力的历史。

民间歌谣进入小说中，丰富了小说的审美形态。贾平凹善于在小说文本中置入民间歌谣，比如说在《废都》中有《好了歌》等，而在《浮躁》《高老庄》等小说中，都有民间歌谣的插入。民间歌谣本身就包含着丰富的民间记忆，同时，民间歌谣也寄托了民间的情感。比如说小说中写戏生给匡三司令唱陕南民歌："这山望见那山高呃，望见一呀树好啊好仙桃。……郎害相思犹小可呃，姐害相呀思命啊命难逃。"还有《郎在对门唱山歌》："唱得奴家脚炕手软，手软脚炕，踩不得云板看不得哪楼，眼泪汪汪听山咪歌。"这些歌谣抒发的就是民间男女的情爱。但是，在《老生》中笔墨更为浓重的却是阴歌，这和小说整体的情绪相关，与中国痛苦的现代化的历史过程相关联。比如李得胜、老黑和三海这些人，参加暴动闹革命，后来牺牲了，唱师在石头上写上他们的名字，为他们歌唱，其中就有一首《悔恨歌》，是包含着忏悔、反思的意思的。

在小说的第四个故事中，戏生的父亲死了，戏生的娘紧跟着也死了。唱师被请去，他唱的歌当中就有：

> 人生在世没讲究呀，好比树木到深秋，风吹叶落光秃秃。
>
> ⋯⋯⋯⋯⋯
>
> 人生在世没讲究呀，好比猴子爬竿头，爬上爬下让人逗。
>
> 人生在世没讲究呀，好比公鸡爱争斗，啄得头破血长流。
>
> ⋯⋯⋯⋯⋯
>
> 人生在世没讲究呀，好比春蚕上了觚，自织蚕茧把己囚。
>
> 人生在世没讲究呀，说是要走就得走⋯⋯舍得舍不得都得

丢，去得去不得都上路。

这里把人生在世给揭示得清清楚楚，也唱出了生命的无奈。人生在世，正如小说中老余的父亲说的："你爱折腾老天就让你折腾么，可折腾和不折腾结果都是一样的。"折腾到最后，都为空。争来争去，斗来斗去，头破血流；辛辛苦苦，日日忙碌，到最后，"自织蚕茧把己囚"。唱词其实还是劝人要想开点，有尊严而朴实地过日子，生命短暂，没必要为人世间的纷扰所烦恼。民间歌谣是小说《老生》的有机构成部分，丰富了小说文本的内涵。

贾平凹是善于从传统文化当中汲取营养的。贾平凹曾经震惊过"拉美作家在玩熟了欧洲的那些现代派的东西后，又回到他们的拉美，创造了他们伟大的艺术"[①]。于是，贾平凹在经历过对于西方文学的学习阶段之后，有了回归中国传统文化和民间经验的自觉。贾平凹是新时期以来最早返回中国文化自身和中国本土生活经验自身的小说家之一。"我倒认为对于西方文学的技巧，不必自卑地去仿制，因为思维方式的不同，形成的技巧也各有千秋。"[②]《老生》叙述民间记忆中的百年历史，在艺术上也探索了与之相适应的审美形式。

（原载《小说评论》，2015 年第 2 期）

---

① 贾平凹：《答〈文学家〉编辑部问》，见《贾平凹文集·求缺卷》，中国文联出版公司1995年版，第329—350页。

② 贾平凹：《四十岁说》，载《上海文学》1991年第12期。

讲述中国的方法

——贾平凹长篇小说《老生》读札

何言宏

一

读罢《老生》，脑海中一直浮现着贾平凹在后记中所说到的这部小说的创作缘起与写作景象。常常是在烟雾腾腾之中，作家沉思和凝望着自己的个体生命以及和自己的生命深切关联的中国历史，欲罢不能。《秦腔》以来，在每一部小说——《古炉》《带灯》和《老生》的后记中，贾平凹都会谈到自己的身世，谈到自己的家庭出身、人生经历和自己的亲人，特别是他父母的先后离世和他对"自己是老了"的意识，这使他的后记充满了浓重的人生况味和感伤气息。而在《老生》的后记中，这种意味更加浓烈。这篇三千来字的后记，以"烟"开头，以"烟"结尾，其间"烟雾腾腾"——

在后记的开头部分，作家写道：

> 女儿一直是反对我吃烟的，说：你怎么越老烟越勤了呢？！
>
> 我是吃过四十年的烟啊，……现在我是老了，人老多回忆往事，而往事如行车的路边树，树是闪过去了，但树还在，它需在烟的弥漫中才依稀可见呀。
>
> 这一本《老生》，就是烟熏出来的，熏出了闪过去的其中的几棵树。[1]

在后记的结尾，作家又说道：

> 《老生》是在2013年的冬天完成的，过去了大半年了，我还是把它锁在抽屉里，没有拿去出版，也没有让任何人读过。烟还

---

[1] 贾平凹：《老生》，人民文学出版社2014年版，第289页。

是在吃，吃得烟雾腾腾……我的《老生》在烟雾里说着曾经的革命而从此告别革命。①

对于这种"在烟雾里说着曾经的革命而从此告别革命"的具体景象，后记的中间部分，则有着更加详细的表述：

从棣花镇返回了西安，我很长时间里沉默寡言，常常把自己关在书房里，整晌整晌什么都不做，只是吃烟。在灰腾腾的烟雾里，记忆我所知道的百多十年，时代风云激荡，社会几经转型，战争，动乱，灾荒，革命，运动，改革，在为了活得温饱，活得安生，活出人样，我的爷爷做了什么，我的父亲做了什么，故乡人都做了什么，我和我的儿孙又做了什么，哪些是荣光体面，哪些是龌龊罪过？太多的变数呵，沧海桑田，沉浮无定，有许许多多的事一闭眼就想起，有许许多多的事总不愿去想，有许许多多的事常在讲，有许许多多的事总不愿去讲。能想的能讲的已差不多都写在了我以往的书里，而不愿想不愿讲的，到我年龄花甲了，却怎能不想不讲啊?!

这也就是我写《老生》的初衷。②

之所以在文章的开头就以较多的篇幅引述作品后记中的原文，是我认为，这些文字对我们理解《老生》的创作不仅很关键，还为我们的"转述"所无法取代，其中所透露的信息，也非常丰富。从中我们读到，花甲之年的贾平凹，他是想以《老生》写出自己对人生、对家族和对风云激荡的百年历史的思考和总结。他决意于像后记中的那位"最有威望"的老人那样，秉持"公道"，以"真诚"和"真实"去写出他在"以往的书"中所"不愿想"和"不愿讲"的东西。毫无疑问，对贾平凹来说，这是一部"总结之书"，而且这样的"总结"才刚刚开始。正如他在后记中所说的，《老生》所讲述的，只是"烟的弥漫"之中"依稀可见"的"几棵树"，由此，我们很自然地会想到，那些远远多于或大于这"几棵树"的、同样也是他以往所"不愿想"和"不愿讲"的"一切"，也许在他今后的创作中，会更多地出现。我们甚至还可以进一步想象，或者更进一步地希望，他在今后的写作中对于这些"一切"的书写，也许不再会有很多"烟的弥漫"，而是可能

① 贾平凹：《老生》，人民文学出版社2014年版，第295页。
② 贾平凹：《老生》，人民文学出版社2014年版，第291页。

更加清晰。"烟的弥漫"意味着凝重，也意味着浑茫或模糊，我们希望作家以后的创作对历史的思考会探寻到更加明确和更加坚定的精神立场。所以在这样的意义上，我认为长篇小说《老生》是贾平凹创作道路上的一个非常重要的"界碑"，它是对过去的一种告别，也是一个新的起点。它意味着贾平凹的创作在发生转型。

二

如果说《老生》意味着贾平凹的创作发生了转型，那作为这一转型的新的起点，它所包含的信息将十分重要。我以为在这些信息中，一个最为重要的方面，就是作家开始从民间和个体的角度来讲述中国，在这样的讲述中，作家已经不再简单地使用意识形态话语和知识分子的启蒙话语，而是采用民间的个体性视角——我称之为"民间个体"的视角。具体在作品中，就是通过一个以唱丧歌为业的老人——"唱师"来讲述现代以来的中国历史，其中的"革命""土改""文革"和"改革"，则是讲述的四个重点。我们看到，唱师这位"神职"人物不仅通晓阴阳，"一辈子在阳界阴界往来，和死人活人打交道"，而且对尘世间的事情，既"能讲秦岭里的驿站栈道，响马土匪，也懂得各处婚嫁丧葬衣食住行以及方言土语，各种飞禽走兽树木花草的形状、习性、声音和颜色，甚至能详细说出秦岭里最大人物匡三的家族史"，有着"全知"性的特点。他的精神情怀和价值立场，既表现在他的大量阴歌中，也隐含于他的历史讲述中。如果我们仔细寻绎，会发现，其间既有贾平凹在后记中所说的"公道""真诚"与"真实"，也混杂着上古以来沉积于民间的生死观和世界观等种种观念，但它们的共同特点，就是在评陟人世时，往往多是从死亡的方向来看，实际上就是对尘世的超越。《老生》出版后，作家在接受记者采访谈到自己选取唱师作为叙事人的原因时，指出："为啥我选取唱师作为叙事人？唱师是社会最基层的一个人，以他的面貌来看这一百多年来的过程。这个人是超越了族类，也超越了不同的制度，超越了人和事，这样就有意识地超越地来讲这些东西。如果你站到很高的时候就不去争是与否、对与错的观念，你完全是看到人生的那种大的荒唐，这些东西就能够看清。"① 确实是这样，对于"制度""族类"甚至"人与事"

---

① 田超：《贾平凹谈〈老生〉：借"唱师"之口写历史变革》，载《京华时报》2014年10月31日。

的"超越"，是贾平凹选择"唱师"来讲述中国的根本原因。在我们的文学史上，以"十七年"时期的"革命历史小说"为代表的作品，主要是以当时意识形态的"制度"话语来讲述中国，"文化大革命"以后，像"伤痕""反思""改革""寻根"等小说潮流中的很多作品，则继承"五四"以来知识分子启蒙主义的话语传统，《老生》对此显然要超越。这种超越，虽然是采取民间的方式，是从民间来寻找讲述的角度和话语基点，但我们知道，民间其实是非常混杂的所在，并不具有严整统一的话语体系，也难有一个比较典型的话语代表。具体在《老生》中，"唱师"这个近妖近神的神职人员，则更是谈不上代表性，他只是民间的一个独异个体，是贾平凹也对民间这个"族类"进行"超越"的独特载体。所以我认为，《老生》的讲述既是民间的，更是个体的，"老生"属于"民间个体"。

三

《老生》从民间个体的角度来讲述中国，具有独特的历史理解。这一理解，最为突出地表现在它对"革命"起源的历史书写上。小说的第一个故事，是对当年秦岭游击队光辉历史和英雄业绩的讲述，也是作品贯穿始终的内容。秦岭游击队中的游击队员们，除了队长李得胜类似于"革命历史小说"中的党代表形象，在小说中一出现，就是一个空降而来的成熟的共产党人，负有组织武装、发展革命的"革命使命"，其他人物，如老黑、雷布、匡三和三海等人，他们参加革命的过程，小说中都有具体的讲述。《老生》的独特性，正是在这里。

我们主要来看秦岭游击队副队长老黑是怎样参加革命的。老黑出身于长工家庭。他的父亲，是担任了正阳镇公所党部书记的地主王世贞家的长工。父亲意外身亡后，年少的老黑成了孤儿。正是出于对老黑的顾惜，王世贞将其"发展"成了镇保安队的队员。对此，小说中是这样写的："爹再一死，老黑成了孤儿，王世贞帮着把人埋了，给老黑说：你小人可怜，跟我去吃粮吧。吃粮就是背枪，背枪当了兵的人又叫粮子，老黑就成了正阳镇保安队的粮子。"如果我们从革命的角度来看，镇保安队完全属于"反动武装"。老黑就是为了"吃饭"、为了"活命"而加入了"反动武装"。

充当了"粮子"，背上枪后，老黑本性中蛮暴的一面开始发挥——"老黑有了枪，枪好像就是从身上长出来的一样，使用自如。他不用擦拭着养枪，他说枪要给喂吃的，见老鹰打老鹰，见燕子打燕子，街巷里狗卧在路上了，他骂：

避！狗不知道避开，那枪就胃口饥了，叭的放一枪，子弹是蘸了唾沫的，打过去狗头就炸了，把一条舌头崩出来。"这分明是一个横行乡里的恶棍形象。而就是这个恶棍，却因为对王世贞的忠诚而深得信任，被擢升为排长。小说中写过两件事情：一是有一个夜晚王世贞在保长家喝酒时，担任警戒的老黑误将趴在墙头上"看稀罕"的村人当成夜猫而打死；另一件是他为讨王与姨太太的欢心而不惜性命，冒险横越深涧上的朽木。这两件事情很充分地说明，老黑的本性中存在着连王世贞的姨太太都曾观察到的"可怕"的方面，那就是：他连"自己的命都不惜了，还会顾及别人？"老黑这一不惜人命的本性，也为后来的一切所证明。

老黑起初参加革命，当然是因为李得胜的动员。但有异于主流意识形态革命叙述的是，李得胜并未对老黑进行过什么有效的革命启蒙，虽然他向老黑介绍了"国家现在军阀割据，四分五裂，一切都混乱着"的情况，老黑对此也很"好奇"，但对这一切，老黑的理解却仅仅是"谁有了枪谁就是王"，并不愿意更多地了解李得胜本来想进一步介绍的"共产党"和"延安"的情况，所以在最后，李得胜对老黑的"革命动员"退求其次地下降了一个层面，专门迎合老黑"有枪就是草头王"的固有观念——

李得胜说：要混就混个名堂，你想不想自己拉杆子？老黑从
来没有想到过自己要拉杆子，眼睛睁得铜铃大，说：拉杆子?!李
得胜说：要干了咱一起干！

——就是这样，以李得胜为代表的"革命"利用或迎合老黑的暴力本性和他对暴力的迷恋与崇拜，接着又以类似于《三国演义》中曹操一样的残酷与奸诈而与老黑共同杀害了善待他们的无辜老汉，情势所逼，终于使老黑走上了"革命"的道路。

"革命"后的老黑，本性依旧，只是这种本性在革命的意义上，具有了舍生忘死的英雄色彩，秦岭游击队，也在他和李得胜为首的游击队的出生入死中不断地发展壮大。作品充分书写了老黑在后来如何枪杀王世贞，动员雷布、三海和匡三等人参加革命，又如何不忍受辱杀死四凤的过程。老黑被俘后的英勇就义，写得尤为壮烈。老黑完全算得上是一个惊天动地的革命烈士。

但是在另一方面，老黑对革命，却又一直不甚了了。起初他参加革命，正如我们在前面所分析的，并不是由于他对革命有丝毫的认识。参加革命以后，

他也对革命谈不上什么深入的理解。一个非常生动的场景是，当有一次他和李得胜等几十个游击队员在黄柏岔村吃喝了后——

> 李得胜趴在炕上，用另一只手给他们写了欠条，说革命成功了，拿这欠条到苏维埃政府兑钱，兑三倍钱！

> 这些山民不知道苏维埃是什么，连老黑都不知道。那两户人把欠条拿走了，老黑说：苏维埃政府？李得胜说：那就是咱们的政府。老黑说：咱们还真会有政府？李得胜说：这就是革命的目的！

实际上在作品中，除了李得胜，不管是老百姓，还是老黑、匡三和雷布他们这些游击队员，都对革命不甚了了。否则雷布就不会在写出"参加游击队，消灭反动派"和"建立秦岭苏维埃"这样的"革命标语"后，近乎解构性地加上一条——"打出秦岭进省城，一人领个女学生"！老黑们的革命，混杂着一股原始蒙昧的力量，这种力量，不管是老黑的嗜血与蛮暴，还是匡三的异于常人的口腹之欲，或者是雷布的标语所道明的"打出秦岭进省城，一人领个女学生"等等，都出于人的本性与本能，所以当外在的革命激发、迎合、满足或释放出这些本性与本能时，革命的力量便尤其强大——这就是《老生》在后来的讲述中所次第展开的历史的洪流。

四

历史的洪流滚滚向前，在《老生》后来的历史讲述中，上述原始性的本性和本能进一步借助于"阶级""意识形态"和"民族国家"等现代性建制而合法化，它们不断释放，并且和权力紧密结合，从而演变成精神和肉体的双重暴力，制造了大量的人间惨剧。

《老生》的第二个故事讲的是"土改"。在这个故事中，以老城村为代表的乡土中国开始实行阶级划分，每一个农民家庭，都将按照拥有的土地被赋予"地主""富农""中农"和"贫农"等阶级身份，从而被纳入新的乡村结构，这个结构中实际上的核心人物，就是农会副主任马生。

由于时间关系，本文的上一部分未及展开分析《老生》第一个故事中的另外一个重要人物匡三。其实相对于老黑的蛮暴，匡三的异于常人的口腹之欲，特别是他的流氓习气，属于另外一种被革命所满足与释放的本性与本能。老黑性格的结果，是他的壮烈牺牲；而匡三却在革命成功后成了一个大军区的司令员，真正享受了革命的成果。对于匡三的精神性格，《老生》的第一个故事有很充分的书写，我们虽然未及分析，但这种性格，却生生不息地为后来者所继承，这里的马生，便是典型。

马生的参加革命，与当年的匡三一样，都是为了口腹之欲。作为一个乡野游民，马生偶然被任命为农会领导，从而加入革命队伍，进入了乡村权力的中心。对于这一"偶然"，小说中有这样的叙述：

> 白石要村民推选代表，村里人召集不起来，白石就问爹看谁能当代表，白河说了几个人，可这几个人都是忙着要犁地呀，不肯去。马生说：我没地犁，我去。却又问：乡政府管不管饭？白石说：你咋只为嘴？马生说：千里做官都是为了吃穿，谁不为个嘴？！

但就是这样一个被正经务农的人们所睥睨与不屑的乡村混混，却被乡长相中。乡长听说马生的情况后，对白石说："你说马生是混混，搞"土改"还得有些混气的人，让他当副主任"。这就是马生的革命缘起。本质上和匡三一样，他的"只为嘴"，是他加入革命的最为基本的驱动力量，而他的"混气"，则成了他的革命优势和革命资本。在接下来的整个"土改"运动中，马生依靠自己的政治权力，不仅自己飞扬跋扈，无恶不作，欺辱妇女，做尽了很多龌龊下流的勾当，而且还动员和利用群众，在老城村形成了整体性的暴力氛围。王家芳、张高桂和李长夏等地主分子所承受的，一方面是随时随地的身体暴力，遭受马生与群众的批斗与吊打；另一方面是各种形式的精神折磨，从土地被分的致气，到阶级歧视和妻子遭辱。小说所写的张高桂的哭、李长夏的哭，还有王财东最后的受辱致死，都体现了精神暴力的严重。"土改"故事中的马生，暴力与流氓的本性借助于政治权力，再加上乡村群众的集体参与与支持，终于如唱师所指出的："在他手里是死了不少人哩。"在研究当代中国文学中的"土改"题材时，陈思和教授所描绘的"土改"暴力的几个层次，即"占据核心地位的是游民阶层的痞子因素，进而利用了混乱的群众心理传染给一般的成员，再进而就构成群体的暴力行为"[①]，又一次得到了活生生的演绎。

---

① 陈思和：《六十年文学话土改》，见《萍水文字》，上海文艺出版社2011年版，第84页。

五

《老生》的第三个和第四个故事，主要讲述的是"文革"时期和"改革"时代的故事。这两个不仅互相之间极为不同，它们与前两个故事所讲述的"内战"与"土改"，无疑也有很大差异。但是在另一方面，某种内在的一致性，仍然贯穿其中。在关于"文革"的第三个故事中，无论是"过风楼""棋盘村"，还是专门用于劳动改造的"窑场"，都不过是第二个故事中老城村的另一种形式。过风楼的公社书记老皮、棋盘村的村长冯蟹和窑场负责人闫立本在精神性格上都有匡三和马生的影子，特别是冯蟹，基本上就是马生的变体与再世，就是"文革"中的马生。故事中的张收成、苗天义和马立春等"革命对象"，也像老城村的地主王财东、张高桂和李长夏一样，饱受羞辱与迫害。而冯蟹和张收成们，则是既会从事生产劳动也会互相检举揭发的"革命群众"。只不过在那个时代，冯蟹们的流氓本性与暴力本能结合"群众"，结合这样的"革命"，更是肆意妄为，其对"革命对象"在精神和肉体上的双重摧残，更是令人发指，无以复加。关于"改革"的第四个故事，写的则是当归村。当归村故事中的核心人物是戏生这一革命后代，与前三个故事中的"革命前辈"不同，戏生的欲望主要是发财，为了发财，他既能与妻子荞荞勤苦采药，也能够种植当归，从事批发，并且像现实生活中曾经发生过的"周老虎"事件中的那位主角一样，半推半就地演绎起一出同样的事件来欺骗社会。从中我们发现，在戏生这个革命后代身上，发财致富的本能欲望已经取代了前辈们的暴力本能，无论情势有何变化，他都能在新的乡村结构中处于中心性的地位，起到领导或示范性的作用。我一直以为，小说第一个故事中的老黑和匡三这两个人物，实际上在整个作品所要讲述的"中国"中有一种原型性的意义。老黑的嗜血与暴力，在马生和冯蟹等人身上看得很清楚；而匡三的混混习气，也被马生和冯蟹等人所继承与发扬。我们毋宁说，马生和冯蟹们，实际上就是当年老黑与匡三精神性格的混合。不过在小说第一个故事中的匡三身上，还有一种非常突出的性格，那就是对食物有着极其敏感与夸张的欲望，异常贪吃。作家的这一设置与处理其实有着很深的用意，对于这一深意，只有到戏生这里，我们才能够真正领会。戏生的致富本能，我们正可以看成是匡三"物欲"本能历史性的复现与发展。所以在作品中，戏生千方百计地要去攀识与拜访匡三司令，便有一种认祖归宗的意味。至此我们也发现，历史似乎亘古难变，雄踞其上和万变不离其宗的，仍然是当年的匡三们。匡三们的神话，永远都在等待着我们的膜拜。

从当年的老黑与匡三们开始，中间经过马生们和冯蟹们，一直到戏生们，贾平凹的《老生》，终于完成了其对"中国"的讲述。贾平凹的讲述充满了悲情。一方面，个体生命的年过花甲需要进行"真诚"的"整理"①，讲述出那些以往"不愿想"也"不愿讲"的东西；另一方面，与其生命密切相关的中国历史也迫切需要深刻的总结，讲述中国，讲述革命以来的现代中国，正是很多作家奋力从事的工作。贾平凹的方法与众不同，他选择化身为唱师这一非常独特的讲述者形象，不仅以个体超越诸般，还以对《山海经》的释读贯穿始终，在拉开天地洪荒这一巨大时空的同时，置中国的百年痛史于其间，用一场瘟疫，用一种近乎决绝的巨大悲情进行了一场象征性的埋葬。"烟雾腾腾"之际，这样的讲述或这样的"告别"自然有浑茫，但就在这浑茫之中，历史的秘密复又隐现，有一些本能——一些近乎原始的生命的本能——几乎从革命的起源开始，实际上就隐含于历史，支配着历史。《山海经》映衬下的现代以来的中国历史也许只算是"一瞬"，但就在这"一瞬"之间，无数生灵生生死死。我们在历史中蒙昧的挣扎和我们对历史蒙昧的认识，迫切需要能有方法来进行深刻有力的揭示。贾平凹的《老生》，无论是对他本人的创作，还是对我们的文学来说，兴许都是一种新的开始。

（原载《当代作家评论》，2015 年第 1 期）

---

① 贾平凹：《带灯》，人民文学出版社2013年版，第357页。

"读史者"·暴力·招魂

——《老生》的三个关键词

金 理

贾平凹近些年来的几部标志性的长篇，其思索重心有着一脉相承的主题，比如乡村中国的历史与现实，人间暴力的肆虐与循环，而每一部都卷帙浩大又章法谨严。

步入耳顺之年，贾平凹不由得在《老生》后记中一再感慨"现在我是老了"，但是他近年来贡献的这些长篇，如同一次次积聚精力，向文学巅峰的攀登。诚如评论家何平所言："在当下中国文学中，年轻的作家们却更可能是文学教条的抱守者，而让贾平凹这样的'渐生老态'的作家领了勤勉和先锋的风气。"[1]贾平凹近年的写作，完全可以用萨义德意义上的"晚期风格"来形容，与流行作品形成反差，"在人们期盼平静和成熟的时候，却碰到了耸立着的、艰难的和固执的——也许是野蛮的——挑战"，"在大胆的和令人吃惊的新颖性方面走在了时代前面"[2]。

一

小说一开篇，《山海经》的引文之后，有一段教师与学生关于《山海经》的问答，如同过渡一般，将《山海经》由"经"转"史"：《山海经》的"经"，不同于《易经》《道德经》，而是"经历"，记录上古人如何"在生存的过程中观察着自然，认识着自然，适应着自然"。在"读史"氛围的烘托中，小说的"主部"粉墨

---

[1] 何平：《存在"美好的暴力"吗？——贾平凹小说三十年片论》，载《扬子江评论》2015年第5期。

[2] 萨义德：《论晚期风格》，生活·读书·新知三联书店2009年版，第1、3—5、10、11、134页。

登场。《老生》就由上述三个文本构成：一是《山海经》文本，二是问答文本，三是故事文本。

类似结构贾平凹此前也曾尝试过，教师向学生讲授《山海经》，让人想起《古炉》中的善人"传书"给狗尿苔；但也有区别：善人、狗尿苔都是历史的实际参与者，但是《老生》中的孩子、教师并不在过往的历史中，即便是唱师经历了那么多的时代，但他和每一段历史的实际进程都保持着距离。在第三个文本即故事文本中，唱师以"我"／第一人称现身，似乎这个层面的故事是由唱师叙述的。但是，诸如李得胜与老黑枪杀跛子老汉，马生满村里转悠听人家窗根等情节，全属"四下无人"之际，外在于唱师的实际经历，唱师是无法窥测的。当然，唱师留下了那么多"玄乎的传说"，秉乎此通天晓地的神通，他自然当得起全知叙述者的角色。不过，在故事文本中，唱师的存在近乎"透明"，不干涉事件流程，不用自己的经验去"过滤"情节的叙述。似乎有意地，要从历史中隐身而退，如《老生》后记所言，"世事'解衣磅礴'，他独自'燕处超然'"，变成一个置身事外的阅读历史、记录历史的人，或者用孟悦的概念——"读史者"[1]。

在中国上古时代，文化活动由巫、史两类人执掌。"前者主要负责祭祀、占卜等沟通人神的活动，后者主要负责君主言行、国家重大事件的记载及文献的整理与收藏"[2]，巫史相通，他们往往职能互兼。同时，史与书面文献的形成直接相关，巫主持祭祀仪式需要具备特殊语言修养（《说文》释"祠"字："春祭曰祠，品物少、多文辞也"），也就是说，巫与史擅长文辞、讲究文采，是文学源起时的主要担当者。《老生》一开篇就敷衍唱师的神迹，"一辈子在阳界阴界往来，和死人活人打交道"；且通古今之变，"二百年来秦岭的天上地下，天地之间的任何事情"无所不知；他还一度担任"秦岭革命斗争史"编写组组长。由这样一个人物来回忆成篇——巫、史、文学，在《老生》中形成有机而神秘的关联。唱师是一位特殊的"读史者"。

我们记得鲁迅笔下"翻开历史一查"的狂人就是一个伟大的"读史者"，"文革"之后所谓新时期文学中也诞生过一批"读史者"。但是《老生》中的"读史者"既不是革命者，也不是启蒙者，非常特殊。比如，在他所呈现出的历史记忆中，正义与非正义好像没有特别清晰的区分，也没有为恶行、暴力承担责任

---

① 孟悦：《历史与叙述》，陕西人民教育出版社1998年版，第17—28页。

② 骆玉明：《简明中国文学史》，复旦大学出版社2004年版，第5页。

的明确的坏人，每个人的行动在其具体语境中似乎都有正当理由，没办法"归罪"……如果有这样一些元素的话，那么即便历史在回忆中"往事不堪回首"，但是未来的光明是指日可待的。而《老生》不想提供这种乐观的想象，因为这个"读史者"的存在，小说的故事文本在叙述时变得冷静、超脱。

第三个故事里有个孩子叫墓生，这个人出场的时候我觉得似曾相识，有点像《古炉》中的狗尿苔、《秦腔》中的引生。他们的共同特点是弱小、丑陋，经常被周围人欺负，但是又精怪、天赋异禀。墓生是孤儿，长不大，"十七岁啦怎么倒像是八九岁的孩子"，周围人"喜欢使唤他，拿他取乐"，而只要他"脑子里嗡嗡一下"，就预示着特殊的事情要发生，按刘学仁的话说是"预感灾难"……但墓生与狗尿苔的区别更为重要：狗尿苔看似弱小，但在《古炉》中承担关键作用①，在一场浩劫之后，就剩下了狗尿苔，仿佛一位救赎的"天使"，站在暴力收束、历史重启的当口，向未来投去温情的一瞥。"天使"这个词是贾平凹在《古炉》后记中的用词。"狗尿苔，那个可怜可爱的孩子，……狗尿苔会不会就是我呢？我喜欢着这个人物，……在我意念里，他也是神明赋给了我的狗尿苔，我也恍恍惚惚认定狗尿苔其实是一位天使。"类似狗尿苔，以及站在他身边的蚕婆、善人等形象，在贾平凹的作品中多有现身，他们是一种指向性、方案性的人物，也就是说，作家在这类人物身上寄托了太多的期待，有时甚至显得过于浪漫、抒情。但是《老生》中这类人物阙如，墓生身上没有这些寄托。他差点让我觉得故人重来，但在第三个故事的结尾就死了，而且死得很难看，"掉下来石头插进了脑顶"。这一笔，真是抽刀断水的冷峻，没有半点拖泥带水。我觉得这是《老生》所体现的变化之一，"读史者"读出的历史图景无明、无解，是不是有点像贾平凹所致敬的《红楼梦》背后的那种"大荒"？而这位"读史者"如此冷峻、不动声色、拒绝抛出教条或天真的微言大义。

二

《老生》中的"读史者"所"阅读"的核心主题，是暴力。

在革命时代游击队与保安团的互相虐杀中，在马生发动的"土改"过程中，在合作化时期收容劳动改造者的黑龙口砖瓦窑内，甚至在改革开放后双全和平

---

① 金理：《历史深处的花开，余香犹在？——〈古炉〉读札》，载《当代作家评论》2011年第5期。

顺的破棚子里，都留下了暴力的斑斑血迹。除此之外，《老生》还展示了另外一种更加隐蔽、内在却同样触目惊心的"软暴力"。这种直指人性、内心世界的暴力，与史学家高华先生所谓"无限革命"有关：按照一般理解，革命的目标是改变束缚社会经济发展的政治和经济秩序，"革命不进入最后的思想领域——虽然任何革命必然触及一定的思想层面"，这是"有限革命"；而"无限革命会螺旋式地不断向更高层面发展，比如说，夺取政权以后，还要进行精神和灵魂领域的革命"。[①] 中国革命讲究"灵魂深处闹革命""狠斗私字一闪念"，贾平凹年少时作为黑五类子弟，"经历了农民在无产阶级专政下如何整肃、改造、统一着思想和行为"，作家对这段经历想必刻骨铭心。《老生》第三个故事中的刘学仁深谙此道，甚至与冯蟹发生"治理术"的分歧，后者主张"心硬手狠"，前者则在显性的暴力压制之外，指出"管人是要让人怕你，但要长期管住人，那得把他的心魂控制住"。刘学仁还期待"国家生产一种药，让人一吃，这心门就往出吐秘密"，甚至突发奇想调查村人"做过什么梦"，"然后整夜整夜在那里琢磨这些梦是什么意思"……乍看近乎荒诞。刘学仁主导的正是一种形式的"无限革命"。

"有限革命"接通的是古典原则，罗马哲人塞涅卡在《自然问题》中讨论宙斯的"霹雳"，认为宙斯是以此教导执掌刑罚的人间主权者量刑施罚、不要逾矩——主权者的权力只能触及身体与"外在事物"，精神与"内在王国"却保持独立，"认为奴役的状态透了被奴役者的存在整体的至深之处的想法是错误的；他的存在中的优质部分并不受奴役：只有身体被主人役使，而精神依然独立。……'内在王国'与外在的政治权威没有直接关系，它只接受神的管辖，因为只有神的智慧才能够探达人心的幽暗所在"[②]。也许正是在这一意义上，福柯认为古希腊人的自我控制恰好是一种自由实践，"人们对自己欲望的控制是完全自主的，在这种自我控制中，人们获得了自由"。福柯讨论的主题是"自我技术"的转变。所谓"自我技术"，是"使个体能够通过自己的力量，或者他人的帮助，进行一系列对他们自身的身体及灵魂、思想、行为、存在方式的操控，以此达成自我的转变"。在福柯看来，希腊人的自由践行到斯多葛派那里变成一

---

① 高华：《革命叙事的兴起、延续与转型——高华访谈》，见《历史笔记》（Ⅱ），牛津大学出版社2014年版，第521页。

② 林国华：《"那杀身体的杀不了灵魂"》，见《在灵泊深处：西洋文史发微》，北京大学出版社2014年版，第7页。

种自我改造，"让既定真理进入主体之中，被主体消化和吸收，使之为再次进入现实做好准备"；此后再到基督教，"关注自我的技术，通过对罪的忏悔、暴露、坦承和诉说，把自己倾空，从而放弃现世、婚姻和肉体，最终放弃自己"。①这种自我弃绝式的"自我技术"在现代社会依然存在，比如《老生》第四个故事中的老虎事件，戏生一开始是清醒的，"我爹小时候也没听说过咱这儿有老虎"，但是在老余的"循循善诱"之下，戏生在照片上"看到"了老虎，一遍遍喃喃自语"就是见过么"，相信"老虎是真的"……这一幕恰似福柯所谓"自己倾空式"的"治理术"。还是旁观者荞荞总结得透彻——"你哄了你！"

各种形式的暴力绵延在历史时间之中。"《老生》中，人和社会的关系，人和物的关系，人和人的关系，是那样的紧张而错综复杂，它是有着清白和温暖，有着混乱和凄苦，更有着残酷，血腥，丑恶，荒唐。这一切似乎远了或渐渐远去，人的秉性是过上了好光景就容易忘却以前的穷日子，发了财便不再提当年的偷鸡摸狗，但百多十年来，我们就是这样过来的，我们就是如此的出身和履历，我们已经在苦味的土壤上长成了苦菜。"②文学对抗着遗忘，贾平凹要抖开我们"出身和履历"中的老底子。人的秉性自然是过上好光景就遗忘当年的穷日子，但也存在另外一种情形，因为当下的不如意而粉饰当年的苦出身，以今日之"无"在历史上投射"有"(有的时候这种"投射"变为虚造)。20世纪80年代启动的现代化经过了三十年的实践，暴露出一系列积重难返的矛盾与困难，于是有不少人在身陷当下焦虑的同时，将此前那个特殊的历史年代奉为理想的乌托邦，从今天的"匮乏"出发去附会过往的"丰富"，过往在今天的回望视野中，曾有过的"残酷，血腥，丑恶，荒唐"一一刊落殆尽。如此来看，贾平凹执拗地抖出老底就不啻一记棒喝。

"如果从某个角度上讲，文学就是记忆的，那么生活就是关系的。……当文学在叙述记忆时，表达的是生活，表达生活当然就要写关系。"暴力也是一种"关系"，借《山海经》问答中的话来讲，"世界就是阴阳共生魔道一起么，摩擦冲突对抗，生生死死，沉沉浮浮"。描述这种"关系"的纠葛，尤其当涉及底层暴力的发动与弱者正义的诉求时，必须将文学的视野带入复杂性丛生的模糊地带。财主王世贞是一个立体性的人物，他施恩、善待老黑，体现出中国传统乡

---

① 汪民安：《福柯读本》，北京大学出版社2010年版，"编者前言"、第241页。
② 贾平凹：《老生》，人民文学出版社2014年版，第293页。

绅教化民众、造福乡里的一面；但是他处置四凤的那一幕，不动声色间尽显阴冷残酷。民众在面对暴政的时候，有唤回革命的自然权利，这是中国现代革命起源的合法性奠基。但偏偏老黑和李得胜的揭竿而起中，还暗含着一个"曹操杀吕伯奢"的故事：两人要闹革命了，正好碰到一个跛子老汉，热情地在家中招待他们吃喝，中间这个老汉出门去摘花椒叶子，却被李得胜误会去告密而一枪打死。以无辜者的鲜血祭旗，这是传统落草的纳投名状，还是现代革命的发动？其合法性到底在哪里？而游击队打出的标语中赫然有一条——"打出秦岭进省城，一人领个女学生！"这与王世贞处置四凤，有无区别？底层反抗的暴力能够终结暴力的循环吗？

揭出现代革命起源中的血污和伪造，同时也不全面认同改革时代的当下。我们都还记得《浮躁》曾经对改革启动后的中国未来抱以明朗而乐观的想象，而《老生》的第四个故事，基本上改写了贾平凹的前作。在老余和戏生的发展规划下，当归村不断引爆"新的经济增长点"——种植农副产品、申报老虎保护区、发展药材经济，老余官路青云直上，戏生成为致富模范，但最终迎来的却是一场瘟疫，原来富甲一方的当归村"成了瘟疫中秦岭里死亡人数最多的村寨"……繁华尽头，只留下死寂中的累累坟丘。在关于《山海经》的一段问答中，还借了一位哲者的语录："现在的人太有应当的想法了，而一切的应当却使得我们人类的头脑越来越病态。我告诉你一段话吧：纯然存在的美，那属于本性的无限光芒。树木不知道十诫，小鸟也不读《圣经》，只有人类为自己创造了这个难题，谴责自己的本性，于是变得四分五裂，变得精神错乱。"这帖具有卢梭气息的药方，是贾平凹针对"后三十年"的对症下药？说实话，初读到这里，我不免嘀咕，现在的时代是否还存在可供白土和玉镯隐逸的"首阳山"？贾平凹的这番理解，是否忽视了改革时代的复杂性？他在书写革命时代的故事时，到底如何拆解底层正义的诉求与"暴力的美化"之间的缠夹？[①]

三

论者皆注意到贾平凹近年长篇中的"互文性"，几乎每一部都有多种文本的参与：《秦腔》里的唱词、曲谱，《古炉》里的《王凤仪言行录》，《带灯》里的短

---

① 何平：《存在"美好的暴力"吗？——贾平凹小说三十年片论》，载《扬子江评论》2015年第5期。

信，《老生》里的《山海经》……这种洋洋大观的互文性经营，确实令人叹为观止。《山海经》充满怪力乱神，被明代胡应麟称为"古今语怪之祖"。贾平凹自小在山区见惯"装神弄鬼这一类事情"，作品中多有"神神秘秘的东西"①，《老生》中自然也写入不少"灵异事"（诸如"龙从天上下来与牛交配"），某种程度上确实与《山海经》有同构性。但据贾平凹来看，《山海经》又是一部"经天纬地"之书。他借小说中教师之口讲解道，此书"仰观天以取象，提升人的精神和灵魂，俯察地以得式，制定生存的道德法则"。正如张学昕教授指出的，《山海经》指示的秩序井然和小说所反映人间现实的混乱无解，又构成对照。②

除此之外，我想贾平凹近年的长篇小说中还有一个极为特殊的"副文本"，就是每一部书的后记，它们不是追加、附带说明性质的，而是小说不可或缺的有机组成部分。尤其《老生》的后记和小说的正文构成一种悖反性的关系。这一悖反性让我想起古人韩愈的一篇《画记》。苏东坡很看不上这篇文章，"仆尝谓退之《画记》近似甲名帐耳，了无可观，世人识真者少，可叹亦可愍也"（《东坡志林》卷二）。但日本学者川合康三对此却有新颖的解释：《画记》"前面的三分之二，相当平静地、故意枯燥无味地记述画上的物事"，其规避主观性的叙述确如"甲名帐"；"后面的三分之一像是后记，说明写作该文的原委"，"转而写万感填膺的人事"，"这前后对照之妙，不用说是韩愈有意创造的"。韩愈后来在墓志铭的写作中也屡屡尝试这一手法，"在前面的'序'中，不带感情地平淡记述人的经历，一到最后'铭'的部分，哀悼伤逝之情一气喷涌而出"。川合康三将此推为"韩愈探究新的文学形式的一个尝试"。③贾平凹未必是作有意尝试，也不用拔高，但上引例证，倒能启发我们正文与后记间悖反性的辩证。

如前文所言，因为那个特殊的"读史者"的存在，《老生》正文冷峻、超然，"没有私心偏见"，说"公道话"，甚至摒弃武断的道德评判。借一位史家所言，"采取这样的立场并非表示我们对人类的受苦必须无动于衷，或是对道德置之不理，或甚至是认为极端的手段有其必要。问题的关键在于，对历史采取道德诠释并不恰当，无视时空背景就贸然地问：'为何不依照我认为合理的方式出

---

① 贾平凹、韩鲁华：《关于小说创作的答问》，载《当代作家评论》1993年第1期。

② 见张学昕2014年12月6日在《老生》研讨会上的发言。

③ 川合康三：《韩愈探究文学样式的尝试》，见《终南山的变容：中唐文学论集》，刘维治、张剑、蒋寅译，上海古籍出版社2013年版，第190—193页。

现?'不是应有的态度",我们更关心的问题是"为何以这种方式出现"。①贾平凹写完《老生》后感慨:"我们生活在这个时代,以前是贫穷,运动不断,吃不饱肚子,很有秩序但没自由;现在市场经济了,知道了什么是民主富强尊严,反倒更不满足了,追逐权力和金钱,道德沦丧,风气败坏。我们就生活在这两种环境中,构成了我们的命运,在命运中生成了我们的品种。"②就像小说所昭示的,这些个时代中都"有着清白和温暖,有着混乱和凄苦,更有着残酷,血腥,丑恶,荒唐",我们应该"没有私心偏见"地去辨析"风风雨雨的泥泞路上"我们一路走来的履迹,我们生活的环境与命运的构成。以不同时代的互相观照来展开反思,追问"为何以这种方式出现"。这样的反思才是"有效"的,这也就是贾平凹所谓的"老老实实地去呈现过去的国情、世情、民情"。在此意义上,《老生》多少具备了"诗史"的品性。

与正文的冷峻、超然构成悖反的是,贾平凹在后记中特别地絮叨、动情,非常强烈地期待读者去理解其创作《老生》的初衷,压在纸背后的寄托与责任感至此遏抑不住、喷涌而出——

> 在灰腾腾的烟雾里,记忆我所知道的百多十年,时代风云激荡,社会几经转型,战争,动乱,灾荒,革命,运动,改革,在为了活得温饱,活得安生,活出人样,我的爷爷做了什么,我的父亲做了什么,故乡人都做了什么,我和我的儿孙又做了什么,哪些是荣光体面,哪些是龌龊罪过?太多的变数啊,沧海桑田,沉浮无定,有许许多多的事一闭眼就想起,有许许多多的事总不愿去想,有许许多多的事常在讲,有许许多多的事总不愿去讲。能想的能讲的已差不多都写在了我以往的书里,而不愿想不愿讲的,到我年龄花甲了,却怎能不想不讲啊?!③

如前文所言,"暴力"所蕴藉的复杂性,仅以一部《老生》是无法周彻辨析的,这本就是史学、政治哲学争论不休的课题。贾平凹深知文学不以思辨见长,

---

① 杨奎松:《大历史、小道德——黄仁宇〈黄河青山〉一书读后》,见《开卷有疑:中国现代史读书札记》,江西人民出版社2009年版,第152页。

② 贾平凹:《文学为转型社会"招魂"》,载《文汇报》2014年12月14日。

③ 贾平凹:《老生》,人民文学出版社2014年版,第291页。

"文学开不了药方，却可以招魂"①。那么，何谓"招魂"？

　　美国汉学家罗威廉《红雨》一书，以湖北麻城为例，探访中国农村社会的暴力史，认为暴力不绝如缕的内在动因之一是某种文化心理。主流的儒家文化既以"礼治"来约束暴力，但精英和民间又都崇拜"英雄好汉"，容忍通过某种得到认可的暴力来解决问题、"以暴制暴"，"中国文化内部其实为'被许可的'暴力提供了充裕的空间"②。故而，县志、碑传、文集等官方记录和精英文献中，以及民间传说、历史遗迹中，都能看到强烈而持久的暴力传统，它已经嵌入了地方文化和集体记忆之中。在《老生》里，秦岭市委要编写一部当地革命斗争史，已成的回忆录"篇幅极少地提及了匡三司令"，惹得匡三大发雷霆，命令重写，唱师还一度被委任为编写组组长，但终被撤职。我们可以设想，匡三司令需要的是一部什么样的"历史"，其中必然改写自身在历史进程中的地位，以"英雄人物"的姿态提供举足轻重的作用，用浪漫主义色彩来调和、稀释血迹，用革命的合法性来论证暴力故事的必要性……也就是说，在匡三需要的历史中，对于暴力的审视一次次逃逸、滑脱，甚至这部历史本身就可能成为助长暴力传统的土壤。在文本内，唱师被剥夺了书写历史的资格，匡三高寿，唱师却活得比匡三更长久，以一曲曲阴歌留存于天地间。在文本外，作家贾平凹借一个"读史者"的叙述人，以文学之笔写就历史记忆。而这部"诗史"的抗辩对象，正是"匡三历史"的书写核心——暴力之所以挥之不去，超越经济发展、政治变迁、意识形态更替，是因为暴力不仅是一种行为，还关涉与之形成亲和性的文化与心性。

　　瘟疫过后的世界一片死寂，唱师老死，当归村人无家可归，只留下"白茫茫一片大地真干净"……小说终结了，但文本中升腾起一面招魂的幡，洞开暴力酝酿的因子，它会慰安、清净我们现实中无处归依的灵魂么？

（原载《小说评论》，2015 年第 2 期）

---

①　贾平凹：《文学为转型社会"招魂"》，载《文汇报》2014年12月14日。

②　罗威廉：《红雨：一个中国县域七个世纪的暴力史》，李里峰等译，中国人民大学出版社2014年版，第5页。

《老生》的结构与意象

张晓琴

　　贾平凹是自我阐释能力很强的作家，几乎他的每一部长篇小说都有后记。这些后记最为重要的意义在于作家文学观的阐发，与其所牵涉的长篇小说共同构成了一个独特的文学空间。然而，这些文章给阅读与批评提供了重要的线索，却也带来了批评的难度。《老生》也不例外，后记中对于这部作品写作的初衷、历史与命运、故事与人物，甚至书名等细微之处都有不同程度的阐释。要深入阐述《老生》，就不能不考虑贾平凹本人的创作初衷，唯此方可看清其外在结构，进入其内里经纬。

一种小说中国的方式

　　贾平凹似乎决意要为《老生》设计一种精致高超的艺术结构。面对《老生》，我想起了纳博科夫的话："风格和结构是一部书的精华，伟大的思想不过是空洞的废话。"①2014年出现了许多在小说结构与叙事形式上创新的长篇小说，这或许是作家们拥有文化自觉和文化自信之后，在如何传达中国经验、讲述中国故事方面产生的焦虑与探索，似乎现在最大的问题就是如何讲好中国故事。在这一点上，《老生》是成功的，它是2014年长篇小说最为奇异的收获。

　　《老生》是立体的。它的整体结构独特，内部采用多声部配合的结构方式，且结构的转换精巧自然。这样的艺术结构与贾平凹以往的小说迥然不同。总体看来，《老生》主体部分由四个故事构成，同时又辅之以开头、结尾。每个故事的名称就是"第几个故事"，这些标题的字体也与正文不一样。其中每个故事长度大约七十页，第四个故事稍长，约八十页。开头不到六页，结尾约四页。这种凤头猪肚豹尾的结构是一种典型的中国古典小说的结构方式，但其内部却极

---

① 约翰·厄普代克：《文学讲稿·前言》，见《文学讲稿》，申慧辉等译，生活·读书·新知三联书店1991年版，第12页。

为丰厚、复杂。

《老生》是时空交错的。四个故事在纵向的时间上交错，在横向的空间中位移。小说中有两重叙事时间。一个是属于作者的叙事时间，共二十七天：老唱师不吃不喝二十天，放羊人的孩子回来又三天，又请来饱学之人讲《山海经》四天，至老唱师离开人世。另一个则是老唱师的叙事时间，大约一百年。也就是说，老师给孩子讲《山海经》的四天，老唱师讲了百年间秦岭不同地点的四个故事。

既然主体部分名为"故事"，那么谁来讲故事，讲什么故事？《老生》中讲故事的老唱师可以看作老生，他见证和讲述的百年中国的四个故事是小说的重心所在。老生的声音是小说最重要的一个声部。与此同时，小说又在每一个故事中间穿插了一位饱学之人给放羊人的孩子讲述《山海经》的声音，这是小说的又一个声部。这两重声音共同构成了《老生》的复调性质。当然，这只是就小说整体而言的，具体到每一重声音内部，又由多重声音构成，比如《山海经》部分既有老师讲的声音，又有师生问答的声音。这种多声部配合的结构方式是一种文学对于音乐的移植，在复杂的声音中获得小说的丰富性与深厚性，获得普通的小说结构难以达到的戏剧性效果。

在多声部同时展开并配合的同时，贾平凹运用巧妙的衔接来完成叙事结构上的转换。小说"开头"部分由秦岭山中的风俗到上元镇到石洞，再到与此相关的人物老生、匡三、放羊人一家及饱学之人。在短短的六页之内完成如此多的转换，却又全无突兀之感。第一个故事从正阳镇的三宗怪事起笔，迅速完成从猫到蛇到人的转换，引出匡三、王世贞、雷布、老黑等人。《老生》中较为独到的是对老生所讲的故事和《山海经》内容的精巧衔接。老生讲故事时的听众是潜在的，是读者，而当饱学之人给孩子讲《山海经》时，他又成了一个潜在的听众，他要讲的故事往往是因窑洞外师生有关《山海经》的对话而起。可以举几个例子来说明：《山海经》中讲到祭祀"白菅为席"，孩子问为什么是白颜色，老师回答："白颜色干净，以示虔诚吧。"老生就以自己的不同理解而开始回忆："这不对吧，之所以丧事用白布用纸，是黑的颜色阳气重……"[1] 第三个故事开头，师生对话中说到名分，老生立刻从名分想到自己在县文工团多少年没有名分的生活。第四个故事开头，放羊人的孩子说"比如古人采草入药"，老生马上

---

[1]　贾平凹：《老生》，人民文学出版社2014年版，第10页。

想到秦岭里的两千多种草能入药，又想到以药材而得名的村庄当归村，由此引出第四个故事。

除以上这些明确的转换与衔接外，贾平凹在叙事视角上的转换往往不着痕迹，让人在阅读时惊喜又惊叹。最令人称道的是小说"开头"部分的最后，先是老唱师感觉到自己的身体变化，同时听见炕席下蚂蚁在爬，蝴蝶要出窑去。这是人物，也就是老唱师的叙事视角，然后，孩子也看见了那只蝴蝶，起身要去逮，老师用钢笔在孩子的头上敲了一下，说：专心！后又描述蝴蝶飞出窑门栖在草丛变成了一朵花。这显然又变成了一种全知全能的叙述视角。

去年出版的《带灯》中，贾平凹已经表现出对叙事的重视，小说中已经出现了叙事的双重结构，对带灯生活的叙述中穿插了数十封带灯写给元天亮的信，二者间的转换主要通过书信的方式完成。但在《老生》中，叙事结构上的转换则显得更加自然流畅，不着痕迹。如果说《带灯》的叙事结构转换是刚性的、直线性的，《老生》中的转换则是柔性的、曲线性的。《老生》结构复杂精巧，叙事形式自由多变，以一种奇特的方式实现了小说中国的初衷。

两重中国的历史空间

如果仅仅停留于小说形式和叙事上的努力，那会走上小说的小道，贾平凹在进行叙事探索的同时，将小说的重心立于中国的历史之中，关注百年中国人的命运，这使得《老生》走在了小说的大道上。贾平凹在《带灯》后记里说自己"到了既喜欢《离骚》，又必须读《山海经》的年纪了"[1]。《山海经》的反复阅读与百年世事的思考形成了一部宏大而诡秘的《老生》，前者以师生诵读《山海经》及有关问答形成了一重远古中国的历史空间，后者则以老唱师的回忆和讲述形成了一重百年中国的历史空间，二者遥相呼应，互为印证。

在四个故事中，饱学之人讲《山海经》，每日一次，每次两节，依次为《南山经》首山系、次山系、次三山系，《西山经》首山系、第二山系、次三山系、次四山系，《北山经》北山首山系，再加上"结尾"部分的《北山经》次二山系，共九节。《山海经》中对这些山水的方位、矿产，以及其中怪异的花草树木飞禽走兽的描述是百年中国故事的一个遥远的精神背景，是贾平凹的一次精神寻祖。

---

[1]　贾平凹：《带灯》，人民文学出版社2013年版，第362页。

贾平凹借饱学之人之口说，《山海经》的"经"，不是经典的意思，是经历，是写人类的成长。《山海经》是九州定制之前的书，"那时人类才开始了解身处的大自然，山是什么山，水是什么水，山水中有什么草木、矿产，飞禽走兽，肯定是见啥都奇怪"。"《山海经》可以说是写人类的成长，在饱闻怪事中逐渐才走向无惊的。"①《山海经》中那些貌似荒诞不经的人类的"经历"其实是早期人类看世界的历史，而这一历史时期是有神的。学生问："……这证明了人已经在那时在耕种，纺织，饲养，冶炼，医疗，那么，这些技能又是怎么来的？"老师答："是神的传授。"学生问："真有神吗？"老师答："……黄帝就是神，伏羲就是神，老鼠和牛也都是神。神或许是人中的先知先觉，他高高能站山顶，又深深能行谷底，参天赞地，育物亲民。"②显然，《山海经》的讲解与师生问答是《老生》的精神背景，它的意义不仅仅在于小说结构上的丰富性，更在于地理历史文化的溯源和哲学思考。

老唱师讲述的四个故事发生地点分别是正阳镇、老城村（岭宁城）、棋盘村（过风楼镇）、当归村（回龙湾镇）。第一个故事大约起于20世纪初，止于1935年。秦岭里开始有了红色革命力量，但并不成气候。老黑和李得胜的陕南游击队最后以惨败而告终。这是整部作品中写得最为惨烈的一部分，尤其是老黑的死。最后，陕南游击队也几乎全军覆没，只剩下匡三一个人去投奔二十五军。第二个故事起于民国三十三年，也就是1944年，重点写"土改"运动，浑水摸鱼的孤儿马生、丢掉性命的地主。这一时期徐副县长让唱师去了县文工团，此后几十年他没有再唱阴歌。中间又穿插了两个无辜者白土和玉镯的故事，这两个人都有痴的一面，他们避开世间纷扰，隐居首阳山至终老。第三个故事大体写合作社道路时期以及其后的大饥饿、政治运动时期，各色人等上演悲喜剧。第四个故事的时间大体是改革开放至今，老余、戏生为了致富不择手段，最后当归村的许多人死于一场外来瘟疫。

这是《老生》的一个百年大事年谱。贾平凹在《老生》后记中说："在灰腾腾的烟雾里，记忆我所知道的百多十年，时代风云激荡，社会几经转型，战争，动乱，灾荒，革命，运动，改革……太多的变数呀，沧海桑田，沉浮无定……而不愿想不愿讲的，到我年龄花甲了，却怎能不想不讲啊?! 这也就是我写《老

---

① 贾平凹：《老生》，人民文学出版社2014年版，第9页。
② 贾平凹：《老生》，人民文学出版社2014年版，第69—70页。

生》的初衷。"①贾平凹写的是百年中国历史。百年中国的四段历史时期，人面临的是不同的生存困境与精神困境，而第四个时期的人却遭遇了最复杂的时代和诱惑。当归村人一心想过上好日子，为此有人在镇上拾破烂，也有人相互残杀（双全和平顺）。戏生当村长出事被撤职，在矿区搞潜规则，接受性贿赂；为了村子的发展在秦岭山中寻老虎不遇，造假被揭穿，后领头种植当归，成了回龙镇首富。戏生一直想见传说中的匡三司令，终于见到后却被误会，极度失落中回当归村，死于瘟疫。这段历史中的一些素材来源于新闻或公众事件，但贾平凹却用一种巧妙的方式让它成为当代历史的一部分，避免了新闻拼接的陷阱，其一个主要的内在原因是他对生活世界的重视与深掘。

贾平凹一直是擅长书写生活的。从陕南的游击队到迅速运转的经济社会，每一时期的国情、世情、民情，都是他要表达的内容。他说："当文学在叙述记忆时，表达的是生活，表达生活当然就要写关系。《老生》中，人和社会的关系，人和物的关系，人和人的关系，是那样的紧张而错综复杂，它是有着清白和温暖，有着混乱和凄苦，更有着残酷，血腥，丑恶，荒唐。"②贾平凹在书写历史时用了一种真诚的态度，不戏说。正因为此，我们在《老生》中看见了百年中国的历史，也看见了百年中国人的命运。

三个讲故事的人

米兰·昆德拉在《小说的艺术》中强调："简化的蛀虫一直在啃噬着人类的生活，现代社会又可怕地强化了这一过程：一个民族的历史被简化为几个事件，而这几个事件又被简化为具有倾向性的阐释；社会生活被简化成政治斗争，而政治斗争被简化为地球上仅有的两个超级大国的对立。"③从这个角度看《老生》，它无疑是丰厚的，贾平凹没有简化历史中的生活和人。

《老生》中人物众多，合上书，他们仍然活生生地行走在秦岭山间，老黑鲁莽残忍、果敢壮烈，白土玉镯善良无辜、远离尘世，戏生通透精灵、高歌呼喊，而更多的人奔走忙碌、逆来顺受……这些人物似乎决意要挣脱贾平凹这个创造者，急于成为一个"自由的人"。贾平凹在塑造人物方面与陀思妥耶夫斯基有相

---

① 贾平凹：《老生》，人民文学出版社2014年版，第291页。
② 贾平凹：《老生》，人民文学出版社2014年版，第293页。
③ 米兰·昆德拉：《小说的艺术》，董强译，上海译文出版社2011年版，第22页。

似性，恰如巴赫金评价陀思妥耶夫斯基："恰似歌德的普罗米修斯，他创造出来的不是无声的奴隶，而是自由的人；这自由的人能够同自己的创造者并肩而立，能够不同意创造者的意见，甚至能反抗他的意见。"①《老生》的所有人物中，唱师和讲《山海经》的饱学之人是关键。这两个人都在讲述中国，但前者讲述自己百年亲历的人事，后者讲述远古祖先经历的山川河流等自然万物。

唱师，也就是老生，是整部作品的灵魂。依书中信息进行推算，老生的年龄至少是在一百二十岁左右。老生每一次唱阴歌都是有指向有意义的。第一个故事结束时，老生为惨死的游击队员唱阴歌，却没有人听。第二个故事中，老生为八个人唱过阴歌，其中最后一个是被强行定为地主的张高桂，他死后也不甘心。第三个故事中，老生被剥夺了唱阴歌的权利，在县文工团里度日如年。老生参加了革命工作，却演不了那些新戏，唱不了那些新歌，他的使命感和光荣感荡然无存。老生在这一幕中只唱了一次阴歌，是他目睹墓生死后，忍不住唱起了阴歌，给自己唱，给墓生唱，却因此失掉了工作。此后几十年他没有唱过阴歌。这让人自然产生了作家的隐喻联想，"十七年"与"文革"中的许多作家，就是不能唱歌的老生。第四个故事中当归村死了太多的人，老生应荞荞之请为当归村唱阴歌。这是他人生的最后一唱了。他把自己会的所有阴歌唱了一遍，然后回到了自己的窑洞里，静静地离开了人世。

老生的更深寓意却是在中国传统文化深处，他唱的第一首阴歌："人生在世有什么好，墙头一棵草，寒冬腊月霜杀了。人生在世有什么好，一树老核桃，叶子没落它落了……"显然是直逼《红楼梦》中跛足道人的《好了歌》。贾平凹的重要作品都与《红楼梦》有着不可分割的关联。去年出版的《带灯》中，带灯喜欢看书，喜欢在山里跑，累了就在山坡上睡觉，这与《红楼梦》第六十二回"憨湘云醉眠芍药裀"的湘云精神上是一脉相承的。老生的人生是一场梦，他讲述的故事也是时代的一场大梦。"这个人唱了百多十年的阴歌，他终于唱死了。"这是老生的墓志铭。小说后记中更是直接表明没有人不死的，没有时代不死的，"眼看着高楼起，眼看着楼坍了"的蕴义也是传统的，与清代戏曲家孔尚任《桃花扇》中"眼看他起朱楼，眼看他宴宾客，眼看他楼塌了"异曲同工。这样的起落是小说第四个故事中戏生的人生的起落，更是一种哲学观念。

---

① 巴赫金：《陀思妥耶夫斯基诗学问题》，白春仁等译，生活·读书·新知三联书店1988年版，第28—29页。

讲《山海经》的老师是仅次于老生的一个形象,他貌似讲课,实则用另外一种方式讲故事。他对学生问题的某些回答其实就是贾平凹本人对这些问题的回答。"人史就是吃史""人只怕人,人是产生一切灾难厄苦的根源""神仍在""神是要敬畏的""当人主宰了这个世界,大多数的兽在灭绝和正在灭绝,有的则转化成了人""过去是人与兽的关系,现在是人与人的关系""现在的人太有应当的想法了,而一切的应当却使得我们人类的头脑越来越病态"……这显然是作者的终极思考。

除去上述两个文本内讲故事的人之外,还有一个隐藏得比较深的讲故事的人,就是作者。小说后记和封底上的那首诗的叙述者显然是作者。他想使故事的表达让人觉得这不是他在写故事,而是天地间就存在着这样的故事。贾平凹认为,这会使作品更长久些,而且也符合中国人的思维。回望贾平凹的长篇小说,许多人物身上有作家本人的精神影子,而且在同一篇小说中也会有两个人物同时具备这一特征,共同构成一种互补互动的张力,比如《秦腔》中的引生和夏风,比如《带灯》中的元天亮和带灯(带灯的精神困境与燃烧自身的追求与贾平凹有着某种同构关系)。在《老生》中,唱师和讲《山海经》的饱学之人共同构成了贾平凹的复杂精神投影。《老生》中唱师的唱和老师的讲都可以等同于作家的写,他们与作者一道讲述中国故事。正是在这个意义上,贾平凹说:"我有使命不敢怠,站高山兮深谷行。风起云涌百年过,原来如此等老生。"

几个深远的意象

贾平凹往往以独特的意象推进小说发展,实现意义。《老生》中以下几个意象值得关注:倒流河、石洞、当归、鸽子花、发型、狗、梦、蝴蝶。

倒流河。河水流动,历史流动,逝者如斯。河水名曰倒流,即向着历史深处流去,向着生命源头流去。秦岭的风俗是要沿着这条河走,回岁。宋张栻云:"律回岁晚冰霜少,春到人间草木知。"四季循环,律回自然。倒流的河水呈现出贾平凹独特的生命轮回意识,书中多次出现有关转世托生的描写即是例证。

石洞。石洞位于上元镇,在空空山上。人上不去,鸟飞不进去,只有贵人来了才往外流水。地名上元,新的一年第一个月圆之夜,世人何尝不期盼着新的开始?山名空空,世事何尝不是空空洞洞?所以,当老生离开人世之时,石洞流了很大的水,一直流到了倒流河。一个生命的终结处,或是另一个生命的开端。

当归。取"女子思夫，望其当归"之义。在《带灯》中，带灯给元天亮开药方时每一副药方的第一味都是当归。《老生》中一个村子的名字叫当归，可村子里所有的人都渴望外出，最后因瘟疫都离开了，没有归来。

鸽子花。雪白的鸽子花在小说中往往和死亡联系在一起。小说开头写放羊的父子去唱师的土窑，"土窑外一丛鸽子花开了四朵，大若碗口，白得像雪"，而唱师却是病了，这是他一生中唯一一次生病，也是离开人世前最后一次生病。另一次鸽子花的意象是在老生的叙述视角出现的，他给惨死的游击队员唱完阴歌后，"山坳里就刮开了风，草丛里开着拳大的白花，一瞬间，在风里全飞了，像一群鸽子"。风吹白花，茫茫一片，灵魂飘逝。

发型。在合作社时期，冯蟹当上了棋盘村村长，墓生因为冯蟹的头不规则，就把四周的头发理短了，头顶上没有动。冯蟹突发奇想让棋盘村的男人都理成这种发型，让墓生以后定期来棋盘村给他们理发。后来，棋盘村的女人们也统一了发型。发型在这里意味着权力和统治。当然，后来村里把服装也统一了。

狗。狗在《老生》中是一种不可或缺的动物。被老黑打死的狗是无辜死去的人的象征；玉镯想把黑狗洗成白狗是想找回自己的清白，她和白土死后，这条黑狗回村找人埋葬他们。在政治运动中，贾平凹表现出了一种黑色幽默气质。一个是霍火让墓生在狗头上剪毛试验，狗剪了毛后从镜子前经过，瞧见了镜子里的自己，嗷的一声就昏倒了。棋盘村每天学习和唱歌，狗去的次数多了，吠起来也是刘学仁讲话的节奏，夹杂着咳嗽，还学会了唱歌。狗就是被异化的人。

梦。《老生》的"开头"部分很短，不到六页，但信息量大，至关重要。唱师说："人是黄土和水做的，这另一个家园就在黄土和水的深处，家人会通过上坟、祭祀连同梦境仍可以保持联系。"这里的一个重要关键词是"梦"。在《老生》中，梦又可分为两个层次：凡人之梦和老生大梦。前者充满了暗示与隐喻，后者蕴藏着历史和命运。

我做了一个统计，整部《老生》中有七次写到普通人物的梦：被押的四凤做的梦是一群猪狗在自家院子里说话，它们都是被四凤的哥哥三海阉割过的，这暗含着一种宗教上的现世报应；"土改"前孤儿马生梦见自己的牙齿掉了，暗示着他在"土改"运动中的"脱胎换骨"，其实是一种浑水摸鱼；张高桂拼了命修地是因为梦见他爹的质问和责骂，父子两代用性命换来的土地却在"土改"

142

中被没收，且他本人差一点死无葬身之地；地主王财东梦见大海，然后被尿溺死；姓许的媳妇的死婴被人吃掉，她便经常梦见有婴儿咬她的腿；戏生梦见拍到老虎，老余就拿来老虎照片与其合谋造假；唱师梦见死去的张高桂在质问，隐喻张高桂的有冤无处伸。

此外，老黑误杀了人后从来没有做过噩梦，间接呈现出他的勇敢鲁莽，做错事后心中没有悔恨。而当归村的孩子不做跳崖的梦，就证明这个孩子不再长高了。梦是如此重要，所以当棋盘村开展割资本主义尾巴活动没有人揭发时，刘学仁就在村里逐一让人说这七天里都做过什么梦，将政治运动变成了审梦，一个时代的荒谬感可窥一斑。

这些只是表象层次的梦。老生的故事是他躺在窑洞炕上回忆的，他做的是百年世事的大梦。由此，我想回到小说"开头"，寻找那只蝴蝶。即将离开人世的老生静静躺在炕上，听到蝴蝶的粉翅扇动了五十下在空中走过一步，飞出窑去栖在草丛里变成了一朵花。这情景让人想到庄周梦蝶的典故，又想到《废都》中的庄之蝶，也让人想到印度教的观念中我们都是毗湿奴梦境的一部分。从某种程度上说，秦岭的百年故事就是老生的梦，而老生是贾平凹，又不是贾平凹。读完《老生》，自然看到封底那首七言诗，在此，我也有七言四句，送给"老生"：

> 秦岭峰头河流倾，
> 石洞无端知晦明。
> 百年世事老生梦，
> 老生梦蝶几人醒？

（原载《中国现代文学研究丛刊》，2015 年第 6 期）

小说的可能性与小说家的世界观

——论贾平凹《老生》

丛治辰

从《古炉》开始,时间与记忆似乎越来越成为贾平凹心心念念的命题,在其小说后记中被反复提及。五十岁后意识到老境已至的贾平凹,回到记忆中的少年时代,重新书写几乎快被遗忘的"文革",因此有了《古炉》;而躲过六十大寿,他又以《带灯》思考中国作家表达现代意识的方式,试图对当代文学有所突破与提升。① 如今《老生》写成发表,贾平凹已六十有二,岁月年轮所蕴积的纷纭记忆,当然令他有更多感慨:"太多的变数呵,沧海桑田,沉浮无定,有许许多多的事一闭眼就想起,有许许多多的事总不愿去想,有许许多多的事常在讲,有许许多多的事总不愿去讲。能想的能讲的已差不多都写在了我以往的书里,而不愿想不愿讲的,到我年龄花甲了,却怎能不想不讲啊?!"② 这一次贾平凹似乎是下定决心要将过往种种经验作一总结。以如此初衷写成的小说,当然将在其作品序列中别具意义。

不应忘记的是,出生于 1952 年的贾平凹,正与共和国年龄相仿。因此当他回溯自己的人生阅历,家国历史总是如影随形,挥之不去。贾平凹那"六十年来的命运",不但是个人经验,更是历史记忆。因此当他将这命运付诸纸笔,《老生》遂成为他十五部长篇小说当中最具历史野心的作品。尽管贾平凹的小说从来都弥漫着深沉的文化情怀和宏大的历史眼光,但唯有《老生》叙及如此漫长的历史跨度,建构出相对完整的 20 世纪中国历史——或许这正是他年过花甲之后才终于能够想和能够讲的。在此意义上,六十二岁的贾平凹,从对个

---

① 可参见《古炉》与《带灯》的后记。《古炉》,人民文学出版社2011年版;《带灯》,人民文学出版社2013年版。

② 贾平凹:《老生》,人民文学出版社2014年版,第291页。

人生命的感喟与沉淀出发，最终通过《老生》展开的，乃是对于当代中国历史的追问与再造。而如果考虑到他曾反复论及"文学就是记忆的"①，则他对于历史与记忆的种种处置，当然都可视为对小说这一文体本身的思考。

唱师视角与历史的"巫性叙述"

在当代中国的写作经验中，历史从来都是挥之不去的主题。如何叙述革命历史，将合目的性的宏大历史构想以文学的方式叙述成为常识，乃是建构共和国合法性的重要一环。这大概正是革命历史小说成为前三十年文学创作主流的原因，也是在新时期之后，对此前文学范式的反思与颠倒必须通过重述历史的方式来最终完成的原因。陈晓明在论及对当代文学的整体认识时，早就指出，"可以把中国社会主义革命文学对历史的重新叙事和对中国现实的书写，以及文学本身的新生历史的建构，看成一个'历史化'的过程"；而新时期之后的文学写作势必要面对此前不断"历史化"的遗产，同样以文学的方式进行"再历史化"与"去历史化"的工作。②从先锋小说以技术对抗主题，到新写实小说用日常抗拒宏大，再到所谓新历史小说终于可以逃开既定的叙述范式，提供全然不同的历史逻辑，新时期以至新世纪的文学其实始终是在与历史的反复周旋中开拓新路。尽管自20世纪70年代末以降，我们不断强调人，强调内面，强调日常生活，但所有强调背后都隐藏着一个不曾说出的诉求，那就是走出历史的巨大阴影。最终吊诡的是，近三十余年的文学创作中，真正被认为堪称经典的作品，仍旧多是那些能够对历史进行整体叙述的小说，比如《白鹿原》，比如《故乡天下黄花》，比如《生死疲劳》。令人惊讶的反而是，如贾平凹这样久负盛名的大家，竟然如此后知后觉地直到今天才写出他对中国20世纪历史的再造构想。又或许这恰恰意味着，贾平凹终于找到一种方式与此前的历史叙述展开对话，自信在叙述技术上有所超越与更新。

在《老生》当中，贾平凹的超越与更新首先体现在叙述视角的转换上。与历史的笃定与坚固相比，文学因其虚构的本质总是显得犹疑、模糊、不可信任。因此文学叙述历史的合法性，在相当程度上来自对历史的高度模仿，这就是几乎所有叙述历史的文学作品，大都采用第三人称全知视角的原因。第三人称全

---

① 贾平凹：《老生》，人民文学出版社2014年版，第293页。

② 陈晓明：《中国当代文学主潮》第2版，北京大学出版社2013年版，第18—21页。

知视角能够在最大程度上使叙述者隐匿不见，将文学的虚构空间伪装成客观现实的自然呈现，当人们沉溺于此种叙事之中，往往忘记小说当中的任何叙述者都不过是作者虚构的产物，那些看似客观的叙述背后始终凝聚着作者的眼光。在模拟真实的幻觉中，小说反倒更可以灌输理念，建构逻辑，篡写记忆。因此第三人称全知视角乃是最富权力意志的叙述视角，当我们形象化地将之称为"上帝视角"时，我们所强调的并非上帝无所不知，能够自由出入于叙述空间的每个角落；而是强调上帝执掌一切，以其意志创造世界，安排秩序，并决定我们如何认知这个世界。在此意义上，致力于不断历史化的中国当代文学，其本质正是某种"神性叙述"。我们尤其在革命历史小说中不断看到创世神话的一再重复，在此神话的讲述过程中，新的人类在文本内外同时被塑造出来。

贾平凹则显然有意祛除这样的阅读幻觉，《老生》对历史的叙述，几乎完全借由一位民间唱师的口吻展开。而"开头"与"结尾"两部分，尽管使用第三人称全知视角，其用意却恰恰在于塑造唱师的形象。即是说，贾平凹不惜将自己对历史叙述者的虚构过程完全裸露在小说文本当中，由此向读者揭示所谓历史不过是诸多叙述之一种。贾平凹因此相当谦卑地放弃了作为历史代言人的权力，并以此行为向此前的历史叙述提出有力的质疑。正如略萨所说："叙述者是任何长篇小说（毫无例外）中最重要的人物，在某种程度上，其他人物都要取决于他的存在。"① 贾平凹着意虚构的唱师视角，取代了上帝的声音，充当起作者与历史之间的中间物，当然也就决定了贾平凹将如何观察与写作历史，决定了《老生》所将要呈现的历史面貌。

唱师颇显诡异的长寿似乎赋予了他讲述历史的资格，但他的身份与上帝相比又显得如此暧昧。尽管在镇上的人们看来，唱师乃是某种"神职人员"，但他当然不像真正的神那样具有天然的权威，更不像真正的神那样具有一个稳定的无所不在的叙述位置。作为阳间向阴间的引导人，作为神的代言者，唱师游荡在阴阳两界和山川大地，他时而清醒时而糊涂，时而睿智时而荒诞，而清醒与糊涂、睿智与荒诞又经常难以区分。唱师的身份实际上带有通常所说的"巫"的性质，他的叙述因此也兼具神、人和妖的多重语调。正是通过虚构这样一个前所未有的叙事者，贾平凹将文学的历史叙述从"神性叙述"，变换成"巫性叙

---

① 巴尔加斯·略萨：《中国套盒——致一位青年小说家》，赵德明译，百花文艺出版社2000年版，第36页。

述"。如果说"巫"作为"神"的降格，已然模糊了神的面目，则我所谓"巫性叙述"，同样追求一种模糊性而非整体性。它致力于深入历史褶皱，从不同视角，以不同细节，去翻开被线性历史逻辑掩盖的复杂秘密，从而使一般作品中那个坚固的历史主体崩塌瓦解，烟消云散，变得摇曳多姿，歧义多出。

这或许就是在某些论者看来，《老生》的叙述视角显得混乱的原因。刘大先便对如此混乱颇有微词："在驾轻就熟的快速行进中，《老生》叙事口吻的调换自然而然因此常被读者忽视：唱师介入叙事情节时是限知视角的，但是在他不在场时，又变成了上帝般的全知视角。讲述者外在于故事，情感与观察就无法深入，宏大历史隐形，私人讲述一声独大，四个故事保持了几乎同样的节奏，循着流水账的方式铺陈下去，让原本复杂、交叉、纠结、缠绕的各种势力、社会角色，具有多种可能性的情节走向被一种线性逻辑统摄。历史在这个过程中被简化为单数的、概念化的、缺少贴近性细节的故事世界。"[1]而实际上，在长篇小说当中，叙述视角的悄然变化从来都不可避免，"叙述者有可能经受种种变化，不断地通过语法人称的跳跃改变着展开叙事内容的视角"，"小说由两个或者两个以上叙述者讲述出来是很正常的事情（虽然我们不能轻易地分辨出来），叙述者之间如同接力赛一样一个把下一个揭露出来，以便把故事讲下去"。[2] 只不过在《老生》当中，由于唱师"巫"的身份，贾平凹无须更换叙事者，便可以让唱师的叙述角度发生跳跃。他可以自述记忆，可以转述传闻，当然也可以代表神以上帝视角对历史加以判定。只是我们永远无从知道，他的自述当中是否也掺杂了整体性的历史判断，他代神发声的同时是否也夹杂了个人声音。因此在《老生》中，虽是"私人讲述"，却未"一声独大"，倒是造成一种格外丰富的众声喧哗。而如果我们想到在共和国的主流历史叙述中，唯物史观才真正是那个充当上帝意志的内在逻辑，则唱师这样怪力乱神的"巫性叙述"当然格外具有解构"线性逻辑"的颠覆意义。

在丧礼上为死者唱阴歌送行，乃是唱师最主要的谋生手段，同时也是他对历史重新编码的方式。——"唱师唱了一辈子阴歌，他能把前朝后代的故事编

---

[1] 刘大先：《小说的历史观念问题》，载《文艺报》2014年12月19日。

[2] 巴尔加斯·略萨：《中国套盒——致一位青年小说家》，赵德明译，百花文艺出版社2000年版，第40—41页。

进唱词里"①。而"阴歌"恰与"阳歌"构成对立，小说中唱师两度被要求唱"阳歌"，都感到极其为难："他们闹的是阳歌，是给活人唱的，要活着的人活得更旺，更出彩，而我唱的是阴歌，为亡人唱的，要亡人的灵魂安妥，我怎么能去呢？"②而根据朱鸿召的考证，所谓"阳歌"正是后来成为20世纪中国革命红色文化标志的"秧歌"之本源："秧歌的历史，在陕北，在农业社会的中国乡村，源远流长，普遍存在。其本名为'阳歌'，是'阳间'人世唱给'阴间'鬼神世界的原始祭祀歌舞。它起源于一种原始巫术，通过法术百兽率舞，以祀神驱鬼，祛除邪恶，并四处游走，挨家挨户祈祥纳福，保佑平安。"③向神献祭祈求平安的"阳歌"经过改造成为表达革命狂欢情绪的"秧歌"，而唱师对于"阴歌"腔调的坚持当然使之与革命叙述的神性声音格格不入。无怪乎当唱师被剥夺了演唱阴歌的权力，安置在县文工团时，他感到度日如年。

当唱师说自己"成为一名党的文艺工作者之后，我的光荣因演不了那些新戏，也唱不了新歌而荡然无存"④时，革命的"神性叙述"终于统一了关于历史的各种芜杂声音。然而"神性叙述"所呈现出的是怎样的历史呢？秦岭地委编写秦岭革命斗争史，但参与撰写的革命后代"都是只写他们各自前辈的英雄事迹而不提和少提别人，或者张冠李戴，将别人干的事变成了他们前辈干的事，甚至篇幅极少地提及了匡三司令"⑤。匡三司令大为震怒，唱师因此有机会临时调任编写组长，深入过风楼镇，以"巫"的身份体验"神性叙述"的操作过程，小说的第三个故事也由此展开。此时已进入公社化时代，也是陈晓明所说当代文学的超级"历史化"时期⑥，这正是"神性叙述"最为凸显的阶段。在基层宣传干部的不懈努力下，秦岭大地上关于匡三的种种传说突然膨胀，记录当年秦岭游击队浴血奋战历史的革命遗迹纷纷涌现，游击队活动范围陡然扩大不知几多倍。而这一切当然都假"造神"之名而理直气壮——恰恰是"神性叙述""让原本复杂、交叉、纠结、缠绕的各种势力、社会角色、具有多种可能性的情节走向

①　贾平凹：《老生》，人民文学出版社2014年版，第6页。
②　贾平凹：《老生》，人民文学出版社2014年版，第130页。
③　朱鸿召：《延安日常生活中的历史（1937—1947）》，广西师范大学出版社2007年版，第125页。
④　贾平凹：《老生》，人民文学出版社2014年版，第142页。
⑤　贾平凹：《老生》，人民文学出版社2014年版，第143页。
⑥　陈晓明：《中国当代文学主潮》第2版，北京大学出版社2013年版，第21页。

被一种线性逻辑统摄"①，也让唱师终于不堪忍受，在第三个故事即将结束时肆无忌惮地唱起阴歌，恢复他"巫"的身份。

而在唱师的讲述当中，那个身居司令要职、在革命神话中理当作为英雄被浓墨重彩加以塑造的匡三，又将呈现出怎样的面目？在《老生》中，匡三只正面出场两次，且每次出场都令这一英雄形象显得至为可疑：秦岭游击队时期的匡三不过是个乡间无赖，他总是吃不饱，正是饥饿而非革命理想促使他跟随老黑上山打游击，英雄的神性光环从一开始就被消解殆尽；而到了20世纪末尾，已从军区司令位置上退休的匡三是一个呆滞将死的老人，在他身上看不到任何英雄神采，倒像一具腐朽不堪即将开裂的木头神像。而具有根本颠覆性的或许在于，在唱师的"巫性叙述"当中，匡三从无赖到英雄的成长过程完全阙如。"神性叙述"必须建立的总体性历史逻辑，由于唱师飘忽不定的讲述而被轻易打断，合法性的链条因此残缺不全。而匡三从漫长历史中消失，只作为一个隐约的影子存在于叙述背后，意味着他再也不被作为强有力的历史角色，表征一以贯之的线性逻辑了。在这一意义上，贾平凹借助唱师这一视角所造成的"空缺"远比"在场"更具解构与颠覆的力量。

然而"巫性叙述"所消解的，当然绝不仅仅是当代中国正统的革命历史叙述，否则贾平凹又何必在新历史小说已成明日黄花之后再来写《老生》？毋宁说，《老生》对于历史的讲述是对革命历史叙述与新历史小说的双重超越。诚然，如前所述，新历史小说早已对革命的"神性叙述"提出质疑，以迥然不同的历史逻辑重新构造历史。但是其反拨同样采用了坚固的第三人称全知视角。在此意义上，它们同样是"神性叙述"。无论是《白鹿原》中以传统文化立场再写民族史诗，还是《故乡天下黄花》中以权力更迭构造历史循环，抑或是《罂粟之家》当中用性的紊乱讲述乡土社会的颓败命运，都不过是以一个上帝驱逐另外一个上帝。历史从未从线性逻辑的狭窄视角当中解放出来。而唱师含混暧昧、飘忽不定、并不清晰的叙述声音，恰恰使他得以不必承担神的责任。作为一个"巫"，他的责任只是讲述，神的声音若有若无，人的声音杂陈其间，反而跳开了二元更迭的循环圈套。贾平凹所虚构的唱师，之所以能够获得如此富有张力的叙述自由，又与《老生》提供的文本内部空间有莫大关系。唯有理解贾平凹如

---

① 刘大先：《小说的历史观念问题》，载《文艺报》2014年12月19日。

何认知历史，以及如何在小说当中将历史结构化，才能够真正理解"巫性叙述"的活力何在。

《山海经》与历史的空间结构

《老生》当中最让人费解的，大概莫过于在唱师的叙述当中几度穿插的《山海经》。在小说"开头"部分，贾平凹不但精心虚构了唱师这一叙述者形象，而且饶有趣味地搭建出一个故事讲述的具体情景：行将老死的唱师躺在土窑炕上，说不了话，动不了身，耳朵却还灵；在他身旁，是一位教书先生在指导小孩子读《山海经》。以唱师口吻展开的历史记忆，因此与诵读讲授《山海经》的声音混杂在一起，构成一种交错重叠的效果。唱师对往事的沉湎往往被《山海经》打断，但是先生对《山海经》的讲解又往往为唱师进一步回忆提供话头——实际上，唱师的历史叙述最初正是因对先生讲解的质疑开始的。讲读《山海经》这一情景十足像是木工当中的楔子，插入叙述的缝隙当中，同时却使叙述更为稳固地连接。

以常理而言，既然如此醒目地介入文本，《山海经》与《老生》之间当然应该存在着极为内在的联络。那些在叙事的不同时刻出现的《山海经》文字，必当与所讲述的故事，甚至与故事发生的具体时代对照印证。然而令人感到困惑的恰恰在于，无论如何索解，仍然难以从意义层面将那些特意被印制得古色古香的文字与唱师的叙述联系起来。甚至教书先生与受学蒙童的问答，与四个故事之间的关联也颇为勉强。对于贾平凹这样一位极富经验的写作者，我们当然很难相信，作为小说结构性存在的《山海经》，仅仅是某种文体实验的噱头。或许唯有在与叙述技术相比更为内在的层面上考量，才能理解《山海经》之于《老生》的意义。

在北京大学举办的《老生》首发式上，贾平凹曾这样谈及他对《山海经》的理解："《山海经》的句式非常简单……但是你读进去以后就（觉得）特别有意思……就发现中国人的思维、中国人文化的源头都在《山海经》里面，中国人对外部世界形成的观念就是从《山海经》里面来的。"在小说中穿插《山海经》是"从大的方面来考虑的……这些东西也是跟我后面的故事多少有点联系，因为有些东西我不想写得太巧，写得太巧它反而就矫情了，往往就局限在一个故事里面去了"。① 这已经分明指出，《山海经》与《老生》的关联并非一一对应丝丝入扣，而更多表现在思维方式层面。在我看来，贾平凹之于《山海经》思维层面的心得，首先涉及如何理解历史的问题。

小说中首次讲解《山海经》时，先生便开宗明义地指出，《山海经》的"经"，并非"经典"之意，而是指"经历"。② 那是九州定制之前，先民们穿越洪荒世界，不断开拓经验的探险记录。因此在之后的诸次讲解中，先生反复强调，《山海经》对草木金石、鸟兽奇观的种种描述，实际上同时也是叙述。在看似静止不动的地理风物背后，始终有先民活动的痕迹："书中所写的就是那时人的见闻呀，人在叙述背后。当它写到某某兽长着牛足羊耳，你就应该知道人已驯化了牛和羊，当它写到某某山上有铜有金，你就应该知道人已掌握了冶炼，当它写到某某草木可以食之已胕，你就应该知道人已在治疗着人的疾病了。"③《山海经》因此同时也是一部史书，只不过它将历史以地理志的形式呈现出来。"经历"本身就是时间与空间的双重穿越，先民对于世界的每一步探索都在大地上留下痕迹，随着足迹延伸开去，人类进化的历史遂转化成为其所占有的空间。而当贾平凹决意效仿《山海经》，一个村庄一个村庄地完成他的历史叙述，便也同样将时间与空间作了某种置换。

关于时间与空间的置换关系，理论界其实已经颇多探讨。列斐伏尔早已论证任何看似真空的空间其实都充满了时间，乃是历史存在过的无数空间不断累积的结果："我们所面对的并不是一个，而是许多社会空间。确实，我们所面对的是无限的多样性或不可胜数的社会空间……在生成和发展的过程中，没有任何空间消失。"④ 福柯则更为明确地指出："空间在当今构成了我们所关注的理论和体系的范围，这并不是一件新鲜事。在西方的经验中，空间本身有它的历史，同时，我们也不能忽略时间与空间不可避免的交叉。"⑤ 列斐伏尔和福柯都是从

① 贾平凹：《"山海经"中话"老生"》，来源：凤凰读书网，2014年10月29日，网址：http://book.ifeng.com/shuping/detail_2014_10/29/163222_2.shtml。
② 贾平凹：《老生》，人民文学出版社2014年版，第9页。
③ 贾平凹：《老生》，人民文学出版社2014年版，第107页。
④ Henri Lefebvre: *The Production of Space*, Oxford：Blackwell1991年版，第86页，见《后现代性与地理学的政治》，上海教育出版社2001年版，第8页。
⑤ 福柯：《不同空间的正文与上下文》，见《后现代性与地理学的政治》，上海教育出版社2001年版，第18—19页。

空间的角度，指出正是空间的时间累积性造成了空间的复杂。而如果从时间的角度考量，则历史在空间当中停驻、层叠，成为空间内涵的一部分，那种与现代时间观念有关的线性逻辑被打断了，对历史的总体性理解固然将受到阻碍，但同时也将历史从一元同质的危险中解放出来。那些不断累积的历史元素，将在特定的空间中碰撞发酵，呈现出更为丰富的互动形态。只要坚持将历史视为时间之流，则我们所关注的一定是历史的线性逻辑，那正是被某种上帝的声音所叙述出来的逻辑。而当我们将历史空间化，则可能更为具体也更为多元地观察到历史是如何对具体的空间以及具体空间中的人与物发生作用的。

　　贾平凹正是试图以这样的空间结构对历史加以切割、容纳与重组，这就是为什么他并未像一般的历史叙述那样，固定在同一空间中讲述同一群人物的历史遭际，而用秦岭当中四块不同区域分别讲述 20 世纪历史的四次重大转型。当宏大的历史被封闭到具体的村庄与集镇当中，立刻便渗透进层次丰富的社会肌理与地理褶皱，并与此前历史已然累积塑形的风土人情相互作用。而小说当中的四个故事既彼此独立，又相互联络，形成一种独特的互文关系，在平面铺展秦岭地形图的同时，也相互叠映折射，使这幅秦岭地形图变得立体起来，带有浓重的时间质感。贾平凹被认为是对中国民间文化最为了解的当代作家。而所谓民间，不正是这样一种富有时间质感的空间形态吗？而这正是唱师的活动范畴——也唯有在这样层次丰富的民间世界，"巫性叙述"才真正具有可能性。

　　于是透过这样的"巫性叙述"，我们得以在《老生》的那些小空间当中看到历史的诸多声音压抑不住，此起彼伏，构成奇特的交响效果。比如在第三个故事中，老皮在立夏祭风神时的讲话便颇有趣味："我们祭风神，祈求立夏后再不要刮大风，愿今年的庄稼丰收。但是，我们要整风，整治人的风气！就是以阶级斗争为纲，纲举目张，促进生产……"[①] 不同时代的不同语态，被老皮轻而易举嫁接在一起，成为一个重要时代的声明。而革命宣告竟然在祭祀鬼神的典礼上发出，恰恰使得我们对那个时代的刻板想象变得生动起来。这一故事中的线索人物墓生，同样折射出极为丰富的意义。这是一个"反革命"的后代，但从公社书记老皮到一般村民对他的态度都比一般历史叙述中所表现的远为复杂，那当中既有特殊年代对阶级敌人的隔阂，也不乏民间社会中长久存在的温情。而

---

① 　贾平凹：《老生》，人民文学出版社2014年版，第144页。

"蔓生"这个名字本身就昭示一种复杂的时间性，他是从上一个时代的死亡中出生的人，却同时是新时代的旗手。一方面，他是公社书记的滑稽宠臣；另一方面，他又负责向投机倒把的村民通风报信。风云变幻的历史凝聚在一个人物身上，同样也是时间向空间的某种转化，人物便成为纵向与横向网络关系的节点。实际上《老生》当中的人物大多处在这样的关系节点上，在后记中，贾平凹便谈及他对关系的重视："《老生》中，人和社会的关系，人和物的关系，人和人的关系，是那样的紧张而错综复杂，它是有着清白和温暖，有着混乱和凄苦，更有着残酷，血腥，丑恶，荒唐。"[①] 这里对关系的强调，正与福柯论及空间的丰富内涵时的表述有异曲同工之妙："我们所居住的空间，把我们从自身中抽出，我们生命、时代与历史的融蚀均在其中发生，这个紧抓着我们的空间，本身也是异质的。换句话说，我们并非生活在一个我们得以安置个体与事物的虚空（void）中，我们并非生活在一个被光线变幻之阴影渲染的虚空中，而是生活在一组关系中，这些关系描绘了不同的基地，而它们不能彼此化约，更绝对不能相互叠合。"[②]

小说家的权力与世界观

对《老生》中的历史与历史叙述问题如此关注，对小说与历史之关系反复辨析，当然与当代中国的文学实践有关，但更本质上也与小说这一文体自身的历史有关。我们当然记得，现代小说之所以能够从古典的虚构叙事作品中确立出来，实有赖于其时间观念的凸显与成熟。伊恩·P. 瓦特的《小说的兴起》对这一过程有详尽的说明："我们已经考虑到了小说分配给时间尺度的重要性的一个方面：它打破了运用无时间的故事反映不变的道德真理的较早的文学传统。小说的情节也因其把过去的经验用作现实行动，而与绝大多数先前的虚构故事区别开来。通过用时间取代过去的叙事文学对乔装和巧合的依赖，一种因果关系发生了作用，这种倾向使小说具有了一个更为严谨的结构，而更为重要的也许是对小说坚持在时间进程中塑造人物的影响。"[③] 在相当长的时间里，小

① 贾平凹：《老生》，人民文学出版社2014年版，第293页。
② 福柯：《不同空间的正文与上下文》，见《后现代性与地理学的政治》，上海教育出版社2001年版，第21页。
③ 伊恩·P.瓦特：《小说的兴起——笛福、理查逊、菲尔丁研究》，高原、董红钧译，生活·读书·新知三联书店1992年版，第16页。

说正是以历史的仿制品身份获得合法性——我的意思并非是指小说假扮成某种稗官野史来自重身份，像中国传统小说经常做的那样；而是指小说即使不以历史为题材，也同样在采用和历史一样的叙述视角和时间观念。那是理性时代的产物。但我们当然也不应忘记，米兰·昆德拉在谈及塞万提斯的遗产时，对理性何等警惕："在现代，笛卡尔理性一个接一个侵蚀了从中世纪遗留下来的所有价值，但是，当理性获得全胜时，夺取世界舞台的却是纯粹的非理性（力量只想要自己的意愿），因为不再有任何可被共同接受的价值体系可以成为它的障碍。"[①]理性的危险从理性刚刚崛起的现代初期就已经显现，而塞万提斯的遗产——小说精神的价值，恰恰在于其"作为建立在人类事物的相对与模糊性基础上的这一世界的样板，它与专制的世界是不相容的"[②]。现代小说发展到米兰·昆德拉的时代，必须去"发现只有小说才能发现的，这是小说存在的唯一理由。没有发现过去始终未知的一部分存在的小说是不道德的。认识是小说的唯一道德"[③]。小说在要求实现更多的可能性，而这必须以从对历史的模仿当中解脱出来为前提。

在此意义上，历史叙述的危机同时就是小说的危机，而贾平凹在《老生》当中所作的努力，也可以视为是对小说文体本身的解决方案：作为叙事性文体，小说乃是时间的艺术，但小说同时又是一个有开头有结尾的封闭空间。因此贾平凹将历史封闭在秦岭地域当中，去开掘其中隐秘的行动，与他将叙事压进纸张文字之间的形象是何等相似。作为一个小说家，贾平凹思考历史，其实是为了思考小说。他调整叙述视角、小说结构与历史之间的关系，实际上也是调整自己与小说之间的关系。他所做的，正和唱师所做的一样，是从"神"的位置上退下来，安于"巫"的身份，以一种谦卑的态度游走于文本当中，去呈现文本自身所能抵达的认识。唱师从未成为讲述历史的权威，但也拒绝被任何权威规训，他在如《山海经》一样的地理空间当中发现那些累积重叠、混杂难辨的历史痕迹。他看似卑微，却因此获得了自由。贾平凹以同样的方式在今天开拓了小说的可能性。

这当中至为关键的，是小说家对小说的权力让渡。作为创造者，小说家当

---

① 米兰·昆德拉：《小说的艺术》，孟湄译，生活·读书·新知三联书店1995年版，第9页。
② 米兰·昆德拉：《小说的艺术》，孟湄译，生活·读书·新知三联书店1995年版，第13页。
③ 米兰·昆德拉：《小说的艺术》，孟湄译，生活·读书·新知三联书店1995年版，第4页。

然如同上帝一样对小说享有权力，但是小说也同样可以发出自己的声音。即便伟大作家也难以完全掌控自己的作品，安娜·卡列尼娜便最终成长为一个与托尔斯泰的预期完全相反的人物[①]。很多时候长篇小说的魅力恰恰在于，叙事本身的力量拽着作家飞翔，其表现出来的智慧远远超出了作家的才华。小说家给予叙事的基本元素，往往像被压缩进空间的时间一样，在累积碰撞之后发酵出奇迹般的光彩。而小说家如果过分强调对于文本的权力，足以让这光彩窒息。如何在小说家的权力与小说文本的权力之间寻找最微妙的平衡，乃是很多写作者终其一生要面对的命题。阎连科出版于2013年的长篇小说《炸裂志》，即因过分强调小说家个人的立场与态度，使叙事本身的力量遭受极大压抑。理应成为一场"神实主义"狂欢的作品，最终沦为"神性叙述"的独裁。小说的价值在于呈现甚至比现实更为丰富的世界，一旦成为某种理念的灌输工具——无论这种理念是正确深刻，还是肤浅悖谬；是服膺主流，还是新鲜叛逆——小说便枯萎了。当然，如果在一部小说当中，小说家完全放弃了掌控能力——如同余华的长篇新作《第七天》那样——同样将导致失败。比较而言，贾平凹的《老生》显然最接近那个微妙的平衡点。米兰·昆德拉曾讨论过其中的难度："塞万提斯使我们把世界理解为一种模糊，人面临的不是一个绝对真理，而是一堆相对的互为对立的真理（被并入人们称为人物的想象的自我 ego imaginaires 中），因而唯一具备的把握便是无把握的智慧，这同样需要一种伟大的力量。"[②]我将这种"无把握的智慧"，命名为"小说家的世界观"。

之所以采用这样一种极易令人产生误解的表达，正是为了在与通常理解的"世界观"一词的区分中，确立这个概念的意义。对此必须强调两点：首先，这是作为小说家的世界观，而非作为个人的世界观，这就意味着对这一概念，必须在与小说的关系当中来加以理解；其次，这里所说的"世界"，实际上是两个世界，一个是现实的世界，一个是虚构的世界，小说家的世界观涉及两个世界之间的关系。六十余年当代文学的发展历程中，对作家在通常意义上的"世界观"之强调，其实从未稍减。即便不再"政治挂帅"的今天，当我们如此关注作家对现实、对历史、对政治、对人性的理解是否达到足够深度时，我们对于作家思想的关注，已经超过小说本身。文学创新因此在很大程度上不过表现为不同

[①]　米兰·昆德拉：《小说的艺术》，孟湄译，生活·读书·新知三联书店1995年版，第153页。
[②]　米兰·昆德拉：《小说的艺术》，孟湄译，生活·读书·新知三联书店1995年版，第5页。

思想立场的反复颠倒，而无论如何颠倒，何曾跳出专制的"神性叙述"之外？因此，转而强调"小说家的世界观"，即是强调首先理解小说这一文体本身的性质与可能性，理解如何在小说家的权力与小说的权力之间寻找平衡，强调如何处理狭隘的个人世界观与小说文体众声喧哗的特征之间的矛盾，以便最大可能地去发现唯有小说才能发现的世界。而最终，"小说家的世界观"要落实为，如何通过叙事技术层面的开拓，达成小说家与小说共同的自我实现。

（原载《南方文坛》，2015 年第 5 期）

"新方志"书写

——贾平凹长篇新作《老生》论

陈　思

贾平凹继《秦腔》《古炉》和《带灯》之后推出的长篇小说《老生》,为困境中的小说家与研究者隐约提供了样本和方向。

我们把贾平凹在《老生》中展现的书写形态命名为"新方志"书写。"新方志"书写在现成观念烛照不到的地层之下运作,试图从最混沌的"经验"层面形成一道自下而上的微弱光线,最终重返各种观念型构之外的"地方"。正是从物质文化知识层面去想象某种位于国家、革命之外的"地方性"这一角度,对20世纪以来现代民族国家视角以及80年代以来逐渐形成的文学习惯提出了挑战。在充分肯定这种书写的意义的前提下,假如我们将这一文学文本重新放置在历史材料构成的整体空间内,也能看到作家对"地方"经验的理解仍存限制。

一、方志书写:《山海经》与中国地方志传统

《老生》在云雾缭绕的秦岭中展开。专门为死者唱阴歌的歌师病重,看护歌师的少年请来古文教师传授《山海经》。因此小说的主体分成四大块,分别由教师领读四段《山海经》开头引出歌师的四段回忆。借此,《老生》在陕南商洛地区的百年历史中截取了四个段落。第一个段落是30年代初期,从红军经过陕南之后到红二十五军北上的一段历史。第二个段落起止是从50年代初陕西开展农村"土改"到1956年农业合作化之前。第三个段落相对模糊一些,应是"以阶级斗争为纲"的60年代中期往后。第四个段落从90年代写到21世纪初,影射了"周正龙"事件和传染病疫情等社会热点问题。

在人物设计上,四位主人公从"老"黑,到马"生"、墓"生"和戏"生",形成由"老"到"生"的序列。这一序列,一方面与小说线索人物唱师的身份相

配,构成了死与生的首尾相接之感;另一方面也完成了农民的自我意识的辩证:从好勇斗狠、不分黑白的老黑(非善非恶),到钻营弄权、卖村求荣的马生(非善),再到两面讨好、但求自保的墓生(非恶),最后是出卖乡村而又献身乡村的乡村能人戏生(亦善亦恶),四个首尾相接的人物既代表了20世纪以来农民的四种形象,又勾勒出农民在乡村自我认知与自我意识发展的过程。此外,在小说后两个故事当中,名字带"老"和名字带"生"的人物还会同时出现,例如老皮与墓生、老余与戏生。因此,"老"与"生"除了形成死亡与生命的对子,同时还形成了强者与弱者的对子。

上文对于小说主要内容和结构看似周全的概括首先忽略了一个非常重要的问题:《山海经》作为小说的组织框架,对于它所统摄的四段故事具有怎样的提示作用?

一般说来,读者容易将作为小说结构中枢的《山海经》解释为:"接续《红楼梦》等古典小说的'荒唐言'传统""为历史叙述的主观性张目"[1],或者我们只能理解为是一种权宜之计或败笔,即小说家应结构完整性的需要而做的技术处理。即使并未明说,出于对《山海经》作为想象文本的默认,批评家往往也容易过快地跳跃到肯定小说家对20世纪"中国"历史的解构式的个人书写[2],而对于小说着力夯实的陕南经验缺乏足够的辨析和承认。但事实上,要真正理解《山海经》对于小说意图的暗示,我们必须澄清如下两点。

首先,《山海经》的整体性质是什么,以及如何进一步理解《山海经》自身所连带出的思想传统。《山海经》成书时间大约是在战国初年到汉代初年[3],著者姓名人数不详[4],经西汉刘向、刘歆父子编校时,才合编在一起。通常认为,《山海经》共十八卷,分为《山经》五卷、《海外经》四卷、《海内经》四卷、《大荒经》

---

① 李敬泽等:《贾平凹·李敬泽、陈晓明、李莎对谈:从长篇小说〈老生〉看中国历史、个人记忆和文学传承》,来源:凤凰读书网,2014年10月29日,网址:http://book.ifeng.com/shusheng/jiapingwa/index.shtml。

② 陈晓明:《贾平凹长篇小说〈老生〉:告别20世纪的悲怆之歌》,载《文艺报》2014年12月29日。

③ 《山海经》各篇著作年代都存在争议。陆侃如、蒙文通、袁珂、顾颉刚、袁行霈、吕思勉等学者观点不尽相同,但整体上,多数学者同意创作年代大致在战国到秦汉。

④ 有代表性的比如传统上的"禹、益说"、刘师培"邹衍说"、卫聚贤"随巢子说"、顾颉刚"周秦河汉间人说"、茅盾"东周洛阳人说"、袁珂"楚人说"、蒙文通"蜀人说"和"东方早期方士说"等。

五卷。《山经》主要记载山川地理、动植物和矿物等的分布情况；《海经》中的《海外经》记述海外各国的奇异风貌；《海内经》刊载海内神奇事物；《大荒经》记录关于黄帝、女娲、夸父、大禹等的神话传说。

学术史上历来对《山海经》的定位聚讼不休，它是博物志、历史书、地理志，还是奇谈怪论？有些人认为《山海经》开启了一条狂想性文学的传统——学者倾向于将它视为神话故事集和对异域空间的想象。葛兆光就认为它和《穆天子传》一样是"半是神话半是博物的传说"①，可以包括在这一谱系之内的还有历代图像，如梁元帝的《职贡图》、唐代周昉的《蛮夷执贡图》、北宋赵光辅的《番王礼佛图》，还包括《庄子》《十洲记》《搜神记》《史记》和《汉书》对于异域的描写，南宋周去非的《岭外代答》、赵汝适的《诸蕃志》，明代马欢的《瀛涯胜览》、费信的《星槎胜览》、黄衷的《海语》、游朴的《诸夷考》，以及巩珍记载郑和下西洋的《西洋番国志》。

本文理解《山海经》的方式是强调其作为知识（地理学和博物学）的一面。② 由于历朝历代的历史背景不同，对于《山海经》的阐释框架也发生变动，比如汉代司马迁在《史记》中虽有质疑，却总体肯定其权威，魏晋神仙学背景下又有不同，到了宋代学者多质疑其地理志的真实性，明代世俗化浪潮中则高举其文学文化价值，具体讨论过程此处从略。③ 宋以后出现朱熹这样从儒学立场肯定《山经》、批判其余"荒诞不经"部分的言论。④ 其间，中国方志基本定型，除了总志之外，地方上出现了大量编修县志的举动。⑤ 可以说，从宋代以后，《山

---

① 葛兆光：《宅兹中国：重建有关"中国"的历史论述》，中华书局2011年版，第68页。

② 20世纪一些学者转为强调《山海经》记载的真实性和可信性。小川琢治：《山海经考》，见《先秦经籍考》下，江侠庵编译，商务印书馆1933年版，第90页；徐旭生：《中国古史的传说时代·读〈海经〉札记》，广西师范大学出版社2003年版，第351页；谭其骧：《〈五藏山经〉的地域范围提要》，见《山海经新探》，四川省社会科学院出版社1986年版，第13页。

③ 关于《山海经》在中国历代学术史不同背景下的阐释，可参见陈连山《山海经学术史考论》，北京大学出版社2012年版。

④ 朱熹基本肯定了《山经》作为地理志的可信性。在《朱子语类》卷一百三十八回答弟子问题时，他认为《山经》是写实的，那些异兽则描自汉室宫廷的壁画："一卷说山川者好。如说禽兽之形，往往是记录汉家宫室中所画者。如说南向、北向，可知其为画本也。"

⑤ 刘纬毅、诸葛计、高生记、董剑云：《中国方志史》，山西出版社2010年版。

159

海经》（特别是《山经》）向下延伸出了一条中国地理方志的谱系，而这一条地方志传统的兴盛又与中国宋以降渐趋形成的"地方—国家"二元结构有关。《老生》刻意排除掉了《大荒经》等虚幻想象色彩更浓厚的部分，单独选择《山经》的段落，意在与中国特有的史学传统形成延续。

其次，作者为什么独独选择《山经》中的"南山经""西山经""北山经"，而不选《山海经》的其他几个部分呢？

上文已经辨析，《山海经》可以总体上当作中国历史方志的源头性作品，而《山海经》内部最接近这一传统的就是《山经》。《山经》从南方开始，接着是西方，随后是北方，再到东方，最后写到中州——构成一条从边境向中土汇聚、收拢的叙事线索。

《老生》只采纳了《山经》当中的"南山经""西山经""北山经"。首先，它拒绝了象征着主流和中原的"东方"与"中州"："南山""西山""北山"是"中国"的边缘。同时，这种"边缘"又不是海外——小说家同样不会采纳《海外经》这样彻底描写国土之外情形的文字。另外，这种"边缘"又是可理解的，不是全然无稽之谈的——例如《山经》之外的《大荒经》《海内经》中的"怪力乱神"。因此，只选择"南山""西山"与"北山"，说明小说家意图描绘的是相对于中国海内边地（"西南"——陕南地区）的地方经验，这种"地方"不是海外的，也不是纯然奇幻的，而是可以通过"教师"来翻译的。

那么，除了以《山海经》提纲挈领地暗示文本对于方志传统的延续性，《老生》对于方志传统资源还做了哪些实际上的吸收？

二、回到物质之"名"：地名、物产、礼俗、器物

正是在《山海经》的脉络上，《老生》以命名的方式，让一般常识之外的事物在语言结构当中出场，释放那些被压抑的经验。小说主体的四个故事篇幅不一，最长、最厚实、最充满细节的是第四个部分。我们先从前三个故事入手，初步勾勒小说与地方志传统的关联性。

第一段故事发生在 30 年代陕西南部秦岭地区，整个空间正是作家熟悉的商洛一带。财东王世贞的家丁老黑在共产党员李得胜的发动下，以保安队排长的身份"拉杆子"，率领三海、雷布组织游击队。这支队伍觉悟不高，从劫富济贫、占山为王，到复仇、绑架、逃亡，与地方武装来回拉锯，最后几位首脑因为

各种意外惨烈牺牲，几乎全军覆没，只留下最不成器的匡三跟随部队跑去延安，竟当上了大司令。

第二段故事背景是解放初陕南新区的"土改"。空间主要局限在岭宁城破败后的老城村。流氓无产者马生在乡村弄权，以农会副主任的身份主宰"土改"，架空农会主任中农洪拴劳，在丈量土地、登记财产、划分成分、订立阶级、划分耕地牲畜等"土改"环节当中逼死逼疯地主王财东、张高桂。这样的"土改"一直持续到这一年春耕开始。第二年马生更加张狂，曲解"动两头、定中间"的"土改"政策，为了多分土地将工匠李长夏从富农升为地主，没收其土地家产，又为了没收寺庙公地害死与诸多村妇有染的宣净和尚，逼疯中农媳妇白菜。在应付"土改"检查团之后，在大批斗当中逼死王财东，逼疯地主媳妇玉镯，最后扳倒农会主席洪拴劳。

第三个故事的空间聚焦在三台县过风楼镇。过风楼公社书记老皮，是匡三司令还在山阴县当兵役局长时秘书的表弟。伺候书记的墓生成分不好，但乖巧伶俐，渐渐在行事之中左右摇摆，成了一只给村民通风报信的"竹节虫"。棋盘村的村长冯蟹独断专行，与公社抓宣传工作的干部刘学仁通力合作，带领棋盘村修梯田、统一发型，在棋盘村"发现"匡三司令的"革命杏树"，成立革命历史教育基地，购买劳动服和土豆，让村民集体劳动和进餐。三年困难时期，冯蟹平定了村民吃死人的事件。在割资本主义尾巴的时候，刘学仁设检举箱，分化了基层。棋盘村的经验得到推广，老皮又整顿了琉璃瓦村，以此引出这一阶段农村生活中最具暴力性的黑龙口窑场"学习班"。墓生对老皮、刘学仁、冯蟹这样的从公社到村庄的基层弄权者抵触进一步加深，却无能为力。小说也为尴尬无奈的墓生提供了一个意外死去的离场方式。

关键在于，在叙述上面这些"情节"的时候，小说节奏是很缓慢的。这种叙述上的缓慢、徘徊，很大程度是因为小说家割舍不掉许多具有地方色彩的事物。这些事与物直接以"名"的形式在人物周围出场，构成了小说的在地感。名词是根据习惯而有意义的声音，它是无时间性的。[1]名词的重新出现一定会顺藤摸瓜地牵扯起背后的地方传统，从而隐微地表达了作家钩沉地方历史的欲望。

小说对于空间精确性具有格外的追求，我们首先注意到许多标明空间地点

---

① 亚里士多德：《范畴篇·解释篇》，商务印书馆1959年版，第55页。

的词汇。比如在第一段故事里，游击队不断在乡村移动，"清风驿"上吃钱钱肉要在"闫记店"和"德发店"，李得胜家乡在"万湾坪"，老黑起了反意是在"青栎坞"，谎称剿匪的地方是"黑水沟"，与王世贞火并在"正阳镇"，游击队转战"熊耳山""麦溪沟"，匪三成长于"花家砭"的战斗，李得胜在"皇甫街"败走麦城，之后在"黄柏岔村"休养生息，在官道边的"涧子寨"设立新据点。在第一则故事完成对陕南商洛地区几个县的空间描摹之后，第二、三、四则故事的空间相对集中，对老城村、过风楼镇、回龙寨镇、当归村、上湾村、祁家村、下湾村、巩家砭等等空间地名的偏执，使得小说很大程度像是某个村镇在某个时段的生活记录。

除了山川地形之外，土地物产也得到足够耐心的呈现。老黑加入游击队在青栎坞，起因则是李得胜想吃糍粑——陕西一种以土豆为原料的吃食。老乡在溃败的游击队胁迫下拿出的是苞谷糁子糊汤，还熬了一锅土豆南瓜。第二个以马生为主线的故事里，辣汤肥肠是老城村最受欢迎的美食。第三个故事里老皮爱喝煮得奇浓无比的浓茶，墓生偷偷帮着村民通风报信："于是他们就趁机拿了土特产如鸡蛋、蜂蜜、核桃、柿饼去县城或黑市上出卖，也有人把自家碾出的大米拿到更深的山里与那里的人换苞谷或土豆。"我们尚未涉及的第四个关于戏生的故事，一定先从地理物产说起："秦岭里有两千三百二十一种草都能入药，山阴县主要产桔梗、连翘、黄芪、黄连、车前子、石苇，三台县主要产金银花、山萸、赤芍、淫羊藿、旱莲、益母，岭宁县主要产甘草、柴胡、苍术、半夏、厚朴、大黄、猪苓、卷柏、紫花地丁。最有名的是双凤县的庚参，相当的珍贵，据说民国时期便一棵能换一头牛的。"戏生以采药引出，经营农副业（豆芽、黄瓜、西红柿、韭菜、魔芋、柿饼、核桃仁）受挫，又以培植药材（当归）登上事业巅峰。

小说的方志书写同时是对日常起居（包括礼俗和器物）的记录。第一个故事里写到抽打龙王求雨、女儿出嫁带米面碗的乡俗，而王世贞从提亲到休妻的举动都是对这些礼俗最粗暴的破坏。在关于新区"土改"的故事中，小说家是将许多器物嵌入历史过程当中的："有了农会，老城村就开始了'土改'，入册各家各户的土地面积，房屋间数，雇用过多少长工和短工，短工里有多少是忙工，忙工包括春秋二季收获庄稼、盖房砌院、打墓拱坟和红白喜事时的帮厨。再是清点山林和门前屋后的树木，家里大养的如牛、马、驴，小养的如猪、羊、鸡、狗。还有主要的农具，牛车呀，犁杖呀，耧耥呀，以及日用的大件家具，如板柜，箱子，方桌，织布机，纺车，八斗瓮，笸篮，豆腐磨子，饸饹床子。"地主张高桂的后院堆放着"各种旧柳条筐子、竹篓子，长长短短的麻绳、木棍子、柴墩子、没了底的铁皮盆、瓦片、铁丝圈、扒钉、门闩、卷了刃的镰刀、斧头、竹篾子、棉花套子"。一旦抽象的政治运动被落实为对瓶瓶罐罐的调整，历史运动中的农民所受到影响的切身性和切肤感就能被顺利传达出来。

三、写法的断裂：从"关系""乡村经纪"到"地方"

尽管总体上靠拢了方志书写的特色，但是小说内部依然存在写法上的轻微断裂。小说魔幻色彩在第四个故事中大幅度降低，取而代之的是越来越琐碎、庞杂的现实线索。第一个故事讲述 30 年代陕南革命，在老黑的经历中填塞了光怪陆离的传说与非理性的想象，有通灵巨蟒、牛豹相斗、画符烧须、王朗报恩等等传奇事件。虽然后面几段故事也穿插了首阳山上的石阶、有灵性的地软、墓生的幻听等等传奇段落，但总的说来，奇幻色彩大多集中在第一个故事，因此读来尤其畅快，此后阅读渐趋艰难。尤其到第四个故事，取代狂想的是对现实关系的大量复写，更让读者不得不慢下来。这种写法上"由虚到实"的过渡，使得小说的方志色彩更加浓厚，也使得小说最后一部分成为整个作品最有代表性、也最需要细读的部分。

故事的空间集中在回龙湾镇。当归村的矮子戏生是革命先烈摆摆之孙，也是改革开放后乡村的大能人。鸡冠山开发金矿、搬迁村庄、收购耕地、道路拓展、新店铺开张，农村经济大开发热火朝天。与此同时，回龙湾镇不断出现死亡事故，炸药故障、村间械斗、推土机翻车、砖瓦窑塌方等等。在这样的背景下，镇政府新来的文书老余成为左右戏生命运的大手。虽然他官职不高，却仍然是国家与地方衔接的枢纽，是国家政令之所必经的最下级实施者。尤其，老余又与匡三司令的关系网有着密切关系。申请军烈属、请老余到家里吃饭、送参、领扶贫款，老余与戏生的情谊在一次次迂回的表达当中巩固下来。

随着经济开发对环境的破坏，传统药材采集经济陷入困境，当归村村民一度组织起来形成收废品和盗窃的团伙。回龙湾镇在开发金矿后贫富差距拉大，镇政府采用了干部包村的方法。老余包下了当归村，让戏生当村长，动用个人关系帮助当归村发展成全镇的农副产品基地。戏生作为中间人垄断经营农药、化肥和种子，在村子整体经济发展中大捞一笔。凭着政绩，老余被提拔为副镇长，戏生家则成为村子的权力中心和社交中心。戏生组织村里给老余建接待站，既巩固自己的权势、霸占了一块宅基地又从中获得了经济补偿。好景不长，县药监局和工商局很快查出当归村的农副产品生产严重违法。戏生第一次垮台。

老余又介绍戏生去鸡冠山的矿区看守矿石。在偷矿石的司机以及老余父亲接连因为意外死去后，戏生新的机会来了。匡三司令的内弟当了省林业厅厅长，准备谎报秦岭华南虎的消息，以便获取省里的政策和资金支持。①扮演老虎发现者的戏生很快在把戏被拆穿后第二次倒台。

戏生第三次崛起是因为老余搞的药材种植规划。戏生通过与老余的关系，独家育苗、经销农药、收购全村药材、开药店、搞批发，成为镇上首富。终于，戏生成为致富模范，四处领奖，推广经验，站在了一个农民所能达到的顶峰。就在这时，他提出见匡三司令。见到匡三司令的时候，戏生张狂起来，便即兴表演起剪纸的好戏，竟被会错意的警卫员一脚踢开。这种农民对革命、国家和权力单方献媚的行为受到了挫伤，戏生心灰意冷。偏偏此时秦岭地区发生瘟疫，戏生对"国家"的失望转化为对乡村的愧疚，他筹集板蓝根、处理尸体、向外求救，担当起乡村社会的保护者。最终戏生牺牲在对抗瘟疫的第一线，完成了对乡村的献祭与对自我的救赎。

在上文冗长的概括当中，"关系"成为最醒目的关键词。正是实然的种种"关系"，挤掉了小说前半部分占有分量的"奇想"。贾平凹在后记里说道："如果从某个角度上讲，文学就是记忆的，那么生活就是关系的。要在现实生活中活得自如，必须得处理好关系，而记忆是有着分辨，有着你我的对立。当文学在叙述记忆时，表达的是生活，表达生活当然就要写关系。"②学者南帆指出，从《秦腔》到《古炉》，贾平凹小说不断积累起了某种"细节的洪流"③。笔者以为，这些细节包括了上文所述的作为方志所记载的山川、物产、日常器物等等，更重要的是包括了对日常人际关系的记录。小说之所以可以称为一种新式的方志

---

① 这一段情节显然脱胎自2007年陕西农民周正龙"假华南虎"事件。但小说家以一个"国家—地方"的认识框架重新将其解释为：这不是农民个体行为，而是地方政府向国家索要财政经费的伎俩。

② 贾平凹：《老生》，人民文学出版社2014年，第293页。

③ 南帆：《找不到历史——〈秦腔〉阅读札记》，载《当代作家评论》2006年第7期；南帆：《剩余的细节》，载《当代作家评论》2011年第9期。

书写，就在于其对基层人际关系的表现。①

　　在小说开篇处，存在一种对"关系"的肤浅理解："匡三的大堂弟是先当的市长又到邻省当的副省长。大堂弟的秘书也在山阴县当了县长。匡三的二堂弟当的是省司法厅长，媳妇是省妇联主任。匡三的外甥是市公安局长，其妻侄是三台县武装部长。匡三的老表是省民政厅长，其秘书是岭宁县交通局长，其妻哥是省政府副秘书长。"进入这一关系网之中的个人，仿佛就能单独构成某个特权阶级，行使法外之法——这种理解恰是小说中最薄弱流俗的部分之一。

　　小说中存在着的另一种理解是：关系是中性的，是可以创造性地利用的，同时更是人生存的基本状态。恰如梁漱溟所说："人一生下来，便有与他相关系之人（父母、兄弟等），人生且将始终在与人相关系中而生活（不能离社会），如此则知，人生实存于各种关系之上。"②这种"关系"主要出现在第四则故事之中。前三则故事里，"强人意志"（如第一、三则故事的老黑、老皮和第二则故事里只手遮天的马生）都大大压倒了"关系"——叙事是以人物个人意志来推进，而不是靠多个人物之间的斡旋中和来展开。第四则故事中，"生"与"老"形成了某种呼应和平衡。戏生是乡村的强人——但已经失去了《浮躁》中金狗那股唯意志论式的自信；"老余"又与之前的老黑、老皮不同，他的强大不在于个人手中的权力或超人的体力、毅力，而在于他对"关系"的尊重与积累。"关系"的积累过程归纳起来很简单：当戏生以唱师为跳板为爷爷摆摆索要烈属身份时，老余认可戏生的"懂事"，主动到戏生家中吃饭。因为"家中来了干部"，戏生在乡村地位提高。随后戏生向老余主动献出秦参，老余利用权力将扶贫款拨给戏生，老余又获得了经济实惠。在镇干部包村协助发展的契机中，老余以镇文书的身份包下当归村，让戏生当上村长。戏生执行老余发展农副业的思路，巩固自己在乡村的核心社会、经济地位。在急功近利、弄虚作假的农副业垮台后，老余利用戏生造假老虎消息，协助林业厅厅长套取经费。把戏被戳穿后，老余又再次让戏生组织药材种植，作为交换，允许戏生从中牟利。

---

① 　但假如对比贾平凹此前的作品《带灯》，《老生》对"关系"的呈现力度与深度却要削弱许多。参见陈思《现实感、细节与关系主义——"中国故事"的一条可能路径》，载《南方文坛》2014年第5期。

② 　梁漱溟：《中国文化要义》，见《梁漱溟全集》第3卷，山东人民出版社2005年版，第81页。

"关系"更涉及文化象征秩序与情感的再生产。"献参"一节值得在此引述："好事传到镇街，老余便再次来找戏生，提出他要收购。戏生是要便宜卖给老余的，老余却说，他买这棵秦参要孝敬他爹的，肯定是他爹再孝敬省政法委副主任，副主任也再孝敬匡三司令的。戏生说：哦，哦，我去上个厕所。戏生去了厕所，却叫喊荞荞给他拿张纸来。荞荞说：那里没土疙瘩了?! 老余笑着从自己口袋掏了纸让荞荞送去。荞荞去了，戏生叽叽咕咕给她说了一堆话，荞荞有些不高兴，转身到厨房去了，戏生提着裤子回到上屋，便给老余说秦参的钱他就不收了，老余待他有恩，这秦参就是值百万，他都要送老余的。老余说：上个厕所就不收钱了？戏生说：钱算个啥？吃瞎吃好还不是一泡屎！老余说：啊你豪气，我不亏下苦人！就以扶贫款的名义给了戏生五万元，只是让戏生在一张收据上签名按印"。在梁漱溟理解的"关系本位"社会中，懂关系的人是"油"的，但未必就是"坏"的，因为关系之中始终渗透着平衡物质主义的"人情"。老余索要礼物的方式并不是直白的，而以要向上送礼为借口。戏生要争取时间思考其中利害，借口是"上厕所"，而要与老婆商量的借口则是"拿张纸来"。不明就里的荞荞随口说一句"那里没土疙瘩了"，就暴露了戏生的意图。老余一下明白过来，所以"笑着""掏了纸让荞荞送去"，从情理乡俗上给戏生留下了面子。戏生的不明说，老余的不戳破、留面子，是小说对人际"关系"的现象学式呈现。

美国学者杨美惠认为，"关系学"强调相互约束的权力和人际关系的感情和伦理特征。即使是传统的"礼品经济学"，强调的也是权力以特定仪式的方式运行，权力双方彼此制衡、互惠，这其中既有自愿又有强迫，既混杂了物质利益又包含了情感与伦理的再生产。[①] 在老余和戏生这种上下等级关系之中，一种非常微妙、脆弱，格外容易被忽视的义务性隐然可见。在西方现代性洗礼之后的法理社会，这是索贿和行贿，然而未必无"理"。"吾人亲切相关之情，发乎天伦骨肉，以至于一切相与之仁，随其相与之深浅久暂，而莫不自然有其情分。因有情而有义……伦理关系，即是情谊关系，亦即是其相互间的一种义务关系。伦理之'理'，盖即于此情此义上见之。"根据梁漱溟的说法，这些人与人之间的关系，强调的是"义务"——这里的"义务"就不是利用，而是回报与尊重。传统上，这种义务在经济上体现为赡养、顾恤，包括义田、义庄、义学等；

---

① 杨美惠：《礼物、关系学与国家：中国人际关系与主体性建构》，赵旭东、孙珉合译，江苏人民出版社2009年版，第4—5页。

政治上则是"父父子子""人人在伦理关系上都各自作到好处""天下自然得其治理"。①

从戏生与老余的"关系""关系学",我们很容易联想到杜赞奇所谓的晚清到40年代的"华北经纪模型"②。戏生这个人物的复杂性在于,他不能简单用好人或坏人来概括③,甚至他是介乎杜赞奇意义上的"保护型经纪"和"赢利型经纪"之间的特殊群体。戏生的"坏"是20世纪西方现代性视野下的"假公济私"的"坏",而这种"坏"(或者"私心")在中国传统乡村结构当中是被容许的,是"保护型经纪"(例如明清以降的乡绅)存在的前提。从帮助村子发展农副业到发展药材种植业,戏生就始终牢牢把持农药、育苗、种子、销售等各个渠道,从村子整体致富的大潮当中首先为自己狠狠捞了一笔——他从操持村子集体事务当中获得报偿。乡村的"公"与"私"自有一套逻辑,当乡村面临毁灭性的危机时,戏生就要履行乡村"保护型经纪"的义务,承担起乡村自救的功能。

我们还可以更进一步追问,戏生牵扯起了怎样的谱系?在30年代的陕南,老黑唱了主角,不存在以"生"字命名的人物,残暴的劣绅王财东与乡绅周百华分别构成乡村经纪的两副面孔;到了50—70年代,传统乡绅(例如被逼死的地主王家芳)退出基层政治舞台,刘学仁、马生在地方与国家的博弈当中彻底出卖地方,墓生试图维护地方利益,但无能为力,因为随着中央自上而下权力体制的完善,经典意义上的"乡村经纪"几乎消失。应该说,王财东、马生、刘学仁、冯蟹构成戏生作为乡村掠夺者的前史,而周百华、墓生则最终构成他身上

---

① 梁漱溟:《中国文化要义》,见《梁漱溟全集》第3卷,山东人民出版社2005年版,第81页、第79—115页。

② "经纪模型"是杜赞奇为分析中国农村社会变迁而创造的另一概念。杜赞奇将官府借以统治乡村社会的"经纪人"(或称"中介人")分为两类,一类为"保护型经纪",他代表社区利益,并保护社区免遭国家政权的侵犯。该经纪人同社区的关系比较密切,社区有点类似于"乡村共同体"。另一类为"赢利型经纪"或"掠夺型经纪",他们并不代表社区利益,也不代表国家利益,而只是乡村社会的贪婪掠夺者。参见杜赞奇《文化、权力与国家——1900—1942年的华北农村》,王福明译,江苏人民出版社2010年版。

③ 陈思和在发言中提到:"《老生》里有一个坏人,我一开始觉得他必定结局悲惨,没想到最后他因为抢救瘟疫感染(者)成了英雄,这样的结局给人一团暖气。"参见陈思和《从〈红楼梦〉到"法自然"的现实主义》,来源:中国作家网,网址:http://www.chinawriter.com.cn/news/2014/2014-12-19/228489.html。

潜伏着的保护人的血脉。

这样，我们的研究视野就从日常伦理学上的"关系"进一步抵达了政治学意义上的"地方"。《老生》在塑造一系列"乡村经纪人"的同时，预设了地方与国家的二元对立结构。民国之前，中国传统政权结构是"皇权不下县"。"地方"指的是县以下的自治空间。晚清"新政"，民国时期设"区""乡"，抗日战争期间日伪政权在华北推行"大乡制"，都是为了更好地完成中央财政对于地方资源的有效汲取，打破由乡绅把持的"乡里空间"。在杜赞奇笔下，这种沟口雄三理想中的"乡里空间"[①]，在晚清"新政"、民国政府、日伪政权的压力下濒临破产，越来越多"保护型经纪"退出，取而代之以"赢利型经纪"，形成国家汲取越多、"赢利性经纪"越发达的恶性循环的"政权内卷化"[②]。罗岗认为，在漫长曲折的过程中，乡绅逐渐变成权绅、劣绅，武装地主转化为恶霸、军阀，团练转化为武装割据[③]，因而革命的动力变成革命的对象，辛亥革命的"联省自治"必然走向建立统一国家的新民主主义革命。中华人民共和国成立之后，随着"清匪反霸""土改""镇反"等运动，以及随之而来的农业合作化运动，中央政权对于地方的控制达到空前的程度，表面上几乎不存在所谓的"地方自治"，也就基本不存在地方经纪体制。随着1956年人民公社化运动，一直到1984年前后完成的"撤社设乡"，"国家"权力比起民国时期大为拓展，覆盖到了县以下的乡镇一级。相应的，1949年之后，"地方"缩小到人民公社和乡镇下面的村庄。而在改革开放之后，国家对于村庄的控制是逐渐放松的，鼓励乡村"能人"带头致富，地

---

① 沟口雄三认为，由明清乡绅把持的地方自治空间是辛亥革命的社会基础与思想策源地，"16、17世纪明末清初的'乡里空间'乃是'地方公论'展开的空间，其规模由明末的县一级扩充至清末的省的范围。'各省之力'成熟的轨迹，显见于这一地方力量扩大、充实的过程。然而，这一传统的轨迹却被'现代化'史观或'革命'史观所遮蔽，因而被隐而不见。"沟口雄三《辛亥革命新论》，见陈光兴、孙歌、刘雅芳编《重新思考中国革命——沟口雄三的思想与方法》，台湾社会研究杂志社2010年版，第110页。

② 关于政权内卷化，杜赞奇认为："国家政权内卷化在财政方面的最充分表现是，国家财政每增加一分，都伴随着非正式机构收入的增加，而国家对这些机构缺乏控制力。换句话说，内卷化的国家政权无能力建立有效的官僚机构从而取缔非正式机构的贪污中饱——后者正是国家政权对乡村社会增加榨取的必然结果。"杜赞奇《文化、权力与国家——1900—1942年的华北农村》，王福明译，江苏人民出版社2010年版，第67页。

③ 罗岗：《人民至上——从"人民当家作主"到"社会共同富裕"》，上海人民出版社2012年版，第31—60页。

方经济体制以一种丰富的形态重新出现。

因此，作为"地方"的代表，小说人物从未真正征服"县城"这一"国家"的象征。小说中，30年代的老黑作为游击队的领袖，始终未曾攻占县城，永远只能在集镇间流窜；50年代的马生只能担当农会副主任，在村一级活动；60年代的墓生活动范围仅仅相当于县级以下的过风楼公社；作为全书收束的戏生始终未曾担任任何国家干部，势力范围局限于村庄，而以镇文书身份登场的老余则代表了国家。作家画出了一条地方与国家之间的分割线，通过这些主人公的行动，想象出了"地方"与"国家"的整个博弈过程。从而，正是从20世纪民族国家立场的对面来书写"地方"，构成了贾平凹《老生》的"新方志书写"的最大特征与成就。

四、结论：残缺的"地方"与有限的"招魂"

正如上文所描述的那样，《老生》试图建构一种与《山海经》开启的史传传统声气相通的"新方志书写"：小说在叙述故事的时候努力回归物质之"名"，对地名、物产、礼俗和器物进行记载，随着叙述的进行，小说第四个故事几乎驱逐前面的魔幻色彩，展开了中国陕南"地方"与"国家"之间博弈的种种"关系"，对20世纪末期地方经纪体制的运作进行朴素的描述，完成了站在20世纪民族国家对面来书写"地方"的任务，进一步对一般文学史中的国族寓言形成抵抗。

文学史上，经典往往与特定空间的文化逻辑紧密关联：老舍的北京，狄更斯的伦敦，沈从文的湘西，巴尔扎克的巴黎，张爱玲和茅盾的上海，周立波的元茂屯，柳青的皇甫村……但是当下中国文学写作，已经很难辨认出独特的"地方"，更多的是笼统的城市／乡村二分法，尤其包括莫言、余华、阎连科、方方等人最近的创作，也在有意无意地避免对"地方性"的落实。这种对地方性的抹擦同时伴随一种对"中国性"的自觉代入。反复吮吸80年代有限的思想资源、不断套用对中国社会的惯性判断，并不能生产更新鲜的文学作品。因此，新方志书写的意义不仅仅在于书写了某个具体空间，更在于表达了思考"地方"的努力与诚意，为如何重新面对真实经验、书写真正的中国故事提供了借鉴意义。

同时，我们必须清醒地认识到，小说"回到地方"的企图因为作家"告别革命"的先入之见而遭到了挫败。小说终究只是提供了回到地方的努力，未能还原历史吞吐出来的巨大能量。首先，陕南商洛地区早期革命的情况，小说并未放置在当地历史的内部问题之内（土地集中、地租剥削、高利贷、苛捐杂税、匪患、军阀滋扰、地方武装团体的犬牙交错），同时回避了中共作为政党在乡村所做的基层动员工作，将革命原因归于满足个人权力欲望的"拉杆子"。在叙述50年代早期"土改"的时候，也屏蔽了中共自身清理坏干部的整党整风、建设基层组织的思想工作，对当时几大社会政治运动（镇反、整党）造成的人心波动全然屏蔽，关于"土改"，从陕南"剿匪肃特""二五减租"到正式改革、"查田定产"，从试点到展开的"点、推、跳"的具体细腻过程几乎不提，而且忽略了土地政策与民间乡土文化内在的亲和性与互动性，使得"土改"变成国家单方面强制、农民被动接受、过程粗暴疏漏、容易被流氓掌控的政治运动。在一种"告别革命"的情绪下面，小说试图完成对中国革命的探讨与辩证，可惜的是这种辨析由于情绪上的抵触，依然回避了30—50年代陕南地区自身的运动过程与逻辑，从而没有提出真正有力的问题。

　　同样遗憾的是，小说在终点处才真正揭开了中国基层生活的内部肌体，而这种揭示又是不够充分的。单就第四则故事而言，关系网都是围绕"老余—戏生"这一自上而下的树须状结构来呈现，而很少展现戏生和荞荞、荞荞与老余、戏生与新村长、戏生与司机、戏生与当归村其他村民之间的横向结构。"与具有交流和预设通道的等级模式的中心化制度（甚至是多中心化的）相比，我们可以发现，关系网是一个非中心的、非等级的、没有首领也没有有组织的记忆或者说中心自律的指涉系统，仅仅是靠流的回圈来定义的。"[①]德勒兹和瓜塔里的论述往往被当作抽象的哲学著作来对待，其实这段在人类学界颇为有名的论述恰恰帮助我们看到了小说的不彻底性：小说受限于自身预设的"地方—国家"二元关系，大多篇幅去写"地方"与"国家"的关系，并没有充分展现当下"地方"内部以块茎形态出现的无中心关系网。这样看来，小说中所着力描绘的"地方性"，仍然是残缺的。《老生》对"地方"的招魂，也就仍然是有限的。

（原载《中国现代文学研究丛刊》，2015 年第 6 期）

---

①　Gilles Deleuze and Felix Guattari: *A Thounsand Plateaus: Capitalism and Schizophrenia*, Translated by Brian Massumi, Minneapolis, University of Minnesota Press, 1987 年版，第21页。

《老生》：回归中国经典境界的惊喜与遗憾

曹凤和　阿　探　程　华

读罢《老生》，百年中国历史翻过去的感觉渐渐清晰起来：中国社会演进史几近真实的复原、回顾；式微的世界向难以把握的未来艰难行进；广阔时空视野下的历史重塑；对生命、历史进程"存在"的文化反思，既是对历史的背离天道的极端激进，亦是对百年历史的一种"告别"与启程仪式。另外，小说在构建方面回归了传统经典境界，这不失为贾平凹再一次面对一个全新时代的郑重发声与对一个新时代的文化意识的表态。纵观贾平凹的全部创作，每一个时代的交接点都有其严肃发声。《老生》是一部穿破中国、演进历史，有着宏大气量、宏阔体象、大命题表达的好小说，同时又是一部留有遗憾的作品。

一、穿透历史，"道"观天下

尽管贾平凹援引评论家陈思和的观点，强调"民间写史"①，但实际上远远超越了一般意义上的民间视野，达成了"道"观天下的广远。民间视野于文学创作，由来已久，有着客观、准性的底蕴，《诗经·国风》中的篇目，《史记》著史之初衷，《红楼梦》之思想立场，无不如此。杨争光的《从两个蛋开始》、莫言的诸多文本，都是民间视野的出色驾驭。《老生》处于庙堂之上、江湖之远的高位，在涵盖民间视野的同时亦完成了超越，具有了恒通性的客观理性，不可不谓一种终极性视野。

贾平凹在《老生》的历史表述中，不仅仅是微观众生、细观人性，更是立足于秦岭地区百年民间历史，纵观宇宙历史，横观天下，宏观国家，是以历史的另一种面影穿透了历史的常态表述，对历史之恶、人性之恶给予鲜血淋漓的直面，对有着特定构成的中国历史演进诸多不确定性，以及不确定中的确定性的神秘

① 贾平凹、王锋：《贾平凹谈新作〈老生〉——我尝试了一次民间写史》，载《华商报》2014年9月12日。

意义进行了卓绝的探究，凝结为中国最高哲学——道的意义的表述与归结。同时，这部作品构筑一条双向流脉，经由历史、现在，指向未来，并从对未来的微弱瞩望出发，经流现在，有力地重塑了过往①，其反思力度，不可谓不巨。因着地域多种文化流脉的交合，贾氏的创作更注重神秘、浪漫，呈现出一种多韵味、多想象的阴性风姿。《老生》接续古老的祭祀、鬼神、巫术等诸多民间元素，有力地促成了人鬼神共通的艺术境界②。尤其是通过老生与生俱来的魔性幻影，以现实细节超常真实，铸就了比历史更现实的超现实性，完成了对历史动影的铭刻性投射。

文本以《山海经》作引，构筑了小说的宇宙观、时空观，以大道自然的运行、变数，与百年民间史话比照、交错，融合了抽象与具象，从诸多具象中复原了历史本真的面孔，归结了历史演进即是人性脱离"天道"又受制于"天道"的终极根源，以《山海经》鸿蒙之初的混沌状态作比照，对历史与现实中人性偏极做了精到、准性的概括。换句话说，社会在演进，主导社会进步的人性仍处于偏离天道状态，教化须躬行——或许我们应该继续完成孔夫子未竟之社会文化的构建。

老生原本是借用戏曲中的一个角色，但又完全超越这个角色，接通宇宙之变化，以老生之天眼见证了历史的背面。小说本身就有些戏说之意，亦即历史在民间存活的姿态。四段历史，没有一个明确的时间概念，而时间是历史的第一特质。历史在民间似乎从来都是笑谈，明代文学家杨慎所作《廿一史弹词》第三段《说秦汉》的开场词"古今多少事，都付笑谈中"，被毛宗岗父子评刻《三国演义》时放在卷首，就是一种民间对历史的归结。同时，贾氏以其擅长的神幻物象弥漫其间，如同弥漫在《废都》的字里行间，作为历史之见证者、归结者的老生，实际上也是为百年中国演进史甚至数千年中国历史赋予了一种文化场域，有力地支撑了天道之一统。"如同《废都》低沉悲号的埙乐一样"③，贾氏在《老生》中营造了悲哀寂寥的空灵之境，与各个历史时期的乡土乱象的喧嚣相对比，更进一步接通了天道，有力地提升了审视历史的高度和广度。乱象背后是人心人性，人心人性背后则是文化及道统的式微、民族根性的旁落。

---

① 李静：《捕风记》，浙江大学出版社2011年版，第57—70页。
② 程华：《贾平凹与商洛文化》，载《商洛学院学报》2016年第1期。
③ 程华：《〈废都〉的神幻象征及其知识分子之死》，载《商洛学院学报》2017年第1期。

小说以匡三革命史话为发端，以马生、墓生、戏生为历史演进之载体，让匡三来挫败戏生，有着归结、回归本初之深意。从文本结构上考量，马生、墓生、戏生只是历史的演进进行时，匡三是历史之缘起与归结，有着天然的单纯与质朴；站在小说之外反观文本，匡三、马生、墓生、戏生亦民间视野之历史具象演绎者，他们又被老生之历史叙事看不见摸不着地统驭着，共同构成了天道对民间世相的一统。或者说匡三是自身时代与马生、墓生、戏生时代的串结者，亦或匡三、马生、墓生、戏生是不老之老生戏说历史的衍生者，于是，戏说便有了超越性的质地。老生如列子御风而行，带出了百年中国的民生生态与世情。老生是一种穿透历史时代性的大悲悯情怀与天道生生不息的符号性存在，老生之审视历史是站在历史之外的天眼。

二、历史演进，道之嬗变

具体到文本，关于革命史话的第一段历史，贾平凹摒弃了革命伟大意义之凝结，直取革命的本真意义的审视。如《山海经》引述的解读，"人史就是吃史"[1]，在这一点上人与兽同。匡三参加革命的初衷就是为了吃，而革命的发起者、骨干人物等，都没有走到革命的胜利，都在斗争中化为历史的尘埃，看起来革命目标并不伟大的匡三却成了地位显赫的军区领导。这或许是人民的隐含，也只有人民，才是历史创造者的民间表达。在革命的缘起之初，秦岭起事的领导者是老黑、李得胜等人，而此时的匡三只不过是一个不明来路、以乞讨度日的"野货"，吃为匡三之人生要务。然而胸怀伟大革命理想的李得胜等人被残酷的革命风暴所吞噬，他们所承载的意义也化为尘埃，而人生目标并不高尚的匡三却活得更为长久，他完整地享有了革命的成果。初衷与结果，在历史的这一进程中究竟蕴含着怎样的玄机呢？或许早在几千年前的《山海经》中，我们的老祖宗就已经道明。

关于"土改"史话。让秦岭腹地陷入一片荒唐甚至极尽人性之恶的，不过是村里此前不名一文的孤儿、穷鬼，长相难看的马生[2]，使其人生发生骤变的则是他近乎荒诞地获得了农会副主任大权。之后他乱定成分、以权谋私、抢分土地、逼人致死致疯、排除异己、强占人妻，罪恶累累。历史之演进从未沿着理想

---

① 贾平凹：《老生》，人民文学出版社2014年版，第9页。
② 石华鹏、贾平凹：《离卓越有多远？》，载《文学报·新批评》2014年11月20日。

理性的轨道行进，甚至从某种意义上说，历史在整体上是极端与荒诞构成的，这是历史的大小之辩，具象与抽象之辩。《山海经》引述第一部分的解读"没有了精和气，神也就散去了"①，标识了一个人性失去天道敬畏意识的时代的到来。第二部分引述解读"当人主宰了这个世界，大多数的兽在灭绝和正在灭绝，有的则转化成了人"②，以马生从小鸡变成大鹏的时代性荒诞，归结了人是褪去兽形的兽，兽性进入人心深处的时代性本真面孔，这是鸿蒙之初人兽互动关系的历史版解读。

关于"文革"史话，仍是失去天道敬畏的延续与延伸。《山海经》引述第一部分解读"一切国家都是一定阶级的专政"③，既是历史特定时代的表达，又是权威崇拜时代本质性的宏观表达。第二部分引述解读"世界就是阴阳共生魔道一起么，摩擦冲突对抗，生生死死，沉沉浮浮，这就产生了张力，万事万物也就靠这种张力发展的"④，以宇宙观的宏大广远解读了阶级专政时代老皮领导下的过风楼世相不确定性与其中的确定性力量共同铸造的社会乱象，而历史演进的曲折性复杂性正在于此。不论是镇书记老皮，还是刘学仁治下的棋盘村，还是琉璃瓦村，这段历史极尽权威崇拜之荒诞。

关于改革开放史话。《山海经》引述第一部分关于"柔软的石头"⑤的解读，预示着凝固已久的社会进入变通、包容的时代。第二部分引述解读"现在的人太有应当的想法了，而一切的应当却使得我们人类的头脑越来越病态"⑥，是对这个走向极端的没落时代的准性归结。文本以戏生个人的时代骤变、没落，以很多重大新闻、事件的融合勾绘了开放时代人性的疯狂与偏极。这段历史是一个各种阶层与权力结合的时代，是人性更为疯狂的另一种演绎。新时期当归村戏生的故事令人"悲观"⑦，以食品安全事故、开矿后生态破坏、矿洞坍塌事件、假虎事件、"当归之都"的虚荣与瘟疫蔓延等史料，折射了这个时代的疯狂。

---

① 贾平凹：《老生》，人民文学出版社2014年版，第70页。
② 贾平凹：《老生》，人民文学出版社2014年版，第108页。
③ 贾平凹：《老生》，人民文学出版社2014年版，第142页。
④ 贾平凹：《老生》，人民文学出版社2014年版，第181页。
⑤ 贾平凹：《老生》，人民文学出版社2014年版，第207页。
⑥ 贾平凹：《老生》，人民文学出版社2014年版，第250—251页。
⑦ 孙新峰：《〈老生〉：通过小说重述历史》，载《延河》2015年第10期。

文本最后的《山海经》引述解读，重点勾画了"夸父逐日"的壮丽图景[1]，寓意人类文明的进程依然漫长，追求光明依然是人类生生不息的热望和奋斗历程，而这种漫长就在于追求光明的道路上需要不断地克服人类自身的"兽性"。这其实也是道家对整个历史研究的一种归结，历史演进就是一个浑圆，终点等同于起点。即历史虽然在繁复中演进了数千年，外在表现为物质进步和意识进化的量变，内质却表现为人性向最初时空的一种"回复回归"的趋向，也就是《山海经》所记录的"人兽共存"时代。物质的高度发达，给予人之"兽性"复苏的良机，今天的有些人只不过是褪去了毛的"兽类"，与《山海经》中的兽别无二致，甚至有甚于《山海经》之兽类。

历史随老生远去了，令我们疑惑的是："路是我走出来的？我是从路上走过来的？"[2]一切过往总是那般惊心、惨烈。历史演进有着不以人的意志为导向的规律，如何保障中华民族走进美丽新世界，遵从天道、教化心灵刻不容缓。贾平凹以天眼之高远，以民间视野之历史正视，在追溯中赋予文本以莫大的悲悯情怀，探究了历史中生命存在的最普遍之意义。

三、经典境界，回归本源

《老生》以《山海经》作引，是贾平凹回归中国经典境界的较为成功的创作，更是一种中国文学进路的回归性探索。经典文学思索人与宇宙、自然、天道的关系，不仅仅是探索人与内心、社会、自由等的关系，好的作家只是想通过作品传达他对自己、对自己之外的一切的认知。对此贾平凹有明确的表达："不要单一指向，不要是与非，要回答人生的东西，人性的东西，无常的东西。"[3]对历史的天道意义的审视和归结，则是这种指向的有力承载。

《老生》基本完成了贾平凹从时代性表达到终极表达的转向，这种转向达成的创作回归文学的本源的意义在于：

首先是大一统思维创作的回归、伸展，造就了文本气量、体象的宏大宏阔。《老生》显然借鉴《红楼梦》等经典构建模式，以空灵、异象起笔，并有归结意蕴

---

① 贾平凹：《老生》，人民文学出版社2014年版，第287页。
② 贾平凹：《老生》，人民文学出版社2014年版，第290页。
③ 贾平凹、王佳莹：《小说的最高境界不是是非的问题》，载《北京青年报》2014年10月31日。

深埋。开头部分有着对全篇的从容统领，给予读者以宏观把握；接着每个故事以《山海经》作引，以大象无形统摄具象之真切；结尾部分以"夸父逐日"归结，寓意伸向无限。这种大一统创作思维，赋予具象和抽象、历史与现实、实境与虚幻、肉体与精神、确定与无常、人生与命运等互动、转化的具象空间，为小说构建了广远、超越生命本身存在的多重境界。贾氏传承了明清世情小说叙事技法，《废都》达到了融合古典与现代的一个高度，《老生》回归经典境界对中国文学之进路而言，正当其时。

其次，百年历史表述的展开亦是中国经典境界意味的展开。文本设置了丰富丰沛的意象表达，把抽象的意义与自然界的异象融合在一起，以人与自然的相通、关联，完成了中国经典的宏阔性艺术表达。意象及多义象征，是贾氏一贯创作雄心的极力昭示，他不满足娱心与劝善，更痴迷于勾勒充盈着多义象征的"中国图式"，通过中国最基层细胞——乡土村落，他实现了这一雄心。如人名老黑、马生、戏生、冯蟹、老皮、刘学仁等，都从正、反两面寓示着时代的特性；如地名过风楼、正阳镇、老城村、棋盘村、当归村既是时代性意义的凝结又是历史性的延展；有关人与物的意象，"如唱师、金圆券及神鬼意象，唱师即走虫、老皮即老虎、墓生如猴子、拴劳如黄牛、匡三即豹子——皆为人精"①。最为核心的是不老之老生，是作家对历史审视之天眼，亦即贾氏之天眼。如此诸多意象的多义象征，完成了中国历史的更为真实的动影。纵观贾氏之创作，"从变革声浪下的文学记录与情感认同，到新世纪的现代与传统的反思及理性批判"②，《老生》当属后者。种种意象之上的叙事展开，在常态、动态、异态甚至变态等社会生态多样性与自然生态变异性的交错、融合中，是背离"天人合一"天道的分解、综合表达。小说整体上，是中国经典文学境界面影的折射。

再次，直接取法古典经典与当代新闻史料，融通古今，强化了反思历史之强度，不失为中国文学回归性的有益探路。《老生》显然采用了"三言二拍"之类说古经以古喻今的手法，融合了古典与现代，体现在古今世相的化成与影射上。如与白菜私通被马生等惩罚排挤完精液而亡的和尚即精尽人亡的西门庆形象重现；白土和妻子玉镯的一百五十级爱情台阶对现实版"爱情天梯"的化用；

---

① 赵青：《"竹节虫"等意象：〈老生〉小说审美的核心元素》，载《名作欣赏》2015年第11期。

② 程华：《贾平凹农村题材小说创作综论》，载《商洛学院学报》2012年第5期。

戏生和荞荞发现"秦岭虎"对华南虎假照新闻事件的化用（作家寇挥《变虎》之现代版，《促织》2010 年也曾化用）；戏生之当归食品质量事件对毒豆芽、三鹿毒奶粉事件的化用；当归村四只翅膀的鸡对肯德基鸡肉源事件的化用；当归村瘟疫对"非典"病毒危局的化用；等。《老生》还杂糅儒家、道家、佛家、阴阳家等诸多文化元素，给予我们自身对于所处时代的终极性思考——究竟是一味地追求物质实利实惠，还是需要精神的治愈力量？

第四，文本超越生存达成了一种"存在"的终极探索与归结。《老生》之意义超越了百年中国演进，甚至是对整个中国演进史的归结，是一种对"人生的东西，人性的东西，无常的东西"等种种社会体象、自然生态等最终凝结的"存在"意义的探究，进入到终极表达的哲学层面。借助老生这个人物的身份，以"天眼"审视历史、人性，体现了一种客观、公正的视点。作家本身就是社会演进的表述者，只有以超越自身与历史的站位，才能获取恒性意义的感知。不老之老生与《山海经》一实一虚共同构筑了作品坚实的道家审视世事变化的宇宙视角。老生和《山海经》成为贯通四大历史时期的一线神魂，这是文本的统领与归结。《老生》本身完成了贾平凹对历史、文化的深刻反思。

这种回归经典境界的创作，对于当下的中国文学健康发展有着重大意义。尤其是近三十年来，中国作家学习国外创作经验的过程中，在一定程度上肢解了中国式经典创作的大一统思维，很多作家创作中植入了西方单一、割裂、细分式思维，以具象统驭、以片面涵盖本真，文学表达失去了宏阔、宏大意境，走向了逼仄、狭隘，这其中以年轻作家最为突出。如徐则臣认为，莫言之后单靠传奇故事的时代已经过去，这是因缺乏民间文化积淀对文学民族根性意义、价值的理解与为文学代言的焦切。而一再强调宏阔的徐则臣恰恰没有完成宏阔文学的构建，仅仅处于个体式伤感表达。又如"2013 中国长篇年"，因着莫言诺奖的感召，一些名家大腕捧出数十部长篇小说，大都因为民族根性元素的缺位而昙花一现，甚至造成文学精神领地的大面积坍塌。而莫言的成功，则是中国经典滋养下的创作成功，时代性表达与经营的成功，他从对古典的汲取中完成了中国式变形高手的华丽转身，而其中国经典滋养意义却一直被误读和漠视。

回归中国经典境界创作，正是全新时代下文学迈向宏阔的必由之路，也是百年中国流离失所的文化魂灵意义的探索。中国作家学习西方的时代已经结束，《老生》是中国式经典创作回归的重要实践。《老生》也是百年历史文化之大反思，物质程度远远超过人的精神进化程度，秉承着"通达民情，化育人心"的传统精神，内蕴着主导精神性回归华夏本初文化根性的必要。通过今昔比照，人性、精神、自然的演进、变化，荒诞的历史反复，说明从心灵构建和谐，任重道远。

四、经史合参，未能超越

《老生》从气量、体象上给予了读者惊喜、震撼，宏观上是成功的，从微观上考量，似乎还不能称作贾平凹创作的成功超越，仍有遗憾与硬伤。

这种遗憾源自文本结构上的取巧，使得历史未能走进《山海经》的灵场，不老之老生，亦未能走进中国历史的灵场，而仅仅是一个历史见证者，没能如《白鹿原》中的朱先生般，身处"三千年之大变局"而保全其文化魂魄。不老之老生最终去了，那是贾氏的历史回顾完结了；朱先生弃世而去，化作白鹿精魂，带着陈忠实的民族文化自信与民本热望奔向未来。老生非但没有灵气，甚至暮气沉沉。所以老生作为时代的表述者、作家身份的承担者，精神承载意义大大缩水。这是作家时代性使命的旁落还是时代性的选择？有精神承担的作家越来越少了，作家塑造灵魂、引导灵魂的社会身份意义已经丧失殆尽，为功利而创作成为文学的标榜。关注贾平凹近几年的创作，究竟是创作源泉的喷涌还是不甘寂寞的急切？亦或是一种对于老去的历史的难言之隐？

还原《老生》的文本结构，就有一种四个中篇通过《山海经》拼接、连缀的感觉。四个故事中任何一个，都可独立存在，而且每个故事的很多内容、细节似乎都是贾平凹式的惯性表达，甚至其中不乏复制了数十年的细节及细节变种，因此，《老生》似乎只是"新瓶装老酒"。而细究《老生》的每个故事与《山海经》引述及解读的融合，不是血肉灵魂式的结合，而是两种不同物质的生硬组合或不足以彰显气质的混搭、组装。《山海经》引述虽与故事相关，但历史史话本身没有进入《山海经》的灵场，没有达到形魂相合的完美状态。这种"拼接"，使得文本未能完成艺术审美的构建，始终呈现着"两张皮"的感觉，这是文本不可回避的硬伤。两者似乎缺乏顺畅、通灵的融合之道，更远去巧夺天工之神，大大削弱了小说核心——天道意蕴。这种文本构建与被媒体称为"神奇"的莫言《酒国》、阎连科《炸裂志》结构一样，剥离其浮虚，原创意义乏力，有取巧之嫌。大凡中国式经典文本，必然有一个好的结构作为内质构建的基础和支撑，好的结构必然增色文本经典性。《老生》之结构，在大体、整体上是浑然的，但是缺乏一个道家柔性意义的结构的五彩基石，文本整体性浑然之下人工楔入感明确，缺乏浑然天成的自然之韵，成为浑然中之板结，严重损毁了小说文本经典性意义的构建。

尽管如此，《老生》依旧是从文化意识审视历史的重要之作，通过对中国百年历史演进的透析，甚至远远纵跨百年史，上升到对整个华夏文明演进史的文化、存在意义的归结、告诫和警示。这是贾平凹创作气量骤增后的纵身一跃。这一跃背后是不断超越自我的不老雄心，尽管还不足以承担读者的期待，其作为表达中国的经典文本，尤其是其具有文化反思、归结历史的意图，依然是读者期待的好作品。

（原载《商洛学院学报》，2017 年第 5 期）

本土经验视阈下的民间写史

——贾平凹《老生》的历史叙事

费 鹏 刘 雨

贾平凹从 20 世纪 70 年代中期开始发表作品，几十年间，创作力始终长盛不衰。他的作品一向具有"传统性""地方性"色彩：用的是最土的语言，在叙述的方法和结构上也表现出对文学传统和本土经验的恢复与继承。他擅于在乡村中捕捉印象和情绪，使作品中的人物与时代产生某种契合，因而具有强烈的时代感。2014 年，贾平凹发表了长篇小说《老生》。读者、评论家对这部作品的评价几乎是毁誉参半，有人认为其是贾平凹近年来具有代表性的一部长篇小说，有人则认为其是作家的"败笔"。在作家诸多长篇小说中，《老生》具有特殊的意义，作家创作这部作品是"要讲自己的历史，要说出想说的话"，是其自身经历、记忆的反顾，蕴含着作家对历史的认识和对生死的感悟。

一、从"山风海骨"说起

对作家而言，在写作中经常面临的是"写什么"和"怎么写"的问题。贾平凹在后记中谈到，在创作过程中曾出现几次中断，"苦恼的仍是历史如何归于文学，叙述又如何在文字间布满空隙，让它有弹性和散发气味"[1]。作家面临的困难就是"怎么写"的问题。此时是《山海经》给了他两方面的启示：一是从精神层面，贾平凹认为作为中国先秦时代的一部重要典籍，《山海经》蕴含了中国人的思维以及中国人对外部世界形成的观念，是中国人文化的源头；二是从《山海经》的结构体例方面，《山海经》是"一个山一条水地写"，是一种空间性的结构，而《老生》是"一个村一个时代地写"，借鉴了《山海经》的结构特点。因此

---

[1] 贾平凹：《老生》，人民文学出版社2014年版，第291页。

说《老生》的创作与《山海经》有着密切的关系。

作家认为《山海经》中蕴藏的是一种原始意象，用荣格的话来说，是"人类远古的深层集体无意识"，是人们在生活中所形成的、代代相传下来的某种深层心理经验，它不是来源于某个人，而是由某群人的共同经验堆积而成。它连绵不断，扎根在人们的心灵深处，并且潜化为最深远、最古老和最普遍的人类思想，指导着人的言行举止而不为人所警觉，并赋之以一种自然无矫饰的色彩。在文学世界中，这种原始意象始终存在。受荣格的启发，贾平凹在他的作品中"复活"这种意象，采取以实写虚的方式，将诗意写入现实生活，将情节处理成意象。《山海经》给了作家以深刻的启示，这种启示既有精神层面的，也有表现形式层面的，这也就是作家所谓的"山风海骨"。作者把全书的结构和他所探讨的历史哲学联系起来，意味是非常深长的。

21世纪以来，一部分作家坚持用传统的叙事模式讲述中国经验，对中国传统叙事的继承和学习从语言和风格上愈加成熟。古典文学为我们提供了日后几乎所有叙事形式的原型及其互动和演化的主导范式。而在中西方的文学传统中，古典文学中的历史小说都是一项重要的文类。历史小说是指能够将真实或虚构的人物、事件放到一段时间的框架中，从而引起读者在一定程度上反思历史意义的作品。这类作品的历史感借助于凸显特定时期的任务、事件以及时代特色，激发起读者对于这段历史时期的精神重构，并通过文学作品对历史与现实进行哲学层面的思考。

中国古典小说具有史传的传统，很多明清小说都可视作是历史小说，往往有真实的历史人物在小说中出现。从形式和结构上看，历史小说承续了史学写作传统。从晚清时期开始，西方传统小说逐渐对中国小说发展产生影响，而对欧洲19世纪历史小说叙事风格和思想传达方式的吸收，则是现当代小说家才有的现象。一方面，西方小说成为现当代作家的范本；另一方面，中国小说传统对作家的影响也在不断地延伸。与那些"学院派"的作家不同，贾平凹受中国古典文学和儒释道等传统文化影响更深，其小说在艺术上独树一帜，而《老生》可谓是体现其文学理念的代表性作品。

《老生》的主体由四个故事组成，在每个故事的开头和中间部分插入《山海经》的篇章，然后以师生问答的形式进行解读，继而引出以"唱师"为叙述者的叙事。《山海经》和师生对话部分，类似于中国传统小说中的"头回"或"入话诗"。中国传统叙事文学作品的开头，往往是作为一种独特的存在形式，比如"入话""引首""楔子"或"家门引子"，这些结构体例同小说的其余部分处在不同的叙事层面上。这样的结构被陈晓明认为"太大胆了"。然而，正如贾平凹自己所说："在作品的境界上、格局上一定要学西方的，在它的表现形式上一定要学中国。"①这种"大胆"的结构其实就是对传统小说叙事的复归。除叙事结构外，《老生》的故事情节也可在古典文学中找到原型。如果从功能和母题形式等方面来考察，《老生》的故事情节与《山海经》《水浒》《三国演义》等古典小说、神话以及民间传说的故事构成存在着内在的相仿和一致。

选择什么样的叙事结构，往往蕴藏着作家对于历史、人生和文学艺术的理解，从这个意义上说，结构是具有哲学意味的构成。在写作中发现新的叙事可能性是作家的基本职责之一。古典小说和《山海经》给贾平凹以灵感，为小说的叙事结构和思维方式提供了新的空间。因此，所谓的"山风海骨"，其实就是一种"艺术中的经验主义"，是对中国传统小说叙述传统的回归与复刻。

二、叙事时间的操控与视角的越界

从某种角度上说，叙事是时间的艺术。从时间的矢向上看，小说中四个故事的叙事时间是按照"叙述时间"与"故事时间"次序一致的原则展开的。四个故事对应四个不同的历史时期，通过四个故事相连、组合，使读者看到百年来中国社会发展的丰富而完整的全景式历史图景。

这里涉及所谓"时间速度"的问题。时间速度是一个相对性的概念，从文本内部比较的话，时间速度与情节密度有关，二者是反比的关系；从文本外部比较，是历史时间与叙事时间的比较。所谓叙事时间速度，是和历史时间的长度和叙事文本的长度相比较而言的，历史时间越长而文本长度越短，叙事时间速度越快；反之，历史时间越短而文本长度越长，叙事时间就越慢②。

小说的"开头"展示了一个超越时间的结构，在整体性时间观念和超越的时空视野中具有丰富的文化隐义，给整个小说的结构增添了某种故事外的意义，增加了叙事内涵的参数值。作家将天人之道和小说整体的结构相结合，就

---

① 贾平凹：《"山海经"中话"老生"》，来源：凤凰读书网，2014年10月29日，网址：http://book.ifeng.com/shuping/detail_2014_10/29/163222_2.shtml。

② 热拉尔·热奈特：《叙事话语》，王文融译，中国社会科学出版社1990年版，第126页。

有了"开宗明义"的意思。这种中国小说与西方小说的差异的出现，是因为中国小说家的时间观念是整体性的并具有生命感，关注的是宇宙变化和历史的盛衰以及蕴含其中的历史哲学。

叙事视角是一部作品看世界的特殊眼光和角度。考察从真实作者到文本的叙述者的心灵投影的方式，具有解开文本蕴含的文化密码的关键性价值。"作者和叙述者的关系，是形与影甚至道与艺的关系，其间有深意存焉。"[①]

唱师的经历跨越近两个世纪，这使其具有了某种超越历史的出世眼光，这样一位讲述者叙述的故事也带有了一种神话色彩。贾平凹希望通过见证性开场来营造一种无以复制的逼真感，因此设定了"老生"这样一个见证者。《老生》的"开头"部分以全知视角介绍了秦岭近百年来的历史，引出了"唱师"这样一个人物。土窑里师生的对话，采取了"元小说"的叙事视角，两人仿佛是作者的两个化身，弟子提出问题，先生进行解释和分析。这种对话注入了作家对《山海经》的理解，使得行文充满机锋，成了独特的生命体验。这是小说的第一层叙事。唱师的视角则是第二层叙事，也是这部小说的主体部分，选择的是第一人称角度的叙事策略。

一般而言，第一人称小说所涉及的情节，都应是"我"所能够感知到的，也就是所谓的"限知视角"。然而，《老生》却打破了第一人称叙述的纪律约束，把"限知视角"伸到个人的隐私层面，将"限制视角"变成了"全知视角"。"老生"的视角既可以向内转，叙述其自身的经历，也可以向外转，关注他人或社会事件。"我"这个讲述人以绝对权威的姿态讲述着他们的故事，描述着他们的感觉。叙述者无所不在，无所不知，有能力说出书中任何一个人都不可能知道的秘密。作家把"我"置身于一个被临时划出的时间点，以此作为叙述的"现在"，并在此基础之上，描述出所谓的"过去"与"未来"，而这一事件的坐标随着故事情节的发展又在不断地更新变化，于是就出现了"过去的过去""过去的将来"等异常时态。叙述者通过对他人经历的想象性参与实现对后者的认识，这样主人公的故事，便得以作为一种外在标志或象征去揭示叙述者的内在故事。

对作家而言，视角是其操控和组织创作素材的基本方法。一旦视角确定，作家的这一选择及与之相应的语言模式就会影响他对人物、事件及所有其他再

---

① 杨义：《中国叙事学》，人民出版社2009年版，第207页。

现之物的展示。对读者而言，视角并非一个美学性问题，而是一种认识模式。在小说中，视角控制着读者对所有其他元素的印象。我们在阅读的时候不是主观地去创造一则故事，而是借助对人物和事件进行过滤的视角。《老生》的叙事特点，就在于其视角的越界，叙事视角在第一人称和全知视角中转换。

贾平凹用"老生"这样一个历史的亲历者、见证者作为叙事的权威，借助故事叙述人和故事人物间的这种关系，选择这种看似超然的视角，消弭故事的虚构性，从而形成一种经验性叙述和虚构性叙述相结合的效果，让读者感受到"事物当初的风貌"。

三、民间讲史与乡村叙事

贾平凹展露出来的故事取材于乡村大地，还原于民间历史。作家通过自己的想象力，赋予这些身边的故事以文学性和人性深度，为我们展示一个个超真实的真实世界。唱师的回忆形成了民间的视点与尺度，《山海经》对话部分则形成了现代性的历史坐标与反观视角。我们看到小说所描写的空间，与主流政治的历史叙述非常地接近，也可以说是一段历史出现了完全不同的历史叙事。它在重新呈现历史的图景时，力图找寻和恢复"民间记忆"。这种叙事同中国传统历史小说之间，是一种修复的关系。中华民族本就是一个历史叙事特别发达的民族，主流的"官史"和民间的历史记忆不但同时受到重视，且互相渗透影响。民间化——这也许就是文学历史叙事的一个永恒性的原则或基础。

"民间讲史"有着两方面的含义：一是区别于"历史"的文本，是用小说来讲述历史；二是相对于主流政治模型的历史叙事，体现了"边缘化的"或者"暧昧的"立场与趣味，相对于主流政治的压抑，民间历史叙事本身就包含了"反权威"的历史理念。民间的历史观念对于中国传统的文学历史叙事始终起着重要的作用，表现为民间的是非善恶标准、民俗化的人物描写，甚至是对历史的随意虚构。这是由其人文主义思想内核所决定的，它必然把解构皇权政治、宏伟历史模型、完全遮蔽了底层公众的国家历史叙事当作重要的使命，要把历史的主体真正还原到"单个的人"。通过对这些人物的书写，作家在力图恢复一种"民间记忆"，这是更近于中国传统经典历史小说的历史叙事。

作家不回避也不遮蔽乡土社会存在的一切苦难，执着于赤裸裸地展示充满悲剧性的生存状态。作家本身经历过特殊年代的混乱与荒唐，所以他深知农民反复被愚弄、压迫的残酷现实。在小说中，贾平凹看到了秦岭这片大地的苦难与痛苦，并抱以悲悯之情。由于持有这样的悲悯情怀，贾平凹写作时是站在民间的立场上的。民间是与普通老百姓日常生活和对苦难的深刻理解联系在一起的。作家将关注的眼光投向秦岭，描写他们抗争背后与忍耐背后的悲剧性与不屈精神，从所看到的表象中去倾听这片土地的歌哭。贾平凹的"秦岭"，正如鲁迅的"鲁镇"，莫言的"高密东北乡"，是中国乡土社会的缩影。

除民间视角外，贾平凹小说的农村视角使其具有乡土的气味，这种气味夹杂着汗水、贫穷、愚昧、闭塞。一方面，作家是作为一个农民来写农村的，并把自己的故乡奉献给了自己所创作的文学世界，他的感觉是直接而真实的。另一方面，贾平凹在走出农村之后才开始对自己的故乡进行文学追忆，曾经的村民、现在的旁观者的双重身份赋予贾平凹以很强的文学自觉，从而使他不以城市的文明、现代的起步覆盖曾经的贫穷。

"随着历史的演变，许多故事遗落在民间，以方言土语的形式保留下来。在流行书面语言和普通话的今天，咱们秦岭里的人常常觉得我们的一些方言土语让城里人笑话，其实把它写出来却是很雅的古词。"这样的方言土语被贾平凹用到了他的小说中。在贾平凹的小说中，人物语言都极有特点，那就是粗话、脏话、野话、荤话等乡村用语，完全符合一个地地道道的农民的身份和特征。通过方言俚语的表达，不仅让人产生这就是秦岭深处农村的真实场景之感，而且把人物的性格和心态完全展示了出来。那些闪现着秦岭人智慧结晶的方言土语，不仅使读者头脑中情不自禁地想象并且再现小说场景，而且也使读者产生与小说中人物相通的情感冲动。

贾平凹自由进出秦岭的民情风俗，在他的笔下，秦岭不再是原始生活风俗习惯的简单呈现，而是一幅幅掺杂着作家情感的蕴含强烈历史与文化的立体画卷。《老生》中表达了人与人之间的关系是复杂的，充满了对人性卑劣的揭露，描绘了我们民族现代化进程中所遇到的问题和深陷其中的人们，用文学的语言表现历史中的重大事件，表达百年来的中国的乡土、中国的人的复杂经验。

四、"中国经验"的真实性叙述

贾平凹的创作视角始终是追踪式的，他的作品有对城市的关注，更多的则是对乡村的呈现。他持续关注中国乡村社会的风土人情、地理历史，关注人的精神世界所发生的变化，通过记录"时代的记忆""民族的文化记忆"，参与了社会历史的建构或重构。《老生》如何阐释历史与个人命运的关系，如何真实地叙述"中国经验"，哪些经验可以并且值得叙述，这是作家创作的初衷及动力，是关于"写什么"的问题。

在后记中贾平凹写道，《老生》是要"记忆我所知道的百多十年，时代风云激荡，社会几经转型……而不愿想不愿讲的，到我年龄花甲了，却怎能不想不讲啊?!"①这是作家写《老生》的初衷，他想要把他生活过的那个年代，他的个人经历和经验，通过文学作品记录下来。海德格尔说:"历史不仅是人类现在的投影，它还是人类的现在中最具有想象力的那部分在过去的投影，是自己选择的未来在过去的投影，它是一种历史——科幻，反之也可以说是一种历史——愿望。"②真诚地面对现实，真实地反映历史，这是贾平凹对于这部小说的一个基本要求。然而民间写史不同于以报告、全纪实为核心的正史。《老生》写的都是琐琐碎碎的、乡里邻间的家长里短，虚与实、写意和写实扣得非常紧密，正所谓在"似与不似之间"。小说中涉及上百个人物，从抗战到当今百余年的历史。小说中的这些故事既有作家亲历的，也有作家听说的;既有对古典小说的原型借鉴，也有对网络信息的借用。那么，我们该如何看待作家在处理这些经验过程中涉及的细节真实性?

"关于历史和叙述的哲学，可以使当代作家的选择充分合法化，他们有权利和有理由使用混合甚至芜杂的手段，选择粗鄙甚至混乱的美学风格，来完成对丰富的'历史'和'现实'的叙述、隐喻，因为这是必然甚至必须的。"③作家对历史的建构，不是还原历史，而是借助小说的人物、情节、语言、结构等将其自身的观念渗透、表达出来，作家的历史观念是通过文本体现出来的。而小说不同于历史，不可能像历史那样做到完全客观，即使是建立在历史文献基础上的文学作品也存在虚构和想象的成分，这也是文学与历史的区别。虽然小说存在着夸张、变形和神秘色彩，但仍可视作对历史、现实的真实叙述。正如略萨所

① 贾平凹:《老生》，人民文学出版社2014年版，第291页。
② 雅克·勒高夫:《历史与记忆》，方仁杰、倪复生译，中国人民大学出版社2010年版，第125页。
③ 张清华:《狂欢或悲戚:当代文学的现象解析与文化观察》，新星出版社2014年版，第39页。

说："不管小说是多么胡说八道，它深深地扎根于人们的经验之中，从中吸取营养，又滋养着人们的经验。"①文学叙事可以是虚构的，但是这种虚构不能是随意的、不符合历史规律和发展逻辑的，必须要让读者接受和承认它的可信度从而担负起对于现实和历史的处置职责，达到"精神意义上"的符合真实。

在一部叙事艺术作品中，意义所代表的是两个世界之间的关系：一是作者创造的虚构世界；二是"真实"世界，即那个可为人们理解的宇宙。《老生》在形式上比较松弛和散漫，具有很强的"非常规文本"的色彩，可谓一种典型的"本土经验"叙事。本土经验包含了作品的传统性、地方性和民间性等叙事结构和美学观念。《老生》所描写的秦岭大地富于原创性和独特性，传递出作家丰富而感性的生活经验。对贾平凹而言，他从现实生活中"体验过"很多的灾难，有着许多苦难的经验，"高高山上站过，也深深谷底行过"，因而觉得"我有使命不敢怠"。

历史上究竟发生了什么？对历史进行追索和重构是作家写作的目的。贾平凹的民间写史在一定程度上是对"官史"和原有的某些文本的匡正，力图更接近历史的本原。为触及现代中国的历史，作家对于"革命""文革"这样的题材并未回避。老黑和李得胜杀死无辜老汉，匡三司令曾经是当地的泼皮无赖……通过对这些人物经历的描写，使读者看到英雄光环下和历史背后所隐含的真实的人性内涵。小说中的一个情节，更以"解构主义"的方式影射历史作为"叙述"的可疑。在第三个故事中，秦岭地委要编写秦岭革命斗争史，编写过程中出现了张冠李戴等情况。匡三司令阅读初稿后大发雷霆，要求重新写，于是"我"（唱师）就成了编写组的组长。历史亲历者的叙述瓦解了想象者的叙述，但权力才是最终的评判者，这就是历史奇怪的逻辑。我们曾经知道的"历史"是"被告知"的不容置疑的"事实"，但这个"被权力叙述的历史"，显然是一个被改装过的历史。这里体现出作者对"历史本体"的怀疑，对另一种"历史事实"的探求，对特定时代、特定地区的各种人群中的经济、社会等活动，以及这些人类活动背后更深层的社会、文化基础的追索。

小说所展现的中国人的生存方式、生活状态和心理结构，作家选择的时空体结构，都是具有地域性的审美理念和审美形式，因此可以说是真实地表现和

---

① 巴尔加斯·略萨：《谎言中的真实》，赵德明译，云南人民出版社1997年版，第75页。

传达了"中国经验"。这种经验的传达，需要站在我们自身所处的时代去重新理解和描述历史。"在写一个人的故事和命运的时候，他个人的命运与历史、与社会发展过程中交叉的地方的那一段故事，或者个人的命运和社会的命运、时代的命运在某一点投合、交接的时候，一定要找到这个点。这样的个人命运，也就是时代的命运，是社会的命运，写出来就是个人的、历史的、社会的。"①"三十年河东，三十年河西"，这是中国民间自古以来就有的说法。《老生》蕴含着中国人的辩证的生存哲学，即天人有记、生死有分、幽明相依、相反相成。以唱师的死作为小说的结尾，作家反思的是时间的有限性，体现出作家的一种整体性的生命哲学观。

［原载《东北师大学报（哲学社会科学版）》，2017 年第 4 期］

---

① 贾平凹：《我们时代的小说艺术》，载《延河》2015年第1期。

阴歌：乡土文明的现代中国想象

——细读《老生》

黄　平

一、后记，或是序言

在出版于2014年的《老生》后记中，贾平凹有一句话说得非常沉重："能想的能讲的已差不多都写在了我以往的书里，而不愿想不愿讲的，到我年龄花甲了，却怎能不想不讲啊?! 这也就是我写《老生》的初衷。"① 作为当代中国最成功的作家之一，贾平凹以往"不愿想不愿讲"的是什么，而又为什么在六十岁后不得不想也不得不讲？这部贾平凹步入花甲之年的作品，被一种肃然而神秘的气氛笼罩。

贾平凹素来重视长篇小说的后记，在自《废都》以来的重要作品中，贾平凹很喜欢在后记中讨论"文学观"，比如他在《高老庄》的后记里曾经不无抱怨地谈道："对于小说的思考，我在很多文章里零碎地提及，尤其在《白夜》的后记里也有过长长的一段叙述，遗憾的是数年过去，回应我的人寥寥无几。"② 在《病相报告》的后记中贾平凹再一次抱怨道："在这些长篇里，序是没有的，却总少不了后记，后记里记录了该部作品产生的原因和过程，更多地阐释着自己的文学观。我不是理论家，我的写作体会是摸着石头过河，我把我的所思所想全写在其中了。但我多么悲哀，没人理会这些后记。"③ 其实研究者对于贾平凹的后记有所关注，金理在分析《老生》时就指出这一点："我想贾平凹近年的长篇小说中还有一个极为特殊的'副文本'，就是每一部书的后记，它们不是追加、

---

① 贾平凹：《老生》，人民文学出版社2014年版，第291页。
② 贾平凹：《高老庄》，人民文学出版社2008年版，第359页。
③ 贾平凹：《病相报告》，上海文艺出版社2002年版，第303页。

附带说明性质的，而是小说不可或缺的有机组成部分"①。

后记对于正文的重要性，在《秦腔》以来愈发强化，在《老生》这里抵达一个高峰。其原因在于，从《秦腔》以来贾平凹在后记中渐渐少谈或不谈"文学观"，而是开始谈"现实观"，以散文的笔法交代所见的世相，并以此作为小说的缘起与根据。比如《秦腔》后记娓娓叙述故乡棣花街，介绍故乡的悠远与破败、素朴与悲哀，并由此将《秦腔》的写作视为"为故乡树碑"。

《老生》的后记更为彻底地延续这一思路，这与其说是后记，不如说是序言，在数千字中浓缩了全书的情怀与立场，不仅是正文的重要组成部分，同时也是对于正文的第一篇阐释与评论。阅读《老生》，笔者以为应该从后记开始，这也是笔者觉得全书信息最为密集、最值得精读的部分。其读法，不仅要梳理着作者的逻辑读，同时也要注意作者逻辑的跳脱与断裂，最终理顺作者的思路，考察其如何在二十多万字的小说中落实这一思路，并且与其展开有效对话。

《老生》后记一共十七段。第一段，贾平凹交代自己的"老"，"到了六十岁""歇着"等等，引出歇着的时候吃纸烟。第二段展示女儿对吸烟的反对，因此引出第三段对于吸烟的辩护：人老了多回忆，吸烟有助于回忆。第四段出现小说《老生》，由烟开始将《老生》定位为"回忆"之书。这里的烟，类似于《追忆似水年华》的小玛德莱娜点心，是一个"回忆"的引子。

第五到第九段贾平凹具体回忆自己六十年来的往事。在第五段他以极为精简的笔法将自己的过去概括为"文革"与"改革开放"，同时补充两个听来的故事："一是关于陕南游击队的，二是关于土改的。"②这一段其实隐含着多重矛盾：作者开始回忆自己六十年来的往事，但是这种个人化的回忆，只是在"文革"与"改革开放"这种大历史与大叙事中落座，这种个人性体现在哪里？毕竟贾平凹这一代在花甲之年的回忆，都可以用这种框架展开，这种回忆是集体性的。然而这种矛盾正是作者隐藏的用心所在，贾平凹念兹在兹于个人的命运，穿插着具体的地点与具体的时间，但他真正用心，实则是借个人的命运，叩问个人背后无情的历史运动。所以在这一段作者有些别扭地要强调幼年听来的这两个故事，这两个故事可以帮助作者将"回忆"延伸到他出生与懂事之前，延

① 金理：《"读史者"·暴力·招魂——〈老生〉的三个关键词》，载《小说评论》2015年第2期。
② 贾平凹：《老生》，人民文学出版社2014年版，第290页。

伸到"革命"与"土改"的时代，一路接续"文革"与"改革开放"，勾勒20世纪四个主要的历史段落，这正对应着《老生》全书的"四个故事"。

故而，在第六段作者开头就发出疑问："这就是我曾经的历史，也是我六十年来的命运。我常常想，我怎么就是这样的历史和命运呢？"[①] 由此作者追寻"现实的路还是无影的路"，所谓"现实的路"指的是具体的人生经历，所谓"无影的路"指的是现实人生背后的历史逻辑。有意味的是，在此处，也即第六段与第七段之间有一处断裂：贾平凹对于历史逻辑的追索，反历史地转化为一种共时性的逻辑。在第七段贾平凹写到回故乡上坟，除夕夜幽冥的坟场，昔人往事在烛焰中浮现。贾平凹将"人"理解为地里冒出的一股"气"，"我的祖辈，我的故乡人，全是从牛头坡上不断冒出的气又不断地被吸收进去"[②]。这样的一种思维框架，将现实人生理解为一种稳定的循环结构，从"革命时代"到"改革开放"，不同历史段落背后不同的历史逻辑，在这种结构中被取消了。于是，对于历史的追索，转化为对于历史的评判——评判依赖于一种"去历史"的标准。在第八段作者合乎逻辑地发问："我的爷爷做了什么，我的父亲做了什么，故乡人都做了什么，我和我的儿孙又做了什么，哪些是荣光体面，哪些是龌龊罪过？"[③]

后记行文到第八段，贾平凹的"个人回忆"已然渐渐转为"集体回忆"，并且是以"集体"——稳定的、循环的乡村共同体——的视点"回忆"历史，将历史的追寻转为对于历史的评判。第九段于是只有一句话，交代这即是写作的"初衷"。

然而这样的"初衷"就写作而言难度不小，历史叙事需要"运动"起来，有赖于特定的认知装置的驱动，比较典型的如20世纪50年代的革命历史小说，其对于"历史"的理解有一套建基于"革命"正当性之上的进化论叙事，小说只需要在一定的历史时段里铺陈人物与情节。这种写法的文学价值姑且不论，但就写作本身而言是比较"顺畅"的。然而在《老生》这里，贾平凹对于历史有其特定的认知，但他的认知框架是"静止"的，山川静穆，人气聚散，一切如春种秋收四季循环，他的故事要如何"运动"起来？

果然，在第十段贾平凹感到写起《老生》"异常滞涩"，"苦恼的仍是历史如

① 贾平凹：《老生》，人民文学出版社2014年版，第290页。

② 贾平凹：《老生》，人民文学出版社2014年版，第291页。

③ 贾平凹：《老生》，人民文学出版社2014年版，第291页。

何归于文学"①。由此贾平凹引出《山海经》。贾平凹将《山海经》视为"神话"，将现实的故事视为"人话"，《山海经》成为一种参照的标准，在这种差异中激活文学的动力。故而贾平凹在这一段介绍了一个秦岭访隐士的小故事，从隐士的视角表示："水流不再在群山众沟里千回万转，而是无数的山头上有了一条汹涌的河。"②群山众沟里千回万转的水流，是具体的历史运动，而群山之上有喻指《山海经》的"天河"，这是超越与评判历史的"天道"。贾平凹因此顺着讲下去，讲起秦岭深处主持公道的老者，并效法这位老者将写小说视为同样在讲"公道话"。由此天河涌下凡间，贾平凹以"公道"援引"天道"，构建起一种差异性的叙述结构，为《老生》的叙述寻找到动力结构，写作也因此变得流畅，"三个月后顺利地完成了草稿"③。

在第十一段中贾平凹介绍《老生》糅合"神话"与"人话"的二元叙述结构，"《山海经》只写山水，《老生》只写人事"④。而在第十二段，作者解释"人事"，人和社会、物质与他人的关系在作者看来"是那样的紧张而错综复杂"⑤，面对历史的"残酷，血腥，丑陋，荒唐"，贾平凹慨然强调"真实"与"真诚"。在第十三段他解释"老生"的几种释义，其中之一就是延续"真诚"的写作伦理，强调"老生常谈"，不要"妄言诳语"。同时又将"老生"解释为"老"与"生"的不断循环，"书中的每一个故事里，人物中总有一个名字里有老字，总有一个名字里有生字，它就在提醒着，人过的日子，必是一日遇佛一日遇魔"⑥。

作者由此感叹一路走来的不易，在第十四段，回望来时路，贾平凹有一段话说得很关键："路那么地多，很瘦很白，在乱山之中如绳如索，有时你觉得那是谁在撒下了网，有时又觉得有人在扯着绳头，正牵拽了群山走过。路的启示，《老生》中就有了那个匡三司令。"⑦这一段到这一句话戛然而止，但对于理解全书非常重要：贾平凹将现代中国之路背后的历史逻辑，归于"匡三司令"所代表的"革命"。

---

① 贾平凹：《老生》，人民文学出版社2014年版，第291页。
② 贾平凹：《老生》，人民文学出版社2014年版，第292页。
③ 贾平凹：《老生》，人民文学出版社2014年版，第292页。
④ 贾平凹：《老生》，人民文学出版社2014年版，第293页。
⑤ 贾平凹：《老生》，人民文学出版社2014年版，第293页。
⑥ 贾平凹：《老生》，人民文学出版社2014年版，第294页。
⑦ 贾平凹：《老生》，人民文学出版社2014年版，第294页。

正是和"匡三司令"相对应,在下一段也即第十五段作者介绍本书的关键人物唱师(一位在葬礼上唱歌的民间高人)。"唱师"隐隐与"匡三司令"相拮抗,"匡三司令是高寿的,他的晚年荣华富贵,但比匡三司令活得更长更久的是那个唱师"①。似乎这层意思还不够明白,在第十六段作者特意点题:"我的《老生》在烟雾里说着曾经的革命而从此告别革命。"②后记行文至此,全书的主题已经豁然而出,由此后记在第十七段用两行字结束,罗列"公历/古历"两个生日的时间(两种"时间"的编制隐含着两种世界观),将《老生》视为送给自己的"寿礼",在六十二岁生日这一时刻,以这本小说作为一次带有总结性的回望。

经由以上的细读可见,《老生》貌似云山雾罩的行文背后,实则有清晰的逻辑可寻,这是一部以乡土文明为根据的"告别革命"的20世纪历史小说。笔者注意到在小说出版后一年来的研究中,学界大致还是以"文学"为视域讨论《老生》的"文学性",其"文学性"往往被归结为"语言特色—叙述结构—传统思想"这样一条阐释脉络。这自然有其合理性,笔者也从这种研究中受益良多,但就《老生》的精神旨趣而言,这实则是一部带有辩论色彩的思想性作品,或许从"文化政治"的视域出发,更能揭示其中心所在。

二、告别革命

在《老生》的叙述结构中存在着一组二元对立:在表面上是"匡三司令"与"唱师"的对立,在本质上是"革命逻辑"与"乡土文明"的对立。面对20世纪中国的"常"与"变",《老生》选择了一个"静止"的视点:唱师的视点。叙述视点的选择自然与作者所倾向的文化立场相关,比如革命历史小说由于站在"进化"的这一边展开叙述,其视点人物往往是处于激烈变动中的"新人"。在《老生》这里,由于其叙述的时间跨度长达百年,唱师被塑造为长生不老的神秘人物。但是唱师神秘而并无神通,他和乡土文明相似,生命绵长,但是在20世纪的历史运动中无能为力。在小说正文的叙述中我们得知,唱师在四个故事所指代的四个历史时段中,完全无力主宰自己的命运,在历史的风暴中随波逐流。他唯一的神秘,就是寿命不可思议地长,见证着秦岭山地的历史变迁。然而再长的寿命也有结束的那一刻,小说的叙述就开始于唱师弥留之际,一对放羊父

---

① 贾平凹:《老生》,人民文学出版社2014年版,第294页。
② 贾平凹:《老生》,人民文学出版社2014年版,第295页。

子守候在唱师的土窑中，镇上一位教师时常来窑洞中辅导孩子古文，教材是一册《山海经》。在《山海经》的吟诵中，唱师静静回忆起一百年来的许多往事。

这百年来的往事铺陈为四个故事："李得胜、匡三、老黑们的'革命'；马生、拴劳、白河们的'土改'；老皮、刘学仁、冯蟹们的'大跃进'和'人民公社化'运动以及老余、戏生的'发展'。四个故事对应着四个时代"[①]。其大致的内容，研究者有过梳理："老唱师讲述的四个故事发生地点分别是正阳镇、老城村（岭宁城）、棋盘村（过风楼镇）、当归村（回龙湾镇）。第一个故事大约起于20世纪初，止于1935年。秦岭里开始有了红色革命力量，但并不成气候。老黑和李得胜的陕南游击队最后以惨败而告终。这是整部作品中写得最为惨烈的一部分，尤其是老黑的死。最后，陕南游击队也几乎全军覆没，只剩下匡三一个人去投奔二十五军。第二个故事虽然起于民国三十三年，也就是 1944 年，重点写'土改'运动，浑水摸鱼的孤儿马生、丢掉性命的地主。这一时期徐副县长让唱师去了县文工团，此后几十年他没有再唱阴歌。中间又穿插了两个无辜者白土和玉镯的故事，这两个人都有痴的一面，他们避开世间纷扰，隐居首阳山至终老。第三个故事大体写合作社道路时期以及其后的大饥饿、政治运动时期，各色人等上演悲喜剧。第四个故事的时间大体是改革开放至今，老余、戏生为了致富不择手段，最后当归村的许多人死于一场外来瘟疫。"[②]

在本文之前已经有多篇研究分析过《老生》的四个故事，常见的研究方法是依照时间脉络梳理这四个故事，感慨其中的暴力与污秽。笔者在此不详述这四个故事的具体人物与情节，而是想指出，这与其说是"四个故事"，不如说是"一个故事的四次变形"。有研究者认为：

> 唱师所讲述的四个故事之间是存在某种对应、对比和关联的。尽管这四个故事发生时间不同、地点不一，但不同故事中的人物却具有某种的功能、精神及性格的相似性。因此四个故事中的人物具有对应的关系：
>
> 掌权者：李得胜—乡长—老皮—老余
>
> 权力的具体实践者：老黑—马生—冯蟹—戏生

① 杨辉、马佳娜：《天人之际——〈老生〉与中国古代的世界想象》，载《中国现代文学研究丛刊》2015年第12期。
② 张晓琴：《〈老生〉的结构与意象》，载《中国现代文学研究丛刊》2015年第6期。

牺牲者：雷布—白土—墓生—戏生①

《老生》尽管在四个故事中塑造了大量的人物，但坦率讲其内在的声音比较单一，是同一个叙事逻辑的不断重复。巴赫金对于"独白型小说"与"对话型小说"有著名的讨论："独白原则最大限度地否认在自身之外还存在着他人的平等的以及平等且有回应的意识，还存在着另一个平等的我（或你）。在独白方法中（极端的或纯粹的独白），他人只能完全地作为意识的客体，而不是另一个意识。"②然而，在"对话型"的作品中，"相信有可能把不同的声音结合在一起，但不是汇成一个声音，而是汇成一种众声合唱；每个声音的个性，每个人真正的个性，在这里都能得到完全的保留"③。对于小说的"现代性"有多种评判标准，巴赫金就陀思妥耶夫斯基小说所引申出的"复调性"是重要的标准之一，"复调性"并不能被望文生义地理解为作品的叙述结构的繁复，繁复的叙述结构完全可以为"独白型小说"服务。"复调性"对应于"现代社会"的杂多性，不同人物真实的声音与意识在文本中各自独立，不相融合，作者也即创造者的声音也只是其中之一。诚如巴赫金对于陀思妥耶夫斯基的杰出分析："在他的作品里，不是众多性格和命运构成一个统一的客观世界，在作者统一的意识支配下层层展开；这里恰是众多的地位平等的意识连同它们各自的世界，结合在某个统一的事件之中，而互相间不发生融合。"④

如果以巴赫金的看法来读《老生》，尽管其处理的历史跨度与历史内容十分复杂，但并没有构建出多元的声音，其对于20世纪中国历史逻辑的理解，呈现出单一化、模式化的面向。比如第一个故事处理的"革命"，金理等研究者指出这个叙事段落暗含着一个"曹操杀吕伯奢"的故事："但偏偏老黑和李得胜的揭竿而起中，还暗含着一个'曹操杀吕伯奢'的故事：两人要闹革命了，正好碰到一个跛子老汉，热情地在家中招待他们吃喝，中间这个老汉出门去摘花

① 周显波：《老生的历史表达与自我重复》，载《井冈山大学学报（社会科学版）》2015年第6期。
② 巴赫金：《诗学与访谈》，白春仁、顾亚铃等译，河北教育出版社1998年版，第386页。
③ 巴赫金：《文本 对话与人文》，见《巴赫金全集》第4卷，白春仁、晓河等译，河北教育出版社1998年版，第356页。
④ 巴赫金：《陀思妥耶夫斯基诗学问题》，白春仁、顾亚铃等译，生活·读书·新知三联书店1988年版，第29页。

椒叶子，却被李得胜误会去告密而一枪打死。"① 其他研究者也注意到此处对于
"革命"枭雄化、暴力化的理解，何言宏分析道："以李得胜为代表的'革命'利
用或迎合老黑的暴力本性和他对暴力的迷恋与崇拜，接着又以类似于《三国演
义》中曹操一样的残酷与奸诈而与老黑共同杀害了善待他们的无辜老汉，情势
所逼，终于使老黑走上了'革命'的道路"②。类似的对于"革命"的理解，在第一
个叙事段落里比比皆是，坦率讲这种理解与处理的方式，忽视了中国现代史的
复杂性与中国革命的逻辑。"告别革命"的前提，是革命逻辑充分地展开，并与
之形成有效的对话。就"革命"的声音而言，在《老生》中哪个人物是其真正的
代表呢？同样，在第四个故事，也即"改革开放"的故事中，尽管离我们的当下
最为接近，但作者和余华、贾樟柯等艺术家的处理方式相似，"媒介即现实"，直
接借用新闻事件的故事原型——《老生》中用的是发生在陕西镇坪的"周老虎"
案。礼崩乐坏，物欲横流，这种标签化的观感可以出现在媒体报道中，但是小
说本应突破这种媒体化的限定，呈现最不可化约的真实。

治乱兴替，"老"与"生"的循环，贯穿其间的是无尽的以形形色色面目出
现的历史暴力，这是《老生》小说内部主导性的声音，一切人物与情节都要为
其服务。贾平凹的小说形散而神不散，几乎没有任何旁逸斜出的声音。凡是在
乡土文明之外的人物，都显得荒唐怪诞，被自身的权欲所驱动，显露出内在的
暴力甚或兽性。诚如为放羊小儿讲解《山海经》的村镇教师的议论："当人主宰
了这个世界，大多数的兽在灭绝和正在灭绝，有的则转化成了人。"③在这种乡土
文明的笼罩下，20 世纪中国的历史逻辑在小说中并没有得到有效的展开，所谓
"人变成了兽"，各个历史时段高度复杂的政治逻辑在这种叙述中变得自然化、
原始化了。

在笔者所见的对于《老生》的研究中，陈思对于《老生》历史写作的"历史
性"有所质疑。陈思与笔者相似的地方在于，同样感知到了《老生》内在的二
元对立结构。在陈思的分析中他将其指认为"地方/国家"的二元对立，笔者

---

① 金理：《"读史者"·暴力·招魂——〈老生〉的三个关键词》，载《小说评论》2015年
第2期。
② 何言宏：《讲述中国的方法——贾平凹长篇小说〈老生〉读札》，载《当代作家评论》
2015年第1期。
③ 贾平凹：《老生》，人民文学出版社2014年版，第108页。

概括为"乡土文学/现代中国"的二元对立。陈思的论证下了一番功夫，他将《老生》视为"新方志"写作，以商洛地区志、山阳县志、商南县志和丹凤县志予以对照。比如《老生》中将地主张高桂的土地与财富视为源自节俭、勤劳等个人品质，陈思举了《丹凤县志》的例子："查《丹凤县志》可知，商镇显神庙地主王炳放账初为'加一利'（1元月利1角），到期不还，就将利作本，谓之'驴打滚''圪塔利'，债户还不起就用房屋、土地抵押。放粮，今秋借苞谷一斗，翌夏还小麦一斗。如夏季未还，延至秋季须还苞谷二斗。参见丹凤县编纂委员会编《丹凤县志》，陕西人民出版社1994年版，第135—136页。"[1]在此基础上陈思认为："陕南商洛地区早期革命的情况，小说并未放置在当地历史的内部问题之内（土地集中、地租剥削、高利贷、苛捐杂税、匪患、军阀滋扰、地方武装团体的犬牙交错），同时回避了中共作为政党在乡村所做的基层动员工作，将革命原因归于满足个人权力欲望的'拉杆子'"[2]。这个观点是笔者比较认同的。并不是说"县志"就意味着更"真实"也更有资格代表"历史"，"县志"和"小说"类似，同样有一套自己的历史认知与叙述模式。但问题在于，在《老生》中"历史"不是作为历史背景而存在，其本身就是叙述对象。笔者并不是必然要在"乡土文明"与"现代中国"之间作出选择，而是期待《老生》展现20世纪复杂的双声辩证乃至于众声喧哗。在这一点上，《老生》以及与之类似的《古炉》，都没有彻底地展现出"乡土"之外的声音。不过，对于作家不能求全责备，贾平凹的价值立场与美学立场，始终立足于乡土文明，其文学的卓越之处，正在于对乡土文明的表达。尤其是《秦腔》之后的贾平凹。如果贾平凹和文学史上多位大作家有一个类似的"晚期写作"的话，那么正是从《秦腔》开始，贾平凹在犹疑与摇摆多年的"城"与"乡"之间越来越坚定地站在乡土这一边，越来越清晰地展现出乡土文明的自觉。如果说《老生》是20世纪中国与《山海经》的世界互相对照的话，最值得分析的地方，其实在《山海经》这一边。

---

[1] 陈思：《"新方志"书写——贾平凹长篇新作〈老生〉论》，载《中国现代文学研究丛刊》2015年第6期。

[2] 陈思：《"新方志"书写——贾平凹长篇新作〈老生〉论》，载《中国现代文学研究丛刊》2015年第6期。

三、"现代"之前的世界

旷新年在《老生》出版后曾经发表过一篇严厉的批评:"《老生》搬弄《山海经》也好,卖弄灵异文化也好,这些都是表面现象。而贾平凹并没有对《山海经》作出真正'中国'的解释,西方的流行文化作为一种强势符码,被贾平凹挪用作为'阐释的权威'。他搬《圣经》来套《山海经》,用外来文化'解释'中国古代文化。他用来解释《山海经》的先入之见全部是当前中国流行的西方文化观念。"[1]笔者同意《老生》所内嵌的《山海经》十分重要,但不能同意旷新年的批评。旷新年从所预设的一种纯粹革命与民族主义的混合立场出发,沿袭对于"第五代"电影所谓"东方神秘主义"的批评论调,生硬地肢解《老生》的文本。细读《老生》乃至于贾平凹之前的作品,无论如何不能得出贾平凹是"迎合西方观念"的作家这样的结论。比如,旷新年立论中有一处极为明显的误读,旷新年认为《老生》中村镇教师以"人只怕人,人是产生一切灾难厄苦的根源"来解读《山海经》,是迎合霍布斯等人的观念,"把人与人对立起来,这是典型的资本主义时代的思想产物"[2]。然而细读原文,《老生》恰恰在借这句悲愤的话批判20世纪人与人的对立与残杀,怎么能脱离上下文而把这句话摘引出来,由此指责贾平凹认同"典型的资本主义时代的思想"呢?

和旷新年等批判者的看法完全相反,《老生》中的《山海经》恰恰是"反现代"的。

《老生》中"匡三司令"与"唱师"这种具体人物的对位结构之上,正是以《山海经》的解说与唱师的回忆所构建的"古中国"与"20世纪中国"的象征性对位。在以往的研究中,还是上述的陈思的论文触及过这一方面,"正是在《山海经》的脉络上,《老生》以命名的方式,让一般常识之外的事物在语言结构当中出场,释放那些被压抑的经验"[3]。陈思将"被压抑的经验"指认为"回到物质之'名':地名、物产、礼俗、器物"[4],这实则是在"20世纪中国"的历史空间中,

---

① 旷新年:《文格渐卑庸福近——评贾平凹〈老生〉》,载《创作与评论》2015年第20期。
② 旷新年:《文格渐卑庸福近——评贾平凹〈老生〉》,载《创作与评论》2015年第20期。
③ 陈思:《"新方志"书写——贾平凹长篇新作〈老生〉论》,载《中国现代文学研究丛刊》2015年第6期。
④ 陈思:《"新方志"书写——贾平凹长篇新作〈老生〉论》,载《中国现代文学研究丛刊》2015年第6期。

将"日常生活"从政治逻辑中释放出来。这样的阐释思路多见于分析90年代的"晚生代"作家以及城市的、现代的日常生活,不过贾平凹所代表的乡土作家,同样分享着这一历史逻辑,这一点研究者以往似乎论述不多。在《老生》这里,"革命"的逻辑分崩离析,如陈思所指出的,乡土世界的山川地形、土地物产、日常起居、礼俗器物由此显豁可见。

在此基础上笔者想进一步指出的是,《山海经》对于"20世纪"的解构,既是在现代中国之内,更是在现代中国之外。《山海经》构建了"现代"之前的"古中国"想象,由此把"政治史"转化为"自然史"。笔者的看法受益于张旭东对于《酒国》的分析,通过对于《酒国》的精读,张旭东认为:"我们可以看到一个从'历史'到'自然史'的转变。这一转变呼应了任何关于'时间''历史''价值'的集体概念的崩溃。"①张旭东将此视为"一种根本性的虚无主义"。对《老生》而言,其"虚无"倒不是根本性的,而是呈现一种有意味的悖论:一方面《山海经》以瑰奇苍莽的"古中国"想象将"现代中国"重新变得自然化了,在小说中这种原始的自然生活被视为"神话",对应于20世纪中国的"人话";另一方面乡土文明的传统政治秩序也同时被自然化了,在第二个故事开篇游击队攻入县城,叙述人感叹道:"县长被割了头,这在秦岭五百年历史上都没有的事"②。

这一悖论的关键在于,"现代"之前的乡土世界,是"自然"的,还是另一种"政治"?借助于《山海经》的混沌美学,"现代"之前的乡土世界的"政治性"似乎也混沌于自然之中。这种理解的方式契合于近年来以"皇权不下县"为标志的对于乡土世界的一种流行想象,古代中国的乡土世界被想象为国家权力无法直接介入,依赖开明士绅维持乡村共同体的自治。这种思潮的关键,在于重新想象"国家"与"社会"的关系。

诚如清史学者胡恒所指出的,就"皇权不下县"这一观念而言,"它本在讨论皇权存在的空间范围,但事实上就此引申出乡绅社会、地方自治、国家与社

---

① 张旭东:《全球化与文化政治:90年代中国与世纪的终结》,朱羽等译,北京大学出版社2014年版,第250页。
② 贾平凹:《老生》,人民文学出版社2014年版,第72页。

会二元对立、乡村社会非国家化、市民社会等话语范式"。^① 胡恒结合清代县辖政区与基层社会治理的史料指出,"清代乡村并非如先前所认为的那样,是一个皇权远离、绅权统治的区域"^②。相反胡恒认为,"国家权力在乡村的政权建设始于清初,尤其是雍正中期以后"。就清史研究领域所提供的考证而言,"皇权不下县"所想象的作为自然世界的乡村,恐怕是一种"被发明的传统"^③。

由此回到笔者上文的提问:"现代"之前的乡土世界,是"自然"的,还是另一种"政治"?就《老生》而言,贾平凹倾向于回答是"自然"的,只不过传统的治理形式在这种理解框架中都变得自然化了。正像我们其实是从第四个故事,也即从"改革"的故事来理解"革命""土改""文革"一样,作者基于对当下乡土衰败的哀悼,反身构建了"现代"之前的充满神性的乡土世界。

然而,绝对的"自然"是先于"语言"的,这种对于乡土文明的想象,最终只是形塑了一个巨大而无声的象征。因此,没有比《山海经》更好的文本来匹配这种混沌的悲哀与沉默。《山海经》这个文本是没有言语的语言,永远在象征层面,也只是在象征层面。唱师永远在听《山海经》,他说不出话,小说精准地刻画了他的状态:"秦岭里的山哪一处他没去过呢,哪一条沟壑哪一座崖岩不认识他呢?唱师就想说话,又说不出来,连动一下舌头的气力也没有了"^④。

从《秦腔》开始,贾平凹一次次以"写作"为乡土文明立碑,然而乡土文明很难开口说话——至少在获得文化政治的自觉之前。《秦腔》结语于一块无字碑:有"墓碑"而无"碑文"。《老生》再一次结束于立碑,碑子上写什么呢?"老师再想,想了很久,最后写了一句话:这个人唱了百多十年的阴歌,他终于唱死了。"^⑤作为对于20世纪历史暴力下的无数亡魂的哀悼,"阴歌"是一种艺术形式,"碑文"选择以"形式"填充空缺的内容,实则是自我指涉的不断回旋。我们看到了"文学"的努力,更看到了"文学"的边界。

对于《老生》乃至贾平凹的其他作品,目前主流的依然是"文学—审美"的

---

① 胡恒:《皇权不下县?——清代县辖政区与基层社会治理》,北京师范大学出版社2015年版,第307页。

② 胡恒:《皇权不下县?——清代县辖政区与基层社会治理》,北京师范大学出版社2015年版,第322页。

③ E.霍布斯鲍姆、T.兰格:《传统的发明》,顾杭、庞冠群译,译林出版社2004年版。

④ 贾平凹:《老生》,人民文学出版社2014年版,第6页。

⑤ 贾平凹:《老生》,人民文学出版社2014年版,第288页。

把握，匮乏"文化—政治"的把握。怎么从"阴歌"乃至从"文学"中将亡魂召唤回来，让亡魂们与活人高声辩论，是正在经历急剧分化的当代中国与当代作家所必须直面的。我们已经有太多的艺术家乃至文学大师，但在这些尊贵的冠冕之外，笔者觉得不如将贾平凹视为乡土世界的讲述者，后者可能更为贴近贾平凹的本意，也更为艰巨与光荣。

　　在全球化不断扩展、城市化方兴未艾的今天，城乡的分化、阶层的分化正在重新生产出写作的分化与美学的分化，其他领域乡土文明已经溃不成军，难得的倒是在当代文学领域中，乡土文学还占据主流地位。贾平凹在《老生》之前的作品《带灯》后记中明确表示："我这一生可能大部分作品都是要给农村写的，想想，或许这是我的命，土命。"① 这种文化立场其实是被莫言、阎连科、陈忠实等作家所普遍分享的。这批乡土作家的写作，与其在马尔克斯、博尔赫斯那里寻找根据，不如在乡土文明中寻找根据。比如《老生》《生死疲劳》《受活》《白鹿原》所普遍分享的循环结构，这与其说是"先锋文学"的遗产，不如说是"乡土文明"对于世界的想象。但是我们对于乡土文学的理解与阐释，始终停留在今天高度窄化的文学体制之内，我们宁愿生产出另一块"非虚构"的乡土文学来直面社会转型，也没有激活这些主流作品的文学能量。难得有贾平凹等作家不断调整自己。在乡土文明正在以惊人的速度垮塌的当下，贾平凹也正在以惊人的速度写作，他在"第一次全面写到我的家族和村子"② 的《秦腔》之后，以平均两三年出版一本长篇小说的节奏，连续推出《高兴》《古炉》《带灯》《老生》《极花》等作品。贾平凹是忠诚于乡土文明的文学代言人，诚如他在多年前颇为诚恳地自述："我掂量过我自己，我可能不是射日的后羿，不是舞干戚的刑天，但我也绝不是为了迎合消费者去舞笔弄墨。我这也不是在标榜我多么清高和多大野心，我也是写不出什么好东西，而在这个时代的作家普遍缺乏大精神和大技巧，文学作品不可能经典，那么，就不妨把自己的作品写成一份份社会记录而留给历史。"③

　　正如《老生》的后记其实是序言，《老生》的开头其实是结尾。小说开始于秦岭深处的一条倒流河，山里人顺着河走，"恍惚里越走越年轻，甚或身体也

---

① 贾平凹：《带灯》，人民文学出版社2013年版，第354页。
② 贾平凹、黄平：《贾平凹与新时期文学三十年》，载《南方文坛》2007年第6期。
③ 贾平凹、黄平：《贾平凹与新时期文学三十年》，载《南方文坛》2007年第6期。

小起来，一直要走进娘的阴道，到子宫里去了？"①这个意象重复了贾平凹写于1996年的《土门》结尾，在表现城乡冲突的《土门》中，"我"也是"灵魂出窍"而走回"子宫"，喃喃地说"这就是家园"。乡土文明在今天确实遭遇严重的危机，但幻想"倒流"，止于"阴歌"，终究不是办法。历史的大河奔流，乡土文明如何汇流其中，我们可能需要更深入地理解"乡土文明"，也理解"现代中国"。

（原载《文艺争鸣》，2017 年第 6 期）

---

① 贾平凹：《老生》，人民文学出版社2014年版，第1页。

语言本体论的写作探索

——贾平凹《老生》中的反抒情话语与方言写作

程　华

　　作家创作的成熟，其实是语言意识的成熟。语言作为文学写作的本体，而非客体，其实不是表现作者思想的工具，而是文学写作的目的。闻一多在《庄子》中谈道："他（庄子）的文字不只是表现思想的工具，似乎也是一种目的。"[①]张卫中在《语言本体论的限度——关于新时期小说语言探索的思考》中也考察了西方文学语言的本体论观念："俄国形式主义、结构主义，英美新批评都是把语言文学看成一个封闭、自律的整体，认为文本的意义不是来自文本之外，而是来自语言自身。正是在这个意义上，人们把由索绪尔开创的这种理论称为一种语言的本体论"。[②]汪曾祺老先生从创作者的角度，写过多篇文章，比如《关于小说的语言（札记）》《中国文学的语言问题——在耶鲁和哈佛的演讲》《小说的思想和语言》等，呼吁作家把语言写作提到文学的本体性上，认为"写小说就是写语言"[③]。莫言认为，一个作家最大的追求，主要表现在"语言或文体的追求上"[④]。考量一个作家语言意识的成熟，要看其具体文学作品中的语言与文本内容是否契合，语体的选择，语气、语调的运用和语言节奏的控制，与作者的叙述立场和作品叙述话语是否相关。贾平凹《老生》的叙述话语如文坛老生般淡远节制，没有《秦腔》般事无巨细地对生活的细致呈现，也滤去了《带灯》中

---

① 闻一多：《闻一多全集》9，湖北人民出版社2004年版，第10页。
② 张卫中：《语言本体论的限度——关于新时期小说语言的探索》，载《文艺评论》2016年第12期。
③ 汪曾祺：《小说的思想和语言》，载《写作》1991年第4期。
④ 莫言：《莫言对话新录》，文学艺术出版社2009年版，第472页。

诸多浪漫的情感痕迹，是反抒情话语的呈现。在这部作品中，贾平凹延续了自《高老庄》以来的方言叙述腔调，其叙述态度、叙事话语和方言腔调自然地融为一体，这意味着贾平凹语言意识的成熟，可作为根于语言本体论的写作范本来探索和分析。

一、从抒情到反抒情

陈平原在《中国小说叙事模式的转变》一书中指明，现代小说受传统"史传传统"和"诗骚传统"的影响，发展出两种不同的话语形式，一种在叙事中偏重客观历史的呈现，写实意味浓重；一种强调在叙事中渗入主观情绪，有浓郁的抒情意味。王德威认为，抒情不仅仅是浪漫主义文学的表现手法，抒情作为一种文类特征，涉及话语模式的问题，也即"利用声音、文字和审美的各种资源，形成抒情诗或文学"①。王德威的抒情观念不仅超越了西方浪漫主义的拘囿，也超越了文体的限制。叙事类、戏剧类作品中也有抒情话语的呈现，这其实就和陈平原的"诗骚传统"入小说，有异曲同工之妙。借用王德威的抒情观念来观察贾平凹的小说创作，自出道伊始，基于性格和文学接受的原因，其创作可归入中国现代小说抒情文体一类。《浮躁》围绕金狗的人生起伏和情感经历展开叙述，金狗身上具有改革年代的奋发意识，凸显"浮躁"的时代情绪，具有鲜明史传因素的社会变革等具体事件因过多的故事情境和环境氛围描写被淡化。《废都》中，作者鲜明的情感标记，贯穿在庄之蝶与四个女人的身体沉沦之中，庄之蝶的绝望，其实是作者在文化转型过程中，个人情感和文化选择的迷惘表现，"废都"意象以及废都城墙上氤氲不绝的埙音也强化了作品整体的抒情氛围。《秦腔》记叙的是世纪末农村的凋敝，但整部小说的叙述节奏围绕虚拟的叙述者引生对秦腔演员白雪的痴情绝恋展开，涉及的话语表述缠绵而伤感。《秦腔》中最具现实意味的人物夏天义，从土地的捍卫者变成土地的凭吊者。围绕这一和时代同步的角色，贾氏不仅写出其子女不孝、传统伦理丧失、其钟爱的土地贬值等很多近于"史传"的事件，同时，将多角度的情感渲染加诸一个时代没落者身上，比如悲怆的秦腔腔调、被土掩埋的巨大绝望、无字碑的无奈等，增添浓厚的抒情意味。《带灯》围绕带灯个人情感和现实之间的巨大裂隙展开叙

① 王德威、季进：《抒情传统与中国现代性——王德威教授访谈论》，载《书城》2008年第6期。

述，"带灯夜游"寓意带灯情感世界的分裂，带灯给元天亮的二十七封短信，更是浪漫抒情话语的直接表现。贾氏从《浮躁》到《带灯》的写作，都以当下的现实社会为背景，却不是"补正史之阙"的史传文学，这基于他对中国传统文学理论"意象"观念创造性的理解和运用，在写实的基础上，重在张扬作者的情感和想象。具体来说，贾平凹小说中的抒情特色表现在以下几个方面：一是抒情氛围的营造，如州河的河流、埙音、秦腔腔调等抒情意象在作品中的一线贯穿；二是叙事者的情感注入，如引生、狗尿苔、带灯等极富感情的叙事态度在文本中的体现；三是整体意象的象征手法，诸如"浮躁""废都""秦腔""带灯"等题名都拓展了作品的意义象征空间，再加之散文化的结构和抒情氛围的营造等，贾氏借助这样的抒情形式，营造出一个多情的话语世界。

贾平凹一路走来的这些作品，除过《古炉》，呈现的都是作者正在经历的历史。身处历史之中，其表现历史就缺少了远距离审视，作品易成为对一段社会历史阶段的描绘。在《老生》中，已过耳顺之年的贾平凹，站在历史的高度，远距离地凝望和审视历史，也正因如此，其叙述话语经历了抒情话语向反抒情话语的转变。反抒情是抒情的对立面。黑格尔认为，抒情话语，其实就是用诗语完成对自我形象的塑造；米兰·昆德拉认为，抒情的个体，"只关注自身，无法看到、理解和清醒地评判他周围的世界"[1]。我们可以这样理解，抒情者在抒发情感时，沉醉在对自我的爱恋中，无法远距离地看待自我，更难以清醒地认识世界。反抒情就是对抒情的反拨，"远离自己后，带着距离来看自己，惊讶地发现自己并非自己以为的那个人"[2]。不仅如此，带着距离去观察和认识现实世界和他人世界时，也会取得一个超越的视角，用米兰·昆德拉的话说，是撕开现实的帷幕。这样，反抒情话语相对抒情话语，表现在对现实更为清楚和深刻的反观和认识中。反抒情话语在《老生》这个作品中，具体表现为超越的叙述视角的设置、叙述者情感的淡入，以及寓言和隐喻等客观抒情表现手段的运用等。

二、反抒情话语的呈现

《老生》中，贾平凹第一次将百年历史打通，在反观历史中，注入了其对历史的态度。《老生》如同题名："老"是经验和经历了历史和人生之后，对历史和

---

① 米兰·昆德拉：《帷幕》，董强译，上海译文出版社2011年版，第113页。
② 米兰·昆德拉：《帷幕》，董强译，上海译文出版社2011年版，第116页。

人生的更为客观的态度；生，即人的生命、生活，历史和人生是在经历中不断成熟的，善与恶、美与丑、苦难与沧桑，愈老愈体会得真实而客观。贾平凹在文学场域中历练四十余年，写下千万文字作品，其文学手法老辣，其对历史的态度少了浮躁和玄幻的想象，也绝少个人情感的渗透，更逼近历史的真实。

《老生》最有意味之处，就是叙述视角的设置。《老生》文本叙述的视角是双重的，小说开头和结尾，是第三人称全知视角。关于叙述者唱师的介绍，如同倒流河的隐喻，叙述者站在高处俯视百年历史，也开启了历史中的故事。小说中的百年历史故事，是老生的第一人称限知视角叙述，这样的视角选择，"借作者和叙事者的间离造成一个潜在的审视角度"[①]。这种叙事上的间隔手法，传达的是"对思考者的思考"。间隔的手法如同电影蒙太奇镜头的转换，模糊了具体的时空距离，把百年的故事放在无涯的时空领域中，感受人类在亘古荒原中的渺小存在，这是《老生》叙述视角的特点之一。其二，在具体的故事讲述中，老生作为限知叙述者，不仅是一个串珠式的线索人物，突出其在小说结构布局上的优势，而且贾氏借助老生的特殊视角，叙述故事，编制情节，传达其对历史的超越态度。"他（唱师）的存在超越了时间、种族、阶级、生死。地主死了他也唱，贫农死了他也唱，游击队死了他也唱，都在唱。超越了这些，才能比较真实地看待这段历史"[②]。其三，在讲述百年历史的故事时，贾平凹引用了《山海经》的故事。《山海经》故事与20世纪的中国历史并无交叉，《山海经》的引用在叙事节奏上起的是延宕故事的作用。在结构方面，《山海经》中所呈现的远古历史和现代历史正相呼应，也是叙述上的间隔手段，将具体的历史拉长到遥远的时空领域中，寄以悲凉的人生感受和荒凉的历史感慨。贾平凹说，"我有使命不敢怠，站高山兮深谷行"，贾氏意欲站在历史的高处俯瞰历史，通过视角转换和结构间隔的手段，通过多层次的超越视角，呈现历史之流的本来面目。

从一部作品中，可见作者对文学的认识。在《老生》中，贾平凹极力隐藏自己，妥善处理对人物的好恶标准，努力呈现"历史"和人物本身的特征。比如，同样是第一人称叙事，《秦腔》中引生对白雪的痴恋是作品的看点，其叙述话语也多情感的渲染，引生自断尘根的行为，是情感指向强烈的戏剧情景，有

---

① 陈平原：《中国小说叙事模式的转变》，北京大学出版社2003年版，第98页。
② 贾平凹、王佳莹：《小说的最高境界不是是非的问题》，载《北京青年报》2014年10月31日。

绝望的感情在里面。《老生》中，叙事者唱师是一个不知年岁的老者，其唱阴歌的身份寓意其窥破了人间的生死密码，游走在阴阳之间既经历着历史又超越于历史。小说中穿插了众多的阴歌歌词，歌词的引入并非抒情手段，而是唱师生死态度的体现，如同《红楼梦》中僧人唱的《好了歌》。贾氏在《废都》中借助拾破烂的老头也穿插过类似的看透人间苍生百态的谐语段子。如果说《废都》中老头的谐语中还有着愤世的感慨，《老生》的阴歌歌词则表达着对生死的了悟。唱师视角下人物故事是直奔生存本质的叙述，因而其文字表述绝少情感的介入。《老生》人物众多，贾氏并不着意人物性格发展的完整性，而是重点突出小人物具体的现实处境。比如，老黑是第一个故事的主角，唱师叙述："老黑有了枪，枪好像就是从身上长出来的一样，使用自如……他说枪要给喂吃的，见老鹰打老鹰，见燕子打燕子"①。平淡简单的话语背后，其实有深厚的思考在里面。老黑与枪的关系，隐喻着人本性中的兽性基因。第一个故事中的游击战争，其实就是革命斗争年代群体的兽性演绎，集中展示了人性的残酷。老黑死亡时的描写，是暴力和血腥的，这是老黑无法摆脱的"斗争"环境使然。多数读者不能接受关于残酷血腥的描写，唱师的客观叙述，恰表明这是无是非判断和无价值倾向的进入事物和人物灵魂的描写。再比如，墓生是第三个故事的主人公，在"文革"环境下，个人命运被时代洪流夹携裹挟向前，被动为生，无处立足。墓生最后因旗子而死，并被旗子盖住。"旗子"在"文革"年代是政治指向鲜明的词汇，旗子虽轻，但对墓生来说却无比沉重，是个人无法知觉的沉重，正因无法知觉，才显沉思的余味。两个人物，两个时代，两种死亡的方式，小人物的具体存在事实，照出了大时代的历史真实。

叙述者情感的淡出，并未弱化文学叙事的文学性，归因于作品中的寓言和隐喻的设置。抒情的表现手段，与自我情感、志趣相联系，在叙事文学中，主要通过创设情境和氛围来实现；寓言是寓于故事中的，寓言中呈现的是对历史的沉思和体悟。比如关于人与动物的寓言。第一个故事中的战争年代，唱师在山坳里的石头上写了三海、李得胜、老黑和四凤的名字，挖坑埋了，坐在那里唱孝歌，唱着唱着，老生"感觉到了不远处的草丛里来了不吭声的豹子，也来了野猪，蹲在那里不动，还来了长尾巴的狐狸和穿了花衣服的蛇。它们没有伤害

---

① 贾平凹：《老生》，人民文学出版社2014年版，第12页。

我的意思，我也不停唱，没有逃跑。唱完了，我起身要走，它们也起身各自分散"①。这段话，俨然人鬼神兽同处一处的情景。唱师，用歌声穿越了人鬼神兽的世界。四个人物是革命战争年代的主角，与四个野兽相映照，隐喻在战乱年代，人性堕入兽性中；唱师唱《敬五方》《悔恨歌》，是物我同一、众生平等愿望的映现。在佛教的世界里，有人道、神道和畜生道之说，唱师俨然置身神道的世界，呼唤兽类回归人类世界，而人的世界，应是众生平等。这样的寓言，没有政党批判的因素，只是强化了战争制造的血腥和暴乱使人性迷失，同时通过唱师，对美好的人性世界寄予期望。

比如瘟疫。瘟疫是指因某种疾病所导致的大规模的非正常死亡现象，来时迅即，有传染性，一旦爆发，难以控制。小说作者叙写瘟疫，多想象的寄寓，如陈忠实《白鹿原》中田小娥死后爆发的瘟疫；也有历史背景的原因，多为情节所制约，如《十日谈》的故事背景即为瘟疫。《老生》第四个故事中关于瘟疫的故事是寓言中的寓言。商品经济波及农村后，刺激了人们的拜金欲望。《老生》呈现了众人争先恐后种植危害人类健康的农作物，这是群体意识的盲从现象。群体良知的丧失，道德观念的沦丧，从人类精神世界的健康发展来说，是一种危害更大的"瘟疫"。贾平凹比别的作者更为高明的地方就是在这里，通过寓言中的寓言探索"瘟疫"的缘由。良知的丧失、拜金的欲望不仅仅是一种被动刺激，即众人的盲从心理，更是人们内心无意识的呼应，比如"老虎"的寓意。老虎与人类并非对立的存在，人类的发展威胁到兽类的生存，这恰是其《怀念狼》的主题。在《老生》这里，老虎已然绝灭的事实，是人类过度发展所致，发展的背后是人心的算计与贪欲作祟。贾平凹在这个小故事中写出了人们心理轨迹的演变，在无有的基础上寻找，从虚幻的观念里生发，变虚幻存在为实有，这在鲁迅先生的阿Q那里是精神胜利，但在贾平凹的戏生这里却成为现实的存在。贪欲，尤其是人的算计可以使虚幻变成实有，这是现实人性的演绎。在改革发展的背景下，像戏生这样的普通百姓，其精神世界的病变恰是一种群体的无意识，是一场需要引人注目的精神瘟疫。

比如关于竹节虫的寓言。竹节虫隐约在第三个故事始终。竹节虫混在枯枝中，难以区分，说明竹节虫是善于伪装的虫子。小说叙述墓生在老皮的眼皮

---

① 贾平凹：《老生》，人民文学出版社2014年版，第62页。

底下踩死了竹节虫，老皮走后，墓生又挖坑埋葬了竹节虫。墓生与竹节虫互为表里。墓生是第三个故事的主角，受"文革"波及的卑微人物。过风楼每在立夏时节会祭祀风神，祈求庄稼丰收，老皮的到来，使原本祈敬自然的行为变成了整治人思想的"整风"行为。老皮在作品中也是具有隐喻意义的人物，其面貌和行为异于一般人，比如双瞳、双排牙，脸上皮肤松弛，其怪异的面貌隐喻的是不正常的畸形存在，但其人却精力旺盛，也正因此，作者写老皮主宰着整个过风楼人的命运。为了强化老皮这一人物，小说中有一情节，老皮来到过风楼公社办公，要住在风大的上院办公，喜欢站在门外的台阶上俯视整个过风楼，作者写道："他在轰轰嗡嗡的音响里俯瞰着，想到了北京的天安门城楼，就把头上的帽子摘下来，拿在手里挥动。"①这一句话有两个词语有双关意义，一是"俯瞰"，不仅是从高往低看，而是这一人物在过风楼的地位高高在上，是权力的把持者；"挥动"帽子，这典型的动作，不是普通人之间的相互致意，而是某种思想文化的相互辉映——老皮是专权思想文化在过风楼的代言人。正是在老皮这样人物的整治下，过风楼里的普通老百姓人性发生变异，刘学仁、冯蟹和闫立本诸人成为老皮不同侧面的化身，或狡黠乖戾，或蛮横残暴，他们是老皮的变种；过风楼公社的老百姓，在老皮们的思想整治之下，也丧失朴素的人情人性。在《老生》中，贾氏重点写人心作伪，失却本性，这是人心的变异，也是竹节虫的隐喻。文化的畸变、专权的思想，恰是产生竹节虫的温床。故事中，墓生死了，可是覆盖在墓生身上的仍是竹节虫。"竹节虫"如同鲁迅先生笔下的阿Q，是一种集体无意识，这恰体现出作者批判思想的深意。作者不论叙述战争年代、改革时期还是"文革"时代的故事，都着重笔墨于特定历史环境下普通人性的发展变异，显露了隐藏于民族内部的负面文化因素，并借助寓言的手法，挖掘深藏于民族深处的集体无意识，这是经历历史沧桑之后的贾平凹用文学直面历史的思想体现。

反抒情的叙述话语，使贾平凹在审视历史时，并不是仅仅复述历史过程或呈现历史事件，而是尽力发掘历史深处影响普通人性变异和人物命运的因素，这恰如王国维所说，是文学家、哲学家眼中心中的历史，而非史学家眼中的历史。在超越的视角之下，历史如同聚光灯，映射出人性的美丑、生存的艰难、存

---

① 贾平凹：《老生》，人民文学出版社2014年版，第146页。

在的丰富性。每一段具体的历史或许不同，但在不同历史幕布下的人的存在是如此丰富，影响人性发展的社会的、文化的、历史的原因值得人们思考，这是超越历史的视角对历史本质的真实表现。

三、反抒情话语与方言写作

在所有的文学叙事中，语言不仅仅是一种手段，更是目的。《老生》语言最为个性的部分，那就是如同从作者身体中生出来的语言，充满着陕西南部的地方方言腔调，与整个小说的反抒情话语相得益彰。反抒情作为一种话语模式，运用通俗易懂的白话语言也可达到反抒情的效果。若以《老生》为例，这种生活味道十足的来自民间生活的方言腔调，恰是最适合表现民间历史的语言，是作品反抒情话语最恰当的表现。

纵观贾平凹文学语言的探索之路，贾氏从普通白话文写作走向方言写作，是一个逐渐扩大写作范围，超越个人才情和个性的过程。贾氏文坛试笔时期的语言优美隽永，运用典型的白话文书写自我情感，小说抒情意味浓厚。《废都》中的语言，夹杂着方言古语，但语体表述有明清文人笔记小说的味道，笔记体语言"实质是文人借以逞其诗文才具的手段"[①]，庄之蝶形象中有贾平凹的灵魂暗影。《高老庄》的语言是方言土语的大荟萃，是贾平凹摆脱自我形象、用方言呈现现实农村的意图。自《秦腔》《高兴》《古炉》《带灯》直至《老生》，贾平凹的小说语言足以形成方言的洪流，这一方面源于贾氏本人日常说话的方言腔调，说话语言和写作语言的一致性，使方言自然地成为贾氏观察社会、审视人生、表现生活的手段。另一方面，贾平凹笔下的世界也越来越深广，不仅是故乡生活，更是借助对故乡的书写呈现中国的历史和时代内容。方言写作，不仅仅是一种语体形式的变革，更是一种文化立场和写作态度的变化。如同普通话之于公共语言，是知识分子的话语表述形式，贾平凹借助方言写作，"用民间语言来表现民间，民间世界才通过它自己的语言真正获得了主体性"[②]。这是贾氏民间立场最鲜明和最直接的表现。

再现民间立场下的民间生活，方言比知识分子话语下的普通白话文更为贴

---

① 郜元宝：《汉语别史：现代中国的语言体验》，山东教育出版社2010年版，第273页。

② 张新颖：《行将失传的方言和它的世界——从这个角度看〈丑行或浪漫〉》，载《上海文学》2003年第12期。

切。寻根文学以来，作家们纷纷进入民间世界寻找文学资源，莫言《檀香刑》、李锐《无风之树》、张炜《丑行与浪漫》和贾平凹《秦腔》等，都是方言意义上的写作。作家们信赖民间语言，"从几乎无意识地依靠一种混合型的语言背景撤退到有意识地依靠某种旗帜鲜明的单一的所谓民间语言传统"①，除了民间语言接地气之外，鄙人认为，民间语言（方言）与普通话相比，更适合于表达"我们"而非"我"的世界。"文学写作是从'我'出发而最终要走向'我们'的"②，若从文学语言的发展来看，知识分子创造了文言文，用文字遮蔽了言语，扼杀了老百姓发声的可能，鲁迅等"五四"时代的作家意识到要启蒙国人的思想，必须要接近老百姓的声音，在文字的运用上，就要选择更贴近老百姓的发声方式，即白话语言。鲁迅的白话文向着"纯书面、案头读物"方向发展，"是个人化的知识分子式的发声方式"③。到了寻根文学时代，作家们纷纷抛弃"五四"以来的翻译腔，选择口语化的方言写作，其实是作者语言选择的自觉表现。知识分子普遍向老百姓发声方式的靠拢，将民间生活语言纳入知识分子的写作过程中，随着民间世界在创作中越来越深入的展现，语言和语言所表现的对象才能够融合。在《老生》这部小说中，唱师既是民间历史的叙述者，是民间历史的观察者和审视者，又是民间立场的代言人。唱师视角下的人物始终和多灾多难、有血有肉的民间生活相联系，人物的语言，是充满民间生命力的语言。民间叙述者借助民间语言呈现历史，申明态度，随着作者人生体验的深入和写作对象的扩大，作为"语言的'根柢'和文学的'根柢'的方言"④，才能自然地汇聚成文学语言的河流，承载着作者全部思想和艺术构思，呈现于读者眼前。

叙述态度影响叙述模式，叙述模式也会影响小说作者的语言选择。《老生》反抒情话语通过设置唱师的视角来表现其民间立场，在叙述结构上贾氏也摈弃了抒情意味浓厚的散点透视结构，而以唱师作为百年历史故事的讲述者。讲故事的背后其实有虚拟的听故事者，这种小说结构类于传统的"听与说"的说书

① 郜元宝、葛红兵：《语言、声音、方块字与小说——从莫言、贾平凹、阎连科、李锐等说开去》，载《大家》2002年第4期。

② 贾平凹：《天气》，作家出版社2012年版，第223页。

③ 葛红兵：《文字对声音、言语的遗忘和压抑：从鲁迅、莫言对语言的态度说开去》，载《中国现代文学研究丛刊》2003年第3期。

④ 张新颖：《行将失传的方言和它的世界——从这个角度看〈丑行或浪漫〉》，载《上海文学》2003年第12期。

人传统。说书人传统强调讲故事的目的在听故事,唱师娓娓道来的民间故事只有借助如话家常的生活语言才能达到讲故事的效果。不仅如此,贾氏在《白夜》后记中曾说,小说就是说平平常常普普通通的话,唱师说的是平常自然的故事,过于书面化的语言,达不到如平常说话般的讲故事效果。唱师用生活语言讲述民间故事,写作对象、文学结构和文学语言自然地融为一体,这是作者清醒的语言意识所致。

《老生》中,贾氏摈弃翻译腔调,选择方言写作,恰是为了契合唱师的民间视角。《老生》语言纯然白话,绝少装饰,滤去了情感的成分,语调淡远,语气从容淡定,这是唱师作为民间立场代言人的叙述话语。贾氏将唱师对于百年历史的审视态度自然地编织在舒缓简练的方言腔调中,意味着贾氏语言意识的自觉,也彰显着作者的创作态度和创作特征。正是借助方言写作传达反抒情的叙述态度,贾氏突破自我的限制和束缚,走向对我们这个时代和历史的描绘,并且深入历史深处,探究民族深处的集体无意识。

(原载《文艺评论》,2017年第8期)

在记忆与历史之间

——论贾平凹的长篇小说《老生》

张文诺

文学作品艺术成就的高低并不与它是否反映历史相关，然而，任何一个作家都不能摆脱对历史进行呈现的诱惑。已经过去的 20 世纪不可避免地成了历史，这段历史是中国苦难的历史，也是中国走向复兴的历史。这段历史是离我们最近的历史，当代中国一流作家对这段历史的呈现拥有巨大热情。莫言、刘震云、阎连科、张炜、陈忠实、刘恒、严歌苓等都对这段历史进行了呈现，写出了他们自己的 20 世纪史。贾平凹是一个历史感非常强的当代中国作家，他善于把刚刚逝去的或正在发生的生活纳入笔端化成文字，传达出自己的思考，揭示出一种时代趋势。贾平凹的《浮躁》《废都》《怀念狼》《秦腔》《带灯》等长篇小说反映的都是当时正在发生的生活。这些小说揭示了 20 世纪后期中国社会发展的每个时期的时代特征。而其长篇小说《老生》则把整个 20 世纪的中国历史纳入笔端，通过四个故事反映了 20 世纪中国的历史进程，呈现出一种新的历史图景。在《老生》中，贾平凹写了他在以往小说中没有写、不愿写、不能写的内容。"能想的能讲的已差不多都写在了我以往的书里，而不愿想不愿讲的，到我年龄花甲了，却不能不想不讲啊?!"①显然，《老生》所反映的生活曾经压抑了贾平凹很长时间，写与不写，他一直很矛盾，因为《老生》所写的全是他的祖先卑鄙、龌龊的行为，他担心他写出来是对自己祖先的冒犯与玷污，然而，贾平凹决心要在能写的时候写下他不曾写的，以免为读者、自己、历史留下遗憾。"它可以使我们避免以前的错误，它可以把我们带入一种对话中去，这种对

---

① 贾平凹:《老生》，人民文学出版社2014年版，第291页。

话可以帮助我们理解对他人实施暴力的后果。"①贾平凹把20世纪的历史化作了永不脱落的文字博物馆，让人们永远记住那段历史，在反思历史的基础上建构自我。

一、记忆与历史

贾平凹的长篇小说《老生》通过一个唱师的记忆叙述了四个故事来反映20世纪中国的历史进程，具有一种浓重的沧桑感与历史感。每个个体有自己的记忆，然而，记忆不仅仅是一个生理与心理问题，还是一个社会问题。个体想记住什么不仅仅是个人的问题，还与集体记忆有关。集体记忆构成一种记忆的社会框架，个体记忆必然依靠这个框架才能发生。这个框架使得某些回忆成为"能够进行回忆的回忆"，某些回忆则被认为是"不能进行回忆的回忆""不正确的回忆"，甚至"错误的回忆"而被压抑。"一个人想要记住的过去，在很大程度上是社会建构的，是由社会环境所铸就的。个体并不可能以任何他或她所意愿的方式去回忆。……当某一集团或利益集团成功地获得这种控制后，它就会决定民众记忆的内容和形式。"②对于过去的20世纪，每个个体都有自己的记忆，然而，记忆并不是完封不动地保存过去，个体总是有选择地记住过去的某些内容，而对有些内容就不可避免地遗忘了。主流意识或者是一些社会集团也总是利用文本、博物馆、纪念碑等各种手段去影响个体记忆图式，迫使他们记忆一些有利于社会集团的内容，为自己建构合法性。即使是个体所记住的就是真实发生的事情，但由于这些记忆可能与集体记忆相矛盾，那么别人也不会相信这个个体的记忆，当过去一段时间之后，甚至这个记忆者也会怀疑自己的记忆是否出现了偏差。当个体记忆都被集体记忆的图式规范化之后，我们可能遗忘一些真实的历史，那么就会出现历史虚假化的危险。

个体记忆受到集体记忆的影响与形构，然而，一些个体记忆也能对集体记忆产生影响，甚至能重构集体记忆。当然，这个个体必须具有与众不同的素质，比如较高的社会地位、超常的记忆能力、超长的寿命等。这样的个体记忆就足

---

① 塞都·弗朗兹：《伦理，宗教和记忆》，李会芳译，见《文化研究》第11辑，社会科学文献出版社2011年版，第59页。

② 大卫·格罗斯：《逝去的时间：论晚期现代文化中的记忆与遗忘》，和磊编译，见《文化研究》第11辑，社会科学文献出版社2011年版，第52页。

以对集体记忆形成一种巨大的冲击与颠覆。《老生》中的唱师具备了这样的素质，他是一个具有神仙气质的人。他超越了时间、空间，谁也不知道他的年龄，谁也不知道他的行踪，他先是住在正阳镇、老城村，然后去过过风楼公社、双凤县回龙湾镇的当归村，最后仙逝于上元镇棒槌山的土窑中。他跨越了阴阳，贯通了人鬼，不论是阳界阴界，没有他不知道的。二百年来秦岭的天上地下、天地之间的任何事情，你想知道的他都知道，你不想知道的他也知道。以至要问的人再问他都有了恐惧，不再问了。他连接了人与自然，他可以与人对话，也能与兽对话。他去过别人不能到达的地方，他能清楚地知道别人不知道的历史。唱师就是秦岭地区会说话的"史书"，他记住当地人想知道的，也记住了当地人不想记住的。秦岭当地人都非常崇拜唱师，都认为他的记忆有无可置疑的权威性。历史是人写的，而人有他不知道的历史，唱师不是人，是"妖"，他能知道人所不知道的历史。唱师知道的是一般历史书中所没有记载的，唱师的记忆自然地能对其他个体记忆或者集体记忆形成一种再构的力量。可以说，在唱师的记忆面前，任何人的记忆、任何人书写的历史都有漏洞和盲点，无法与唱师的记忆相提并论。在《老生》中，唱师记住了秦岭地区所有个体所没有记住的历史，唱师站在完全客观的立场记住了主流意识或者一些社会集团不愿意让民众记住的历史。贾平凹把唱师的记忆记载下来形成一种稳定的物质文化文本，结晶成一种文化记忆。"文化记忆有固定点，它的范围不随着时间的流逝而变化，这些固定点是一些至关重要的过去事件，其记忆通过文化形式（文本、仪式、纪念碑等），以及机构化的交流（背诵、实践、观察）而得到延续。"[1] 文化记忆可以储存记忆，可以把个人记忆固化并对其他个体记忆产生影响。

长篇小说《老生》弥漫着一种神秘气息，这种神秘气息就来自唱师的"妖气"。小说运用多个细节渲染了唱师的"妖气"。他的长相有些"妖"，"高个子，小脑袋，眼睛瓷溜溜的，没一根胡子"，永远不老。他的行动有些"妖"，人人不知他的行踪，住上几年就不见了，几年后又回来了。他的饮食有些"妖"，一过中午不再吃饭，只喝水。他能够超越阴阳两界，能够跨越人与自然，能够预知未来，能够占卜吉凶。他把磨棍插在地上，一场雨后，磨棍就发了芽；他可以让老鼠变成蝙蝠；他神奇地预知了秋后的打摆子病；他知道河里的沙子夏季后能

---

① 简·奥斯曼：《集体记忆与文化身份》，陶东风译，见《文化研究》第11辑，社会科学文献出版社2011年版，第7页。

卖钱；他也能预测地震的强度；他能与死去的人对话。贾平凹通过对唱师"妖气"的描写，反映了作家对宇宙中不可知的力量的一种恐惧与敬畏，增添了一种神秘体验。刘再复认为："文学的优越性就在于它能表达政治学、哲学、史学无法言说、无法表达的灵魂状态与情感状态，充分地展开对灵魂的叩问。人的生活（特别是人的内在生活）、人的命运中有许多无法用逻辑语言实证和表达的现象，又有许多难以解释的偶然、神秘的东西，恰恰属于文学。"① 比如《老生》写唱师为死去的人唱阴歌。我们一般认为唱阴歌就是一种迷信活动，但唱师说他为死去的人唱阴歌，是为了安放他们不安分的灵魂。唱师说每天他都梦见死去的人，他说死了的人不认为他们死了。地主张高桂死了之后，阴魂不散，质问唱师。唱师告诉他：你的身子已经坏了，住不成了，灵魂该去哪儿就去哪儿吧。暮生死后，全村的牛都叫了起来，叫声非常凄凉。这些描写都非常神秘恐怖，具有一种超验意味，读后令人感到恐惧、悲凉，令人产生丰富的联想，以进入现实之外的超验世界与想象空间。

二、重绘历史图景

在《老生》中，贾平凹放弃了他以前比较常用的不可靠的叙述模式，设置了唱师这样一个全知全能的叙述人进行叙述。选择什么样的叙述者并不仅仅是一种叙述人称与叙述态度的变化，它还意味着作家的叙述立场的变化。贾平凹以唱师作为全知全能的视角叙事，并不是要借助唱师确立一种权威性和霸权性，而是借助他的中立立场，宣示一种客观性与公正性。唱师的立场是一种人道主义的立场，这种立场超越了以往革命历史小说与新历史主义小说的讲述模式，它可以穿过这两种叙述的缝隙发现其遮蔽的历史，实现对历史的全覆盖。革命历史小说与新历史主义小说都流于一种简单化。革命历史小说是"在既定的意识形态的规限内讲述既定的历史题材，以达成既定的意识形态目的"②。革命历史小说通过高大完美的英雄形象、曲折动人的故事情节豪情满怀地讲述了中国人民在中国共产党领导下的斗争历程，证明了革命的合法性与必然性，再现了那段历史。这是 20 世纪中国历史的主流，这是任何叙述都没法回避的。然而，革命历史小说也有自己的弱点，它是一种预设理论下的叙述，往往把复

---

① 刘再复：《文学十八题》，中信出版社2011年版，第42页。
② 黄子平：《"灰阑"中的叙述》，上海文艺出版社2001年版，前言第2页。

杂的历史简单化、条理化。"革命历史小说在处理现实生活题材时，以战时两军对垒的思维将复杂的社会生活简单化、概念化处理，将所有的现象、矛盾和问题分门别类地划分得泾渭分明，失去了生活本应具有的丰富性、复杂性以及变动性。"①新历史主义小说以"家族""个人"的历史揭露被宏大叙事所遮蔽、掩盖的小历史，消解宏大叙事，以个人命运的"小历史"颠覆"大历史"。新历史主义小说挖掘了历史进程的复杂、曲折、偶然，写出了"大历史"遮蔽的"小历史"。然而，新历史主义小说也有自己的难以克服的弱点，它也是一种理论预设下的叙事。新历史主义小说反映的是一种逻辑真实。"他们展示的是在革命历史小说所讲述的故事之外的一种可能存在的其他生活状态。"换言之，新历史主义小说反映的是一种理论上可能存在的生活，是一种观念下的生活。"新历史主义小说以'时间并置'的方式颠覆正史意识，恰恰切入了正史意识的'盲区'，提供了正史意识难以提供的'新东西'填补正史意识忽视的历史空白，但是，对历史的全面怀疑和否定，又形成新历史主义小说的历史虚无主义和历史相对主义。"②

　　革命历史小说往往是呼应既定的意识形态，而新历史主义小说却是为了消解正史意识，二者都有各自的盲区。《老生》叙述的是唱师的记忆，唱师不属于任何阶级或者阶层，他既不"为尊者讳"，也不"为贤者隐"，他忠于自己的记忆。这样的叙述能深入历史的深层，能抓住历史的细节，因而呈现了一种全新的历史图景。贾平凹没有像新历史主义小说那样消解宏大叙事的合法性，而是通过唱师的记忆以四个阶段的故事反映了20世纪中国历史的发展态势，写出历史进程中的吊诡与混沌。《老生》从中国共产党领导的农民革命写起，揭示了农民革命爆发的必然性，陕南游击队的起事既有李得胜的宣传，也有来自下层农民的愤怒。小说虽然没有直接写穷人遭受的剥削与压迫，但小说通过王世贞迎娶四凤的情节突显了秦岭地区的阶级矛盾。正阳镇党部书记王世贞发现四凤长得漂亮，让保长带着重金去提亲，四凤父母虽然不想答应却不敢拒绝。王世贞把四凤娶回家里，根本没有与四凤同房，只是把她脱光洗净看了一个晚上，就把她给休了。在王世贞眼里，四凤作为一个穷人的女儿，那就不是一个人，只是一个赏玩的物而已。四凤一家遭受了奇耻大辱，四凤的爹娘羞愧难当，"三

① 徐英春：《倾听历史的回音》，中国书籍出版社2013年版，第117页。
② 崔志远：《当代文学的文化透视》，人民文学出版社2007年版，第468页。

海的爹娘打开了儿子，说这事与老黑没关系，趴在地上给天磕头，然后自己扇自己，哭着：这是啥孽呀，这是啥孽呀！"四凤的哥哥三海指着太阳发咒，将来要阉了王世贞。秦岭游击队起事后，发展迅速，他们劫富济贫，开仓给村里老百姓分粮，许多人就投奔游击队，最多时近二百人。秦岭游击队吸引了一批想改变现状的年轻人，如老黑、雷布等，也吸引了一批与富人有仇的人，更吸引了一大批穷人。当然，小说也没有回避双方的互相残杀。游击队所到各地，看见高门大户就翻墙而进，捆住财东，要钱要物，如果反抗就往死里打，拿刀割头。而保安团对游击队的围剿也非常惨烈，李得胜死了之后，保安团把他的尸体扒出来，割下头悬挂在城门楼下。保安团把俘虏的游击队员全部活埋，毫不留情。新历史主义小说往往突出革命武装对地主的残酷镇压，忽视了地主还乡团对农民的残酷复仇，这同样是一种历史盲区。《老生》写出了革命的合法性，革命不是盲目的个人欲望，也不是公报私仇，而是复杂的社会矛盾发展到一定程度所必然发生的。土地改革是中国革命成功的基础，这是一场改变了两千多年来的土地制度的伟大革命，土地改革对中国农民解放的意义不可低估。《老生》没有消解它的合法性，小说通过雇农白土的反应写出了农民对土地改革的欢迎。作家站在人道主义的立场把地主作为一个人而不是作为一个剥削者来写，揭露了土地改革的某些不合理之处。"土改"是以剥夺地主的土地分给农民进行的，而有些地主的土地并非是剥削而来。小说没有站在主流意识的立场上写农民的翻身乐，也没有站在消解革命的立场上写农民对地主的残酷专政。小说揭示了土地改革斗争中的残酷与血腥，"土改"中不停地死人，死的不单单是地主，还有农民，他们因分配不公而斗殴。作者没有消解土地改革的合法性，而是质疑土地改革的手段与方式。土地改革把地主的土地分给农民，而农业合作化运动却是把农民的土地所有权收归集体，农业合作化运动严重挫伤了农民的积极性。《老生》通过唱师在棋盘村的经历，揭示了农业合作化运动的荒谬。农业合作化的历史就是一部饥饿的历史，饥饿把人变得人不像人，鬼不像鬼，人性扭曲，心理失衡，人性中最丑陋的一面迸发出来。改革开放以来，让人民富裕起来成为主流意识形态的一部分。千百年来农民发家致富的愿望被激活，为了迅速摆脱贫困，秦岭地区的农民采取各种方法致富。小说描述了农民致富的心愿与热情，也没有回避他们的坑蒙拐骗及违法行为，他们为了挣钱，泯灭自己的良知，遭到了自然的惩罚，一场瘟疫把整个当归村变成了无人区。"历史是由一定的具体个人在一定的时间和一定的地点回忆和叙述的，因而历史也是由具体的人创造的一个过程。"①贾平凹通过唱师的回忆完成了对20世纪中国历史的重新书写，这既不是民间书写，也不是新历史主义书写，而是知识分子书写，这种书写正日益得到主流意识的肯定。小说有这样一个情节，革命成功后，秦岭地委要编写革命斗争史。秦岭地委安排游击队的后人进行编写，匡三司令对初稿大为不满，非常生气，把初稿烧了。原因是李得胜的侄子、老黑的堂弟、三海和雷布的亲戚族人都夸大前辈的事迹，甚至移花接木，将别人的事变成了他们自己前辈的事迹，甚至很少提及匡三司令的事迹。匡三司令直接点名让唱师出来组织编写。这个情节很有意思，它暗示：民间写史以及个人写史都失于片面与错讹，只有那种超越功利的知识分子叙事才能还历史本来面目。

20世纪已经离我们远去，但20世纪的历史还在影响我们，"时间的流逝把丰富的历史和刻骨的心情渐渐过滤成了书本和文字，这些远离了现实的切肤之痛和难忍之苦的书本和文字，使历史与读者之间仿佛加上一层模糊的玻璃，使读者与历史有一种隔离感。人们不再直接感受到历史，却仿佛是隔岸观火，把历史变成了一出出上演的戏文或小说"②。贾平凹用《老生》呈现了一部生动的历史，让人们重回历史现场，去触摸历史大变动中的芜杂与混沌。历史是一种对过去事实的记录，文学是一种想象，是一种叙述。然而，"我们体验历史作为阐释的'虚构'力量，我们同样地体验到伟大的小说是如何阐释我们与作家共同生活的世界"③。文学总是反映一些不该进入历史的细枝末节，或许正是这种细枝末节比一些历史大事具有更为丰富的价值。

三、对人性的拷问

长篇小说《老生》与贾平凹以往小说最大的不同是《山海经》的存在，《山海经》的存在增加了读者阅读的难度，这让读者的阅读速度不得不延宕下来，进行思考。贾平凹在小说中加入了《山海经》的片段，并非是故弄玄虚，而是寄

---

① 哈拉尔德·韦尔策：《社会记忆：历史、回忆、传承》，季斌、王立君译，北京大学出版社2007年版，第23页。

② 葛兆光：《中国思想史导论》，复旦大学出版社2011年版，第88页。

③ 海登·怀特：《作为文学虚构的历史文本》，见《二十世纪西方文论选》下卷，高等教育出版社2002年版，第695页。

托了他的一种生命体验与哲学思考。孙郁认为："贾平凹特殊的生命体验、摄取传统文明的视角、文本的非正宗性和语言的距离感，使得他的文本充满了复杂性，文字背后有一种强烈的历史意绪。"①贾平凹说："《山海经》是写了所经历过的山与水，《老生》的往事也都是我所见所闻所经历的。《山海经》是一个山一条水地写，《老生》是一个村一个时代地写。《山海经》只写山水，《老生》只写人事。"②贾平凹是按照《山海经》的结构来组织小说情节的，然而，《山海经》不仅仅暗示了小说的结构，它还隐喻了一种思维方式。《山海经》体现了中国古代先贤的思维方式，中国古代先贤认为：不管是山还是水，是植物还是动物，都与人一样是一个平等的个体；每个山、每条水、每个动物、每个植物都有自己的习性，都有自己的性格。贾平凹把每个人，不管是好人还是恶人，都当作一个人来写。《山海经》对小说正文既有一种排斥，又有一种呼应，两种文本形成了一种张力。"《山海经》所呈现的中国原形文化精神是热爱'人'、造福人的文化精神"③。《山海经》体现了中国的原型文化，体现了中国的民族无意识，体现了作家的一种悲悯情怀。

《山海经》还暗示了贾平凹塑造人物的方式。在《山海经》中，每座山都有每座山的特征，每条水都有每条水的气质，绝不雷同。《老生》中的几个重要人物都有自己的特异之处，一般地说，那种把英雄人物一出生就塑造得不同凡人的方法是不令人满意的，现代小说趋向于挖掘出英雄的平凡之处。其实，有的英雄人物可能很平凡，与他人没有两样，而有的英雄人物由于偶然或者巧合，一出生还真不同凡响，这也是事实。秦岭游击队队员老黑出生时恰巧爆发蝗灾，他娘因为生他难产而死，老黑长得高，长得快，长得壮，不怕熊，胆子大，枪法准，性格硬。暮生的娘被活埋快死时生下了他，他像个孩子，永远长不大。暮生有两个特殊本领，一是会学牛叫，一是善爬树，是头朝下爬树。戏生是个侏儒，但天生聪明，头脑灵活，会唱歌。贾平凹突出了人物天性的不同，李得胜心狠，老黑心硬，马生邪恶，冯蟹强悍。这种人物性格突破了新时期小说塑造人物的误区——有的小说为了突出英雄的平凡而片面突出英雄世俗的一面，以至英雄成为英雄完全是一种偶然或者巧合，这是对英雄的简单化理解。英雄应

① 孙郁：《贾平凹：评论家说好说坏都是创作的动力》，载《文艺报》2013年11月8日。
② 贾平凹：《老生》，人民文学出版社2014年版，第292—293页。
③ 刘再复：《文学十八题》，中信出版社2011年版，第192页。

该有英雄的素质。有的小说人物塑造为复杂而复杂，以至人物面目模糊，有的小说根本就没有一个让人记得住名字的人物。还有的小说流于一种极端，坏人塑造得更有人性光辉，而好人的人性都不健全，甚至扭曲、变态，其实，这是对艺术的另一种简单化。有的人天性比较善良，有的人天性比较邪恶，有的人天性比较勇敢，有的人天性比较软弱，世界上没有完全相同的人。贾平凹在《老生》中塑造了几个天性邪恶的人物形象，如马生、冯蟹、刘学仁、闫立本等，这是一群以整人为乐的人，他们能想出难以想象的方法整人。正如莫言所说："对那些几十年来一直以整人为业的人，对那些在可以打人也可以不打人的情况下积极地出手打人的人，对那些以打人为乐的人，反而需要不是用政治的态度、历史的态度来分析他们，而是要追寻他们个人品德方面的缺陷。我在农村时，的确看到过，有些人狠毒的性格，其实是从他们的家族中遗传下来的。俗谚道：狼窝里出不来善羔子。"①这些天性邪恶的人物在那个荒谬的时代大显身手，他们的存在让那个时代变得更为荒谬，从他们身上我们看到了人性的阴森与恐怖。

读《老生》有一种如芒在背的感觉，感觉好像有人在拿着一根带刺的鞭子抽打自己，那是因为贾平凹把我们每个人人性中的那份恶赤裸裸地展示了出来，在良知的法庭上进行审判。贾平凹写的就是我们的祖辈、父辈、儿孙辈的罪恶，我们每个人做过的违背良知的事情。长篇小说《老生》揭示了人性之恶与历史前进的悖论。贾平凹说："在灰腾腾的烟雾里，记忆我所知道的百多十年，时代风云激荡，社会几经转型，战争，动乱，灾荒，革命，运动，改革，在为了活得温饱，活得安生，活出人样，我的爷爷做了什么，我的父亲做了什么，故乡人都做了什么，我和我的儿孙又做了什么，哪些是荣光体面，哪些是龌龊罪过？"②这部小说毫不留情地揭开了人们的面纱，直接袒露了人性中的狠毒、邪恶、嫉妒、贪婪、猥琐。作为一个革命知识分子，李得胜不分青红皂白，就把那位为自己做饭的老人打了一枪。老黑为了表示自己的决心，又打了一枪，把老人打死。游击队逃到山里，住在姓冉的一家，姓冉的儿子要去告密，老黑要把他活埋，最后挑了他的脚筋。保安团逮住老黑与四凤后，剖开四凤的肚子，把孩子挑出来，是个男孩，用刀像剁猪草一样剁成碎块。保安团对老黑用尽酷刑，

---

① 莫言、孔范今、施战军：《莫言研究资料》，山东文艺出版社2006年版，第49页。

② 贾平凹：《老生》，人民文学出版社2014年版，第291页。

砸碎了老黑的卵子，砸到把上半身和下半身分开了才停止，最后剜出了老黑的心。马生丑陋、懒惰、无所事事，每天在街上晃悠，骂骂咧咧。他一当上村委会副主任，老城村便陷入血雨腥风之中。马生利用"土改"，斗死了王财东、张高桂，害死了和尚，吓疯了白菜，逼疯玉镯，烧了邢轱辘家的房子。冯蟹与刘学仁为了割资本主义尾巴，阴差阳错地揪出了棋盘村最漂亮的媳妇马立春，马立春喝农药自杀，后来成为一名傻子。闫立本为了惩罚改造分子，设计了各种意想不到的酷刑，让那些改造分子痛苦不堪。不仅如此，小说还揭示了普通人心中的恶。拾粪人为了报复徐老板向保安队告密。农民刘巴子为了立功，不惜颠倒黑白。白菜的男人为了惩罚和尚，带领一帮人把和尚折磨死。老秦为了填饱肚子，吃了别人扔的死婴。乡村教师张收成多次乱搞男女关系。当归村村民为了牟取暴利，使用各种农药，严重危害了人们的生命安全。小说揭示了历史进步与人性之恶的两难，每当历史发生大变动时，纲常崩坏，法制无力，人性中的恶被激活、被放大。"恶是历史发展的动力"，借用小说中的人物的话来说："搞土改还得有些混气的人，让他当副主任"。当我们为历史的进步而欢呼时，我们应该意识到，历史的进步有可能是以我们美好的人性的部分丧失为代价的。贾平凹认为：我们每个人都有罪恶，不能认为别人对自己犯下了罪，我们对别人的犯罪就是可以原谅的。这是一种深刻的忏悔意识与原罪意识，我们应该对历史的进步保持一种反省与忏悔。

正如谢有顺所说："他的写作，常常充满痛感，好像写作的目的就是为了卸下这一精神重担。"①展示人性中的恶不是目的，而是为了实现对人的救赎。小说通过烘托人性中的善实现对人的救赎。白土是一位贫穷的农民子弟，父亲因为吸鸦片败光了所有家产。哥哥白河离家出走，他不得不一个人借债埋葬了母亲。为了还债，他把地抵给了洪家；为了还债，他去给王财东家扛活。王财东对白土的帮助不乏有利用的目的，但王财东毕竟帮助了白土，白土还是非常感谢他的。白土非常忠诚，非常勤劳，不嫌吃喝。斗争王财东时，他不愿斗争，分给他两间屋子，他也不好意思去住。让他与玉镯成亲，他不敢干那事。为了保护玉镯，他整夜抱着玉镯睡。他对欺负玉镯的马生，不知该怎么报复，为了保护玉镯，他带着玉镯远走他乡。玉镯是王财东的妻子，她美丽、善良、温柔，待

---

① 谢有顺：《贾平凹谢有顺对话录》，苏州大学出版社2003年版，第188页。

下人好，帮着白土放羊，赢得了白土对她的尊敬，两人相濡以沫几十年，最后安详地死在一起。戏生虽然也有坑蒙拐骗的行为，也干过混事，但他坚守做人的良知，他带领全村人种当归，成了老板，成了名人。当瘟疫到来时，他这位当归村的致富带头人被当作传染源不让进村。当归村陷入大面积瘟疫时，戏生打电话向上级通报情况，又指挥村民抵抗瘟疫。戏生包扎了自己的伤腿，带领村民深埋死人，封存尸体。不想自己也患了瘟疫，死在自己炕上。白土、玉镯死后，迫害过他们的马生把他们合葬在一起，戏生得到了全村人的谅解与尊重。这部小说不但揭示了人性的恶，也讴歌了人性的善，呈现了人性的光辉。

20世纪已经成为历史，我们对20世纪的触摸可能只能依靠一些历史文本，然而，"我们所修的历史只是对历史的客观存在的一种阐释，而不能等同于历史客观存在的本身"[①]。文学有可能通过对历史细节的记录实现对历史的深层次把握，可以说《老生》呈现的20世纪并不是我们原来所了解的20世纪，它呈现的是一部曲折、动荡、充满疼痛感的历史。《老生》再现历史，不是为了让我们记住我们祖先或者我们自己所犯下的罪恶，更重要的是让我们面对现实，面对未来，坚守我们的良知。"那就是要培养每一个人的责任良知，无论是面对恐怖、暴力还是面对利用宗教或意识形态来反对其他个体或群体的企图。"[②]如果人类不坚守自己的良知，缺乏一种原罪意识，时代一旦发生变化，那么人类欲望就如打开的潘多拉盒子，一发不可收拾。谈起贾平凹的作品，学界津津乐道的是，他是一位坚持本土化与民族化写作的作家，其实，这种理解不能说错误，但至少低估了贾平凹。贾平凹有他自己的理想，贾平凹说："作品要写出人性的东西，要有现代意识，也就是人类意识。"[③]对贾平凹来说，本土性与民族性是作品的外壳，而内质是现代意识与人类意识。陈晓明说："本土性或民族性在文学价值评价方面并没有多少优先权……文学就是文学，所谓的本土性或民族特色也只能是在文学性的构成的整体中去认识，也就是说，它在构成文学性方面可能起到真实有效的积极作用，而不是为了民族性而民族性，为了本土性而本土

---

① 郑敏：《结构—解构视角：语言·文化·评论》，清华大学出版社1998年版，第51页。
② 塞都·弗朗兹：《伦理，宗教和记忆》，李会芳译，见《文化研究》第11辑，社会科学文献出版社2011年版，第71页。
③ 贾平凹：《贾平凹与新时期文学》，载《南方文坛》2007年第6期。

性。"① 现代意识与人类意识就是要关注人类共同面临的问题，关注人的存在的问题，关注人的价值问题。《老生》表现了贾平凹对人类存在的深刻关注以及对人类将来的深刻忧虑。"欲求和挣扎是人的本质。"② 可以说，人是不能摆脱自己的欲望的，人的欲望的存在就意味着历史前进脚步的艰难与曲折。从这个意义上说，人的存在本身就具有荒诞性，因为人不可能摆脱自己的欲望，人的存在会威胁其他物种、自然甚至人自身的存在。借用书中的话来说："人在大自然中和动物植物在一起，但人从来不惧怕任何动物和植物，人只怕人，人是产生一切灾难厄苦的根源。"人类愈是要实现自己的欲望，人愈是要把世界变得更好，世界有可能变得更糟。我们所能做的只能是：善待一切物种，以原罪的心态对我们的存在进行反思与反省。

（原载《商洛学院学报》，2017 年第 5 期）

---

① 陈晓明：《本土文化与阉割关系》，载《当代作家评论》2006年第3期。
② 叔本华：《作为意志和表象的世界》，石崇白译，商务印书馆1982年版，第427页。

经验写作与混沌美学

——评贾平凹长篇小说《老生》

徐　勇

虽然很难说贾平凹是一个纯粹的乡土作家，但在当代，比他更热衷更执着于乡情民意的状写与图绘的作家却不多。继《古炉》（2011）和《带灯》（2013）后，他的长篇新作《老生》（《当代》2014 年第 5 期）再一次把我们带回到秦岭一带崇山峻岭的逡巡漫游之中。在这之前，作者虽有过城市生活想象（如《废都》《土门》《高兴》等）的停留，但乡土似乎是他永远的后花园，始终都是作为文学上离乡／返乡的精神坐标存在。对贾平凹而言，乡土不仅仅是故事发生发展的舞台、背景或前景，更是寄托他人生情思、想象世界以及安置自身的精神家园。从这个角度看，《老生》显然是一部回忆之书，一部试图参透生死并沟通中西古今、现实与神话、经验与先验的人生总结之作。在这部作品中，贾平凹一反此前横截面式的断代写作，而试图从长时段的历史入手，纵横近百年来的社会变迁及人世沧桑，娓娓道来，再现作者的裕如与沉稳，所谓静水流深、对山忘言。这是这部小说给人留下的总体印象。

一

《老生》中有两条线索，一条是唱师临死前的有关大半个世纪以来所历所见所闻的回忆，一条是师生就多次阅读《山海经》而展开的问答。表面看来，两条线索各自展开，互不干扰，但其实有内在的关联。请看下面这句话：

> 仰观天以取象，提升人的精神和灵魂，俯察地以得式，制定
> 生存的道德法则。

表面看来，这句话并不显得多么新鲜或观点独异，但对于理解整部小说却十分关键。其重要性主要体现在两个方面。第一，它显示出了这部小说的叙述重心

及其潜在诉求。这段话想必很多人并不陌生,《周易·系辞上》有云:"仰以观于天文,俯以察于地理,是故知幽明之故。"康德的《实践理性批判》中也说过:"有两种东西,越是经常而持久地对它们进行反复思考,它们就越是使心灵充满常新而日益增长的惊赞和敬畏:我头上的星空和我心中的道德法则。"①所谓"观天""察地"其实就是一种人生"经验"的分析总结,至于"提升人的精神和灵魂"和"制定生存的道德法则",则是试图通过"经验"而直抵"先验"的努力。从这一句话可以看出,不论叙述者或作者说得多么玄乎和模糊,至少有一点可以肯定,那就是道出了人生经验的重要性。而小说的实际叙事,也正印证了这一点:作者虽然倾向于最终提升或提炼出某种带有普遍性或"先验"层面的内涵来,但其对人生经验的表现却始终是小说叙述的重心。甚至可以肯定,是人生经验的不可化约性及其非本质化特征某种程度上解救了整部小说在理论思辨或哲学思考上的苍白与无力。第二,其对话体的背后显现出其内在形式的意识形态内涵和作者的新的尝试。这段话是小说师生问答中老师的回答部分。问答,是中国古代文化/文学中的经典文体,《论语》《汉大赋》即此。这里一问一答虽然带有传道解惑的意味,但如果联系本文《山海经》及之前引的那句话来看,其呈现的毋宁说是以西方现代观念阐释古典传统《山海经》的努力与尝试。也就是说,这种内嵌式的对话体,显现出来的不仅是师生间的传道与解惑,更是中西文化之间的对话与对接的尝试,而这,对此前的贾平凹及其创作历程而言,却是十分少见的。贾平凹向来以传统文化的代言人自立,西安也正好给他提供了这一文化想象的平台和舞台。围绕这一空间,贾平凹逐渐构筑起自己的文学乡土和城市景观。这也决定了他的乡土和城市,往往不可避免地深陷于传统与现代的对立冲突中,他的小说因而常常显得隐喻和象征很浓。这样来看就会发现,《老生》似乎想突破这一点。这一突破的努力体现在西方视角的引入上。

西方视角的引入表明了贾平凹看待问题角度的转变及其新的尝试。虽然说此前他的小说并不总能摆脱第三世界民族寓言的命运,中西之间的对立亦常常被有意无意地嵌入现代与传统、城市与乡土乃至文明与愚昧等诸多二元对立的表象中,但西方始终是一个"缺席的在场"。《老生》则不同,它的一个十分明

① 康德:《实践理性批判》,见《康德著作全集》第5卷,中国人民大学出版社2007年版,第169页。

显的变化是，西方从原来意义上的隐现者一跃成为显现者的角色，不仅如此，它更成为一个观察和思考的视角。虽然，我们很难直接感受西方的存在，小说中也很少直接触及西方的观念，但西方作为一个视角，使得这部小说明显区别于作者的其他小说。而这，也在某种程度上，使得小说多有内在的裂缝与矛盾之处，让读者与批评家颇感踌躇与困惑。

小说中，《山海经》是理解的关键。临终前的唱师听着老师在屋外讲解《山海经》，不知不觉回想起自己经历的长长一生。如果说饱学之人（即老师）是在以现代观念重新阐释《山海经》的话，那么唱师则是在以他的人生经历来演绎《山海经》了。弗莱曾把文学的发展视为春夏秋冬和五个阶段的循环，古代的神话在经历了一个轮回后又会以另一种形式重现（《批评的解剖》）。《山海经》可以称为中国古代神话的一种，《老生》以现代观念或故事的形式对接古代神话，其意并非复活古代神话的观念或迷信思想。就像作者在后记中所说："《山海经》里那些山水还在，上古时间有那么多的怪兽怪鸟怪鱼怪树，现在仍有着那么多的飞禽走兽鱼虫花木让我们惊奇。《山海经》里有诸多的神话，那是神的年代，或许那都是真实发生的事，而现在我们的故事，在后代来看又该称之为人话吗？"唱师虽然没有读过《山海经》，但他的一生其实是另一部《山海经》。他的世界没有阴阳生死之隔，换言之，他是一个生活在生死两界的人。我们以为"怪"的事，在他看来并不怪。这样来看，就会发现，《山海经》中或唱师的叙述中我们以为是"神话"的东西，在他看来其实是看待现实、理解现实的方式方法。小说借《山海经》中自然世界的灵异故事告诉我们，自然世界中潜藏着的神秘与诡异，其实与人类世界相向相通、彼此呼应，人类虽能改天换地，但终究有其难以摆脱的限制甚或宿命。小说借《山海经》沟通古今生死，并以此重新审视（而非阐释）历史与现实。

启用神话资源在贾平凹那里并不少见。《废都》《遗石》《白夜》《怀念狼》等等均如此，但对这些小说而言，神话是作者在无力或无法解决现实困境时的一种退身之道，换言之，在贾平凹那里，他是在以虚写实，立意在实，《老生》则不同。虽然说立意都在实（某种程度上即经验），但《老生》中的实并不指向现实问题，毋宁说它是一种现实意识。因为，它所涉及或反映的是长时段的历史，而非仅仅当下现实。这样一来就会发现，在《老生》中，贾平凹是借虚来实现以实入虚，最终达到对人生经验的抽象总结与"先验式"顿悟。

《老生》触及很多历史上的大事件，所谓革命（秦岭游击队）、继续革命（"土改"、改造、三年困难时期）、非典肆虐及新时期以来的过度发展（病）等等。小说以四个故事勾连起四个不同的时代，这一写法给人以宏大叙事的印象，但作者却又绕开去，偏偏从生死的辩证关系入手，写大时代的小故事，宏大叙事也终成为"老生常谈"和"妄言诳语"。可见，所谓"老生常谈"其实也就是一种"故"事"新"说和传统经验的再造重组，因而在某种意义上，这是一种本雅明意义上的"故事体"，而非卢卡奇式的"小说"文。贾平凹的小说多立足于（直接或间接）经验的积累而非个人的向壁沉思。这恰恰是作者的小说的非常独特之处。其虽一方面不免使他的小说难以深刻见长，但却极富中国经验和质感，用贾平凹自己的话说就是"国情、世情、民情"。在当代中国，真正能写出此"三情"的其实很少。贾平凹的小说虽有传统志怪传奇的流风余韵，但其写实的功底和细节刻画的笔力极深。当代中国作家中并不乏写实的高手，也有人尤其擅长浪漫想象的飞扬，但能把两者完美地结合在一起，贾平凹当首屈一指，为后世所难匹，这在《废都》《古炉》《带灯》和《老生》中都有明显表现。从这个角度看，贾平凹可谓当代中国经验写作的集大成者。但也正是这一点，造成了对他小说的阐释的难度。他的写作既不迎合西方现代小说的某些"成规"，也颇难从第三世界民族国家寓言写作的角度加以归类，而这，对于深受西方思想资源惠泽的批评家／理论家们，不能不说是一个挑战。

二

　　自贾平凹步入文坛起，其小说就常涉及宏大叙事，如《鸡窝洼的人家》《腊月·正月》和《浮躁》等都曾一度作为改革文学的代表而被例举，但这些终究不是改革写作的主部。他笔下的改革，虽能见出时代精神之光的重影，但却更多被看成文化冲突中的折光。波澜壮阔的史诗式的写法并非贾平凹的专长，他也无意于此：贾平凹的小说虽多能从"主导文化"的角度理解，但却始终与之若即若离。21世纪以来，底层写作曾一度风行中国文坛，其中云集了刘震云、铁凝、王安忆、刘心武等众多名家名作。贾平凹也不甘寂寞，曾写出农民到西安城打工捡破烂的《高兴》（2007）一书。但这部小说不同于很多底层写作的地方在于，其虽写到底层的困窘惨境，但却既无意于控诉，也不诉诸悲情。小说取名"高兴"，既是因为主人公刘哈娃为实现自己的城市梦而改名"刘高兴"，也表明了一种对待苦难的乐观态度。虽然说这部小说写出了全球化进程中国农村城镇化的必然性的一面，但却拒绝进一步的隐喻或寓言倾向。紧跟时代，但始终保持自己的冷静清醒，使得贾平凹的写作既前卫而又不疏淡。这样一种紧跟而又保持距离，发展到《老生》的写作中即是从宏大叙事到"老生常谈"的转变。

对文学写作而言，宏大叙事容易，而真正要做到"老生常谈"却很难。最近一部由盛可以写作的长篇《野蛮生长》（2014）很能说明问题。这部小说的很多地方让人想起《老生》。二者都是从半个多世纪的大时段的角度展开叙述，都涉及诸多重大的历史事件。但毕竟，《野蛮生长》中的价值预设过于明显，作者为表达批判现实和历史的意图，而把诸多社会大事（如80年代的严打、收容致死事件、城管暴力执法被杀、中学生被轮奸跳楼等等）并列地融汇于一个家族各个人物的命运之中，其主人公们一个个非正常的赴死也似乎或正在于凸显社会的非人道。《野蛮生长》中这种以并列式的社会（新闻）事件显示其现实批判的思路，与去年成为议题的余华的《第七天》（2013）相似。这些小说，都是在一种宏大叙事的框架下，展现主人公的悲剧性命运或死亡宿命。其主人公的死亡也往往被赋予过重的含义（如批判现实），而可能失却了死亡本身的审美性内涵。这是一种典型的死亡的宏大叙事的写法。虽然说，《老生》也常写到主人公的死亡，甚至是大规模的死亡，但死亡并不导向社会批判的层面。死亡虽充满偶然，但并非不可预知，这就是《老生》中死亡叙事的特点。

死亡叙事是现代性叙事的重要组成部分。对现代性的死亡叙事而言，死亡叙事指向的其实是对生者的承诺：死亡往往被赋予"宏大"的意义，寄托了作家对社会人生的大恐惧和大期冀。死生的二元对立模式使得死亡成为对生的发言和示威。《第七天》和《野蛮生长》中的死亡叙事正是在这个意义上显示出批判现实的指向。《老生》中反其道而行之，可以说，正是从这一点出发，小说从宏大叙事转向了"老生常谈"。小说写到了革命（秦岭游击队）的不人道，视生命为草芥，其中一幕是典型的宏大叙事的解构做派。老黑和表哥李得胜到青栎坞去玩，寻到一个老汉家要糍粑吃，李得胜趁机向老黑灌输革命思想："正说着，屋门吱呀响了，两人回头看，跛子老汉出了门跟跟跄跄往屋后跑。李得胜唰地变了脸，说：他听见了？老黑说：就是他听见了能咋？李得胜说：这不行！起身就撵过屋后，老汉已经到了屋后半坡的一棵花椒树下，李得胜一枪就把他打得滚了下来。老黑跑近一看，那人昏过去了……手上还攥着一把花椒叶。老黑说：错了，错了，他是来摘花椒叶往糍粑里放的。李得胜半会没言语，却看看老黑，说：他没让我相信他是要摘花椒叶的。老黑也明白了李得胜的话，就在老汉的头上也打了一枪，脑浆流出来，身子还动，接着再打一枪。"如果单独看这一段，当然会有革命的野蛮残暴之感，但如果把这件事放在整个历史的大事件中看，就会发现，不独革命如此，反革命的国民党武装更是残暴异常，杀人如麻。由此可见，人的生命，在包括革命在内的任何激进的现代性实践面前，其实都是十分脆弱且微不足道的。死亡充满了偶然和未知。既如此，那些未死而成为英雄的，如匡三之辈，其走向革命并当上英雄更是充满了偶然。生与死，富贵或英雄，都只是一念之间的偶然的事情。"偶然"是贾平凹《老生》中的关键因素，而也正是在这一点上，他的小说写作带有福柯意义上的"非连续性"内涵。生死间的偶然，使得任何从中揭示或窥探其背后宏大叙事内涵的意图都显得反讽而不可能，死亡并不导向宏大叙事的建构和连续性主题的重组。

这与余华等人的先锋写作中的死亡叙事又不太一样。余华的很多小说如《鲜血梅花》《世事如烟》等等，都写到死亡的偶然，但死亡的偶然在余华那里是为了切断死亡向生的过渡和发言。贾平凹《老生》中人物的死亡虽也不免带有偶然，但死/生间的链条并没有被切断。死亡的偶然告诉我们，死亡虽不可知，但死生其实是相通的。死亡既不神秘，也不恐怖，就像生，既不崇高也并不显得意义重大。

三

贾平凹并没有写出死生的虚妄或虚无来，他并不是仅仅在感叹生死无常，虽然说其中饱含了作者的大悲悯与大彻悟。贾平凹并不是虚无主义者。他有他自己的一套世界观、人生观。在这部小说中，贾平凹虽写出了大半个世纪以来的历史变迁，但他似乎无意于反思或反省。他的小说，向来有两副笔墨：一副是宏大叙事式的现实主义写作，这一脉发展到后来演变为粗粝质朴的写实，如《带灯》；一副是带有古代志怪式的传奇体。另有一些作品如《废都》《秦腔》和《古炉》，则在写实主义中渗透志怪的元素，显现出两者融合的态势。这一倾向在《老生》中更有淋漓尽致的呈现。从这个角度看，《老生》的写作显示出作者人生经验和写作的总结的倾向。在这部作品中，贾平凹真正建构起其泛神（泛灵）主义者的面目来。

《秦腔》和《古炉》中，世界的怪异的一面还只是通过不太正常的主人公（如引生和狗尿苔）的视角呈现出来，这样的怪异的世界同正常世界之间多少还是一种彼此分立的景观。这一分立，在《老生》中则通过唱师的叙述而呈现为彼此相通的存在了。换言之，世界的怪异或灵异，并非异于人的另一种存在，而实际上是人类现实的一部分。这一观念的由来，不是源自唱师的存在及其叙述，而是与师生对《山海经》的现代解读息息相关。唱师之类所谓通神或跳大神之人在农村／乡土小说中并不少见，赵树理的《小二黑结婚》中的三仙姑、范小青的《赤脚医生万泉河》中的巫医、贾平凹《秦腔》中夏中星的爹等等是不同时期的文学／文化塑造的代表。就《赤脚医生万泉河》的叙述而论，巫医是作为与现代科学（医学）对立的迷信存在的，这一人物代表了大多数乡土小说中的巫师形象。贾平凹的小说（如《秦腔》）中没有做这样简单的处理。贾平凹当然清楚阴师的装神弄鬼，他也并没有去神化他们，中星爹的宿病不愈而亡即是明证。但这并不意味着神秘之物的不存在，而恰恰是这些科学所不能解释的事件的时有发生才是唱师在乡土社会中存在的空间及土壤。贾平凹只想告诉我们，唱师虽属异人，但终究还只能依靠直觉或经验作出判断，他并不能预测生死。故而《老生》中的唱师的叙述只能是回忆和经验上的总结，而非未来时态的预测。对于这一经验叙述，还需现代理论上的重新阐释和转换提升。小说中师生就《山海经》而展开的问答，即带有这一叙述上的功能。其中一段话可供对照阅读：

> 现在的人太有应当的想法了，而一切的应当却使得我们人类的头脑越来越病态。我告诉你一段话吧：纯然存在的美，那属于本性的无限光芒。树木不知道十诫，小鸟也不读《圣经》，只有人类为自己创造了这个难题，谴责自己的本性，于是变得四分五裂，变得精神错乱。

　　贾平凹曾多次讲到《山海经》的一则故事："《山海经》上讲混沌的故事，混沌是没鼻没眼的，有人要为混沌凿七窍，一天凿一个，凿到七日，七窍是有了，混沌却死了。"[①] 他在前引对话中提出的回到人的本性的"本性"一物，即是这样一种"混沌"，它就是"一"，无所谓好坏，也不可分割剥离，人的生死灾

---

① 贾平凹：《关于小说语言》，见《五十大话》，人民文学出版社2008年版，第364页。

变,都在其中。这就是我们的宿命,面对它,既不必悲哀也无须欢喜,坦然视之即可。

如果说开篇引的那段还是在用现代思想阐释《山海经》的话,那么这段引文则是在借对《山海经》的阐释来指涉和批判历史与现实了。大半个世纪以来的历史实践,所谓革命、继续革命乃至经济上的过度发展等等,都在进步或解放的名义下而显得煞有其事,但其实颇值得怀疑,很多人因此"丢了卿卿性命"不说,人类的"本性"也往往被层层蒙蔽:这些宏大叙事看似简单明晰、是非分明,但距离人的"本性"日趋遥远。这时,唯有回归"本性"或许才是真正走向完满的路径。小说中有一个细节值得细细品味。"土改"后白土和玉镯两人在首阳山幸福生活,正所谓"不知有汉,无论魏晋",山下的老城村经历了互助组,又经历了初级农业合作社,他们都不知道,直到慢慢变老,先后死去。这一段描写在小说中占很少篇幅,但却极有象征性。其虽看似"闲笔",却是画龙点睛。首阳山不是一般的山,历史上有所谓伯夷、叔齐不食周粟隐居山中至死的故事。小说写白土和玉镯虽生活在历史变动的大时代,但能不为时代所扰、所惑,隐居山中,自然自在自为,他们才是真正通透、通彻的人。

虽然说这些都不过是"老生常谈",但文学终究不是哲学,无须也不必靠思想的新颖深刻取巧。小说以唱师的口吻叙述,这既是一种视角,也是一种态度。唱师能通生死,唱师冷眼旁观,这是一种经历者而非介入者的距离。经历而不介入,这使得他对世事变迁既有切身的体会又有通透的理解。同时,这一视角还包含着一种无奈,因为贾平凹深知,自近现代以来的中国,历经着社会巨变,这巨变中的个人不可能也做不到置身事外,白土和玉镯终究只是想象中的一厢情愿或例外。人人都被时代裹挟,泥沙俱下。小说以生死之间——既指通生死,也指将死之人的恍惚——的唱师的视角展现世事变迁,其实透露着一种无奈,并不是每个人都能做到冷眼旁观而与时代社会保持距离:清醒的人或理智的人其实距离人类的本性很远。而事实上,即使唱师,也仍然是人,就像《秦腔》中的中星他爹一样,一旦陷入人的七情六欲的藩篱,便绝难做到超然客观。《老生》中,作者把唱师塑造成妻/子全无的近于半神半人的形象,即是为避免这一悖论。在这之前的《秦腔》中,贾平凹尝试着以疯子的视角(《秦腔》中的张引生)展现世事变迁。疯子虽有异秉,但他是介入的,终究也难做到超脱和客观。《老生》中的叙述视角与贾平凹此前创作的作品都不相同。其既非深陷其中的主人公视角如《高兴》中刘高兴的限制视角叙述,也非疯子式的半限制视角,更非叙述者隐退且高高在上的全能视角如《商州》《浮躁》《废都》等。唱师虽不是全知全能,但他不为世事牵绊,不为情感所惑,他能通生死,因而就别有了一种理解、宽厚和包容之心。此外,其临死前那种飘散的回忆更让叙述呈现一种混沌状态,非清醒逻辑所能阐释。这样一种叙述呈现,既是向无限敞开的回忆,也是在拒绝被重新总体化、逻辑化或者说再符码化。或许这就是生命本身的原始形态吧!

但这泛灵主义其实又是我们从理论上加以把握的说法,就像拉美的魔幻现实主义本身就是其现实生活形态的表征一样。中国社会,特别是农村乡土社会,向来有自己的一套因应自然现实的神秘观念,这一观念并没有因为现代科学的发展而完全消弭,也并非仅仅封建迷信所能阐释,这是农民自己的宗教和象征仪式,有其存在的部分合理性。在这部小说中,贾平凹当然并非要去复活古代的志怪或神话,他只是写出了中国社会现实特别是乡土社会发展中的变与不变的独特形态。混沌即是这一形态的最好表征,既神秘又现实,既不可阐释又无处不在,所谓虚虚实实实实虚虚,或者说假作真时真亦假。某种程度上,《老生》正是这一混沌的美学表征,它代表的是一种可以称之为混沌美学的典范。这样来看,他此前的创作,诸如《废都》《白夜》等等,都可以被视为这一文学"风景"的起源之作了。

四

这部小说中虽有人生经验的总结之意,但其实也暴露出贾平凹的内在矛盾和困惑所在。贾平凹一方面在说混沌,拒绝生死的对立及神话与现实间的两隔,另一方面却试图以现代的观念解释这混沌,使之明晰抽象,前面所引的"制定生存的道德法则"说即如此。这就透露出贾平凹一直以来的困惑和努力。他的小说最富中国经验和"中国的味道"(贾平凹《我心目中的小说》),但他也似乎常常不很自信。这当然与西方现代小说的话语霸权有关。事实上,新时期以来,西方现代小说的影响之大、覆盖之广,已是不争的事实,寻根、现代主义(或伪现代派)以及先锋写作等等即是最显明的表征。在那种人人皆言创新的浪潮中,能保持冷静,确实是一种考验。贾平凹曾在多篇文章中谈到西方现代文学,如《关于小说语言》和《关于语言》等,他也知道西方现代文学的优势所在，所谓人性的表现，所谓现代意识，云云。就《老生》而言，其中康德的影子十分明显，所谓"道德法则"之说即是表征。但这还只是表面，其深层表现是小说结构的双线对立共存。一边是师生就《山海经》而展开的答问，一边是唱师的临终回忆，两者间的关系，容易让人想起康德的经验和先验的对立统一模式。康德的一生一直都在探索经验直通于先验的途径及可能，故而他提出了"判断力"，提出了"直觉"，等等。可见，唱师是有"判断力"的人，但他并不知道"判断力"为何物，他没有读过《山海经》，更不用说康德了。但作者读过（至少是知道）康德。作者把唱师的回忆与师生的问答并置一处，即带有从理性上把握唱师的经验的一生，以试图发掘其背后的某种形而上内涵的意图在。这一形而上某种程度上即是康德所讲的"道德法则""先验""上帝"或"物自体"，或者说"本性"。但问题在于，"本性"和"道德法则"可以做理性的分析，中国古代的混沌却颇难做到这一点。两者间的张力及其内在的紧张关系，构成了这部小说反讽式的结构，及其内在的裂缝与矛盾之所在。另一方面，也限制了小说思考的进一步展开。如果说，在《废都》《白夜》和《怀念狼》中，当作者在面对现实的问题而感到无能为力之时，还能求助于神话的神秘来缓解内心的焦虑，那么在《老生》中，随着神话的神秘感的消失（因为借助阴阳师而达到生死间的沟通），现实经验世界的坚硬尖利的一面也随之凸显，现实问题（表现为革命与发展主义的暴力和暴戾）最终以一种冗余物的形式存在。如果贾平凹能很好地在经验和先验之间取得某种平衡，或许也能消除这种冗余物。但事实上，两者间的——不管是理论上还是实际上的——复杂关系和难以互通，一直都是困扰中外先哲们的难题，作为作家的贾平凹虽尝试解决，但其实并不成功。这也就造成了小说非但没有弥合其固有的裂缝，反而是使之扩大，最终难免给人以触目惊心之感。真所谓成败萧何，难以一以概之。

不管如何，透过这部小说，我们还是可以深切感受到贾平凹试图弥合这其间鸿沟的努力和甘苦。这一倾向让人想起马原的长篇小说《牛鬼蛇神》。两部长篇都在讲述神秘的经验，都在讨论形而上的命题，都有反讽式的张力结构，都想参透生死。两位作者也都有意无意地进行着小说形式上的探索。对贾平凹而言，这一倾向并不难理解。他的小说创作一直都在进行着中国经验的独特开掘和表象方式的实验。马原则不同，他在 20 个世纪 80 年代中期即率先展开中国经验的颠覆性写作的尝试，曾提出所谓"经验省略"和"创造新经验"① 以及"偶尔逻辑局部逻辑大势不逻辑"② 的理论主张。这辩证主张下的写作虽极富形式探索的实验色彩，但因其中糅合了作者多年的西藏经验，逻辑断裂的背后，凸显出来的毋宁说是神秘的不可破译的元素。这一神秘经验的"残余"在其沉默了近二十年后，最终在《牛鬼蛇神》中演变为"重返经验写作"的理性探讨。对马原而言，这一螺旋式的重复或反复（重返）当然可以从多方面加以解读，但其背后所凸显的不可化约的中国经验却是醒目而有象征性的。贾平凹和马原这两部小说的写作虽然都是"老生常谈"，但他们以对经验的深度挖掘开启了中国经验的重组和新的阐释。这一阐释可能会有多方面的问题或难题，相比那些观念先行（现实批判或讽喻式的寓言写作）的文学写作（如《第七天》和《野蛮生长》），却不能不说是一次极有意义的尝试。贾平凹的《老生》中虽不太显见全球化的时代讯息，但它却是中国独有的，因而也就真正是世界的。

（原载《百家评论》，2016 年第 4 期）

---

① 郭春林：《马原源码——马原研究资料集》，同济大学出版社2008年版，第473、478页。
② 郭春林：《马原源码——马原研究资料集》，同济大学出版社2008年版，第477—480页。

论贾平凹长篇小说《老生》的结构艺术

郭名华

贾平凹的长篇小说《老生》在结构上有着对称、均衡的建筑美和富有节奏感和韵律感的音乐美。这部小说把百年中国近现代历史划分为四个长度大致相等的故事来讲述。四个故事发生在不同的历史阶段、不同的地点，有着不同的故事主人公。四个故事两两对称。每一段故事，《山海经》的原文和讲解部分，把主体内容切分为八个大段落，再加上开头和结尾，被切割出来的板块加在一起，有十九块之多。这些板块之间出现了不同文本的交替变化，形成了小说结构的节奏感。小说中唱师的歌唱和小说叙述的自然流转，形成了小说结构上的韵律感。小说结构艺术的建筑美和音乐美，一动一静，动静得宜，形成了结构上的整体美感。贾平凹曾提出"以中国传统的美的表现方法，真实地表达现代中国人的生活和情绪，这是我的创作追求的东西"①。本文拟从小说结构艺术方面来谈贾平凹的这种艺术追求。

一、中国长篇小说结构艺术回顾

小说结构是小说作品的形式要素，是指小说各部分之间的内部组织构造和外在表现形态。陈思和指出："一部好的长篇必须有一个好的有机结构，以求在相对精小的空间中贮藏起较大的思想容量和艺术容量。"②他认为结构是长篇小说形式中至关紧要的问题，对于长篇小说结构形式的探索有助于长篇小说质量的根本性改变。《水浒传》《三国演义》《金瓶梅》和《红楼梦》标志着中国古典小说的结构的成熟，而茅盾的《子夜》标志着中国现代长篇小说结构艺术的成

---

① 贾平凹：《"卧虎"说——文外谈文之二》，见《贾平凹文集》第12卷，中国文联出版公司1995年版。

② 陈思和：《关于长篇小说结构模式的通信》，载《当代作家评论》1988年第3期。

熟。它的成功来源于对中外小说结构艺术的继承与革新。①《子夜》在小说结构上的成功艺术经验，奠定了中国现当代长篇小说结构的基础。"十七年"文学时期优秀的长篇小说，包括《红旗谱》《红岩》《青春之歌》《保卫延安》《红日》《林海雪原》《创业史》《山乡巨变》《上海的早晨》等，这些长篇小说注重写历史，在结构上主要采取了情节结构小说的模式，包括纵式结构和以人物为中心的结构，还有复式结构三种结构方式。②这种情节结构符合民族审美习惯，为读者喜闻乐见。

新时期文学的一些优秀长篇小说，如李准的《黄河东流去》、周克芹的《许茂和他的女儿们》、莫应丰的《将军吟》等采取的是情节结构。新时期以来，长篇小说的情节结构仍占突出的地位，这是由民族文化意识、民族审美情趣所决定的。随着20世纪80年代向西方现代派文学学习的热潮兴起，有一批作家开始探索新的长篇小说结构形式。比如，李国文创作的长篇小说《冬天里的春天》就成功运用了心理结构（意识流结构）。③这种结构有利于现实和历史内容在文本中的迅速转换，打破了现实与历史的时间线性叙述，在有限的文本中注入更多的内容。此外，刘心武获得茅盾文学奖的小说《钟鼓楼》创造出一种"花瓣式"的长篇小说结构形式。④这种小说结构形式对后来的长篇小说创作都有一定的启示，比如阿来的《空山》和本文讨论的《老生》。

20世纪90年代以来，中国小说家越来越自觉地关注长篇小说的结构。有评论家认为，"九十年代的小说家有意识地利用结构功能扩展小说的艺术空间，以达到其所追求的精神意旨"。王安忆《纪实与虚构》的两条线索是历史和现实交相辉映，"使现实的空间获得了历史的深邃，也使历史的溯源，有了现实的底座……艺术空间的这种拓展，实际上也是为读者创造一个历史—现实的精神

---

① 许志安：《茅盾长篇小说〈子夜〉对中外小说结构艺术的继承与革新》，载《天津师大学报》1983年第5期。

② 邝邦洪：《我国当代长篇小说结构艺术初探》，载《华南师范大学学报（社会科学版）》1991年第1期。

③ 邝邦洪：《我国当代长篇小说结构艺术初探》，载《华南师范大学学报（社会科学版）》1991年第1期。

④ 金国华：《新时期都市长篇小说的艺术创造》，载《文艺理论研究》1993年第1期。

空间"①。莫言很重视小说结构，把它和小说思想内容相提并论，认为结构就是政治。"长篇小说的结构是长篇小说艺术的重要组成部分，是作家丰沛想象力的表现。好的结构，能够凸现故事的意义，也能够改变故事的单一意义。"②莫言创作长篇小说，几乎每一部作品都有一个新样式，永远在不停地探索。长篇小说《酒国》，采取了三条线索来结构小说，小说揭露酒国市腐化堕落的阴暗面，批判腐败。长篇小说《檀香刑》分为三个部分——凤头、猪肚、豹尾，采取多个叙事者来叙述。这种结构有利于从不同的角度反映故事的不同侧面，也有利于揭示人物内心世界。长篇小说《四十一炮》用双线来结构小说，反映了中国 20 世纪最后十年的底层艰难生活和市场经济给社会带来的巨大变化。

米兰·昆德拉在《小说的艺术》中论述了小说结构和音乐之间的关系，特别强调小说节奏感和通过结构的重复而产生的旋律感。③余华的长篇小说《许三观卖血记》采用了结构重复的手法，把卖血的事件重复了七次，一次次地把人物置于不同的境遇。这种结构，不断地重复，形成旋律感，深化了主题。李洱的长篇小说《花腔》有三个部分，每个部分用不同人物视角来叙述，对于同一历史事件，每个人讲述的都有所不同。这种小说结构，把读者引向了对历史的怀疑。

二、贾平凹对长篇小说结构艺术的探索

很多研究者往往关注贾平凹长篇小说的思想内容，而对他的长篇小说结构艺术却缺乏深入的研究。④实际上，贾平凹长篇小说的成就同他三十年来在小说结构艺术上的探索与创造是分不开的。贾平凹的第一部长篇小说《商州》侧重"故事情节的抒写与文化背景的描绘，两者虚实相映，构成了历史文化与人物故事双层叠合的结构"⑤。小说以这样的结构，反映改革开放初期，人们的精神追求和传统文化之间的剧烈的矛盾冲突。不过，每个单元的前后两部分之间，

① 陈美兰：《行走的斜线——论九十年代长篇小说精神探索与艺术探索的不平衡现象》，载《当代作家评论》2002年第2期。
② 莫言：《捍卫长篇小说的尊严》，载《当代作家评论》2006年第1期。
③ 米兰·昆德拉：《小说的艺术》，董强译，上海译文出版社2004年版，第87—120页。
④ 符杰祥、郝怀杰：《贾平凹小说二十年研究述评》，载《山东师范大学学报（社会科学版）》2000年第6期。
⑤ 贾越：《当代小说结构初探》，载《浙江学刊》1989年第4期。

有些脱节，融合无力。这是贾平凹长篇小说草创时期的结构状况。

长篇小说《浮躁》的结构就比《商州》好多了。"技巧更圆熟，浑融的现实生活，除了爱情故事外，还有经济变革、权力角逐、民风嬗变等多重线索，交织成了一张粗大的生活之网。"不过评论者对这部小说的网状结构提出了中肯的意见："这张由几根精心选择的绳索编织而成的大网过于粗疏……这种结构是稍嫌简陋的，技法稍嫌生涩。"①

《妊娠》是由原本独立的几部中短篇小说组合成的长篇小说。小说人物和故事情节在显在层面看，似乎每一篇是相互疏离的，但同时又有着同一哲学思想作为深层内蕴。《妊娠》后记中引用了《周易》的一段话："天地暌而其事同也。男女暌而其志通也。万物暌而其事类也。暌之时用，大矣哉！"有评论家认为，《妊娠》就是"暌之时用"的一个范例。②从《妊娠》开始，贾平凹在长篇小说结构艺术中，逐渐融入了中国传统哲学思想。

对长篇小说《废都》的结构，著名文学评论家雷达先生有精彩论述："貌似信笔所之，漫无边际，实乃精心结撰，细针密线，它以庄之蝶为中心，如蜘蛛网一般地，展开一层世态风景；且联络自然，浑整一体。"③这个评价是极为精当的。《废都》之后，贾平凹拥有了属于自己的长篇小说结构艺术风格。他将好作品喻为"囫囵一脉山，山不需要雕琢，也不需要机巧地在这儿长一株白桦，那儿又该栽一棵兰草的"(《废都》后记)。"文章也要保持鬼斧神工的天然形态，而舍弃过多人为修饰。因为人的格局卑小的审美品位和自以为佳的设计往往如凿出的五官，破坏了混沌生活的整体浑融。"④贾平凹愈来愈强调技巧的隐蔽性和结构的大气、自然，以"无为"的心态和朴拙的形式去赢得"有为"的效果(参见《白夜》《高老庄》等的后记)。以此观之，道家哲学思想越来越多地融入贾平凹小说结构艺术的创造中。

贾平凹在接下来的长篇小说创作中，一直坚持着自己的这种小说结构艺术追求。有评论家作出了如下精准的评价："《白夜》以对生活细部的关注、随处可见的枝蔓拓展小说的空间感，淡化线性思维，消解故事，摒弃技巧，追求小说

---

① 张川平：《贾平凹小说的结构迁衍及其意象世界》，载《河北学刊》2001年第3期。
② 张川平：《贾平凹小说的结构迁衍及其意象世界》，载《河北学刊》2001年第3期。
③ 雷达：《心灵的挣扎——〈废都〉辨析》，载《当代作家评论》1993年第6期。
④ 张川平：《贾平凹小说的结构迁衍及其意象世界》，载《河北学刊》2001年第3期。

叙事'无序而来，苍茫而去'给人带来的混沌感。""《高老庄》试图以日常生活的琐碎流程来逼近原生态的生活形相，多条线索交叉并进，彼此穿插，织就一张细密的生活之网，全景式地将世相百态网罗净尽。""这两部小说放弃了情节的传奇性、戏剧性，不再渲染气氛、制造悬念，追求自然与逼真，是自由灵活的散文化结构。"① 贾平凹作为一个成熟的小说家，对长篇小说的结构是越来越驾轻就熟了。

长篇小说《秦腔》借鉴了《红楼梦》的网状结构，模拟现实日常生活，日常生活化的小说结构已经达到了一种极致。它的小说结构，看上去没有什么主干，但整部小说却有着内在的精神脉络和肌理，小说看上去似乎是一堆零零碎碎的小事，日积月累，不知不觉，竟发生了时代和社会的大变化。贾平凹写的"依然是那些生老病离死，吃喝拉撒睡，这种密实的流年式的叙写……只因我写的是一堆鸡零狗碎的泼烦日子，它只能是这样一种写法"（《秦腔》后记）。这种结构有利于展现城市化的进程中，传统乡村和乡土文化崩溃和消失的全过程。长篇小说《古炉》也是从乡村的日常生活细节的叙写入手，描绘了乡村中的"文革"动乱如何萌芽，如何发生、发展和进入武斗的高潮。"文革"的轩然大波，小说都以史笔记叙下来。《古炉》写"文革"中的武斗，借鉴了《水浒传》的结构手法。贾平凹在结构安排上有着大手笔，犹如巨笔摇曳，显得挥洒自如。小说写得风生水起，对"文革"的社会动荡、疯狂的状态、丧失人性的残暴等加以描绘和批判。然而，《古炉》又不同于一般的情节小说结构，它没有按照故事的主干线索来叙述，而是沿用了"鸡零狗碎的泼烦日子"的生活细节写法，完成对"文革"历史的叙述。长篇小说《带灯》分为山野、星空和幽灵三部，小说主体故事内容叙述樱镇的社会生活，主人公乡村女干部带灯给元天亮的书信穿插其中，小说结构由此产生了节奏感。小说总体上如流水自然流淌。

贾平凹的最新长篇小说《老生》以反史诗的写法，从民间视角写出了中国近百年的历史。在具体分析《老生》的结构艺术之前，不妨先看看其他作家写中国百年历史的艺术经验。

莫言的《丰乳肥臀》也许是新时期以来最早反映整个中国近百年历史的长篇小说。这种小说结构是以时间为经，以人物和事件为纬。每一卷都侧重写一

---

① 梁颖：《贾平凹的角色定位与自我身份认同》，载《西北大学学报（哲学社会科学版）》2005年第1期。

段历史，上官家族的人们分别成为某一阶段的小说主人公。上官金童和他的母亲是贯穿小说始终的人物。这种结构有利于叙述20世纪整个民族的多灾多难。莫言的长篇小说《生死疲劳》叙述的是20世纪下半叶的社会与历史，它把当代历史划分为驴、牛、猪、狗等四个时代来重点描绘。当然，小说的后半部分还写了猴子时代等内容。张炜的长篇小说《你在高原》，全景式地反映了中国百年历史。这部多卷本作品，一共450万字，包括十卷。这么庞大的叙事，张炜找到了一个坚实的小说结构，采取现实和历史两个时空交相辉映的方式。现实时空和历史时空相互之间对照、纠结和颉颃。在历史和现实的叙述之间，还有抒情段落。这样一个结构保持了十卷本小说的整体性。这种结构满足了小说对历史真相的不懈探索，也有利于小说对现实严厉的批判。

王安忆的长篇小说《长恨歌》中的历史时间跨度也很长，结构上分为三个部分，选择了三个历史时段来写。小说的每一部分，又分为两个板块。前面一块以散文笔法，写上海这座城的自然外观和时代风貌；后面一块内容具体写王琦瑶的日常生活状态。这种结构打破了历史叙述的时间连续性。它选择三个最能表现时代转变的历史关节点。小说通过这个结构，写小说人物命运，写半个多世纪的这座城市和历史的变迁。

阿来的长篇乡土小说《空山》叙述了川藏少数民族地区的百年历史，采用了橘瓣式的结构。这部多卷本小说，分为六个部分，每一部分写不同的历史阶段，主要人物不同，事件不同，但是地点却是相同的（机村）。为了形成整体性，小说安排了几个跨越时代的人物形象，勾连起这个藏族村落的百年历史。小说选择了五六个典型的事件进行了深入的描绘。这个结构有利于表现乡村文明是如何在各种运动中一步步走向破败的，也写出了这个村落是如何从这不寻常的数十年的历史中艰难走过来的，写出了机村的人们是如何失去自己赖以生存的精神家园的。

三、《老生》的结构艺术：建筑美和音乐美

茅盾先生曾在论述长篇小说结构艺术时说："结构指全篇的架子。既然是架子，总得前、后、上、下都是匀称的，平衡的，而且是有机性的。匀称指架子的局部美和整体美，换言之，即架子的整体和局部应当动静交错、疏密相间，看上去既浑然一气，而又有曲折。平衡指架子的各部分各有其独立性而不相妨

碍，非但不相妨碍而且互相呼应。"① 这一看法在当今的长篇小说创作中仍然具有实践意义。

贾平凹的《老生》用四个故事来讲述百年中国历史。四个故事有着不同的时代背景、不同的县份乡镇、不同的人物。四个故事规规整整，很是对称。历史空间化了。第一个故事写的是革命时期的正阳镇；第二个故事写的是"土改"时的老城村（属于岭宁县）；第三个故事写的是人们公社化时期的过风楼公社（属于三台县）；第四个故事写的是市场经济时代的当归村（属于双凤县的回龙湾镇）。这些不同地方，地域上都属于秦岭地区，象征中国乡村的全部现当代历史。每个故事讲述一段重要的历史，包括闹红搞革命土地改革运动人民公社化市场经济等。这种结构打破了历史叙述的时间连续性。《丰乳肥臀》《活着》是历史时间连贯性的叙事结构。《长恨歌》《生死疲劳》和《空山》打破了历史时间叙述的连续性，采用了历史横截面的叙事结构。《长恨歌》和《生死疲劳》写的是相同地点，相同人物，在不同的历史阶段所发生的事情；《空山》写的是相同地点，不同人物，在不同历史背景中的世事变迁；而《老生》在此基础上更进一步：小说中的四个故事，时代、主要人物和地点都不同。这样安排，不需过多地交代人物的来龙去脉，小说人物可以招之即来，挥之即去。

第一，结构的建筑美：对称、均衡。《老生》前有"开头"，后有"后记"，这是一组对称。《老生》中讲述的四个故事，犹如四个方块，有如四合院子，两两对称。四个故事依次排列，体量相当，对称而均衡。这种结构中规中矩，井然有序。还有，每个故事和插入的《山海经》，两两相对；《山海经》的原文部分和讲解部分，也是两两对称；每个故事，被《山海经》分割出来的两大段，四个故事被切割成八个大段落，这些都是对称的。这种整饬的对称结构，在章回小说中比较常见。《商州》似乎有这种结构的雏形，却不是很成功。在《废都》以后，贾平凹的长篇小说当中，这种外观规整的结构甚是少见了。《老生》的结构对称、均衡，清晰稳重。这种精致的结构，符合中国人的审美情趣和欣赏习惯。

与此相应，《老生》的人物设计，也大多两两相对。四个故事的主要人物罗列如下：老黑和李得胜；拴劳和马生；老皮和墓生；老余和戏生。他们的名字中分别含有"老""生"字（包括谐音）。"老"和"生"两个系列的小说主人公，两

---

① 茅盾：《漫谈文艺创作》，载《红旗》1978年第5期。

两对称。他们之间的关系，有的是上下级，有的是搭档。次要人物也有设计为两两一组的，比如冯蟹和刘学仁，比如平顺和双全。这种两两相对的人物设计，有利于从人物性格的参差中写出人物性格的特点。

第二，结构的音乐美：节奏感和韵律感。有研究者敏锐地指出节奏感在小说结构中的重要性："在长篇小说创作中，结构艺术本该有着独立的文体意义，不能仅仅把结构理解为文本建筑上的形式。长篇小说的特殊长度导致庞大的艺术空间，空间营造也必然提出结构艺术要求……长篇小说的结构倘若没有节奏统贯，很容易叠床架屋。结构与长度构成紧张，归根结底是因为漠视结构本身应有的艺术追求——节奏美。"[①]《老生》的小说结构就把握了节奏感。《老生》的主体故事内容和小说开头结尾之间，有着间隔，四个故事分成八大段，每一大段前面还有《山海经》原文和讲解两部分；小说结尾处还有"北次二山"的《山海经》的原文和讲解。把上面这些在结构上切分出来的板块加以计算，大约有十九块。也就是说，《老生》这部小说，每一万字左右，都会有一个结构上的间歇、停顿或者是文本的转换。一本二十万字左右的小说，被分割成二十个左右的大段落，它们之间形成了一种间歇，阅读时，可以用来"换气"，由此形成了结构上的节奏感。小说中，《山海经》的"山水"内容和百年历史的故事中的"人事"内容，交替出现，打破一口气到底的连续，张弛有度，沉着推进，产生节奏感。这种结构把主体故事中的"人事"同《山海经》中的"山水"（宇宙洪荒）进行对比，引发人们对生命、人类、历史、宇宙等的形而上思考。

小说的韵律感少有人关注。小说的韵律感有时来自歌谣的运用，比如古华的长篇小说《芙蓉镇》中引用了《喜堂歌》，贾平凹的长篇小说《秦腔》录入了秦腔曲谱。不讨由于读者大多是外行，无从体会《秦腔》中的音乐美感。《老生》中引入了唱师的歌谣，对于小说的韵律感起了很大作用。唱师唱过的歌包括《开五方》《安五方》《奉承歌》《悔恨歌》《孝劝》《佛劝》《道劝》《二十四孝》《游十殿》《还阳歌》《十二时》《叹四季》《摆侃子》《扯鬏衿》等等。唱师的歌为安抚亡灵而唱，为宽慰教化世人而唱，为人世间的不幸而唱，为祈求天下太平而唱，歌声凄凉而悲悯。小说中经常出现唱词，歌声飘荡在故事中，缭绕在读者心头，唱师的歌给《老生》带来了韵律感。

---

① 傅修海：《小说结构节奏论的兴起及其它》，载《文艺评论》2011年第1期。

《老生》结构上的韵律感,还在于贾平凹一贯以来的叙事方式。《老生》在叙述故事的细部时,那些一串串的小故事,一个个场景和细节,都能流转自然。随着被叙述对象的转换,叙述视角也悄然转变,叙述如水般流淌,任意自然。这是《老生》结构上产生韵律感的第二个原因。恰如有研究者所指出的:"贾平凹汲取中西方在世界观和方法论上的优点,大处着眼,小处落笔,行文直如水泻平地,行于其所当行,止于其不得不止,渐次达到随心所欲、游刃有余的境界,小说的肌理、纹路、结构与生活之网的纠结几呈同构并行状态。"①

第三,动静结合的整体之美:小说结构的对称、均衡。如果单有这静的一面,就显得笨重了。因而,《老生》的节奏感和韵律感,形成了动感,这样,小说结构就动静得宜了。小说在叙述故事时,时代在变,人物在变,情节在变,历史犹如走马灯一般在变化。这么多的小故事不断地进入文本,流转自然,有如音乐的旋律自然延展。第一个故事中包括:革命(闹红);秦岭游击队的传奇故事;豪绅霸占、羞辱民女的故事;对豪绅的暴动;保安团和游击队之间的故事。第二个故事中,分地主的土地、分地主的家产、批斗地主、长工和地主的遗孀组合成新家庭。第三个故事包括:人民公社化;统一穿劳动服、统一剃头、统一吃饭;大饥荒;闹共产风,割资本主义尾巴,斗私批修;千方百计撬开村里人的嘴巴让其吐"秘密",相互检举揭发;对反革命嫌疑文化人苗天义等的批斗。第四个故事中,戏生找寻到珍贵的特大秦参;开发农副产品生产基地,到鸡冠山看守金矿石时嫖妓,被诱导谎称目击到了活老虎;种植当归发展药材经济;最后,遭遇大瘟疫,掩埋瘟疫中的死人。《老生》在讲述这些小故事时,按照他一贯以来的叙事策略和结构方式,故事间的转换自然,故事如一条流动的河。《老生》的对称感和音乐流动感结合在一起,结构上有山环水绕之美。建筑的静美和音乐的动感结合在一起,一静一动,阴阳相生,既稳固又灵动,创造了独特的小说结构艺术。

前面讲过,故事主体内容被分割成若干段落,每个细小故事里,人物出现的前因后果交代比较少,小说有着碎片化叙述的特征。但这部小说给我们的总体感受却是气韵贯通,浑然一体。原来,贾平凹在结构上通过使用匡三、唱师和《山海经》这三个因素,运用红线串珠的办法来结构小说,形成整体感。

---

① 张川平:《贾平凹小说的结构迁衍及其意象世界》,载《河北学刊》2001年第3期。

首先，小说中的唱师作为叙事者在结构上起到了贯穿作用。唱师的寿命很长，大约百岁，他亲历了中国百年近现代史。唱师的职业特点，行动自由，游走于不同的乡村。唱师把小说中不同的历史时空和不同人物都串联组接起来了。

其次，小说用秦岭山区出去的大人物匡三来统摄全书的各种人物。小说中几乎所有人物，都和这个传奇人物、后来的权势人物匡三司令，有着直接或者间接的关系。《老生》后记中提及匡三在小说结构方面的重要作用："又觉得有人在扯着绳头，正牵拽了群山走过……《老生》中就有了那个匡三司令。"匡三当年是一个贫困之家出来的讨饭的娃，后来跟着革命者老黑投身革命，开始自己的传奇人生，革命成功后，享受了荣华富贵。匡三是秦岭里出来的大人物，他的家族中，出过"十二位厅局级以上的干部，尤其秦岭里十个县，先后有八位在县的五套班子里任过职，而一百四十三个乡镇里有七十六个乡镇的领导也都与匡家有关系"。小说中几乎所有的人物都和他发生着这样那样的联系。匡三在统摄小说的整体性方面，起着重要作用。

最后，《山海经》（包括引文和讲解两部分）在结构上也起着统领作用。罗曼·英伽登认为，艺术作品的深层结构具有"形而上品质"，诱导我们揭示人生之谜。贾平凹在小说中植入《山海经》，是寄予深意的。近年来，贾平凹浸淫在《山海经》的精神世界中，"从秦汉上寻到先秦，再上寻到上古、高古，就感觉那个时期，好像天地之间，气象苍茫，一派高古浑厚之气，有着这个民族雄奇强健的气息"[1]。《山海经》和小说本文之间的互文性是不言而喻的。"互文性是后现代文化语境中产生的批评术语和理论范畴，指一个文本（主文本）把其他文本（副文本）纳入自身的现象，是一个文本与其他文本之间发生关系的特性。"[2]《山海经》对小说结构起着精神骨架的作用，《山海经》原始苍茫的人和自然的关系，同 20 世纪中国历史的多灾多难、剧烈变化的人类社会比较，把思想引入一个更加深邃的空间。《老生》通过以上三个要素，唱师、匡三和《山海经》，把小说的各个部分联结在一起，整体结构显得气韵贯通，浑然一体。

---

① 贾平凹、王锋：《贾平凹谈新作〈老生〉：我尝试了一次"民间写史"》，载《华商报》2014年9月12日。

② 李胜盼：《谈网络"恶搞"》，载《阅读与写作》2009年第2期。

四、《老生》小说结构艺术探索的意义

新时期以来中国长篇小说结构艺术取得了应有的成绩,但是,仍然存在这样那样的问题。有的长篇小说结构很随意,有的把故事情节等同于小说结构,有的看上去在结构上刻意创新,却事与愿违,并没有达到相应的效果。文学评论家陈思和先生说:"长篇小说的结构不单单是客观生活秩序的艺术移植……它已经渗透了主体精神这一维的因素,从而它实质上也成为人类某种思维形态的投射。一部长篇小说结构的最后完成,总是凝聚了作者多方面的思想结晶。"① 长篇小说《老生》创造出对称、均衡,富有节奏感和韵律感的小说结构艺术。这种结构条块分明,清晰明了,稳定而灵动,静美和动感兼得。"个人的心理结构能力决定文本结构。"② 《老生》同作者的年龄、心理结构有关。已过花甲之年的贾平凹,少年时目睹了家庭的不平境遇,中年时又经历了父亲病逝和自己患病以及离婚等种种生离死别的惨痛经历,后来又经受各种毁誉加身的历练,如今对历史和世事的看法想来是越来越稳定了。对于中国现当代历史的把握和认识越来越成熟的作家,就有可能产生清晰的小说结构。有评论家指出作家整体地把握社会现实的能力是增强了。"当代中国的社会变革,在十余年的时间里从政治、经济、社会文化、民族心理诸层次全面地展开,产生整体性的震撼与蜕变,裸露出时代冲突的深度,在自身努力和文化环境的推动下,作家整体地把握现实的能力已经增强了许多。"③ 《老生》一改贾平凹从前长篇小说结构几乎不分章节,混混沌沌的形态,采用了有着对称均衡感的建筑术来结构小说。他设计了稳定的结构框架,把历史上的重要时段,划归到四个故事中分别讲述。《老生》中,贾平凹想把以前"不愿想""不愿讲"的那些东西,通过这个对称的稳定结构,清晰地告诉读者。

《老生》的结构艺术创造和作家对民族文化心理以及民族审美情趣的把握相关,体现了作家的人文修养和哲学思想。贾平凹是善于从传统文化当中汲取营养的。贾平凹曾经震惊于"拉美作家在玩熟了欧洲的那些现代派的东西后,

---

① 陈思和:《关于长篇小说结构模式的通信》,载《当代作家评论》1988年第3期。
② 刘恪:《现代小说技巧讲堂》,百花文艺出版社2006年版,第208页。
③ 张志忠:《论长篇小说的结构艺术》,载《小说评论》1988年第6期。

又回到他们的拉美，创造了他们伟大的艺术"①。于是，贾平凹在经历过对于西方文学的学习阶段之后，有了回归中国传统文化和文学以及中国经验的自觉。贾平凹是新时期以来最早返回中国文化自身和中国本土生活经验自身的小说家之一。"我倒认为对于西方文学的技巧，不必自卑地去仿制，因为思维方式的不同，形成的技巧也各有千秋。"②想来只有按照中国人的思维习惯、审美情趣，反映中国经验，才是中国文学的出路。有研究者曾经分析过，先前贾平凹的创作在典型的现实主义创作手法这一框架内受到了很大束缚，愈来愈走到山穷水尽的地步。"他在苦闷中摸索出中国古代即已成熟的阴阳两极对立转化的圆形视角来观察、体悟、表现。""贾平凹继承了中国传统的以天人合一、阴阳推移、五行生克等为表现特征的整体性、双构性动态思维。"中国传统哲学充满了物极必反的辩证法则和宇宙洪荒的大智慧。"道"与"技"的关系亦反映着这种法则和智慧，结构之道渗透在结构之技中，结构之技反映着结构。③贾平凹在《废都》以后，运用这种哲学思想来结构自己的长篇小说，是越来越圆熟了，《老生》在结构上的创造同样浸润着这一思想精髓。应当说，贾平凹坚持自己的艺术探索，取得了成功。中国当代长篇小说结构艺术的创造，必须立足中国本土文化，必须考虑到中国人的思维习惯、审美情趣。这也许就是《老生》在结构艺术上探索的意义。

（原载《当代文坛》，2015年第4期）

---

① 贾平凹：《答〈文学家〉编辑部问》，见《贾平凹文集·求缺卷》，中国文联出版公司1995年版，第329—350页。

② 贾平凹：《四十岁说》，载《上海文学》1991年第12期。

③ 张川平：《贾平凹小说的结构迁衍及其意象世界》，载《河北学刊》2001年第3期。

宏 观 研 究

HONGGUAN YANJIU

贾平凹长篇小说《老生》：告别20世纪的悲怆之歌

陈晓明

　　《老生》是对 20 世纪中国历史的一次还愿式书写。小说的四个故事拼合在一起，可以称得上是"短 20 世纪"的历史，它们都归属于 20 世纪的本质——关于"世道在变"的故事。

　　贾平凹在年逾花甲时又迅速出手作《老生》，就是再不客观的人，都难以否认他在文学上的创造力，至少他的勤奋是不可诋毁的，他对文学的奉献是无法漠视的。想想看，《秦腔》那么厚实的作品后有《古炉》，在乡村的泥地上看历史风雷激荡；随后又有《带灯》，乡村的今日现实被表现得如歌如诉，如怨如艾。《老生》着实令人惊叹，那是一个活得没有年岁的唱阴歌的唱师唱出的悲怆之歌，是 20 世纪中国的"悲怆奏鸣曲"，让人想起贝多芬耳聋后作出的那种旋律。这是21世纪初中国的腔调，历经百年沧桑，唱师的嗓音已经沙哑，但字字泣血，句句硬实，20 世纪的历史，历历在目。对唱师来说，说出是他的职责；对贾平凹来说，那就是他的历史和命运。

　　这本被"烟熏火燎"的书写得并不顺利。过了知天命之年，写作不那么顺手，不是江郎才尽，而是总要触碰难度。贾平凹曾说他写《带灯》还伏在书桌上哭泣不已，后来在山坡上看到乡镇女干部那一袭花衣如野花一般绽放，灵感有如天助，写出了《带灯》。这回写《老生》看来是更加艰难，多少有点浪漫的故事已经消失殆尽，只有更加纠结的犹豫和更加艰难的选择。

　　小说的写作起因于数年前除夕夜里到祖坟点灯，跪在祖坟前的贾平凹感受到四周的黑暗，也就在那时，他突然有了一个觉悟：那是关于生死的感悟。从棣花镇返回西安，他沉默无语，长时间把自己关在书房里，什么都不做，只是抽烟。在后记里他写道："在灰腾腾的烟雾里，记忆我所知道的百多十年，时代风云激荡，社会几经转型，战争，动乱，灾荒，革命，运动，改革，在为了活得温饱，活得安生，活出人样，我的爷爷做了什么，我的父亲做了什么，故乡人都做了什么，我和我的儿孙又做了什么，哪些是荣光体面，哪些是龌龊罪过？"显然，贾平凹是由他祖辈的历史去看中国 20 世纪的历史，他不想回避，也不能回避。小说的封底写着四句话："我有使命不敢怠，站高山兮深谷行。风起云涌百年过，原来如此等老生。"要讲自己的历史，要说出想说的话，得有多难？要在祖坟上磕头，要在书房里"烟熏火燎"，要经历三次中断，要站在高山上，得要经过一个可能已百岁的如妖如怪的老唱师之口。这么难说出的故事，这么难地说出，可能就是汉语文学发生的地方？

把文学做到历史中去

这部借唱师之口唱出的作品，是对 20 世纪中国历史的一次还原式的书写。按理说，这段历史的书写已经够充分了，几乎穷尽了，几乎枯竭了。但是这段历史真的写透了么？真的没有可写的了么？真的没有写的角度吗？正像阿兰·巴迪欧在《世纪》的开篇追问的一样："难道这个世纪不是历史长河中最重要的世纪吗？"贾平凹这么一个大作家、老作家，又站在高山上，要完成一次书写，一次如同在祖坟前的磕头一样的书写。纵观贾平凹的写作，他还真是没有大历史的故事，他习惯于在西北的一个地界、一个村庄来布局，他能拿捏得准那些琐碎的人和事。自然朴素又怪模怪样，有棱有角又有滋有味，那是道道地地的乡土中国味的小说。五十岁以后的贾平凹反倒感奋于大历史，《古炉》把大历史往小里做，做到一个村庄。《老生》则是把村庄、小事件、小人物往大里做，做到 20 世纪的全部历史中去，做到 20 世纪的中国的生与死中去。尽管贾平凹说："如果把文学变成历史，文学本身就没有意义了。"但他这次是要把文学放在历史中来做，这是相当明确的。过去贾平凹的小说贴着生活走，并不在意历史大背景，小说的历史充其量也就是改革时代的当下现实。《老生》是他一定要过的一关，他怎么处理 20 世纪的历史，这是他对自己的考量，即使有那么多的处理先例他也在所不惜。

擅长讲小故事的贾平凹如何面对大历史，这是一个难题，但难不住鬼才贾平凹。他果然有想法，且手法凌厉大胆。20 世纪的历史再大，也大不过《山海经》的历史。《山海经》作为导引的历史处理方式，给贾平凹提供了自由的空间，这是小说叙述方式上的，也是历史观和世界观意义上的。在祖坟上磕头磕出来的生死感悟，只有这样的历史才能容纳得下，才能与其浑然一体。

于是唱师这个幽灵般的讲述者被请出来了，其实他说什么已经不重要了，放在 21 世纪初中国如此轰轰烈烈的舞台上来看《老生》的出场，它甚至具有行为艺术的意义。就像多多 1998 年在《早年的情人》里写的那样："教我怎样只被她的上唇吻到时／疯人正用马长在两侧的眼睛观察夜空""为疯人点烟的年龄，马已带着银冠／寻找麦田间的思绪：带我走，但让词语留下……"《老生》在贾平凹的写作史上，与当下的宏大布景和文学现实，都不是多么协调。但正因为有这么多的不协调，它就显得协调，并且意味深长。想想疯人用马的眼睛看夜空，想想为疯人点烟的年龄，想想"马已带着银冠"，那就是《老生》了，只有如此苍老的《老生》才能在这个时刻出场。

四个故事构成的"短 20 世纪"

小说分为四个故事，分别对应着陕北早期的苏维埃革命、解放初期的"土改""文革"以及改革开放初期。因为有《山海经》和唱师的讲述，贾平凹可以如此简要甚至武断地截取四个历史片段。贯穿始终的就是唱师、匡三，其中也有人物在第一、第二场和第二、第三场偶尔连接，第四场则只有唱师了。这样的一种历史叙事，已经无须概括故事及其含义，我们需要追问的只是讲述这样的故事意味着什么，这样的讲述又意味着什么。

这是关于生与死的故事——在祖坟上磕头触发的写作动机，并且始终是一个唱阴歌的唱师讲述的故事。小说第一个故事由老黑引入，那是 20 世纪早期陕北乡村社会如何为现代性暴力介入的故事。老黑拿着枪，王世贞拉着保安队，李得胜从延安来，在这片土地上演绎着最为剧烈的社会动荡。枪所代表的现代性暴力改变了乡村、家庭和个人。乡村的盲目、野蛮与革命的偶然发生混合在一起，演绎着现代性在中国到来之惨烈，枪与死亡成为这一个故事的主题。随后的历史还是延续了革命的惯性，进入第二个故事，贾平凹的叙述归于平缓，这是老城村的马生、王财东、白土、玉镯的故事，阶级对立酝酿出的仇恨未见得平和，依然要死要活的斗争裹挟着乡村的那些琐碎的家长里短。贾平凹驾轻就熟，笔尖所触形神毕现，故而叙述显得十分轻松。但历史的结果并不让人平静，白土与玉镯的故事怪异却生动，重温了贾平凹乡土情爱的惯常模式。小说讲到第三个故事，阶级仇恨在"文革"斗争中再以更滑稽荒谬的形式重演，甚至推到另一个极端，但是历史的惨烈已经让位于变了味的荒诞。棋盘村多少有点像贾平凹的家乡，这样一场大革命的故事就由一个被随意指认的坏分子——全村最漂亮的女人来承担。斗争的凶狠掺杂着荒诞，仿佛悲剧也变成了喜剧，看来贾平凹对历史中的人性是彻底失望了。第四个故事讲到了改革开放时期，脱贫致富的欲望以戏生这样一个人物的经历来呈现。戏生当上了当归村的村长，带领全村种植当归，好日子刚开始就遭遇了瘟疫，全村死伤者大半。贾平凹选择的角度固然有讲究，当归村又意味着什么呢？土地回到村民手中，农民还是农民，但劫难却不可抗拒，历史像是在一个意想不到的时刻来完成它的报应。尽管我们可能会觉得小说这一部分太消极悲观了，气也略显短弱，这瘟疫也压不住，呼应不了老黑们的打打杀杀，但是，这些已经显得不重要了，或许贾平凹正是为了让历史如此无聊，了无新意，草草结束也有可能。抑或是这样渐渐缓慢弱下去的气息，表示着 20 世纪的终场。

这样四个片段拼合在一起，可以称得上是"短 20 世纪"的历史。它们本质上并无区别，动乱、战争、暴力、翻身、斗争、屈辱、颠沛流离，它们都归属于 20 世纪的本质——这是关于"世道在变"的故事。历史之变与生活的真实要找到一种结合的方式，贾平凹只能回到他最熟悉的乡村真实生活中去。读这部小说，你会惊异于贾平凹对生活细节的捕捉，那么多的小故事，一个个小片段，那种笔法已然随心所欲，笔力所及，皆成妙趣。惨烈让人惊心动魄，伤痛又有一丝丝的温热透示出来，足以让人感受到生活的质地。

天道与人道的对话

对贾平凹这次迟到的思考来说，由这个唱阴歌的"不死"的唱师来诉说可能是一个必要的形式。何以还要在《山海经》的名义下来说出？贾平凹要把 20 世纪"变"的历史纳入《山海经》的史前史中去思考，这就是天道与人道的对话。天不变道亦不变，人间的打打杀杀、是非曲直、恩怨情仇、荣辱悲欢又有多少意义呢？人道大不过天道。贾平凹看不得人世间残害生命的那些事件和变故，而死亡周而复始或如期而至。贾平凹说："没有人不死去的，没有时代不死去的。"

但新的世纪的到来都没有一点预示吗？小说最后是把死去的老唱师封存在窑洞里，这确实有点告别的意思。20 世纪初，也就是在 1923 年，苏联诗人曼德尔斯塔姆在那首名为《世纪》的诗的结尾，也渴望新世纪到来："新的岁月的衔接／需要用一根长笛／这是世纪在掀动／人类忧伤的波浪，／而蝮蛇在草丛中／享受着世纪的旋律。／／我的世纪美好而凄惨！／面带一丝无意的笑容，／你回头张望，残忍而虚弱／如同野兽，曾经那么机灵，张望自己趾爪的印痕。"这是什么样的期待？忧伤的曼德尔斯塔姆后来绝望了，在写出这首诗十一年之后被逮捕、流放，不久死于远东流放地。阿兰·巴迪欧想从这首诗中读出20世纪复杂且预示新生的启示性意义。他认为，这个世纪是一种可以看作部分被生命所超越的人性动物的世纪。他说，这首诗并没有在这种超越上驻足，"它牢牢地将这个世纪同野兽的活生生的根源的形象绑在一起"。重要的是，"它超越了在历史时间之中的存在"，"这个世纪的人必须面对历史的宏大，他必须支撑起思想和历史之间的兼容性的普罗米修斯般的规划"。然而，面对这个世纪，面对世纪的野兽，谁能想，谁又有那样的主体性，如同巴迪欧（设想的）那样超越时间中的存在，不屈不挠地发掘历史的英雄般的意志呢？

生长于20世纪中叶的贾平凹，确实没有给我们吹奏"一根长笛"去衔接"新的岁月"，而是用西北腔"说一句，念一句"去衔接史前史的《山海经》。可否认为这也是一种英雄豪情呢？他自觉承担了责任，他为了告别、为了不遗忘而写作，也为了历史不再重演写作。尽管他的告别有点晚到，却也有他独到的一种方式。他说："人过的日子，必是一日遇佛一日遇魔，风刮很累，花开花也疼。"果真如此？我们何妨再信他一回。拭目以待吧。

从《红楼梦》到"法自然"的现实主义

我一直在思考用什么概念去解读《秦腔》。跟通常认知的文学标准不一样，它写了一个村一群人，每个人都重要。读小说就好像生活在村庄里，一个村庄春夏秋冬过了四季。今天谁出来了，碰到谁了，谁告诉他某人死了，其他人又接着叙述另外一个故事。小说似乎在漫无边际地发展。这在以前的文学中是没有的。第一没有主要情景，第二没有典型人物，甚至也看不出一个明显的主题，而是完完整整写了一年里的一个村庄的故事。这完全是一种新的表述方式，用理论表述就是"法自然"。

什么叫作自然？春夏秋冬自行运转，人不能左右，而且自然变化非常微小，不是通过一个事件、运动、标志产生，而是自然而然发生的。这样自然的生态会形成一个转移的社会，如果尊重这样的社会规律去发展，其实就是一个自然。

贾平凹把写大自然的规律用到了人事的描写上。《秦腔》平平静静、琐琐碎碎地把一个村庄的历史写出来，当你看到最后，这个村庄就发生了天翻地覆的变化。历史也是这样，表面上很琐碎，其实通过生活的细微变化在发展。《古炉》中，"文革"被贾平凹写到封闭的农村小事里，变成了自然生活……"五四"以来，表达典型生活和生活本质是作家描述生活、设计人物的基本方法，贾平凹用特有的艺术手段平平淡淡地颠覆了、还原了社会生活的民间化和日常化。

中国的小说都靠故事驱动，只有《红楼梦》不是。它写了一个家庭里无数琐碎的事情，在琐碎中把现实生活全部粉碎掉，捏造一个属于作家自己的艺术世界。这个世界就是大观园，就是《红楼梦》，就是贾平凹的商州，里面有神话、传说，有自己的时间纬度，这个体系就跟日常生活一样真实，一样琐碎，一样生动，一样充满生命力。

《红楼梦》跟"法自然"的现实主义有非常大的关系，自然界是周而复始的。这样的过程跟西方小说不一样，西方小说是直线的，写一个大家庭衰败，一定是一代比一代差。我们用西方的理论套《红楼梦》，所以否定《红楼梦》的后四十章以大团圆结尾。最后"大地白茫茫"我觉得非常好。写到贾兰、贾桂重新中举，这个梦还会做下去，大多数人永远是在一个接一个做梦，跳出来的人很少。《红楼梦》其实是一个循环，我觉得贾平凹的小说就是这个味道。

《老生》里有一个坏人，我一开始觉得他必定结局悲惨，没想到最后他因为抢救瘟疫感染成了英雄，这样的结局给人一团暖气。暖到最后一定要冷下去，冷到最后一定会暖起来，这样的自然循环常常出现在贾平凹小说中。所以从《秦腔》到《老生》，贾平凹其实完成了一系列具有《红楼梦》风格的文学作品。如果今天说哪个作家最具有中国特色、中国风格，我认为是贾平凹。

（原载《文艺报》，2014 年 12 月 19 日）

乡土的哀歌

——关于《老生》及贾平凹的乡土文学精神

谢有顺

一

读完贾平凹最新的长篇小说《老生》，第一反应就是，这部小说对作者而言，有着怎样的意义？花甲之年，百世乡情，耕作乡土文学三十余载，对于一个现实主义者意义何在。我所说的现实主义者，并不是就贾平凹的写作手法而言，事实上，他早已逾越传统或僵硬的现实主义框架，为现实，但不是单纯的"主义"。我所指的是他作品中一种由来已久的关注乡土中国的现实主义精神，它来源于丰富的乡土经验和个体的历史记忆；基于对故乡不断的回访中所感知的鲜活的当下经验；根植于回到日常生活的细密而扎实的写实能力。也就是说，他关注乡土中国的过往及当下，也忧心于乡土中国的未来及变迁，而个体的命运，更多乡民的生活及人生是浸润其间的，也是被牵扯其中的。在《老生》后记中，贾平凹如此袒露写作的初衷：

> 在灰腾腾的烟雾里，记忆我所知道的百多十年，时代风云激
> 荡，社会几经转型，战争，动乱，灾荒，革命，运动，改革，在
> 为了活得温饱，活得安生，活出人样，我的爷爷做了什么，我的
> 父亲做了什么，故乡人都做了什么，我和我的儿孙又做了什么，
> 哪些是荣光体面，哪些是龌龊罪过？太多的变数呵，沧海桑田，
> 沉浮无定，有许许多多的事一闭眼就想起，有许许多多的事总不
> 愿去想，有许许多多的事常在讲，有许许多多的事总不愿去讲。
> 能想的能讲的已差不多都写在了我以往的书里，而不愿想不愿讲

的，到我年龄花甲了，却怎能不想不讲啊?!①

这种不得不说的冲动，连同一种疑虑和诘问——"我常常想，我怎么就是这样的历史和命运呢？""我疑惑的是，路是我走出来的？我是从路上走过来的？"②既是关乎作家个体生命及命运的省思，也可理解为是对贾平凹自身写作历程的回望。如果说，贾平凹在20世纪70年代的写作还带着过重的意识形态的痕迹，那么，从80年代开始，他就慢慢走出了一条属于自己的乡土文学的写作道路。叙写商州故事，以外来者的眼光来呈现边地的风土人情、历史遗迹；关注社会改革中的乡村变动，《小月前本》《鸡窝洼的人家》《腊月·正月》《古堡》在传统与现代的二元结构中，将一种转型期新意识的萌动传达出来。《浮躁》写了改革形势下政治、经济、文化、伦理相碰撞时人们无所适从的心理，既有着新风向到来时的动力和激情，也有着无处不在的传统的、阴暗的力量存在。金狗、雷大空等乡村青年在改革的召唤下对自身价值的确认，往往夹带着复杂的情感纠葛、激烈的思想斗争。90年代写的《土门》，讲的是一个处于城郊的村庄，如何在城市的扩张中被吞噬、家园不再；《高老庄》以大学教授高子路带着城里的妻子还乡的经历为主线，子路身上所习得的现代文明，回乡后却荡然无存，他又恢复作为农民时的自私、委琐，在乡村人事、情感的纠葛中，竟生出了对乡村的厌弃。21世纪之初出版的《高兴》，关注农民工进城问题，他们在城市一隅的艰辛生活、受城市歧视的人生境遇，在刘高兴和五富对城市的向往及热情中得以冲淡，但是，当五富带着破散的灵魂还乡时，又让人不得不唏嘘哀恸，既为城市容不下乡民的无情，也为故土召唤的难舍情怀；《秦腔》在日常生活的琐屑中将文化衰落的叹惋，书写得细致入微而又无可奈何；《古炉》回溯历史，既展现"文革"时村庄的日常生活，又剖析这一时期乡村社会各种人物的精神肌理；《带灯》将目光转向基层的"维稳"问题，那自行带灯的萤火虫的精神光亮，是一种生命的自洁行为，但它能否点亮乡村的暗夜，作者仍然有着怀疑。这些与乡土中国密切相连的作品，既有边地的奇闻传说，可见一地的民风习俗，各样的能工巧匠，又可感知乡村社会深处的积垢与病理，乡民精神意识中的麻木与迟钝，关涉制度、文化，也关乎人情、人心。

因而，贾平凹的乡土文学写作，即便不能一一对应乡村社会的线性发展

① 贾平凹：《老生》，人民文学出版社2014年版，第291页。
② 贾平凹：《老生》，人民文学出版社2014年版，第290页。

史，也大致可触摸到每一时期乡村社会的面貌，中间还混杂着走出乡村的知识分子之间的精神争辩。贾平凹曾说："作家都是时代的作家，他必须为这个时代而写作，怎样为所处的时代而写作，写些什么，如何去写，这里边就有了档次。"①而这个时代的症结，透过乡土中国，也许可以看得更为真切。乡土中国的历史呈现出怎样的发展脉络？乡村社会的当下情态从何处生衍而来？村庄的消亡及传统文化的衰落从何时开始？在我们生命中一点点沦丧的究竟是什么？对这些问题的叩问，使得贾平凹的写作总是充满焦虑、矛盾和不安。这种不安，甚至常常变成作者对个体生命之意义的质疑和追问。

现在又有了《老生》，它是贾平凹对百年乡土中国持续不断的沉思。在小说的写法上，他也在找寻新的表达方式。《老生》以四个相对独立的故事，讲述了乡土中国近百年的历史。从二十世纪二三十年代的国民战争，共产党走农村包围城市的路线，到解放战争胜利；从40年代的"土改"运动，到"文革"结束前乡村社会的各种经济结构改造实验和阶级斗争；从1978年后的改革开放基层干部想尽一切办法发展乡村经济，农民开始进城谋生，乡村的物质生活大大改善，到一场突如其来的瘟疫将一个村庄毁灭。小说以乡村唱师的叙述视角，讲述乡村社会的人事兴亡和发展变迁，不仅描摹日常生活的物质形态，也揭示现代文明侵入乡村社会之后的心理情态；不仅有老百姓那些细碎事、风流事，也书写运动年代乡民们的集体生活；涌动着灵魂的不安、人性的幽微，也时时散逸着人心的温暖与至善。《老生》不仅时间跨度达百余年，历史的身影一直若隐若现，也常常出现当下大家所熟悉的新闻或事件，有的人物和故事，甚至还带着贾平凹过往作品的影子——关于商州的故事在小说里再次出现，比如，狼把一个银项圈放到药材铺的门口；白土为玉镯修筑天梯，想让她去山下的村子里看看；老城村负责"土改"工作的副主任马生有着《古炉》里霸槽的印迹；当归村靠种植药材而发财致富的戏生有着《浮躁》中雷大空的面影……

这并不是说，《老生》有过于明显的回望现代化进程以来百年乡土历史的野心，作者似乎无意于以百科全书式的写作给乡土叙事做一个总结。事实上，从体量上来讲，《老生》不像《古炉》那样，有着繁复的故事场景和庞杂的人物群像，在历史动乱的大背景中将政治意识形态对人性的规约和改造逐一剥露，

---

① 贾平凹：《静虚村散叶》，陕西人民教育出版社1990年版，第173页。

进而鞭笞人性及灵魂；也不像《秦腔》那样，一味地扎进日常生活的繁杂、琐细中，以期透过"秦腔"这一传统艺术形式在不同代际和群体间所生发的冲突和矛盾，来写一曲乡村的挽歌。《老生》的故事，清晰、晓畅，它从两个方面来展开：一方面是老师给学生讲授《山海经》，一方面是唱师讲述他所经历的村庄变迁。

> 故事全都是往事，其中加进了《山海经》的许多篇章，《山海经》是写了所经历过的山与水，《老生》的往事也都是我所见所闻所经历的。《山海经》是一个山一条水地写，《老生》是一个村一个时代地写。《山海经》只写山水，《老生》只写人事。①

这是一种新的写法，它追求简洁、浑然的效果，行文上，曲处能直，密处见疏，以小见大。这种写法，从贾平凹上一部长篇小说《带灯》就开始了。《带灯》介于情节与细节之间，每篇小短文可称为大细节或小章节。作家的写作就像种庄稼的间苗一样，苗稠可以间得稀一些，稀的也可以补得稠一些，留出适宜空间，从而疏密相间。这有点像汪曾祺所说的那种新笔记体小说，结构形式上有着"苦心经营的随便"，整体是散点透视，但叙事上又没有一味地以细节代替情节，所以大处还是浑然的。"我是陕西南部人，生我养我的地方居秦头楚尾，我的品种里有柔的成分，有秀的基因，而我长期以来爱好着明清的文字，不免有些轻的佻的油的滑的一种玩的迹象出来，这令我真的警觉，我得有意地学学西汉品格了，使自己向海风山骨靠近。"②一旦察觉到贾平凹试图从明清的韵致向西汉的品格转身的雄心，或许就能理解，"只写人事"的《老生》，里面为何有着不同一般的庄重和沉着。作者虽然也写了他的伤感和忧心，但这些更像是静水深流，叙事上不动声色，读起来却简洁有力，令人回味；乡村百年的历史，也就这样在山水与人事的描摹间，纷至沓来。

二

《老生》中唱师的存在与离去，显然是一个隐喻。他哀伤悲怆的歌声，唱尽人事代谢的伤感无奈，也讲述时局更替、世事变幻中的世相人心。最后，他为当归村在一场瘟疫中的毁灭而歌，之后，自己也随着村庄的衰亡而亡。借唱师

---

① 贾平凹：《老生》，人民文学出版社2014年版，第292—293页。
② 贾平凹：《带灯》，人民文学出版社2013年版，第361页。

的经历来为乡村唱挽，这种精神遗绪及思考，其实接续的是《秦腔》的脉络。

在《秦腔》后记里，贾平凹描述乡村的当下境遇时，有一种感伤："体制对治理发生了松弛，旧的东西稀里哗啦地没了，像泼去的水，新的东西迟迟没再来，来了也抓不住，四面八方的风方向不定地吹，农民是一群鸡，羽毛翻皱，脚步趔趄，无所适从，他们无法再守住土地，他们一步一步从土地上出走，虽然他们是土命。把树和草拔起来又抖净了根须上的土栽在哪儿都是难活。"①。乡土的现状，恰似那秦腔里的无限苍凉，也如这唱师反复吟唱的哀声里对往昔的伤悼，传统与现代，新与旧，没有一种矛盾杂糅得如此让人无奈、揪心，而乡村又极容易主动或被动地卷入现代性的进程，极容易被置于制度与福利所弃之不顾的境地，被随意地规划与"宰割"。

贾平凹的小说，有意无意间透露着一种社会转型期固有的迷惘和惶惶然，这令我想起王晓明在论述沈从文的作品时所认同的一种"秋天的感觉"——"把他原先对整个人生虚幻无常的隐约的预感，不知不觉就偷换成了对他钟爱的那个湘西社会即将灭亡的清醒的悲愤"。② 在《长河》题记中，沈从文也曾这样写道："'现代'二字到了湘西，可是个体的东西不过是点缀都市文明的奢侈品，大量输入上等纸烟和各样罐头，在各阶层间作为广泛的消费，抽象的东西，竟只有流行政治中的公文八股和交际世故。"③《长河》是未完成的有关乡土现代性进程的叙事，它并没有将现代与传统生硬嫁接的现象作更为细致的描摹，也没有将诸如新生活运动、现代教育等外部力量一点点侵入吕家坪的故事续写下去，作者似乎也无力去描绘一个现代化进程下的"现代"乡村——这其实也是中国文学中的一个世纪难题。

"现代"二字进入乡土中国已过百年。《老生》里不仅渗透着这种"秋天的感觉"，贾平凹的清醒还在于，他正视这种现实，并且试图为这种现实找寻安妥的可能。他的身上，有着不同于沈从文的乡土意识。沈从文是在强化、美化一种乡土想象，他笔下的城乡对立模式，作为"乡下人"的眼界和尺度，即使没有走向偏执和审美的绝对化，最终创造的也更多是一个无以为继的乡土幻梦。沈

---

① 贾平凹：《秦腔》，作家出版社2005年版，第561页。

② 王晓明：《沈从文："乡下人"的文体与"土绅士"的理想》，见《潜流与漩涡》，中国社会科学出版社1991年版，第128页。

③ 沈从文：《长河》，见《沈从文全集》第10卷，北岳文艺出版社2002年版，第3页。

从文并不允许外在的势力去搅乱那些带着哀愁且美丽的生命形态。相比之下，贾平凹的乡土意识更为开阔，他有着与沈从文一样的把人事与山水合二为一的天地观，但他走向的是一种更为贴近大地尘埃的拙朴，还有对乡村藏污纳垢之现状的包容。贾平凹也写温情、质朴而又美丽甚至不失忧伤的风土人情，但他又不回避乡土中那些破碎、粗粝甚至不堪、丑陋的本然状态。他不像沈从文那样，以乡土为原乡，只作远景凝眸，从而隔着一层朦胧的、幻化的氤氲。贾平凹所直面的乡土，已没有多少诗意可言，它更为复杂，也更为真实。

《老生》的故事也是从"现代"话语进入乡村开始的，而所谓的"现代"话语，又可分为前期的革命话语和后期的经济话语。小说里的人物也可大致分为两类：一类就是名字里有"老""生"这种字眼的，如老黑、马生、老皮、老余、戏生，他们即便不是象征现代话语进入乡村的符号或代表，也是被这些话语所塑造的人，他们的存在，呼应着宏大叙事，国家政策，时代话语；另外一类是被这种现代话语所管辖、改造的对象，如王财东、玉镯、白河、白土等等，他们的存在，代表着基本的日常生活和卑微的人生常态。乡村的现代性进程，正是从革命话语、经济话语植入乡村的日常生活开始的。贾平凹意在写出日常生活被现代性话语所改变的状况，以及由此带来的精神危机和伦理冲突。改变是悄然发生的，它首先体现在村民们对"革命"的理解上——在老黑那里，"革命"带着绿林好汉式的义气，跟谁"背枪"并不重要；在匪三那里，"革命"的首要意义在于能否有饭吃，他最为关心的只是伙房里每日三餐做的是什么。在战争年代，革命话语与普通民众的对接还存在隔阂，在讲述"土改"运动以及各样阶级斗争和社会主义建设的故事中，革命话语与日常生活的冲突，在不同的人群中就有了不同的表现：

> 白河往常吃好饭才端碗出来，现在的饭时却端了一碗面糊糊，一晃一晃也到东城门口去了。东城门口有一棵槐树，树枝不繁，树根却疙疙瘩瘩隆起在地面上，村里人喜欢端碗蹴在那里一边吃一边说话。白河的面糊糊不稠，却煮了土豆，土豆没切，囫囵囵吃着嘴张得很大。别人说：白河呀，今日吃面糊糊也端出来？白河说：现在还是穷着好。别人说：你不是每年这时候去集市上倒腾些粮食吗？白河说：今年没去。别人说：那你忙啥哩？白河说：等哩。别人说：等？等啥的？！白河说：等着分地么！

他一说等着分地，那些定了中农的没吭声，而定了贫农的就来了兴头，议论王财东和张高桂家的哪一块地肥沃，哪一块耕种了旱涝保收，如果能给自己分到了，产下麦子磨成粉，他就早晨烙饼，中午米饭，晚上了还要吃，吃捞面。[①]

这是"土改"运动中普通百姓的反应，他们最原始的愿望同一种狭隘、自私混杂在了一起。小说还呈现了这一场运动中三个地主富农的行为和心理，他们作为被批斗和改造的对象，相互试探，又相互哀怜——王财东面对大捆作废的金圆券出现精神紊乱，在紧接着的没收财产的过程中，脸上的"瓜相"越来越明显；张高桂带着气愤说，死后要把自己埋在自己的地里，让种地的人结不了穗；李长夏在自家的牛要充公时，把牛全身都摸了一遍……与此同时，从马生、拴劳等人身上，我们看到了由身份所赋予的革命的正义性，也看到了积存已久的人性深处的黑暗面，革命、运动的结果，只是为了可以随意地占有一个女人，侵占几亩田地——阿Q式的革命仍在延续。一夜之间，身份地位就翻转了，乡民们的精神世界变异着，乡村的道德伦理也裂变着：

邢轱辘到了张高桂家，张高桂的灵堂里来的亲戚在高一声低一声哭号，邢轱辘对张高桂老婆说：我送你到家了，你没出事，我就走了。张高桂老婆说：你不给你叔磕个头？！邢轱辘说：你家是地主了，地主就是敌人，我不磕头。张高桂的小舅子正在灵堂上哭，不哭了，起来骂道：十几天前他不是敌人，十几天后他就是敌人了？他是你的啥敌人？抢过你家粮偷过你家钱还是嫖了你家人？！[②]

人们后来发现，只要一穿上那劳动服，人就变了，身子发木，脑袋发木，你得紧张地劳动，不能迟来，不得早走，屙屎撒尿也得小跑。似乎鸡狗甚至蚊子都变了，早晨天刚放亮，鸡就拉长嗓子喊，以前的鸡最多喊两声，如今喊叫不停，接着喇叭在响，刘学仁又在讲话，所有人就得赶紧起来。[③]

---

① 贾平凹：《老生》，人民文学出版社2014年版，第89—90页。
② 贾平凹：《老生》，人民文学出版社2014年版，第94页。
③ 贾平凹：《老生》，人民文学出版社2014年版，第164页。

伦理变了，人的感觉变了，甚至连鸡、狗、蚊子都变了，而革命最为彻底的地方，正是实现了对日常生活的改造。触及灵魂的最终目的，就是重塑一种日常生活，通过生活，把一种革命的成果固化。革命话语旨在激发广大人民群众的热情，从其自身的生活境遇（如吃饭这些基本问题）出发，来激发革命斗志，"改造"乡民的思维；经济话语则以"发展""进步"为社会变迁的真理，一切都在急速前进着，随着经济结构的改变，价值信念与发展、致富之间，纠葛着种种矛盾，人心在物欲、权欲的激荡下，一点点显露出它脆弱、不堪的悲剧品质——这种改变是缓慢的、细微的，但这种改变也是持久的、深刻的。以老余带领的当归村为例，官员们总是一边规划着乡村的未来，一边借此高升。村里先是发展养殖业，结果因残留农药和激素过多不得不中止；接着又想以秦岭发现老虎为由头，建立自然保护区，后来不得不承认是子虚乌有的；最后又发展药材种植业。在唱师的眼里，"确实是发了财的人很多，街道上的小汽车多起来，穿西服的多起来，喝醉酒的和花枝招展的女人多起来，而为了发财丧了命的人也多，我常常是这一家的阴歌还没结束，另一家请我的人就到了门口"①。

戏生经历了这种变化，也承受着这种变化的后果。贾平凹在戏生这个人物身上，设计了多重身份：他是革命的后代，想沾革命的荣光获得补助；他是一个农民艺术家，能信手拈来许多民歌，还可以边唱边剪纸；有过短暂外出务工的经历，还染上了性病；最后在老余的帮助下，成了一个经营药材批发的农民企业家。由戏生这一驳杂的身份，可以看到经济浪潮下人心的浮动，他有传统农民的弱点，爱面子，爱吹嘘，但也有勇气和胆量去尝试改变现状，只是，他终归缺乏一种自主性，跟着摇摆不定的政策走，甚至成了基层干部政绩工程中的一颗棋子。戏生的境遇，其实也是中国大多数农民的境遇。在革命年代，农民的意志被捆绑在时代意志的战车上，他们只能盲目地跟着跑；在改革年代，农民貌似有了更大的自由，但一种更隐蔽的意识形态与商业主义合流的力量，同样在决定着农民的命运——无论是革命话语还是经济话语，农民都无法独立地去选择，他们永远是生活在一个角落里，被损害，也被遗忘。他们的出路在哪里？

小说以一场瘟疫来结束村庄的历史，这就是村庄必然的命运么？村庄就不

---

① 贾平凹：《老生》，人民文学出版社2014年版，第219页。

配享有现代化，现代化所带来的就必然是一场灾难？瘟疫或许只是一种警示，它是为了表达贾平凹对乡土的忧思。

贾平凹一个时代一个时代地推演村庄的"进化"，既不美化它，也不丑化它，乡村就矗立在那儿，它被奴役，被愚弄，也被治理，被规划，但它的前途终究是曲折的、晦暗的。它的沉实和美，正在消失，而自身的惰性和病疾，却正在生长。加上政策的多变、基层干部的胡来，乡土中国的地基已经松动，一些伟大的乡土品质正在死亡。孟德拉斯曾经这样分析农民农业的消失："与其说是由于经济力量的作用，勿宁说是由于把并非为农业而制定的分析方法、立法措施和行政决策运用于农业"[①]。这个看法或许是一种社会学的理性分析，但对文学写作未尝没有参考价值。过去我们在讲述乡土中国时，总是从伦理、审美的角度去写，无非是表达一种令人心疼的美，一个质朴、自然的世界的消失，但乡土中国的困境，真的只是审美的溃败或现代化对自然的掠夺么？造成乡村衰亡的原因，真的是如此单一么？

贾平凹的《老生》，包括他近年的《秦腔》《带灯》，之所以有特别的意义，不仅在于他呈现出了中国乡村的世情、世貌，也回答和思索了孟德拉斯式的疑问。乡土问题复杂，尤其是现代化侵入以来，单从文化和乡情的角度，已经很难全面解读乡村的变迁。而贾平凹的写作，除了文化和乡情的关怀，还描写乡村的经济活动，呈现"并非为农业而制定的分析方法、立法措施和行政决策运用于农业"之后的现状，这何尝不是一种更迫近、更真切的现实感？这种现实感，在当下中国的乡土文学作品中，是非常匮乏的品质。它看起来是很不文学的，但它又是文学必须面对的另一种坚硬的现实。贾平凹在《老生》中所做的这种有点笨拙的努力，既洋溢出一种艺术的倔强，又贯注着他对现实的独特观察。

三

为村庄作传，为乡土写史，在过往的乡土文学写作中并不鲜见，几乎每一位乡土写作者，都想尝试为乡土中国的百年变革作记录，以此来省思今日的现实。写史是回顾过去，也是意在当下，因为当下、此时"处处保留着与先前存在的事物的精神联系"[②]。

---

① 孟德拉斯：《农民的终结》，李培林译，中国社会科学出版社1991年版，第6页。
② 雅斯贝斯：《历史的起源与目标》，魏楚雄、俞新天译，华夏出版社1989年版，第12页。

关于乡土中国的写作，半个多世纪来，至少存在着三种不同的历史观念及叙事风格。其一，着力表现一种螺旋上升式的发展进程，在一派欣欣向荣的历史图景中完成对主流历史话语的重构——新中国成立后，很长一个时期的中国文学都承担着这种写作任务。柳青的《创业史》，第一部讲述的是社会主义革命运动，第二部则是有关社会主义的建设，农业合作社的建立与巩固。这种历史叙事的立场，更多是集体的、国族的，很少有风物人伦、个体情感的表达，即使有，也多是一种被格式化了的情感：任何对重大历史事件的叙述背后，都潜藏着不证自明的社会进化史观，人物形象也多是使命非凡、性格鲜明的那种。到 20 世纪 80 年代，随着文学观念的革新，尤其是新历史主义思潮的涌现，这种历史观念在文学叙事中已经淡出。其二，认同历史循环论，中间混杂着偶然及神秘主义的观念。沈从文的小说或多或少就有这种色彩。而陈忠实的《白鹿原》，将白、鹿两大家族的斗争史放在长达半个多世纪的社会变幻中，历史总是宿命般的循环着，即便是他们的后代对革命的随意理解、对传统文化的有限回归，饱含的也是历史前行过程中的不确定性，作者无法给历史一个清晰的态度。《古船》是以隋抱朴这一个体的记忆来补充国家记忆的空白，个人的或家族的苦难，旁证的不过是历史进程中那些不可忽视的折返和倒退，即便是在重新承包粉丝厂的时刻，人物也难见历史转型期应有的自信和力量。和陈忠实一样，张炜在面对历史时，也是暧昧、犹疑的。其三，书写欲望的历史，一种被权欲、情欲、人性的恶所主导的历史。刘震云的《故乡天下黄花》选取的是民国初年、1940 年、1949 年、“文革”这四个具有代表性的时间点，在历史的交替更迭中，他所看到的更多是一种权力争夺、私欲横流的历史景观。莫言的《丰乳肥臀》以一个母亲的受难史、一个大家庭的分分合合来看取百余年的中国社会，但小说前行的根本动力还是欲望叙事。阎连科于 2013 年出版的《炸裂志》，在讲述一个村庄成为一个城市时，那种炸裂的力量，同样是来自权力和欲望——当深渊般的欲求与人性的恶开始结盟，人类的末日也许就真的来临了。只是，无论个体的受难史，还是欲望的膨胀史，都容易走向一种历史虚无主义，它们一方面丰富了历史叙事的经纬，另一方面也稀释了乡土中国所面对的真实问题——以历史虚无主义的态度来解决沉重的现实问题，这是很多乡土文学写作惯用的手法，但真正的问题并不会因此而隐匿，它依然存在。贾平凹近年关于乡土中国的写作，几乎全是正面迎击现实本身，而拒绝用一种历史虚无主义态度来稀释现实的沉重与疑难。他作为乡村之子，无法对乡土的破败取旁观或超然的姿态，他承认自己是一个现实中人，乡土现实中所发生的一切，都与他有关。尽管贾平凹也写过《废都》式的都市小说，但其根还是在乡土，还是在商洛，在棣花，他的精神从那片土地上生长出来，最终也要回到那片土地上去，这是他的写作宿命。贾平凹曾说，"做起城里人了，我才发现，我的本性依旧是农民，如乌鸡一样，那是乌在了骨头上的"①。正因为此，我能理解贾平凹在《秦腔》之后所投注到故土上的那份复杂情感：他爱这片土地，但又对这片土地的现状和未来充满迷茫；他试图写出故乡的灵魂，但心里明显感到故乡的灵魂已破碎。

他一直无法卸下身上的那个重担，一直无法摆脱做一个现实中人的那种焦灼感，于是继《秦腔》《带灯》之后，贾平凹又写下了《老生》。《老生》的时间跨度比《秦腔》《带灯》要长得多，贾平凹给了小说一个历史的外壳，但乡村作为社会结构和物质文化形态本身的历史存在，作者是用鲜活的现实话语和人生经验来呈现的。他用写实的方式为历史塑形，在他笔下，历史是从现实中生长出来的。在《老生》里，一部分是山水，一部分是人事，山水只是作为隐在的背景，像是国画中那些随意勾勒的墨迹，小说重在讲述人事。以人事的变迁来记录乡村的进程，以个体记忆来补充历史的空白，以生命的冷暖来充盈现实的肌理——作者所渴望接近的，依然是一种此时此地的真实。

> 《老生》就得老老实实地去呈现过去的国情、世情、民情……要写出真实得需要真诚，如今却多戏谑调侃和伪饰，能做到真诚已经很难了。能真正地面对真实，我们就会真诚，我们真诚了，我们就在真实之中。②

确实，《秦腔》之后，贾平凹开始在写作中确立起一种新的真实观，那就是摹写现实的细部，成为现实中人。但他越逼近真实，就越觉得虚幻，甚至连他那个魂牵梦绕的故乡，渐渐地，也成了一个陌生的存在。《秦腔》写了夏天智、夏天义、引生、白雪、夏风等众多人物，那些细碎、严实的日常描写，把叙事搞得有点密不透风。按理说，故乡的真实应该触手可及了，然而，在《秦腔》所出示的巨大的"实"中，更多的却是贾平凹心里那同样巨大的失落和空洞。他说出的是那些具体、真实的生活细节，未曾说出的是精神无处扎根的伤感和茫然。

---

① 贾平凹：《秦腔》，作家出版社2005年版，第560页。
② 贾平凹：《老生》，人民文学出版社2014年版，第293页。

有人说，贾平凹写作《秦腔》是为了寻根，是一次写作的回乡之旅，这些都是确实的，但寻根的结果未必就是扎根，回乡也不一定能找到家乡。寻根的背后，很可能是面对更大的漂泊和游离。因此，在《秦腔》后记里，贾平凹喊出了"故乡啊，从此失去记忆"的悲音，这读起来是惊心动魄的。

必须承认，多数现代人已被连根拔起，精神处于一种挂空的状态。故乡是回不去了，城市又难以扎根，甚至大多数的城市人连思想一种精神生活的闲暇都没有了，活着普遍成了沉重的负累。孔子说，"老者安之，少者怀之，朋友信之"，这本是人生大道，然而，在灵魂挂空的现代社会，不仅老者需要安怀，一切人都需要安怀。牟宗三在《说"怀乡"》一文中说，自己已无乡可怀，因为他对现实的乡没有具体的怀念，而只有对于"人之为人"的本质之怀念。"现在的人太苦了。人人都拔了根，挂了空。这点，一般来说，人人都剥掉了我所说的陪衬，人人都在游离中。可是，唯有游离，才能怀乡。而要怀乡，也必是其生活范围内，尚有足以起怀的情愫。自己方面先有起怀的情愫，则可以时时与客观方面相感通，相粘贴，而客观方面始有可怀之处。虽一草一木，亦足兴情。君不见，小品文中常有'此吾幼时之所游处，之所憩处'等类的话头吗？不幸，就是这点足以起怀的引子，我也没有。我幼时当然有我的游戏之所，当然有我的生活痕迹，但是在主观方面无有足以使我津津有味地去说之情愫。所以我是这个时代大家都拔根之中的拔根，都挂空之中的挂空。这是很悲惨的。"①读《秦腔》，就能体会到这种"拔根""挂空""悲惨"的感受。贾平凹越是想走近家乡，融入故土，就越是发现故乡在远离自己。这不是他一个人的困境，而是说出了现代人与乡土之间的关系正在裂变与毁灭。

《秦腔》以夏天智和夏天义的死来结尾，就富有这样的象征意味。秦腔痴迷者夏天智的死，既可以看作是民间精神、民间文化的一种衰败，也可看作是中国乡村最有生命力的部分正在消失——这种衰败和消失，并非一夜之间完成的，而是一点一点地进行的，到夏天智死的时候，达到了一个顶峰。那时，秦腔已经沦落到只是用来给喜事丧事唱曲的境地，而农村的劳动力呢，"三十五席都是老人、妇女和娃娃们，精壮小伙子没有几个，这抬棺的，启墓道的人手不够啊！"②——人死了，没有足够的劳力将死人抬到墓地安葬，这是何等真实又何

① 牟宗三：《生命的学问》，广西师范大学出版社2005年版，第2页。
② 贾平凹：《秦腔》，作家出版社2005年版，第538页。

等凄凉的乡土现实，身处其中的人又怎能安怀？夏天义是想改变这种处境的，但最后他死在了一次山体滑坡中（这次山体滑坡把夏天智的坟也埋没了），清风街的人想把他从土石里刨出来，仍然没有主要劳力，来的都是些老人、小孩和妇女，刨了一夜，也只刨了一点点，无奈，只好不刨了，就让夏天义安息在土石堆里。随着夏天智和夏天义的死，清风街的故事也该落下帷幕了，而那些远离故土出外找生活的人，那些站在埋没夏天义的那片崖坡前的清风街的人，包括"疯子"引生，似乎都成了心灵无处落实的游离的孤魂。正如夏天义早前所预言的，他们"农不农，工不工，乡不乡，城不城，一生就没根没底地像池塘里的浮萍"，一片茫然。①

《秦腔》是日子带着政事，日子难过；《带灯》是政事引着日子，更难过的是乡村干部的日子，整日处于各种问题的旋涡之中。樱镇进入开发的时代，现代性落实到经济发展上，就是讲奋斗，谈挣钱，这样一来，身体生态、自然生态、社会生态、精神生态等都遭到了严重破坏。去大矿区打工的人大多得了硅肺病，空气污染了，旱涝灾害频发，社会贫富不均造成越来越多的暴力事件，精神上更是无所适从。乡村的问题累累，正如《带灯》中不断出现的落不尽的灰尘、掰不完的棒子、压不下的葫芦瓢、补不完的窟窿一样，生活世界的乱象所映照出的是一个鬼影绰绰的世界——故乡，终究是破败了，陌生了。到了《老生》，虽然换了一种写法，但作者面对故土的哀痛，并没有减少。《老生》呈现国情、世情和民情，重在讲人事，却并不凸显人与人之间的正面冲突，也几乎没有大的场面描写，而是在吃喝拉撒的日常书写中将乡村伦理的变迁、精神世界的变异一点点呈现出来，从而昭示出人心之善恶、暖凉。

四

《老生》中有几个人物是令人印象深刻的，比如白土，他本是长工，在王财东被打倒后，仍然去他家里干活，他面对精神失常的玉镯被马生欺侮，敢怒却不敢言，那份良善与暖意，既朴实，又感人；比如乌龟，他是舞皮影戏的好手，他与开花之间的感情，虽不为现世的道德所容忍，但在乡村里，却是自由自在、安静妥帖的。这些都只是小事，一些生活的小场景，但放到小人物身上，却真

---

① 谢有顺：《尊灵魂，叹生命——贾平凹〈秦腔〉及其写作伦理》，载《当代作家评论》2005年第5期。

切地传达出了一种精神气息。这些细节、气息的存在，为《老生》所描述的故土，增加了真实感。贾平凹在《老生》中所贯注的情感，似乎也比《秦腔》《带灯》多了一些沉实和清澈。他的乡土写作，正变得越来越隐忍，也越来越开阔，在充满宽恕之情的同时，也不断地发掘生命中的亮色，寻找黑暗中的光。所以，《老生》所写的百年乡土，不追求激烈、复杂的人事纠葛，而更注重通过那些可以考证的物质形态的描绘，刻画出现实丰盈的肌理，使这种既近又远的现实，洋溢出可以体察的人情冷暖，可以感知的生命哀痛，带着泥土的气息、炊烟的味道，虽然有一种悲凉感，但更多的却是温和和坚韧。

面对历史，面对村庄的故事，贾平凹不急于去批判，更无意于将谁推到历史的审判台上，他饶恕一切，也超越一切。选择这种慈悲和平等的立场，并不表明他看不到乡村正在衰败、故乡行将消失的命运，只是，他不知道该是谁，也不知道该是哪种力量为这样一种消失和衰败承担责任。这种无责任之责任、无罪之罪，更多的是指向自我，指向每一个人。他不是不想批判，而是看到了批判的局限性；他或许觉得，比批判更能接近现实真相的，是理解和同情。至少，《老生》的批判性，远不及《古炉》深刻、直白。无论是对小说中的"恶人"，对人事纷争中所展露出来的人性的自私、嫉妒，甚至残酷、血腥，还是对乡村所处的这个激进的现代化进程中，基层干部的功利心、胡作非为，作者都没有回避，他把这些看作是生活的常态。没有了它们，乡村历史反而是残缺的。

《老生》旨在呈现真实，所有急切的道德判断，在小说中都是搁置的。作者是想说，乡村在现代性进程中的歧路与坎坷，乡民们在这一路途上背负的悲欢与血泪，都正在过去，唯一值得记住的是，我们现在和往后的路，都必须在这些经验的丛林中穿行。你无法选择，也无法躲避，你必须经历这些，必须把这些复杂的经验变成人生的一部分。写完《秦腔》之后，贾平凹坦言："我的写作充满了矛盾和痛苦，我不知道该赞歌现实还是诅咒现实，是为棣花街的父老乡亲庆幸还是为他们悲哀。"① 这种"矛盾和痛苦"，终究还是一种郁结的情感。但到了《老生》，这种郁结的情感，慢慢地已经释然。

《老生》的结尾是一场瘟疫袭来，村民迅速死亡，当归村几乎成了空心村，唱师和荞荞一起去村里为那些没来得及埋葬的村民唱阴歌，以安妥那些游荡的

---

① 贾平凹：《秦腔》，作家出版社2005年版，第563页。

魂灵。这个场景是象征性的。一方面，是对一个村庄的人事的哀悼与怀想，在死亡面前，人世所有的恩怨、纷争都烟消云散了，魂灵与魂灵之间已经达成了和解；另一方面，是对村庄所承载的物质和精神记忆的祭奠和纪念，对行将远去的这个社会形态——村庄——作一个告别。只是，在一种释然的情感后面，也还隐藏着作者的一丝忧虑：那些游离的魂灵是否能回归来处？

> 有一天，我问她：你再也不回住当归村了吗？她说：还回去住什么呢？成了空村、烂村，我要忘了它！我说：那能忘了吗？她说：就是忘不了啊，一静下来我就听见一种声音在响，好像是戏生在叫我，又好像是整个村子在刮风。①

这是唱师最后与莽莽的对话，或许有悲戚，但没有怨恨，也没有用强用狠的争夺、挣扎、呼告，它更多的是一种体验，一种伤怀，一种面对现实之后的寂寥，隐约的，也有一种平静和安详。灵魂在面对乡土的衰亡时，不可能没有伤感和挂怀，但是，那种超越一切之后的释然和慈悲，不也是一种真实？既然一切无法修改，那就不如接受它，经历它，也饶恕它。

从《秦腔》《古炉》，到《带灯》《老生》，贾平凹的乡土写作，进入了一个新的阶段，他不仅是在为日益衰败的乡土中国唱一曲文学挽歌，更重要的，他是在为乡村历史保存一个肉身，而为了使这个乡土的肉身更为真实，贾平凹甚至不惜对现实、对日子做着社会学意义的忠实记录——很多人，并不能理解贾平凹的这种写作变化，更不会认同这种写作的文学意义。可是，当乡土的现实形态无可挽回地在溃败，文学面对它的方式，真的只能限于审美或悼挽么？文学是否也可以对现实进行记录、勘探、考证、辨析？贾平凹正是借由记录和还原，扩展了乡土文学的疆域，也创新了乡土文学的写法——《秦腔》仿写了日子的结构，以细节的洪流再现了一种总体性已经消失了的乡村生活；《带灯》貌似新笔记体，介于情节与细节之间，疏密有致，小处清楚，大处浑然，尽显生活中阳刚与阴柔、绝望与希望相交织的双重品质；《老生》则讲述了经验的历史，把物象形态与人事变迁糅合在一起来写，进而呈现现实的肉身是从哪里走来的。

乡土的神话时代已经过去，今天的乡土，留给作家的，不过是一堆混乱的材料，一些急速变化的现实片段，一腔难以吟唱出来的情绪而已；俯视或仰视

---

① 贾平凹：《老生》，人民文学出版社2014年版，第282页。

乡村，都难以接近真实，你只能平视，只能诚实地去翻检和发现，甚至只能做一个笨拙的记录者。贾平凹所做的，更多的就是记录的工作，他决意不再以任何启蒙的、审美的或乌托邦式的理念去伪饰村庄，而专心还原乡土原初的面貌。他既不赞美历史，也不诅咒现实，他面对这片土地上的所有美与丑、善与恶、光明与黑暗，只要是存在过的，它们就都有被记录、被书写的权利。陈晓明说："乡土中国在整个现代性的历史中，是边缘的，被陌生化的、被反复篡改的、被颠覆的存在，它只有碎片，只有片断和场景，只有它的无法被虚构的生活。"①这样看来，裸呈现实，未尝不是一种新的乡土文学的叙事方式。当代文坛讨论着乡土文学的终结，探究着乡土文学写作的困境，可是，要走出这一困境，是靠作家提供一种新的美学想象，来重画乡土的宏伟景象？还是让作家去直接面对乡土、裸呈现实？贾平凹选择了后者。勾描出乡土现实的肉身状态，还原一种生活的细部肌理。这种琐细、笨拙的写作，作为一种叙事方式，或许不是肇始于贾平凹，但确实是因为他一直执着于这种叙事方式，而把乡土文学带到了一个新的境地。没有对经验、细节、生活肌理的精细描绘，乡土生活的本然状态如何呈现？没有对历史悲情的和解与释然，如何能够看清乡土生活来自何方，又该去往何处？没有对人事和世相的饶恕与慈悲，乡土文学如何能走向宽广、涤荡怨气？因此，乡土题材的写作或许会日渐式微，但乡土文学精神不会退隐。关于如何表达这种巨变之后的乡土文学精神，在当代作家中，贾平凹可能是用力最深，也是走得最远的。

（原载《文学评论》，2015 年第 1 期）

---

① 　陈晓明：《乡土叙事的终结和开启》，载《文艺争鸣》2005年第6期。

原来如此等老生

——贾平凹的"世纪写作"

张学昕

一

在一个时代，或者不同时期，一位重要作家的创作及其变化，常常与这个时代的审美方式、想象方式之间存在着密切的关系，甚至会影响一个时代的审美方向，同时，它也一定呼应着这个时代特定的生活方式、精神、语境和心理状态。对一个时代有影响的作家，才是杰出的作家，有可能对后世产生重要影响的作家，才是伟大的作家。我们期待并相信，贾平凹就是这样的作家。

如果梳理贾平凹四十余年的写作史，我想，在这里姑且可以将他的写作划分成三个阶段：《废都》之前，可以称为"前《废都》时期"的写作，《废都》到《秦腔》之前，可以称为"后《废都》时期"的写作，而自《秦腔》《古炉》到《带灯》《老生》，完全可以视为贾平凹创作新的"爆发期"和转型期。若执意要为这个阶段"命名"的话，我觉得不妨称作贾平凹写作的"后《秦腔》时期"。而他在这几个不同阶段之间的变化和腾挪，不仅构成贾平凹自身写作的发展史，而且构成了中国当代小说创作的"风向标"和转捩点。这也正是近二十多年来，贾平凹成为中国当代文学主干话题的重要原因。

2014 年出版的长篇小说《老生》，是他的第十五部长篇，我们能够在这部作品的文字里，明显感受到贾平凹叙述上新的变化。文本里沉淀着古老中国近百年社会生活、时代所发生的重大变化，尤其是，我们更能体味到贾平凹从文字中丝丝缕缕渗透出的一个个时代的波澜万状。无疑，从《带灯》开始，到这部《老生》，我觉得贾平凹的写作或者说叙述，已经达到了非常高、非常自由、纵横捭阖的境界，我觉得这是他创作的一个最为重要的时期。虽然，我非常喜欢扎

272

实、朴素而富于变化、灵动的《带灯》的叙述，但更喜欢这部简洁、干净、平易而厚重的《老生》。虽然面对一百年的历史，但贾平凹这一次好像是真正地松了一口气，释然而洒脱，无论是表现历史还是切入当代现实，他叙述以及结构文本的心态，更加从容、纯熟、老道，更加朴素、旷达和空灵，也更加忠厚，他将苦涩、忧愤和沉重淡化，弥散在机敏、幽默和寓言里。可以说，在这个充分自足的文本里，他创造了一个新的语境，一种历尽沧桑的"老生"的叙事情境。在几个时代游走的唱阴歌的老生，以沉郁而悠远的语气和从容、宽厚的气度，呈现世间的苍生。"不问鬼神问苍生"，这是一个何其旷远的视界，其中，需要怎样的胸怀、情怀才能包容藏污纳垢的世间之万物？看得出，在这里贾平凹就是要用心来讲一个有关生命、命运和死亡的故事。可以说，贾平凹的创作，真的跃出了既往略带"野狐禅式"的绵密而空灵的叙事，呈现性情内敛之后创作主体的文体自觉，他开始与历史和现实中的灵魂对话。不夸张地说，贾平凹的写作，的确正逐渐达到那种炉火纯青、自由而悠远的境界。这个时候，我甚至还会有些疑虑：他源源不断的创作力，他想象力的神奇，写实的功力，是否已成为中国当代文学的一个神话？　我猜想，也许，写到《老生》，贾平凹的内心，正涌动着一种旷世的"世纪情怀"。

　　我之所以要梳理贾平凹创作的这几个阶段，而且切入《老生》这部长篇，是因为在这条轨迹里面，我看到了贾平凹创作的清晰的文学地形图。其实，从《废都》开始，他前瞻般的将 20 世纪 90 年代初中国知识分子和中国文化那种颓败感和衰颓表现得淋漓尽致，这是他对 20 世纪 90 年代初社会转型和变化非常有力量的一次透视。此后的《高老庄》《土门》和《怀念狼》则处在一个相对平稳的，摸索、滑行的状态，但是到了《秦腔》，一切都不一样了，拿起这部长篇，读到四五十页的时候我已经无法放手。我们猛然意识到贾平凹要做什么了——他真切地发现了中国传统的乡土世界在当代的破碎。在写作《废都》的时代，在 20 世纪 90 年代的社会转型期，他一下子抓住了文化在历史节点上的动荡，抓住了知识分子在转型过程中，在各种社会情势下，所承受的各种文化力量的相互挤压和冲突，以及他们灵魂的骚动不宁和无法安妥。贾平凹在《废都》的后记里，曾用"如何安妥我破碎的灵魂？"来表达他写作这部长篇时复杂的心态。现在看过去，20 世纪 90 年代初，可以说是一个"废都时代"，也许文学最能准确地概述和描述一个时代的特征。那么，21 世纪初始的几年，则可以称为"秦腔时代"。在贾平凹那种散文似的笔法中，在神韵埋藏的字里行间，中国当代的乡土世界的生活就像是很难切断的生活流，汩汩流淌。这时，贾平凹又发现了这个时代所发生的重大变化。这种变化非常令人恐惧——中国传统乡土社会的瓦解和破碎，以及纠缠在其间的文化、人性的被消解、被掩抑。当所有的现代性扑面而来时，人在这个时代里感到巨大的眩晕。而贾平凹回到他熟悉的生活，回到乡土，他写的是那些他所熟悉的生活，把它们很细腻地呈现出来。这种细腻，可能就是大音希声、大道至简、大象无形的表达。

接下来的长篇《古炉》基本上是《秦腔》叙述的延续，整部作品的叙事极其自由，开阖有度。六年前的那部《秦腔》写当代、当下中国乡村的裂变，敏感、敏锐地洞悉了中国社会整体性、实质性的转变。《古炉》则选择追溯到 20 世纪 60 年代的中国乡村，回到当代史最激烈、最残酷、最令人惊悚的那段历史。这一次，从叙述方式上讲，与《秦腔》没有更大的不同，但这一次，我感觉作家更像是从自己内心出发来写历史、写记忆、写自己、写命运。说到底，作家写作最重要的动力，就是源于对自己所经历和面对的世界的不满意，他要以自己的文字建立起自己的世界和图像。《古炉》就是通过回到历史、回到另一个时间的原点，书写贾平凹记忆的经验，表现一种大到民族国家、小到渺小个人的命运。我感到，《古炉》所要表达的，是中国人的命运。这是一部表达命运的最杰出的作品。贾平凹想找到或想找回的是"世道人心"。他的文字，依然细腻、精致，像流水一样，是流淌出来的。半个世纪前的中国形象、民族形象，在一个古老村落的形态变迁中，淋漓尽致地被呈现出来。贾平凹刻意地写"众生相"，写出"世心"的变化，写人的存在生态的变化。最初，古炉村与所有的其他地方一样，都葆有一种很好的生态，完全是有秩序的存在形态，恪守三纲五常，最基本的伦理、道德千百年来在帮助统治阶级，帮助各种体制，针对人心做着基本的规范，维持、支撑着起码的秩序。这部小说写出了乡村最基本的、亘古不变的东西，无论历史怎样动荡，人心深处都应该有这种不变的伦常。这可能是整个人类的积淀，或者是人类文明的支撑点。但是，"文革"政治的外力，改变了这里的一切，社会政治、无事生非的阴谋，改变了人生活和生存的本质的、基本的格局。准确地说，"文革"的动荡，剧烈地改变了天地的灵魂——世心。于是，一代人，一个民族，在这个时段里，宿命般的改变了命运，改变了一切。人心的正气、惯性、常态，都突然坍塌了。能够维持世道的人心变形、扭曲、脱轨了，人心肆意地扭曲，并且被逐渐颠覆，良心不再，人成为一种符号或傀儡。

而贾平凹在《古炉》封面上使用英文 CHINA 的寓意，像古炉村的瓷器一样，是一个民族、国家最重要的、最美好的东西，恰恰也是最容易破碎的东西。所以，《古炉》的目的或叙事野心，根本就不是所谓一段"文革"记忆，而是一部中国人命运、人心的变迁史和巨大隐喻。他写的也不只是历史，也是今天中国的现在进行时态。我们今天的中国世心，也就是精神、心理、伦理、道德，某些方面已经跌到历史的冰点。无疑，《古炉》是中国当下生活的一面镜子，它也是关于中国的一个大的隐喻。

我们看到，贾平凹已将叙述推向了 20 世纪 60 年代。这时，他已经衍生出"清理""整饬""盘点"中国百年沧桑的叙事雄心和耐性。"《废都》是斜着翅膀飞翔的"①，《秦腔》《古炉》，却依然是贴着地逆风飞翔。在《秦腔》和《古炉》里，有许许多多的细部令人难忘。特别是《秦腔》的细部，写到了一条街、一个村庄的生活状貌，细腻地、不厌其烦地叙述一年中日复一日琐碎的日子，有许许多多对引生、丁霸槽、武林、陈亮等弱小人物的描绘，有对清风街生老病死、婚丧嫁娶"还原式"的记叙。生活细节的洪流和溪水都尽收眼底。没有高潮，没有结局，没有主要人物，无须情节推动，只有若干大大小小的情节、细节呈现，繁杂而黏稠，张弛自然，有条不紊，严丝合缝，逼真、还原、"延宕"，越来越少人工雕饰。我认为，贾平凹在这个时候，已经彻底地建立起自己新的话语修辞学或叙述美学。

二

但是，贾平凹没有忘记现实，他在进入历史之后，又不断重新回到当下现实。在《古炉》之后，他渐渐触摸到一个叫樱镇的地方，开始写一个叫带灯的女性，开始审视一个具体的，中国社会最基层、最普通的女性在社会变革年代的内心镜像。

初读这部作品的时候，我最担心的，是《带灯》的题材和叙事如此逼近现实，贾平凹的叙述或许会被当代现实的破碎、臃肿和零乱所吞没。但他采取直面当下的叙事姿态、创作主体统摄的谋篇布局、"流水般"自然复现现实的动态

---

① 贾平凹：《关于小说》，生活·读书·新知三联书店2015年版，第144页。

流程和全景式的叙事视角，并以彻头彻尾的貌似非虚构的"真实"，对抗虚构，对抗想象。那么，这些究竟能够在多大程度上梳理清楚生活本身的结构和品质呢？这是否会被一种压迫式的真实所限制，从而丧失由无边的想象所带来的、富于超越感的另一种虚伪的"真实"？　从根本上讲，文学叙事的最大效率和弹性张力，来自想象留下的空间和距离所产生的猜想、悬疑以及可能性。以文人的才情和奇诡的想象见长的贾平凹，不遗余力地让自己陷入无边无际、遍布迷津的生活大泽，会否写出的只是一部当代中国乡村的"上访总汇""病象报告"或者"乡村民情备忘录"？　在这里，"写实"的确是考察作家铺排敷陈生活能力的重要因素。但是，担心是多余的，贾平凹不会顾忌理论上的种种考虑和规约，他一头扎进生活的泥土，踩着泥泞出发，这些已经成为他叙述最大的自信和勇气。这部《带灯》的写作发生和写作动力，似乎也与以往大有不同，他没有像以往那样，独自将叙述肆意地抛给读者，恍兮惚兮、奇异纷呈地荡漾开来，而是小心翼翼地呈现，没有任何隔膜、虚幻、矫情的描摹，而是超越意识形态的惯性，坚执地表达现实的宿命、无奈和命运的归属，以及现实的冷峻和人性的危机。

　　贾平凹似乎已经将地球视为一个村落，或者，他就将这个"樱镇"当成了当代乡村生活、乡村社会的缩影，坦然地将这些村镇聚焦为苍穹下的一幅影像。这幅影像，是一个时显喧嚣热闹、时现寂寞荒寒的存在体。这个巨大的存在体之内，有世俗文化的怪影，有人性的冲撞，有生存空间里人们的不幸和暗影。这部《带灯》直面现实，原生态地透视现实。可以肯定，贾平凹没有像以往那样乐于沉浸在乡村灰色的记忆里，而是返身走进潜伏着种种危机的现实。早些年我在读贾平凹的时候，在《鸡窝洼的人家》《小月前本》《白夜》《商州》甚至《废都》里，都会感觉到贾平凹的字里行间有一种野气，多少有点儿"野狐禅"的味道，叙述自顾自般行文抛句，起伏不定，无拘无束。那时，我猜测贾氏即便没有沿袭民国的遗韵，也定然从野史、笔记和稗抄、小品类的文体中，吸纳了不少的养分和精华，粗茶淡饭，乡情故里，在乡土、乡村的厚实和粗鄙的两面性中，与无数人的灵魂默默地交流着。文体和面貌颇显乖戾、荒蛮，甚至有些晦暗和暮气沉沉。但是，近年来，我持续地读到《秦腔》《高兴》和《古炉》，他的格局开始更加阔大，行文更加洒脱不羁，人物个性、谋篇布局肆意挥洒，不再一味沉浸在自己的乡土"幻象"之中。尤其是，无论切入当下现实，还是发掘并不久远的"文革"历史，在文本的背后都凝聚着一种深厚的目光。这目光似乎要穿透沉郁的迷茫，洞悉艰涩、混沌的存在，每当我们感到他的叙述贴近地面的时候，随即又会体会到它已经开始超越和飞翔。也就是说，整体气韵和笔势的风貌，已经挡不住面对现实时所产生的精神气度和巨大冲击力。而与以往的《秦腔》和《古炉》更加不同，这部《带灯》似乎向现实的内里扎得更深，地气仿佛不断地从大地上的庄稼、草木和房屋中丝丝缕缕渗出来，与人的呼吸相应和。渐渐地脱离了对乡土"幻象"的迷恋之后，贾平凹已经卸下了所有的包袱，彻底剥离了乡村社会的非自然性质的"苔衣"，而以"凛然"的不折不扣的现实主义精神，照亮这里的山川草木、乡土风情和生命存在实况。带灯，同样也是贾平凹寄寓乡村理想、理想人格和温润人性的载体。进一步讲，《带灯》承载着贾平凹新的叙事理想和文化诉求。贾平凹开始从现实的视角，或者从现实本身，思考中国的文化和现实困境与出路。我感觉到，贾平凹在这里真的是要"表达出自己对社会人生的一份态度，这态度不仅是自己的，也表达了更多的人乃至人类的东西"[①]。

只要仔细回顾贾平凹的写作，就会发现他真正是一位从未离开过书写当代中国现实的作家，也许，正是因为他深觉自己所深嵌其中的乡土太过殷实，他对中国乡村生活和文化的体验和呈现，都富有沉郁、细腻和寥廓之感。怎样有力量地表现出一个时代生活的鲜活一面，怎样表达一个民族的"世纪情结"？需要作家精确地把握和呈现细部。一般地说，用文字来描绘具体的形象以及形象性场面，已经很不容易，要靠它来表现抽象的情绪和情感就会更加困难。真正好的形象性文字，就要打破、超越文字既有的逻辑组织关系，打破日常性、约定俗成的明确限定，运用理智将最初的感受、朦胧的意念具体化为细节、细部的场面和人物。当然，这也是最考验一个作家内功的时候。这里，也最需要作家一种强烈的、勇敢的、大的担当。

还有一个问题，足以令我们认真地思索。中国当代作家和现代作家创作的整体水平和个体水平处在一个什么层面上？我们的技术、我们的精神内涵、我们的叙述能力、我们的发问能力，我们把历史和生活经验转化成文字、变成符号般的情感模式的时候，这个水准相差究竟有多少？中国现代作家与当代作家

---

① 贾平凹：《五十大话》，人民文学出版社2008年版，第145页。

的历史感、使命感究竟有什么不同？

那么，我们还需要回到《老生》。

读过《老生》之后的人都会感受到，其中的叙述者背后是贾平凹诠释历史的勇气和信心。他穿行在这些生灵亡魂中，游走在峡谷缝隙当中，所有人间的欲望、人性，扭曲的、端正的，在一个历史的陀螺里旋转，然后逐渐消失，文字中有无数灵魂的呼号。

"为天地立心，为生民立命，为往圣继绝学，为万世开太平"，贾平凹在更大的胸襟和气度里，想寻找的是个人和历史之间的关系，这个民族在一个世纪里的尘埃。几个小村落，并不庞大的人群，看似简单的叙事结构，是一种对历史的钩沉，它是立体的、家国的、时代的。其实历史是一个怪兽，历史这个怪兽所制造的阴影，使《山海经》能够和文本互相呼应。这种呼应并不是说哪一段对应哪一段，其实它是对历史时空的一个梳理和把握。他要写出众生相，写出一个世纪的叙述。历史和人性、必然和偶然、逻辑和无序、简洁与浩瀚、悖论与诡谲，都交织在文字里。关键是贾平凹在叙述的时候举重若轻，又灵动，又纠缠。可以不夸张地说，《老生》是贾平凹"世纪写作"的提纲挈领。

在《老生》里，贾平凹无意解构中国现代史，如果认为是解构，那就将贾平凹的写作简单化了。他的写作初衷是追问苍生的寻根之旅，包括叙事中呈现的暴力。他用激进撞击腐朽，用脆弱挤压黑暗，他把历史的所有力量和各种因素纠缠在一起，这就是举重若轻。历史是怎么长出来的，在小说里有着含蓄、悠远的表达。所以，当历史和生活的必然性表现得异常复杂的时候，一切要么分崩离析，要么筋疲力尽，要么重现生机。所以，贾平凹是在用最简单的东西对付复杂，复杂自然就变得不复杂了。面对历史的怪兽，贾平凹举重若轻，这种文学叙述主要是表现人类心理状态，演绎人的精神、灵魂图像。

在当代，很少有人像贾平凹这样，以"我有使命不敢怠，站高山兮深谷行"的谦卑姿态，来整理历史这个幽灵，再现历史的两难。历史是什么？文学怎么表现历史？这个惯常又普通的问题对作家来讲是一个很纠结的问题，也就是说，文学的逻辑、文学的叙述要不要对历史负责（包括如何诠释历史）？所以我觉得《老生》不是一个戏说的问题。在这个长篇里，作为一个杰出的作家，他不会拘泥于一时一处的纠缠，也不会轻易否定存在的合理性（包括人的原始欲望、原始冲动，包括人的苟活）。那些生灵，一朵花、一根草、一只小狗都是一个鲜活的生命，所以战争、暴力、死亡、饥馑、贫穷，包括政治运动和阶级斗争等人为的变故，在自然面前、在《山海经》面前都显得不可理喻、拘谨和无奈。贾平凹依然试图发掘善的力量，呈现历史的流程和潜在动力。他觉得历史是一条河。贾平凹恪守的是"与天为徒"。其实做"天徒"是心高气傲的一种姿态，可以说，想做一个好的作家一定是想做一个"天徒"。无疑，《老生》对近一个世纪的历史做了一次很好的整理。他在整理自己的时候，也整理了中国 20 世纪的风风雨雨。我觉得他仍然一直在往前面"顶"，让时间在文本的河床里逆流而上。

三

　　每一位杰出作家都有自己与世界、与生活、与文字建立一种默契关系的方式和途径。贾平凹的方式和途径，与其他作家有相似的地方，也有更多不同之处。一个作家选择什么样的方式介入生活，他拥有多少属于自己的写作秘密，似乎也是一种命运，"命运决定了我们是这样的文学品种"。

　　20 世纪 70 年代，贾平凹从自己土生土长的故乡——商洛的丹凤棣花镇出发，从自己生活了十九年的老宅出发，开始他长达几十年的文学叙述之旅。对贾平凹来说，他此后的千百万文字的作品，无一不有故乡商洛的影子和痕迹。就是说，他一踏上写作的路途，就从未忘却和迷失回家的路。这不仅是出自他生命和个性的本能，更是他愿将其视为文学立身之全部的选择。早年的《山地笔记》《商州三录》和《浮躁》，后来的《废都》《妊娠》《高老庄》《怀念狼》，以及《秦腔》《高兴》《古炉》《带灯》《老生》，还有刚刚写就和发表的《极花》，十几部长篇小说，还有大量的中短篇小说、散文、随笔，几乎全部都是文学的商洛。这并不奇怪，莫言的几乎大部分作品也是离不开"高密东北乡"的；苏童的叙述，看上去千变万化，但永远是环绕着他从小就熟悉的江南苏州"城北地带""香椿树街"和那条古老运河；余华虽然常常有意遮蔽许多外在的环境形态和地域风貌，但是，我们依然很容易就辨别出他的叙述里弥漫的是江南小镇荫翳而潮湿的气息，无疑，他的文学白日梦是从他熟悉的小镇延伸出来的。也许，世上就有这样的一类作家，他们的写作和文学的呼吸，都是依靠故乡所给予的神示来供养的。难道这就是所谓"凤楼常近日，鹤梦不离云"吗？

　　近年来，我曾遍访阿来、苏童和贾平凹这三位中国当代作家的写作，或者说是写作"出发地""发生地"，这让我更加深入地意识到，他们写作的精神起源和物质"原型"之间，都存在一个无法分割的精神"气场"。苏童笔下的苏州，还有那个"城北地带"和"香椿树街"，阿来的阿坝州马尔康的"梭磨河"，贾平凹的商洛丹凤的"棣花镇"，它们尽管在文本中只是一个叙事的背景或者虚拟的叙述平台，但凡是有过这种体验的人，都会觉得这个实际的存在与文本之间，存有一种"神以知来，智以藏往"的默契和神光。我感觉，一个杰出作家的写作，一定是有一个"原点"的，这个"原点"决定着他想象半径的大小，而他们不同于常人的个性和"异秉"，则使他们从历史或现实可能获得重要的精神解码。苏童仰仗江南诗意、诡谲的氤氲、温湿的气息，生发出神秘的幽暗和飘忽；阿来的马尔康，那条整日整夜奔腾不息的"梭磨河"，源头是苍莽的雪域高原，其旷世险峻滋生出的雄浑透射出浩渺的气息。那么，贾平凹的商洛呢？并不高耸但奇崛的秦岭，有股扑面而来的鬼斧神工之妙，而几十年来，贯穿贾平凹文字里的"势"，游弋其间，山岭上的奇石怪坡培育了他行文的奇崛和沉郁。面对贫瘠和荒寒，他表达出的却是另一种沉重和沧桑。所以，一个作家早年生活的环境，会"无可救药"地伴随他的一生！地域环境与相应的人文状况，构成了作家挥之不去的独特气息，潜移默化地渗透在文字里，与写作者的志趣浑然一体，也就铸就了文本的个性和独特风貌。我十分赞同早逝的天才评论家胡河清以"全息"论的思维，审视作家的写作和阐释文本。他当年所倡导的以"全息主义"视角阐释作家文本的文化学密码，现在看来，是颇有道理的。特定的写作发生的场域，或者作家很长时期的叙述背景，在很大程度上决定着一个作家进入、深化文学对于人类生命景观的描述能力。从全息的角度感知生命，可以扫除某些附丽于生命本体之外的虚假表象而直接接近人性、人的灵魂的核心层次。我们这样来揣度写作的发生，并不是要将作家的写作局限在"地域决定论"的樊篱之中，而是为了强调因地域性因素而生成的作家感悟生活和透视生命心史及其秘景的能力。中国作家的这种感悟，显然具有东方神秘主义的通灵性质。也许，好作家、杰出作家，都是通灵的，他一定是以一颗少有世故、没有功利和没有算计的心，体验、辑录并呈现生活及其存在世界的可能性。进入历史时的轻逸，把握历史时的沉郁和智慧，作家在文本里面所呈现的世界，也许就是他在生活中与别人的"貌离神合"之处。对于贾平凹，这就是宿命般的选择和必然。

有一点我坚信，很少有人像贾平凹那样，在离开生活了十九年的商洛去了西安之后，还曾若干次大规模地游历陕西各县，几乎走遍所有大小村镇，而商洛更是在此后几十年每年多次往返。"自从去了西安，有了西安的角度，我更了解和理解了商洛，而始终站在商洛这个点上，去观察和认知着中国，这就是我人生的秘密，也就是我文学的秘密。"也就是说，贾平凹写作的"出发地"和"回返地"，都是商洛。他说："我是商洛的一棵草木，一块石头，一只鸟，一只兔，一个萝卜，一个红薯，是商洛的品种，是商洛制造。"①看得出来，在贾平凹的小说文本中，所有的原始具象都来自商洛。但是，贾平凹从故乡所汲取的，不是简单的历史记忆，不是"现实景观"，更不是叙述背景，而是深陷其中所获得的生命体悟，是潜隐在文字深处的灵魂的包浆。他小说中每一个故事、每一个人物、每一个场景，以及每一部作品的结构形态，都被故乡的雨水淋湿过，都被秦腔的韵律撞击过，也许，还曾像幽灵一样飘荡在八百里秦川。从一定角度讲，莫言、苏童、余华这几位作家，更倾向于"以虚入实"的表现方式。而贾平凹更喜爱和迷恋直面经验，耐心发酵历史与现实，"以实务虚"，在个人经验的丛林中删繁就简，重新整饬现实和生活，最终，文本和叙述以神示的意蕴敷衍着表象，叙述进而在悄然生变中超越现实，在历史的间隙也能山回路转、绝处逢生。这一切，看上去竟然是那样举重若轻。

在商洛的棣花镇，在凛冽的朔风中，作家贾平凹在前面疾走的时候，我感觉，他正在他自己文字的密林里踽踽独行。他从一个小小的村落走出去，又不断地一次次走回来，以小见大，感知大地的苍凉与浩荡、人世间的有血有肉。纷纷扰扰、酣畅淋漓的万象，在他的穷形尽相的叙述中毫发毕现。他对历史、现实、人性的叙述充满了张力，逻辑与无序、悖论与诡谲、简洁与浩瀚、偶然与必然，都从他小说的结构和故事里，呈现或隐逸着。而商洛、丹凤和棣花，就像是贾平凹写作的母体，他一刻也离不开这个母体，也一刻不曾离开这个母体。在这个巨大的"母体"里，他自己也像一个孕妇，不断地孕育出作品。棣花，如同贾平凹写作的坐标或中轴线，这里的每一个人、每一个物象，都不断与他的文本发生新的关联，滋生出新的生机与活气。他说过，"人和物进入作品都是符号化的，通过象，阐述一种非人物的东西。但具体的物象是毫无意义的，现实

---

① 贾平凹：《站在商洛观察和认知中国是我文学的秘密》，2014年11月6日在"贾平凹与中国当代文学"学术研讨会上的发言。

生活中琐琐碎碎的事情都是毫无意义的。这样一切都成了符号，只有经过符号化才能象征，才能变成象"①。如此说来，在贾平凹的记忆深处，已经有许多符号般的物存在着，但都处于一种没有"场"的静物存在状态，它们一旦进入贾平凹的审视视域，一切就都变得富有生命力了。所谓"仰观象于玄表，俯察式于群形"，对写作而言，就是一个作家选择一个什么样的角度重新看待生命、生活和世界。"整合"生活和记忆，重新注解生活世界和人心世界的隐秘而复杂的关系，是作家创造新的世界结构的途径和方式。贾平凹一口气写了四十多年，我坚信，像《秦腔》《古炉》《商州》以及《黑氏》《人极》《油月亮》这类作品，倘若不是他这种对生活有过切身体验的作家，是无法写出来的。也可以从另一个角度说，许许多多曾经有过这种体验的人，因为缺乏这种特别的想象力，也无法将这种体验转换到陌生的文本领域，重新构建丰富的细节和生活的结构。这个结构，是文本的结构，是历史的结构，是一个世纪的结构，也许，还是叙述所产生的新的世界的存在秩序。贾平凹的写作，之所以能够始终保持长盛不衰的状态，主要是因为他在构建一种人伦关系的时候，既不背离生活本身的逻辑，不随波逐流，同时又不忘记在写作中反思人的处境、人性的变化。尤其是，他对于人性、欲望在社会变革时期发生的裂变和错位，所作出的超越社会学、政治学和文化的思索。

现在，贾平凹又在写一部叫作《秦岭志》的新的长篇小说，这部长篇小说，已经将叙述的时间向前推至二十世纪二三十年代。由此，我们越来越清楚，贾平凹的"世纪写作"所试探和勘查的，原来是这个民族一百年的秘史，民族兴衰、时间轮转、人性变异、沧桑岁月。

那么，究竟谁又是那位见证了历史风云的"老生"呢？

（原载《当代文坛》，2017 年第 4 期）

---

① 贾平凹、韩鲁华：《关于小说创作的答问》，载《当代作家评论》1993年第1期。

天人之际

——《老生》与中国古代的世界想象

杨　辉　马佳娜

在《带灯》的结尾处，久已危机四伏的樱镇世界终于因一场矛盾的总爆发而几近崩溃。但在这个绝望的时刻，却有一个"佛"的意象出现：那些萤火虫纷纷飞落到带灯的头上、肩上、衣服上。竹子去看时，"带灯如佛一样，全身都放了晕光"①。如果考虑到"萤"本为带灯的原名，这一个意象便有可能是一个重要的隐喻。它蕴含着一个纷繁芜杂众生万象百鬼狰狞上帝无言的世界最后的"救赎"的可能。用张文江的说法来解释，这便是精神"上出"的迹象。无独有偶，阎连科在他出版于 2011 年的作品《四书》（台湾版）中，也有一个基督救赎的意象。对惯于书写礼坏乐崩、意义付诸阙如的世界的当代作家而言，"救赎"意象的出现绝非偶然。它是"中国作家普遍存在的创作困惑问题，当他们无法解释一个巨大的社会问题时，他们不是求助宗教的皈依，就是蹈入虚无主义的泥淖"②。从"儒"的崩溃（《废都》）到"道"的式微（《古炉》），再到"佛"（《带灯》）的再临③，贾平凹在中国传统文化所开出的精神空间中寻觅着思想资源，试图解决我们身处其中的生活世界的基本问题。诚如汪政所言，贾平凹始终存在着与这个世界对话的"大问题"，他的所有作品，均可以看作以"试错"（卡尔·波普语）的方法，寻找着问题的答案。其新作《老生》，亦可作如是观。

一

《老生》里讲了四个故事，李得胜、匡三、老黑们的"革命"；马生、拴劳、

---

① 贾平凹：《带灯》，人民文学出版社2013年版，第352—353页。

② 丁帆、杨辉：《文学史的视界——丁帆教授访谈》，载《美文（上半月）》2014年第4期。

③ 陈晓明语，出自笔者整理的《贾平凹长篇小说〈带灯〉学术研讨会发言摘要》，未刊稿。

白河们的"土改";老皮、刘学仁、冯蟹们的"大跃进"和"人民公社化"运动;老余、戏生的"发展"。四个故事对应着四个时代,20世纪中国社会的基本问题,几乎全有了对照。类似这样长时段的叙述,在当代文学中并不少见。《老生》如是选择,自然有他的原因:"时代风云激荡,社会几经转型,战争,动乱,灾荒,革命,运动,改革,在为了活得温饱,活得安生,活出人样,我的爷爷做了什么,我的父亲做了什么,故乡人都做了什么,我和我的儿孙又做了什么,哪些是荣光体面,哪些是龌龊罪过?太多的变数呵,沧海桑田,沉浮无定……"①需要注意的是,对于这样的叙述,贾平凹特意强调真诚的重要:"能真正地面对真实,我们就会真诚,我们真诚了,我们就在真实之中。"②就此我们可以明白,贾平凹这一次是在"真诚"地讲四个"真实"的故事。对"诚"与"真"的关系,特里林有极为精到的说明。所谓的"诚",指的是"公开表示的感情和实际的感情之间的一致性"③。而"真",则"更关注外部世界和人在其中的位置"④。"他所针对的是外部世界(特别是社会生活)的文化、制度幻觉和道德欺骗,试图在自我与对外部世界的认识之间,建立动态的平衡。"⑤毋庸讳言,《老生》中的四个故事,均有着特里林意义上的"诚"与"真"的性质。

由李得胜领导的秦岭游击队革命活动的"兴起"与"衰落",是第一个故事的核心内容。此一层次的叙述逻辑,似乎与历史的宏大叙事并无二致。但李得胜杀死无辜老人以及彰显革命的血腥与残酷的段落却内含着解构的意味。这些不能统统简单地归于人性之恶,其中可能还暗含着更为重要的历史信息。

> 游击队的队长当然是李得胜,老黑为副队长。一年半后发展到了十三人,三次袭击正阳镇公所,死了四人,残了九人,但夺得了两杆枪,再加上雷布的猎枪,一共是五杆枪。所到各地,遇到高门楼子就翻院墙,进去捆了财东,要钱要物,能交出钱和物的就饶命不杀,如果反抗便往死里打,还舍不得子弹,拿刀割头,开仓给村里穷人分粮。许多人就投奔游击队,最多时近

---

① 贾平凹:《老生》,人民文学出版社2014年版,第291页。
② 贾平凹:《老生》,人民文学出版社2014年版,第293页。
③ 莱昂内尔·特里林:《诚与真》,刘佳林译,江苏教育出版社2006年版,第4页。
④ 莱昂内尔·特里林:《诚与真》,刘佳林译,江苏教育出版社2006年版,第12页。
⑤ 格非:《雪隐鹭鸶:〈金瓶梅〉的声色与虚无》,译林出版社2014年版,第139页。

二百，穿什么衣服的都有，却人人系着条红腰带，腰带上别着斧头或镰刀，呼啦啦能站满打麦场。①

这一段颇为冷峻的叙述，有着特里林从巴别尔《红色骑兵军》中感受到的"关于最极端的暴力的作品"②，却带有"惊人的优雅和客观精确性"③的意味。《红色骑兵军》之于20世纪初的"俄国实验模式"，与《老生》的第一个故事之于"中国革命史"有着一定的相似性。就在人们"依然用一种奇怪的心理期待着俄国革命可能产生的新文化"④时，巴别尔的叙述让特里林感到"不安"，因为"它根本不是如我所希望的、俄国革命文化所能给我带来的作品"⑤。很显然，巴别尔的叙述有着瓦解俄国革命史宏大叙述的力量，这种力量是文学作品的"美学属性所体现的能量和自治性"。它的"强度、反讽和含混，这些因素就能对政权的无情态度构成明显的威胁。或者说，它们构成了一种秘密"⑥。虽说叙事虚构作品包含着一种不同于政治解释的精神自治或者说"诗性的正义"，但它究竟应该和宏大的历史叙述保持何样的距离？人们依靠叙事虚构作品而"生活在怀疑之中，而且可以通过质疑而生活"就一定是"正义"的吗？这几乎是"诗"与"哲学"之争这一古老问题的现代重现："诗并不能简单地被看成是音部、韵律和措辞之类的东西。像苏格拉底自己强调的那样，关键问题是模仿的政治效力。"⑦"城邦在大地上无法找到。苏格拉底说：'或许天上建有它的一个原型，让凡是希望看到它的人能看到自己在那里定居下来。'"⑧城邦并非是一种发现，而是一种创造，是哲人借用语言所构筑的形象，无论这形象源于何处，它的被叙述的本质决定了它不过是一个话语的制造物。"正如可以推断的那样，言说的城

---

① 贾平凹：《老生》，人民文学出版社2014年版，第34页。

② 莱昂内尔·特里林：《知性乃道德职责》，严志军、张沫译，译林出版社2011年版，第313页。

③ 莱昂内尔·特里林：《知性乃道德职责》，严志军、张沫译，译林出版社2011年版，第313页。

④ 莱昂内尔·特里林：《知性乃道德职责》，严志军、张沫译，译林出版社2011年版，第313页。

⑤ 莱昂内尔·特里林：《知性乃道德职责》，严志军、张沫译，译林出版社2011年版，第313页。

⑥ 莱昂内尔·特里林：《知性乃道德职责》，严志军、张沫译，译林出版社2011年版，第316页。

⑦ 斯坦利·罗森：《诗与哲学之争》，张辉译，华夏出版社2004年版，第15页。

⑧ 斯坦利·罗森：《诗与哲学之争》，张辉译，华夏出版社2004年版，第15页。

邦是天界原型的翻版。像苏格拉底那样，哲人以话语建立了城邦，致力于对哲学'意见'的诗化模仿。"①如果城邦也不过是一种诗化的模仿，那么，哲人对城邦的构建和诗人对想象世界的构想之间存在多大的区别呢？诗（文学）的叙述与政治的叙述之间的张力和不平衡，是否是文学借以确定自身价值的基础？罗森的老师施特劳斯的告诫值得深思：即便是在自由民主的时代，哲人也不应当肆无忌惮地冒犯大众赖以生存的意义秩序。贾平凹精心讲述的第一个故事，自然不会只是提供不同于宏大叙述的经验性信息这么简单。

作为第二个故事核心的马生、拴劳们的"土改"，就有些阿Q革命的味道。一个流氓无产者的"革命"行为，其作用必然有限。孙郁读《古炉》时，从中体味出鲁迅先生所说的"寇盗式的破坏"和"奴才式的破坏"，以及霸槽与阿Q的延续性。②是极有深意的说法。马生与霸槽，都可能是阿Q的后裔。在他们身上，蕴藏着巨大的破坏性的力量。但这力量也容易成为历史革新的动力，如不善加利用，则顺民瞬间可以成为暴民。《带灯》的"高潮"部分，械斗双方恶从中来，使强用狠，"人人都若有一种不可理解的力量在支配"③，弄得矛盾激化，几乎无法收场，即为鲜明例证。倒是白土、玉镯的故事耐人寻味，其中可能暗含着作者的些许理想。他们居住在"首阳山"，远离"尘嚣"，有点"不知有汉，无论魏晋"的味道。他们再也没有经历过任何运动，全身而退并终老于斯。这一小段故事无疑属于旁枝斜出的"闲笔"，却有作者的大寄托在。

之后便是老皮、刘学仁、冯蟹们的"世事"。刘学仁在棋盘村统一发型、统一服装、统一劳动、统一唱歌的种种做法，极易让人联想到海勒的《第二十二条军规》，即便不与具体的历史氛围相联系，也有着无边的恐怖的意味。而老余和戏生的故事，是典型的"活鬼闹世事"，从种植有毒蔬菜到炮制假老虎事件，再到种药材，终于闹到天怒人怨，一场瘟疫使得当归村死亡过半，人们被迫迁居，戏生因之殒命，昔日红红火火的当归村几成一片废墟。

对于《老生》所涉的这一个世纪，历史的宏大叙事并不存在模糊暧昧之处。若以历史的宏大叙事为背景，《老生》提供的，只能是历史的"边角废料"，或者不过是历史长河的小小支流。整体性的历史叙述，难以见到他们的踪影，而

---

① 斯坦利·罗森：《诗与哲学之争》，张辉译，华夏出版社2004年版，第15页。

② 孙郁：《从"未庄"到"古炉村"》，载《读书》2011年第6期。

③ 张新颖：《沈从文的后半生：1948—1988》，广西师范大学出版社2014年版，第75页。

那些为之奉献个人生命的人物，也不大有可能参与到"历史的巨大洪流之中"。他们不可能创造"历史"，反而是"历史""发现"和"创造"了他们，"历史"有能力让他们青史留名成为英雄受人爱戴，也有能力赋予他们另外一种"历史形象"。陈思和说该作品是贾平凹的"民间写史"，大约是从这一意义上而言的。民间写史与正统史书的关系，类同于一种文化与异质文化的关系，"一种异质文化除非凭借它对另一种文化的观察，便不能揭示其实质和奥秘"①，"异质文化"的"意义"，亦是"民间写史"之于"正史"的价值。但前者亦可能蕴含着"解构"后者的力量。此亦为施特劳斯发现并申论"隐微写作"的根本命意。如是读解《老生》，想必亦无不可。

二

写《老生》之前，贾平凹就喜欢读《山海经》，并自谓颇多心得。在部分古人的眼里，《山海经》"闳诞迂夸，多奇怪俶傥之言"，且"莫不疑焉"。②对这样一部书，贾平凹如此看重，阅读经年，这一次干脆在新作中多方征引，教其与自家文章互相参照，必定有他的独特用心在。贾平凹在《老生》中引用《山海经》，是希望让此书中横亘的高古之气贯穿于自己作品，通过放宽历史的视界，获致一种更为宽广的视域。单就这一点而言，就大不同于就20世纪论20世纪的惯常理路。

《山海经》与《周易》，为中国文化最古老、最具始源性的经典文献。其中蕴藏着中华民族的本真形象和想象世界的根本方法。"《山海经》好比一个民族之梦，蕴藏着这个民族的秘密"和"灵魂"。③"无论是女性形象如女娲，还是男性形象如后羿、刑天，全部是这个民族的灵魂写照。"④进而言之，"若说一个人的生命修炼在于如何回到婴儿姿态，那么一个民族在文化上精神上的进化，则在于如何回到神话里所描述的本真形象"⑤。就文本的整体参照而言，《山海经》中元气充沛的华夏初民形象，一变而为老皮、刘学仁、戏生等阴沉怯懦的卑琐人格，充分说明"文化衰落的首要标记，便是人的退化"⑥。以返归《山海经》的

① 阿伦·I.古列维奇：《历史和历史人类学》，周绍珩译，载《第欧根尼》1992年第2期。
② 郭璞：《注〈山海经〉叙·山海经》，浙江古籍出版社2010年版，第193页。
③ 李劼：《中国文化冷风景》，允晨文化实业股份有限公司2013年版，第159页。
④ 李劼：《中国文化冷风景》，允晨文化实业股份有限公司2013年版，第159页。
⑤ 李劼：《中国文化冷风景》，允晨文化实业股份有限公司2013年版，第159页。
⑥ 李劼：《中国文化冷风景》，允晨文化实业股份有限公司2013年版，第7页。

精神世界的方式，来应对当下生活世界的基本精神困境，贾平凹此一思路，暗合老子"反者道之动"的基本精神。唯有以返回初始的方式，承接中国文化的气脉，才能从根本性意义上完成民族文化的"归根复命"。而完成"一场真正的文艺复兴"的先决条件，在于"承接从禅宗到《红楼梦》的伟大启示，回到河图洛书"以及"《山海经》所呈示的文化心理原型"。[①] 这也是贾平凹在《老生》结构上的用力处，亦是其用心所在。

贾平凹从《山海经》中体悟出真正的中国智慧与中国思维，天地苍茫、混沌未分，世界的本来面目，便是如《山海经》所述一般，一山一水从容道来，不做评判，也无高下贵贱之分，较少论者的个人痕迹。但山水草木虫鱼，各安其位，各尽其分，是一个圆融平和的世界。"然则总其所以乖，鼓之于一响；成其所以变，混之于一象。世之所谓异，未知其所以异；世之所谓不异，未知其所以不异。何者？物不自异，待我而后异，异果在我，非物异也。"[②] 意识到世界混沌未分，使之分者，乃人心观察所致。此意颇近于冯友兰所说的个人的"觉解"，有觉解，才有对世界的独特领悟，并生成独特之境界。从 20 世纪追溯至"上古"，两种"历史"，两种"人"之形象的对照，其后蕴含着的，实际是两种"人"与生活世界之关系模式的根本性差异。

让《山海经》及其所代表之"九州未分"之前的中国人的"大一统"的思维来与一个世纪的叙述的历史风云变幻作对照，贾平凹或许是要营构如"太虚幻境"之于大观园的意义，让《老生》从政治的、国民的、历史的境界升腾至哲学的、宇宙的、文学的境界。也唯有在宇宙的、天地的精神视域中，20 世纪中国历史的问题及其解释才不出中国二十四史的基本解释框架，也取消了其政治上的解释的优先地位和豁免权。20 世纪中国历史是千年中国历史的自然延续，当然可以在这个解释框架中得到阐释。因此《老生》的意义，不在唱师所讲的四个故事之中，亦不在《山海经》的数个段落中。这两者的复杂纠葛与精神的对照，是理解和解释《老生》的核心。如同并不在场的奥德修斯（拉丁文名为尤利西斯）及其英雄经历与乔伊斯的《尤利西斯》中的布鲁姆诸人的个人经验的对照。如果单纯从唱师所讲的故事入手指出该作的意义在于从个人经验（非政治的，隐秘的）出发，完成对历史的宏大叙事的"祛魅"，无法洞悉这部作品的内

---

① 李劼：《中国文化冷风景》，允晨文化实业股份有限公司2013年版，第16页。
② 郭璞：《注〈山海经〉叙·山海经》，浙江古籍出版社2010年版，第193页。

在意涵。如果说贾平凹通过《老生》的写作"从人类精神原料里创造出前所未有的某种东西"（福克纳语）的话，那便是对"解衣磅礴"的世事的"燕处超然"。"不以物喜，不以己悲"，还得有些游宴自如、忘其肝胆的大自在精神，方能超越形而下的牵绊，而获致精神的内在的自由。这当然有老庄的意味，但也不乏"禅"的意境，而贾平凹最为看重的，恐怕还是"儒"的安宁。

三

在《天气》中，贾平凹写道，某一日闲谈中说到天气，突然就醒悟了"天气就是天意"，"我们常常说天地，天是什么呀，天不就是天气吗？地是什么呀，地不就是土壤吗？想想，人类的产生，种族的形成，以及文化、政治、经济、军事的区别，没有不是天气和土壤决定了的。又想想，天不再成就明朝，就大旱三年，遍地赤土，民不聊生，李自成就造反了。天还要成就孔明，东风刮来，草船借箭，火烧连环，曹军就灰飞烟灭了"。[①] 这里的"天气"，换作"天道""天命""气运"也无不可。孔明在五丈原的那个秋风萧瑟、冷寂凄清的夜晚，发出了他对郁积于心的历史之谜的感慨："吾本欲竭忠尽力，恢复中原，重兴汉室，奈天意如此，吾旦夕将亡矣！"[②] 此一慨叹从根本上触及"人事"的局限与天意难测之处。即便今天，"天气可以预报了，但也只能是预报，不能掌控。掌控这个世界的永远是天气，天气就是上帝，是神，我们在天气下或生或死，或富或贵，或幸福或灾难，过程着我们的命运"[③]。《老生》便是写芸芸众生在天气之下的命运，写他们的生死祸福，写他们的努力、创造、不甘然而终究还得为命运主宰的"命运"。

如不拘泥于"祛魅"之后的"现代性"视域，便不难察觉，贾平凹以上说法及其蕴含的思想方式，不在'五四'以降的文化的现代性传统之中，而是与中国文学的"大传统"密切相关。在中国文化传统中，"构成民族总体文化必须有天、地、人三层次，其中'天'是最高级的本体论层次，体现了东方宇宙本体文化模式的终极关怀"[④]。司马迁以"究天人之际，通古今之变，成一家之言"为著史的基本追求，其"究天人之际"，便是"探索天地人之间的关系"，一"际"字，

---

① 贾平凹：《天气》，作家出版社2012年版，第19页。
② 罗贯中：《三国演义（毛评本）》，上海古籍出版社1989年版，第1357页。
③ 贾平凹：《天气》，作家出版社2012年版，第19页。
④ 胡河清：《贾平凹论》，载《当代作家评论》1993年第6期。

"衔接自然和社会"，并从中发掘天人宇宙的运行之道。①从"天"的层次理解人世的变换，贾平凹已经越过了'五四'以来的文学的现代性传统。不在经济—政治的层次演绎人间的悲欢，是《老生》最为重要的特点，大约也是贾平凹着力营构的境界。

问：怎么只写到地，而几乎从未写到天？

答：前边不是写到天帝吗？天帝就是天上之神，有天在上了，地在下才有了草木和禽兽么，这如说母亲和孩子，那肯定就有父亲。上古人对天的认识是天无私，比如日月星辰，不管你是人是兽，是穷是富，是美是丑，它都关照，比如风雨雷电，不管你高山深谷还是江河平原，它都亲顾。它的无私像人的呼吸一样，重要到使你感觉不来它的重要，而你就常常觉得它的不存在。仰观天以取象，提升人的精神和灵魂，俯察地以得式，制定生存的道德法则。②

多年前，有论者曾表达了他对中国作家的如下期待："大凡伟大作家的生命历程，都是一个自我克服与自我消失的过程。当他们的'我执'彻底消解之时，民族文化的精蕴便会神灵附体。他们也就'采补'到了最深厚的文化传统的底气。所以真正的作家越老灵气越足。在自我消解的过程中，他们的'天目'洞开了。看见的就不再是一些少年时代的梦中幻影，而是超越现象界的民族文化的'龙虎真景'。"③自《废都》以降，贾平凹的文学世界中人鬼杂处、魔道一体的特点，并不仅是如其所是地对"前现代"的精神世界的描述，也包含着他重构世界的努力。在这世界里，仅有政治、经济意义上的"人事"是远远不够的，还应该有人在天地之间的大悲哀大寂寞大欢喜，有局限处和自由处。人们"身在万物中"，与自然山水同在一个世界，而在他们的头顶，是诸神充满灵性的世界。

就文学意义而言，究天人之际的要义，在于以古典思想意义上的天、地、人之关系为视域，思考人在宇宙中的地位与命运，亦可延伸出对生命的深化与心灵的自由表现的追求。"当这种追求达致某种阶段的圆融自足，呈现为具某种

① 张文江：《史记·〈太史公自序〉讲记》，上海文艺出版社2015年版，第169页。
② 贾平凹：《老生》，人民文学出版社2014年版，第141页。
③ 胡河清：《贾平凹论》，载《当代作家评论》1993年第6期。

程度的生命之深化与自由表现的心灵状态，'境界'于是发生。"①《老生》中的人事纠葛、个人命运的起废沉浮，背后都有大时代的社会背景做底色。人生的兴衰际遇、个人的悲欢离合均在这大背景下先后展演，因此有了贯通天地的大悲悯大寂寞大欢喜。也因这大悲悯大寂寞大欢喜，人生的诸般际遇有了解脱处。贾平凹通过方生方死方死方生、你方唱罢我登场的人世悲欢的演绎，有了《金瓶梅》的人生喟叹和《红楼梦》"白茫茫大地一片真干净"的尘世寂寥。贾平凹也写情，写万物变化，四季转换，却如钱穆看重之"极高明而道中庸"的精神旨趣，写自然境界、功利境界、道德境界，那高明，却在天地境界。《山海经》的世界想象，在《老生》中衍化为个人命运转换的精神背景。百年中国历史的风云变幻不过是人物施展抱负的舞台，那背后是广阔天地宇宙万物，有人在天地之间的大悲哀大寂寞大欢喜。这是真正的中国智慧中国思维，一半写人和，一半写天道，二者的合一，便是《老生》隐秘意义的所在了。

昆德拉把神性价值衰微、个人被迫走向意义模棱两可的世界作为现代小说的开端，其实应和着由神性价值持存并光大的精神世界的分崩离析的现代境遇。卢卡奇认定现代小说是"无神世界的史诗"，其中人物必须面对"心灵的诗歌和现实的非诗"之间的矛盾冲突。现代小说之所以走向彻底的颓败、绝望甚或虚无，"灵境"的消逝想必是重要原因之一。此亦为贾平凹努力弥合"前现代"与"现代"思想的根本用意。在文本的世界中，"半个贾平凹飘浮在肉的幻想之中，具有非常强烈的感性化特征。另外半个贾平凹却竭力要挣脱生命本真的炽火图景，进入高华深邃的东方灵境"。"如果把前半个贾平凹称为现象界的，那么他的另一半就可以说是本体论的，属于神秘主义的范畴。"②《山海经》的世界和《老生》中人事世界的映照，既属"虚"（境）与"实"（境）对应，亦是以"东方神秘主义"克服现代性观念局限的尝试。

刘再复在探讨《红楼梦》作为"第三类宗教"和曹雪芹作为具有创教意义的哲士的价值与意义时，意识到从冯友兰四种境界说入手读解《红楼梦》的恰切性。王国维以为中国文学中，最具厌世解脱之精神者，仅《桃花扇》与《红楼梦》两部作品而已。二者之境界亦有不同：《桃花扇》为政治的、国民的、历史的；《红楼梦》为哲学的、宇宙的、文学的。《老生》无疑属于后者。这一类作品

---

① 柯庆明：《境界的再生》，幼狮文化事业公司1975年版，第2页。

② 胡河清：《贾平凹论》，载《当代作家评论》1993年第6期。

之境界，与以"感时忧国"精神为核心的"五四"新文学传统存着距离，却与中国传统文化及其开出的"抒情传统"、审美境界足相交通。不拿经济、政治、国族来做是非善恶的区分标准，分明还有些禅家"破我执""去分别"的意味。而一旦去了分别，也就不必拘泥于善与恶、进步与落后的简单二分。"世界就是阴阳共生魔道一起么，摩擦冲突对抗，生生死死，沉沉浮浮，这就产生了张力，万事万物也就靠这种张力发展的。"①

"帝力"超过"人力"，人努力挣脱了神性的世界，也把自己抛入"天""地"之外，而依赖"理性"来填补"神性"缺席之后的精神空缺的结果，犹如打开了潘多拉的盒子，却没有能力限制恶和欲望的毁灭性力量。马克斯·韦伯把世界的"祛魅"作为现代性的开端，却不料人类最终还得"返魅"。从文艺复兴以来的神性式微，到20世纪的精神裂变，理性的崩溃和人类自身确立的秩序的相继破产，使得我们必须反思如何返归现代性以前的民族文化及其所持存之精神空间，并以之应对现代性观念的危机及局限，是为《周易》"复卦""返转回复"之说的核心命意，亦包含着民族文化"归根复命"的根本方式。

"乾坤一戏场""一部廿四史衍成古今传奇、英雄事业、儿女情怀，都付与红牙檀板"。②真如方东美先生所言："大千世界之形色景象，全体人类之欢欣苦楚，均于此中舒展显现，幻作一场淋漓痛快之戏情。人类幂面登场，固毋庸歔歔伤感，只稍稍启发一点慧心，自能于鼓舞轩虁雅颂豪歌中宣泄无穷意趣也。当场人或参观客一旦寄迹歌舞台前，便应安排身心，静观世相之定理，参悟生命之妙智。"③没有人不会死去，没有时代不会死去，一切口号、追求、爱恨，借尸还魂，活鬼闹世事，总不过是"乱哄哄你方唱罢我登场，反认他乡是故乡"，"到头来不过是为他人作嫁衣裳"。

（原载《中国现代文学研究丛刊》，2015年第12期）

---

① 贾平凹：《老生》，人民文学出版社2014年版，第181页。
② 方东美：《生命情调与美感》，见《抒情之现代性："抒情传统"论述与中国文学研究》，生活·读书·新知三联书店2014年版，第262页。
③ 方东美：《生命情调与美感》，见《抒情之现代性："抒情传统"论述与中国文学研究》，生活·读书·新知三联书店2014年版，第262页。

贾平凹长篇小说文体美学的新探索

——以《老生》为中心

李遇春

贾平凹的小说文体探索并非一味追求西化或现代化，而是更侧重于复活中国古代文学文体传统，或曰致力于中国文学文体传统的创造性转化。诚如贾平凹自己所言："我主张在作品的境界、内涵上一定要借鉴西方现代意识，而形式上又坚持民族的。"[①]确实如此，如果说20世纪80年代的贾平凹主要是从中国古代笔记小说和"传奇"小说中汲取滋养，90年代的他主要转向了借鉴以《金瓶梅》《红楼梦》为代表的明清文人"话本"小说传统，那么21世纪以来他又进一步上溯至先秦两汉文学传统中探骊寻珠。在2013年出版的长篇小说《带灯》的后记中，贾平凹就曾明确表达对自己长期形成的明清文学柔性审美趣味的不满，他希望自己能够学习"中国西汉时期那种史的文章的风格"，"使自己向海风山骨靠近"。又说"这是一个人到了既喜欢《离骚》，又必须读《山海经》的年纪了"。[②]可见在《带灯》的写作中，贾平凹就已经在酝酿《老生》的艺术酵母。因为，如果说《带灯》中隐含了《离骚》的抒情传统，那么《老生》中就张扬了《山海经》的巫史风骨。当然，在三十多年来创造性地转化中国古代文学文体传统的过程中，贾平凹并非是断裂性（非连续性）地接受和转化，而是"层累式"（顾颉刚语）地融合不同时代的中国古代文学文体传统，于是，进入老年的贾平凹在创作上既能发扬早年的灵秀和中年的沉实，亦能兼具老年之风骨。

一

从整体结构上看，《老生》是一部组合式或连缀式的长篇小说。而在《老

① 贾平凹：《我心目中的小说》，载《小说评论》2003年第6期。
② 贾平凹：《带灯》，人民文学出版社2013年版，第361页。

生》之前的长篇小说创作中，贾平凹习惯于采用单体式而非组合式的小说结构。众所周知，中国古典长篇小说在文本结构上经历过从组合式到单体式的演变，前者如《水浒传》《西游记》《儒林外史》，后者如《金瓶梅》《红楼梦》，从前者的组合式叙事结构发展到后者的单体式叙事结构，学界一般把这种叙事结构的变化看作是中国长篇小说文体演变的"进步"趋势。① 在现代中国长篇小说的文体演变过程中，以《红楼梦》为代表的单体式叙事结构一直占据着主导地位，而更为古老的组合式叙事结构则遭到压抑甚至放逐，被普遍认为是中国长篇小说文体发展中的幼稚或草创形态。显然，在现代中国长篇小说作家的文体视界中，长期以来隐含着一种"组合式即传统、单体式即现代"的文体二元对立模式，而且其间还潜藏着现代的单体式结构要高于传统的组合式结构的文体价值判断。这当然是一种误判，因为在新时期以来的中国长篇小说文体演进中明显出现了传统的组合式结构的回潮。韩少功就是这方面最突出的例子，从《马桥词典》到《日夜书》，他一直都在尝试在古老的组合式结构中探寻现代乃至后现代的长篇小说文体资源。

对年逾六旬的贾平凹而言，由此前习惯于单体式长篇叙事结构转变到进行组合式结构实验，这种长篇小说文体探索精神格外值得尊重。其实，贾平凹长篇小说创作中出现这种文本结构转变现象，大体上可以看作是作家由此前的明清文人单体式长篇小说传统崇拜，转向借鉴明清及其以前尚未成熟的中国长篇小说文体传统资源的一种艺术见证。从 20 世纪 80 年代的《商州》《古堡》和《浮躁》，到 90 年代的《废都》《白夜》《土门》和《高老庄》，再到 21 世纪以来的《秦腔》《高兴》《古炉》和《带灯》，贾平凹三十多年来的长篇小说文本结构基本上采用的是《金瓶梅》或《红楼梦》式的单体结构。这就是以某一个特定历史时期的特定地域空间中的特定人物群体来结构文本的基本框架，追求长篇小说叙事结构在时间、空间和人物上的"三一律"，从而形成既有单一性又具整体性的单体式长篇小说文本结构。从贾平凹长篇小说讲述的时间维度来看，它们或者以 60—70 年代的"文化大革命"为历史背景，或者以 80 年代的中国改革开放为历史背景，或者以 90 年代以来的中国社会市场经济体制转型为历史背景，无不具备长篇小说故事时间上的同一性或整体性，堪称以长篇系列小说讲

---

① 石昌渝：《中国小说源流论》，生活·读书·新知三联书店1994年版，第364页。

述中华人民共和国当代历史的文学典范。从空间维度看，贾平凹的长篇小说系列大多有固定的地理空间作为叙事中心，而且这些地理空间都比较小，比较具体，如樱镇、清风街、古炉村、高老庄之类，大一点的有商州、西京（西安），但同样比较集中和具体，比如《浮躁》主要局限在州河两岸沿线区域，《土门》主要局限于西京的城中村区域，等等。当然，这并非说贾平凹长篇小说空间视野狭窄，实际上在观照这些相对集中固定的叙事空间时，作家始终保持着整体城市眼光或者城乡结合的双重视野。正是由于具备叙事时空的同一性，贾平凹的系列长篇小说必然以塑造特定历史时空中的特定人物群体形象为艺术使命，故而很少有跨时空的艺术形象出现。可见，在《老生》之前的长篇小说创作中，贾平凹是习惯于单体式的长篇小说文本结构的。这潜在地受到了《金瓶梅》和《红楼梦》的单体式结构模式的影响，诸如清河县的宋末市井人生和大观园的清初贵族生活，对这种以特定时空中的人生形态折射整个中国社会历史和民族文化变迁的结构方式，贾平凹可谓深谙其妙并努力践行。

由于以《金瓶梅》和《红楼梦》为代表的单体式长篇小说结构模式，比较契合西方现代长篇小说文本结构趋势，故而受到了包括贾平凹在内的当代中国众多长篇小说作家的青睐。在这个意义上，贾平凹2014年出版的最新长篇《老生》，可谓是其打破"单体式／现代"与"组合式／传统"二元对立文体等级结构的一种艺术尝试。当然，与韩少功等人的长篇小说组合式结构模式主要是受到了《水浒传》《儒林外史》的文体影响不同，贾平凹在《老生》中采用组合式结构主要是（或者说直接地）受到了《山海经》的文体启示。按贾平凹自己的说法，这就是从内容上把《山海经》的"神话"置换成"人话"，把《山海经》的"山水"置换成"人事"，又从形式上把《山海经》的自然"山水"空间结构置换成《老生》的历史"人事"空间结构。①但这种形式结构的置换又经过了艺术改装和组合，即通过明暗两个叙事线索人物——老生（明）／匡三（暗）——把四个不同历史时代的村庄／乡镇故事连缀或贯穿起来。这种用叙事人或主要人物来连缀多个叙事片段，由此实现文本整合的"串珠型"长篇小说组合式结构，在中国古典长篇小说中屡见不鲜，如《西游记》《镜花缘》《老残游记》《二十年目睹之怪现状》《孽海花》《九尾龟》等都是显例，它们明显有别于《水浒传》《儒

---

① 贾平凹：《老生》，人民文学出版社2014年版，第291—293页。

林外史》《官场现形记》等人物"接力型"长篇小说组合式结构。①一般而言，人物"接力型"长篇小说属于空间化文本结构，而人物"串珠型"长篇小说属于时间化文本结构，如《水浒传》就大体属于空间型小说，《西游记》则大体属于时间型小说。需要指出的是，《镜花缘》主要是在神话题材上借用和发挥了《山海经》，它并未重点传承《山海经》的空间化文本组合结构，而贾平凹的《老生》则反了过来，它无意于超现实的"神话"而醉心于现实的"人话"，与此同时又创造性地将《山海经》的空间型结构与《西游记》的时间型结构嫁接或融合起来，从而形成了《老生》时间和空间结合型的立体文本结构。

从时间性来看，《老生》的外在文本结构是由四个历史片段组合而成的，而且严格遵照历史本身的时间顺序进行组合，即依次为国共内战时期、土地改革时期、人民公社化时期和市场经济体制改革时期，自然地呈现历史演变的客观过程。作者还有意设置了明暗两个线索人物贯穿这四个历史片段，而且老生和匡三这两个线索人物在这四个历史片段中基本上完成了各自的全部人生历程，这样就实现了线索人物和历史片段在历时性结构上的同一性。当然，小说里四个时间性的历史片段又是由空间性的村庄／乡镇叙事来具体承载的，比如国共内战时期的历史片段主要是在正阳镇展开，"土改"时期的历史片段主要是在老城村展开，人民公社化时期的历史片段主要是在过风楼镇展开，市场经济体制改革时期的历史片段主要是在当归村展开，这两镇两村都属于秦岭山区，地理空间具有同一性。作者别出心裁地通过老生／匡三将这些山镇／山村串联起来，对共时性的物理空间展开叙事时间上的历时性编码，由此形成了《老生》特有的村镇串联结构。但《老生》属于扁平型的串联结构，全书总共只串联了四个叙事板块，不似《西游记》那样的长链型串联结构，所串联的叙事板块（单个故事）有数十个之多，故而其文本结构的时间化特征并不显著，而是几乎被空间化所掩盖。这也与贾平凹长期以来致力于长篇小说叙事结构的空间化追求是一致的，他的长篇几乎从来不追求叙述速度，而是在缓慢的叙述中沉潜，把玩历史和生活的细节或枝蔓。于是我们看到《老生》一个镇一个镇地写，一个村一个村地写，写镇与写村交错进行；而且在写镇的过程中，也是一个村一个村地写，如写正阳镇时就写到了清风驿、皇甫街、涧子寨、卧黑沟村等村庄，写过风

---

① 石昌渝：《中国小说源流论》，生活·读书·新知三联书店1994年版，第344页。

楼镇时也写到了棋盘村、琉璃瓦村、老鹰嘴村、黑龙口等村社。贾平凹就这样把近百年的中国历史时光切割成四个不同且相对独立的时间片段，并逐一将其嵌入具体而微的山镇／山村地理空间中，由此实现了对历时性的物理时间展开叙事空间上的共时性编码。这正是他从古老的《山海经》文本结构中发掘出来的艺术奥秘。

所以，尽管《老生》的表层文本结构是时间性的串联结构，但其深层文本结构则是空间性的并联结构。这意味着贾平凹并未从根本上改变自己一以贯之的长篇小说空间化的文体诉求。这不仅表现为他在《老生》中将历史时间进行切割与空间组合，而且表现为他在《老生》中坚持按照自然生长的"块茎结构"或多元主义的"块茎状思维"塑造人物群像，而不是像一般单体式小说那样致力于塑造一两个典型人物形象，那是典型的中心主义的"树状思维"及其"树状结构"。①在《老生》中，作者径直打破了文本中人物形象的等级制，颠覆了单体式长篇小说中常见的中心人物话语权力结构。如第一个叙事板块主要塑造国共内战时期秦岭山区正阳镇的各色人物群像，尤其是对秦岭游击队的英雄人物，如老黑、匡三、李得胜、雷布、三海、徐老板等人的雕刻栩栩如生。他们彼此性格各异而不能相互取代，似乎谁也不是文本的中心，但又可以说他们都是文本的中心，据此可窥《老生》反中心主义的人物塑造策略。第二个叙事板块主要塑造"土改"时期老城村的各色人物群像，包括白河、白土兄弟，王财东、玉镯夫妇，"土改"干部马生与洪拴劳，地主张高桂和李长夏，村妇白菜与和尚宣净，还有邢轱辘夫妇、拴劳媳妇、白石等，这些人物在整体上并置或并联，如浮雕一般立体，仿佛一幅老城村"土改"浮世绘。这是典型的多中心的人物"块茎结构"，废除了"树状结构"的主干人物模式，从而让每一个人物在文本中得以自由生长。在其余两个叙事板块中，作者同样并未制造艺术形象的等级结构，形成所谓中心人物，而是对那些通常被视为配角的人物也给予充分的艺术观照，由此提升了叙事的密度，而这恰好是以放弃叙事的速度为前提的。这再一次说明了贾平凹的长篇小说在骨子里追求的是叙事的空间化而不是时间化。21世纪以来，贾平凹在长篇小说中喜欢像《史记》那样去一个一个地写人物，类似纪传体的写法，只不过《史记》是为众多的帝王将相、英雄豪杰等大人物立传，而

① 道格拉斯·凯尔纳、斯蒂文·贝斯特：《后现代理论——批判性的质疑》，张志斌译，中央编译出版社1999年版，第128—133页。

贾平凹的笔下几乎是清一色的密密麻麻的小人物。《秦腔》《高兴》《古炉》《带灯》是如此，这一部《老生》依旧如此，可见贾平凹说自己追慕西汉历史文章的品格并非虚言。[①]

二

《老生》的叙述者有三个：一个是老生，他的讲述是这部长篇小说的主干部分，他作为历史的见证者讲述了四个不同历史时期的中国故事。再一个是放羊父子给小孙子请来的补课教师，他的任务是每天给孩子讲读《山海经》，他实际上成了《山海经》的原作者的现实替身。换句话说，他在小说中成了《山海经》的叙述者（讲述者或讲解者）。他讲述的《山海经》文本与老生讲述的现代中国故事文本彼此辉映，构成了《老生》古今交融的复调文本结构。当然，《老生》还有第三个叙述者，即这部长篇小说的第三人称非限制性叙述者，他凌驾于唱师和教师这两位叙述者之上或游离于二者之外，也可以说无所不在、无时不在，但他毕竟只是在小说的开头和结尾出现。显然，这是一个隐性的叙述者，而唱师和教师则是两个显性的叙述者，在很大程度上，正是两个显性叙述者的讲述风格决定了这部长篇小说的叙事基调。

不难看出，唱师的讲述风格是闲聊式的，几乎都是絮絮叨叨、拉拉杂杂的乡野闲话。尽管唱师讲述的话题涉及现代中国政治、经济、军事、文化、风俗等方方面面，但他讲述的是野史而不是正史，讲述的视角是民间视角而不是政治视角。作者试图通过唱师的个人化讲述，再现自己关于故乡陕南的历史记忆。年过六旬的贾平凹如同他笔下饱经世事沧桑的唱师一样，在看似散漫芜杂的闲聊式讲述中，精心打造着小说的叙事结构。这正符合贾平凹20世纪90年代以来所追求的重建"小说"与"说话"艺术关联的叙事方向。在贾平凹看来，"小说就是一种说话"，历来的小说家都不过是在努力寻找"新的说法"。[②]贾平凹并不想重复中国当代小说的"讲话式"说话模式，因为过于政治化和仪式化，他也不想沿袭中国现代小说的"精英式"说话模式，因为那毋宁说是一种"反说话"或者"新文言"写作，其实他想做的就是到中国古典小说"说话"叙事传统中去寻找创造性转化的叙事资源。一般而言，中国明清长篇小说大体遵循两种说话

① 贾平凹：《带灯》，人民文学出版社2013年版，第361页。
② 贾平凹：《白夜》，华夏出版社1995年版，第385页。

模式：一种是以《三国演义》《水浒传》等为代表的评书体，再一种是以《金瓶梅》《红楼梦》为代表的闲聊体。前者适宜于公开场合讲述或表演，后者适宜于私人场合聊天或回忆；后者的说话风格比较细腻，通常被认为符合西方现代小说的叙事趋势，得到了包括张爱玲在内的诸多中国现代作家的推崇和发扬，而前者的说话风格比较粗犷或粗疏，故而不受中国现代启蒙作家重视，但它也曾在中国当代红色经典小说中得到了艺术传承。很明显，贾平凹自《废都》以来的长篇小说创作，一直都在努力传承中国明清长篇小说中的闲聊体而非评书体说话模式，故而其主导的小说说话风格是阴柔细腻型而不是阳刚粗犷型，而且他的这批长篇小说也都在不同程度上留下了《金瓶梅》或《红楼梦》的艺术辙印。《老生》也未例外。

　　但必须看到，贾平凹近年来为了丰富自己的长篇小说说话艺术也作出了不懈的努力。比如他在《带灯》中就打破了此前《高老庄》《秦腔》《古炉》中一直沿用的独白式闲聊体说话方式，即由特定的第三人称或第一人称叙述者一以贯之地讲述到底。这种独白式闲聊体多少容易让读者感到沉闷，于是《带灯》里穿插进了女主人公写给元天亮的信。那些或长或短的信其实也是独白式的闲聊，但由于它带有现代知识女性的精英抒情风格，这就与小说中占据主导地位的第三人称男性独白式闲聊风格区分开来，而且在文本结构中还形成了两种叙事人称之间的闲聊体对话。《老生》中也出现了这种不同叙述者之间的闲聊体对话。除了唱师的第一人称闲聊体讲述之外，小说中教师的讲述尤其引人注目，他的讲述主要由两个部分组成：一个是对《山海经》的念诵，一个是对《山海经》的讲解。前者是文言文本，后者是白话文本；后者与唱师的讲述几乎融为一体，而前者与唱师的讲述貌似大相径庭，实则二位一体，都属于闲聊体。《山海经》是文言的闲聊体，但它那天南海北、稀奇古怪、穷形尽相、不厌其烦的讲述方式正是上古先民闲聊体的艺术反映，而且这种文言的闲聊体与唱师的白话闲聊体之间刚好构成了鲜明的反差或映衬，正所谓相反相成抑或相辅相成。这意味着《山海经》的上古文言闲聊体给《老生》的现代白话闲聊体艺术增添了新的风骨或气象。贾平凹的闲聊体小说大都给人阴柔细腻有余而粗犷阳刚不足的印象，也许正是有鉴于此，年事渐高的贾平凹才由明清的闲聊体小说上溯至先秦两汉的闲聊体文本，比如从《山海经》这样的文言闲聊体文本中汲取说话艺术的古老灵感。如果说《山海经》是中国上古男性文言闲聊体的文本典范，那么《金瓶梅》就是中国近世男性白话闲聊体的小说极品，而脱胎于《金瓶梅》的《红楼梦》则堪称中国近世女性白话闲聊体的小说巅峰，当然此处的"女性"并非生理身份而是精神或心理身份。以此观之，贾平凹在《带灯》和《老生》的创作中确实在谋求闲聊体说话艺术的新变。相比较而言，在《带灯》中贾平凹插入了《离骚》式的心理独白和倾诉，带灯对理想男性的"恋人絮语"仿佛屈原的香草美人抒情传统一样愁肠百结、百转千回，走的还是阴柔细腻的女性闲聊体艺术路线，即林白所谓"妇女闲聊录"；而到了《老生》中，贾平凹明显强化了闲聊体说话艺术的男性风骨，文言和白话两种闲聊体说话艺术的综合运用构成了奇特的文本张力，由此《老生》的闲聊体不再是江南老太婆式的软语闲聊，而是带有北方老大爷（老巫师）神侃或讲古的精气神。所以和《带灯》相比，《老生》的叙述显得更加古朴刚劲。《老生》的三个叙述人无不具备老年男性的风神，这与《带灯》中的女性叙述人、《古炉》中的儿童叙述人、《秦腔》中自我阉割了的叙述人相比，其说话语气和闲聊风格无疑要刚健得多，但也清苍枯瘦了许多。

在从《废都》至《老生》的长篇小说创作中，贾平凹主要致力于中国古代闲聊体说话叙事传统的创造性转化，故而其长篇小说系列必然呈现出高度的写实主义形态，因为中国古代闲聊体长篇小说有别于评书体长篇小说的一大特征就在于写实的细腻。一般而言，评书体长篇小说追求叙事的速度和频率，故而有极强的时间化叙事取向，特别适宜于讲史或历史演义，而闲聊体长篇小说追求叙事的宽度和密度，故而有极强的空间化叙事取向，特别适宜于"人情"或"世情"小说。前者直接面对听众，接受有时间限制，故而叙事比较粗犷；后者间接走向读者，超越了时空羁绊，故而叙事比较细腻，甚至发展出一种高度的写实主义或自然主义艺术。深受贾平凹喜爱的中国古代"人情"或"世情"小说巨著《金瓶梅》和《红楼梦》就是如此，而贾平凹从《废都》到《老生》的系列长篇小说创作也追求近似的艺术旨趣。早在 20 世纪 90 年代末贾平凹就坦诚地说过："大风刮来，所有的草木都要摇曳，而钟声依然悠远；老僧老矣，他并没有去悬梁自尽，也不激愤汹汹，他说着人人都听得懂的家常话。"[①]这段话虽然写在《高老庄》的后记中，但用于《老生》却是再恰当不过，老生（老僧）老矣，他变得更

---

① 贾平凹：《高老庄》，太白文艺出版社1998年版，第413页。

加平心静气，他用家常话和读者一起闲聊，在闲聊中讲述百年现代中国的故事。但贾平凹要求自己在闲聊体叙事中"尽量原生态地写出生活的流动，行文越实越好"，极力描摹"蝇营狗苟的琐碎小事"①，又要求自己做那种"密实的流年式的叙写"，竭力裸呈"一堆鸡零狗碎的泼烦日子"②，这就形成了贾平凹越来越执迷的"日常生活细节流"叙事形态。它既是混沌状的，又是细密状或精密状的；既追求日常生活书写的原生态呈现，又要求对日常生活进行精细的解剖；既注重整体感，又强调分析性。显然，《老生》延续了以《秦腔》和《古炉》为代表的这种"日常生活细节流"叙事方法，但变得更加简练或精炼。贾平凹需要在一部作品中对四个时代的历史或现实生活进行密实的叙写，这就要求他必须做到比以前在一部作品中对一个时代的历史或现实生活进行密实叙写时更有效率，换句话说，这就要求他必须提高自己对日常生活的解剖能力、透视能力和分析能力。

《老生》是一部空间叙事特征十分鲜明的作品。作者的日常生活细节流叙事正是贯穿和落实在其精心营构的四个秦岭山镇或山村的生活空间之中。无论是正阳镇、过风楼镇，还是老城村、当归村，作者都是将其中发生的重大社会政治事件溶解或稀释到一群小人物的日常生活空间中去透视或解析。他仿佛拿着艺术的显微镜，拆解或消解人物的日常生活空间中所笼罩的政治阴影或意识形态机制，从而实现了政治叙事的日常生活化，而非日常生活叙事的政治化。作品中的四个故事分别以四个空间为载体，而每一个空间叙事中都存在着至少一个返乡者或外来者，如正阳镇中的政委李得胜、老城村中的副乡长白石、过风楼镇中的书记老皮以及宣传干事刘学仁、当归村的驻点文书老余。他们的出现或存在具有政治象征或意识形态隐喻色彩，他们也都是每个叙事空间中重大政治事件的策动者，他们所代表的政治意识形态权力渗透和运作到秦岭山区日常生活空间的每一个角落。在这个意义上，空间并不是客观性和中性的，而是政治性和战略性的，归根结底是意识形态性的，因为"以历史性的或者自然性的因素为出发点，人们对空间进行了政治性的加工、塑造"③。唯其如此，在《老生》中贾平凹才要对被政治编码过的日常生活空间进行解码，通过呈现每个叙

---

① 贾平凹：《高老庄》，太白文艺出版社1998年版，第415页。
② 贾平凹：《秦腔》，作家出版社2005年版，第563页。
③ 亨利·勒菲弗：《空间与政治》第2版，李春译，上海人民出版社2008年版，第46页。

事空间中的日常生活细节流来破解不同时代的心灵隐秘。如在正阳镇发生的第一个故事其实是关于秦岭游击队的革命历史叙事，但作者并未像《红岩》《林海雪原》《铁道游击队》那样通过净化或提纯的方式书写正史，而是把笔触分散对准老黑、匡三、三海、雷布、四凤、王世贞、姨太太这些人物的日常生活及其欲望冲动，从而揭开了秦岭游击队的革命秘史。又如在老城村发生的第二个故事是典型的"土改"题材，但作者并未像《暴风骤雨》《太阳照在桑干河上》那样讲述正统意识形态视阈中的"土改"历史，而是立足民间立场还原一段"土改"的历史真相。一方面是马生和拴劳等人积极地实施或变相利用"土改"政策，另一方面是王家芳、张高桂、李长夏、玉镯、白土、白菜等人在"土改"中饱受掠夺和欺凌，二者整合，堪称"土改秘史"。第三个故事发生在过风楼镇，是关于人民公社化历史的重写，但作者显然跳出了《创业史》《艳阳天》《金光大道》那种宏大乌托邦叙事模式，而是采用反乌托邦的日常生活叙事来解剖老皮、刘学仁、冯蟹、闫立本等农村基层干部在过风楼镇所实施的"权力的微观物理学"①，此时的权力无时不在、无孔不入，渗透进了日常生活空间的每一个角落。第四个故事主要以当归村为中心，讲述市场经济体制下当归村的变异与溃败，这个故事容易让人想起《秦腔》写乡土中国的世纪溃败，就如同第三个故事让人想起《古炉》写"文革"的破产一样。总之，贾平凹在《老生》中延续了以《秦腔》《古炉》为代表的日常生活细节流叙事的空间化取向，而且采用浓缩和并联的方式强化了此前长篇小说创作中的空间化叙事取向。

三

在《老生》的文本结构中，取自《山海经》的九篇直接引文十分引人瞩目，它们已经被艺术性地编织或镶嵌进了《老生》的文本有机构成之中。《山海经》对《老生》的影响是多方面的，除了前面提到的组合式叙事结构、闲聊式叙事风格之外，其实还应包括主观性叙事手法，如象征与抒情之类。当然，中国小说的主观性叙事传统源远流长，贾平凹接受中国古代小说和中国现代小说的主观性叙事传统同样由来已久，所以《老生》中体现出来的主观性叙事策略并非仅仅源自《山海经》，但它与《山海经》的艺术关联无疑是最直接和最紧密的，

---

① 福柯：《规训与惩罚》，刘北成、杨远婴译，生活·读书·新知三联书店1999年版，第28页。

不然作者也就不会在写《老生》的过程中反复阅读甚至多次大篇幅援引《山海经》。按照捷克汉学家普实克的说法，中国现代文学延续了中国古代文人文学或文言文学的主观性和抒情性。不过普实克更为看重的是抒情性，他指出："在旧式的中国文人的作品中，抒情性占有绝对的地位。不论'诗'还是'词'的形式，或者是长篇韵文'赋'，或者其他文学艺术中五花八门的抒情风格和手法都是如此。古代散文在某种程度上也有其抒情的性质，表现在对自然景物、个人经历和感受的描写。"①其实，中国古代文学中的"诗""词""赋""文"不仅大都具有鲜明的抒情性，而且也具备强烈的象征性。抒情性凸显的是主观情绪，象征性寄寓的是主观感悟，前者偏重情感，后者偏重理性，实则是象征性和抒情性共同构成了中国古代文人文学或文言文学的主观性传统。具体到《山海经》，可谓象征性与抒情性兼具，它不仅仅是一部地理书或博物志，而且也是一部"古之巫书"②。"巫以记神事"，属于神话传说或创世史诗范畴，它不同于"史以记人事"③，但"巫"与"史"正是中国小说的源头。神话的主观性（抒情性与象征性）与历史的客观性相结合，熔铸了中国古代小说的基本文体风貌。只不过在《山海经》这里，历史的客观性被置换成了地理的客观性。贾平凹不仅从《山海经》客观性的地理书写中获得了空间化叙事的灵感，而且也从《山海经》主观性的文学书写中获得了象征性叙事与抒情性叙事的启示。这些艺术灵感或启示显然不仅仅来自《山海经》，也来源于贾平凹多年来的中国文学传统寻根经验，但《山海经》在《老生》写作中的艺术触媒作用是毋庸置疑的。

《老生》具有强烈的象征性。这不仅表现在小说人物命名的象征性或隐喻性上，更重要的是表现在小说内在的意象化或象征化叙事上，此即贾平凹多年来孜孜以求并不断加以完善的"虚实相生"的小说艺术。按照贾平凹自己的说法，"当写作以整体来作为意象而处理时，则需要用具体的物事，也就是生活的流程来完成。生活有它自我流动的规律，顺利或者困难都要过下去，这就是生活的本身，所以它混沌又鲜活。如此越写得实，越生活化，越是虚，越具有意象"。贾平凹把这种虚实相生的意象化小说艺术概括为"以实写虚，体无证

---

① 普实克：《中国现代文学中的主观主义和个人主义》，见《普实克中国现代文学论文集》，李燕乔等译，湖南文艺出版社1987年版，第10页。

② 鲁迅：《中国小说史略》，见《鲁迅全集》第9卷，人民文学出版社1981年版，第19页。

③ 鲁迅：《汉文学史纲要》，见《鲁迅全集》第9卷，人民文学出版社1981年版，第345页。

有"①。贾平凹的意象化小说不同于一般的诗化小说,如仅仅在小说中围绕某个具体诗歌意象来结构作品,他推崇的是整体意象化,通过日常生活细节流的叙写完成对整个生活立体的意象化;他追求的是整体象征而不是局部象征,他试图通过强大而绵密的写实功夫来营构诗性的日常生活象征体系。贾平凹的长篇小说虽然从一开始就在追求意象化,但其早期创作还处于意象化艺术的探索与模仿阶段。如《古堡》的中心意象尚未转化为实实在在的日常生活书写,人物设置和情节编织都存在着传统现实主义叙事成规的烙印。《浮躁》最早体现贾平凹长篇小说整体意象化的端倪,小说中州河意象的设置与主要人物的精神状态之间形成了共振,因此是一部主观情绪很浓郁的诗化小说。但那时的贾平凹在极力张扬主体情绪的同时,尚未完全意识到整体写实的根本意义,只有到了《废都》及以后,贾平凹才真正开启了"以实写虚,体无证有"的长篇小说美学历程。《废都》明显从以《金瓶梅》和《红楼梦》为代表的中国古典文人长篇小说中汲取艺术滋养,以此为标志,贾平凹开始探索如何将中国古典长篇小说创作中追求虚实相生的整体意象化或象征化艺术转化为当代长篇小说创作的艺术资源。从《金瓶梅》到《红楼梦》,在很大程度上隐含了中国古典长篇小说创作从偏重于写实到虚实兼具的艺术转变。《金瓶梅》的作者尚未完全抵达虚实相生的艺术境界,实有余而虚不足,《红楼梦》的作者就不同了,曹雪芹把《金瓶梅》的长篇小说艺术往前推进了一大步,直接完成了虚实相生("以实写虚,体无证有")的艺术飞跃。平心而论,《废都》在写实与写意的艺术交融上足以代表贾平凹20世纪90年代长篇小说创作的最高水准,是对作者此前的《浮躁》的一次艺术超越,但《废都》叙写的历史和现实生活面还不够宽广,还拘囿在文人或知识分子的狭隘生活圈子中,尚不能全景式地叙写当代中国日常生活细节流,这多少还是限制了《废都》的思想和艺术境界。此后在《白夜》《土门》和《怀念狼》的创作中,贾平凹依旧在主观化的象征(意象)与客观化的写实之间挣扎或游移,只有《高老庄》的出现才表明贾平凹再一次找到了"以实写虚"的艺术钥匙。《高老庄》也因此成为21世纪以来贾平凹长篇小说艺术大获成功的一个界碑。进入21世纪以后,贾平凹迎来了他的长篇小说艺术的收获期,《秦腔》《古炉》《高兴》《带灯》《老生》的不断成功,宣告了贾平凹整体写实与整体意

---

① 贾平凹:《我心目中的小说》,载《小说评论》2003年第6期。

象（整体象征）相结合的长篇小说文体美学的胜利。贾平凹不断拓展长篇小说的生活广度和艺术高度，《秦腔》以来的长篇小说系列创作，展现了其运用日常生活细节流的叙事形态，从整体上呈现乡土中国历史与现实变迁的艺术胸襟，而且他还进一步追求一种让意象自然而然地在文本中生长的整体意象主义或整体象征主义艺术境界。

作为一部整体意象主义或象征主义小说，《老生》的象征性不仅仅体现在通过日常生活细节流叙事"以实写虚"上，还突出地表现在小说中神话文本与现实文本之间的彼此隐喻上。《老生》中援引《山海经》的神话文本多达九处，四个故事各分为上下两篇，每篇前面都穿插着一段长长的《山海经》神话文本。这种带有超现实色彩的神话文本的插入并非可有可无，而是与各自相匹配的现实文本之间构成了"互文本"，暗中达成了神话与现实的同一性。也就是说，读者可以在神话文本及其解释中寻找到破解现实文本的密钥。比如在第一个故事中，即关于秦岭游击队的革命叙事里，上篇的现实文本讲正阳镇的革命的起源，其根本动因是贫困、饥饿和压迫所导致的阶级反抗：老黑是孤儿，匡三是要饭的，三海的妹子四凤被王世贞欺侮，凡此种种导致了李得胜的一呼百应。与之相匹配的神话文本是《南山经》首山系，它在极力铺陈山水草木、飞禽走兽的同时，着重渲染的却是"食之不饥""食之善走""食之不疠""食之无卧"，对此教师的解答是，虎豹鹰隼食肉，猪马牛羊食草，人类永远处于饥饿状态，自然界的食物链必然要被打破，一路吃过来，所以"人史就是吃史"[1]。可见《南山经》首山系的神话文本中隐含了革命的起源。第一个故事的下篇主要叙写暴力革命的过程和场景，着重描述了老黑、三海、四凤、李得胜、雷布的不同死亡方式，以及革命者对王世贞姨太太的复仇方式，充满了暴力血腥气味。与下篇相匹配的是《南山经》次山系的神话文本，其中尤为引人注目的是十七山中就有九山有金玉无草木，这显然是冷兵器时代战争与杀戮的隐喻，其中还有一种动物"如羊而无口，不可杀也"，这是指"不让说，说不出，或不可说"[2]。这也就印证了下篇的神话文本与现实文本之间的互文性，它们在暴力叙事上具有同一性。在第二个故事中，即关于老城村的"土改"叙事里，上篇的神话文本是南次三山系，写飞禽走兽自呼其号、哀鸣控诉，而人类却丧失了对神祇的敬畏之心。与

① 贾平凹：《老生》，人民文学出版社2014年版，第9页。
② 贾平凹：《老生》，人民文学出版社2014年版，第33页。

之相匹配的现实文本则讲述"土改"来临之际"山雨欲来风满楼"的严峻氛围。下篇的神话文本移至《西山经》首山系，通过神话中写"过去是人与兽的关系"，引出"现在是人与人的关系"，而且特意阐明"人是有病的动物"①。这样就与下篇的现实文本之间构成了绝妙的隐喻，因为后者讲述的正是老城村中穷人对富人的阶级复仇，以及穷人阶级内部的文化心理病灶或病态欲望的恶性膨胀。如马生出于个人琐碎欲望，在"土改"中过度整治王财东、张高桂、李长夏等地主或富农，与此同时他又蓄意偷窥邢轱辘夫妇私生活，暗中强暴地主遗孀玉镯，最终他还占有了自己的搭档洪拴劳之妻，宣净之死与白菜之疯也都是马生一手所导致。像马生这样的人确实堪称"有病的动物"，他的存在导致老城村中人与人的关系异化成了另一种意义上的人与兽的关系。至于第三和第四个故事，现实文本与神话文本之间的互文关系也可以照例解析，此处不再赘言。有意味的是，小说的结尾讲到的神话文本是《北山经》次山系，其中提到了逐日的夸父，而夸父并不是人而"是一种兽"②，为逐日即便渴死也不悔；与之对应的现实文本则是唱师死去，他的阴歌成了历史的绝唱。

由此可见，《老生》中的神话文本与现实文本之间的串联与并置，已经完整地构成关于百年来乡土中国历史变迁的艺术寓言。从《老生》与《山海经》的文本互文性关系，我们已然不难窥见《老生》在艺术构思上的整体象征性。然而，除了象征性外，《老生》还有另一个主观叙事特征，这就是抒情性。只有象征性与抒情性的合一，才能更好地显示出贾平凹对中国古典文人长篇小说主观叙事传统的创造性转化。贾平凹长篇小说的主观抒情性是一个老话题，从《浮躁》到《废都》，再到 21 世纪以来的《秦腔》和《带灯》，这一系列的长篇小说中主观抒情性可谓一以贯之，时显时隐，有的是直接受到中国古典诗词抒情传统的影响，有的是间接受到中国古典文人戏曲传统的熏染，但不变的是贾平凹内心那种沉郁苍凉而又绵长悠远的诗歌情绪。显然，《老生》的抒情性主要是通过线索人物唱师唱阴歌直接体现出来的。书中多处直接援引了大段大段的阴歌唱词，这些民间唱词是抒情性极其浓郁的民歌文本，带着重叠复沓的民歌咏叹调子，其中隐含着老生对现代乡土中国历史命运的绝望与忧伤。作者在小说中不仅通过唱师的阴歌直接抒情，还通过大量援引《山海经》间接抒情，如同《离

---

① 贾平凹：《老生》，人民文学出版社2014年版，第107—108页。
② 贾平凹：《老生》，人民文学出版社2014年版，第287页。

骚》给《带灯》直接灌注了浓烈的抒情血液一样，《山海经》给《老生》暗中浇注的则是低沉冷静的情绪流沙。《山海经》不仅仅是地理志，它也是神话，还是诗（史诗）。《山海经》的诗性不仅体现在文本中洋溢着的诗情上，而且还体现在文本的诗性书写中，比如行文的铺排和隐喻风格与汉赋（尤其是大赋）颇为相类，与秦汉及其以前的中国上古抒情辞赋传统一脉相承。《山海经》是诗书，也是巫书，其作者是诗人也是巫师。而在《老生》中，作者有意设置的线索人物老生也是诗人与巫师二位一体，这应该不是偶然，显然来自《山海经》的启示。老生作为唱师行走于阴阳两界，他既是民间行吟诗人，又是宗教灵魂使者，他的阴歌其实就是挽歌，是献给历史和人生的挽歌，能够抚慰动荡历史中不安的灵魂。不仅如此，作为唱师的老生还与小说中的教师二位一体。小说中对于每一篇神话文本的解读，都表现为由教师给学生在窑洞里做提纲挈领式的讲解，而作为唱师的老生此时正处于生命弥留之际，他虽然也是教师的听众，但他与教师二位一体。他们一个是神话文本的讲解者，一个是现实文本的回忆者，一个是巫师，一个是史官，二者貌离而神合。由此可见，《老生》追求的其实是《山海经》那种巫、史、诗三合一的艺术境界。不过，贾平凹向来被誉为文坛鬼才，他从《山海经》中寻找中国古代文学传统资源进行创造性的艺术转化，这实在是名副其实、顺理成章的事情。

（原载《文艺研究》，2015 年第 6 期）

荒诞叙"史"和"公道话"

——《老生》摭谈

贾鲁华　张　莹

贾平凹的《老生》刊于《当代》2014 年第 5 期，刊出后，"民间写史""重拾历史文化传统"等赞誉接踵而至不绝于耳。单行本于 2014 年 9 月由人民文学出版社出版。2015 年 4 月 25 日，贾平凹凭借《老生》获得第十三届华语文学传媒大奖的"年度杰出作家"奖，接着《老生》也进入第九届"茅盾文学奖"的提名中。看来，诸多评论者对《老生》的期许颇高。贾平凹更是一语成"精"："在灰腾腾的烟雾里，记忆我所知道的百多十年，时代风云激荡，社会几经转型，战争，动乱，灾荒，革命，运动，改革，在为了活得温饱，活得安生，活出人样，我的爷爷做了什么，我的父亲做了什么，故乡人都做了什么，我和我的儿孙又做了什么，哪些是荣光体面，哪些是龌龊罪过？太多的变数呵，沧海桑田，沉浮无定，有许许多多的事一闭眼就想起，有许许多多的事总不愿去想，有许许多多的事常在讲，有许许多多的事总不愿去讲。能想的能讲的已差不多都写在了我以往的书里，而不愿想不愿讲的，到我年龄花甲了，却怎能不想不讲啊?！"① 以这样明显的问题意识和宏大"视野"作为创作初衷，再加上原来"不愿想不愿讲的"作为《老生》的主题特质，我们没有理由怀疑佳作频出的贾平凹到了花甲之年不能写出"超越性"的上乘之作，但是阅读《老生》，还是让我们隐隐约约感到存在某些问题。

一、荒诞叙"史"

什么是以前不愿讲的？回视贾平凹以往创作，写作技法和主题几经变化。

---

① 贾平凹：《老生》，人民文学出版社2014年版，第291页。

从主流文学史叙述中的"寻根"（"商州"系列）、"改革"（《小月前本》《鸡窝洼的人家》等），到新世纪对"乡村"衰败的摹写（《秦腔》《带灯》等），都经常见到贾平凹的身影。但是述说"乡村"的社会结构变迁一直是贾平凹不懈的追求。《老生》描写的依然是乡村，与贾平凹之前的创作不同之处在于时间段拉长，回溯了百年乡村变革史，依据时间顺序截取了战争、"土改"、"文革"前后和改革四个时期，述说了这四个时期的乡村社会变迁及农民在其间的命运，这是"写史"；《老生》的"宏大"视野与对乡村日常生活及其细节的"融合"也为操持"民间"概念的评论者们找到了合适的"注脚"。这或许就是"民间写史""重拾历史文化传统"等赞誉的根源所在。但是，我们仍然不能解释什么是贾平凹"以前不愿讲的"。

贾平凹是一位探索意识超强的文学书写者，对小说的理解与自我反思也都颇为深刻："我相信小说不是故事也不是纯形式的文字游戏。我的不足是我的灵魂能量还不大，感知世界的气度还不够，形而上与形而下的结合部的工作还没有做好。"① 这是深刻的自我反思，也是取向颇高的自我期许。六十多岁的贾平凹要谈一番"生死"，这确是践行"形而上与形而下结合"的合适之时："常言生有时死有地，其实生死是一个地方。人应该是从地里冒出来的一股气，从什么地方冒出来活人，死后再从什么地方遁去而成坟。一般的情况都是从哪里出来就生着活着在哪里的附近，也有特别的，生于此地而死于彼地或生于彼地而死于此地，那便是从彼地冒出的气，飘荡到此地投生，或此地冒出的气飘荡于彼地投生。"② 这种有些神话思维的"形而上"思考被贾平凹放置在了他家祖坟所在的"牛头坡"时，就出现了"形而下"的"世事"："牛头坡是一个什么样的穴位呀，冒出的是一种什么样的气，清的，浊的，祥瑞的，恶煞的，竟一茬一茬的活人闹出了那么多声响和色彩的世事?!"③ 应该说，依照贾平凹以往的思考与书写能力，其对小说写作的自我期许或许还是能够实现的，但是如果把《老生》作为贾平凹对小说艺术追求的"超越性"或"总结性"的上乘之作，不仅是对作为文学名家的贾平凹能力的低估，亦是对小说艺术的大不敬。

在小说《老生》中，贾平凹对"生死"的思考一直弥漫于整部小说的叙事纹

---

① 贾平凹：《高老庄》，长江文艺出版社2016年版，第395页。

② 贾平凹：《老生》，人民文学出版社2014年版，第290—291页。

③ 贾平凹：《老生》，人民文学出版社2014年版，第291页。

理之中，其最明显之处在于贾平凹把故事的叙述者设置成了一位唱阴歌的职业唱师（当然，此处笔者并非认为唱师的设置是为了展示贾平凹对"生死"的思考）。这位唱了"百多十年"阴歌的唱师游走于阴阳两界，不知何时生却在当下死，见证且为我们述说了中国乡村"百年"社会变迁。的确，在中国追逐西方现代化之前的传统乡土社会中，人们思维理路中有着一种非常重要的"神秘文化"因子，明显地存在于人们的日常生活中，人们据此得到过太多对自然与社会的认识。然而，经过20世纪"科学"指引下"革命中国"与"经济中国"的洗礼，中国主流叙事已把此等"神秘文化"定性为"非科学"的"迷信"，但是，在反"迷信"的过程中确实发生了与其初衷相背离的事情，如徐志伟在讨论了从清末到民国的"反迷信运动"之后总结道："一场旨在造就'国民'的'反迷信运动'最后演变成了一场对农民进行掠夺的运动，这是在中国盲目推进西方现代化所造成的结果。这个结果使很多知识分子开始认识到，如果没有对特殊现实的清楚判断，任何现代化改革都可能走入歧途。"[1]虽然徐志伟是在对中国"现代化"进行反思的视野中考察了"反迷信运动"，但中国革命与改革的复杂性由此可见一斑。事实上，百多年来，这种"神秘文化"因子一直在乡村的日常生活逻辑中或显或隐地存在着。如今贾平凹又让唱师述说百年历史、世事，把自己对"生死"思考视野下的百年乡村社会变迁史置换为唱师"述说"的故事，可谓"匠心独运"，并在一定程度上具有合理性与合法性，或者说，让被定性为"迷信"的"神秘文化"重现，并让它贯穿小说叙事的始终，或可发现主流叙事之外的另一种历史"真实"。或许在这样的思考框架中，贾平凹才大胆说《老生》讲述了原来"不愿想不愿讲的"。

那么，在唱师作为叙述者的故事中，历史又呈现出一种什么样的"真实"？唱师述说革命与改革历史已属"荒诞"，其叙述的"荒诞"故事更是俯拾即是。第一个故事是秦岭游击队的战斗生活，这支游击队的成员除了队长李得胜是从延安回来的共产党员，其余皆为贫苦农民出身：忍受无声无息的苦难生活甚而死去倒不如走（闹红），尚或有些希望，这就是他们的"革命"之路。如老黑这一具有"恶棍"行为的人参加革命的偶然性与随意性，乃至于"革命"多时之后仍不知"革命"的目的所在；匪三参加"革命"队伍只是为了吃饱肚子。然而，

---

① 徐志伟：《"乡土中国"再发现——1920—1930年代文学与思想的一种对读》，2006年华东师范大学博士论文，第14页。

"革命"与农村日常生活的冲突，再加上唱师的叙述，故事中的"怪诞"就"自然"地呈现出来：游击队初钻虎山的当月"就有龙从天上下来与牛交配"，从而得一"祥瑞式"的解释——牛要生麒麟；枪响惊亡魂后母猪产下一人面猪；为了禁止队员骚扰群众而宣称"打出秦岭进省城，一人领个女学生"。此等叙述不一而足。新中国成立后，镇压反革命，打土豪分田地，人民翻身当家做主人，"革"掉剥削阶级的"命"，何等畅快之事。然而，这在唱师的叙述中，却不啻为一种闹剧。游击队"革命"时期的乡村中医成了副县长、唱阴歌的唱师进了文工团、"混混"马生成了村农会副主任……不符合"革命"思想的行为似乎成了对"革命"的强烈反讽：马生依其权势不按政策乱定乡民成分，强奸"地主婆"玉镯。第三个故事中有两个特别显眼的事件：村民对标语的认识与对"地富反坏右"的"改造"。公社委员刘学仁善于写标语，但村民惠黄花却认为白字要比红字好，因为"白字到了夜里亮堂，狼就不敢进院叼猪了"。这样的思维与话语转移，彰显的是"革命"与村民日常思维的不同，也是"革命"在乡村的困难所在。文本中将其归结为刘学仁所说的"控制心魂"。而在对"地富反坏右"的惩罚中，我们看到了另一种改造方式——暴力与身体惩罚：阴茎上吊秤锤以致"流氓"张收成用打碎了的碗瓷片把自己的生殖器一下一下割掉。第四个故事涉及改革开放以至市场经济发展中的种种"怪诞"，主要人物是秦岭游击队员摆摆的孙子戏生。恰如其名，戏生的一生可谓游戏的一生。戏生为得到烈属补助，通过重做唱师的"老生"结识了乡文书老余，从而开启了其戏剧性人生：做村长引领村民致富却陷入激素农药等非正常市场竞争的旋涡之中，做矿区看守又陷入与司机合谋偷矿和嫖妓沾染病毒的尴尬之中，后又进入一场伪造老虎照片骗取政府经费的闹剧之中，最后通过做药剂生意致富却又死于瘟疫。其中作为戏生领路人的老余为了自己能够升官，巧用以戏生为代表的乡村资源，最后也在尴尬之中看着一个村庄毁于瘟疫。细细想来，《老生》中的诸多描述，在贾平凹创作于 20 世纪 80 年代的《浮躁》中即显示了端倪：田老六被国民党抓丁后跑到陕北，后来回商州做联络员，组织了"一伙活不下去的人（船工）"造反，因为他们"活不下去就造反"，并且收编了以巩宝山为首的一伙土匪，造就了红火的革命气势，但是州河的船上却有人唱一首歌："柳叶子长，竹叶子青，杀进商州城，一人领一个女学生"；田巩两家祖坟的选取、金狗的出身都散发着一层"神秘文化"因子……由此可以看出，贾平凹对"革命"历史的看法几十年不忘初心。或可说,《老生》中展示的恰是贾平凹在20世纪80年代固有的认识。难道这展开的自20世纪80年代已有的对"革命"历史乃至于改革历史的看法是其原来"不愿想不愿讲"的吗?

至少我们可以确认的是,这"历史"确实"荒诞",但小说本身并不排斥"荒诞",甚至有时候"荒诞"也成了某些小说展示实力的必备元素。由此而言,事关"生死"的唱师完美述说了事关"生死"的革命与事关"生存"的改革,并且以"荒诞"的叙事实验解决了贾平凹"历史如何归于文学"的叙事难题。并且,"形而下与形而上"完美"结合",对小说写作的自我期许也应达到了贾平凹的想象了。对作为小说家的贾平凹而言,确是一个完美"结局"。然而,不得不问的是:这样重述"历史"是否合适?这种"公道话"是否公道?

二、"公道话"公道吗?

贾平凹在《老生》后记中讲述了一个故事:"还是在秦岭里,我曾经去看望一个老人,这老人是我一个熟人的亲戚,熟人给我多次介绍说这老人是他们那条峪里六七个村寨中最有威望的,几十年来无论哪个村寨有红白事,他都被请去做执事,即便如今年事已高,腿脚不便,但谁家和邻居闹了矛盾,谁个兄弟们分家,仍还是用滑竿抬了他去主持。我见到了老人问他怎么就如此的德高望重呢?他说:我只是说些公道话么。再问他怎样才能把话说公道,他说:没有私心偏见,你即便错了也错不到哪儿去。我认了这位老人是我的老师,写小说何尝不也就在说公道话吗?于是,第四遍写《老生》,竟再没有中断,三个月后顺利地完成了草稿。"[1] 显然,在贾平凹看来,《老生》是在说"公道话"的,并且正是因为说"公道话",自己的创作才解决了先前所没有解决的问题,从而得以快速完稿。然而,什么才是公道话?贾平凹真的做到了"没有私心偏见"吗?

拿革命来说,革命话语与农民日常话语、革命思想与农民日常思想本是两种近乎平行路线的文化形态,因而导致了体现在革命行为与农民日常行为方面的不同甚或冲突。当革命文化形态强行介入中国乡村时,势必会征用乡村中原有的文化元素与"革命"动力,这样才可能"唤起沉睡于农民心灵深处的作为一个阶级群体的生活尊严与社会意识",才可能最大限度地"将其纳入新中国的政

---

① 贾平凹:《老生》,人民文学出版社2014年版,第292页。

治、历史进程之中"①，乡村才可能在"革命"中获得结构性变迁。那么，在此视野下，我们亦可重新解释上述的各种"怪诞"与"荒谬"。比如说龙与牛相交生产麒麟，这一直作为乡民对祥兆与好运的想象与期盼在乡土文化中存在着。这样的解释是"革命"实践介入乡村逻辑的必然，否则在动员与组织群众时将遇到难以想象的困难，哪怕将之视为动员与组织"策略"，也应该肯定其合理性。再比如，大多数农民在不理解"革命"的时候参加"革命"，但我们不得不承认的是，贫穷与困境本身孕育着农民的革命性力量，此时，满足农民的物质与身体欲望是激发其革命性力量的必要保证，哪怕是想象性的。关于游击队领导以"女学生"鼓励队员进取的材料确实见于革命史料。以中国与中国革命之大，有怪事也正常，但绝不会超过破败中国自身的无奇不有。但这一个材料却被不同当代小说家念念不忘地引用，比如格非的《人面桃花》三部曲里就有这样的桥段，贾平凹的《浮躁》中也有明确述说。就个案来说，对女学生的征引也恰满足了队员对情欲的想象，这样的动员方式虽然显得龌龊，但是，农民对革命的实践却不得不先在欲望满足的想象中进行。即是说，二者的冲突显然并非仅仅在"荒诞"叙述中得到合理阐述。再说改革，戏生作为一"非正常"人，"侏儒"且极聪明，做着中国现代化追求中的"非正常"事情，得到惩罚也在情理之中。但村民的不正常市场竞争行为，是在对"好日子"的想象与中国不成熟的市场逻辑相结合的情境下孕育出来的，这要放在整个现代化话语与实践系统中才有可能得出合理的解释。作为一种悲剧叙事，让村民们承受毁灭性结局或可让读者接受，但是如果在革命与改革话语中让村民们承受毁灭性结局，所起到的效果就是认定了革命与改革的"荒诞"乃至于"荒谬"。因此说，这并非是一种反思的姿态，更别说是"没有私心偏见"的"公道话"了。

如若追究贾平凹缘何对历史有这样的认识，我们可先看他在《老生》后记中对自我经历的简单述说："……在我的幼年，听得最多的故事，一是关于陕南游击队的，二是关于土改的。到了十三岁，我刚从小学毕业到十五里外去上初中，'文化大革命'爆发了，只好辍学务农，棣花镇人分成两派，两派都在造反，两派又都相互攻击，我目睹了什么是革命和革命的文斗武斗。后来，当教师的父亲被定为历史反革命分子而我就是黑五类子弟，知道了世态炎凉，更经历了

① 徐志伟：《 "十七年"时期农村新文艺读物的出版与传播》，载《文学评论》2013年第4期。

农民在无产阶级专政下如何整肃、改造、统一着思想和行为。再后来，我以偶然的机会到了西安，又在西安生活工作和写作，十几年里高高山上站过，也深深谷底行过。又后来是改革开放了，史无前例，天翻地覆，我就在其中扑腾着，扑腾着成了老汉。"① 由此我们或可从两方面来做简单探析。一是贾平凹对"文革"时期"辍学务农"的经历和自己的"黑五类子弟"身份的记忆可谓刻骨铭心，而由此形塑的经验与情感对中国百年历史的"私心偏见"也就在所难免②；二是 20 世纪 80 年代及之后政治上的"拨乱反正"和文化上的"告别革命"。贾平凹诸如《小月前本》《腊月·正月》等改革文学，虽然透显出改革开放时的乡村变迁和农民日常生活方式与思想的裂变与纠结，但对经济改革的乡村还是持认同态度的。虽然贾平凹的创作几经变迁，由对改革的认同（或某种程度的认同）转移到了批判（如《废都》）及对由改革而来的乡村衰败的惋惜（如《秦腔》），但对"革命"的"荒诞"叙事仍是其潜在的创作理路（前有《浮躁》后有《古炉》）。即是说，贾平凹并未走出"文革"阴影与 20 世纪 80 年代文化构建的内在逻辑。那么我们或可作出一个判断：《老生》并非"民间写史"，只是"知识分子"在其生存经验视野下的"编史"；贾平凹所言的"公道话"，也只是一种自我定位而已。贾平凹自许的没有"私心偏见"的"公道话"凸显了不公道的症候。

（原载《文艺理论与批评》，2016 年第 1 期）

---

① 贾平凹：《老生》，人民文学出版社 2014 年版，第 290 页。
② 这在他的《我是农民》中可以更明显地看出。

历史的野兽：《老生》论

徐　刚

倜若在阐释小说文本时，我们将其后记也视为小说不可分割的一部分，那么我们在讨论贾平凹的长篇小说《老生》时，自然没有理由在小说结束之际，对附着在此的这篇文情并茂的文章视而不见，尤其是在面对这样一位惯于在后记中说明写作缘由的作家时更是如此。我们深知，作者的自叙总会在辩解和补充之中弥补小说的言之不足，其中甚至不乏欺瞒与伪装的陷阱，但对于规定小说意义生产的方式和方向，预设批评展开的可能路径，却具有极为惊人的效力。事情往往是这样，它既是可贵的引导，又是恼人的干扰。因此当贾平凹在《老生》后记里以"曾经的历史""六十年来的命运"这样鲜明的字眼，明白无误地牵出历史的问题时，所有围绕小说《老生》的批评阐释，都注定要在历史叙述的周边小心翼翼地展开，尽管从某种意义上看，我们面对的可能只是一部并没有标明特定年代的，布满了谶语迷信、巫言传说的故事集萃。

一、历史的逃离与捕获

贾平凹一再声称："如果把文学变成历史，那就没有文学了，就没有意思了。"[①]但他的小说却总是与历史发生隐秘的关联。如人所言，自《废都》起，"他的每一部长篇，都几乎是一个时代的关键词或照相式总结"[②]。人们也不得不由他的小说思索历史、记忆与个人书写之间的密切联系。在《古炉》后记中，贾平凹将《古炉》的写作与"文革"记忆紧密勾连："我的记忆更多地回到了少年，我的少年正是上个世纪六十年代的中后期，那时中国正发生着史无前例的'文化大革命'。""对于'文化大革命'，已经是很久的时间没人提及了，或许那四十

---

① 孙若茜：《贾平凹：原来如此等老生》，载《三联生活周刊》2014年第45期。
② 李美皆：《作家六十岁——以〈带灯〉〈日夜书〉〈牛鬼蛇神〉为例》，载《南方文坛》2013年第5期。

多年，时间在消磨着一切"，"我想，经历过'文革'的人，不管在其中迫害过人或被人迫害过，只要人还活着，他必会有记忆"。①而一次回乡的经历与见闻，使他产生了把记忆写出来的欲望。《古炉》如此，《老生》亦如此。而后者更是一次大的整理，它试图写百余年中国，即意味着重写《古炉》中的"文革"、《秦腔》和《带灯》中的乡村，还有他以前有所涉及但终究不是重点的革命与暴力等。这种记忆的总结与整理，也自然包含着重新认识和表现现代中国的宏大抱负。②

确实如此，当代作家总是对历史心存执念，执着书写独一无二且激动人心的中国故事。在这样一个碎片化的时代，总体性历史已然不可挽回的今天，这样的抱负无疑令人感怀。这种顽固的历史癖，固然与中国人"重史"的文化传统息息相关，即历史作为文学的顽固癖好，证明着只有历史的在场才是伟大作家和不朽作品的完美保障，可问题也接踵而来：经历了"后历史"的洗礼，文学的庄严表述早已变得举步维艰，新世纪小说的历史叙述其实不得不在"历史化的极限"③之处苟延残喘。就此，如何在纯文学的范围内书写历史，把握历史事件与文学记忆，在文学性与历史性之间艰难抉择，便成为至关重要的问题。作家固然对旧有的历史叙述心生不满，试图以自己的体悟重构历史，而复杂的20世纪中国恰好又为作家提供了丰富的素材，但文学性与历史性之间艰难的美学平衡，却是每一个写作者都需面对的棘手问题。这就像杨庆祥指出的："经过20世纪叙事学和新历史主义学派的理论阐释后，历史和小说之间的界限变得越来越模糊。即使小说家努力通过'形式''修辞'等等相对'文学化'的方式来为小说的本体地位进行努力，但是几乎所有的小说家都不得不服膺于这样一种规则，即，任何伟大的小说都指向一种历史。这并不是说小说就是历史的附庸，而是说，小说本身的宿命已经决定它必须与历史纠缠在一起，它从历史中起源，以历史为对象，最后创造历史并成为历史的一部分。"④而这种历史重建的努力，一方面在历时性的角度回应着整个当代文学史中文学与历史的征候性关联，更

① 贾平凹：《古炉》，人民文学出版社2011年版，第602—603页。
② 王尧：《神话，人话，抑或其他——关于〈老生〉的阅读札记》，载《当代作家评论》2015年第1期。
③ 陈晓明：《"历史化"与"去–历史化"——新世纪长篇小说的多文本叙事策略》，载《杭州师范大学学报》2011年第2期。
④ 杨庆祥：《历史重建及历史叙事的困境——基于〈天香〉〈古炉〉〈四书〉的观察》，载《文艺研究》2013年第8期。

在共时性的层面暗示了中国当下历史的断层和历史观的分化。

在陈晓明看来，当代中国小说的艺术性根本体现在它对历史的处理上，"放在世界文学的框架中来看，汉语小说的贡献主要也体现在对 20 世纪中国历史的表现上"①。而以个人经验穿越历史，重述 20 世纪中国，亦是最近一批青年研究者讨论的话题。他们认为，近三十年间中国大陆的长篇小说清晰地存在着一次重述 20 世纪中国的文学潮流。②叙述者们在"文革"结束、改革开放展开的背景下，感受到 20 世纪走向终结的气息，意识到从整体上把握和叙述 20 世纪中国的时机已经来临，而鉴于潮流兴起与"告别革命"论题的强烈互动，其目的自然是为了"摆脱 20 世纪历史中的主流叙述"。再加之有关"两个三十年"的讨论，"中国向何处去"成为现实隐秘的焦虑所在，连带着讲述 20 世纪中国历史也成为热潮。在这个意义上，历史的重述亦可看作历史转折关口的自我审视。而小说以虚构的方式，仪式般的对准"历史与怪兽"，以个人经验穿越已写就的革命编年史，进而总结革命世纪的腥风血雨，试图清偿它的遗产和债务，便具有了别样的意义。在这个意义上，我们来审视贾平凹的长篇小说《老生》，便可清晰地领略其历史重建与重述 20 世纪中国的努力。小说以多文本的"去历史化"的方式，将革命的编年史还原成民间野史般的流言蜚语、传说逸闻，在呈现出历史别样意义的同时，当然也暴露出历史叙述的诸多问题。

在贾平凹看来，《老生》的写作也与一次回乡的经历有关。在《老生》后记中，六十岁的贾平凹将小说写作归因于数年前除夕夜里到祖坟点灯，跪在祖坟前的他感受到四周的黑暗，也就在那时，他突然有了一个觉悟，那是关于生死的感悟。确实，"这是一个人到了既喜欢《离骚》，又必须读《山海经》的年纪了"③。从棣花镇返回西安，他沉默无语，长时间把自己关在书房里，什么都不做，只是抽烟。"在灰腾腾的烟雾里，记忆我所知道的百多十年，时代风云激荡，社会几经转型，战争，动乱，灾荒，革命，运动，改革，在为了活得温饱，活得安生，活出人样，我的爷爷做了什么，我的父亲做了什么，故乡人都做了什么，我

---

① 陈晓明：《"历史化"与"去-历史化"——新世纪长篇小说的多文本叙事策略》，载《杭州师范大学学报》2011年第2期。

② 何吉贤、张翔、周展安：《当代小说创作中的"重述20世纪中国"潮流》，载《21世纪经济报道》2015年5月4日；《"20世纪中国"的自我表达、重述与再重述——重述"20世纪中国"三人谈之二》，载《21世纪经济报道》2015年5月11日。

③ 贾平凹：《带灯》，人民文学出版社2013年版，第362页。

和我的儿孙又做了什么,哪些是荣光体面,哪些是龌龊罪过?太多的变数呵,沧海桑田,沉浮无定,有许许多多的事一闭眼就想起,有许许多多的事总不愿去想,有许许多多的事常在讲,有许许多多的事总不愿去讲。能想的能讲的已差不多都写在了我以往的书里,而不愿想不愿讲的,到我年龄花甲了,却怎能不想不讲啊?!"①这是一个动情的时刻,其中自然包含着纠结的令写作者如鲠在喉的郁闷和一吐为快的释然,而在这种重新想与讲之中,纷纷涌来的刻骨铭心的记忆与革命历史的暴力再现终究令人心惊。

　　一方面在时间的消逝中感慨"世道在变",进而追忆过往,这固然是极为普遍的个人动机;但另一方面,小说在讲述自己故事的同时,也试图记录一个时代和世纪,并通过他的讲述和记录让历史得以铭刻。《古炉》是这样,《老生》亦是如此。如果说《古炉》聚焦于"文革"这个20世纪中国历史的暴风眼,那么《老生》则试图在更漫长的历史里追溯革命的起源和后革命的余响,这便是对这个革命世纪的完整呈现。在这个意义上,评论者惊呼"他开始在小说中处理真正的历史经验了"②。而事实上,面对借唱师之口唱出的四个故事,无论是"对20世纪中国历史的一次还愿式的书写",还是"20世纪中国的'悲怆奏鸣曲'"③,其实都与作者某种老去的心态有关。当贾平凹的祖辈的历史与中国20世纪的历史发生重叠同构时,面对"风起云涌百年过"的时段,"我有使命不敢怠"的个人叙述便具有了更加急迫的意义。

　　陈晓明所说的"晚郁时期",用在花甲之年的贾平凹身上是极为恰切的。所谓"晚郁",意在强调"历史沉郁累积的那种能量",以及其与"一大批作家'人过中年'的创作态度的重合",而其中最为重要的在于,"文学于苍凉中重新扎根于历史,历史又以这种方式给予文学以魂魄"④。《老生》大概属于这样的写作。这并不仅仅是一个"一生活得太长"的老者对自己一生所思所想的总结与回顾,对历史中的革命而言,更有一种"在烟雾里说着曾经的革命而从此告别革命"的凭吊与感怀。一部总结之作就是这样,"总结不是带有强烈文学性的词

① 贾平凹:《老生》,人民文学出版社2014年版,第291页。

② 谢有顺:《〈老生〉:使乡土的"肉身"更真实》,载《羊城晚报》2015年4月19日。

③ 陈晓明:《贾平凹长篇小说〈老生〉:告别20世纪的悲怆之歌》,载《文艺报》2014年12月19日。

④ 陈晓明:《汉语文学的"逃离"与自觉——兼论新世纪文学的"晚郁风格"》,载《当代作家评论》2012年第2期。

汇，它质地坚硬、思维中性、声调寻常，不过它却带有时间的属性，一条顺水滑行无情流逝的时间链条被外力拉断或阻滞，带来暂时的停顿和回望，因而一个野心勃勃的视野就值得期望"①。确实，相较于《秦腔》《古炉》《带灯》等贾平凹近期故事一向所主张的在琐碎的细节洪流中把握物象的静与慢，《老生》一反常态地冒险以小故事来搏击大历史，着实令人意外。在《老生》一书中，贾平凹有意识地疏离那种历史大事件建构起来的20世纪的现代性逻辑，并以此化解历史化的压力，寻求对它的逃脱、转折的艺术表现机制，由此来打开汉语小说新的艺术面向。他尝试以民间写史的"去历史化"方式，试图"以细辨波纹看水的流深"②，实则是充满了野心的自我期许——重述20世纪的秦岭乡村历史，重新捕获更为广阔的宏观历史。

二、游荡者的权力

在《老生》中，贾平凹如此用力地写作，甚至不惜无视历史自身的复杂，这或许和某种外向的写作模式有关。他迫切需要一部辨识度较高的标志性文本。他需要在小说中清晰呈现可以辨认的中国形象，并以最为流行的中国经验来填充最易理解的历史观念。在形式上，最为传统的中国文本《山海经》的刻意显露，正是花甲之年的贾平凹如此急迫的一次人生总结的全部含义。在这个意义上，我们似乎就能理解小说通过《山海经》的强行植入来展开的一种叙事文学的多文本策略。尽管在此，《山海经》的引入有着"思维方式相近"的说辞："《山海经》是写了所经历过的山与水，《老生》的往事也都是我所见所闻所经历的。《山海经》是一个山一条水地写，《老生》是一个村一个时代地写。《山海经》只写山水，《老生》只写人事。"③但这种自然与人事的生硬比附，以及希求写出整个中国的艺术效力，也终究是一种需要作者的辩词才可理解的相关性。而诸如"苦恼的仍是历史如何归于文学，叙述又如何在文字间布满空隙，让它有弹性和散发气味"④之类，以参差对照的方式提点故事，通过节奏感的调节来制造的一种历史辽远已逝的气韵，也是淡漠无定、暧昧不明的模糊感觉。这或

---

① 项静：《一个人的总结——林白〈北去来辞〉》，载《上海文化》2014年第1期。
② 贾平凹：《老生》，人民文学出版社2014年版，第293页。
③ 贾平凹：《老生》，人民文学出版社2014年版，第292—293页。
④ 贾平凹：《老生》，人民文学出版社2014年版，第291页。

许也是南帆所言及的"一种模糊不定的氛围，一种氤氲蕴藉，一种空阔寂寥的'虚'"①的题中之义。然而，以文本的拼贴制造一种多少显得微弱的形式美感，也算是贾平凹对于故事写法的不懈探索，他毕竟是要"以自己的方式写史，想借此回望人和村庄的来处"②，其间的辛酸成败也难一概否定。

就历史叙述而言，《老生》溢出了主流意识形态的框架，它叙述着记忆中业已死去的历史，那些谶纬迷信和稗官野史，隐而不彰的奇谈、流言与传说。当然，这并不是为了取代旧有的历史，而只是补正史之缺，对主流叙述予以反思。正如王德威所说的，"小说夹处各种历史大叙述的缝隙，铭刻历史不该遗忘的与原该记得的，琐屑的与尘俗的"③。在此，贾平凹其实也是试图探索被压抑的历史主体，因而饶有意味的话题便是小说的历史讲述者唱师的功能与意义。

《老生》讲述故事的视角非常独特，它以唱师这个贯穿性的人物为中心。他在将死之际，通过聆听《山海经》获得一丝人性的启发，进而回顾自己一生的见证，叙述人类"在饱闻怪事中逐渐走向无惊的成长史"。"作为唱师，我不唱的时候在阳间，唱的时候在阴间，阳间阴间里往来着，这是我干的也是我能干的事情。"④小说在此虚设了唱师这个"确实是有些妖"的人物，他虚无缥缈、影影绰绰的形象，贯穿了整个故事的始终。他鬼魅般亘古不变的容颜令人心惊，那些阴阳五行、奇门遁甲的小伎俩，正是他得以示人的拿手好戏。唱师见证了无数的死亡，作为神职人员，他一辈子与死者打交道，往来于阴阳两界之间，没人知道他多大年纪，但关于他的传说，却玄乎得令人难以置信。用小说的话说，"二百年来秦岭的天上地下，天地之间的任何事情"，他无所不知，而就尘世里的事务，"他能讲秦岭里的驿站栈道，响马土匪，也懂得各处婚嫁丧葬衣食住行以及方言土语，各种飞禽走兽树木花草的形状、习性、声音和颜色，甚至能详细说出秦岭里最大人物匡三的家族史"。他知道过去未来，预测吉凶祸福，见证生死繁华，歌唱逝者亡灵："他活成精了，他是人精呀！"⑤这当然只是作者故弄玄

---

① 南帆：《"水"与〈老生〉的叙事学》，载《当代作家评论》2015年第1期。
② 谢有顺、苏沙丽：《不仅是伤怀——读〈老生〉的随想》，载《当代作家评论》2015年第1期。
③ 王德威：《想象中国的方法：历史·小说·叙事》，生活·读书·新知三联书店2003年版，序第2页。
④ 贾平凹：《老生》，人民文学出版社2014年版，第142页。
⑤ 贾平凹：《老生》，人民文学出版社2014年版，第5页。

虚的笔法，却包含着深刻的用意。唱师的出现，使得小说似乎获得了一种貌似公允客观的叙事视角，并以民间性的方式见证历史，窥破大历史的神话。就此而言，这唱师是巫，是神，他活在尘世间，却有着穿越阴阳界的能力，这使贾平凹的小说讲述变得别开生面，并进一步印证其小说美学"表现了一种西方现代主义文学的精神深度模式和东方神秘主义传统参炼成一体的尝试"①。

这位贯穿性的唱师角色，无疑有着复杂的历史内涵。对主流意识形态而言，他是"妖孽"，但对民间话语来说，他又具有某种神性的维度。他介乎神与妖之间的位置，作为一位间离的入戏者而存在。而这种间离的入戏者的位置，其实也是一位写作者应该具有的位置。小说家要沟通历史与现实，在阴阳两界之间往来，因而小说本身的意义，也犹如唱师一样，它唱着阴歌，把前朝后代的故事编进歌词里，像超度亡魂一样超度历史。因而将唱师的形象理想化，使之玄之又玄，不仅具有隐喻意义，也具有间离的效果，它使得历史的真实性被悬置了起来。

唱师这位大地上的游荡者，颇有些类似于本雅明意义上的时代的异己者，"这些人无所事事，身份不明，迈着乌龟一样的步伐在大街上终日闲逛"②。他既归属于他所生活的那个时代，同时又是这个时代的异己者和陌生人。他见证着那些清白和温暖，混乱和凄苦，以及所有的残酷、血腥、丑恶、荒唐，洞悉着这个时代的秘密。他似乎具备在一成不变的历史之外开辟出新的线索与可能的条件。毕竟，那些被压抑的历史主体应该被拯救出来，而新的历史写作必须是同胜利者的历史写作格格不入的。伴随着一种显而易见的去革命化、去历史化姿态，小说中革命的过程被描述为荒谬的动乱，一次正义泯灭、邪恶丛生的行动。然而，这样一种概念明确的叙述行动，固然可以把个人、人物从历史的整合性中解救出来，但这种质疑的历史叙述姿态，也只能捕捉叙述者将死之时的记忆片段，将之连缀成破碎的历史，而无法建构一个完整的时代。

将历史简化为无聊的阴谋与血腥、荒诞的暴力和杀戮，因为对作者而言，一辈子所记取的刻骨铭心的个人记忆可能就在这里；将历史讲述为神神鬼鬼的巫言，只是因为其更具有叙述的快感。但对以小说写史而言，其中的问题却显

① 胡河清：《贾平凹论》，载《当代作家评论》1993年第6期。
② 汪民安：《福柯、本雅明与阿甘本：什么是当代？》，载《马克思主义与现实》2013年第6期。

而易见。在此，唱师只是一个无所用心的叙述者，他只能叙述那些琐碎庸常的历史事件，将历史简单地道德化，抽象为善与恶，或是将历史描述为绝对的暴力的再现，而对于暴力本身缺乏必要的分析。就像评论者所批判的："唱师就是替代性外在视角的行使者，他本身就是一个大历史的旁观者或者顶多是被动的参与者。唱师所体现出来的神秘性和乡民对他的敬畏感，不过是普通民众对于他者文化、另类世界的畏惧和小心谨慎的疏远。贾平凹在这里放弃了写作者的主体性，将自己的视角等同于叙述视角，也就是说曾经在批判现实主义、革命英雄传奇、启蒙历史叙事中的知识分子视角隐遁了，只有民众在星罗棋布、犬牙交错的村庄进行着蜜蜂寓言式的布朗运动。"①贾平凹也正善于运用"他者化"的历史主体方式，使自己的讲述从容地从某种艰难的叙述境地中逃脱。正像杨庆祥的分析所昭示的，《古炉》中"去成人化"的历史主体，同时也是一个"去罪化"的主体，贾平凹正是通过这种方式将"历史责任"这一至关重要的写作伦理搁置起来，而罪却成了暴力的奇观，对罪恶的记忆则"呈现为一种旧式文人式的抒情笔记"②。如果说在《古炉》中，历史写作的具体性（写实性）堕落为日常生活的拼凑，那么在《老生》里，野史、笔记、无从考证的乡野传说以及神神鬼鬼的轶事，则无情填充了革命本该具有的模样。

唱师运用他看似高明的姿态俯瞰芸芸众生，他如巫师、如神鬼、如佛陀一般，不参与历史的实践，只是永远见证，永远游离。他见证世间一切暴力与痛苦，却只是以犬儒式的冷漠打量着，并且放任自流。这不由得让人想起韩毓海对 20 世纪 90 年代中国文学的反思："什么是价值中立呢？尼采说追求价值中立就是佛陀的态度，佛陀的态度其实就是拒绝对事物表态，拒绝作是非价值的判断，佛陀的智慧就是对世界闭上眼睛。为什么？因为要保命、要长生不老，所以就闭起眼来对世界没有态度，只有价值中立才能长生不老。"③故而，唱师成了长生不老的妖孽，他的"一生活得太长了"④。

---

① 刘大先：《小说的历史观念问题》，载《文艺报》2014年12月19日。
② 杨庆祥：《历史重建及历史叙事的困境——基于〈天香〉〈古炉〉〈四书〉的观察》，载《文艺研究》2013年第8期。
③ 韩毓海：《关于九十年代中国文学的反思》，载《粤海风》2008年第4期。
④ 贾平凹：《老生》，人民文学出版社2014年版，第294页。

三、"野兽"，或重述革命的难题

《老生》将历史小说化，而革命叙事沦为谶语和传说，被还原成暴力与荒谬的夹杂。老黑为了女人起意闹革命，匡三鬼使神差成为革命功臣，而他卑微的滑稽史，不啻对革命正史的解构与颠覆。在此，以历史还原之名所作的解构工作固然显示出别样的意义，但却只是在 20 世纪 90 年代新历史的意义上延续革命叙述，并没有提供全新的历史哲学。因而贾平凹借唱师之口讲史，固然饱含诚意，但仍脱不了老生常谈的意思。甚至，即使贾平凹自己，也曾在《白朗》《美穴地》《五魁》等匪事小说中展示过如今《老生》中的革命野史，这次他不过轻易重拾了从前的笔墨。

另外，小说对老黑之"黑"的描述，对白土、玉镯首阳山"不食周粟"的隐喻所包含的悲苦和义愤，对"土改"中的基层乱象和"文革"中乡村政治的描绘，似乎总是无法给人以完全的陌生感。在此，革命起源的神话被无情嘲弄，革命的伟大创举被叙述成一般意义上的起事和造反，小人物们的兴风作浪与以往王朝的民乱故事并无太大区别，这种写法无疑是以"让革命消失的方式表达了对革命的态度"[①]。而描写改革开放之后的段落，引人注目的还是那些时政或热点事件，如"非典"，如"周老虎"事件的直接拼贴，则又多少显得有些滑稽。正如格非所说，"如果一个作家一意孤行地要与大众传媒在社会效果上一较高下，那他必然会像乔伊斯预言的那样，在进行一场注定要失败的战争"[②]。

小说着力于描绘被压抑者历史的挖掘与呈现，其历史观却显得极为简单，依然秉承的是去历史化与去革命化的历史脉络，其复杂性当然大为减弱。比如革命者无情的杀戮，就被渲染为绝对伦理意义上的恶，而无法包容深广的历史内涵。这一点并不奇怪，事实上，对于这个革命的世纪，对于 20 世纪的历史，贾平凹更多是在王德威"怪兽"的意义上来讨论的。后者在《历史与怪兽：历史，暴力，叙事》一书中延续对中国文学"阴影面貌"一以贯之的注目和勘探，提出的依然是"足令人心顾虑低回而引以为忧"的老问题——历史暴力及其文学书写。"我所谓的历史暴力，不仅指的是天灾人祸，如战乱、革命、饥荒、疫病

---

① 何吉贤、张翔、周展安：《"20世纪中国"的自我表达、重述与再重述——重述"20世纪中国"三人谈之二》，载《21世纪经济报道》2015年5月11日。
② 格非：《小说叙事研究》，清华大学出版社2002年版，第16页。

等，所带来的惨烈后果，也指的是现代化进程中种种意识形态与心理机制——国族的、阶级的、身体的——所加诸中国人的图腾与禁忌。"他将历史的暴力比喻成"梼杌"这种"外表怪诞，本性凶劣，且好斗不懈"的怪兽。在他看来，这一切都源于历史"充斥着乱臣贼子暴行恶迹的记录"，而"我们人类的每一代都见证、抗拒，也携手制造了自己时代的怪兽"，其极致处，"恶自我增生繁衍所建构出来的历史（或者应该说是反历史），只能平添更多的暴力和荒谬"。①

确实，我们总是很习惯地将历史与暴力和荒谬相提并论。具体分析《老生》也可发现，恰如评论者黄德海所言，"整本小说，以杀心起兴，以凶心铺陈，以瘟疫卒章"，呈现的是一个"多头怪兽和狮子统治的世界"，它写的是"这个世界礼俗败坏，人活不出尊严，仿佛全都在什么恶兽的掌控之下"的现实与历史，因此这小说，"该算是贾平凹一曲悲愤的'阴歌'，为百年风雨泥泞送终"。②这样的概括当然敏锐地指出了文本的现实，但却并没能打开更为复杂的面向。在此需要引入阿兰·巴迪欧关于"历史的野兽"的概念，在历史与怪兽之外，去发掘历史叙述自身的生机与活力。

同样是在20世纪的背景中讨论历史与暴力之间的联系，巴迪欧在他的《世纪》中借用曼德尔施塔姆的诗句对"历史的野兽"的阐述别具深意。"我的世纪，我的野兽，谁能直接穿透你的眼眸，谁又能用自己的黏稠的鲜血，黏接两个世纪的脊梁？"尽管在巴迪欧看来，对深陷于历史泥淖的人来说，20世纪是一个"悲惨而恐怖的事件"，"唯一能够来称呼其统一性的范畴是罪行"，而这个"罪恶的世纪"，处处可见的是"无法消退的暴虐"，但暴虐和罪恶并不是历史的全部，"这个世纪同时是囚笼和新生，同时是十恶不赦的恐兽和新生的年轻的野兽"。这里的"野兽"意味着，对旧的世界来说，新世界是一个绝对的"溢出物"，它与原先的那个世界之间没有那种温情脉脉的藕断丝连的联系，这是一种"横冲直撞，难以驾驭"的"纯粹的新"。因此尽管"历史是一只巨大而凶猛的野兽，它将我们陷于囹圄之中"，但我们"必须抵挡住他那重若千钧的目光，驯服它并让它屈从于我们的麾下"。而事实上，"对于一个到处流浪而奔跑的野兽而言，这个充满着羁绊的世界无疑是最大的障碍。革命，一定是革命，

---

① 王德威：《历史与怪兽：历史，暴力，叙事》，台北麦田出版公司2004年版，第5、109页。
② 黄德海：《悲愤的"阴歌"——贾平凹〈老生〉》，载《上海文化》2015年第3期。

将这个曾经的世界在野兽那火焰般的身躯中燃烧殆尽，让野兽将旧的世界连根拔起"①。

　　小说固然包含着一种先入之见，试图在"历史与怪兽"的意义上，通过暴力再现的方式，呈现历史之恶，但历史的复杂性在于它自身兴许蕴藏着一股野兽的活力，那种"纯粹的新"能够超过作者既有的观念，以极其曲折的方式呈现历史复杂的踪迹。当然如《老生》所表现的，革命者最初兴许只是一群乌合之众，或打家劫舍的土匪，然而将历史道德化、欲望化固然简单轻率，但人物自身的复杂在于他并不会始终随作者的笔墨流转。比如根据刘永华的考察，乡野民间对于革命造反的朴素态度，其实往往体现为对于造反主角超凡能力的赞颂而非诋毁。他们"或是神力惊人，或是步履如飞，或是法术通天，大多身怀绝技，具有上天入地之能"。有的民众虽然也意识到他们是"草寇"，然而，"这里无法看到对忠顺和反叛的清晰界分，对造反也没有指责、告诫的意思"。不能说这些传说在宣扬造反有理，但它们的确不去抹黑造反者，而"搁置对他们进行政治和道德的评判"，这为造反提供了一个相对自由的空间。这种造反观，为民众对中共早期革命者的理解和接纳，提供了一个值得注意的意识铺垫，为中共向乡村的渗透提供了一个相当基本的纽带②。我们其实是可以从《老生》中隐约感受到这种朴素的民间力量的。仔细体味小说对老黑的刻画，其实颇有点像《水浒传》对人物的描写。这是一个百无禁忌的新人，作品字里行间虽包含着对他的嘲讽和挖苦，道德上的败坏也显而易见，但他参与历史时依然体现出复杂的韵味，人物身上有一种不屈不挠的活力。这是与贾平凹小说中由来已久的邪异的力量一脉相承的。尤其是当老黑、李得胜和雷布最后死去的时候，其实都潜藏着一种历史的悲壮感。

　　当然，就贾平凹笔下的唱师而言，当历史以去革命化之名沦为流言和传说之时，巫言、暴力、血腥与死亡就构成了历史发展的全部奥秘。因此无论是被革命者无辜杀害的普通人，还是革命者自身，最后都无一幸免地走向死亡，而苟活者匡三其实只是卑琐的革命边缘人。小说固然通过这样貌似公允的方式，揭示了革命的无情、无耻与荒诞，却以恫吓的方式书写了造反者的悲惨命运，进而诅咒革命者（或暴乱者）不得善终的结局。然而客观上，我们也可隐约从

① 蓝江：《中译前言》，见《世纪》，蓝江译，南京大学出版社2011年版，第2—22页。
② 刘永华：《社会经济史视野下的中国革命》，载《开放时代》2015年第2期。

中看到革命主体的塑造过程。在这些乱糟糟的妄想与行动之中，可以看出一份荒诞，亦可看到革命的艰辛。

总之，中国革命的难题性要求我们不断地回顾鲁迅关于"革命混着污秽和血"的提醒，在文学创作上，也要直面这种难题性。因此，如何理解革命自身必然携带的"污秽和血"，而非简单地在重述历史的潮流中反过来用"污秽和血"整个地取代革命，这是需要小说写作者认真思索的问题。尽管就《老生》而言，贾平凹基于其写作技艺和生活经验的丰富性，从最污浊混沌的经验层面形成一道自下而上的微薄的光线，最终重返我们各种观念型构之外的"地方"，进而传神地写出了国家和革命之外的某种"地方性"，这当然体现出作者思考的努力和诚意，事实上也为如何重新面对真实经验、书写真正的中国故事提供了借鉴意义。① 但遗憾的是，其写作的世界观和历史观却无法产生显著的变化，这不由得让人想起孟繁华对于贾平凹这批"50后"作家的尖锐批评：他们"不再是文学变革的推动力量，他们对这个时代的精神困境和难题，不仅没有表达的能力，甚至丧失了愿望"②。确实，倘若不去力求开掘历史的复杂面向，而一味听凭唱师看似高明却不切实际的谶纬巫言，那么"历史必将被记忆的浮尘所掩埋，而那些浮尘堆积如山，终有一天会僭越地宣称它们是我们时代文学对于历史的真切记忆"③。

（原载《文艺研究》，2015 年第 12 期）

---

① 陈思：《"新方志"书写——贾平凹长篇新作〈老生〉论》，载《中国现代文学研究丛刊》2015年第6期。
② 孟繁华：《乡村文明的变异与"50后"的境遇——当下中国文学状况的一个方面》，载《文艺研究》2012年第6期。
③ 刘大先：《小说的历史观念问题》，载《文艺报》2014年12月19日。

比较研究

BIJIAO YANJIU

贾平凹与中国现代小说的百年中变

——从《太白山记》到《老生》

闫海田

一、百年中变：贾平凹与中国小说之象的贯通

观中国小说发展历史，自"五四"新变以来，迄今已近百年。《史记·天官书》云："夫天运，三十岁一小变，百年中变，五百载大变；三大变一纪，三纪而备：此其大数也。"① 从当下小说的诸多气象来看，"五四"以来袭自俄国与西方的现代小说传统正发生着深刻的转向，乃正应"百年中变"之数。

当下学界谈论贾平凹的价值，更多集中在他作为当代小说诸家中的一方重镇及其小说语言与风格的独特之阐释上，也有关注他对历史、现实进行临摹时几乎无出其右者的"细节描写"能力，但贾平凹作为现代小说之"百年中变"的重大文学史转折点上的标志性人物的价值，也许远未被看到。本文即欲从"中国小说之象"的"贯通"这一点，来讨论贾平凹与当代文学未来走向的关系这一较为重大的问题。

中国小说的"象"这一提法出自国学研究名家张文江的一篇文章，下略引以示所指：

> 中国古代的小说在我看来是一个整体，里面的象全部是相通的。从一些神话故事和诸子寓言（诸如《庄子》"齐谐者，志怪者也"等等）开始，涓涓细流，汇成江河，结束于四大谴责小说。五四以后的现代小说，跟古代的象不怎么通得起来。可以搭一些桥，比如鲁迅的《故事新编》，比如金庸的武侠小说，但都不是整体的相通。中国古代的小说充满了中华民族的憧憬和想

① 司马迁：《史记》，中华书局1999年版，第1154页。

象，五四以后的小说憧憬和想象的方向就转变了。比如说这些年一直在讨论诺贝尔文学奖。诺贝尔文学奖有一个原则，就是奖给理想主义倾向的最优秀的作品。诺贝尔文学奖获奖作品的程度参差不齐，但是从这些作品的想象来说，都有理想主义倾向，跟他们的民族文化是相通的，相通以后通向世界文学。而我们的现代文学还没有把我们民族的想象——从古到今的民族想象——贯通起来，有一些好的作品，但贯通整个民族的想象说不上。[①]

确如张文江所言，到"五四"为止，中国小说的这个"象"不再增加，而是发生了"变形"，它的用几千年积聚起来的"空茫"与"隔世"的"空气"好像在慢慢消散。

众所周知，这是最近一百年来从"西方"与"苏联"所涌进的"现代性"与"革命"的"异质"使中国小说的"象"变化了，"它"不再能够成为一个"整体"，一个能从古到今"贯通整个民族想象"的"整体"。但是，正如张文江所言，世界所有顶级的文学经典，它们都是与自己的民族文化从古到今地相通，因为只有"相通"，才能"积累"。日本是到川端康成才将民族所特有的"物哀"的美感推置到了世界层面，马尔克斯也几乎是收束了拉美所有的古老魔幻的精华，中国古代小说的"象"积累到明清，也终于产生"四大名著"这样的大作品。因此，中国当代文学也只有与古代中国的整个民族想象相通之后，再经过一定时间的积累，才有可能产生《百年孤独》那样世界顶级的大作品。

> 好的作品是用"息"堆出来的，《西游记》就是吸收了好几代人的"息"，由读者的"息"造成的。最初有一个取经的故事，过一段时间编一点上去，过一段时间编一点上去，加一点减一点，这样积累下来，气息就渐渐丰厚了。有人喜欢这个故事，我就再写一遍。什么时候碰到天才，一下就出来了，这个概率非常之高。所以讲小说体现了民族文化的想象力，这是读者期待出来的。[②]

的确如此，《西游记》《三国演义》《水浒传》都是积累了几个朝代的时间与集体的想象，才成就了那样的山高水远之貌。《红楼梦》虽没有那么多人创作

---

① 张文江：《〈西游记〉讲记（一）》，来源：同济复兴古典书院微信文章，2016年1月30日。
② 张文江：《〈西游记〉讲记（一）》，来源：同济复兴古典书院微信文章，2016年1月30日。

的积累，但它也是前代小说的"象"积聚到那一时代后的一个必然产物，但正因只有曹雪芹一人之力，那"息"便不足，所以中间断掉了就既是偶然也是天数。后来，高鹗续不上这个"象"，大家都不满意，再后来就没有机会了，因为中国的社会已经大变，"异质"的力量已经进来，酝酿中国古典小说的"象"的空气已被破坏。如果历史能再给中国古典小说几百年的时间，或许能出现一个可以续上曹雪芹的那个"象"的人。但这只能是假设。不过，经过"五四"之后长达百年的现代变异之后，整个中华民族原来所特有的想象方式与审美的根本取向却无法彻底改变，因此，当所有强加在现代小说头上的"功利性"的重压渐渐淡化后，那种在《红楼梦》中断掉的中国小说的"象"就会重新形成。

按照张文江的说法，中国小说的想象方式到"五四"已发生变形，甚或已中断，只在鲁迅的《故事新编》中有些残留。不过，这种情形是指"精英文学"，而在最能代表中国民族审美心理的"通俗文学"层面，这个"象"似乎还有些"藕断丝连"——从张文江所没有提到的以鸳蝴派、还珠楼主、张恨水等为代表的近现代通俗小说，到 20 世纪 50 年代后被港台的新派武侠小说得以接续，至90 年代后则在"网络小说"中渐渐蔚为大观——可以说，这条线索对"中国想象方式"表现出无视时代主潮与意识形态导向的极端任性的审美兴趣。事实上，这种"中国想象方式"正是中华民族所特有的审美兴趣点所在。从四大名著的成书过程来看，只有《红楼梦》是两人以下的个人创作，另外三部都是在相当长的历史时间中由不同时代的人一点一点加上去积累而成。

根据文学起源的"游戏说"理论，"游戏"是参加者发自内心的"兴趣"，是排除了"功利性"之后的纯粹的"娱悦"。中华民族在漫长的历史演进过程中，所慢慢形成的出于"游戏"的"兴趣点"是稳定的，这就是那种自庄子寓言到明清小说中都存在的"中国小说之象"。只不过近代以来的"启蒙"与"救亡"的任务过重，让中国整个民族都因在这样的情形之下再沉迷于"游戏"而感到"负罪"与"不安"，因此，不得不放弃"游戏"的乐趣，甚至敌视这种"娱乐"的"游戏"精神，而作出了相反的转向，最终使中华民族的文学想象方式发生了变形。但新文学以来的作品并不能真正地在最广大的民众中间取得中国古代小说所能赢得的"阅读兴趣"，则正可以说明，那不是我们中华民族所真正感兴趣的"游戏"方式。因此，在"启蒙"与"救亡"的双重焦虑渐渐远去的当下，"中国审美兴趣"与"中国想象方式"的回归就成为必然。因此，21 世纪以来，在"网络小说"（包括网络游戏）似乎有些过度与泛滥地化用中国古代经典资源（包括《山海经》《诗经》《墨子》《老子》《庄子》《搜神记》等等）的同时，中国古代经典在代表当代文学最高水准的几位重量级的小说家那里也有强烈的表现。诸如莫言的《生死疲劳》、余华的《第七天》、贾平凹的《怀念狼》《老生》、金宇澄的《繁花》、阎连科的《风雅颂》《日熄》、格非的《江南三部曲》以及年轻一代的"70后"作家葛亮的《北鸢》等等，分别在"小说时空结构""中国变形意象""笔记、话本小说文体"上进行纷纭的尝试与实践，在"当代小说美学"的创新上获得了相当的收获。这无疑是一个相当值得瞩目的潮流，需要研究界对此种创作实践给以呼号，举高，彰显，进而使这一"自发"的现象成为"自觉"的意识，在更大范围内引起当下创作界与研究界的共同重视。这对打通"古代中国"与"当代中国"的整个"民族想象方式"，"重建"空灵隔世的"中国小说时空"与"小说意象"，复活"古雅、奇诡、传神"的"小说文体"来说，都是意义非凡的事业。

但"打通"与"回归"是有本质差异的。打通"古代中国"与"现代中国"在"文学想象方式"上的"隔膜"与"变异"，使它们能够"相通"，这与简单的"回归传统"的口号是不同的。只是一味地"回归传统"有"贵古贱今"倾向，而"打通"则是"连接"，是自觉地将两种不同的文学品质贯通起来。这种"打通"的任务，在世界上其他没有发生过像我们中国的"五四文学革命"那样强烈的民族文化断裂的地方，本不存在，如日本、俄罗斯、欧洲、拉美等国家或地区，他们的整个民族想象方式没有在进入现代社会后有根本的改变。而中国不是这样，中国的"民族想象方式"在"五四"之后已发生了剧烈的震荡，甚至可以说已在某种程度上发生了根本的变化。因此，一百年以来，虽也在不同的时间段中有过多次"回归传统"的"文学冲动"，但个别作家、流派的这种"回归"无疑无法影响中国新文学的主潮，其深层的原因，除去面对"西方现代性"的强烈自卑外，还有单纯的"回归传统"对中国小说美学的创新确实毫无开掘意义。中国古典小说的高峰已经过去，而"五四文学革命"确实给中国小说带来了全新的元素与品质。从鲁迅开始，中国小说的"形"与"质"已完全不同。而且，中国现代小说也已经在这条新的道路上走得太远、太久，一百年的时间，已足以形成一个新的传统。因此，只是单纯地"回归"，绝无可能超越明清小说的高峰。而"打通"则不同，从"民族想象方式"上"贯通古代与当代"的这种"打通"，着意在将中国自"庄子寓言"到"魏晋笔记、志怪"而一路下来直到"明清小说"所形成的特殊的"中国文学想象方式"与"当代性""打通"。因此，这种"继承"也是"隔代"的，必须有强大的穿透力，才能贯穿"异质的五四新文学"所带来的强烈"扭曲"与"变形"，并且，在"贯穿"时，还必须"携带"着"五四新文学"的"血肉"与"筋脉"。

从 20 世纪 80 年代"局部"的"寻根思潮"到新世纪小说"全方位"地深入"小说时空、小说文体、小说语言"的本质层面上的尝试，努力将"中国古代小说"的"神髓"加以"当代转化"，这种变化带有"根本"的"重大"意味。并且，如果我们以更长久的文学史眼光来看，比如以"五百年"或"一千年、两千年"为时间单位，我们一定会注意到，文学意义上的"中国民族想象方式"具有极其强大的"稳定"品质，其特有的"中国民族美感"也具有非常特殊的"魅力"。最近百年时间的"变形"虽带来了新质，但也带来了巨大的减损与破坏，甚至可以说，在原有的特殊"美感"的积聚上没有任何进步。因此，这种"变形"之后的"修正"对保持"中国特有的民族想象方式"，对于为世界文学贡献"特有"的"文学美感"，正如日本的"物哀"、拉美的"魔幻"，具有积极的意义。中国当代文学只有在打通了古代与当代中国民族想象方式之后，"积累"出新的"世界顶级作品"才能变为可能。

整合前述之观点与思路，笔者认为，目下，中国当代小说正处于"百年中变"的重要节点之上，即百年来因"五四"而变形的中国小说之"象"终于有了"打通"的契机。

而在中国当代作家之中，贾平凹的小说，最接近中国小说的那个"象"，并且，他似乎从 20 世纪 80 年代开始，就一直努力尝试着以"一人之力"来扭转着"五四"之后因"西方经验的进入"而使中国小说的"民族想象方式"发生的"变形"。在这条路上，贾平凹走得孤独而固执，即使 90 年代《废都》事件"的冲击也没有改变他的这一用力。

可以说，贾平凹正以当代罕见的创作力承担起了这一"贯通中国小说之象"的重任。自 1972 年开始发表作品，贾平凹的创作力经久不衰，创造了当代罕见的文学长度：仅长篇小说即有《商州》《浮躁》《妊娠》《废都》《白夜》《土门》《高老庄》《我是农民》《怀念狼》《病相报告》《高兴》《秦腔》《古炉》《带灯》《老生》《极花》16 部。另据贾平凹透露，其第 17 部长篇《秦岭志》已经完稿，即将于 2017 年出版。

从《太白山记》到《老生》，贾平凹一直沉迷于制造"沟通幽冥"与"幻化变形"的罔罔神异之境。其以"睥睨百代"的"文学野心"在"中国小说时空""中国变形意象""笔记、话本语体"等方向上，对古老中国想象世界的方式进行了当代转化。在其数量惊人而又百转千回、恍然善幻的文本之中，实隐藏着中国现代小说"百年中变"的种种先机与元素。下面即从时空、意象、语体几个方面详细析之。

二、飘忽百年的空幻、梦幻时空

"五四"之后，中国现代小说受西方叙事的影响，在时空意识与结构上都发生了根本变化。其中，最明显的是因受写实主义的局限而在时空结构上往往过于简单，多数只呈现为单一的现实时空，至多只是对这一现实时空进行打乱与重组，诸如余华《世事如烟》、格非《蚌壳》所进行的叙事实验，大抵不会超越博尔赫斯小说的时空迷宫。但反观《红楼梦》《西游记》《封神演义》《西游补》等中国的古典小说，其形态与样式，其哲学深度，都与西方迥然有别，显示着另外的想象世界的独特方式。可以说，中国古代小说，尤其代表中国小说艺术最高成就的几部，都有罔罔神异虚虚渺渺之境，探其根本，都与其复杂深邃的特殊时空结构有或多或少的关系。

虽然现代宇宙时空的认识，使中国古代小说多借神话时空的引入而造神秘境界的形式很难再现，但那种特有的隔世感的制造，却可以说是世界文学史上绝无仅有的——"不知过了几世几劫"——仅仅只要一句话，就能托出无限茫然隔世的境界。对这一中国古典小说神髓痴迷的作家一定会作出某种尝试，来将这一境界化进对当代中国民族与人生的表达之中。贾平凹正是在其众多的小说创作实践中，将这一"不知过了几世几劫"的"神话时空"进行了当代转换。如其在写近代的中国历史时，常常是向前与向后延伸到"百年"的长度，显示着飘忽"百年"的空幻感。所以，贾平凹的小说，甚至是众多的中短篇，也都有相当长的时间跨度，如《五魁》《美穴地》《古堡》《刘家兄弟》等。

不过，汉语的"空间性"特质使中华民族形成了习惯以空间来标注时间的思维特点，这在中国古典小说传统中体现为叙事的普遍"空间化"。正如成中英指出的："中国语言是形象语言，西方语言是声音语言……形象语言是空间性的，声音语言是时间性的。"①因此，中国小说传统中的"空间性叙事"更为发达，"古代小说的内在结构中，场面与场面之间，故事与故事之间不完全如西方小说那样表现出极强的时间连贯性，而是更多地显示出共时性和地域场所转换的空间性，很多时候，空间方位的变换替代时间流逝而起到标志叙事流程衍进的作用"②。

可以说，贾平凹与莫言、余华、格非等最大的区别也正在这一点上。后者，尤其是先锋时期的莫言、余华、格非，他们在时间层面所展开的叙事实验无疑是来自博尔赫斯的一脉。而贾平凹则一直沉醉于"空间性"的小说结构之中，而这无疑是来自古老中国民族想象世界的方式与艺术实践的方式："他从对中国名画的观赏中就酿结出作品布白、接笋和对时空的鸟瞰、摆布等方面的章法艺术。从《韩熙载夜宴图》《清明上河图》等长卷中，他找到了小说场面衔接中笔断意连的艺术律则。"③可以说，这几乎是探到了贾平凹的"小说神髓"。

而在贾平凹给蔡翔的信中大致可以发现他最初走上这一"空间性叙事"的契机：

> 如果能深入地、详细地……把中国戏曲同外国的话剧作一比较，足可以看出中国民族的心理结构、风俗习尚，对于整个世界的把握的方法和角度，了解到这个民族不同于别的民族之处。如果能进一步到民间去，从山川河流，节气时令，婚娶丧嫁，庆生送终，饮食起用，山歌俗俚，五行八卦，巫神奠祀，美术舞蹈等等作一考察，获得的印象将会更丰富和深刻。④

1983 年前后，贾平凹终于坐上葛条扎成的青枫木柴排，在丹江上顺流而下，开始了他第一次真正的"走商州"之旅。这催生出稍后"商州系列"之"空间性叙事"的最初尝试。"平凹不时在他的小本儿上记写，柴排颠簸了，他便画画儿，画江画水画柴排上的小伙和岸上艳衣白脸的女子。"⑤这大概就是贾氏"山海经式"小说结构的现实来源。"空间"的移步换形虽是"线形"的，但贾平凹借此

① 成中英：《中国语言与中国传统哲学思维方式》，载《哲学动态》1988年第10期。
② 黄霖等：《中国古代小说叙事三维论》，上海书店出版社2009年版，第195页。
③ 费秉勋：《论贾平凹》，载《当代作家评论》1985年第1期。
④ 孙见喜：《鬼才贾平凹》，北岳文艺出版社1994年版，第248—249页。
⑤ 孙见喜：《鬼才贾平凹》，北岳文艺出版社1994年版，第289页。

而成就的独特小说文体却并没有停留在西方"流浪汉小说"的幼稚阶段，而是挥衍出如《红楼梦》那样恢宏的"当代空间性叙事"。中国传统小说的时空转换往往并不以人物行动为线索，而是与电影中的长镜头类似，它对准一个空间，就长时间地将镜头停留在这个空间之中。于是，时间的流动就变得缓慢而不明显，情节的推进也变得不甚重要。这正是《红楼梦》《金瓶梅》的"块状"时空，时间在这种空间内部，常常是"静止"的。当然，这"静止"是中国民族想象与表达世界的一种独特的方式，它最能代表中国诗学的本质特征。中国传统小说所特有的"隔世感"与"空灵之境"正是从这种"静止"的"象征"之中弥漫而出。后来，贾平凹《废都》在这一路径上尤有最自觉、最明显也最丰富的探索与实践。

贾平凹小说趋向"空间性"的明证是其最善用"横云断山"之法，他将各种奇闻逸谈古事旧闻间杂在叙事跨度较大的情节当中，构成叙事上时间的"凝滞"与空间的"延宕"。而各种奇谈的穿插又形成叙事的横逸旁出与主体故事的"草蛇灰线"状貌。因此，即使其小说普遍篇幅浩漫，但读者少有阅读的倦怠感，这正是贾平凹深谙中国古代小说以"空间"延宕"时间"的调节叙事节奏的妙处。

可以说，从"商州三录"到《老生》，贾平凹是"一座山一座山""一条水一条水"地写过来的，他为秦岭深处的山寨、河流、沟壑、峡谷一一立传，这是对"空间"的极致尊崇与迷恋。而就在那山川之间、河流之畔、峡谷之中、沟壑之上，是具体的人生，于是唱出了种种奇人异物的或哀婉或壮烈的人间的谣曲。

贾平凹对中国古代小说传统中的"以空间变化来标志时间"的特质有清醒的自觉。《西游记》中祖师问："你到洞中多少时了？"悟空道："弟子本来懵懂，不知多少时节。只记得灶下无火，常去山后打柴，见一山好桃树，我在那里吃了七次饱桃矣。"这一经典的"空间化"笔法也出现在贾平凹的《故里》之中：

> 论起这一点，赵一仁最易激动。他已是七十多岁的高寿，行将老去，便消失了时间的概念，增加了空间意识。他谈起沧桑变化，不说千年长万年短，只是"那阵子，黑河比现在宽。湾上头的崖，也风吹得矮了。我记得老水渠堰上边不是一堆沙，那是一片大石浪的……"[①]

---

① 　贾平凹：《故里》，见《贾平凹获奖中篇小说集》，西北大学出版社1992年版，第45页。

贾平凹是把"空间"当成具体的生命来写的,因此那秦岭深处的"山川"与"河谷"都如生灵一样使人有恍然隔世之感。贾平凹从《商州初录》(1983年)写到《老生》(2014年),这中间整整隔了三十余年,但他以"空间"来结构小说的兴趣不仅未减,反而在其年过六旬后变得更加强烈。贾平凹的下一部长篇《秦岭志》已经完稿,仅从篇名来看,这应该又是一部以"地域空间"结构"人生"的巨制。

对《老生》植入《山海经》的形式,批评界既有赞赏也有质疑,很多研究者都看到了其在"文体"与"叙事"上的双重"复调"效果,但似乎都没有触及贾平凹采用这一形式的真髓。笔者则认为,这是贾平凹一直迷恋中国传统的"空间性"叙事的结果。贾平凹向来习惯以地域空间的转换来结构其小说,而不喜欢如余华、格非那样玩弄时间闪回、错置的花样。而《山海经》本身即是"空间性"结构的一个经典文本:

> (《山海经》)以山与海两大地域为经,以南、西、北、东、中五面方位次序为纬,在悠远辽阔的地域空间中编织进夸父逐日、精卫填海、刑天舞干戚等神话历史片段。这种奇特的结构方式和缤纷的文本内容使其同时矗立在地理和文学两大领域。而作为"古今语怪之祖"、"小说之最古者",它不仅开启了古代小说以空间方位安排叙事顺序的结构方式,更奠定了地域空间在小说作品当中不容抹杀的地位。①

贾平凹也在《老生》后记中交代了他在读《山海经》时所受到的"空间性"启发:

> 写起了《老生》,我只说一切都会得心应手,没料到却异常滞涩,曾三次中断,难以为继。苦恼的仍是历史如何归于文学,叙述又如何在文字间布满空隙,让它有弹性和散发气味。这期间,我又反复读《山海经》,《山海经》是我近几年喜欢读的一本书,它写尽着地理,一座山一座山地写,一条水一条水地写,写各方山水里的飞禽走兽树木花草,却写出了整个中国。②

早在"商州三录"中,贾平凹就已将这种《山海经》式的"空间化"叙事进

---

① 黄霖等:《中国古代小说叙事三维论》,上海书店出版社2009年版,第202—203页。
② 贾平凹:《老生》,人民文学出版社2014年版,第291页。

行了最为直接的实践，从"黑龙口"写到"莽岭一条沟"，从"周武寨"写到"清风涧"，为风土与人物而随地赋形，奇山生奇人，异水养异物，将秦岭的空间性作了最大的凸显，并与人生百相融合无间。

可以说，正是对《山海经》的反复阅读，使贾平凹迸发了《老生》在"时空结构"上的奇崛的灵感。他将《山海经》的"南山系""西山系""北山系"以某种神秘的"联系"与"暗示"隔进秦岭的百年历史之中。这一"时空"形式可说是贾平凹的神来之笔。

《老生》将《山海经》的"南山、南次二山、南次三山，西山、西次二山、西次三山、西次四山，北山、北次二山"顺次隔进秦岭的历史之中，"一座山"间"一道谷"地写过去，将中国百年历史以"山""谷"相间的方式纳进一种特别的"时空"之中。一座山过去了，时间上也就进入下一个历史时期，"一道谷"过去了，时间上就又过去了一个时代，仿佛那"山"与"山"、"谷"与"谷"，不是用空间隔开的，而是用一大段一大段的时间隔开的一样。因此，《老生》中的"山"是漂在时间海洋上的"岱舆"和"员峤"，它们弥漫着渺茫而隔世的青烟，随时可能流到无涯的大荒之外，消失在时间的深处。可以说，《老生》的这种时空结构堪称奇绝，至少在当代以来，能将中国古代小说空间性叙事的神韵化用到如此境界并纳进现代意绪而不显得西化，弥漫着中国本土小说飘忽"百年"空幻、梦幻意蕴的作品甚为寥寥。

贾平凹的小说开篇，十有八九都以在"时间"与"空间"上的俯瞰起始，这是贾平凹小说中一个常见的时空结构——"以大观小"，乃是从中国传统绘画神髓中汲取而来。诸如《浮躁》："州河流至两岔镇，两岸多山，山曲水亦曲，曲到极处，便窝出了一块不大不小的盆地"；《古堡》："商州东南多峰，××村便在天峰、地峰、人峰之间"；《废都》："一千九百八十年间，西京城里出了桩异事"；《老生》："秦岭里有一条倒流着的河"；等等。这种以天地为起始的"时间"与"空间"，在中国古代经典小说的开篇也几乎是毫无例外的，其中《西游记》《红楼梦》尤为突出，更是将时间与空间都推到"生命起源"的"洪荒时代"。在这种"大时间"与"大空间"下，小说非常容易就能生出一种"罔罔神异"的隔世境界。当代作家之中，贾平凹是为数不多有强烈的东方"空间"感的小说家。可以说，贾平凹深谙中国古代小说于时空上的特别表现，尤其是那种对俯瞰"天地"中的"色空"之后的"大沉寂"的呈现，有突出的贡献。《废都》

与《老生》都有这种境界，将《红楼梦》的那种"荡悠悠似三更梦"的中国小说时空神髓成功地传达到了当代文学之中。

三、百世不斩：笔记、话本神髓的当代转化

从1983年的"商州三录"系列到1985年前后的《天狗》《人极》《油月亮》，贾平凹的作品已初具绮艳、诡异的奇风异貌，一面将伦理困境、惨烈与血腥临摹得骇人已极，一面却显示着冷静而不动声色的气概。再到1990年的《美穴地》《白朗》《五魁》，贾平凹喜奇好怪之风益甚。如《美穴地》写"柳子言"与"四姨太"走进墓穴，在里面用墓坑中的砖石一块一块封死了墓穴口。妇人的痴情与美艳、勘踏坟地的神秘、土匪的气概，都为这结尾茫然隔世的一笔，而生出"聊斋式"的青烟。及至《太白山记》，则直接将古事旧闻敷衍成二十则"新笔记体"小说。至此，其"沟通幽冥，幻化变形"的当代奇特小说风貌基本形成。

如《太白山记·猎手》写猎手与一老狼短兵相接，猎手将拳头死死塞进狼的口中，狼口合不上，猎手的手也抽不出，两者僵持很久，后一同滚落山崖。但猎手从昏迷中醒来后却没有看到狼，和他一块掉下来已经摔死的是一个四十余岁的男人。《太白山记·饮者》则明显是将《续齐谐记·阳羡书生》与《玄怪录·元无有》捏合一处，加以当代化用——夜晚来与"夜氏"饮酒的"乡长"自称不胜酒力而要招其夫人前来代饮，乃以手蘸酒在桌子上画一圆圈，圆圈中便出来一"妇人"，"妇人"酒力不支复又画一酒圈而唤出"儿子"，"儿子"复又唤出"妻弟"，"妻弟"复又唤出"小姨子"，"夜氏"终于醉倒桌底。于是，"小姨子"跳入"妻弟"所画的酒圈中不见，"妻弟"又跳入"儿子"所画的酒圈不见，"儿子"复又跳入"妇人"的酒圈不见，"妇人"最后跳入"乡长"的酒圈不见。天明方知，来与"夜氏"饮酒者为一螃蟹所化。

贾平凹对"笔记""志怪"与"传奇"纵情极深，实有意将这一被新文学所强力斩断的古代中国想象世界的神韵化成当代境界，因此，在其初期的创作尝试中未免直接仿拟（诸如《太白山记》等），甚至曾将沈既济的名篇《任氏传》直接进行改写，名为《任氏》。足见其对"传奇"与"笔记"之造境的神往。

可以说，至2000年创作长篇《怀念狼》，贾平凹已将中国古典小说中的"幻化变形"意象推到极致。而其小说中反复出现的"狼化人"与"人变狼"意象，接续的正是诸如《太平广记·正平县村人》的一脉。

《太平广记·正平县村人》述一老翁患疾数月，至夜则失所在，后村人采桑，遭一老狼追逐，村人急中爬到树上，狼直立起来抓咬，村人以斧击之，正中其额。村人天明后循狼的血迹找来，至老翁家，与其子说始末，子乃悟父额上斧痕，恐其再伤人，乃扼杀之，成一老狼。《太平广记》亦收有"猪化人"与"狗化人"及"人化马"数篇。贾平凹《怀念狼》中最为神秘的意象正是化出于这些诡异的"变形"情节——

> "我"在土堤上遇见的老少五个人全是狼变的，五只狼幻变成人偷盗了镇上人家的猪，赶着猪急走，舅舅直觉到那是狼变的，果然如此。狼被村人围堵，就变成一个背着背笼的老头，被舅舅识破后又恢复狼形，后又变成五丰家的猪，想借五丰送猪配种之机逃脱出去。①

深得"志怪""笔记""传奇"之风神的同时，贾平凹还有极其出色的细节描写的本领，而这与他有意打通"话本"与"现代汉语"之间隔膜的努力无法分开。如《五魁》写"五魁"背新娘、写"白风寨"劫道，都极有手法，有"水浒"之风。写"五魁"闯入"白风寨"，进入寨主的厅堂，跟寨主短兵相接，那场面有罗贯中写关公单刀赴会的紧张。这正是中国古代"传奇"与"演义"小说的品质，步步有险，处处设陷，一路下来，摄人已极，自是让读者不能释手。《五魁》足见贾平凹汲取"话本"与"演义"小说笔力之深湛。而后半部分写"五魁"在柳家做牛倌，写"五魁"终于能日日早晨都看到"少奶奶"，写他们暗中的惺惺相惜，都写得婉转动人，心思细腻，语言俚俗而古雅，犹如"三言二拍"中渲染辉煌的"偷情"篇目。又如《老生》写"白土"与"玉镯"的半世生死，悲苦而恍惚，将人世的际遇写得恍如梦寐，有《红楼梦》的隔世感。《废都》的造境与语言更有无法说清的"话本"渊源。《秦腔》则是可以从中间某处去读的，情节之外，"细节"的独立性，使其可一句一句地去玩味，一段一段地去品察其"笔记"片段式的"人生"细节。

可以说，从《太白山记》到《老生》，从《商州初录》到《极花》，贾平凹描述当下中国乡村与都市众生相的本领令人望尘莫及，这一点，公正地说，即使莫言、余华也有所不及。仅就当代而言，贾平凹能够成功地将"话本"小说"临

---

① 曾利君：《魔幻现实主义与中国当代文学》，2005年四川大学博士学位论文。

摹"生活细节的"传神"与"粗俗"之中闪射"典雅"的矛盾特性注入现代汉语之中,其所造之小说文体与语体都是独一无二的。这使他的语言成为其小说最大的魅力所在。但在译介成西方诸种文字时,这种魅力显然难以成功传达。因此,"内热外冷"遂成贾平凹海外传播与接受中最突出的现象与特征。

对这一现象,陈思和认为,因贾平凹的小说是将所有的功力都放在一句一句的句子上,如果把贾平凹的小说当莫言的小说去翻译的话,就可能翻译不出来,或者翻译出来后就成了很平常的东西。① 但如果有人真的能够把这样的句子挖掘出来,翻译到西方去,那么贾平凹的小说所携带出去的中国元素要比莫言超出很远。这正是因为贾平凹小说的"本土性"是在"语言的层面",这是更深层面的东西。我们需要挖掘这样的"本土性",即进入"语言层面"的"本土性"。中国"志怪""笔记""传奇""话本"语体存在了千余年,中国小说中的特殊境界全凭借这样的语体来承载、制造。因此,中国当代作家中的敏感者必然在国际化视野下意识到将整个中华民族的想象从古到今加以贯通的意义。而这种贯通,除去小说形式、技巧之外,最根本的、最本质的层面上,必然是语言问题。这是研究贾平凹小说与"话本""笔记"语体间关系的最大价值所在。但贾平凹在"语言层面"上的这种"本土性"也遮蔽了其"现代意识"的显露。而这在对诸如《废都》等作品的文学史地位的评定上,显然影响了公正性。

> 贾平凹虽然敏锐地感应和领略着现代意识,但当进入文学构创时,现代意识和体现民族文化心理的旨归相排拒,相碰撞,相折衷,相改造,使得现代意识在民族文化格调中内藏和不露形迹。②

费秉勋所指出的贾平凹创作中的这一品质,正是他同莫言、余华、苏童等的差异所在,这在其作品外译与传播过程中,无疑会造成误解与减损。因此,在很多研究者的眼中,与莫言、余华、苏童相比,贾平凹的"现代性"是不足的,而这,无疑也是不公平的。同时,在对世界文学的真正的贡献方面,贾平凹的尝试与实践,可能更具有真正的小说美学价值。概因个体生命经历的特殊性,莫言、余华、苏童对中国古代小说想象方式的理解与汲取没有贾平凹那样深刻

---

① 陈众议等:《中国文学呼唤伟大的文学作品与杰出的翻译(上)——首届中国当代文学翻译高峰论坛纪要》,载《东吴学术》2015年第2期。

② 费秉勋:《论贾平凹小说创作中的现代意识》,载《小说评论》1986年第4期。

与全面。我个人认为，贾平凹的小说在"时空结构""小说意象""文体丰富"上的贡献是莫言、余华、苏童所不如的。但无疑，他们都在这个方向上有着不同程度的用力，他们都在努力"打通"与"传统"的"通道"，而不是单纯地"回归"传统。事实上，莫言、余华、苏童的价值似乎更体现在竖起中国当代文学的"现代性"上，而贾平凹则在某种低调的"现代性"中提示着中国当代文学未来的最终走向。

中国现代小说经过百年的变迁，终于显示出要回到它原来轨道上的迹象。而贾平凹能以当代形式重现"沟通幽冥"与"幻化变形"的中国小说神髓，则显示出中华民族特有想象方式的巨大生命力，可谓百世不斩。

（原载《吉林大学社会科学学报》，2017 年第 5 期）

论新世纪以来贾平凹的乡土叙述和修辞美学

——以《秦腔》《古炉》和《老生》为考察对象

曹　刚

一

进入 21 世纪以来，贾平凹创作出了《秦腔》(2005)、《古炉》(2011)、《老生》(2014)三部具有鲜明中国乡土特色的长篇小说。这其中每一部作品都得到了评论界的积极讨论，爱者赞之，厌者骂之。评论的范围也从其主题内容所反映的社会现实到众多人物形象的塑造、叙事方法的创新、叙事伦理的转变等方面都有所涉及。乡土文学在中国现当代文学写作中一直都是一个非常重要的文学流派，鲁迅先生在《中国新文学大系·小说二集·序》中为乡土文学作定义："凡在北京用笔写出他的胸臆来的人们，无论他自称用主观或客观，其实往往是乡土文学，从北京这方面说，则是侨寓文学的作者……他们大部分作品是回忆故乡的，因此也只见着隐现的乡愁。"[①] 自此以后乡土文学逐渐建立了一种独特的审美范式，就是以知识分子、启蒙者的身份去处理作家与乡土、故乡这一空间的关系，一方面体现在二者之间精神层面的同构关系，乡土生活经历是形成作家的乡土经验的重要基础，当受到现代城市文明影响的作家再次审视故乡时，对过往的乡土经验的态度又成为他的文学书写的新的立场。另一方面，当作家在面对当下现代化进程中的乡土社会时，所体察到的乡土社会的变迁，引起作家主体内部认知和情感的变化，这无疑成为激发作家创作的深层触发点。贾平凹对秦岭以南的故乡也有着同样的现代性体验。"故乡呀，我感激着故乡给了我生命，把我送到了城里，每一做想故乡那腐败的老街，……我就强烈

---

① 鲁迅：《中国新文学大系·小说二集·序》，见《鲁迅全集》第6卷，人民文学出版社2005年版，第255页。

地冲动着要为故乡写些什么。"① "我想，经历过文革的人，不管其中迫害过人或被人迫害过，只要人还活着，他必会有记忆。也就是在那一次回乡，我产生了把我记忆写出来的欲望。"② "现在我是老了，人老多回忆往事，而往事如行车的路边树，树是闪过去了，但树还在，它需要在烟的弥漫中才依稀可见呀。这一本《老生》，就是烟熏出来的，熏出了闪过去的其中的几棵树。"③ 陕南丹凤县棣花镇的历史和现状无疑为贾平凹创作这三部作品提供了重要的精神起源。但对一个小说家而言，作家如何叙述乡土社会发展的现实？如何想象和重建乡土空间的历史？选取什么样的认知视角进入叙事？这样的叙述对读者会产生什么样的影响？当今后经典修辞性叙事理论家詹姆斯·费伦结合 W. 布斯有关叙事修辞的理论提出："叙事不仅仅是一种作家简单的叙述行为，对于有着清醒的叙事意识和自觉的叙事艺术的作家而言，叙事更明确地体现为作者向读者有目的的交际行为。"④ 这种"有目的的交际行为"源自对叙事意义的探索，对作者、隐含作者、叙述人、读者四者之间如何实现循环交流的思考。作者作为叙事活动的主要发起者，在其中起着至关重要的作用。隐含作者在 W. 布斯的叙事研究中被定义为："隐含的作者，即作者的第二自我，即使那种叙述者未被戏剧化的小说，也创造了一个置于场景之后的作者的隐含的化身。""这个隐含的作者始终与'真实的人'不同——不管我们把他当作什么——当他创造自己的作品时，他也就创造了一种自己的优越的替身，一个'第二自我'。"⑤ 詹姆斯·费伦认为隐含作者是指："真实作者标准化形象，它是真实作者的各种能力、特征、态度、信仰、价值观念以及其他特征的真实或非真实的集中体现，它在具体文本建构中起到积极作用。"⑥ 二人对隐含作者的分析基本是一脉相承的。费伦的叙事学研究也正起源于：对他人生活的故事以及对他人故事会怎样被叙述关注，作者

① 贾平凹：《秦腔》，作家出版社2005年版，第563页。
② 贾平凹：《古炉》，人民文学出版社2012年版，第603页。
③ 贾平凹：《老生》，人民文学出版社2014年版，第289页。
④ 尚必武：《修辞诗学及当代叙事理论——詹姆斯费伦教授访谈录》，载《当代外国文学》2010年第2期。
⑤ W.C.布斯：《小说修辞学》，华明、胡晓苏、周宪译，北京大学出版社1987年版，第169页。
⑥ 柳晓：《修辞意图、叙事技巧与伦理反映——评詹姆斯费伦的〈活着就是讲述：人物叙事的修辞与伦理〉》，见《叙事·中国版》第1辑，暨南大学出版社2008年版，第190页。

与读者之间的交流必须经过一个叙述人来传达，叙述者上承作者和隐含作者，在作品中承担着报道事实、解释和评价的功能；向下，叙述者在叙述故事的过程中，叙事者的叙述为读者提供了多层交流的可能，使得读者的认知、心理和情感、伦理都会参与到叙事过程中。由此我们可以发现，在小说叙事过程中，对叙述人在小说叙事中的地位研究具有了独特的价值。

从阅读《秦腔》《古炉》《老生》这三部作品，到众多评论家的批评文章，我们可以发现，贾平凹始终是一个有着叙事探索精神和自觉文体意识的小说家。他在这三部乡土小说的代表性作品中，都有叙事策略方面新的探索。我们对贾平凹的三部乡土小说的研究也正是从这三部长篇小说中所设置的独特叙述人出发，探讨其与作者、隐含作者、读者之间的关系，探索作者叙事的"文本动力"，以及在此叙述策略之下对乡土文学的写作是否具有了一种独特的价值，另外这样的叙述对读者的理解又会产生什么样的修辞美学，即"读者动力"。

二

在 2005 年发表的长篇小说《秦腔》中，贾平凹选取了第一人称"我"作为主要叙述人。"我"在小说中的身份是一个叫引生的疯癫之人。作者预设他可以知道在清风街同一时间不同空间发生的任何事情，具有与自然对话的超能力。这样的一个叙述人原本是我们在叙事中最值得依靠的"亦圣亦愚"的叙述人，但是在小说文本中，我们发现引生并不存在真理的掌握权和话语权，他可以看到发生在清风街的事情，但是他的思维却是时而混乱时而清晰，缺乏判断事件是非的能力。在小说中，他在精神上唯一依恋的是白雪，但是由于自己认为自己亵渎了挚爱的女人白雪并被发现，于是自己动手割了自己的生殖器。这样一个"阉割"情节的设置，具有丰富的隐喻特征：这种自我欲望的阉割展示了作者对以往乡土叙事的逃离，历史理性的欲望叙述都是被去除掉的。这种自我阉割是个叙述行为的象征，只有去除个人的欲望、言说历史的愿望，他才能真正成为一个乡土中国的讲述者。引生之前是故事内的叙述者，看似是隐含的作者为读者设置的一个观察视点，在"自我阉割"这一事件发生后，恰恰又成为一个故事外的叙述者，他变成了一个真正的无私无欲、不再与清风街任何个体有人伦联系的隐身（引生）者。也有论者曾指出："考虑到引生的疯癫、特异禀性、他在文本中的特殊位置，作者对他的设计实现的是两个层次的'阉割'：一是对第一人称小说内视角、抒情传统、评价机制、自我成长模式的阉割；二是对传统圣愚叙事的阉割。"①第一人称内视角的叙事为现代乡土文学的写作成功提供了极大的便利，知识分子叙述者"我"的所见、所感、所思都成为真实作者向读者传递观点、立场、情感的重要依靠。在《秦腔》里，"我"开始不再承担这一重要的叙事责任，贾平凹在接受郜元宝的访谈时说："原来的写法一直讲究源于生活，高于生活，慢慢形成了一种思维方式，现在再按那一套程式就没法操作了。我在写的过程中一直是矛盾、痛苦的，不知该怎么办，是歌颂，是批判？是光明，还是阴暗？以前的观念没有办法再套用。我并不觉得我能站得更高来俯视生活，揭示生活，我完全没有这个能力了。"②这种在写作过程中情感上的矛盾，我们可以理解为是作者在面对乡土社会转型时期时的一种书写态度的犹疑和不确定，是作者无论在城市还是传统乡土农村中都无法找到精神家园的现代性痛苦。

陈晓明认为《秦腔》是中国乡土叙事的终结之作，他的"终结"论包括了：乡土经典性叙事的终结、乡土文化的终结、乡土文学已经不具有历史整全性、乡土美学意义上的解构。这些评论的得出无疑都与由"我"来讲述乡土社会人事变迁有着修辞美学方面的联系。小说中的人事、自然、社会，密实的流年式的叙写，正是得益于"我"的无所不知，无所不在，但又无所判断。作者对主观情感的悬搁，价值判断的消隐，使其在乡土社会获得了极大的叙述空间，清风街上人的生老病离死，吃喝拉撒睡，都在叙述人的视角中加以呈现。乡土生活的原生态状况不但成为作家的审美对象，同时也成为读者的审美对象。当作者在写作中矛盾痛苦的时候，读者在阅读的过程中也没有感觉到丝毫轻松，专业批评家李敬泽在揠到《秦腔》时曾说：阅读贾平凹的《秦腔》时，困难得让人恼火。这种阅读困难正是读者在阅读《秦腔》时阅读期待和审美情趣与以往乡土叙事阅读大相径庭，"我"讲述的乡土故事没有被真实作者所委以重任，不再是作者声音的简单传声筒；读者在阅读的过程中对"我"这个疯子讲述的故事也没有产生十足的兴趣和信任。在"我"的观察下，乡土中的农民在面对社会变革时，正如在小说中所展示的，只有语言和行动的展示，至于内心的真实感受

---

① 孙先科：《〈秦腔〉——在乡土叙事之外》，载《河南师范大学学报（哲学社会科学版）》2009年第3期。

② 贾平凹、郜元宝：《关于〈秦腔〉和乡土文学的对谈》，载《上海文学》2005年第7期。

从来没有得到关注。这的确是这部小说非常重要的一个观察点。他们在面对社会转型时只有被动的接受和黯然神伤。小说后序中,"大风中趔趄的鸡"成为形容农民的最好形象。这种如实客观、不加任何感情评价的还原式写法,使得读者在阅读过程中,即使没有经历过小说中那些鸡零狗碎的日子,也能从中感受到一种没有被加工的鲜明的乡土生命体验。这种生命体验才是作者与读者之间真正交流的桥梁,它是可以超越时代、地域、方言的隔阂的。我们后来观察到的对《秦腔》的众多评论文章和获奖经历无疑都是这种独特呈现方式的积极回声。

当我们都在认为《秦腔》是中国乡土叙事的终结之作时,2011年,贾平凹再次出版了他的乡土文学的另一部作品《古炉》。《古炉》是作者对自己亲身经历过的乡村"文革"个人记忆的一次文学性的接近。在小说中,作者摒弃了在《秦腔》中选择的叙述方式,继而采用了全知全能的叙事,根据叙事需要,作者灵活变动其观察视角,十三岁的孩子狗尿苔是整个小说中的一个重要的叙述人。从叙述身份上看,狗尿苔是一个长不大的孩子,他前无来处,后无落脚,如星外之客,他被抱养到古炉村由蚕婆抚养。也正是因为在古炉村这样一个封闭、落后、贫穷的空间里,他与生活其中的那些委琐、荒诞、残忍的村民之间的紧张关系又使他具备了一种非凡的想象力,可以顺利与自然界动物植物进行对话。这样的叙述人与《秦腔》中的引生有相似之处,他与引生一样,都生活在某一封闭的乡土空间之中,同时他们又都是这个封闭空间里的"独人"。他们都缺乏对乡土社会发生变迁的理性思考和判断。作者设置了狗尿苔喜欢保留火绳,亲近发动革命的关键人物霸槽,村民喜欢让他跑小脚路等情节,使他有机会能够观察到影响古炉村发生重大变动的一些关键人物的言行。由于其身份地位的卑微,阶级成分不好,他所观察到的诸如霸槽、朱大柜、黄生生、水皮、善人等都得以最大限度地展示他们行动的真实,狗尿苔"观察者"的叙述人角色也得到了最大的发挥。但狗尿苔与引生在享受的叙述待遇上又有所区别。我们在解读引生这一人物形象时,除了他表现出来的对白雪近乎执着的爱情依恋,对夏天义"父亲"般的精神依靠之外,在他的身上,我们几乎再也读解不出更加丰满的形象特征,更不用说去窥探其疯癫的心理活动。狗尿苔的塑造与其不一样,狗尿苔有一颗善良的心,他对世界上一切生物都心存好奇,他与自然界动植物顺利对话的超能力使得他在古炉村更像是一个可爱的天使。如果说我们对《秦腔》中引生的态度还有些暧昧不清，无从谈及爱恨，那么狗尿苔却一跃成为小说文本中一个很光辉的人物。作者在谈及狗尿苔这个人物的设置的时候提到："狗尿苔和他的童话乐园，正是古炉村山光水色的美丽中的美丽。""狗尿苔会不会就是我呢？我喜欢这个人物。"①作者对狗尿苔的这种特殊情感的投入，使得狗尿苔在承担小说叙述人这一重要角色时，不仅是一个可以客观观察古炉村发生"文革"的孩子，他本人也成为一个独立的审美对象。当古炉村里的村民都在好勇斗狠、自私委琐、争吵不休时，狗尿苔与自然界动植物通灵般的对话显示了与古炉村村民迥然不同的一种生存想象。古炉村在狗尿苔的视角中，呈现了一种立体式、全方位、原生态，充满日常生活经验和气息的感性乡村。在狗尿苔的叙述中，古炉村的日常生活、人物活动、民间工艺、传统信仰等都得到了还原式的展示。这种展示不仅是乡土物态的外在还原，更多的是一种乡土内在情感和人伦联系的还原。如果《秦腔》中的乡土叙事所达到的审美效果是乡土文明在面对现代文明冲击时走向了无可挽回的消亡，是一首乡土抒情的挽歌，那么在《古炉》中，作者是作出了改变的，作者依然对乡土生活经验的写实呈现有着近乎自然主义式的执着，依然有对乡土人事流年式的密实叙写，力求在小说文本中客观地讲述自己的记忆，依然希望引导读者进入这种混沌未开的乡土世界，从其中感受到一种已经消失的"历史真实"。但是叙述人狗尿苔所享受到的叙述待遇，以及他们身上所折射出来的中国传统乡土社会中的优秀品质、"守火者"的角色地位，未尝不会使读者感到中国乡土文明唱响挽歌时的一抹亮色。总之，我们观察作者所设立的狗尿苔这个独特的叙述人时，可以发现他是作者力求客观展示"文革"何以在中国乡土发生的一个观察点。读者在阅读过程中，没有发现以往常见的叙事模式：经历者的激情控诉；对历史作道德与政治的裁决；用乡土原始自然的淳朴去抚慰民族精神的创伤。贾平凹把自己感受到的所有的乡土经验和"文革"时期众多人物的生命体验都通过狗尿苔的叙述，对乡土社会进行了一种抒情的展示。这种抒情不是单纯的乡愁、批判，而是对乡土多种个人主体性的发现和生命形式的客观展示。这种展示无疑与以往的现实主义的乡土叙事拉开了明显的距离。

2014 年，贾平凹的另外一部反映乡土百年历史变迁的作品《老生》出版。

---

① 贾平凹：《古炉》，人民文学出版社2012年版，第606页。

故事关注的是在陕西南部乡村里发生过的近代百年的历史。对历史的文学性叙述在任何一个作家的历史叙事中都是一个值得思考的课题。历史如何归于文学，真实的历史与作家的文学叙述之间应该如何相处？我们到底应该相信谁的历史？作家对历史的文学表达到底要说出什么不一样的思考？这些问题不仅是贾平凹在写作《老生》之前需要认真考虑的，读者在阅读这一类作品时也有着类似的疑问。

在这部作品中，除去开头和结尾，共有四个故事，在叙述人称的设置上，开头和结尾选择了全知全能的视角叙述，正文中的四个故事都是由一个唱师来承担叙述人——唱师临终前躺在床上回忆过往他曾经历过的人事。从身份上讲，叙述人唱师是一个在葬礼上为死去的人唱阴歌的人，他无儿无女，来无影去无踪，身在阴阳两界，长生不死。他一出场便享有特殊的叙述地位：预言省长来了，石洞不会流水，果然应验，在年轻人和老年人的眼中，他的容貌从没有改变过，能让磨棍雨后发芽，知道秦岭二百年的天上地下。唱师身上所具有的传奇、通灵、神道色彩作为作者的一个独特设置，起到了很大作用。他作为叙述人一开始便暗示了一种历史讲述的角度，这种历史是乡土社会民间的历史，它区别于作家对既往历史的"史诗性"的宏大叙事、英雄叙事，也有别于通过文学的形式，在固定意识形态下对既定历史的重复性展示，从而产生既定历史叙述的合法化伦理效果。"亚里士多德说虚构故事比历史更哲学更科学，因为它是关于普遍真理的，它描写什么是经常发生的，而非实际发生了，后者经常不能根据普遍规律加以解释。""现代历史学家当然一直在试图寻找已发生事件的解释，而小说家一心致力于包容无法解释的事实或非本质性的细节，以便使他们的'现实主义'合法化。"[①]从这样的角度出发，我们再次去观察唱师身上所具有的传奇、通灵，甚至魔幻等特征，正与贾平凹潜意识写作历史的角度略有暗合，他要书写的不仅仅是百年中国巨变的历史，更重要的是那些没有被纳入历史叙事的进程，而又被作家真真切切感受到的那些无法解释的事实与普遍的真理。当然历史与文学共享的是同一种叙述策略，作者从不用自己的声音去说话，而仅仅是一个事件的记录者，形成一种被讲述的故事不是任何具体个人的主观判断的读者感受。《老生》的写作成功，与唱师的叙述密不可分。在小说文本中，

---

① 华莱士·马丁：《当代叙事学》，伍晓明译，北京大学出版社2005年版，第63页。

我们可以发现，唱师是一个处于社会最基层的人，他具有了超越族类、制度、人和事的能力。在他的超越性叙述中，任何人和事的历史变迁都是一种俯视的客观的追忆，人的生命诞生与消亡都只有现象上的意义。这样的讲述对读者来说无疑是具有开放性的。由于叙述人的视点流动加快，使得这部小说几乎成为《秦腔》之后最为好读的一部。百年中国历史阶段的讲述，可以最大限度地吸引所有有同样经历的读者进入故事的讲述。唱师的客观叙述，使得读者在阅读过程中，对人物的观察不得不建立自己的道德立场，参与到叙述人所营造的叙事氛围中。另外，唱师所从事的职业是为乡村里的亡人唱阴歌。围绕人"生"和"死"的问题在乡土社会的历史中，一直都是人们关注的焦点。叙述人这样的身份特征也最大限度地达到了作者的书写目的。文学的历史是人的历史，是人的生命和命运的历史，虽会被社会和时代所裹挟，但有着鲜明个体生命体验的独特魅力。

经过以上的分析，我们可以发现，引生作为独特叙述人，他的疯癫状态下对清风街的叙事，使得作者经验中鸡零狗碎的泼烦日子都在引生的叙述中得以展现。作者刻意回避了引生本身自我形象的丰满，甚至对他的唯一私欲也进行了"自我阉割"，作者正是希望通过这样的一个看似客观底层的叙述角度来展示清风街上发生的过去和现在。当读者和批评家都在探讨经由引生所叙述的故事所传达出来的以秦腔为代表的乡土文明在现代社会转型中不可避免地走向衰落时，农民与土地之间建立的关系开始疏远，仁义礼智信作为传统乡土伦理开始被金钱权力利益所冲击，乡土社会和农民在面对现代城市文明进入时凌乱而不知所措。这些主题性的解读在《秦腔》的评论文章中数见不鲜，我们不能说这些批评是不对的，因为在他的这些叙述中，这些真是当下发生着的变化。但是我们在解读这部作品的过程中，引生是不是底层乡土叙述的最佳代表？他的疯癫到底有没有以往圣愚叙事的影子？他的叙述是否是可以依靠的乡土经验？作者与设置他的隐含作者之间是否意见一致？读者在阅读由他讲出来的故事时，有没有对这个故事的叙述者产生怀疑或同情的情感？若有这些情感，我们能否解读出更多关于这部作品的信息？与引生相比，《古炉》中的狗尿苔作为叙述人同样也具有其独特价值，他的年龄、出身、阶级成分的安排都为作者追求一种底层的客观的叙述提供了便利；而他与引生的不同之处在于，作者不仅赋予他叙述人的作用，同时也把他塑造成一个善良的、能与自然界动植物交流的、成长中的孩子形象，其中更有作者的影子。我们读者在阅读的过程中，对狗尿苔这个叙述人所产生的怜悯、同情之情势必也就影响到了他参与的古炉村的"文革"故事，那么作者努力追求的从底层客观、如实地观察"文革"之火是如何在一个小村子里燃烧起来的目标，又能否顺利实现呢？对民间底层乡土社会的关注在《老生》中得到了一贯的坚持，叙述人唱师眼中的陕南乡村百年历史巨变、百年人事变迁也是作者追求底层客观叙述的言说，不同于引生和狗尿苔的是，唱师虽然是一个最基层的人，但是他具有超越生死、制度、时代、人事的传奇力量。读者读到的唱师口中讲述的故事确实与历史的事件有着虚构与真实的不同，但是读者同样感受到了一种讲述的亲切。李敬泽在北京大学《老生》座谈会上有一个形象的说法："我觉得我对历史的态度，和我姥姥对乡村生活的态度是差不多的。我小时候总听我姥姥讲这个村、那个村，说的也是百年历史，但你听了就跟听邻居家的事一样，你也感觉不到什么历史时间，历史已经完全变成人世间飘荡的一个传说。所以，无论庄子也好，《山海经》的作者也好，曹雪芹也好，贾平凹也好，还是我姥姥也好，我觉得他们都体现了中国人对待这个历史记忆的一些根本的、精髓的态度。这也是我特别喜欢这部小说的原因"。①

三

引生、狗尿苔、唱师这三个叙述人的设置，在三部作品中都体现出了贾平凹在乡土文学叙述中的一种基本的叙事立场，那就是追求一种客观的、底层的观察视角。不论是引生的疯癫叙述、狗尿苔的儿童叙述，还是唱师的传奇叙述，他们的身上都具有一种超越性的力量，他们参与叙事但又跳脱叙事之外，他们参与叙事进程的动力远小于观察故事进程的动力。这样的一种叙述策略其实与贾平凹在小说后序中的"没有能力把握""矛盾和痛苦"有关，谢有顺认为这是一种新的叙事伦理的建立，当作家的价值判断被搁置时，底层乡土生活的历史和现状才能展示出一种不被控制和约束的活力。这种叙事伦理确实与以鲁迅为代表的知识分子叙述人建立的"启蒙"伦理、以沈从文为代表的用想象的诗意乡土和人性对抗现代文明的"批判"伦理、革命历史文学时期建立的"宏大叙事"的伦理有所区别。贾平凹的"我不知道"并不是放弃思考，如若放弃，他的

---

① 李敬泽：《〈老生〉传达的决不仅仅是记忆和历史》，来源：大佳资讯网，2014年10月28日，网址：http://www.dajianet.com/news/2014/1028/208853.shtml。

长篇小说无异于新闻报道的集中展示。"20世纪中国的现代化正无可逆转地消耗掉关于故乡的记忆，它使人们记住'进步'的意义而淡忘故乡的细节，于是，通向故乡的道路只能由个人创造。"[①] 个人的文学终归要回归写人，写人性，写生命，写出众多的生命感觉。在这三部作品中，贾平凹不论采用什么样的叙述人，都以要写出他真切感受到的众多生命感觉为终极目标。读者在阅读作品的过程中，在面对这些各异的生命感觉时，或生同情，或感愤怒，或受抚慰，或被净化。总之，我们通过这些小说出版之后的批评盛况，可以发现读者、研究者都参与了他的多层的叙事进程，与叙述人、人物和作者产生了多样的伦理交流，这也许才是贾平凹小说叙述策略探索之后所达到的一种修辞美学。

（原载《小说评论》，2016年第3期）

[①] 孙金燕：《贾平凹〈秦腔〉以来四部长篇小说的符号学解读》，载《小说评论》2015年第6期。

百年历史　境界相通

——贾平凹《老生》与马尔克斯《百年孤独》

朱静宇

哥伦比亚作家加西亚·马尔克斯，是贾平凹喜爱并对他的创作产生了重大影响的外国作家。他曾经说过："读了马尔克斯的书，就永远记住了'百年孤独'四个字"①，那么，这被永远记住的《百年孤独》，对贾平凹的长篇新著《老生》创作有着怎样的启悟？《老生》与《百年孤独》之间又有着怎样的相通呢？本文拟从百年历史的书写、艺术技巧的借鉴以及文学境界的追求等方面展开探讨。

一、百年历史的书写

自 19 世纪英国瓦尔特·司各特创始历史小说以来，许多作家都把自己的作品当作"社会史"，公开宣称自己要忠实地书写历史。法国的巴尔扎克在《人间喜剧》序言中就表示要写一部"许多历史家们所遗忘了的历史，即人情风俗的历史"；左拉在 1868 年制定他的《卢贡－马卡尔家族》的计划时，就决意要写出第二帝国（1851—1870）时代"一个家族的自然史和社会史"。用历史价值代替审美价值，这是西方文学从古希腊亚里士多德到 19 世纪现实主义文学所秉承的传统，重视文学的历史性，把文学当作历史来书写。这种对历史价值的追求，直到今天依然是许多作家的夙愿。马尔克斯的《百年孤独》，就是一部再现拉丁美洲历史社会图景的鸿篇巨制。小说以虚构的马孔多小镇为背景，从容不迫地讲述了布恩迪亚家族一家七代由盛而衰绵延百年的历史。而这一切，再现了哥伦比亚和整个拉丁美洲近百年的历史和各个时代的社会面貌。

---

① 孙见喜：《贾平凹前传》第2卷，花城出版社2001年版，第266页。

小说将布恩迪亚家族的生存样态和小镇马孔多的百年嬗变与拉丁美洲的百年历史交织在一起。荒原上马孔多的初建、旷日持久的内战、永无休止的党派争端、帝国主义的残酷掠夺（香蕉热）、专制统治的血腥恐怖（大屠杀），都集中反映了哥伦比亚和拉美大陆的现实矛盾，从而折射出了哥伦比亚乃至整个拉丁美洲的历史。

"历史如何归于文学"，这无疑是贾平凹在写作《老生》时萦绕于心的问题。在他反复诵读《山海经》之时，笔者以为《百年孤独》这种书写家族乃至民族历史的思路，对他的《老生》创作一定也有着深刻的启迪。

于是，20世纪近百年的中国社会变迁的历史在《老生》中就通过秦岭倒流河旁的四个村镇故事串连了起来。

小说的第一个故事主要讲述了老黑、李得胜等人的秦岭游击队的故事。中国共产党自领导武装斗争开始，就十分重视建立和发展游击队。秦岭游击队的故事可谓极具典型性。来自社会各个层面的人，怀着起初各自不同的动机和目的，走到了一起。老黑"或许就是玩枪的命""谁有枪了谁就是王"，为了枪就和李得胜一起拉杆子干；匪三只知道革命了就可以吃饱饭，当老黑对他说："要吃饱，跟我走！"匪三就跟着老黑走了。一年半后游击队就壮大起来，"所到各地，遇到高门楼子就翻院墙，进去捆了财东，要钱要物，能交出钱和物的就饶命不杀，如果反抗便往死里打，还舍不得子弹，拿刀割头，开仓给村里穷人分粮。许多人就投奔游击队，最多时近二百，穿什么衣服的都有，却人人系着条红腰带，腰带上别着斧头或镰刀，呼啦啦能站满打麦场"。然而，革命并不是一帆风顺的，从皇甫街的激战到转入深山的游击战，人员的死伤以及缺弹少药、游击队的解散和重组等等，都是革命草创时期的生动写照。

《老生》中第二个故事是老城村土地改革的故事。老城村的故事形象地折射出了中国那个历史阶段的情景。

在中国，土地改革过后，农村开始走农业合作化的道路，开展了人民公社化的运动、农业学大寨、反右运动和史无前例的"文化大革命"等一系列政治运动。《老生》的第三个故事——过风楼公社的故事，生动概括了发生在中国土地上的一系列社会变迁。我们从过风楼公社西北角的棋盘村的统一着装、统一发型出工修梯田，看到了人民公社化、农业学大寨的情形；从老秦萝卜丝汤碗里看到半圆形的油珠珠，不免感叹困难时期的惨相；从刘四喜夜间从检举箱里夹纸条偷看，感受到了反右斗争中互相检举揭发所造成的人与人关系的"间离"；从苗天义和张收成在砖瓦窑场的改造，不免对"文革"浩劫的唏嘘。过风楼公社几乎成了那个历史发展阶段的缩影。

翻过那令人沉重的历史篇章，迎来了改革开放的新的历史时期。《老生》中第四个故事——当归村的故事就发生在此时。当归村的人一开始因为没有技术，只能外出捡破烂脱贫。后来，戏生在老余的指点下，开始搞养殖业，将当归村变成了回龙湾的农副产品生产基地，群众收入也明显改观。可是，为了增加产量快速致富，原本质朴的农民们开始昧着良心在各种植物动物的养殖过程中掺入激素饲料等，致使食者出现拉肚子、孕妇流产等不堪情形。这不免让我们想到了黄浦江上的大量"死猪"、奶粉中的三聚氰胺、"地沟油"等当今社会的食品乱象。当归村的农副产品被勒令停止生产，回龙镇街上的所有销售点都被取缔，戏生的村长也当不成了。正在他情绪低落之时，老余又给他指了一条路，让他去鸡冠山矿区发财。于是，我们又跟着戏生看到了当今矿产的无序开发和交易黑幕。从矿区回到当归村的戏生，紧接着又在老余的策划下，为了一百万的政府奖励，来了一出弄虚作假的"秦岭寻虎双簧计"。自然，纸包不住火，最终事情总是要败露的。这一事件深刻地讽刺了当今社会上的弄虚作假的丑行。背着骂名回到当归村的戏生这回只有哭的分了，可是老余依然有办法让戏生重新站起来。戏生在老余的点拨下，首先种植起了当归，真的翻身成了回龙湾镇的首富。正在他风光无限、期待着拜见匡三司令之时，他等来了一场瘟疫。这一下子让我们记起了2003年的那一场"非典"。戏生在当归村的村口被村人堵住了："你是带来过财富，可你现在要带来瘟疫！"是啊，改革开放的确给当今的中国人带来了许多，有利的方面，也有弊的方面。这确实值得我们掩卷而思！当归村的故事在警醒着我们！

贾平凹的《老生》以发生在秦岭倒流河旁"正阳镇""老城村""过风楼公社"和"当归村"的故事，浓缩地将中国红色革命从游击队起家到中华人民共和国成立后的土地改革、一系列的政治运动直至改革开放的近百年的历史和社会时代风貌淋漓尽致地展现在读者面前。它是贾平凹对中国近百年历史的深刻反思和内涵厚重的记录，正如贾平凹在后记中所言："《老生》就得老老实实地去呈现过去的国情、世情、民情。"贾平凹的《老生》不仅具有文学的历史价值，而且还有丰富的文献意义。

因而，我们不难发现，贾平凹的《老生》近百年历史的书写与马尔克斯《百年孤独》的历史书写有着相同的历史价值意义。

二、艺术技巧的借鉴

除了要历史地再现发生在中国大陆上的近百年社会变迁外，贾平凹在写作《老生》时考虑的另一个问题是"叙述又如何在文字间布满空隙，让它有弹性和散发气味"。这就涉及小说艺术技巧的问题。在仔细品读《老生》之后，我们发现，《百年孤独》的小说艺术对《老生》的文本叙事或多或少有着一定的影响。

首先，在小说开卷句式的时间维度上有着一定的相关性。

法国学者塔迪埃在《普鲁斯特和小说》中就提出了"将小说中的时间作为形式来探讨"的话题。时间在小说中是无形的，是读者看不见的，但却是小说中潜在的要素。塔迪埃认为："在作品中重新创造时间，这是小说的特权，也是想象力的胜利。"[①]

《百年孤独》的开卷句式令人印象最深的就是它隐含的时间维度。"多年以后，面对行刑队，奥雷里亚诺·布恩迪亚上校将会回想起父亲带他去见识冰块的那个遥远的下午。"[②]马尔克斯以这一句为起点，回头追叙奥雷里亚诺·布恩迪亚上校幼年时代的经历、马孔多创建初期的情景，然后讲述马孔多的史前状况，之后再描写马孔多的建设和发展以及布恩迪亚家族的繁衍，一直讲到奥雷里亚诺·布恩迪亚上校站在行刑队前。《百年孤独》这一开卷句式一反传统的依时序进展的叙事程序，而以一个不确定的现在为端点，既能指向未来，又能回溯过去，一下子把时间的三个维度都包容在小说的第一句话中了。这种同时"瞻前顾后"的叙事方式奇特而新颖。

马尔克斯这一煞费苦心的经典句式，曾经受到很多中国当代作家的竞相模仿。从莫言的《红高粱》（1986）、韩少功的《女女女》（1986）、苏童的《平静如水》（1989）、陈忠实的《白鹿原》（1992），到郭敬明的《幻城》（2003）、余华的《兄弟》（上下，2005—2006）等，都出现了"多年以后……"类似句式或者类似句式的变种。其实，这不只是一种模仿，还意味着对中国当代小说叙事的一种

---

① 让-伊夫·塔迪埃：《普鲁斯特和小说》，桂裕芳、王森译，上海译文出版社1992年版，第284页。

② 加西亚·马尔克斯：《百年孤独》，范晔译，南海出版公司2011年版，第1页。

解放。这种解放主要体现在作家的时间观上，作家可以不再恪守传统刻板的线性时间观，时间在叙事里面可以自由折叠、交叉乃至重叠，使读者领略到叙述的无限机智和巧妙。这是对固有的小说叙事的极大冲撞和革新。

贾平凹《老生》的开卷句"秦岭里有一条倒流着的河"，可谓是这种时间观解放的又一体现。虽然作者没有采用马尔克斯"多年以后……"那样融过去、现在、将来三维时间于同一言语时空的经典句式，而是采用传统的线性时间观，但却一反传统按"过去—现在—将来"安排事件的发生发展的时序，小说以现在作为端点，顺着这"一条倒流着的河"来"回岁"——追溯过去。正如萨特所言："小说家的技巧，在于他把哪一个时间选定为现在，由此开始叙述过去。"①《老生》就是这样从终局（"石洞"）开始，回到相应的过去和初始，然后再循序展开，最终构成首尾相连的封闭圆圈。

好的小说需要一个好的开头。马尔克斯关于小说开头的第一句话的重要性曾这样说过："长篇小说或短篇故事的第一句话决定着作品的长度、语调、风格和其他一切。关键问题是开头"②，"因为第一句话有可能成为全书的基础，在某种意义上决定着全书的风格和结构，甚至它的长短"③。马尔克斯《百年孤独》的开卷句式无疑是精彩的，以至中国作家何况说："在我读过的所有作品的开局中，我最喜欢这个精巧神奇的开场白，在这不动声色的叙述中隐藏着一种深沉的悲凉和无可奈何的宿命感，却又凭借着巧妙的时空交错形成了巨大的悬疑。"④无疑，贾平凹《老生》的开卷句式在某种程度上和马尔克斯的《百年孤独》的开卷句式有着异曲同工之妙。

其次，《老生》中也具有《百年孤独》中"重复"的文本特征。

重复是《百年孤独》的一个很重要的文本特征。这种重复最明显地体现在人名的重复。小说中布恩迪亚家族人名和性格一再重复。布恩迪亚和乌苏拉这

---

① 吴晓东：《从卡夫卡到昆德拉：20世纪的小说和小说家》，生活·读书·新知三联书店2003年版，第260页。

② 加西亚·马尔克斯：《两百年的孤独——加西亚·马尔克斯谈创作》，朱景冬译，云南人民出版社1997年版，第144页。

③ 加西亚·马尔克斯：《两百年的孤独——加西亚·马尔克斯谈创作》，朱景冬译，云南人民出版社1997年版，第182页。

④ 林晓云、司空小月：《荒诞的阅读快感和通感——晚报读书沙龙关于〈百年孤独〉的阅读体验》，载《厦门晚报》2007年9月2日。

第一代创始人生了两个儿子和一个女儿，就是第二代。大儿子叫阿卡迪奥，次子就是小说第一句提的奥雷里亚诺·布恩迪亚上校。小说接下来的第三代第四代一直到最后一代，有五个人物取名阿卡迪奥，有三个重要人物叫奥雷里亚诺，另外还有第二代的奥雷里亚诺和十七个女人生的十七个私生子，都叫奥雷里亚诺。不过其中有条规律可以遵循，就是所有的奥雷里亚诺都遵循一种行为方式，都是一样的性格，而阿卡迪奥们都遵循另一种行为方式，两类人绝不会混淆。布恩迪亚家族子孙的名字、秉性、命运都一成不变，男性均为奥雷里亚诺或阿卡迪奥，女性均为阿玛兰塔或雷梅苔丝。这种刻意地重复人物的名字和性格以至类型化的倾向，除了拉美地区的起名特色以外，无非是为了淡化人物的个性特征而突出家族、集体的气质。

我们再来看《老生》。《老生》中的人名也出现了某种程度的重复。在后记中贾平凹谈道："此书之所以起名《老生》，……书中的每一个故事里，人物中总有一个名字里有'老'字，总有一个名字里有'生'字。"也就是说，贾平凹在《老生》的四个故事中也有着"老"字和"生"字为名的重复：第一个故事中的"老黑"，第二个故事中的"马生"，第三个故事中的"老皮"和"墓生"，第四个故事中的"老余"和"戏生"。仔细阅读，我们可以发现，"老黑"和"老皮"都是因自身体貌特征而得名："老黑"得名是因为从娘肚子里被拽出来后，"实在是长得黑，像是从砖瓦窑里烧出的货，人见了就忍不住摸下脸，看黑能不能染了手"；"老皮"是"出生时像个老头，脸上的皮很松，家里人为了好养他，故意起了难听的名字"。"墓生"和"戏生"均为侏儒都因其父母而得名："他爹他娘被枪决时，他娘已经一头窝在沙坑里了却生出了他"，故为"墓生"；"戏生"的爹是双凤县在幕后舞皮影戏的签手。

贾平凹《老生》中这种"老"字和"生"字的名字重复，虽然不同于马尔克斯《百年孤独》中有血缘关系的家族成员之间的名字重复，但细心的读者一定会发现，名字带着"老"字和"生"字的人，多少都和秦岭游击队有一定的瓜葛。譬如，第四个故事中的"戏生"就是李得胜同意加入游击队的"半截子"摆摆的孙子，而对第四个故事中的主要人物"老余"，作者在第一个故事中就作了交代：老黑跟着王世贞到龙王庙来缉拿凶犯，"把龙王像推下来，砸成碎块。庙里再没了龙王像，却住了个老头，是来采药的还是逃荒的，谁也不知道，但老头越来越长得像那个跛子老汉，只是个子矮，腿长短一样。这老头后来落户到岭宁县，生了子，儿子当了县人大的主任，孙子就是过风楼镇政府的老余"。而那个跛子老汉就是先前李得胜和老黑一起商议拉杆子之事，担心被他偷听到后通风报信而误打死的。由此，我们也可以说《老生》其实讲述的是秦岭游击队三代人的故事。

再次，《老生》中也运用了大量的魔幻因素。

众所周知，《百年孤独》是魔幻现实主义的巅峰之作，魔幻现实主义的表现手法是这部作品最突出的特征。魔幻因素在作品中可以说俯拾皆是：人爱吃泥土、爱啃墙灰，汤锅、瓦罐、书、篮子、鲜血可以自己走动，人喝完巧克力茶徐徐升腾，幽灵、鬼怪反复显现，人鬼交往、天人感应，等等。小说运用极度夸张、诙谐的笔触描写种种奇人奇景，让读者在强烈的感官刺激、"陌生化"的效果中获得了或欢愉或恐惧的审美体验。

贾平凹在《老生》之前的许多作品中就引进了魔幻因素，在写实的基础上大量揉进了怪异神奇的故事，如《怀念狼》中金丝猴成精，变成女人来报答恩人；狼成精后，可以随便变成女人、老头、小孩和猪来迷惑人。如《秦腔》中引生唱秦腔唱得清风街的白果树流泪；夏天义的儿子因长得瘦小，就认猪为干爹，之后变得身体健壮，像猪那样能吃能睡；疯子引生不仅有高于常人的领悟能力，而且还能化身为昆虫与蚊蝇，因为他喜欢白雪，有时就变成蛾子粘在她衣服上，有时变成螳螂趴在她肩上，有时变成苍蝇绕着她飞……在《老生》中，我们依然能够读到这些怪诞之事：第一个故事中正阳镇茶姑村的猫竟然说起了人话，喊起了"婆，婆"；虎山的龙从天上下来和牛交配，"生下一头猪，但又不像猪，嘴很长，耳朵太短"，预示着英雄要行世；老黑被杀时，"灵桌的猪头上趴着了一只指头蛋大的苍蝇，王世贞的姨太太赶了几次没赶走，突然哭起来，说：世贞，世贞，我知道你来了！就破嗓子喊：剜他的心！剜他的心！老黑的心被剜出来了，先还是一疙瘩，一放到王世贞的灵牌前却散开来，像是一堆豆腐渣"。在第二个故事中有牛皮卷拴劳的蹊跷之事；有张高桂一哭，家里驴猪狗猫全哭的事；有张高桂一死，魂附在邢轱辘身上的怪事；有徐副县长看到盖着豹纹被单的匡三成了一只豹子的事；有马生一呵斥，场子上的尘土竟然像蛇一样向办公室这边游动之事；等等。这些描写透露出浓厚的神秘、魔幻色彩，使得《老生》在一定程度上成为既受马尔克斯影响启发又带有本土化色彩的中国式的"魔幻写作"范例。

第四，《老生》和《百年孤独》都拥有一个隐身叙事者。

关于小说叙事视角的问题，贾平凹认为略萨的《绿房子》"由作者叙述，但读者感觉不到他的存在"，叙述人是"隐身的"。他明确表示"喜欢略萨的《绿房子》"。①

同属拉美文学的《百年孤独》就有这样一个隐身的叙事者。这个叙事者是吉卜赛预言家梅尔加德斯。梅尔加德斯是死后复活然后再死去的神奇人物。在第二次真正死去之前，用一种密码写下了这个家族的全部历史，这就是羊皮纸手稿，留给一百年后布恩迪亚家族最后一个人——也叫奥雷里亚诺——来破译。读到小说的最后，我们才发现马孔多的故事原来是一本书，是由梅尔加德斯留下的，所以从某种意义上说，《百年孤独》这本书，也是由梅尔加德斯叙述出来的。

同样，《老生》也采用了这种隐身叙事。小说中唱阴歌的唱师，其实是和梅尔加德斯一样的人物。他是"一辈子在阴间阳间往来，和死人活人打交道"的神奇人物。在唱师真正死去之前，听着《山海经》一山一水的注解，联想到自己所见所闻所经历的往事。一个山一条水，一个村一个时代。读到小说的最后，我们发现秦岭倒流河旁的各村镇的故事串联起来就是我们近百年的历史，就是一本书，这是唱师给我们留下的。因此，毋庸置疑，《老生》这本书是唱师叙述出来的。

综上所述，我们可以很明显地感受到《老生》中有许多艺术技巧的处理，或多或少地受到马尔克斯《百年孤独》小说艺术的启发和影响。然而，不可否认，贾平凹不愧为中国当代小说的艺术大师，他在注重吸取马尔克斯的创作经验的同时，又极力凸显和保持着其不同于拉美魔幻的本土化特色和异质化特征，也正因如此，《老生》的写作无论与《百年孤独》的艺术亲缘关系是深是浅，它始终是"贾平凹式"的。这也充分展示了贾平凹在对马尔克斯的文学借鉴过程中那种积极探索的民族精神和勇于创新的民族意识。

三、文学境界的追求

一直以来，贾平凹并不满足于停留在对外来艺术技巧的借鉴上。通过对中

---

① 孙见喜：《制造地震》，见《贾平凹前传》第2卷，花城出版社2001年版，第75—76页。

外文学作品的大量比照，他得出这样的结论："那些现代派大家的作品，除了各自的民族文化不同、思维角度不同外，更重要的那些大家的作品蕴有大的境界和力度，有着对人生的丰富体验和很深的哲学美学内涵。这才是青年作家真正需要学习借鉴的，若仅从外在的毛皮上仿描，那只能是钻胡同。"① 他说："我近年写小说，主要想借鉴西方文学的境界。"② 贾平凹的《老生》可以说正是追求这种西方文学境界的一部力作。笔者以为这种文学境界的追求主要体现在对历史性的追求、对民族性的追求以及对人类共通性的追求等方面。

历史如何进入文学？作品如何典型地反映时代特征？贾平凹从马尔克斯那儿得到了很好的解答。他用马尔克斯比照自己的写作，"有人采访马尔克斯，他说小说家天生就是和社会抗争的，他不管你是啥社会，总是不合作，因为他的思想老是超前，也不是他有意和政府对抗，或持不同政见，而是小说精神决定的，文学的本质是批判，这是天生的一种矛盾"。③ 他说自己"写作时我的生命需要写作，我并不要做持不同政见者，不是要发泄个人的什么怨恨，也不是为了金钱，我热爱我的祖国，热爱我们民族，热爱并关注我们国家的改革，以我的观察和感受的角度写这个时代"④。

在与外国文学大师的比照中，贾平凹得出了"文学应该为社会作记录"⑤的结论。他认为这种社会记录：一是要真实，"作品主要写生活，少加观念方面的东西，政治评价呀道德评价呀都不可直接堆到作品上"⑥；二是揭露批判现实中的丑恶，宣扬美善理想，探讨"人类究竟怎么样才生活得好"⑦；三是要准确地再现时代精神和民众心态，"从现实生活中抓当时社会心态问题，抓准了，抓得有力，涵盖面就大"⑧。

《百年孤独》可以说在"为社会作记录"方面是一个典范。布恩迪亚的家族史映照的是整个拉美大陆的历史。马孔多实际是个落后、封闭、被现代历

---

① 孙见喜：《鬼才出世》，见《贾平凹前传》第1卷，花城出版社2001年版，第418页。
② 肖夏林：《〈废都〉废谁》，学苑出版社1993年版，第299页。
③ 孙见喜：《神游人间》，见《贾平凹前传》第3卷，花城出版社2001年版，第254页。
④ 孙见喜：《神游人间》，见《贾平凹前传》第3卷，花城出版社2001年版，第357页。
⑤ 孙见喜：《神游人间》，见《贾平凹前传》第3卷，花城出版社2001年版，第252页。
⑥ 孙见喜：《神游人间》，见《贾平凹前传》第3卷，花城出版社2001年版，第254页。
⑦ 孙见喜：《神游人间》，见《贾平凹前传》第3卷，花城出版社2001年版，第274页。
⑧ 孙见喜：《鬼才出世》，见《贾平凹前传》第1卷，花城出版社2001年版，第460页。

史遗忘的边缘的后发展国家或地域的象征或缩影，它远远超越了一个地理小镇的含义。马尔克斯通过描写布恩迪亚家族和马孔多小镇的百年兴衰，诠释了拉美大陆百年来的遭遇。贾平凹在《老生》中秉承着这种"文学应该为社会作记录"的历史性追求，用秦岭倒流河旁的各村镇串联起来的发展史观照着中国大陆近百年的历史。一个村镇成了一个时代的象征或缩影。贾平凹通过对秦岭游击队及其相关人物和各村镇的人事变故，真实而客观地将近百年发生在中国大陆的世道变迁呈现在读者面前。贾平凹自言这是一次对"民间写史"的尝试，但又何尝不是一次对文学体现历史性的探求呢?! 我们不得不承认，贾平凹在以文学的方式表达生活的深度上，早已走在了中国与他同时代的其他作家的前面。

在强调"想借鉴西方文学的境界"的同时，贾平凹提出了"如何用中国水墨画写现代的东西"[①]。他说："在具体写法上，形式上，我尽量表现出中国人的气派、作派，中国人的味。"[②]这足以说明贾平凹在文学体现民族性追求上的自觉。

《百年孤独》是一部极具鲜明民族特色的魔幻现实主义杰作。马尔克斯虽然曾受到乔伊斯、福克纳、卡夫卡等西方现代主义作家的影响，但他更多地继承了拉丁美洲本土文学传统。譬如，对于生与死、现世与来世的看法，正如《百年孤独》中所描写的那样，就是拉美印第安人的看法。《百年孤独》中的阿玛兰塔，用全部时间为自己编织精美的裹尸布，她能预测自己死亡的时间，答应全村人，帮他们给故去的亲人捎信，致使设在家里的信箱塞得满满的。来不及写信的，她还应诺给捎口信。这看似十分荒诞的情节，竟源于马尔克斯的真实生活，他就有一位像阿玛兰塔这样的亲属，是个老处女，她预知自己的死期，便坐下来织裹尸布，裹尸布织好了，她便静静地躺下来，死神果然前来把她带走了。就这样，生与死、人与鬼的界线完全被打破。正如墨西哥作家帕斯所说："在古代墨西哥人眼里，死亡和生命的对立并不像我们认为的那么绝对。生命在死亡中延续。反之，死亡也并非生命的自然终结，而是无限循环的生命运动中的一个环节。"[③]这不仅仅是墨西哥人的看法，也是哥伦比亚乃至大部分拉丁美洲印

---

① 肖夏林：《〈废都〉废谁》，学苑出版社1993年版，第299页。

② 孙见喜：《神游人间》，见《贾平凹前传》第3卷，花城出版社2001年版，第277页。

③ 帕斯：《孤独的迷宫》，见《外国文学史》下，高等教育出版社1999年版，第72—73页。

第安人的看法。诸如此类，马尔克斯从各个角度反映了他想表现的拉丁美洲的现实，极具拉美民族性。

贾平凹曾非常坦诚地说过："拉丁美洲文学中有魔幻现实主义一说，那是拉美，我受过他们的启示，但并不故意模仿他们，民族文化不同，陕南乡下的离奇事是中国式的，陕南式的，况且这些离奇是那里人生活中的一部分。"① 因此，贾平凹在作品中一直在努力建构着具有鲜明民族特色的东西。这次《老生》的创作中，我们不说别的，仅就"山海经"的引入，就足以显见贾平凹的立意与追求。《老生》除了开头，四个故事和结尾都是先引入了中国上古时期涵盖诸多内容的奇书《山海经》中的"山经"部分，然后通过饱学之士和孩童的对答解释，进而引发老唱师的世事联想。从《山海经》的一山一水到秦岭山脉的一村一时代，贾平凹有机地将鲜明的中华民族山水人事呈现在读者面前。

"越有民族性地方性越有世界性，这话说对了一半。"② 贾平凹这"说对了一半"，实际上是说民族性和世界性是不矛盾的，因为"中西文化在最高境界上是相通的"。③ 关于这一点，贾平凹在其《四十岁说》中有过更详尽的阐释："要作为一个好作家，要活儿做得漂亮，就要表达出自己对社会人生的一份态度，这态度不仅是自己的，也表达了更多的人乃至人类的东西。作为人类应该是大致相通的。我们之所以看懂古人的作品，替古人流泪，之所以看懂西方的东西，为他们的激动而激动，原因大概如此。"④ 这也就是说，文学除了体现民族性的追求之外，还必须体现人类的共通性。

活在世间的人时而都会有孤独感，而作家的日常写作也常会有一点孤独。马尔克斯非常擅长写"孤独"这一主题，《百年孤独》从字面上就可以看出它的独特主题。马尔克斯说："《百年孤独》不是描写马孔多的书，而是表现孤独的书。"⑤ 不仅作者如此阐述，而且作为读者的我们在阅读过程中也深切地体会到了那种人的孤独、家族的孤独以及拉丁美洲的孤独。孤独是家族的人一个个相继失败的原因，也是马孔多毁灭的原因。马尔克斯《百年孤独》中的"孤独"，

---

① 孙见喜：《贾平凹前传》第2卷，花城出版社2001年版，第412页。

② 肖夏林：《〈废都〉废谁》，学苑出版社1993年版，第299页。

③ 肖夏林：《〈废都〉废谁》，学苑出版社1993年版，第299页。

④ 贾平凹：《四十岁说》，载《上海文学》1991年第12期。

⑤ 加西亚·马尔克斯、普利尼奥·阿·门多萨：《番石榴飘香》，林一安译，生活·读书·新知三联书店1987年版，第54页。

确实写出了人类共通的东西，引发了人们对人性的深刻思考。

贾平凹也一再强调"写作内容要表现一些人类相通的东西"，他是这么说，也是这么做的。人世间的每个人都生活着，生活着的人自然就牵扯进各种关系。于是，《老生》中，有了人与社会的关系，有了人和物的关系，有了人和人的关系，有的紧张而错综复杂，有的清白而温暖，有的混乱而凄苦，还有的残酷、血腥、丑恶、荒唐。那么，人为何而生？"生命有时极其伟大，有时也极其卑贱。唱师像幽灵一样飘荡在秦岭，百多十年，世事'解衣磅礴'，他独自'燕处超然'，最后也是死了。没有人不死去的，没有时代不死去的"。贾平凹《老生》中对"生"的思考，承载起了对于人类生存本质的关切、对人类命运与现代人精神状态的思考。

综上比照与分析，我们可以发现，贾平凹的《老生》和马尔克斯的《百年孤独》在历史性、民族性和人类共通性的追求上，其文学境界是相通的。从这个意义来说，《老生》和《百年孤独》都是履行了文学宏大使命的作品。

（原载《小说评论》，2015 年第 2 期）

附录

研 究 总 目

YANJIU ZONGMU

贾平凹、韩鲁华：《任何一本书都是给一部分人写的——〈老生〉笔谈》，见《穿过云层都是阳光：贾平凹文学对话录》，北京联合出版公司 2016 年版。

李园：《贾平凹〈老生〉修辞策略探析》，载《新疆广播电视大学学报》2014 年第 4 期。

何平：《存在"美好的暴力"吗？——贾平凹小说三十年片论》，载《扬子江评论》2014 年第 5 期。

李星：《贾平凹〈老生〉：山水不老　人情弥新》，载《文艺报》2014 年 10 月 17 日。

贾平凹、李敬泽、陈晓明等："中国历史的文化记忆——贾平凹长篇新作《老生》读者见面会暨名家论坛"，2014 年 10 月 27 日。

贾平凹、吴娜：《贾平凹：原来如此等〈老生〉》，载《光明日报》2014 年 10 月 31 日。

王春林：《面对历史和现实的不同精神姿态》，载《长城》2014 年第 11 期。

却咏梅：《贾平凹新作〈老生〉尝试民间写史》，载《中国教育报》2014 年 11 月 6 日。

王姝佳：《生在"死亡"里》，载《当代小说（下）》2014 年第 12 期。

钟芳：《一幅生动的现代中国发展图景——读贾平凹新书〈老生〉》，载《水利天地》2014 年第 12 期。

吴琪：《贾平凹和他的当代"山海经"》，载《中国图书评论》2014 年第 12 期。

金涛：《水深流平，深浅渔家知——贾平凹、李敬泽谈〈老生〉》，载《中国艺术报》2014 年 12 月 3 日。

陈华文：《〈老生〉呈现过去的国情、世情、民情——读贾平凹长篇小说〈老生〉有感》，载《光明日报》2014 年 12 月 8 日。

贾平凹、舒晋瑜：《贾平凹：〈老生〉的写法是效法自然》，载《中华读书报》2014 年 12 月 17 日。

陈晓明：《告别 20 世纪的悲怆之歌——贾平凹长篇小说〈老生〉》，载《文艺报》2014 年 12 月 19 日。

雷晓婉：《中国历史里的"秘闻"——读贾平凹之〈老生〉》，载《中国职工教育》2014 年第 23 期。

谢有顺：《乡土的哀歌——关于〈老生〉及贾平凹的乡土文学精神》，载《文学评论》2015 年第 1 期。

谢有顺、苏沙丽：《不仅是伤怀——读〈老生〉的随想》，载《当代作家评论》2015 年第 1 期。

王尧：《神话，人话，抑或其他——关于〈老生〉的阅读札记》，载《当代作家评论》2015 年第 1 期。

南帆：《"水"与〈老生〉的叙事学》，载《当代作家评论》2015 年第 1 期。

王春林：《探寻历史真相的追问与反思——评贾平凹长篇小说〈老生〉》，载《当代作家评论》2015 年第 1 期。

何言宏：《讲述中国的方法——贾平凹长篇小说〈老生〉读札》，载《当代作家评论》2015 年第 1 期。

崔昕平、王春林：《艺术形式的实践与探求——2014 年长篇小说侧面》，载《小说评论》2015 年第 1 期。

贾平凹、刘心印：《贾平凹谈新作〈老生〉写苦难是为了告别苦难》，载《国家人文历史》2015 年第 1 期。

夏明勤：《贾平凹〈老生〉拔头筹》，载《现代企业》2015 年第 1 期。

韩鲁华：《〈老生〉叙事艺术三题》，载《小说评论》2015 年第 2 期。

朱静宁：《百年历史　境界相通——贾平凹〈老生〉与马尔克斯〈百年孤独〉》，载《小说评论》2015 年第 2 期。

杨剑龙、荀利波：《精神守望与文体探索——评贾平凹长篇小说〈老生〉》，载《小说评论》2015 年第 2 期。

张英：《记忆书写后的释然与痛楚——论贾平凹的〈老生〉》，载《小说评论》2015 年第 2 期。

普玄、樊星：《〈老生〉与道家文化》，载《小说评论》2015 年第 2 期。

金理：《"读史者"·暴力·招魂——〈老生〉的三个关键词》，载《小说评论》2015 年第 2 期。

王光东、郭名华：《民间记忆与〈老生〉的美学价值》，载《小说评论》2015年第2期。

石磊：《惟有生死事小，才能生死事大》，载《出版人》2015年第2期。

张学昕：《在阅读贾平凹时，触摸一个世纪——贾平凹长篇小说〈老生〉读札》，载《东吴学术》2015年第3期。

唐小林：《用小说戏说和杜撰历史——评贾平凹的小说〈老生〉》，载《长江丛刊》2015年第3期。

郭莉：《"老"与"生"对立下的人性善恶》，载《时代文学（下半月）》2015年第3期。

郭名华：《论贾平凹长篇小说〈老生〉的结构艺术》，载《当代文坛》2015年第4期 。

王万顺：《长篇小说的一百万种死法——关于贾平凹〈老生〉的病相报告》，载《中国图书评论》2015年第4期。

欧阳蒙：《论贾平凹〈老生〉的民间书写》，载《华北水利水电大学学报（社会科学版）》2015年第4期。

王春林：《努力穿透社会现实之坚冰——2014年长篇小说一个侧面的考察》，载《百家评论》2015年第4期。

丛治辰：《小说的可能性与小说家的世界观——论贾平凹〈老生〉》，载《南方文坛》2015年第5期。

黄德海：《悲愤的阴歌　贾平凹〈老生〉》，载《上海文化》2015年第5期。

张晓琴：《〈老生〉的结构与意象》，载《中国现代文学研究丛刊》2015年第6期。

陈思：《"新方志"书写——贾平凹长篇新作〈老生〉论》，载《中国现代文学研究丛刊》2015年第6期。

李遇春：《贾平凹长篇小说文体美学的新探索——以〈老生〉为中心》，载《文艺研究》2015年第6期。

陈冲：《小说的历史感：遮蔽还是祛蔽？——以贾平凹的〈老生〉为例》，载《南方文坛》2015年第6期。

刘阳扬：《历史与现实的故事重构——二〇一四年长篇小说的新探索》，载《当代作家评论》2015年第6期。

谢文兴：《〈老生〉：奇书与民间历史的写意融合》，载《西安建筑科技大学学报（社会科学版）》2015 年第 6 期。

谢文芳：《从〈老生〉看贾平凹乡村小说的现实主义精神》，载《湖北科技学院学报》2015 年第 6 期。

周显波：《〈老生〉的历史表达与自我重复》，载《井冈山大学学报（社会科学版）》2015 第 6 期。

李玉环：《看山不是山　看水亦非水——读〈老生〉之感》，载《名作欣赏》2015 年第 6 期。

宇星：《百年中国，精神不老——读贾平凹长篇小说〈老生〉》，载《现代企业文化（上旬）》2015 年第 8 期。

李明德：《民间视角下的祛魅化写作——以贾平凹〈老生〉为例》，载《兰州学刊》2015 年第 9 期。

张桃：《超越生死、跨越阴阳、纵横历史的全知视角——评贾平凹新作〈老生〉的主题内涵》，载《牡丹江大学学报》2015 年第 9 期。

徐翔：《民间视野下的中国历史——评贾平凹长篇小说〈老生〉》，载《高教学刊》2015 年第 9 期。

候鸟：《饱含深情的人间大爱——品读贾平凹新作〈老生〉》，载《银川日报》2015 年 9 月 30 日。

孙新峰：《〈老生〉：通过小说重述历史》，载《延河》2015 年第 10 期。

罗执廷：《形式花样遮蔽下的思想贫困》，载《中国图书评论》2015 年第 11 期。

赵青：《"竹节虫"等意象：〈老生〉小说中审美的核心元》，载《名作欣赏》2015 年第 11 期。

夏豫宁：《论贾平凹〈老生〉中的死亡叙事》，载《中国现代文学研究丛刊》2015 年第 12 期。

杨辉、马佳娜：《天人之际——〈老生〉与中国古代的世界想象》，载《中国现代文学研究丛刊》2015 年第 12 期　。

徐刚：《历史的野兽：〈老生〉论》，载《文艺研究》2015 年第 12 期。

李川：《唱师，见证"魔幻"与"现实"》，载《神州》2015 年第 19 期。

旷新年：《文格渐卑庸福近——评贾平凹〈老生〉》，载《创作与评论》2015

年第 20 期。

邹晓玲：《魔幻现实主义的当代图式——贾平凹〈老生〉与马尔克斯〈百年孤独〉比较研究》，载《牡丹》2015 年第 22 期。

李东辉：《"谈神论鬼"的迷魅世界——论〈老生〉的神秘性》，载《青年文学家》2015 年第 30 期。

贾鲁华、张莹：《荒诞叙"史"和"公道话"——〈老生〉摭谈》，载《文艺理论与批评》2016 年第 1 期。

李波：《历史转折点的记忆——解读贾平凹的小说〈老生〉》，载《陕西教育（高教）》2016 年第 1 期。

荀睿：《贾平凹〈老生〉的叙事方式与历史构建》，载《商洛学院学报》2016 年第 1 期。

陆欣、孙胜杰：《贾平凹〈老生〉民间立场的历史叙事》，载《学术交流》2016 年第 1 期。

李志荣：《〈老生〉批判意识研究》，载《梧州学院学报》2016 年第 1 期。

刘晓飞：《打捞历史，直面现实——贾平凹《老生》阅读札记》，载《扬子江评论》2016 年第 2 期。

关峰：《论〈老生〉的生命书写》，载《集美大学学报（哲学社会科学版）》2016 年第 2 期。

贾平凹、朱又可：《从"浮躁"到"惊慌失措"：一百年来中国乡村失去了什么？》，载《西部》2016 年第 3 期。

陈众议：《贾平凹的通感——以〈老生〉为个案》，载《东吴学术》2016 年第 3 期。

赵耀：《贾平凹新作〈老生〉谈》，载《唐山师范学院学报》2016 年第 3 期。

王华伟：《行走在记忆中："老生"常谈》，载《唐山师范学院学报》2016 年第 3 期。

曹刚：《论新世纪以来贾平凹的乡土叙述和修辞美学——以〈秦腔〉〈古炉〉和〈老生〉为考察对象》，载《小说评论》2016 年第 3 期。

王俊虎、白璐璐：《论贾平凹〈老生〉中的道家文化意蕴》，载《延安大学学报（社会科学版）》2016 年第 4 期。

徐勇：《经验写作与混沌美学——评贾平凹长篇小说〈老生〉》，载《百家评论》2016 年第 4 期。

徐玉松：《"老生"常谈，新意何来？——论〈老生〉的多声部叙事》，载《重庆文理学院学报（社会科学版）》2016 年第 4 期。

沈秀英：《从历史之重到人生之叹——贾平凹〈老生〉解读》，载《黑龙江社会科学》2016 年第 5 期。

刘保发：《论贾平凹小说〈老生〉的民间性》，载《绵阳师范学院学报》2016 年第 6 期。

刘洋：《原型批评视角下的〈老生〉》，载《参花（下）》2016 年第 7 期。

罗思琪、周春英：《流淌在民间记忆中的历史——读贾平凹新作〈老生〉》，载《名作欣赏》2016 年第 8 期。

李群芳、周春英：《如何讲，怎样说——论贾平凹新作〈老生〉的叙事技巧》，载《名作欣赏》2016 年第 8 期。

费鹏、刘雨：《本土经验视阈下的民间写史——贾平凹〈老生〉的历史叙事》，载《东北师大学报（哲学社会科学版）》2017 年第 4 期。

张学昕：《原来如此等老生——贾平凹的"世纪写作"》，载《当代文坛》2017 年第 4 期。

闫海田：《贾平凹与中国现代小说的百年中变——从〈太白山记〉到〈老生〉》，载《吉林大学社会科学学报》2017 年第 5 期。

曹凤和、阿探、程华：《〈老生〉：回归中国经典境界的惊喜与遗憾》，载《商洛学院学报》2017 年第 5 期。

张文诺：《在记忆与历史之间——论贾平凹的长篇小说〈老生〉》，载《商洛学院学报》2017 年第 5 期。

黄平：《阴歌：乡土文明的现代中国想象——细读〈老生〉》，载《文艺争鸣》2017 年第 6 期。

程华：《语言本体论的写作探索——贾平凹〈老生〉中的反抒情话语与方言写作》，载《文艺评论》2017 年第 8 期。